HEYNE < ORIGINAL

Rainer Cordts

Leanders Passion

Roman

WILHELM HEYNE VERLAG
MÜNCHEN

HEYNE ALLGEMEINE REIHE
Band-Nr. 01/14033

Umwelthinweis:
Dieses Buch wurde auf
chlor- und säurefreiem Papier gedruckt.

Redaktion: Claudia Privitera

Originalausgabe 05/2004

Printed in Germany 2004
Umschlaggestaltung: Eisele Grafik-Design, München,
unter Verwendung eines Fotos von Corbis/Michael Prince und
des Gemäldes STERBLICHKEIT UND UNSTERBLICHKEIT
von W. M. Harnett, 1876
Gesetzt aus der Sabellicus
Satz: Buchwerkstatt GmbH, Bad Aibling
Druck und Bindung: GGP Media, Pößneck
http: //www.heyne.de

ISBN: 3-453-87956-2

Für meine Eltern

1. Teuflischer Tritonus

Als der junge Mann stolperte, stieg der Krähenschwarm vor ihm auf wie eine schwarze Gewitterwolke. Es mochten an die hundert Vögel sein, die da mit kräftigen Flügelschlägen Höhe zu gewinnen suchten und davonstoben vor dem lärmenden Eindringling, der sie so plötzlich im Unterholz störte. Er sah ihre aufgerissenen Schnäbel, spürte den Windhauch ihrer Schwingen und den Ärger, den sie fliehend auf ihn hinabschleuderten.

Er mochte Krähen. Dass er manchmal mit Steinen nach ihnen warf, änderte nichts an dem Respekt, den er für sie empfand. Er wollte einfach seine Geschicklichkeit ausprobieren – immerhin schossen auch sie manchmal mit ihrem Kot nach ihm. Einmal hatte er eine getroffen. Die Krähe hockte auf einem Kadaver – es mochte ein Iltis oder ein Marder gewesen sein – und zerrte mit rhythmischen Bewegungen den blutigen Darm aus dem Tier. Der Mann bückte sich, nahm einen Stein, fühlte, dass er gut und satt in der Hand lag, und holte aus. Er traf die Krähe genau am rechten Auge, das spritzend zerplatzte. Nach zwei grotesken Flügelschlägen starb der Vogel, wobei der gedehnte Darm, den er sterbend noch immer im Schnabel hielt, zurückschnellte und den zerschmetterten Krähenkopf mit einem letzten wütenden Picken in den Kadaver hackte.

Jetzt, als er auf dem Waldboden lag und der Vogelschwarm vor ihm aufstieg, schoss ihm das Bild des zerplatzenden Vogelkopfes wieder in den Sinn. Er rieb sich den schmerzenden Fuß, mit dem er an der Wurzel hängen geblieben war, und setzte sich auf. Ein paar Ameisen krabbelten in sinnloser Hektik über seine Beine. Gedankenlos wischte er sie fort. Der Knoten am Fußlappen war aufgegangen, und der löchrige Stofffetzen hing halb abgewickelt im Gebüsch. Er konnte sich nicht mehr erinnern, wann er die letzten richtigen Schuhe getragen hatte. Es musste Monate her sein. Leider passten die Schuhe der Frauen ihm nicht. Nur ihre Kleider konnte er verwerten. Soweit er sich erinnerte, hatte die Neue einen Rock aus rotem Leinen. Das würde sicher länger halten als die Fetzen, die er im Moment an seinen Füßen trug; sie hatten einmal zu einem dunkelgrünen Brokatkleid mit Stickerei gehört.

Der junge Mann mit den kräftigen Schultern und dem blonden Schopf zupfte den schmutzigen dunkelgrünen Brokatstoff aus dem Unterholz hervor und schlang ihn wieder um Fuß und Knöchel. Mittlerweile ging ihm das Falten, Umschlagen und Verknoten des Stoffs leicht von der Hand. Er wusste genau, wie er die Stoffbahn führen musste, damit sie unter der Fußsohle keine Falten warf, denn das war beim Gehen besonders unangenehm und verursachte Blasen. Vorsichtig richtete er sich auf. Es tat kaum weh. Die Sonne würde bald untergehen, und ihm blieb nicht mehr viel Zeit. Vorsichtig arbeitete er sich weiter durch den Eichenwald, dessen Laub eine zartgrüne Färbung zeigte, denn es war noch Frühsommer.

Einen Moment lang befürchtete er, er würde die Stelle nicht wiederfinden. Doch dann sah er fünfzig Schritte voraus die Lichtung mit den drei einsam stehenden Erlen und beschleunigte seine Schritte. Endlich wuchsen seine Erregung und seine Anspannung. Es war ganz so, wie er es erwartet, ja ersehnt hatte. Bald würde sich die Schwärze und Stille tief in seinem Innern auflösen, ein greller Lichtstrahl würde hineinschießen und Töne, Klänge und Fanfaren erklingen lassen. Er würde all seine Sinneskraft aufbieten, um diesen Moment zu genießen und auszukosten, um ihn wie einen Schatz in seiner Erinnerung aufzubewahren, damit er ihn jederzeit zum Leben erwecken könnte – später, wenn die Stille wieder auf ihm lasten würde, schwarz wie die Nacht, und er seine Augen verfluchen würde wegen ihrer

Unzulänglichkeit, ihrer kümmerlichen Beschränktheit und ihrer Unfähigkeit, das Wesentliche zu erkennen.

Dort hinten war es! Er teilte mit den Händen die Zweige und tauchte ein in den drängenden Dschungel. Seit er das letzte Mal hier gewesen war, war das Grün noch üppiger geworden, noch dichter. Überall schossen die Triebe ins Kraut und kämpften um Licht und Raum. Er fluchte leise, als er mit dem Ärmel an frischen Akazienschösslingen hängen blieb, die ihm mit ihren messerscharfen Dornen die Haut ritzten und ihn festzuhalten suchten.

Der schwere Eichendeckel über der Grube lag unverrückt, doch von den Seiten drängte blühendes Unkraut über die Ränder. Angst stieg in ihm hoch. Wenn nun all die Mühe vergebens war? Wenn der Aufschub, durch den er sich eine Steigerung seiner Lust erhofft hatte, zu lang gewesen war?

Er rannte los, stolperte, schlug Zweige zur Seite, fühlte nicht, wie sie seine Wangen peitschten. Schnaufend warf er sich vor dem hölzernen Deckel nieder. Mit aller Kraft stemmte er sich gegen die Eichenbretter, zog und zerrte, bis die groben Planken nachgaben, und schob den Deckel mit zitternden Armen vom Loch herunter. Ein kühler Hauch von Moder und Latrine schlug ihm entgegen.

Zunächst sah er nichts, nur Schwärze. Sekundenlang starrte er in die Grube, die er in zweitägiger Arbeit gegraben hatte, mit glatten Wänden, an denen keine Hand Halt finden konnte, und tief genug, dass niemand von unten den Deckel erreichen konnte. Endlich nahm das schwarze Nichts vor seinen Augen Konturen an. Da lag sie, zusammengekrümmt wie eine schlafende Katze, die Arme eng um die angezogenen Knie geschlungen. Wirr hingen ihr die Haare übers Gesicht.

Er fragte sich, ob sie noch lebte, ob die paar achtlos heruntergeworfenen Vorräte und das kleine Luftloch im Eichendeckel ausgereicht hatten, um sie am Leben zu halten.

Wieder bekam er Angst. Er robbte näher an das Loch heran,

hängte seinen Oberkörper hinein und stieß einen Laut aus, den er für Rufen hielt. Sie zuckte zusammen, versuchte, rutschend und mit den Füßen scharrend aufzustehen, und reckte ihm ihr weißes Gesicht mit dem stumm geöffneten Mund und den rot geränderten Augen entgegen. Er sah die Panik. Doch er war es leid, sich immer wieder auf seine scheinbar untrügerischen Augen verlassen zu müssen. Wie oft hatte er deren Unzulänglichkeit verflucht, deren lächerliche Oberflächlichkeit, die am Wesen der Dinge vorbeischaute. Wo war die Substanz, die Ehrlichkeit, die Tiefe?

Gierig horchte er in sich hinein, ob er dadurch diese Tiefe fände, doch er vernahm nur das bekannte, verhasste Rauschen: ein sanftes Zischeln, über das sich sein Herzschlag wie eine entfernte Trommel legte. Dahinter stand nur Stille, die umso quälender wurde, je länger er sich auf sie konzentrierte. Dann kam der Lärm: Es brummte, dröhnte und toste in seinen Ohren in einer Lautstärke, die ihn unwillkürlich die Hände vor seine Ohrmuscheln reißen ließ – doch es gab ihn nicht wirklich! Da war nur brüllendes Schweigen in absoluter Leere. Wenn etwas ihn aufregte, dann schwoll die Stille in seinen Ohren zu einem brodelnden Rauschen an, in dem sich Töne zu verstecken schienen, manchmal sogar ganze Melodien oder Sätze. Doch sobald er sie festhalten, ihnen nachspüren wollte, zerstoben sie im Nichts, lösten sich auf und ließen ihn zurück mit all seiner Verzweiflung, seiner Taubheit. Er hasste diese lärmende Stille in seinen Ohren, dieses dröhnende Nichts, das ihn verfolgte, wo immer er auch war, was immer er auch tat. Wenn es nicht diese kurzen Momente gäbe, diese grellen Sekunden des Erkennens, in denen sich die Schleusen öffneten und die ganze farbige Fülle der Klänge auf ihn einstürzte wie eine Naturgewalt, dann hätte das Leben keinen Sinn mehr.

Er hatte lange gebraucht, um zu erkennen, was es ihm ermöglichte, das wahre Leben in sich zu wecken. Seit Jahren ging das nun so. Es gab nur zwei Dinge, die diese Erkenntnis auflösten und ihm den Sinn des Lebens zeigten: die Liebe und der Tod. Heute war das Pendel wieder in die eine Richtung ausgeschlagen. Als er daran dachte, überkam ihn die Sehnsucht wie eine heiße Woge, und er erschauerte.

Die Frau in dem Erdloch war erschöpft, doch das entsetzliche Grunzen ihres Peinigers über ihr weckte ihre letzten Überlebensinstinkte. Sie sprang auf, suchte an den glatten Erdwänden nach Halt und wand sich in sinnloser Panik auf dem elenden Grund ihres Verlieses. Der Mann sah es und ließ sie gewähren. Als die junge Frau in dem roten Kleid erschöpft zusammensank, robbte er von der Öffnung fort, huschte ins Gebüsch und kam mit einer grob gearbeiteten Leiter aus Fichtenzweigen wieder. Sprosse für Sprosse ließ er die Leiter in die Grube hinab und beobachtete dabei, wie die junge Frau, getrieben von Todesangst und Hoffnung, nach dem Holz griff und hinaufzuklettern versuchte. Mit einem kräftigen Stoß der Leiter schüttelte er sie ab wie ein lästiges Insekt. Dann rammte er die Holme in den matschigen Grund der Grube und stieg zu ihr hinab.

Jedes Mal, wenn er einer der Frauen kurz vor dem Ende so nah kam, gab es einen Moment, in welchem er zurückschreckte, weil ihm das, was er im Begriff war, zu tun, plötzlich plastisch vor Augen stand. Nicht, dass er Mitleid empfunden hätte mit seinen Opfern. Am Anfang war das ab und zu noch vorgekommen, und es hatte ihn verunsichert.

Noch bevor er den Grund der Grube erreicht hatte, merkte er, dass es sich diesmal lohnen würde. Ihre Stimme war herrlich: tragfähig, gehaltvoll und ein Wunder an Modulationsfähigkeit. Verzückt horchte er auf die so heiß ersehnten feinen Sinnesreize in seinem verbarrikadierten Gehör und konzentrierte sich darauf, den zarten Tönen den Weg zu weisen, sodass sie sich entfalten mochten. Doch plötzlich waren die Klänge verschwunden. So sehr er sich auch mühte, er fand ihre Stimme im brodelnden Meer der Stille nicht mehr. Das durfte noch nicht sein! Wenn er sich nicht getäuscht hatte, vorhin, in diesen wunderbaren Sekunden, dann hatte er einen Tritonus gehört. Sie schrie tatsächlich in diesem klagenden und sperrigen Intervall, in dem so unendlich viel Spannung mitschwang, das die Tonalität zu sprengen suchte und sich dem reinen Tonsatz verweigerte. Welch eine Herausforderung für ihn, den Komponisten, welch eine Perspektive für sein Werk!

Quälend zerrte die Stille an seiner Seele. Die Ruhe tat ihm so weh, dass er noch beim Abstieg auf der Leiter versuchte, sich die Ohren zuzuhalten. Es kam ihm wie Hohn vor, dass er diesem wunderbaren Universum der Töne, Klänge und Harmonien, kaum dass er seiner habhaft geworden war, schon wieder entsagen musste.

Er sprang die letzten Stufen zu der Frau hinunter, packte sie an den Schultern und starrte ihr ins Gesicht. Nun schrie sie nicht mehr, sie wimmerte und schluchzte, doch für ihn war es nichts weiter als ein Winden und Zucken ihres Körpers in totaler Stille. Er brauchte ihre Stimme! Herrgott! Wenn das wahr wäre, was er von dieser Stimme gehört zu haben glaubte, dann würde er heute einen gewaltigen Schritt vorankommen! Er wollte auf ihr spielen in wollüstiger Virtuosität, wollte Klänge erzeugen, die die Welt noch nie gehört hatte, und wollte sie kunstvoll einfügen in sein großes Werk. Doch dafür musste die Frau schreien! Ihr stummes Flehen nutzte ihm nichts. Er nahm den Hirschfänger und stach zu ... stärker, noch stärker. Dann, endlich, klang sie so, wie er es erhofft hatte.

Gegen Abend – von der Helligkeit des Tages war nur ein Streifen Abendrot geblieben – schlich ein kräftig gebauter junger Mann aus dem Unterholz des Eichenwaldes an den Wegesrand. Vorsichtig richtete er sich auf und sah sich um. Als er auf den Pfad treten wollte, schaukelte plötzlich eine Postkutsche um die Kurve. Auf der leichten Steigung verfielen die Pferde zurück in den Schritt, obwohl der Kutscher kräftig die Peitsche schwang, wobei der Federbusch an seinem steifen Hut heftig auf und ab wippte. Als er die gelbe Kutsche auf sich zurollen sah, zuckte der Mann erschreckt zusammen und versteckte sich erneut im Gebüsch. Hinter dem Seitenfenster bemerkte er schemenhaft eine gut gekleidete Dame, die in seine Richtung sah, und neben ihr einen großen, dicken Herrn in Perücke, der zu dösen schien.

Er wartete einen Moment, dann stand er auf und ging festen Schrittes in Richtung Sonnenuntergang hinter der Kutsche her. Sein armseliges Wams war an mehreren Stellen eingerissen, die weite Hose mit rotbraunen Flecken übersät. Schuhe besaß er nicht – dafür dämpften neue Fußlappen aus rotem Stoff jeden seiner Schritte bis zur Geräuschlosigkeit. Ein weiteres Stück Leinen trug er zusammengerollt in seinem Bündel: sein kostbarster Schatz, den er nie jemandem zeigte. Vor langer Zeit schon hatte er einen rußigen Kienspan genommen und damit schwarze Linien in Fünfergruppen auf den Stoff gezeichnet. An diesem Tag hatte er mit Hingabe und Sorgfalt wieder ein paar schmutzig rote Flecken hineingemalt, auf die er sehr stolz war. Es waren zwar nur fünf neue Takte, doch in denen vollzog sich ein ungewöhnlicher kühner Sprung von C nach Fis. Die Meister mieden das Intervall zwischen Quart und Quint, wo sie nur konnten, und nannten es Tritonus, das Intervall des Teufels.

2. Wilder Reiter

In der voll besetzten Kutsche roch es nach Fürzen, Schweiß und Duftwasser; die Luft war schwül und stickig. Trotzdem blieben die Fenster die meiste Zeit über geschlossen, weil die blasshäutige Gattin des Schulmeisters auf der Rückbank es angeblich auf der Lunge hatte und die Zugluft nicht vertrug. Hertha Tiefenbacher, die neben ihr saß, glaubte das nicht recht, hatte es aber nach drei vergeblichen Versuchen aufgegeben, sich dem Gezeter der Dicken zu widersetzen. Immer wenn deren feister, schweißnasser Arm den ihren berührte, rückte sie angewidert ein Stück zur Seite, was der Dicken im Laufe der Stunden einen komfortablen Sitzabstand eingebracht hatte und sie selbst mit schmalgezogenen Schultern auf die Vorderkante des Polsters hatte rutschen lassen. Jedes Mal, wenn der Vierspänner durch ein Schlagloch fuhr – und deren gab es viel zu viele auf der ausgefahrenen Strecke –, spürte Hertha schmerzhaft ihre Gesäßmuskeln. Eine Weile schon hatte sie aus dem Fenster gesehen, doch langsam begann das immer wiederkehrende Einerlei von Wald und Feldern und Feldern und Wald sie zu langweilen. Sie schloss die Augen und lauschte auf die Geräusche der Kutsche: Da war der sechzehnfache Hufschlag der Rappen, der sich zu einem hellen Prasseln verschärfte, wenn die Fahrt über Kopfsteinpflaster ging, und der zum dumpfen Trommeln wurde, sobald die Kutsche wieder über Sand und Erde rollte. Da war das Knacken und Stöhnen des hölzernen Aufbaus, der in den Achsen ächzte, wenn der Wagen über Steine und Äste stolperte oder in ein Schlagloch tauchte. Hertha hörte das Klirren, Klappern und Scheppern des Geschirrs und dazwischen ein rhythmisches, feines Quietschen, das von der schlecht geölten Vorderachse herrühren mochte und sich zu unterhalten schien mit dem knarrenden Scharnier der speckigen Holztür. Bald glaubte sie, die Pferde an der Art ihres Schnaubens unterscheiden zu können.

Als der Wagen plötzlich mit einem Rad über einen dicken Ast rumpelte und heftig seitwärts schaukelte, schreckte Hertha hoch. Mit wachsender Befremdung sah sie den Mann an, der ihr gegenübersaß. Paul Tiefenbacher, ihr Gemahl, war in dem Fauteuil zusammengesackt, hielt die wurstigen Schenkel in den hautengen Beinkleidern ordinär gespreizt und döste mit halb offenem Mund vor sich hin. Unter seiner verrutschten Perücke sickerte Schweiß hervor und rann ihm über die Schläfe. Der plötzliche Stoß ließ seinen massigen Körper heftig hin und her schaukeln, was ihn jedoch nicht aus seiner Trägheit wecken konnte. Obwohl der Anblick sie anwiderte, ertappte Hertha sich dabei, wie sie auf sein eingezwängtes Geschlecht starrte, das sich deutlich unter dem weißen Hosenstoff abzeichnete. Beinahe erleichtert fühlte sie, wie ihre Wut und Verachtung wuchsen. Wie oft schon hatte er sie mit diesem herrischen Körperteil bedrängt und sie an ihre ehelichen Pflichten erinnert, hatte ihr Schmerzen zugefügt und ihr Stöhnen dann missverstanden. Wie oft hatte er ihr zu verstehen gegeben, dass er seiner anspruchsvollen Männlichkeit notfalls außerehelich Geltung verschaffen müsste, wenn Hertha ihm nicht bereitwillig entgegenkommen sollte.

Warum in aller Welt hatte sie das nur so lange mitgemacht? Und warum ließ sie es weiter zu? Je länger sie darüber nachdachte, desto kläglicher erschien ihr die Bilanz ihres gemeinsamen Lebens mit diesem einst so hoffnungsvollen Komponisten. Die Welt wollte er erobern mit seinen Sinfonien und Opern, und doch war er in all den Jahren über ein paar belanglose Gelegenheitskompositionen und tausend unvollendete Skizzen nicht hinausgekommen. Was hatte er ihr denn schon bieten können, der Herr »compositeur«, wie er sich häufig und selbstgefällig nannte: permanente Geldsorgen, zwei Fehlgeburten und einen Tripper, den er ihr von seinen zahlreichen Seitensprüngen mitgebracht hatte, mit denen er seine arme, verkannte Künstlerseele tröstete.

Wieder sah Hertha Tiefenbacher aus dem Seitenfenster der Postkutsche hinaus auf das gleichmäßige Einerlei von Wäldern und Feldern. Sie hatte sich zwar auf eine strapaziöse Reise gefasst gemacht, aber sie war der mühsamen Fahrt schon jetzt überdrüssig. Drei Tage waren sie nun schon in dieser stickigen Holzkiste eingesperrt, dabei hatten sie kaum mehr als die Hälfte der Strecke hinter sich gebracht und lagen hoffnungslos hinter dem Zeitplan zurück. Gestern hatte eines der Pferde Koliken bekommen, sie hatten es bei einem Bauern untergestellt und waren mit drei Zugtieren zur nächsten Relaisstation weitergefahren, was den Kutscher und alle Reisenden viel Nerven und fünf Stunden Zeit gekostet hatte. Immerhin ging es heute einigermaßen zügig weiter.

Und dann diese fette, eingebildete Pute neben ihr! Morgen würde sie versuchen, mit dem Tuchfabrikanten schräg gegenüber den Platz zu tauschen. So wie der sie immer wieder verstohlen anlächelte, würde er mit Freuden zustimmen.

»Reich mir das Schweißtuch! ... Hertha! Bitte, das Tuch!«

Sie schreckte aus ihren Gedanken auf, sah schuldbewusst zu ihrem Mann hinüber und versuchte zu lächeln.

»Ja, natürlich, *mon cher* – ich habe es gleich!«

Sie öffnete ihr Täschchen, nahm das gestickte Tuch heraus und beugte sich vor, um ihrem Mann die Stirn zu wischen. Doch wie sie es tat, passte es ihm nicht. So nahm er ihr unwirsch das Tüchlein aus der Hand und tupfte sich selbst den Schweiß ab.

Was wollte er nur am Ludwigsburger Hof? Ausgerechnet Ludwigsburg! Als ob Herzog Carl Eugen von Württemberg gerade auf so einen wie ihn gewartet hätte! Nach allem, was Hertha gehört hatte von diesem Landesherrn und seinem kostspieligen und anspruchsvollen Lebensstil, konnte das nicht gut gehen! Dass Paul durch die Empfehlung eines musikbegeisterten Rittmeisters des Herzogs den Posten bekommen hatte, würde ihm auf Dauer auch nicht helfen. Was hatte Paul Tiefenbacher denn schon vorzuweisen, wo er doch bis heute nicht einen einzigen Opernakt hatte fertig stellen können. Aber es war ja sein Wunsch gewesen, und außerdem – das musste sie sich eingestehen – brauchten sie das Geld.

»Verlangst du vielleicht nach einem Schluck Wass...«

Herthas Stimme erstarb, als sie sah, dass ihr Mann schon wieder döste. Plötzlich hörte sie, wie der livrierte Kutscher aufmunternde Kommandos schrie und die Peitsche knallen ließ. Das Gefährt zog an, und sie fuhren schneller. Hertha war erleichtert und hoffte, das glatte, ebene Stück Straße möge möglichst lang sein und sie schneller ans Ziel bringen. Doch meist blieb man nach wenigen Minuten schon wieder stecken.

Diesmal kam das Ende nach wenigen hundert Metern.

Der übermüdete Kutscher vergaß für einen Moment, dass das glatte, festgefahrene Sandbett in diesem Abschnitt der Strecke, die er eigentlich in- und auswendig kannte, gleich zu Beginn von einer unebenen Furt unterbrochen wurde, die man nur mit äußerster Vorsicht durchfahren durfte. In dem trügerischen Glauben, er habe die Furt bereits hinter sich und das folgende lange, ebene Straßenstück schon unter den Rädern, trieb er das Gespann mit knallender Peitsche bis hart an den Galopp heran und donnerte ahnungslos auf den Bach zu, der hinter einer Kurve quer über den Weg floss. Als er ihn sah, war es schon zu spät.

Der Wagen bremste hart, die Hufe peitschten das Wasser hoch, und Hertha flog auf den Schoß ihres Mannes. Die erschrockenen Schreie der Insassen mischten sich mit dem Gebrüll des Kutschers. Das linke Vorderrad des Kutschwagens sackte in eine tiefe Rinne, blieb im Morast stecken und zerbarst mit einem hässlichen Knirschen unter der Wucht des schweren Gefährts. Tief tauchte der Aufbau in die Lederriemen. Diese hielten der Belastung nicht stand und rissen mit einem lauten Knall. Der Fahrgastraum krachte auf die Vorderachse, versenkte sie im Matsch und kippte dann zur Seite. Hertha sah das schmerzverzerrte Gesicht ihres Mannes und begriff zunächst nicht, dass sie ihm ihr Knie in den Unterleib gebohrt hatte. Auch der Tuchfabrikant schrie vor Schmerzen, als die fette Lehrergattin gegen seine Schulter prallte. Dann rutschten alle zur Seite, dem gurgelnden Wasser entgegen, das durch den geborstenen Fußraum in die Kutsche drang. Zwar war das Wasser in der Furt nur knietief, doch der sächsische Zollinspektor, der ganz außen gesessen hatte, wurde von dem Knäuel zappelnder Körper so unglücklich in die lehmige Brühe gedrückt, dass er in starke Atemnot geriet. Es war die Dicke, die ihn schließlich beherzt am Revers packte und aus dem Wasser zog. Dann versuchten alle, so gut es ging, aus dem havarierten Gefährt hinauszuklettern.

Der Kutscher, der bei dem Unfall in hohem Bogen aus dem

Sattel geflogen war, prügelte draußen wie blindwütig auf die Pferde ein, von denen eines mit gebrochener Vorderhand zuckend im Schlamm lag, während die übrigen drei mit angstvoll glotzenden Augen vergeblich an der Deichsel zerrten. Außer sich vor Zorn riss er die Büchse aus dem Futteral neben dem Kutschbock, legte an und schoss dem verletzten Braunen in den Bauch, dass das Blut nur so spritzte, worauf das Tier sich noch eine Weile in Qualen wand, bis es endlich starb. Als er die Peitsche nahm und erneut auf die anderen Pferde einzuprügeln begann, stapfte der Tuchfabrikant mit grimmiger Miene durch den Schlamm zu dem Mann hinüber, riss ihm die Peitsche aus der Hand und schlug ihm mitten ins Gesicht.

»Beherrsche Er sich! Contenance! Dort hinten warten Damen! Wenn Er ihnen nicht unverzüglich beisteht, wird Er sein Lebtag keinen Kutschbock mehr besteigen – dessen sei Er gewiss!«

Der Kutscher erstarrte und stierte dem Fahrgast sekundenlang mit irren Augen ins Gesicht. Er schwankte zwischen Angst und Wut und wusste nicht, ob er zurückprügeln oder lieber vorsichtig sein sollte. Endlich fasste er sich wieder und wandte sich ab. Stumm machte er sich am Geschirr zu schaffen, um die Rappen auszuspannen. Dann lud er den Vorderlader nach.

Währenddessen versammelten die erschöpften Reisenden sich an der Böschung am Wegesrand und untersuchten ihre schmerzenden Glieder. Paul Tiefenbacher hockte sich mit zusammengepressten Schenkeln auf das Gras und fixierte seine Frau mit harten Augen. »Wage das nicht noch mal!«, zischte er ihr zwischen zusammengebissenen Zähnen zu, als ob Hertha ihn absichtlich zwischen die Beine geschlagen hätte. Hertha zwang sich, seinem Blick standzuhalten, und zuckte mit den Schultern. Doch ehe Paul Tiefenbacher noch etwas sagen konnte, wurde die Aufmerksamkeit der Reisegruppe auf eine abgerissene Gestalt gelenkt, die in diesem Moment um die Straßenbiegung kam. Sofort waren alle alarmiert. Auch der fremde

Wanderer schien sich in einem ersten Reflex in die Büsche schlagen zu wollen, als er die Menschen neben der havarierten Kutsche bemerkte. Doch dann besann er sich und kam vorsichtig näher. Langsam hob der Kutscher das Gewehr und legte an. »Halt, du Gauner! Bleib stehen, wenn dir dein Leben lieb ist!«

Leander Lautenschläger sah die Reisegesellschaft mitsamt der umgestürzten Postkutsche wie einen schwarzen Scherenschnitt vor dem blutigen Abendrot. Erst als er näher kam und die flächigen Schatten zu Gesichtern wurden, erkannte er, dass der Kutscher mit dem Gewehr auf ihn zielte. Eigentlich war das nichts Ungewöhnliches, denn Leander hatte im Laufe seines Lebens sicherlich einem Dutzend Gewehr- oder Pistolenmündungen gegenübergestanden; er hatte des Öfteren den Blitz des Mündungsfeuers gesehen und den Schuss gehört, der für seine fast völlig ertaubten Ohren nichts weiter war als ein zartes Plop! – etwa so wie das Geräusch eines Flaschenkorkens, wenn er gezogen wird. Zum Glück waren die Waffen immer schlecht und die Schützen noch schlechter gewesen. So war Leander, bis auf einmal, als eine Kugel seinen Oberschenkel gestreift hatte, ungeschoren davongekommen. Doch jetzt wurde ihm mulmig zumute. Es war zu spät, um davonzulaufen, und der Mann, der auf ihn zielte, schien bei aller Wut, die aus seinem herrischen Gehabe sprach, über ein gutes Auge und einen sicheren Stand zu verfügen. Und er hatte ihn voll im Visier.

Natürlich hörte Leander nicht, was der Mann rief. Sollte er mit erhobenen Händen näher kommen? Sollte er stehen bleiben? Vorsichtshalber hielt er an und hob ganz langsam die Hände.

»Komm langsam näher!«

Leander reagierte nicht.

»Komm näher, habe ich gesagt!«

Leander sah, dass der schlammbespritzte Kutscher ihm etwas zurief. Aber was? Er zögerte und deutete ein Schulterzucken an.

Der Kutscher fühlte die fragenden Blicke der Reisegesellschaft auf sich, er spürte ihre mit Angst vermischte Neugier, ob er dieser Situation wohl gewachsen sein würde. Er senkte seinen Kopf über den Gewehrlauf, um besser zielen zu können.

Für Leander Lautenschläger war allein das Gehör ein zuverlässiger Sinn – und die entscheidende Verbindung zu seinem innersten Wesen. Doch seit er vor zwei Jahrzehnten taub geworden war, hatte er allmählich – aus schierem Überlebensinstinkt heraus – begonnen, seine verbleibenden Sinne zu besonderer Schärfe zu entwickeln. So geschah es also, dass er jetzt, im Moment höchster Gefahr, das Unheil kommen sah. Fast hätte man sagen können, dass Leander die Wut und Entschlossenheit des aufgebrachten Kutschers roch, dass er den Geschmack des eigenen Todes auf der Zunge spürte und die Detonation des kommenden Schusses wie einen kalten Hauch auf seiner Haut fühlte.

Als er den jähen Feuerschein des Schwarzpulvers sah, war er schon zur Seite gesprungen und aus der Schusslinie. Scharf spürte Leander den kompakten Luftwirbel, als die Kugel um eine Fingerbreite an seiner Schläfe vorbeijagte, ploppend hörte er Sekundenbruchteile später den Schuss. Diesmal waren Waffe und Schütze gut gewesen, doch er selbst war schneller. Der junge Mann rappelte sich wieder auf und rannte, so schnell es seine Fußlappen zuließen, zum Kutscher, der zeternd vor Zorn den Ladestock wieder in den Lauf der Waffe stieß. Leander riss ihm das Gewehr aus der Hand, stürzte damit auf die verdutzte Reisegesellschaft zu und rammte die Flinte mit der Mündung voran in den Lehm. Dann baute er sich vor der Gruppe auf und gestikulierte wild mit seinen Händen vor Mund und Ohren, wobei er zugleich das hervorstieß, was ihm in seiner verkümmerten Sprache noch an verstümmelten, gutturalen Wortbrocken zur Verfügung stand.

»Der Kerl ist taub«, rief der Tuchfabrikant dem Kutscher zu, »er kann nicht hören. Mir scheint er harmlos. Rege Er sich also nicht so auf und kümmere Er sich um unser Gepäck! Der Krüppel soll tragen helfen. Wo ist das nächste Wirtshaus?«

Nach einer halben Stunde waren sie so weit und machten

sich auf den Weg: vorneweg der Kutscher, in der einen Hand das Gewehr, in der anderen die Zügel des Rappen, auf dem er zuvor selber gesessen hatte und auf dem nun Hertha Tiefenbacher ritt. Die Frau des Komponisten saß jedoch sehr unbequem, denn rechts und links am Bauch des Pferdes baumelten Kofferkisten, die mehr schlecht als recht mit Seilen festgezurrt waren und der Reiterin kaum Platz für ihre Beine ließen. Zudem war ihr rechter Fuß nackt, weil ihr eleganter Schnallenschuh im Matsch versunken war.

Das nächste Pferd trug die dicke Schulmeistergattin, die wider Erwarten und trotz ihres schlammbespritzten Kleides im Sattel deutlich an Eleganz und Anmut gewann. Der dritte Rappen, der jetzt als Packesel diente, blutete aus der Flanke und strauchelte mehrmals unter dem wankenden Gebirge aus Kisten, Postsäcken und Koffern auf seinem Rücken. Die Männer gingen zu Fuß und trugen nur ein paar Kleinigkeiten, da sie die restlichen Gepäckstücke auf Leanders breites Kreuz geladen hatten.

Leander Lautenschläger war froh darüber, nach der gefährlichen Begegnung so schnell seine Rolle in dieser Reisegesellschaft gefunden zu haben. Erleichtert stellte er fest, dass niemand sich weiter für ihn, geschweige denn für sein Bündel interessierte, welches er unauffällig zwischen den anderen Lasten versteckt hatte. Eine eigentümliche Nervosität hielt ihn seit dem Moment gefangen, als er beim Umpacken zufällig bemerkt hatte, wie Paul Tiefenbacher ein Heft mit Notenpapier in seinen Koffer zurücksteckte. Der Komponist schleppte auch ohne zusätzliches Gepäck schwer an seinen Pfunden und fluchte in regelmäßigen Abständen leise vor sich hin.

Eine Weile trotteten alle schweigend hintereinander her. Der Vollmond hatte das Abendrot abgelöst und tauchte die Landschaft in ein mattsilbernes Licht. Schwarze Schatten schlugen quer über den Weg und gossen Streifen tiefer Nacht vor den Wanderern aus. Die Zeit drängte. Kurz vor Ende des Waldes gab der Kutscher das Zeichen zum Anhalten. Hertha Tiefenbacher zuckte zusammen, als vor ihr eine wundersame Gestalt aus dem Nichts ins Mondlicht trat. Sie und die anderen Damen waren noch nie in der Dunkelheit auf der Straße gewesen – erst recht nicht draußen in der Wildnis. Sie hatte dutzende Geschichten gehört über Wegelagerer, Verstümmelte, Untiere und Aussätzige, Hexenmeister und Fabelwesen, über Irre, Wüteriche und Wolfsmenschen und von Enthaupteten, die des Nachts ihren Kopf unter dem Arm trugen.

Das Wesen, das jetzt auf sie zuwankte, bot Stoff für weitere gruselige Moritaten, die man unbotmäßigen Kindern am Ofen in der Stube erzählen würde: Die Gestalt sah aus wie ein Baumstamm auf Beinen und mochte etwa doppelt so hoch sein wie ein ausgewachsener Mann. Zunächst sahen die Reisenden nichts als diese klobige Silhouette, die sachte auf unsicheren Beinen schwankte wie ein Stock, den Kinder auf dem Finger balancieren. Als die Beine einen Schritt vorwärts taten, schaukelte das Ungetüm langsam näher. Dabei schepperte und klapperte, rasselte und knarrte es leise, dass der Reisegesellschaft angst und bange wurde. Sie drückten sich an den Wegesrand und ließen das Ding passieren. Erst als es unmittelbar neben ihnen ging, erkannten sie, was es wirklich war: ein Hausierer und Wanderhändler mit seiner meterhohen Kraxe auf dem Rücken, an der er Löffel, Töpfe, Schütten und Messbecher aller erdenklichen Formen und Größen verstaut hatte. Mit diesem üppigen Arsenal von Haushaltsgeräten und nützlichen Kleinigkeiten wie Zunder und Wurzeln, Flintensteine, Wachskugeln und Rosenkränze zog der Mann von Gehöft zu Gehöft, um das eine oder andere Teil misstrauischen Bauersfrauen aufzuschwatzen. Die kauften manchmal nur deshalb von ihm, damit dieser seltsame Mann bald weiterzöge mit seinem Turm auf dem Rücken und nicht noch Gelegenheit fände, ihr karges Hab und Gut auszubaldowern. Denn Diebe und Betrüger waren sie doch fast alle, und jedermann machte drei Kreuze, wenn solcherlei Gesindel den Hof endlich wieder verlassen hatte. Vorsichtig grüßend und das Gewehr des Kutschers nicht aus den Augen lassend schaukelte der Wanderhändler an der Gesellschaft vorbei, und man hätte nicht sagen können, wer vor wem mehr Angst hatte.

Nach einer halben Stunde erreichten sie endlich die Schänke. Der Gestank nach Kohl, Ruß, Schweiß und Schimmel war überwältigend. In dem niedrigen Schankraum brannte hinten ein Feuer, über dem ein großer Eisenkessel an einer Kette hing, der langsam hin und her schaukelte. Ab und zu tauchten die glänzenden Glatzen zweier dicker Kohlköpfe tanzend aus dem kochenden Wasser. Drei grob gezimmerte Eichentische mit massigen Bänken an den Längsseiten boten Platz für drei Dutzend Gäste, doch bis auf den Wirt und drei grölende, stinkende Bauernburschen war die Stube leer. Ein einziges blakendes Wachslicht spendete weniger Licht als draußen der Mond.

Als sich die Tür öffnete und die Reisenden einer nach dem anderen eintraten, verstummte das laute Gespräch. Die Burschen glotzten blöde die Frauen an. Einen Moment lang hielt der Wirt inne, dann eilte er hinter seinem Tresen hervor und machte drei Bücklinge. Unsicher schaute er von einem zum anderen, um ja nicht den Falschen anzusprechen und damit das unverhoffte Geschäft zu gefährden. Schließlich entschied er sich für Paul Tiefenbacher.

»Zu Diensten, meine Herrschaften. Stets zu Diensten! Wie ich wohl sehe, brauchen die Herrschaften, die Damen zumal« – bei diesen Worten buckelte er mehrfach in Herthas Richtung – »ein gutes Essen, den einen oder anderen Trank und dero Wohlgeboren, so will ich annehmen, sicherlich auch eine Bettstatt für die Nacht, die hier draußen recht kalt und stürmisch werden kann, wie ich höflichst bemerken darf. Ich bitte, Platz zu nehmen. Es wird gleich aufgetragen! Haut ab! Schert Euch!«, rief er dann in Richtung der Bauernburschen. Von einer Sekunde auf die andere war seine devote Stimme in lautes Gebrüll umgeschlagen. Immer noch blöde glotzend polterten die Angesprochenen aus dem Raum. Der Wirt sah kurz Leander an und wollte ihm schon hinterherjagen, besann sich dann aber. Eilfertig schob er Paul Tiefenbacher auf die Bank und machte den anderen einladende Zeichen, sich neben ihn zu setzen. Er nahm eine Schaufel Sand, streute sie über den Tisch und schmirgelte die Essensreste früherer Gäste von der Platte. Dann huschte er zurück hinter seinen Tresen und bellte mit scharfer Stimme durch die hintere Tür ins Haus hinein: »Gunhild! Schnell! Gäste! Mach Kartoffeln! Und hol Bier! Viel Bier!«

Gunhild mochte seine Frau sein, seine Tochter oder beides zugleich. Sie war jung und krank, hatte ihre klebrigen Haare zu einem Zopf gebunden, trug ein langes, schweres Leinenkleid und zog einen Fuß ein wenig nach. Über der linken Schläfe wölbte sich eine blaue Schwellung, die, falls jemand fragen sollte, von der Eichenklappe über der Kellertreppe herrührte. Als die Frau die vielen fremden und für sie unfassbar hoch gestellten Menschen in ihrer Gaststube sah, schlug sie vor Schreck die Hände vor dem Mund zusammen und wäre beinahe gestolpert. Doch ein weiteres schneidendes »Gunhild!« des Wirts erinnerte sie an ihre Pflichten, und so huschte sie zur Feuerstelle und begann, geschäftig am Kessel zu hantieren.

Nach dem Essen deutete der Wirt mit einem Lächeln, das seine Unsicherheit kaum kaschieren konnte, um die Ecke in einen niedrigen Alkoven neben der Schankstube. »Bitte sehr! Bitte sehr, die Herrschaften! Wenn die Strohsäcke nicht reichen, werde ich noch welche heranschaffen, damit die Damen – und die Herrschaften natürlich auch! – den rechten Komfort haben für die Nacht! Bitte sehr!« Wieder lächelte er säuerlich und hieß Paul Tiefenbacher in das dunkle Loch schauen.

Zunächst sah Tiefenbacher gar nichts und roch nur Moder, scharfen Urin, Erbrochenes und Schimmel.

»O ich Unseliger! Ein Licht! Selbstverständlich!«

Der Wirt wuselte davon und kam mit der Kerze wieder, die er mit der freien Hand schützte, damit sie nicht verlöschte.

Als Paul Tiefenbacher erneut in das Loch blickte, schoss unmittelbar vor seinem Gesicht fauchend eine Katze ins Freie, sodass er zusammenzuckte. Er schloss die Augen und stöhnte leise. Der fensterlose und nach drei Seiten hin abgeschlossene Schlafraum mochte wohl vier auf fünf Meter messen und wurde zur Gänze von einem einzigen riesigen Bettgestell ausgefüllt. Auf dem grob gezimmerten Gerüst lagen wild verstreut ein halbes Dutzend schlaffe Strohsäcke und mehrere schmutzstarrende löchrige Wolldecken. In den Ecken klebten Reste von Exkrementen und angetrocknetem Erbrochenen, und über die Bretter huschten Heerscharen von Wanzen und Kakerlaken.

»Wasch das ab, bevor wir in diesem Loch schlafen!«

»Selbstverständlich, mein Herr! Selbstverständlich. Gunhild! Den Putzeimer! Schnell!«

Als sie endlich alle lagen, versuchte Paul Tiefenbacher lange Zeit vergeblich, nicht auf die Bisse der Flöhe und Wanzen zu achten. Die Verzögerung der Reise passte ihm gar nicht. Musste das ausgerechnet ihm passieren? Hoffentlich würde er noch rechtzeitig beim Herzog ankommen. Es wäre einfach fatal, beim Antrittsbesuch zu spät am Hof zu erscheinen. Und das alles nur, weil dieser Idiot von Kutscher nicht Acht geben konnte! Gedankenverloren betastete Tiefenbacher seinen Unterleib. Immerhin spürte er keine Schmerzen mehr. Er fragte sich, ob Hertha ihn etwa absichtlich getreten hatte, um ihm wehzutun. Ausschließen wollte er es nicht. Das Letzte, was Paul Tiefenbacher noch hörte, bevor er spät in der Nacht endlich einschlief, war das Rascheln der Ratten unter dem Bettgestell. Seine Frau hingegen schnarchte längst, eng an die dicke Gattin des Schulmeisters geschmiegt, die ihre feisten, nackten Arme fest um sie geschlungen hatte.

Leander Lautenschläger machte der Schmutz nichts aus, er kannte es kaum anders. Für seine Verhältnisse schlief er sogar recht komfortabel: Es fror nicht, es regnete auch nicht, es kamen keine Wölfe oder Füchse, um an seinen Vorräten oder an ihm selbst zu zerren, und es glitten auch keine Schnecken oder Spinnen über sein Gesicht. Das Einzige, was ihn störte, war die Gesellschaft so vieler Menschen. Darum hatte er sich, von den anderen abgewandt, in eine ferne Ecke des großen Bettes verkrochen.

Im Traum sah er Klänge in allen Regenbogenfarben, hörte Sinfonien, Arien und Orgelwerke, er komponierte die kühnsten Harmonien, die eingängigsten Melodien und die gewaltigsten Kadenzen, die je ein Mensch ersonnen hatte. Er verstieg sich in die ungewöhnlichsten Tonarten, malte mit ihren Klangfarben ergreifende Bilder und kehrte über wundersame Modulationen wieder zur Grundtonart zurück. Und dazwischen vernahm er immer wieder die Klänge, die er so liebte und an denen er sich berauschen konnte: sinnliche, ekstatische, betörende Frauenstimmen.

3. Dissonanzen

Schon beim Aufstehen hatte Nicolaus Springfeld es geahnt: Der Fürst würde heute schlecht gelaunt sein. Wie sich bald herausstellte, waren die Befürchtungen des herzoglichen Haarkräuslers noch reichlich untertrieben, denn beim Lever erwies Carl Eugen von Württemberg sich als das reinste Ekel und machte bis zum frühen Abend keinerlei Anstalten, sich anders denn als unausstehlicher Widerling zu gebärden. Obwohl er diesmal ausnahmsweise bis elf Uhr geschlafen hatte und sich nicht schon wie üblich nach vier bis fünf Stunden hatte wecken lassen, hatte der Fürst seit dem frühen Morgen Kopfschmerzen und Magenkrämpfe, wobei er die erste dieser Misshelligkeiten richtigerweise auf den ungewohnten Genuss von Rotwein am Abend zuvor zurückführte. Das kolikartige Gewürge in seinen Gedärmen erklärte er sich jedoch fälschlicherweise damit, dass seine liebreizende Tänzerin und Mätresse Natalie Navarre ihm zu später Stunde die ihm geziemende Lendenerleichterung versagt hatte, weil sie unpässlich war. Das musste folglich die schmerzhaften Blähungen in seinem Leib verursacht haben.

»Sei Er behutsamer und fasse Er mich nicht so grob an!«, herrschte er den Haarkräusler an, der in devoter Haltung hinter ihm hockte, mit gelenkigen Fingern das schüttere Haupthaar des Fürsten ölte und dabei dessen schuppige Kopfhaut massierte.

»Ich bitte untertänigst um Vergebung, Durchlaucht«, murmelte Nicolaus Springfeld und verfluchte in Gedanken jenen Tag, an dem er dieses nutzlose und doch so einträgliche Amt bei Hofe von seinem schwindsüchtigen Vetter geerbt hatte. Behutsam tauchte er seine Finger in die Porzellanschale mit Rosenöl und begann zaghaft, jene Stelle der herzoglichen Wirbelsäule am oberen Halsansatz zu massieren, die nach seiner Erfahrung am ehesten geeignet war, seinem Herrn Entspannung zu verschaffen. Aus den Augenwinkeln warf er einen prüfenden Blick auf die Perücke, die neben ihm auf dem Ebenholzständer hing, und stellte entsetzt fest, dass sein Gehilfe sie unsauber gepudert hatte. Dieser Kerl! Dafür würde er dem Jungen zwölf Stockschläge verpassen! Hoffentlich bemerkte der Herzog es nicht! Immerhin schien Carl Eugen sich vorerst nicht mehr mit ihm zu beschäftigen.

»Kapellmeister! Wo steckt Er denn?! Kapellmeister! Und der Medicus! Wenn man ihn braucht, ist er nicht da! Niemand ist da, wenn ich ihn rufe! Was meinen die Herrschaften eigentlich, wo sie hier sind?«

Der Leibarzt des Herzogs, der hinter einer Säule mit einer albern kichernden Zofe schäkerte, zuckte erschrocken zusammen und eilte auf seinen Patienten zu. Dessen Beschwerden waren auch heute wieder die üblichen. Gleichwohl musste er aufpassen, bei seinem Herrn nicht den Eindruck respektlosen Desinteresses hervorzurufen.

Jetzt erschien auch der Kapellmeister. Er arbeitete sich bis zum Herzog vor, wobei er mehrere weit ausgestellte Reifröcke umrunden musste und es nicht versäumte, die Damen bei der Gelegenheit zu grüßen.

»Ja! Selbstverständlich! Zu Diensten! Immer zu Diensten, Durchlaucht!«, flötete der Musikus mit seiner hohen, scharfen Stimme, die er für melodisch und verführerisch hielt. Der kleine spindeldürre Mann mit den O-Beinen, die unter seinen Puffrosetten noch dünner wirkten, blieb in respektvollem Abstand vor seinem Gebieter stehen und wartete mit leicht geneigtem Kopf auf die herzoglichen Anweisungen.

»Was ist mit der Oper?«

Vinzenz van Eisenmann, seines Zeichens herzoglich-württembergischer Musik-Director und Hofkapellmeister am Schlosse zu Ludwigsburg, hatte es befürchtet. Wie hatte er nur hoffen können, dass sein Herr sich diesmal nicht nach der Oper erkundigen würde! Selbstverständlich musste er danach fragen, wo er es seit drei Wochen doch beinahe jeden Tag tat. Eisenmann wünschte, er hätte sich mehr um die Oper als um seine Farbenorgel gekümmert. Es war ihm schließlich klar, dass der Herzog seine Experimente mit der Farbenmusik nur so lange dulden würde, wie er seinen Hauptpflichten, nämlich für die Hofoper zu komponieren, ohne Verzögerung nachkam. Siedend heiß fielen ihm jetzt wieder die vielen Nachtstunden ein, in denen er an seiner Maschine gebastelt, aber keine einzige Note geschrieben hatte. Fieberhaft suchte der Musikus nach einer weiteren glaubhaften Ausrede für die Verzögerung.

»Bald, Durchlaucht – sehr bald!«

»Erkläre Er sich genauer! Er weiß, dass Er meine Geduld in dieser Angelegenheit schon aufs Äußerste beansprucht hat! Wie mir zugetragen wurde, hat Er sich wieder mehr mit seinen Hirngespinsten befasst als mit der seriösen Kunst!«

Vinzenz van Eisenmann zuckte zusammen. Der Herzog hatte genau den wunden Punkt getroffen.

»Wollte Er zudem nicht schon längst für das kommende Festin eine Feuerwerks-Serenade komponieren«, fuhr der Herzog fort, »die jener dieses Engländers, der da unlängst verstorben ist, in nichts nachsteht? Wie hieß er doch? Henner? Händler? ... So helfe er mir doch!«

Der Kapellmeister versuchte, den Kloß im Hals herunterzuschlucken und beobachtete eingeschüchtert, wie sein Herr das gepuderte Gesicht zu einer Grimasse verzog, während er mit glucksenden Schlucken eine ölige Kräutermixtur seines Leibarztes in sich hineinstürzte.

»Händel heißt er, wie Durchlaucht zutreffend bemerken, Georg Friedrich Händel. Seine Musik ist prächtig, doch die meine wird sie in allem weit übertreffen, wie ich in aller Bescheidenheit versprechen darf. Da beide Werke den hohen musikalischen Ansprüchen Eurer Durchlaucht genügen werden müssen, bitte ich um gnädiges Verständnis, denn so umfangreiche und difficiliter zu instrumentierende Kompositionen fordern einen beträchtlichen Aufwand, der sich nicht nur in meiner bescheidenen Arbeit äußert, sondern gleichermaßen oder gar noch mehr in zahlreichen weiteren Diensten wie die des Kopierens ...«

»Verschone Er mich mit diesen Petitessen und rede Er nicht so geschwollen daher wie ein Kanzleirat! Ich merke wohl, dass es mit diesen Dingen, die – wie er wohl weiß – mir sehr am Herzen liegen, weit weniger verlässlich vorangeht, als er mich seit Wochen glauben machen will. Wohlan! Ich bin kein Unmensch und schätze Seine Person und Seine Kunst über alle Maßen. Um Ihm die gebührenden Freiheiten für Seine künstlerische Entfaltung zu gewähren, darf ich Ihn darüber in Kenntnis setzen, dass Er ab dem 15. des folgenden Monats in seinem Amte Unterstützung finden wird durch den Compositeur ...« Hier unterbrach der Herzog seine Rede, neigte sich zu seinem Berater schräg hinter ihm, der ihm den Namen ins Ohr flüsterte, worauf Carl Eugen von Württemberg den Faden wieder aufnahm: »Paul Tiefenbacher aus ...« Wieder formte der Berater kaum sichtbar die Lippen, als er in das herzogliche Ohr hauchte – »... aus Magdeburg. Bei aller Wertschätzung sei Ihm expressis verbis versichert, dass es sich um ein Verhältnis der Gleich- und nicht der Unterordnung handelt. Fürderhin werde ich nach Ablauf eines halben Jahres dekretieren, wer von beiden den musikalischen Ansprüchen des Hofes am ehesten gerecht zu werden in der Lage ist. So mag Er denn für heute gehen und Seinem Kopisten zu arbeiten geben!«

Betreten stand Vinzenz van Eisenmann vor seinem Herrn und wäre am liebsten im Boden versunken. Natürlich hatten alle Anwesenden bis zur letzten Zofe die Degradierung und den Beinahe-Rauswurf des Hofkomponisten mitbekommen, und mancher machte sich seine Gedanken, was der Herzog ihm selbst wohl vorwerfen könnte. Mit einem gezwungenen Lächeln unter der Perücke schlich der Kapellmeister durch die Gasse der Höflinge aus dem Saal hinaus. Kaum hatte sich die doppelflügelige Tür hinter ihm geschlossen, begann er zu wanken und wäre beinahe auf dem Gang zusammengebrochen. Doch dann kam ihm ein Gedanke, der ihn notdürftig wieder aufrichtete: Wer um Himmels willen war Paul Tiefenbacher aus Magdeburg? Diesen Namen hatte er noch nie gehört. Berühmt war er jedenfalls nicht – und vielleicht auch kaum gefährlich.

Am nächsten Morgen hallte der Schlosspark wider vom Dröhnen der Hämmer und dem Kreischen der Sägen. Dazu mischten sich die Kommandos der Aufseher und Vorarbeiter, das Schnauben und Wiehern der Pferde, das Stöhnen und Rufen der Männer und das brodelnde Geräuschewirrwarr einer Großbaustelle, auf der Flaschenzüge knarren und quietschen, Balken über Stein und Erde schleifen, schwere Lasten donnernd abgesetzt werden und Karren polternd über zerfurchte Wege rumpeln und dabei Fontänen von Matsch aus den Pfützen schleudern. An die dreihundert Tischler, Zimmerleute, Maler und Handlanger waren an diesem milden, aber windigen Frühlingsmorgen über die Großbaustelle des Herzogs ausgeschwärmt, hatten sich der ausgeklügelten Choreographie des Architekten gefügt und sich auch heute wieder der schier übermenschlichen Aufgabe hingegeben, dem Herzog binnen weniger Monate ein riesiges Opernhaus zu bauen. Es sollte ganz aus Holz sein, drei Stockwerke hoch und mit Platz für dreitausend Menschen. Damit würde es fast zehnmal so groß wie das alte Theater im Westflügel des Schlosses werden, das Seiner Durchlaucht nicht mehr genügte. Das größte und prächtigste Opernhaus von ganz Europa sollte es werden. Vor wenigen Tagen erst hatten sie die zweite Etage in Angriff genommen. An mehreren Stellen zogen die Zimmerleute schwere Holzbalken an Flaschenzügen in die Höhe und verankerten sie über den ersten Stützsäulen.

Wie an jedem Tag um kurz vor zehn sahen die Arbeiter oben auf den Gerüsten auch diesmal schon von Ferne den Architekten und Theatermaler Julius Kahlenberg mit ausladenden Schritten und wild gestikulierend vom Schloss zur Baustelle eilen. Wie immer war er umschwärmt von seinem kleinen Hofstaat aus Aktenträgern, Beratern, Obervorarbeitern und seinem frisch angeheuerten persönlichen Gehilfen, der ihm jedes Wort von den Lippen ablas und die Aufträge seines Herrn gleich dutzendweise in sich aufsog. Die zweizöpfige, im Wind wehende Perücke und die flatternden grünen Rockschöße ließen den Architekten von oben aussehen wie einen großen Käfer im Sommerwind. Auch Kapellmeister Vinzenz van Eisenmann gehörte heute mit zu dem Grüppchen, denn der Orchestergraben schien ihm zu klein zu sein, und darüber wollte er mit dem Architekten an Ort und Stelle reden. Der kleine dünne Mann wirkte neben dem massigen Architekten noch unauffälliger, als er ohnehin schon war.

Zielstrebig schritt Julius Kahlenberg in das offene Rund des entstehenden Theaterbaus hinein, ging auf die erste Säule zu und begann noch im Gehen mit seinem dröhnenden Bass lautstark zu schimpfen. Sofort hielten die meisten Handwerker auf den Gerüsten mit ihrer Arbeit inne, neugierig, was passieren würde.

»Es ist doch nicht zu glauben! Wo ist der Unglückselige, der diese Katastrophe zu verantworten hat? Man hole unverzüglich den Maschinisten herbei! Diese Kapitelle! Ein Unding! Das passt doch nicht! Das geht doch nicht!«

Blitzenden Auges, die Schläfenader vom Zorn geschwellt, sah der Architekt in die Runde der Männer, die eilfertig zustimmend nickten und Verständnis heuchelten, obwohl keiner der sechs Herren eine Ahnung hatte, was den obersten Baumeister des Herzogs dermaßen aufregte.

»Ich bitte Euch, verehrter Kollege, weshalb echauffiert Ihr Euch so?«

Friedhelm Sproß, seines Zeichens Theatermaschinist und Oberaufseher über alle Zimmerleute, Tischler, Schreiner und Bühnendekorateure, kletterte betont langsam von einer Leiter herunter und lächelte aus seinen wasserblauen Augen den vor Zorn bebenden Architekten freundlich an.

»Da fragt Ihr noch!«, schnaubte Kahlenberg und stieß mit seinem Spazierstock wütend in Richtung der begonnenen Säulenreihe neben ihm, die, wenn sie einmal fertig sein würde, aus achtundvierzig Teilen bestehen und den ersten Rang der Zuschauertribünen stützen würde, welche rund um den glockenförmigen Saal vorgesehen waren. »Ihr fragt allen Ernstes, weshalb ich mich so echauffiere? Mein lieber Sproß, Ihr steht mindestens ebenso lange in Diensten des Herzogs wie ich und seid ein kundiger Mann – jedenfalls hatte ich bis heute keinerlei Anlass, daran zu zweifeln ...«

»Und jetzt meint Ihr, einen zu haben?«, unterbrach ihn der Maschinist immer noch freundlich lächelnd.

»Seht Ihr das denn nicht? Dies sind eindeutig dorische Säulen männlichen Geschmacks. Und solcherart Säulen stimmen überhaupt nicht mit der ihnen zugewiesenen Funktion überein, nämlich der, einen Theatersaal zu stützen. Und dies hier, mein lieber Sproß, ist nun mal ein Theatersaal, wie Ihr doch wohl ebenfalls bemerkt haben werdet! Es fehlt an Ornamentik, es fehlt an Ausschmückung, es fehlt an ... ach, es fehlt einfach an allem! Was nützt die beste Distribution und Ordonnance des Architekten, wenn die Convenance, für die nun mal Ihr zuständig seid, vorne und hinten nicht stimmt!«

Selbstverständlich kannte der Theatermaschinist sich in den strengen Regeln der Baukunst des 18. Jahrhunderts ebenso aus wie der Architekt und wusste um die genauen Vorgaben der antiken Lehrbücher, die vorschrieben, welcher Säulentyp und welches Kapitell zu welchem Gebäudetyp passte und dass die schlichtere dorische Form, die er von seinen Handwerkern hatte ausführen lassen, eher Sakral- und Zivilbauten angemessen war als einem Opernhaus. Andererseits hätte die vorgeschriebene Composito-Form einen ungleich aufwändigeren Unterbau aller achtundvierzig Säulen-Kapitelle erfordert, was den knappen Zeitrahmen des Bauprojektes klar gesprengt hätte. Friedhelm Sproß hatte mit dem Protest des Architekten gerechnet und sich schon überlegt, was er sagen würde.

»Hoch geschätzter Kollege und Meister! In der Tat ist diese Petitesse – mit Verlaub, um nichts anderes handelt es sich hier – Eure Aufregung nicht wert, denn zum einen hat seine Durchlaucht höchstpersönlich, wie Er sich vielleicht erinnern mag, einer größeren Bescheidenheit in der Ausfuhr der Säulen zugestimmt, denn das lenkt den Blick stärker auf die mutige Gesamtarchitektur und bringt den genialen Wurf umso vortrefflicher zur Geltung. Zum andern sind die Exemplare, die er bemängeln zu müssen glaubt, realiter noch nicht ganz fertig gestellt, denn es fehlt eine gemalte Applikation unter den Kapitellen, die durchaus Elemente des Composito-Stils enthalten und somit Seinen Wünschen entgegenkommen wird.«

Nach diesen gezielten Schmeicheleien fiel der Zorn des Architekten wie beabsichtigt in sich zusammen. Um sein Gesicht zu wahren, klopfte Julius Kahlenberg noch ein paarmal mit einem geringschätzigen Knurren gegen die Säule, schüttelte skeptisch den Kopf, wobei seine Perückenschöße schlackerten, und drehte sich dann zu seinem Kollegen um: »Nun gut, mein lieber Sproß, nun gut. Wie ich sehe, ist Er sich des Problems durchaus bewusst – aber er wird es ja noch richten ... Nun gut also, wohlan! Wo ist doch gleich der Kapellmeister? Der hatte doch noch Fragen.«

Kapellmeister Vinzenz van Eisenmann schubste einen der Bauleiter zur Seite und drängelte sich zu Kahlenberg nach vorne. »Hier bin ich, werter Kollege, hier! Es geht um den Orchestergraben.«

Irritiert runzelte der Architekt die Stirn. Nach dem allgemein gültigen Hierarchiebewusstsein hatte der Hofkomponist nach seiner quasi öffentlichen Degradierung vorerst kaum noch das Recht, die anderen hoch gestellten Künstlerpersönlichkeiten bei Hofe als Kollegen zu bezeichnen. Als der Architekt also den Hofkomponisten ansprach, schwang ein Hauch von Verachtung in seiner Stimme mit: »Mein lieber Musikus! Will er seine Oper etwa morgen schon probieren lassen? Ist sie gar schon fertig? Oder sollen beim nächsten Festin die Zimmerleute in Ermangelung besserer Notenvorlagen lieber Zunftlieder grölen und auf ihren Sägen spielen? Das würde sicher vortrefflich mit seiner Maschine konvenieren, an der er immerfort schraubt und sägt! Das wird eine Heiterkeit geben!«

Vinzenz van Eisenmann versuchte, die Beleidigung ebenso zu überhören wie das unterdrückte Lachen der Handwerker auf den Baugerüsten. Er bemühte sich, seine bebende Stimme unter Kontrolle zu halten. Was wussten diese Ignoranten schon von den Feinheiten der Sinneskreuzung und von ihrer Bedeutung für die Künste!

»Werter Herr, da Er weit davon entfernt ist, von meinen Angelegenheiten so viel zu verstehen wie von den Seinen, will ich ihm den Sachverhalt erklären. Wie Er wohl weiß, legt Seine Durchlaucht äußersten Wert auf eine angemessene Ausstattung des Theaterbaus, welche der Kunst jede erdenkliche Entfaltungsmöglichkeit bieten soll. Denn eines ist gewiss: Sollte dieses Gebäude jemals fertig werden, wird seine hervorragendste Aufgabe darin bestehen, meiner Kunst zu dienen.«

Jetzt war es an Julius Kahlenberg, den Stoß zu parieren. Die Ader an seiner Schläfe schwoll bedenklich an. Entrüstet straffte er sich und schien auf den elegant geschwungenen Absätzen seiner schlammverschmierten Schnallenschuhe noch fünf Zentimeter zu wachsen: »Will Er sich tatsächlich erdreisten – Er, der Er bei Hofe, wie jedermann weiß, mehr geduldet denn erwünscht ist – will Er sich tatsächlich erdreisten, seine Kunst über die meinige ... Jesus Maria!«

Der Architekt unterbrach sich mitten im Satz und starrte entgeistert auf die Perücke seines Gegenübers, die ein dunkler Regen plötzlich rot verfärbte. Der Komponist und Kapellmeister selbst bemerkte zunächst nicht, wie ihm geschah. Dann erklangen Schreie vom Baugerüst. Einer der Zimmerleute war von einem schweren Balken am Kopf getroffen worden und lag reglos in einer Blutlache. Sein Schädel war halb gespalten und ein Teil der Kopfhaut abgerissen. Der handtellergroße Fetzen Haut mit Haaren hing noch am rauen Holz. Doch der Mann lebte noch und bewegte sich stöhnend.

Nach langen Sekunden aufgeregten Schreiens zogen sie ihn endlich weg vom Abgrund. Ein Bursche riss sich das Hemd vom Leib und wickelte es dem Unglücklichen wie einen Turban um den blutigen Kopf, dann trugen sie ihn zu viert über die Leitern hinunter und legten ihn vor dem Orchestergraben auf einen Karren mit Holz.

»Nicht da! Seid ihr verrückt! Versaut mir die Furniere nicht mit euren Dreckpfoten!«, brüllte einer der Aufseher aus dem Hintergrund, »und macht mir sofort die Schweinerei wieder weg! In einer Stunde kommt der Herzog zur Baustelle, dann muss alles wieder sauber sein!«

Stumm nahmen die Zimmerleute ihren Kollegen wieder auf und betteten ihn draußen neben dem Bau ins Gras. Der Leibarzt des Herzogs würde nicht kommen – das stand außer Frage.

Der Medicus würde schon eine Ausrede finden, denn einen so aussichtslosen Fall wie diesen zu behandeln würde seinen Ruf bei Hofe ruinieren. Also schauten sie nach einem Karren, schickten nach einem Knecht und ließen den Schwerverletzten nach Hause fahren.

»Weiß jemand, wo er wohnt?«

»Hinter der Mühle im Westen der Stadt, das einzelne Gehöft vor der Querstraße!«

»Hat er ein Weib zu Hause?«

»Ja! Drei Kinder auch. Es wird jemand da sein!«

Langsam rollte der Karren davon, in Richtung Stadt. Der Weg nach Hause war weit, und alles andere lag in Gottes Hand. Die Zurückgebliebenen wuschen das Blut von ihren Händen.

Durch die seltsamen Begleitumstände des Unfalls war der Zorn des Architekten verraucht. Mit Ehrfurcht dachte er an die blutbesudelte Perücke des Hofkomponisten. Zweifellos war das ein schlechtes Omen: Welche Musik auch immer in diesem Theater- und Konzerthaus erklingen würde – es wären nicht die Klänge eines Vinzenz van Eisenmann.

4. Frühlingstraum

In wisperndem Pianissimo duckten die Musiker sich über ihre Instrumente. Flöten und Violinen schienen sich zuzuflüstern, Celli und Kontrabässe gaben ein murmelndes Tremolo von sich. Und über allem schwebte raunend der Chor, als holte er hauchend Atem vor dem letzten großen Aufschrei der Komposition. Gleich war es so weit: Nur wenige Takte noch, wenige Sekunden noch in bebender Erwartung, dann begann das gewaltige Crescendo: Mit hervorquellenden Augen führte der Dirigent seine

Heerscharen an, riss sie hinein in diesen Aufschwung, der zum Himmel stürmen wollte, ließ sie einstimmen in den kollektiven Schrei der Befreiung – erst die Streicher, dann die Bläser, nach dem anschwellenden Paukenwirbel die Orgel und endlich der Chor – hundert Kehlen, die in vielstimmiger himmlischer Ordnung die Modulationen noch einmal über F-Dur, a-Moll und g-Moll trieben, bis hin zum letzten majestätischen Einsatz des Fugenthemas, das sich über einem dröhnenden Orgelpunkt für immer in die Seelen der Hörer brannte.

Dann kamen die Farben: Ein Kegel intensivsten Meeresgrüns stieg empor, umschlängelt von gleißend gelben Strängen, die es liebkosten. Blaue Blasen zerplatzten im weiten Rund des Konzertsaals zu klingender Gischt, zitternd zuckten rote Lichtlanzen durch den Raum, zerschnitten die Akkorde in donnernde Brocken, in denen es loderte und glomm. Heiser mitbrüllend trieb und peitschte Leander Lautenschläger sie in Gedanken alle an, prügelte sie hinein in die Ekstase der letzten Takte seines eigenen Werks ...

Doch dann geschah etwas: Diese Kakophonie, diese grässlichen Dissonanzen! Diese schmerzende Helligkeit! Er schaffte es nicht! Er konnte es nicht zu Ende bringen! Leander sah die aufgerissenen Münder der Sänger, sah, wie die Bögen der Streicher flogen, dass das Collophonium nur so stob und die Rosshaare rissen, sah, wie die Bläser sich verausgabten und die Pauke unter den wirbelnden Schlägen schier zu bersten drohte, doch dann stürzte alles zusammen zu einem tobenden Chaos, jede Ordnung zersplitterte, und die Musik erstarb hinter der ordinären Fratze des Lärms.

Im Schlaf hielt Leander Lautenschläger sich die Ohren zu, stöhnte stumm und wand sich. Seine Glieder zuckten, die Augen rollten hinter geschlossenen Lidern, bis er endlich ein Stück Wirklichkeit zu fassen bekam und sich daran festklammerte. Panisch arbeitete sich sein Geist mit quälender Langsamkeit empor, dem Erwachen entgegen.

Lange wusste er nicht, wo er war und was ihn geweckt hatte. Dann sah er den züngelnden Widerschein des Feuers vom hinteren Teil der Herberge her und die fahlen Streifen Mondlicht, die wie Messerklingen durch die Bretterritzen der Außenwände schnitten. Er roch den Schimmel, den Moder und die grobe Seife, mit der Gunhild den Schlafraum notdürftig gereinigt hatte, er spürte die speckigen Bretter unter seinen Händen und erkannte endlich die Umrisse der anderen Schläfer im vorderen Teil des Gemeinschaftsbettes. Einige waren nackt wie er und fanden nichts dabei. Leander sah hier einen bleichen Fuß, dort einen Oberschenkel oder eine Brust, weiter hinten die tonnenförmige Gestalt der Lehrergattin, über deren fleischige Finger ein Strahl Mondlicht fiel, als wollte er sie amputieren. Neben ihr bewegte sich etwas. Es war die Frau des Komponisten. Schemenhaft sah Leander, dass sie nur ein Leibchen trug, das ihr bis über die Brüste hochgerutscht war. Dann bemerkte er eine Hand, die von hinten über ihren Körper glitt und fordernd zwischen Brüsten und Schamhaar hin und her wanderte. Er konnte ihr Gesicht erahnen und die Lippen, zu einem schmalen Strich geschlossen. Da spürte Leander die Härte zwischen seinen Beinen, und er begann, sich ihr zu widmen – widerwillig beinahe und wie zum Trotz –, während er weiter zusah, wie Paul Tiefenbacher seine ehelichen Rechte einforderte.

Schon lange hatte Leander keine Frau mehr gehabt. Es war immer das Gleiche: Kaum hatte er sich der einen Lust in aller Heimlichkeit hingegeben, erwachte schon wieder die andere in ihm. Kaum hatte ihm eines seiner fleischlichen Instrumente unter Schmerzen die nächsten Takte seiner Partitur diktiert, da verlangte es ihn nach der Fortsetzung von ganz anderer Seite her. Es war dieses Wechselspiel der denkbar größten Gegensätze, das ihn vorwärts zwang auf seinem Weg: Todesangst und höchste Lust zu transformieren in sein Werk, das ihn und alle anderen endlich hörend machen würde, weil es den Schlüssel liefern würde für das Verständnis von Welt und Leben, Gott und Zeit und weil er – nur er – dazu berufen war, es zu komponieren. Seit den unglaublichen Schreien der jungen Frau in dem Erdloch, seit diesem provozierenden und unerhörten Intervall aus ihrer Kehle, drängte es Leander nach weiteren, die banalen Regeln der Tonsetzerkunst sprengenden Bausteinen für seine Komposition: In Gedanken und im Traum plünderte er alte Kirchentonarten, riss Akkorde auseinander, stellte sie vom Kopf auf die Füße, würzte sie mit verbotenen Zwischentönen und suchte nach neuen Konstellationen, in denen Bekanntes plötzlich fremd klang und aufhorchen ließ. Doch aller brodelnder Aufruhr in ihm, diese wilde Ahnung, an einem entscheidenden Punkt seiner Komposition angelangt zu sein, führten ihn letztlich nicht weiter, weil er wieder nur schmerzlich erkannte, dass er es allein nicht vermochte. Er brauchte sie – die Frauen –, wenn auch diesmal auf andere Weise. Er wusste, dass er als Mann in der Lage war, Klänge bei ihnen hervorzurufen und dass er dies am besten vermochte, wenn er zwischendurch seine eigene, eher hinderliche Lust vordergründig befriedigte, damit sie ihn im entscheidenden Moment nicht ablenkte oder gar daran hinderte, ihre Töne zu hören und sie festzuhalten.

Leander sah, wie Paul sich hinter Hertha drängte, wie er ihre Schenkel anhob, um in sie einzudringen, wie er vergeblich suchte und ungeduldig stocherte, wie sie ihm widerwillig half und seinen Küssen auswich. An seinen Bewegungen erkannte er den rohen Egoismus des Mannes, der sich in den mechanischen Bewegungen verriet und im verschlossenen Gesicht der Frau widerspiegelte. Es war wie in der Musik: eine Demonstration vertaner Möglichkeiten, eine Offenbarung der Mittelmäßigkeit, eine Vergewaltigung von Herz und Sinnen. Als er diesen Mann seine Frau nehmen sah, wusste Leander, dass Paul Tiefenbacher ein schlechter Komponist sein musste. Leander begann ihn zu verachten.

Endlich war Paul Tiefenbacher am Ziel. Er brachte sein Vorhaben in wenigen schnellen Stößen zu Ende und rollte sich zurück auf den Rücken. Da trafen Leanders Augen die der Frau. Es war ein Erkennen ohne Schrecken und Scham, wie selbstverständlich und altvertraut. Ihr Blick war reinstes Fis-Dur, das kurzzeitig in die herbe Melancholie von b-Moll kippte, eine Tonart, die er besonders liebte. Leander rieb weiter sein Glied und genoss stumm, wie sie ihn dabei beobachtete. Als er kam, öffnete sie leicht die Lippen und verschlang ihn mit ihren Augen. Er erkannte, wozu sie fähig war, wie viel mehr möglich sein musste und wie sehr sie einander beflügeln würden.

Am nächsten Morgen waren alle schweigsam, tranken Gunhilds verdünnten Kaffee und kauten einige Scheiben angetrockneten Brotes, in welchem ab und zu ein Steinchen zwischen den Zähnen knirschte. Unterdessen stritt der Kutscher mit dem Wirt um die Bezahlung. Leander sah ein paarmal zu Hertha hinüber. Paul Tiefenbacher in seiner Stumpfheit bemerkte es nicht. Nach dem kargen Frühstück mussten sie noch zwei Stunden warten, bis das zerbrochene Rad durch ein größeres und gröberes, das man von einem Ochsenkarren abmontiert hatte, notdürftig ersetzt war und die Kutsche endlich vorfuhr. Leander verließ die Herberge als Letzter. Er würde zu Fuß weitergehen. Er sah noch, wie der Wirt die zwei Gulden und drei Batzen für Kost und Logis unentschlossen in seiner Hand wog, sich dann zu einem schmalen Lächeln durchrang und die Geldstücke tief in seinem Hosensack verbarg. Auch wenn der Kutscher ihn im Preis sehr gedrückt hatte, war es immer noch mehr, als er in seiner Spelunke sonst in einem Monat einnahm.

Es waren ein paar Wolken aufgezogen – vielleicht würde es Regen geben heute Morgen. Leander folgte der Kutsche, die wegen des falschen Rades ein wenig Schlagseite hatte und nur im Schritttempo vorwärts holperte. Der Abstand wurde nur langsam größer. Nach einer halben Stunde war sie endlich außer Sicht. Es begann, in feinen Fäden zu regnen, aber der Wind hatte nachgelassen. Die derbe Mahlzeit vom gestrigen Abend und die paar Brocken Brot heute Morgen würden noch eine Weile vorhalten müssen. Vielleicht würde er ja unterwegs ein paar Früchte finden – oder eine freundliche Bäuerin treffen. Denn Männer wollten ihn meist nicht und vertrieben ihn schnell von ihren Höfen, ohne ihm zu essen zu geben. Doch bei Bauersfrauen hatte er meistens mehr Glück.

Leander ließ seinen Blick über die verkrüppelten Eichen am Wegesrand schweifen, und sein Geist glitt langsam hinüber in seine tönenden Fantasien, die ihn oft stundenlang auf seinen Wanderungen begleiteten: Was er auch sah und schmeckte, roch und fühlte, wurde – sobald er durch den gleichmäßigen Rhythmus seiner Schritte eine gewisse geistige Gelassenheit erreicht hatte – in klingende Bilder verwandelt, in musikalische Improvisationen, die ohne Anfang und Ende am Horizont seines Bewusstseins entlangstrichen. Sie waren nah genug, um sie wahrzunehmen und sich daran zu erfreuen, aber auch so weit entfernt, dass er außerstande war, sie festzuhalten oder gar aufzuschreiben, wie ihm schon in frühen Jahren schmerzlich bewusst geworden war. Immer und immer wieder hatte er versucht, diese leichtfüßigen Kompositionen dingfest zu machen, doch sie waren ihm jedes Mal entglitten, sobald er sie zu Papier bringen wollte. Mittlerweile wusste er, dass es nicht ging, und hatte eingesehen, dass er ungleich heftigere Impulse brauchte, um komponieren zu können.

In einem sanft geschwungenen S wand sich der Weg durch ein Tal mit Wiesen und niedrigen Sträuchern. Blass schimmerten die Pfützen wie stumpfe Spiegel unter dem Grau des Himmels. Plötzlich bemerkte Leander am Wegesrand ein Spitzentuch. Er hob es auf, brauchte jedoch ein paar Sekunden, bis er aus seinen klingenden Fantasien aufgetaucht war und die im Regen zerfließenden Buchstaben entziffern konnte: »LBURG« stand mit rotem Puder darauf geschrieben. Leander wusste, wem das Tüchlein gehörte und was es ihm sagen sollte. Verstohlen steckte er es ein. Als der Regen stärker wurde, stellte er sich an einem verfallenen Pferdestall unter und wickelte seine Leinenpartitur in Ölpapier, damit sie nicht durchnässte. Ihm selbst machte der Regen nichts aus.

Eine knappe Meile später führte der Weg über eine schmale Brücke. Leander blieb stehen und spähte von weitem nach dem Wächter. Der dunkelhaarige Mann mit seiner verschlissenen gelben Uniform hockte gelangweilt unter einem kleinen Holzverschlag und blickte prüfend gen Himmel. Leander fragte sich, was er wohl fordern würde. Drei Kreuzer? Vielleicht sogar fünf? Leander beschloss, sich den Brückenzoll zu sparen, und ließ seinen Blick links und rechts am Ufer entlangwandern. Flussaufwärts fand er, was er suchte: Ein umgestürzter Baum lag halb im Wasser und erreichte mit seinen Ästen knapp das gegenüberliegende Ufer. Leander balancierte mühelos bis auf die andere Seite.

Inzwischen war die Sonne durch die Wolkendecke hervorgebrochen, und allmählich trockneten seine klammen Kleider am Leib. Wege und Wiesen dampften fahl und ließen Scharen von Gewittertierchen aufsteigen, die in brodelnder Hast um seine Schultern stoben. Am Wegesrand lugte eine Blindschleiche aus dem Gras. Er hob sie auf, fühlte versonnen die ohnmächtige Kraft des braunen Strangs, der nur aus Muskeln zu bestehen schien, genoss das suchende Schwingen und Pendeln in seiner Hand, fühlte die Festigkeit der Haut, spürte, wie das Tier kämpfte und sich zu befreien suchte und mit seinen winzigen Augen flehte. Als es mit kleinen Flecken der Angst in seine Hand schiss, holte er aus und warf den ellenlangen Wurm in hohem Bogen davon, sah noch, wie er sich krümmte und wand, bis er mit einem Klatschen gegen einen Baumstamm schlug und ins Gras fiel.

Während der nächsten Stunde blieb er allein und versank in seiner Welt aus Rhythmen und Takten, die ihm die eigenen Schritte vorgaben. Führte die Straße bergan, träumte er sich Märsche, die seinen Schritt fester machten. Ging es bergab, begleitete ihn in Gedanken ein punktierter Dreierrhythmus, dem er tänzelnd und hüpfend zu Tal folgte. So verging ihm über Menuetten, Sarabanden und Gavotten die Zeit.

Eine Weile schon hatte er durch das lichter werdende Gehölz beobachtet, wie eine junge Frau auf dem schmalen Pfad näher kam, der in spitzem Winkel mit seinem Weg zusammentraf. So hatte er Zeit, sich auf sie vorzubereiten, während er die schwindende Distanz genoss und den Moment erwartete, in dem sie vor ihm stehen würde. Die Sonnenstrahlen brachten nach dem Regen den Rücken ihres Kaltblüters zum Dampfen. Jetzt hatte sie ihn ebenfalls erblickt, zeigte aber keinerlei Angst und unternahm auch keinen Versuch, ihr Pferd zu beschleunigen, um vor ihm an der Kreuzung zu sein. So erreichten sie die Gabelung beinahe gleichzeitig. Sie trug einen weiten Umhang über ihrem wallenden Rock und hatte die Haare mit einem Band zusammengebunden. Ihr Blick war seltsam verhangen, was nur zum Teil an ihrer Erschöpfung lag. Leander brauchte eine Weile, bis er begriff, dass die Frau ein wenig schielte. An der Kreuzung hielt sie an, weil das Kind, das sie in einer Wiege hinter sich auf das Pferd geschnallt hatte, mit leiser Stimme wimmerte. Leander sah den winzigen zahnlosen Mund in dem roten Gesichtchen, sah die Langsamkeit und die ernste Hingabe, mit der das Kind weinte, er sah die blind ins Leere greifenden Ärmchen. Er ertrug es nicht, wenn Kinder weinten. Also half er der Mutter aus dem Sattel. Maria nahm das Kind herunter, setzte sich ins Gras, entblößte ihre Brust und ließ es trinken. Obwohl er keinen Ton hören konnte, war ihm klar, dass sie sang. Der junge Mann stand einen Moment unschlüssig da, weil er zurückzuckte vor den emporschießenden Erinnerungen, die er vergessen wähnte. Irgendetwas an ihr berührte ihn und verwies ihn auf damals, als es geschah. In seinem früheren Leben. Es war wie ein Rufen und wie die Verheißung lang ersehnter Ruhe. Sie war hübsch, sie war eine Ausgestoßene, vor allem aber erinnerte sie ihn an früher, an die Zeit, als er ein Junge war und solche Lieder noch hören konnte, die sie jetzt wohl singen mochte. Und sie erinnerte ihn an die Frau, die diese Weisen einst gesungen hatte: *Ach weh des Leiden – Jungfrau, dein schön Gestalt – Feins-*

lieb, du hast mich g'fangen ... Da war ihm klar, dass er bei ihr bleiben würde. Stumm ließ er sich neben Mutter und Kind nieder. Maria hieß sie, und sie ließ es geschehen.

5. Kinderszenen

Es war ein kalter Februarnachmittag des Jahres 1750. Seit Wochen schon hatte es gefroren. Die Sonne stand flach und fahl über den kahlen Weiden am Ufer des Flusses. Die drei Jungen, die in den Niederungen spielten und einen hölzernen Waschzuber als Schlitten hinter sich herzogen, mochten an die zehn oder elf Jahre alt sein. Ihre Gesichter waren kaum zu erkennen unter den dicken Tüchern und Mützen, die sie tief ins Gesicht und halb vor den Mund gezogen hatten, um sich gegen den beißenden Wind zu schützen. Wenn sie die Zunge ein wenig vorstreckten, konnten sie an den Eiskristallen lecken, die ihr feuchter Atem auf dem hart gefrorenen Stück Wolle vor ihren Mündern hatte wachsen lassen. In dem Bottich saß Leander Lautenschläger, der Jüngste der drei. Er hielt sich mit seinen groben Fäustlingen, so gut es ging, am Rand der Tonne fest und stemmte seine Füße von innen gegen das Oval, bis seine Waden zitterten, während Nikolaus, der stämmige Sohn des Müllers, ihn stapfenden Schrittes über die verschneiten Wiesen zog. Die vereisten Grassoden ließen den Bottich bocken und springen wie ein störrisches Pferd. Weiter hinten befand sich der Fluss. Er war seit drei Tagen zugefroren. An einer breiten, ruhigen Furt sah das Eis viel glatter und einladender aus als die Wiesen.

»He! Meint ihr, man kann schon rüber?« Mit der freien Hand zeigte Nikolaus auf die Eisfläche, die sich unter der Schneedecke der vergangenen Nacht unschuldig streckte und so harmlos wirkte. Nur ein paar Spuren von Wild und Vögeln zackten zufällige Muster in das Weiß.

»Bist du wahnsinnig! Das hält noch nicht!«, rief Ferdinand, ein rothaariger Bengel aus dem Nachbardorf, der in einigen Schritten Abstand hinter dem Schlitten herlief. Der Waschzuber gehörte seiner Mutter, und er hoffte inständig, dass sie den Verlust bis zum Abend nicht bemerken würde. Dann wollte er die Wanne heimlich wieder in den Schuppen stellen. »Passt bloß auf!«, rief er noch einmal und dachte dabei eher an den Zuber als an den blassen Jungen, der darin saß. Die Warnungen seiner Mutter klangen Leander noch im Ohr: Er solle nicht aufs Eis raus, es würde nicht halten, es sei gefährlich, er wolle doch nicht etwa den Zorn des Vaters hervorrufen! Doch Leander wollte auch kein Feigling sein. Vorhin schon hatten die beiden Größeren ihn gehänselt, weil er Angst gehabt hatte, in die Wanne zu steigen. Allerdings hätte er im Moment das waghalsige Unternehmen ohnehin nicht verhindern können, denn sein Freund Nikolaus zog ihn schon in seinem improvisierten Schlitten geradewegs von der abfallenden Wiese herunter auf das Eis. Es schien zu halten.

»Geht doch!«, brüllte Nikolaus zu ihm nach hinten und ließ den Zuber mit kräftigen Armschwüngen so heftig hin und her schwänzeln, dass Leander glaubte, gleich würde das ausgefranste Seil reißen und er in seinem seltsamen Gefährt weit davonschießen, in die weiße Wüste hinaus. So schnell es ihm mit Leander im Schlepptau möglich war, rannte Nikolaus weiter und hielt auf das gegenüberliegende Ufer zu, das etwa hundert Meter entfernt lag. Leander hörte den keuchenden Atem seines Freundes, die fernen Rufe von Ferdinand und das trockene Kratzen und Knirschen des Bottichs auf dem Eis. So glatt, wie es von oben ausgesehen hatte, war die weite Fläche denn doch nicht: Wieder und wieder krachte der Schlitten gegen hervorspringende Eiskanten.

Leander, der sich tief hinter die Eichenbretter seiner rasenden Waschwanne duckte, hörte zunächst nur einen überraschten Schrei. Als er über den Rand schaute, erschrak er zu Tode: Er schoss in seinem Zuber direkt auf seinen Freund zu, der mit den Beinen in einem Wasserloch hing. Der Verunglückte versuchte, seinen Körper auf die wegbrechende Eiskante zu wuchten, sackte dabei aber immer wieder in das kalte Nass. Um Haaresbreite verfehlte ihn Leander in seinem Gefährt und schoss an dem Wasserloch vorbei. Erst nach quälend langen Sekunden hilfloser Rutscherei kam er weit draußen auf dem Fluss zum Stehen.

»Hilfe! So helft mir doch!«

Die Stimme des Jungen im Eiswasser klang seltsam schrill und dünn. Leander erschien sie wie in ein blasses, weißliches Gelb getaucht, sie schmeckte bitter und etwas säuerlich. Er sah, wie Nikolaus zappelte und die vom Wasser schweren Arme wieder und wieder auf das Eis warf, um sich hochzuziehen, doch rutschte er immer wieder ab und brach dabei neue Stücke aus der viel zu dünnen Eisschicht heraus. In der flachen Wintersonne glitzerte das Wasser im Loch wie Quecksilber. Als die brechenden Schollen sich drehten und ihre glatten Bäuche nach oben kehrten, warfen sie das Sonnenlicht in grellen Blitzen über den Fluss. In der Ferne stand Ferdinand wie erstarrt am Ufer und glotzte zu seinem ertrinkenden Freund hinüber. Endlich überwand er seine Lähmung, fasste sich ein Herz und rannte zu Nikolaus. Aber es war unmöglich, in seine Nähe zu kommen. Schon vier, fünf Meter vor dem Loch wurde das Eis so dünn, dass es ihn nicht mehr tragen konnte.

»Los! Das Seil vom Schlitten!«, schrie er und gestikulierte wild zu Leander hinüber, dessen Kopf weit draußen auf dem Eis über den Rand des Zubers lugte.

»Steig aus und bring ihn her!«, brüllte er noch einmal. »Los doch! Komm!« Endlich begriff Leander und kletterte zögernd über den Rand der Wanne. Zitternd vor Angst und Kälte nahm er das Seil in seine klammen Fäuste und schlich mit tastenden Schritten zurück zur Unglücksstelle. Doch der Weg dahin war weit. Die Stimme des Jungen im Wasser wurde leiser; seine Bewegungen erlahmten. Sie hatten nicht mehr viel Zeit.

Halb rutschend, halb laufend erreichte Leander das Loch im Eis. Mit fliegenden Fingern nahm er das Seil und versuchte wiederholt, es ins Wasserloch zu werfen. Beim dritten Mal gelang es ihm. Er heulte und jammerte vor Angst und Enttäuschung, als er sah, dass der im Wasser buckelnde Körper seines Freundes nur noch schwach zuckte.

Langsam schob die träge Strömung den Körper des Ertrinkenden unter das Eis. Für einen Moment noch sahen sie seinen Mantel, den das Wasser aufbauschte, und einen kraftlosen Fuß, an dem sich die Schollen stießen. Dann war ihr Freund verschwunden.

Leander wusste nicht, wie und wann er nach Hause gekommen war. Er stand nur einfach in der Tür des kleinen Fachwerkhauses, weinte stumm und war unendlich erleichtert, als seine Mutter erschien und nicht sein Vater. Sie hatte schon von dem Unglück gehört.

Magda Lautenschläger war eine große, hagere Frau, die man nicht auf Anhieb als schön bezeichnet hätte. Ihr kantiges Gesicht mit der scharf geschnittenen Nase und den streng nach hinten gebundenen Haaren wirkte distanziert, fast abweisend und ließ sie seltsam ungeschlechtlich erscheinen. Ihrem Mann, der unter chronischer Eifersucht litt, war das nur recht. Denn er fürchtete, dass es anderen Männern ebenso ergehen könnte, wie es ihm selbst vor Jahren ergangen war: Hatte man sie erst einmal näher kennen gelernt und ihre warme Stimme gehört, hatte man die einfühlsamen Augen unter den etwas zu langen Lidern näher betrachtet, dann offenbarte Magda einen Charme, der umso verführerischer war, als er versteckt und fast unschuldig daherkam. Dann sahen die Männer die herbe Schönheit hinter ihrer Strenge und die verborgene Anmut ihrer eckigen Körpersprache. Christian Lautenschläger, Schmied und Wagner des Dorfes, liebte seine Frau und konnte sehr zärtlich zu ihr sein. Aber er hasste es, wenn Magda anderen ihre Sonnenseite zeigte, die er allein für sich reklamierte. Wenn er nur den kleinsten Verdacht schöpfte, konnte er böse werden – sehr böse sogar. Auch seinem Sohn gegenüber zeigte er oft übermäßige Strenge. Wenn Leander einmal etwas ausgefressen hatte, traf ihn die ganze Wut seines Vaters. Magda versuchte dann, Leander und seine kleine Schwester vor der Wucht des Jähzorns zu schützen und, wenn nötig, die Schläge des Tobenden auf sich zu ziehen. Dass sie dabei riskierte, verletzt zu werden, war ihr gleichgültig. Immerhin hatte Christian ihr schon ein Kind totgeschlagen – nur weil es zwei Nächte hintereinander geschrien hatte.

Als Magda ihren Sohn nun so elend vor sich sah in seiner grenzenlosen Verzweiflung und Angst, nahm sie ihn bei der Hand, zog ihn zum Ofen und hieß ihn seine kalten Hände unter ihren Rock legen und seinen Kopf auf ihren Schoß, wo er die Tränen fließen lassen konnte. Dann nahm sie die kleine Schwester wieder an die Brust und begann, mit warmer Altstimme zu singen. Einfache Lieder, aber auch kunstvolle Weisen waren es, von Arbeit und Ernte, Gott und Tod, von Leid und Liebe: *Ach weh des Leiden, Ade, ich muss nun scheiden, Nichts Bessres ist auf Erden nächst Gott und seinem Wort.* Leander kannte die Lieder und fast alle Texte auswendig, obwohl er den Sinn vieler Zeilen nicht verstand und sie ihm eher wie geheimnisvolle Zaubersprüche vorkamen. Ehrfürchtig murmelte und sang er die Texte mit, als wären es beschwörende Formeln, die ihm den Zutritt in eine andere, schönere Welt verschafften.

Schon als Leander sechs war, hatte seine Mutter bemerkt, dass ihr Junge nicht nur mit glockenheller Stimme den Ton halten, sondern ohne Schwierigkeiten zunächst Terzparallelen und bald darauf sogar selbst improvisierte zweite Stimmen singen konnte. Früh verblüffte er sie mit seltsamen Vergleichen: »Das klingt schön, richtig grün«, sagte er einmal, als sie ihm einen kleinen Kanon vorsang. Und als sie ihn einmal nach dem Kirchgang fragte, welcher Choral ihm denn wohl am besten gefiele, da antwortete er einfach: »Der, der nach Brotsuppe schmeckt. Der hat so viele schöne Grautöne. Die anderen sind zu bunt.«

Da hatte Magda ihren Sohn nur mit großen Augen angesehen. Dem Vater sagte sie nie wieder etwas von Leanders Sinneskreuzungen, seit er seinen Sohn im vergangenen Winter wegen »dieser Blödigkeiten«, wie er sie abfällig nannte, für drei Tage und drei Nächte aus dem Haus gesperrt hatte.

Jetzt lag Leander Lautenschläger weinend auf seiner Mutter Schoß, nässte die nach Kohl und Ruß und Schweiß riechende Schürze und sang zwischen den Schluchzern leise mit. Er wusste, dass ihn bald die Bestrafung seines Vaters ereilen würde. In einer Stunde würde er kommen. Magda Lautenschläger versuchte, sich nichts anmerken zu lassen, und stimmte ein Madrigal nach dem anderen an. Bei der dritten Strophe von *Bauer, Bauer, was trägst du im Sacke?* kam ihr Mann heim, und ihre Stimme wurde brüchig. Sie roch sofort, dass er getrunken hatte.

»Schweig mit dem Geplärre! Er war auf dem Eis! Einer ist tot!«

Zitternd vor Zorn stand der Schmied in der Tür und ballte die Fäuste. Leander rührte sich nicht, er versuchte nicht zu atmen, hätte am liebsten die Welt angehalten.

»Ich sollte ihn totschlagen für seinen Ungehorsam! Komm her und versteck dich nicht hinter einem Rockzipfel!«

»Christian ... bitte! Es war sein Freund!«

Vorsichtig schob Magda den Kopf ihres Sohnes von ihrem Schoß und stand auf.

»Schweig, sage ich!«

Seine Stimme dröhnte wie Donner in der Stube. Leanders kleine Schwester begann zu schreien. Er würde keine Rücksicht nehmen auf das Kind in ihrem Arm, also legte die Mutter es hinter sich in die Wiege und stellte sich zwischen den Vater und die Kinder. Ebenso wenig würde er ihr neues Kind schonen, das sie im Leibe trug – wie hätte er auch Respekt zeigen können, wo er es doch noch gar nicht wusste. Ihr war klar, was nun kommen würde. Der erste Schlag traf sie so heftig an der Schulter, dass sie strauchelte und mit der Hüfte gegen den Tisch krachte. Im Fallen hängte sie sich an seinen Arm, konnte aber dennoch nicht verhindern, dass er Leander so hart ins Gesicht schlug, dass dem Jungen das Blut aus der Nase spritzte.

»Was hat deine Mutter dir gesagt? Was hat sie dir gesagt? Du sollst nicht auf das Eis gehen, hat sie gesagt! Du sollst nicht auf das Eis gehen! Siehst du, was du angerichtet hast? Siehst du das? Einer ist tot! Du sollst gehorchen! Hörst du das: Du sollst gehorchen!«

Christian Lautenschläger stürzte quer durch den Raum zur Wand hinter dem Ofen, wo die Rute hing. Er riss sie herunter und begann, mit ganzer Kraft auf den Jungen einzuschlagen. Leander wusste, dass irgendwann, nach dem dreißigsten oder vierzigsten Schlag, der Schmerz nachlassen und sein Rücken taub werden würde. Mit zusammengebissenen Zähnen wartete er auf diesen Moment und versuchte, seinen Vater bei der Züchtigung nicht anzusehen. Doch diesmal war der Vater nach der Rute noch nicht fertig: »Auf die Knie!«, herrschte er seinen Sohn an. »Runter auf die Ellenbogen!«

Magda, die sah, was er vorhatte, erstarrte.

»Christian! Bitte! Nicht das auch noch!«

»Schweig endlich, oder ich jage dich aus dem Haus! Und schaff mir den schreienden Balg vom Hals!«

Mit dem Fuß drückte der Vater Leanders Kopf nach unten, bis die Stirn des Jungen seine Hände berührte und er wie ein geprügelter Hund auf spitzen Knien und Ellenbogen hockte. Dann nahm der Schmied den schweren Eichenklotz, der in der Stube als Fußbank diente, und legte ihn als zusätzliches Gewicht auf den Rücken des Jungen.

»Bleib so! Wenn das Holz fällt, schlage ich dich tot.«

Die Tortur dauerte fast eine Stunde. Nach zehn Minuten meinte Leander, die Haut an seinen Ellenbogen müsste auf dem harten Boden reißen, nach weiteren zehn Minuten winselte er vor Pein, weil der Klotz seine Wirbelsäule schier zu spalten drohte, nach einer halben Stunde bekam er Krämpfe in den Oberschenkeln, nach weiteren langen Minuten versank er in ein

Gefühl tiefer Erleichterung, als er seine Beine endlich nicht mehr spürte. Irgendwann war ihm alles egal, er fiel um und blieb auf dem kalten Boden liegen.

Während ihr Sohn litt, versuchte seine Mutter verzweifelt, ihren Mann zu beruhigen. Sie brachte das schreiende Kind zur Nachbarin, räumte unauffällig die achtlos liegen gelassene Suppenkelle und den Nachttopf beiseite, auf dass er nicht darüber stolpern möge, reinigte den Docht der Tranfunzel, kochte, um ihn zu erfreuen, ein Stück Fleisch, das sie eigentlich noch hatte aufheben wollen, und schenkte ihm Bier ein. Währenddessen saß der Schmied stumm und bebend vor Wut auf der Ofenbank, stierte zum einzigen kleinen Butzenfenster hinaus und ließ seine Frau gewähren. Schließlich kam er zu ihr an den Tisch, machte sich wortlos über das dicke Stück Fleisch her und trank den Humpen Bier. Als sie in seine Augen blickte, wusste sie, dass es für heute vorbei war. Nach dem Essen ließ er sie alle in Ruhe. Magda durfte Leander sogar noch etwas Brühe einflößen und ihm einen warmen Stein unter die Bettdecke legen. Als sie später ins große gemeinsame Bett krochen, war ihr Sohn immer noch steif, aber wenigstens am Leben. Bis zum frühen Morgen versuchte Magda, hinter dem voluminösen Schnaufen ihres Mannes Leanders zarte Atemzüge zu hören. Der Junge weinte viel in dieser Nacht.

Die Fehlgeburt am nächsten Tag machte sie mit sich alleine ab. Ihr Mann brauchte nichts davon zu wissen.

6. Kontrapunkt

»Nun zerr doch nicht so! Du schnürst mir ja schier die Luft ab!«

Ungeduldig wand Paul Tiefenbacher sich in seinem Wams, dessen unterster Knopf sich einfach nicht schließen lassen wollte. Der Komponist streckte sich und versuchte, den Bauch einzuziehen, doch Hertha, die vor ihrem Mann kniete, um ihm beim Ankleiden zu helfen, scheiterte erneut: Der Silberknopf wollte einfach nicht in das Loch. Paul Tiefenbacher schwitzte.

»Diese vermaledeiten Kaleschen! Man sitzt stundenlang, geht auf wie ein Schwamm und wird zudem noch steif und ungelenk auf diesen engen Fauteuils. Wenn doch nur das Reisen nicht wäre! – Herrgott! Nun sei doch vorsichtig! Wie soll ich denn so Seiner Durchlaucht gegenübertreten!«

Klickernd kullerte der abgerissene Knopf über den Fußboden und verschwand unter dem Himmelbett. Hertha, die den Zusammenhang zwischen Leibesfülle, Bequemlichkeit und Gaumenfreuden bei ihrem Mann kannte, eilte stumm zum Spiegelschränkchen, um Nadel und Faden zu holen, und nähte den Knopf etwas versetzt wieder an.

»Na bitte! Passt doch!«, brummte ihr Mann. »Musst halt aufpassen und das Wams richtig ziehen. Gib mir ein Tuch und die Perücke!«

Er trat vor den Spiegel, wischte sich den Schweiß vom Kopf, stülpte das künstliche Haupthaar über seine speckigen Restlocken und zupfte es sich selbst zurecht. Mit kritischen Blicken musterte er seine mächtige Gestalt, stutzte nur kurz, als er seine ausgetretenen Schnallenschuhe sah, war im Großen und Ganzen aber mit sich zufrieden. Erstaunlich, was so eine Allongeperücke doch ausmachte! Wohlan! Mehr war im Moment nicht möglich, aber wenn der Herzog ihn angemessen bezahlen würde, wären zunächst neue Beinkleider und Schuhe fällig.

»Hast du das Empfehlungsschreiben dieses ...« – Hertha zögerte einen Moment und würzte ihre Stimme mit einem Hauch von Geringschätzung – »... dieses Rittmeisters? Und deine jüngsten Arbeiten? Vergiss vor allen Dingen die Ouvertüre nicht!«

So sehr Paul Tiefenbacher es auch hasste, wenn seine Frau ihm den Eindruck vermittelte, er sei vergesslich, so ungehalten konnte er werden, wenn sie ihn einmal nicht an wichtige Dinge erinnerte und er daraufhin in peinliche Situationen geriet. Dann schalt er sie und polterte, wozu er sie denn geheiratet habe und wozu sie ihm denn nutze. Jetzt knurrte er halblaut vor sich hin: »Lass mich! Ich kann wohl selbst für mich sorgen!«, ging dann aber doch zur Reisekiste, die halb ausgepackt neben dem Schrank stand, und wühlte darin herum, bis er die genannten Papiere und Noten gefunden hatte. Die Ouvertüre war erst halb fertig und lediglich in Ansätzen instrumentiert. Seit mehr als einem halben Jahr war er damit nicht weitergekommen, weil, wie er sich trotz aller Selbstverliebtheit eingestehen musste, der Mittelteil in Belanglosigkeiten zu ertrinken drohte. Allerdings hatte Paul Tiefenbacher sich schon überlegt, wie er seinem neuen Arbeitgeber dieses Manko als Vorteil verkaufen könnte: Wie das Werk enden sollte, hinge nicht nur von den Gepflogenheiten bei Hofe und dem Geschmack seiner Durchlaucht ab, wollte er dem Herzog auseinander setzen, sondern – ebenso wie die Instrumentierung – auch von der Besetzung und Ausstattung des höfischen Orchesters, das er ja noch nicht kenne, aber bereitwilligst und schnellstmöglich kennen lernen wolle.

Jetzt allerdings, als er seine kläglichen Skizzen in der Hand hielt, wurde Paul Tiefenbacher doch etwas nervös. Da klopfte es an der Tür.

»Seine Durchlaucht lassen bitten!«

Hertha sah, wie ihr Mann wieder anfing zu schwitzen und wie sein Selbstbewusstsein wankte. Dabei war dies nur eine kleine Prüfung. Zahlreiche größere würden noch auf ihn warten, wenn er denn all die Werke würde komponieren und einstudieren müssen, die der Herzog von ihm verlangte. Vielleicht würde diese größere Arbeitsbelastung ihres Mannes ihr selbst in Zukunft mehr Freiheiten verschaffen. Für einen Moment musste sie lächeln, als ihr plötzlich dieser schöne, stumme junge Mann einfiel, mit dem sie so intensive Blicke getauscht hatte, als er sie nachts bei der Liebe beobachtet hatte. Mit gespielter und doch ernst gemeinter Strenge schob Hertha nun ihren Gatten zur Tür und warf ihm einen aufmunternden Blick zu.

»Das Treffen heute ist wichtig! Es wird gut gehen! Nun geh in Gottes Namen!«

Paul Tiefenbacher stieß noch einmal pfeifend die Luft durch die Nüstern und folgte dem Lakaien den Gang entlang zum Hauptflügel des Schlosses. Unterwegs brummte er den Anfang einer Bass-Arie vor sich hin und fand beim dritten Ansatz sogar eine elegante Fortsetzung der Melodie, mit der er bisher gehadert hatte. Er sang die Passage drei-, viermal in der Hoffnung, sich nach seiner Audienz noch daran zu erinnern.

»Hat Er schon mit dem Hofcompositeur gesprochen?«

Tiefenbacher schaute seinen Begleiter irritiert von der Seite an. »Wie bitte? Was sagt Er? Ich verstehe Ihn nicht. Ich bin der Hofcompositeur!«

»Oh! Ja! Ohne Zweifel! Ich bitte um Vergebung. Es ist nichts! Wir sind auch gleich da.«

Betreten schwieg der Diener, und Paul Tiefenbacher spürte wieder seinem musikalischen Gedanken nach. Verdammt! War er im übernächsten Takt schon auf die Dominante gegangen oder noch nicht? Und wie war er denn bloß nach F-Dur gekommen? Leise fing er wieder an zu brummen und blieb prompt hängen. Die Idee war weg.

»Nun hat Er mich doch herausgebracht! Die Musik ist eine sensible Kunst! Ein falsches Wort zur falschen Zeit – und auch der größte Genius ist indisponiert!«

Stirnrunzelnd sah Tiefenbacher zu dem Dienstboten hinüber, doch der wich seinem Blick aus und beschleunigte den Schritt, um vorauszugehen. Nach wenigen Schritten erreichten sie die Tür.

»Ich bitte noch einmal höflichst um Verzeihung – aber wir sind da! Noch eines: Seine Durchlaucht lieben es nicht, wenn allzu viel Umschweife gemacht werden. Auch ist allzu viel Demut beim Betreten des Raumes nicht angebracht. So gehe man bei aller Höflichkeit doch zielstrebig auf Seine Durchlaucht zu, hüte sich aber strikt davor, sich Seiner Durchlaucht auf weniger als Körperlänge zu nähern, ohne expressis verbis dazu aufgefordert worden zu sein. Die Audienz ist beendet, wenn Seine Durchlaucht sich zu verabschieden, abzuwenden oder mit dem Kopf leicht zur Tür zu nicken belieben.«

Nach diesen Worten klopfte der Lakai gegen die breite doppelflügelige Tür, die sich sofort öffnete.

Paul Tiefenbacher trat ein.

Der ovale Raum war noch größer, als er erwartet hatte, und er war voller Menschen. Dies überraschte ihn am meisten. Mit wachsender Unruhe, die schnell in Panik umzukippen drohte, schaute der Neuankömmling von einer Perücke zur anderen, von einem prächtigen Gewand zum nächsten und verirrte sich hoffnungslos in dem Gewimmel offensichtlich hoch gestellter Persönlichkeiten, die grüppchenweise und in angeregte Gespräche vertieft durch den Saal schlenderten, hier an einem Konsoltisch stehen blieben, dort mit abgespreiztem kleinen Finger etwas Mokka nippten, sich neu formierten und dabei einer verborgenen Choreografie gehorchten, die nichts anderes auszudrücken schien, als dass *er* nicht dazugehörte und nichts weiter war als ein lästiger Störenfried, den man möglichst zu ignorieren suchte. Noch stärker aber litt Tiefenbachers Selbstwertgefühl unter der Erkenntnis, dass er keine Ahnung hatte, wer von diesen mehr als zwei Dutzend Menschen im Saal der Herzog war. Auf wen, um Himmels willen, sollte er hier zielstrebig zugehen?

Ausnahmsweise war Carl Eugen heute gut gelaunt und hatte seine Audienzen in einem Anflug von Leutseligkeit zu einer einzigen großen Veranstaltung zusammengelegt. Große Lust zum Regieren hatte er nicht und verließ sich deshalb meist auf die Fingerzeige seiner Berater, die seine Stimmungslage schnell erkannt und unauffällig die Herrschaft übernommen hatten. Am liebsten wäre es dem Herzog gewesen, wenn sein Hofstaat ihn heute überhaupt nicht mit Problemen und langweiliger Routine behelligt hätte. Den Marschällen, Kabinettsekretären, Küchenmeistern, Künstlern, Offizieren und Fachministern Seiner Durchlaucht war die spontane Offenherzigkeit ihres Herrn einerseits willkommen, andererseits gewannen sie sehr schnell den Eindruck, dass ihre fachlichen Anliegen unter diesen Umständen nicht recht ernst genommen und, wenn überhaupt, von zweiter oder gar dritter Hand beschieden wurden. So zog mancher es vor, seine Fragen oder Vorschläge heute lieber gar nicht erst vorzubringen, sondern stattdessen in Gesellschaft zu plaudern und zu intrigieren und die Ohren zu spitzen, um am Puls der Macht zu bleiben und sich des eigenen Stellenwerts bei Hofe zu versichern. Neue Gesichter störten da nur.

Vorsichtig und in leicht demutsvoller Haltung versuchte Paul Tiefenbacher, sich einer der Gruppen zu nähern, um einen Hinweis zu erhalten, wie er weiter vorgehen sollte. Mehrere andächtig nickende Köpfe hörten einem hageren Mann mit leuchtend blauer Jacke, nachlässiger Perücke und knarrender Stimme zu. Es war der Landwirtschaftsinspektor.

»... dann fahre Er doch über Land und sehe selbst die gut bestellten Felder! Das Heulen und Lamentieren ist doch allzu bekannt und kehrt alle Jahre wieder, so sicher wie das Amen in der Kirche. Missernte – nein, wirklich nicht! Es wird keine Missernte geben! Und die Einbußen vor drei Jahren ...«

»Ich bitte um Verzeihung ... Excusez-moi, Messieurs!«

»... auch die so genannte Missernte vor drei Jahren – ich sage es Ihnen, Messieurs, sollte weit eher als Folge regionaler Misswirtschaft oder gar lokaler Unbotmäßigkeit anzusehen sein denn als Ergebnis höherer Gewalt! Das alles ist nicht mehr als ein Komplott, um die geziemenden Abgaben zu vermeiden!«

In das zustimmende Gemurmel der sechsköpfigen Gruppe hinein versuchte Paul Tiefenbacher es erneut: »Excusez-moi, Messieurs! Verzeihen Sie mir als unkundigem Neuankömmling, der, von weither gereist, soeben erst der Kutsche entstiegen und mit den hiesigen Gepflogenheiten noch nicht vertraut ...«

Als einige der pomadisierten Herren sich zu ihm umdrehten und ihn voller Herablassung ansahen, verlor Tiefenbacher den Faden und verstummte. Unter seiner Perücke schwitzte er entsetzlich, seine Hände dampften vor Schweiß.

»Um es kurz zu machen: Ich bin ... könnte einer der Herren mir vielleicht ...?«

Plötzlich wurde sein Gestammel von einer Respekt heischenden klaren Stimme aus dem Hintergrund unterbrochen: »Musikus! Kapellmeister! Wo ist Er denn? Nun trete Er doch näher!«

Erleichtert wandte Tiefenbacher sich ab und eilte in die Richtung, woher die Stimme kam.

Der Herzog stand hinter einem ausladenden Sekretär, der mit Papieren übersät war, und unterhielt sich mit einem großen Mann, der es an Leibesfülle durchaus mit Paul Tiefenbacher aufnehmen konnte. Zwei seiner Berater beugten sich über die Unterlagen und trockneten die frischen Unterschriften des Landesherrn auf Urkunden und Dekreten mit extrafeinem Löschsand von Bornholm.

»Mit außerordentlicher Freude und Dankbarkeit möchte ich Seiner Durchlaucht einen angenehmen Tag wünschen und zugleich die Gelegenheit wahrnehmen, mich vorzustellen und Seiner Durchlaucht in bereitwilligstem Eifer und zum Wohle der schönen Künste an Seiner Durchlaucht hoch gerühmtem Hofe zu Ludwigsburg meine Dienste anzubieten: Paul Tiefenbacher, Compositeur und Violinist aus Magdeburg.«

Als er diese im Geheimen dutzendfach repetierte und auswendig gelernte Anrede ohne zu stottern herausgebracht hatte, wurde ihm ein wenig leichter. Er lächelte den großen dicken Mann an und wartete.

»Sehr schön, sehr schön! Eifrig ist Er ja wohl, unser neuer Kapellmeister«, antwortete lächelnd der kleinere von den beiden, worauf Tiefenbacher das Herz erneut in die Hose rutschte, »und ich bin sicher, Er wird sich bald am Hofe auskennen und zwischen dem Herzog von Württemberg und seinem Baumeister und Theatralarchitekten, den ich Ihm hiermit vorstelle, wohl zu unterscheiden lernen. – Aber wo ist denn der andere? Wo steckt der nur wieder?«

Mit wachsendem Ärger schaute der Herzog sich suchend im Saal um, bis sein Blick an der dürren Gestalt Vinzenz van Eisenmanns hängen blieb, die sich hektisch ihren Weg durch die Schar der Höflinge bahnte. Dem angestammten Hofkomponisten war es äußerst peinlich, schon wieder aufzufallen. Andererseits quälte ihn ausgerechnet heute eine heftige Diarrhö, und er war schon fünfmal auf der Toilette gewesen, von wo er auch jetzt gerade wieder zurückkam.

»Eine momentane Unpässlichkeit. Ich bitte untertänigst um Vergebung, Euer Durchlaucht.«

»Blass sieht Er aus, unser Herr Musikus. Er sollte sich besinnen und auch etwas schonen – aber die Entlastung ist ja nun da.«

Lächelnd sah der Herzog von einem zum anderen, wies mit der einen Hand auf Tiefenbacher, mit der anderen auf Eisenmann und sagte nach einer wohl dosierten Kunstpause mit einer Stimme, die von Macht und Unterwerfungswillen zeugte: »Sie sollten einander kennen lernen, meine Herren! Bitte!«

Verunsichert musterte der Neue den hageren, blassen Mann neben sich und begann, als der nicht reagierte, erneut, sich vorzustellen: »Paul Tiefenbacher, Compositeur und Violinist aus Magdeburg und zukünftiger Hofkapellmeister Seiner Durchlaucht.«

In diesem Moment wurde Vinzenz van Eisenmann von einem entsetzlichen Aufruhr in seinen Gedärmen übermannt. Er schloss verzweifelt die Augen. Nur hier nicht! Das durfte einfach nicht passieren! Um Gottes willen, nicht vor dem Herzog! Dann riss er sich zusammen und stieß mit gepresster Stimme hervor:

»Sehr erfreut, Kollega! Vinzenz van Eisenmann, Cembalist, Compositeur und Hofkapellmeister Seiner Durchlaucht ...« Dann machte der alte Kapellmeister mit flackernden Augen auf dem Absatz kehrt und stürzte, so schnell es ihm mit krampfhaft angespannten Gesäßmuskeln möglich war, aus dem Saal. Fassungslos sah Paul Tiefenbacher hinter ihm her und starrte noch sekundenlang zur Tür, als sein Kollege und Rivale schon längst verschwunden war. Als er sich wieder umdrehte, unterhielt sich der Herzog bereits mit dem Landwirtschaftsinspektor und beachtete ihn nicht mehr.

So unauffällig wie möglich folgte Paul Tiefenbacher seinem Kollegen und verließ den Saal. Auf dem Rückweg in seine Gemächer stellte er fest, dass er jeden Ton seiner Bass-Arie vergessen hatte.

7. Triosonate

Eine ganze Weile schon führte Leander Marias alten Gaul am Zügel. Nach dem Regen wurde es langsam wieder wärmer; dampfend trockneten Wege, Wiesen und Wälder. Das Kind in der Wiege war wieder eingeschlafen, und die Mutter nutzte die Gelegenheit, im Sattel ein wenig zu dösen. Ab und zu kam ihnen ein Reiter entgegen. Einmal rumpelte ein ramponierter, klappriger Zweispänner vorbei, der früher einmal ein eleganter Reisewagen gewesen sein musste, nun aber nur noch vom sozialen Abstieg seines Besitzers zeugte. Kurz darauf trafen sie auf einen geschlossenen Kastenwagen, der nach verschärfter Fahrt am Wegesrand gehalten hatte. Die gehetzten Pferde schwitzten und tänzelten mit bebenden Nüstern nervös im Geschirr. Der Kutscher und ein Wachmann waren vom Bock gestiegen und nach hinten gegangen, wo sie von beiden Seiten durch die offenen Türen in die Kutsche hineinbrüllten und die angeketteten Insassen mit Faustschlägen traktierten. Als sie Maria, Leander und das Kind kommen sahen, hielten sie inne, kletterten zurück auf den Bock und fuhren so dicht an ihnen vorbei, dass sie Leander und das Pferd vom Weg herunter in den Morast drängten. Es war ein Abschiebetransport mit Bettlern und Hausierern, die man aus der Stadt hinausgeworfen hatte. Die Kutsche würde sie an den Ort bringen, den sie nach den Misshandlungen durch ihre Häscher und Wärter im Gefängnis als ihre Heimat angegeben hatten. Als Maria sah, wie eines der geschundenen Geschöpfe sie durch das kleine Guckloch in der Tür anstarrte, senkte sie den Blick. Sie kannte diese stinkenden und versauten Karren mit ihren harten Pritschen, den Eisenringen für die Ketten und mit den schwarzbraunen Schichten aus Blutspritzern, Rotz und Straßendreck. Sie hatte selbst schon darin gesessen. Nachdem die Kutsche hinter einer Biegung verschwunden war, blieb es ein paar Meilen ruhig auf der Straße, und Maria ließ sich von ihren Gedanken treiben.

Als sie Leander getroffen hatte, war es ihr ähnlich ergangen wie ihm: Ohne Aufhebens und ohne Worte hatte sie seine Gegenwart akzeptiert, da ihr Misstrauen gegen diesen fremden jungen Mann geringer wog als die Vorteile, die sie sich davon versprach, wenn sie mit ihm zusammen weiterziehen würde. Alleine, nur mit dem Kind, war sie verletzbar und schwach. Erst vorgestern hatte ein Hausierer, der genau wusste, womit eine wie sie Geld verdiente, sie mitten auf der Straße angehalten und gezwungen, die wenigen Groschen herauszugeben, die sie sich in den vergangenen Nächten als Beischläferin auf Witwerhöfen und einsamen Mühlen erarbeitet hatte. Mit einem starken Mann an ihrer Seite würde sie sich besser durchschlagen können. Außerdem hatte er ein hübsches Gesicht.

»Du bist stark. Wie heißt du?«

Leander reagierte nicht und trottete mit gleichmäßigen Schritten weiter.

»Hallo! Du! Gib mir ruhig dein Bündel herauf. Dann hast du's leichter. Wie heißt du?«

Verwundert blickte Maria auf den lockigen Schopf und die

kräftigen Schultern des jungen Mannes hinunter, der, ohne sie zu beachten, so selbstverständlich neben ihr herging, als wäre er schon immer bei ihr gewesen. Sie konnte nicht ahnen, wie weit weg er war und welche Welt ihn gefangen hielt. Leander träumte eine Passacaglia in f-Moll. Diese von tiefem Ernst getragene Kunstform der alten Meister bot ihm am ehesten die Möglichkeit, die Erinnerungen zu verarbeiten, die Marias Erscheinen in ihm ausgelöst hatten. Alle acht Doppelschritte – immer mit dem linken Fuß beginnend – wiederholte sich das punktierte Thema im Bass. Jedes Mal, wenn die Melodie von neuem begann, schichtete er andere Oberstimmen darüber, lotete die Tragfähigkeit des Basses aus und fantasierte in majestätischen Harmonien und irisierenden Farben, die ungestört am Horizont seines Bewusstseins vorbeizogen – nur jetzt und nur hier, einmalig und flüchtig wie ein leichter Duft im Sommerwind. Leander Lautenschläger lief wie im Traum, gab sich ganz dem Rhythmus der gleichmäßigen Schrittfolgen seines Themas hin und hätte noch stundenlang so weitergehen und ferne Klänge träumen können, wenn Maria sich nicht endlich zu ihm heruntergebeugt und ihn angestoßen hätte.

»He! Du sagst ja gar nichts! Warum bist du so unhöflich?«

Leander zuckte zusammen und sah zu ihr hoch. Beim Aufschrecken schossen jene Flucht- und Abwehrinstinkte in ihm hoch, die Jahre voller Einsamkeit, Verfolgungen und Verstoßenseins in ihm angelegt hatten. Er war bereit zur Gewalt. Doch dann erkannte er Maria und begriff, dass sie seine Gebrechen noch nicht bemerkt hatte. Also ließ er die Zügel los, deckte mit seinen Händen erst beide Ohren, dann seinen Mund ab und schüttelte lächelnd den Kopf. Nun verstand sie und lächelte zurück.

Nach knapp zwei Stunden Marsch zwischen ärmlichen Dinkelfeldern, verwitterten Zäunen und eingestürzten Stegen wurde die Landschaft waldiger. Der Weg senkte und wand sich in zufälligen Mäandern, die das Gelände ihm diktierte, zu einem vielleicht zwanzig Ellen breiten Bach hinunter und führte die nächsten Meilen an dessen Ufer entlang. Sie wurden langsam müde.

Noch bevor sie die Sägemühle sahen, wussten beide, dass sie nicht mehr weit sein konnte. Längst schon hatte Leander das Sägemehl bemerkt, das mal in Flocken, mal als schaukelnder, staubiger Film auf dem Wasser dümpelte und sich überall dort am Ufer sammelte, wo die Strömung in den zahlreichen kleinen Ausbuchtungen erlahmte. Bald darauf wurde das Bachbett breiter, und das Wasser begann zu küseln, als ob es nach erzwungenem Aufruhr die letzten Wirbel abschütteln und sich wieder dem natürlichen Spiel der Wellen hingeben wollte. Jetzt hörte Maria das Knarren des Mühlrads und das Jaulen der Sägen und sah hoch.

Hinter der nächsten Biegung tauchte das Sägewerk auf. Der zweigeschossige Bau mit seinem spitzen, zeltförmigen Dach spannte sich wie ein Riegel zwischen beiden Ufern. In der Mitte des Baches, der hier beinahe schon Fluss zu nennen gewesen wäre, wurde das Bauwerk von einem Wasserrad in zwei Hälften geteilt. Das unterschlächtige Rad mochte mehr als drei Ellen breit sein und reichte bis unter das Dach des Holzbaus. Nach den Regenfällen der vergangenen Wochen führte der Bach reichlich Wasser und ließ die Mühle zu voller Kraft erstarken. Glitzernd und tausendfach funkelnde Tropfen versprühend erhoben sich die Schaufeln des Wasserrades in majestätischer Ruhe aus den Fluten, stiegen höher auf ihrer Kreisbahn, erreichten unter dem moosbewachsenen Giebel deren Zenit und senkten sich im Schatten des Gebäudes wieder hinein in den Bach. Dort schöpften sie für einen kurzen Moment seine Energie und reichten sie weiter an die derbe Mechanik aus sirrenden Schwungscheiben und schlackernden Transmissionsriemen im Innern der Mühle. Dort ließ die Kraft des Flusses Sägen, Hobel und Schleifmaschinen kreisen, deren Heulen und Wimmern sich mit dem Rumpeln der Stämme und mit dem Gebrüll der Arbeiter zu einem grollenden Getöse vereinten. Noch war es hell, und die zwölf Ebenisten und Zimmerleute des Betriebs hatten alle Hände voll zu tun.

Als Leander, Maria und das Kind um die Biegung kamen, rückten die Hügel vom Ufer zurück und gaben eine völlig ebene Fläche frei. Sie diente dem Sägewerk als Lagerplatz. Hunderte frisch gesägter Bohlen trockneten in akkurat gestapelten Türmen unter freiem Himmel. Soeben schleppte ein Hilfsarbeiter auf seinem Buckel eine neue Bohle herbei, wuchtete sie auf einen der Stapel, richtete sie aus und schlurfte zurück zur Mühle, um das nächste Holz zu holen. Weiter hinten hatten zwei Handwerker einen Stamm senkrecht in einen mächtigen Schraubstock gespannt und sägten Furniere. Mit kräftigen Schwüngen des ganzen Körpers zwangen sie die zehn parallelen Zahnreihen der Furniersäge tiefer und tiefer ins Holz hinein und sangen dabei in keuchendem Staccato eine eintönige Melodie, die sie Zeit und Anstrengung vergessen ließ.

Plötzlich hielten die beiden inne und sahen zu Leander und Maria hinüber.

»Wir geben nichts. Geht weiter! Bevor es dunkel ist, seid ihr in der Stadt«, schnaufte der eine und machte eine mürrische Handbewegung, als wollte er Fliegen verscheuchen. »Los! Weg! Ihr stört! Wir haben zu tun!«

Doch der andere zog ihn am Wams und hieß ihn still sein. Er hatte Maria mit ihrem Kind gesehen und sofort erkannt, womit sie ihren Lebensunterhalt verdiente; und sie schien ihm zu gefallen. Außerdem hatten die anderen ihm zu gehorchen.

»Lass sie doch, Henner! Wir haben Platz genug, und zu essen haben wir auch. Und guck dir den Burschen an. Der kann zupacken! Wir könnten gut noch jemanden zum Aufladen gebrauchen. Du hast doch selber gesagt, dass wir die Transporte zum Schloss alleine kaum schaffen können!«

Er ließ seinen Kollegen stehen, kam näher und nahm Leander die Zügel aus der Hand. Dabei sah er den Fremden auf dieselbe Weise an, wie die meisten Männer es taten, auf die Leander im Laufe der vergangenen Jahre gestoßen war. Es war eine Mischung aus Ablehnung, die schnell in Hass umschlagen konnte, und Unbehagen, welches auf einer diffusen Ahnung beruhte, dass dieser junge Mann gefährlich werden konnte und irgendetwas an sich hatte, das den anderen fehlte und das ihn zu einem Konkurrenten werden ließ – nicht nur im Hinblick auf Frauen. Leander merkte wohl, wie der Handwerker unsicher wurde und innehielt. Doch es war nur ein kurzes Zögern.

»Da! Fass mal mit an! Wenn ihr euch nützlich macht, könnt ihr erst mal bleiben.«

Auch ohne ihn zu hören, verstand Leander, was der Ebenist von ihm wollte. Er ging zu dem verdutzten Mann am Schraubstock hinüber, packte den freien Griff des Werkzeugs, zog kurz an und wartete auf die Reaktion seines Gegenübers. Nachdem er sich mit einem kurzen Blick bei seinem Anführer versichert hatte, zog Henner die Säge durchs Holz. Leander passte sich wie selbstverständlich an dessen Arbeitsrhythmus an und folgte willig dem Bewegungsablauf. Mit geradezu sinnlicher Einfühlsamkeit fügte er sich dem wechselnden Muskelspiel des anderen, stimmte seinen Armzug in Länge, Kraft und Zeit auf den des anderen ab und hörte nicht eher auf zu sägen, als bis der Stamm der Länge nach zerteilt war. Die Arbeit kam ihm vor wie die Engführung einer Fuge: Dux und Comes auf engstem Raum in strenger und doch harmonischer Eintracht. Als sie fertig waren, sah Leander Lautenschläger auf die fingerdicke Schicht Sägemehl auf seinen Fußlappen, lächelte in sich hinein und wartete.

»Gut. Du kannst bleiben und uns helfen. Drei Kreuzer am Tag, Bett und drei Essen frei.«

Leander deutete ein Kopfnicken an. Die Einladung hatte er verstanden, und die Details waren ihm unwichtig. Der Mann an der Säge sah ihn an und runzelte die Stirn. Die Perfektion, mit der dieser Fremde sich ihm angeglichen hatte, störte ihn. War dessen körperliche Nähe nicht unzüchtig gewesen, beinahe eine Vergewaltigung?

»Kannst du nicht antworten und wenigstens danke sagen?«

Leander reagierte nicht. Der Arbeiter schien sein Entgegenkommen schon fast zu bereuen.

»Er ist taub. Und er kann nicht sprechen«, schaltete Maria sich ein, »und er ist stark und passt auf mich auf. Wo können wir wohnen?«

»Schreit das Kind in der Nacht?«, fragte der Meister, der immer noch Marias Pferd am Zügel hielt. »Wir brauchen unsere Ruhe. Wenn es schreit, jage ich euch fort. Und sei es mitten in der Nacht.«

»Nicht, wenn ihr mir genug Zeit gebt, es zu stillen.«

»Dann kommt mit!«

Der Meister führte sie zwischen den Holzstapeln hindurch zum hinteren Teil des Geländes. Dort standen ein Haus aus Stein, drei Schuppen und ein Stall und duckten sich im Schatten eines Eichenwäldchens gegen eine Felswand. Aus dem Schornstein des Steinhauses quoll Rauch, die beiden größeren Hütten dienten als Schlaf- und Wohnbaracken für die Arbeiter, in der kleineren, direkt vor dem Zaun, waren die Werkstatt und die Werkzeugkammer untergebracht. Sie bot in einem flachen Seitenanbau noch Platz zum Schlafen für weitere drei bis vier Personen. Seit dem vergangenen Sommer, als hier einige Tagelöhner gehaust hatten, stand der Anbau leer. Die Leinenlaken von damals bedeckten noch immer notdürftig das kniehoch geschüttete Stroh, das einigermaßen sauber zu sein schien. Maria war's zufrieden.

»Wie viele seid ihr? Wer wohnt hier noch?«

Marias forscher Tonfall irritierte den Meister. Er war es nicht gewöhnt, dass Frauen so mit ihm sprachen. Dennoch sagte er nichts, weil er die stumme Autorität Leanders im Hintergrund spürte. Maria erkannte mit Genugtuung, dass ihr Zusammensein mit Leander sich bereits bewährte. So schnell würde sie Leander nicht wieder frei geben.

»Wir sind zwölf Mann und ... na ja ...« – hier zögerte der Mann und sah unsicher auf Marias Kind – »... na, und eben Elisabeth. Die ist für Haus und Herd zuständig. Kocht im vorderen Haus. Da kannst du ihr helfen. Aber mach dir nichts draus, wenn sie ein bisschen spinnt. Und du ... wie heißt du ... wie heißt *er* eigentlich?« Er wollte Leander ansprechen, drehte sich dann aber wieder Hilfe suchend zu Maria um.

Die antwortete ohne zu zögern: »Josef! Josef heißt er. Und ich bin Maria!«

»So, so ...«, murmelte der Mann, »und dann ist der Schreihals hinter dir im Sattel wohl das Jesuskind persönlich ...«

Doch Maria antwortete nicht und sah ihm nur vielsagend ins Gesicht. Nach kurzem Zögern wandte der Meister sich ab, rief seinen Kollegen herbei und zeigte auf Leander und dann zum Mühlenhaus: »Bring ihn hin! Die anderen müssen ihn auch kennen lernen. Danach soll er beim Bohlenschleppen helfen.«

Als die beiden gegangen waren, half er Maria beim Absteigen.

»Ich werde auf dich aufpassen – wenn du vernünftig bist. Wenn nicht, lasse ich in der Stadt Bescheid sagen, und sie bringen dich wieder ins Spinnhaus. Das willst du doch nicht – oder?«

Maria schwieg erneut.

»Ist Elisabeth da drin?«

Sie wies auf das gedrungene Gebäude, das ans Felsgestein gemauert worden war. Aus dem Kamin zog Rauch in dünnen Schwaden zu ihnen herüber, sie roch den Duft von Kohl, Speck und Zwiebeln.

»Ja! Aber erschrick nicht, wenn du sie siehst! Wir essen in einer Stunde.«

Maria nahm ihr Kind, ging auf die schwere Eichentür zu und trat ein. Im Haus war es schon fast dunkel; die Glut der Feuerstelle tauchte den Raum in pulsierendes Rot, sodass die Umrisse der Frau am Herd nur schemenhaft zu erkennen waren. Es sah so aus, als würde Elisabeth sich tief über die Töpfe beugen und deshalb in dieser eigentümlich gekrümmten Haltung verharren. Erst als die Frau sich umdrehte und zu Maria schlurfte, bemerkte sie den mächtigen Buckel, der wie ein zweites Wesen auf ihrem Rücken hockte. Dann sah sie das Gesicht mit den brennenden Augen und dem klaffenden Krater zwischen Nase und Mund. Sie machte einen Satz rückwärts.

»Ochhhh! Ein neues Gesicht! Sehr erfreut!«, schnorchelte Elisabeth aus dem Schlund ihres Wolfsrachens, wobei ihr jedes S zu einem gurgelnden Zischen zerstäubte. Dabei kicherte sie röchelnd und schaute die Neue schräg von unten an. Bevor Maria antworten konnte, begann ihr Kind zu weinen.

8. Siciliano

An die folgenden Wochen sollte Leander sich später gern erinnern. Nachdem er sein Leinentuch mit den fünf Linien und den Notenklecksen im Heu versteckt hatte, machte er sich mit stiller Zufriedenheit an die schwere Arbeit. Er genoss den ruhigen Wechsel von Erschöpfung und Erfrischung, Müdigkeit und Kraft, Hunger und Sättigung – ein Zyklus von ähnlicher Macht und Gelassenheit wie das gleichmäßige Kreisen des Wasserrads. Leanders Körper war dankbar für die physische Anstrengung, als ob er sich nach diesen Belastungen gesehnt hätte, die ihm täglich aufs Neue seine Stärke und Geschicklichkeit bewiesen und damit seine Seele für eine Weile zur Ruhe brachten.

Er arbeitete viel und gut, was ihm den Respekt der Männer eintrug, die jedoch nie ihre Abneigung ganz überwanden. In den seltenen Pausen lehnte er sich gerne gegen den massiven Lagerbock der Antriebswelle und nahm ihre tieffrequenten Vibrationen mit seinem ganzen Körper auf. Dann war er *ganz Ohr* in einem tieferen Sinne als Hörende, die diesen Ausdruck so gerne im Munde führten, es je begreifen konnten. Begierig sog Leander den Geruch frisch geschnittenen Holzes in sich ein, badete im Duft harziger Rinde, der für ihn reines G-Dur bedeutete, fühlte die weiche Feuchte der Sägespäne und erfreute sich an der Maserung von Eichen, Erlen, Eschen und Buchen. Einmal, als er in den Jahresringen eines Buchenstammes ein Muster entdeckte, das wie Notenlinien aussah, nahm er einen Beitel und kerbte den Anfang eines Kanons hinein. »Josef träumt mal wieder«, sagten die anderen in solchen Momenten und wunderten sich tuschelnd, aber voller Respekt über diesen seltsamen jungen Mann, der trotz seiner Taub- und Stummheit und trotz seiner oft stundenlangen geistigen Abwesenheit eine Präsenz ausstrahlte, die ihn zu einer heimlichen Autorität im Betrieb werden ließ. Der Meister und die anderen Handwerker merkten bald, dass Leander ein Gespür für Holz besaß und dass sie gut daran taten, sein Urteil ernst zu nehmen, wenn er etwa mit gerunzelter Stirn um eine neue Fuhre Langholz herumstrich, hier ein Astloch untersuchte, dort einen angefaulten Riss in der Rinde begutachtete, mit der Hand prüfend über die Faser strich und die ganze Fuhre schließlich als untauglich einstufte für die Herstellung von Säulenkörpern oder Sichtbalken.

»Das hab ich auch sofort gesehen«, pflegte der Meister dann zu sagen, »das Zeug taugt nur noch als Gerüstholz! Das können wir dem Herzog nicht anbieten.«

Tag für Tag rumpelten Karren mit frischen Stämmen aus den umliegenden Wäldern heran, einmal kam sogar ein Ferntransport mit Edelhölzern. Die Bauern stöhnten über die zahlreichen Fronfahrten, die von ihrer Arbeitszeit auf den Feldern abging, und hofften auf bessere Zeiten, wenn die Arbeiten in Ludwigsburg endlich einmal fertig sein würden.

Einmal saß eine verhüllte Gestalt mit auf dem Bock eines Holztransports und lugte scheu und verängstigt zwischen den Tüchern hindurch, die ihr Gesicht fast vollständig bedeckten. Der Karren hielt vor dem Zaun an und wartete, bis der Meister herbeieilte, die Frau schnell und unauffällig zum Absteigen nötigte und sie hinter das Küchenhaus führte, wo Elisabeth sie in

Empfang nahm. Später, als der Transport abfuhr, hockte die Frau wieder zusammengekrümmt auf dem Bock und verbarg ihre Blässe hinter Schal und Tüchern. Zwei oder drei der Männer hatten sie wohl gesehen, taten aber so, als wäre nichts gewesen, und flüchteten sich schnell wieder in ihre Alltagspflichten.

Von morgens bis abends schrien die Sägen und jaulten die Schleifmaschinen durch das Tal. Nachts, wenn die Maschinen schwiegen und das Wasserrad nur noch im Leerlauf drehte, schien auch das Sägewerk zu schlafen und Kraft zu sammeln für den nächsten Arbeitstag. Die Stapel auf dem Lagerplatz wuchsen und schrumpften im Rhythmus der ein- und ausgehenden Transporte, die nur einen Zweck verfolgten: Material zu liefern für den Bau des herzoglichen Opern- und Konzerthauses im fernen Ludwigsburg.

Schon am ersten Abend hatte Maria die ihr zugedachte Rolle in dieser kleinen Gemeinschaft angenommen. Klaglos hatte sie den Meister empfangen und Leander aus ihrem gemeinsamen Strohlager verbannt für die knappe Stunde, die der andere bei ihr war. Sie merkte sehr wohl, dass auch die anderen Arbeiter sie mit mehr oder weniger unverhohlenem Begehren ansahen. Dennoch schien die Angst vor Leander und vor ihrem Meister sie auf Distanz zu halten. Immerhin zahlten Marias Dienste sich auf andere Weise für die Handwerker aus, denn der Meister benahm sich umgänglicher und war weniger streng mit ihnen als zuvor.

Die Bereitwilligkeit, mit der Leander sich auf diese Dreierbeziehung einließ, machte Maria ein wenig ratlos. Es schien ihr, als bedeute sie ihm nicht mehr als körperliche Routine. Mittlerweile war es nicht mehr allein sein markantes, schönes Gesicht, das sie faszinierte – es war vielmehr seine stumme, männliche Gegenwart, die hinter der gläsernen Wand des Schweigens umso stärker hervortrat und immer wieder ihr Interesse weckte. Immer wieder musste sie sich ihm zuwenden, immer wieder sich auf ihn einlassen. Aus der durch Leanders Behinderung erzwungenen Nähe wurde schnell mehr für Maria. Dass sie miteinander schlafen würden, war eigentlich nie die Frage gewesen. Aber die Nächte voller Nüchternheit und altbekannter Distanz erschienen ihr wie das Ende und nicht wie der Anfang einer Beziehung. Was Maria nicht wissen konnte, war, dass sie in Leander keine Gefühlsstürme auslöste und er ihr deshalb nicht mehr als freundliches Interesse entgegenbringen konnte.

Leander selbst war sich dieser seltsamen Distanz nicht sofort bewusst. Als er es dann spürte, schob er es auf die neuen Umstände, das ungewohnte Leben, seine Leidenschaft für die Arbeit. Zudem war er froh, für eine Weile nicht in die Abgründe seiner Seele blicken zu müssen. Im selben Maße, wie Leander sich körperlich verausgabte, drosselte er seine Emotionen, bis hin zur Trägheit. Eines Nachts jedoch kehrten die alten Gespenster zurück, und er fand sich erschüttert an Marias Seite wieder. Sie hatten miteinander geschlafen und wollten sich eben voneinander lösen, da fing er Marias Blick auf und nahm eine Geste ihrer Hände wahr. Da war es ihm plötzlich wieder wie damals, als er sie traf, nur deutlicher: Es war, als ob er eine andere sähe und als würde diese andere für ihn singen und ihn trösten. Doch der Trost erreichte ihn nicht, weil er überzeugt war, ihn im Moment gar nicht zu brauchen, weil er ihn nicht wollte. Da schämte er sich, ohne zu wissen, wofür, und rückte ab von Maria. An jenem Abend konnte er lange nicht schlafen und betrachtete im Geiste die Mauer, die sich quer durch seine Seele zog.

Elisabeth begegnete Leander und Maria mit scheuer Neugier. Maria ließ es sich nicht anmerken, wie sehr sie sich zu Beginn überwinden musste, in das entstellte Gesicht dieser Frau zu sehen, die kaum älter war als sie. Sie half ihr beim Kochen, so gut sie konnte, und bereicherte die Mahlzeiten aus dem gusseisernen Kessel mit manch neuer Variante, was die Männer dankbar zur Kenntnis nahmen. Maria brauchte ein paar Tage, um zu begreifen, dass Elisabeths kichernde Albernheit nur eine Fassade war, hinter der sich ein wacher Geist und eine zutiefst verstörte Seele versteckte. Da ihr abstoßendes Äußeres auch den hartgesottensten Kerlen auf den Appetit schlagen konnte, band sie sich, wenn sie das Essen auftrug, ein Tuch vors Gesicht. Manchmal machten die Männer derbe Scherze mit ihr, schlugen nach ihr, spuckten und traten, versuchten ihr das Tuch vom Gesicht zu reißen und riefen sie »Löwenmäulchen«, »Pferderücken« oder schlimmer noch: »Sabberschnauze« oder »Eimerfratze«. Dann rannte sie schniefend davon – manchmal sogar weit hinaus in die Wälder – und kam erst nach ein paar Stunden heimlich wieder zurück. Wohin sonst hätte sie auch gehen sollen? Von diesen kleinen Fluchten abgesehen verließ Elisabeth fast nie das Haus und fristete ein abgeschiedenes Dasein im hinteren Winkel des Gemäuers, den sie mit Wolldecken zugehängt hatte und sorgfältig vor den Blicken der anderen zu verbergen suchte. In diesem Verschlag schlief und hauste sie, ging der heimlichen Nebentätigkeit einer Engelmacherin nach und aß alleine im Verborgenen, wenn die anderen fertig waren und den Raum verlassen hatten. Ab und zu, wenn mal wieder eine junge Frau da gewesen war, fanden sich unter den Essensresten blutige Teile, welche die Fantasie eines Betrachters hätten anregen können, wenn er genauer hingesehen hätte. Doch es sah niemand hin.

Einmal, als Maria arglos zu Elisabeth nach hinten kam, den Kopf durch die Vorhangdecken steckte und sie beim Essen überraschte, zuckte die Ertappte erschrocken zusammen und verbarg ihr Gesicht zwischen den Armen: »Nein! Nicht! Lass mich!«

Maria wollte sich schon zurückziehen, als ihr Blick an einem seltsamen Gegenstand hängen blieb, der neben dem Essnapf auf dem Tischchen lag. Zuerst dachte sie, es sei eine der derben kleinen Würste, die der Bauer, der dienstags die Lebensmittel ins Sägewerk brachte, ab und zu als Delikatesse verkaufte. Doch dafür war das Ding zu dünn. Erst als Maria genauer hinsah, erkannte sie den Fingernagel und wandte sich entsetzt ab. Am nächsten Abend, als der Meister sie besuchte, fragte sie ihn, was es mit ihrer Entdeckung auf sich habe.

»Ach, du Schöne, was scherst du dich um diese Missgeburt! Die ist halt ein bisschen sonderbar ... Komm, leg dein Mieder ab!«

Doch Maria wehrte ihn ab und blieb hartnäckig: »Gleich, mein Lieber ... gleich! Erzähl mir erst von ihr. Warum legt sie sich einen abgehackten Daumen neben ihr Essen?«

»Ich will von schönen Frauen reden – nicht von hässlichen! Willst du mir den Abend vergällen?«

»Wie könnte ich ...? Du wirst schon noch auf deine Kosten kommen! Aber wenn ich mit ihr arbeiten soll, will ich keine Angst haben. Also erzähl schon!«

Brummend gab der Meister nach: »Also gut. Der Vater wollte die Missgeburt nicht – er wollte sie schon ertränken. Dann kam sie doch ins Spital. Irgend so ein Medicus hat sie dann abgeholt, um an ihr rumzuschneiden und zu experimentieren. Hat wohl versucht, ihren Wolfsrachen mit einem Stück Schweinsblase zuzunähen. Sie wäre beinahe daran gestorben. Sie ist dann weggelaufen zu einem Gaukler – doch der hat sie wieder ausgesetzt, weil sie sich immer verstecken wollte vor den Zuschauern und nicht genug Geld in die Kasse brachte. Dann ist sie wohl jahrelang bettelnd umhergeirrt, im Spinnhaus gelandet, wieder abgehauen, hat wieder gebettelt, wurde wieder eingesperrt ...«

»Jesus! Die Arme!«, unterbrach ihn Maria, »aber was soll der Daumen?«

»Sie versucht angeblich immer wieder, sich selber zu kurieren. Sie war schon bei mehreren Hinrichtungen, um Körperteile der Geköpften zu ergattern: Finger, Zehen, Haare und so'n Zeug. Der Daumen ist wohl von einem Mörder aus Stuttgart – sie legt ihn morgens und abends immer an ihre Spalte, weil sie denkt, die wächst davon wieder zu. Und für ihren Buckel hat sie auch noch irgendwas ... einen Gürtel aus Menschenhaut, glaube ich, mit dem sie sich geißelt ... Aber das ist doch egal! Hauptsache, sie kocht einigermaßen und lässt diese Sachen nicht in unser Essen fallen ... Nun komm, lass dich küssen!«

An den folgenden Tagen versteckte sich Elisabeth noch mehr

als sonst. Maria versuchte immer wieder, sie anzusprechen und ihr kleine Zeichen zu geben, um ihr zu bedeuten, dass sie sich nicht schämen oder fürchten müsse. Doch die bucklige Frau mit dem zerklüfteten Gesicht wich ihr immer wieder aus und legte den Mundschutz auch in ihrer Gegenwart nicht mehr ab. Mitleid und Furcht wechselten sich in Maria ab. Manchmal huschten des Abends feurige Lichter hinter den Vorhängen von Elisabeths Alkoven hin und her und ließen ihren buckligen Schatten über den wogenden Stoff zucken. Maria erschauderte bei dem Gedanken daran, was Elisabeth dabei tat. Gleichwohl spürte sie, dass vor allem Angst in diesem armen Geschöpf wohnte. Eines Abends – Elisabeth wollte sich nach dem Essen für die Arbeiter gerade in ihren Verschlag zurückziehen – stand Maria auf und drückte ihr das Kind in den Arm. Das Kleine schrie diesmal nicht, sondern schlief ruhig weiter. Da sah sie, wie Tränen hinter dem Tuch zu fließen begannen und der Buckel unter Schluchzen erbebte. Seit jenem Abend war der Bann gebrochen. Fortan versuchte Maria, Elisabeth von Fall zu Fall in Schutz zu nehmen, wenn die anderen es gar zu toll mit ihr trieben: »Lasst sie! Es ist Unrecht, was ihr tut«, sagte sie dann, worauf die Grobheiten meistens verebbten. Elisabeth dankte es ihr mit wachsender Zutraulichkeit.

Einige Tage später – Maria schrubbte gerade Möhren für die Mittagssuppe – sprach Elisabeth sie an: »Warum bist du bei diesem Mann?«

Maria antwortete nicht sofort. Ihr war klar, wen Elisabeth meinte, und dass die Frage ernster gemeint war, als das oberflächliche Kichern vermuten ließ, mit dem sie vorgetragen wurde. Maria hatte sich genau diese Frage schon mehrmals selbst gestellt und keine zufrieden stellende Antwort darauf finden können. Nur zu gerne hätte sie geantwortet, es sei Liebe. Aber so war es nicht. Warum also war sie mit Leander zusammen?

»Er hilft mir, und ich helfe ihm, er passt auf mich und das Kind auf – zusammen haben wir es einfach besser.«

Elisabeth hörte das Bedauern in ihrer Stimme.

»Du liebst ihn – aber er dich nicht! Er ist weit weg von uns allen! Du kennst ihn nicht! Er ist auf der Suche. Dir wird er aber nichts tun.«

Bei diesen Sätzen, die wie Eruptionen eines Geysirs aus ihrem klaffenden Gaumen zischten, sah sie Maria für einen kurzen Moment tief in die Augen, bevor sie sich abwandte und ihre Klugheit wieder hinter der Fassade kichernder Albernheit versteckte. Maria schwieg betroffen.

Als der Meister am nächsten Abend wieder das Lager mit Maria teilen wollte, ging Leander wie immer hinunter zum Bach, dessen Band im blassen Mondlicht blinzelte. Die Bretterstapel auf dem Holzlagerplatz warfen kantige Schatten, deren strenge geometrische Formen im Kontrast zu dem weichen Formenspiel der Landschaft standen. Leander ging zwischen den haushohen Quadern hindurch zum Ufer hinab. Nahe beim Wasserrad gab es eine seichte Stelle mit Schilf und Seerosen, auf denen Frösche dösten. Ein alter Kahn, der früher einmal zum Übersetzen gedient hatte, steckte halb versunken im Morast. Nur das Heck mit Ruder und Achtersitz lag im Trockenen. Als Leander in das Wrack stieg, stoben die Frösche erschreckt davon und hinterließen beim Eintauchen glitzernde Ringe auf der Wasseroberfläche. Die mannshohen Schwengel des Schilfs pendelten andächtig im Wind. Das im Leerlauf drehende Schaufelrad der Mühle schien den Bach nur noch zu streicheln und malte zarte Turbulenzen auf dessen Oberfläche, die wie Silberschlangen davonhuschten. Träge Flocken von Sägemehl glitten flussabwärts und schimmerten fahl im Licht des Mondes. Beinahe andächtig schöpfte der junge Mann mit beiden Händen Wasser aus dem Fluss, genoss die klare Frische und spürte mit der Zunge ein paar Sägemehlfasern nach. Sie schmeckten nach Erle. Wahrscheinlich stammten sie von den Dekorbrettern für die Balustraden des Opernhauses, die sie am Nachmittag zugeschnitten hatten. Noch einmal sah er in Gedanken das Sägemehl in sprühendem Strahl unter den Zähnen der Bandsäge hervorschießen und hinunter aufs Wasser wehen, wo es sich zu einem duftigen Teppich verbreiterte, der sachte schaukelnd flussabwärts trieb.

Trotz aller Ruhe schmerzte ihn seine Taubheit wie selten zuvor. Leander wusste um die Vielfalt der feinen Geräusche, die gerade um ihn herum waren und die ihm entgingen: das sanfte Gurgeln des Wassers, das Wispern des Windes in den Baumwipfeln, die fernen Schreie der Käuzchen, die huschenden Mäuse im Gras ... All das war da, doch er hörte es nicht. Früher hätte er den Tritt eines Sperlings gehört oder das sanfte Kratzen, das ein Blatt erzeugt, wenn es auf den Waldboden fällt. Leander erinnerte sich, wie er als Junge einmal beim Versteckspiel in ein Gebüsch gekrochen war und ihn unvermittelt ein Prasseln und Knistern eingehüllt hatte, das von überall her zu kommen schien. Wie feiner Regen auf Raureif hatte es sich angehört: unerbittlich in seiner Gleichmäßigkeit, beharrlich und auch ein wenig bedrohlich. Erst als er die vielen winzigen schwarzen Kügelchen auf seinem Wams bemerkt hatte, war ihm aufgegangen, woher die Geräusche kamen: Millionen Raupen hatten sich über die Büsche hergemacht und waren dabei, sie kahl zu fressen. Und während die Raupen das Grün vertilgten, schieden sie unentwegt winzige Kotbröckchen aus, die als schwarzer Hagel zu Boden prasselten. Noch Tage später hatte er die Kügelchen aus seinen Locken gepult.

Was gäbe er heute für diese Töne! Gierig würde er den Raupen lauschen und sich dabei von ihnen zukoten lassen, anstatt wie damals voller Ekel davonzulaufen. Doch von seinem Gehör war nichts geblieben außer Erinnerungen, Sehnsüchten und Spuren von allerderbsten Klängen, die wahrzunehmen ihm größte Mühe bereitete. Damals, als Junge, hatte er dem Dorflehrer nicht alles gezeigt. Von seiner Cembalosuite zum Beispiel wusste niemand – selbst seine Mutter nicht. *Wiesenklänge* hatte er das Stück genannt, weil er all das, was Wind, Insekten und Vögel ihm auf der Sommerwiese vorgesungen hatten, in seine Musik hatte einfließen lassen. Schier unerschöpflich war ihm der Vorrat an musikalischem Material erschienen, den die Natur ihm zur Verfügung stellte. Er brauchte nur zuzugreifen und die Klänge in Melodien, Takte und Harmonien gießen. Und heute? Welche Inspiration war ihm noch geblieben? Welchen Aufwand musste er treiben für seine Kunst?

Oft schon war Leander in Gedanken an diesen Punkt gekommen. An diesem Abend sah er im Geiste die Frauen, ihre Gesichter, spürte ihr Leid und hörte von fern das Echo der Musik, die sie ihm beschert hatten. Doch es war ihm – wie immer, wenn er daran dachte –, als trete ein Teil von ihm aus seinem Körper und stehe neben ihm. Dann war es ihm, als sei es nicht er, der jene grausigen Dinge getan hatte, sondern ein anderer. Dann suchte er nach dem Grund dieser Taten, er schien ihm logisch, zwingend – und im selben Atemzug doch eben verrückt. Und er verdammte den Täter, der neben ihm stand. Die Liebe zur Musik und die Verantwortung, die er der Kunst gegenüber empfand, waren ebenso stark wie das Gefühl der Schande und der Schuld, das ihn packte. Während er über sich selbst zu Gericht saß, wusste er im selben Atemzug doch auch, dass sein Urteil ohne Folgen bleiben und er weitermachen würde – irgendwann, irgendwo, mit irgendwem. Manchmal wünschte er sich, er fände die Kraft, den Urteilsspruch gegen sich selbst auch zu vollstrecken. Vielleicht würde er es eines Tages ja tun. Vielleicht würden aber auch andere es für ihn tun.

Plötzlich riss ihn etwas aus seinen Gedanken. Er schreckte auf und schärfte alle ihm verbliebenen Sinne aufs Äußerste. Er spürte genau, dass er nicht mehr allein war. Vorsichtig drehte Leander sich um. Da erspähte er Elisabeths runden Rücken, der sich wie eine schwarze Schildkröte vor dem Abendhimmel abhob. Auch die Bucklige ging zum Wasser. Was wollte sie dort? Bisher hatte Leander es vermieden, sich länger als unbedingt nötig in der Nähe dieser seltsamen Frau aufzuhalten. Irgendetwas sagte ihm, dass er ihr möglichst wenig Gelegenheit geben sollte, ihn näher kennen zu lernen. Leander ahnte, dass diese

Frau tiefer sehen und tiefer bohren konnte, als ihm lieb war. Von Anfang an war ihm ihre demonstrative Einfalt verdächtig erschienen, und er wurde das Gefühl nicht los, dass sie ihn hinter ihrer Maske beobachtete. Als er sie nun hier draußen vorfand, riet ihm sein Instinkt, ihr zu folgen. Elisabeth schien Leander nicht bemerkt zu haben. Mit ihren typischen schlurfenden Schritten ging sie flussabwärts, wobei der Leinensack in ihrer linken Hand wieder und wieder gegen ihre Hüfte schlug. Endlich, am unteren Ende des Sägewerkgeländes, dort, wo der Bach die kleine Ebene verließ und nach einer leichten Biegung in den Eichenwäldern verschwand, hockte sie sich ins Gras. Auch Leander duckte sich und wartete.

Langsam öffnete Elisabeth ihren Beutel, griff tief hinein und holte etwas hervor, das sie zögernd in den Mund steckte und kaute. War es eine Wurzel? War es ein Pilz? Leander konnte es nicht genau erkennen. Eine Weile geschah nichts weiter. Dann – es mochte über eine Viertelstunde vergangen sein – griff sie noch einmal in den Sack und zog etwas heraus, das wie ein Lederriemen aussah. Sie stand auf, nahm das Teil, hielt es am ausgestreckten Arm vor ihren Leib und begann, ihren ganzen Körper hin und her zu wiegen. Dabei pendelte das Band immer schneller, bis sie es plötzlich mit einem Schwung ihres Handgelenks hinter sich schnellen und auf ihren Rücken klatschen ließ. Nach und nach wurden ihre Bewegungen gleichmäßiger und klarer, und Leander erkannte, dass Elisabeth tanzte. Sie tanzte und sie schlug sich dabei. Gebannt sah Leander dem seltsamen Schauspiel zu. Mit vollendeter Grazie drehte die bucklige hässliche Frau sich vor ihm im Mondlicht, ließ ihren ungeschlachten Leib in geschmeidigen Wellen fließen, ließ ihre Arme federn und schwingen bis in die Fingerspitzen hinein, sodass Leander den wunderschönen Siciliano deutlich zu hören meinte, den sie ihm mit ihrem Körper vorspielte und dessen punktierten Dreierrhythmus sie mit perfektem Gespür für Proportionen atmen ließ. Bei jeder Eins des Dreiertaktes traf der Riemen ihren Buckel, und sie strahlte. Ergriffen schaute Leander Lautenschläger dieser klobigen, sperrigen Gestalt zu, die wie von allen Fesseln befreit unter einer Musik erblühte, deren Schönheit ganz ohne Klänge auskam und die ihn doch stärker ergriff, als jedes Konzert es vermocht hätte.

Doch plötzlich, mitten in der Bewegung hielt sie inne. Sie hatte ihn bemerkt. Mit einem Aufschrei, den Leander nur erahnen konnte, wandte sie sich ab und stopfte hastig den Lederriemen, der einst die Bauchhaut eines Mörders gewesen war, in ihren Beutel. Dann lief sie seltsam leichtfüßig an Leander vorbei zu ihrer Kemenate. Im Vorübergehen streifte sie ihn mit einem Blick, aus dem zugleich Scheu und Ekstase sprachen. Da schämte er sich und kam sich schäbig vor.

9. Gefangenenchor

Stadtwachtmeister Adalbert Bauersdorfer stand an seinem Stehpult und arbeitete. Alle paar Minuten wechselte der altgediente »Jaunerjäger« und Chef der Polizeistube das Standbein und schlenkerte den entlasteten Unterschenkel aus, wobei seine Rockschöße wie unter einem plötzlichen Windstoß flatterten und die Troddeln auf seinen Schuhen heftig wippten. Vielleicht, überlegte er, sollte er sein Stehpult endlich einmal durch ein Sitzpult ersetzen, wie sein Kollege Dragonerleutnant Millner es schon immer benutzte. Die langen Arbeitsstunden im Stehen machten Adalbert Bauersdorfer mit den Jahren doch mehr und mehr Mühe. Abends, wenn er endlich zu Hause war und sich ausstrecken durfte, hatte er häufig schwere Beine. Gedankenverloren blickte der Mann mit dem klugen, immer etwas sorgenvollen Gesicht von seinen Unterlagen auf, legte den Federkiel beiseite und sah hinaus in den Garten hinter der Polizeistation. Ein Eichhörnchen kam in Windeseile aus der Hecke gesprungen und fegte, spiralförmig den Stamm umkreisend, wie der Blitz in die Krone der mächtigen Eiche vor seinem Fenster.

»Wer bist du?«, murmelte er leise vor sich hin, »und wo bist du? Ich muss dich kriegen, sonst bin ich verloren ...«

Vor ein paar Tagen erst hatten Jäger wieder eine Frauenleiche gefunden, nördlich der Stadt unweit der Hauptstraße im Wald. Es war die vierte – jedenfalls die vierte, von der er wusste. Nicht, dass er und seine Polizeigehilfen bei den anderen drei Fällen nachlässig ermittelt hätten. Nein, durchaus nicht! Diesen Vorwurf ließ er nicht gelten. Dennoch war dieser vierte Fall ein besonderer, denn bei der Toten handelte es sich um eine Nichte des Ersten Geheimen Kabinettsekretärs bei Hofe. Dieser hatte nach Bekanntwerden des Todes seiner Verwandten Stadtwachtmeister Bauersdorfer von allen polizeilichen Routinepflichten in der Stadt entbunden und ihm befohlen, den Mörder seiner Nichte so schnell wie möglich zu finden und köpfen zu lassen. Die Ungeduld des Ersten Geheimen Kabinettsekretärs schlug dem Stadtwachtmeister auf den Magen. Erst heute Morgen hatte der hohe Herr wieder nachfragen lassen, wie es denn um den Casus stehe, ob Bauersdorfer seine Häscher schon hinausgeschickt habe, ob er noch mehr Männer brauche – er müsse es nur sagen! – und wann man denn endlich den Scharfrichter bestellen könne. So hatte Stadtwachtmeister Bauersdorfer zwar alle erdenklichen Vollmachten, aber immer noch keine Ahnung, wie er den Fall in der gebotenen Eile abschließen sollte. Hing dieser Casus mit den anderen dreien zusammen oder war es ein Einzelfall? War die Nichte des Kabinettsekretärs womöglich gar nicht das erste Opfer des Mörders? Und wie um Himmels willen sollte er den Täter nur so schnell dingfest machen?

Seufzend beugte der hoch gewachsene Mann mit den Säbelbeinen sich wieder über die Protokolle auf seinem Stehpult, blätterte hin und her, las zum wiederholten Mal die unbeholfenen

Zeilen des Revierförsters, der beschrieb, wie dessen Hund das Erdloch mit dem überwucherten Deckel gefunden und dort wie von Sinnen gescharrt hatte, wie der Förster die halb verweste und von Würmern zerfressene Frau herausgeholt und auf einem Handkarren zur Försterei gebracht hatte und wie die Försterfrau ob der grausigen Fracht beinahe in Ohnmacht gefallen wäre. Viel Brauchbares war da nicht. Zwar hatten eine kleine Brosche und die verschimmelten Reste von Schuhen und Kleidung ausgereicht, die Tote als die seit einem Monat vermisste Nichte des Ersten Geheimen Kabinettsekretärs zu identifizieren. Doch das war es auch schon. Außer der Erkenntnis, dass es im Umkreis von 50 Meilen in den vergangenen zwei Jahren noch drei weitere ermordete Frauen gegeben hatte, konnte er nicht viel vorweisen.

Stadtwachtmeister Bauersdorfer ging quer durch den Raum zum großen Asservatentisch hinüber und betrachtete versonnen die notdürftig von Schlamm, Blut und Exkrementen gereinigten Reste des roten Kleides der Toten. Daneben lagen zwei schmutzige Fetzen aus grünem Brokat, die man ebenfalls in dem Loch gefunden hatte und deren Herkunft sich niemand erklären konnte. Noch immer roch es intensiv nach Moder und Schimmel. Forschend ließ er seine Augen über den Stoff wandern, um irgendetwas zu entdecken, das ihm vielleicht weiterhelfen könnte. Aber was? Wo war der Hinweis versteckt? Was hatte er bisher übersehen? Schon wollte der Stadtwachtmeister sich resigniert abwenden, als sein Blick an dem ausgefransten Rand des Kleides hängen blieb. Plötzlich erwachte sein Jagdinstinkt. Vielleicht waren die Fransen ein Ansatz?

Er rannte so schnell zu seinem Stehpult zurück, dass Dragonerleutnant Millner neben ihm hastig sein Holzbein unter den Schreibtisch zog aus Angst, sein Kollege könnte darüber stolpern.

»Was hat Er denn? Was ist Ihm denn?«

»Wart Er es ab, Herr Kollege ... eine Inspiration! Das ist es doch, was wir brauchen: Inspiration! Ist es nicht so? Wart Er nur ab!«

Während sich der Dragonerleutnant wieder den Beschwerden aufgebrachter Bürger über falsche Gewichte auf dem Marktplatz widmete und die Listen von Wäschedieben und nächtens ohne Licht aufgegriffener Straßengänger abzeichnete, blätterte der Stadtwachtmeister hastig in den Unterlagen der älteren Mordfälle. Endlich stieß er ein triumphierendes Grunzen aus.

»Ja! War mir doch, als hätte ich es geahnt! Das war nicht das erste Mal! Es ist in der Tat derselbe! Da ist kein Zweifel möglich! Hier steht es: *Fürderhin ward bei der Frauensperson aufgefunden: Zweyen Stücken blauen Lodenstoffes. Dieselben etwa eine Elle breit und lang deren drei.* Das war die Tote aus dem Pferdestall!«

Aufgeregt blätterte der Polizist weiter, bis er einen kaum leserlichen und zerknitterten Zettel hochhielt: »Und hier: *Vom Kleide der toten Person fehlet der Saum.* Das steht bei der Leiche aus dem Steinbruch! Es ist tatsächlich derselbe Unmensch! Jesusmaria – es ist derselbe!! Aber warum trennt er den Saum von den Kleidern ab und lässt dafür andere Stoffstücke bei den toten Weibspersonen zurück?«

Der Dragonerleutnant, der sich angesprochen fühlte, verstand zunächst gar nichts und zuckte nur mit den Schultern. Doch Stadtwachtmeister Bauersdorfer lief mit großen Schritten in der Stube umher und spann – mehr zu sich selbst als zu seinem Kollegen redend – den Faden weiter.

»In wenigstens einem weiteren Fall wurden also Stoffstücke gefunden, die nicht zur Kleidung der Toten passten. Von den Kleidern der Leichen wurde der untere Teil abgerissen, was daran ersichtlich ist, dass der Saum fehlt und es nur noch Fransen gibt. Die beiden anderen Stoffstücke haben Fransen an der einen Längsseite und einen Saum an der anderen ... Jesus Maria!!«

Wieder stürzte der Stadtwachtmeister an sein Pult zurück und wühlte so hektisch in den Papieren, dass die Hälfte davon zu Boden flatterte. Mehrere Bögen segelten bis unter den Schreibtisch des Dragonerleutnants. »Warum echauffiert Er sich denn so? Wie soll man denn da arbeiten?« Entgeistert schaute Millner auf

Bauersdorfer hinunter, der laut fluchend auf dem Boden herumkroch und die Papiere wieder zusammenklaubte.

»Wo steht es? Was hatte das dritte Opfer an? Verdammt! Haben die Idioten das etwa nicht protokolliert! Jesus-Maria-und-Josef! Doch! Da haben wir's! Hier! Hier steht's, Herr Kollege: *Kleid aus grünem Brokat. Grüner Brokat!* Versteht Er, was das heißt?«

Verärgert stemmte der Dragonerleutnant sich an seinem Schreibtisch hoch, wobei sein Holzbein knirschend über den Steinboden kratzte. Er knurrte seinen Kollegen an: »Herrje! Wie soll ich denn die Beschwerden bescheiden, wenn Er mich fortwährend stört! Aber erkläre Er sich in Gottes Namen und lasse Er mich dann meine Arbeit tun!«

Adalbert Bauersdorfer überhörte den Vorwurf und fuhr unbeirrt fort: »Diese Fetzen hier auf dem Tisch stammen – da bin ich mir sicher – vom Kleid der anderen Toten. Folglich heißt das: Der Schuft reißt den Frauen Stücke ihrer Kleider ab und lässt sie beim nächsten Opfer zurück. Er trägt die Fetzen also so lange mit sich herum, bis er wieder jemanden umbringt. Das letzte Opfer war die Nichte des Geheimen Kabinettsekretärs. Die trug das rote Kleid dort auf dem Tisch. Und mit den fehlenden Stücken dieses roten Kleides läuft der Mörder irgendwo da draußen herum. Wir suchen also einen Mann, der rote Stoffstücke bei sich trägt!«

Ergriffen von seiner eigenen Logik hielt er inne und sah seinen Kollegen Beifall heischend an. Doch der runzelte die Stirn.

»Dies mag wohl alles richtig sein. Aber was will er mit dem Stoff? Und warum zwei Stücke?«

Die Frage des Dragonerleutnants war berechtigt. Was wollte der Mörder mit zwei Streifen Stoff? Noch einmal ging Adalbert Bauersdorfer zum Asservatentisch hinüber, nahm erst den einen und dann den anderen grünen Fetzen in die Hand und ließ den Stoff durch seine Finger gleiten.

»Eigenartig – höchst eigenartig ... Was hat er damit gemacht?

Diese hier war eine einfache Frau, eine Bäuerin – das wissen wir ... ihr Kleid war einfach gewirkt und schmutzig ... wohl vom Schlamm auf dem Hof ... obwohl ... Der Schmutz hier ist anders: wie in die Faser hineingepresst, als ob ihr Kleid zu lang war und sie auf den Saum getreten wäre ... aber dann würde sie doch fallen. Keine Frau trägt ein zu langes Kleid, weil sie doch darüber stolpern würde. Und warum diese vielen Löcher ...? Wirklich eigenartig ...«

Nachdenklich ging der Stadtwachtmeister im Raum auf und ab. Er war jetzt viel ruhiger und leiser als vorhin. Schließlich blieb er am Schreibtisch seines Kollegen stehen und klopfte dem Dragonerleutnant freundschaftlich auf die Schulter: »Recht hat Er ja mit seiner Frage. Aber wir stehen eben noch am Anfang. Ich denke, ich werde Polizeidiener hinausschicken und die Familien der Opfer noch einmal peinlichst befragen lassen ... Was macht Er denn da? Der übliche nächtliche Rumor?«

Nur halb interessiert beugte er sich über die Liste auf dem Schreibtisch des Kollegen. Es war eine Aufstellung der in der vergangenen Woche aufgegriffenen Bande von Gaunern und Hausierern nebst Beschreibung ihrer Waffen, aller mitgeführten Habseligkeiten und ihrer Kleidungsstücke. Jetzt saßen die vier abgerissenen Gestalten in der Zelle am anderen Ende des Polizeigebäudes und warteten auf die Willkür der Wärter, auf Verhöre und die üblichen Misshandlungen und vielleicht auch auf einen Prozess oder auf ihre Abschiebung.

Könnte es einer von denen gewesen sein? Ein Flackern ging durch die Augen des Stadtwachtmeisters. Ach, solche Zufälle geschahen nie, wenn man sie brauchte. Das hier war nur lästiges, aber harmloses Gesindel. Doch plötzlich, als er die Beschreibung des jüngsten der vier »Jauner« sah, erstarrte er und las den Text gleich noch einmal: »*Des Schindler Sohnes Michel, ohngefähr 18 bis 20 Jahr, einen rothen Schnauzbart habend, weißlichten Angesichts und aufragender Gestalt, trage zwei Pistohlen und einen Hirschfänger unter dem Rocke, trage eine rothtüchenen*

Kittel, weißleinene Hosen, schwarzweiß gestreiftes Halstüchlein, statt Schuhwerk und Strümpf trage er Fußlappen und führe einen gar großen Bärenbeißer bei sich.«

»Jesus-Maria-und-Josef! Da steht es doch!«

»Was steht da? Was kümmern Ihn diese elenden Figuren?«

»Wofür unser Maleficant den Stoff braucht! Dass mein werter Kollege Millner nicht darauf kommt, mag ja noch angehen – wo Er den Franzosen ein Bein hat lassen müssen und nur noch mit dem *einen* humpeln kann. Aber da steht es: Fußlappen! Versteht er jetzt? Zwei Stück! Der Mörder benützt die Fetzen als Fußlappen! Daher die Löcher im Stoff und der eingetretene Unrat! Jesus Maria! Und vielleicht ist der Mörder sogar der Schuft da auf Seiner Liste! Ich muss die Lappen sehen!«

Er hatte die letzten Worte noch nicht ausgesprochen, da lief Stadtwachtmeister Bauersdorfer schon zur Tür hinaus und machte sich auf dem Weg zum Kerker. Nach zwanzig Schritten hatte er die Kammer der Wachleute und Polizeidiener erreicht. Die Tür stand halb offen. Als Adalbert Bauersdorfer mit Schwung in die niedrige Stube polterte, schreckten der Kerkermeister und seine zwei Gehilfen schuldbewusst vom Würfelspiel hoch. Einer drehte sich noch schnell zur Seite und spuckte das Stück Speckschwarte aus, auf dem er herumgekaut hatte. Neben den Männern auf dem Tisch lagen zwei Vorderlader, drei Pistolen und ein paar dreckige Putzlappen. Es stank nach saurer Milch, Schweiß und abgebranntem Schießpulver.

»Ihr solltet eure Flinten putzen, ihr Faulpelze! Wenn ich euch noch mal beim Knobeln erwische, landet ihr selber im Loch! Los! Alle Mann mitkommen! Und den Schlüssel mitnehmen!«

Hastig stand der Kerkermeister auf und blaffte seine Untergebenen an: »Habt ihr nicht gehört! Los! Kommt!«

Draußen auf dem Gang rief Bauersdorfer: »Passt mir ja auf, dass keiner von denen abhaut. Ich brauche den jüngsten, den Michel. Den bringt ihr mir zum Verhör – gefesselt!«

Das Gefängnis lag im tiefsten Teil des Kellergeschosses am

anderen Ende des Gebäudes. Eilig liefen die Männer den schmalen Gang entlang. Ihre schlenkernden Gewehrkolben schlugen Kerben in die Wand, aus denen Kalkputz rieselte.

Endlich erreichten sie die Treppe, die aus dreißig schmalen und steilen in den Stein gehauenen Stufen bestand. Eine einzige blakende Funzel hing an der Wand und beleuchtete notdürftig die ersten vier, fünf Tritte. Der Kerkermeister nahm das Licht und ging voraus. Die anderen kletterten hinterher, gefolgt von ihren zuckenden Schatten. Mit jedem Schritt abwärts wurde es klammer, und die Männer spürten, wie die Kälte langsam unter ihre Hemdsärmel kroch. Auf den letzten glitschigen Stufen klebte die Nässe wie kalter Schweiß. Endlich mündete die Treppe in einen kurzen Stollen mit felsigem, unebenen Boden. Vorsichtig und sich an den Wänden abstützend näherten die Männer sich den beiden Türen am Ende des Ganges. Hier unten gab es nur zwei Räume: die Gefängniszelle und gegenüber den Raum für die Verhöre. Als der erste Wachmann den Inquisitionskeller aufschloss, drang schwacher Lichtschein auf den Flur und hüllte die Gefängniswärter in stumpfe Helligkeit. Draußen vor der vergitterten Fensteröffnung verlor das letzte Tageslicht jegliche Energie und allen Glanz.

Der Wachmann ging in die Zelle und zündete die beiden Kerzen auf dem Tisch an. Hinter dem Tisch stand ein durchgesessener Lehnstuhl, der früher einmal sehr bequem gewesen sein musste. Der freie Teil des Gewölbekellers wurde von einem massiven Sitzbock mit vier unverrückbar eingelassenen Ösen aus Eisen beherrscht. In der Ecke stand ein Metallgestell, auf dem auf drei Etagen allerlei Furcht einflößende Gerätschaften gestapelt lagen, die einem Schauer über den Rücken jagten. Man meinte, noch die Echos verblasster Schreie zu hören. Fast zärtlich strich Stadtwachtmeister Adalbert Bauersdorfer im Vorbeigehen über ein Paar Daumenschrauben. Er setzte sich in den Lehnstuhl und wartete.

Ängstlich und voller Sorge, Hoffnung und Zweifel kauerten

die vier armseligen Gauner in der Mitte ihres Verlieses und lauschten den Geräuschen hinter der eisenbeschlagenen Zellentür. Sie waren schwach, weil die Wärter ihnen seit drei Tagen kaum etwas zu essen gegeben hatten, und sie froren in der feuchten Kälte. Der Älteste fieberte und pinkelte seit gestern Blut. Plötzlich tat es einen heftigen Schlag, als ob ein Gewehrkolben gegen die Tür gestoßen worden wäre, und die kleine Klappe in Bauchhöhe sprang auf.

»Alle zurück an die Wand! Wer näher kommt, wird abgeknallt!«

Ein Schlüsselbund klapperte, die rostigen Riegel quietschten, und die Tür ging auf.

»Schindlers Michel! Herkommen!«

Zaghaft trat der Gerufene vor und schaute sich unsicher zu seinen Freunden um. Die Situation verhieß nichts Gutes! Hinter der Silhouette des Wachmanns in der Zellentür sah der junge Mann die zweite Tür zum Inquisitionskeller offen stehen. Er bekam Angst.

»Los! Vortreten! Bist du taub?«

Kaum war Michel Schindler aus der Zelle getreten, versetzten ihm die Wärter Fußtritte und Schläge, sodass er aufschrie, durch die zweite Tür stolperte und vor Adalbert Bauersdorfers Füßen auf dem Boden landete.

»Auf den Bock, und anketten! Und lasst das Guckloch zu den anderen Dreckskerlen offen stehen!«, rief der Stadtwachtmeister seinen Gehilfen zu. »Die sollen auch etwas von der Vorstellung haben!«

Zitternd vor Angst und Kälte kletterte Michel Schindler rittlings auf den Holzklotz. Während die Wachen seine Arme und Beine anketteten, musste er immer wieder zu dem Eisengestell hinübersehen, auf dem die vielen grässlichen Gerätschaften lagen, die ihm umso mehr Grauen einflößten, als er ihren Verwendungszweck nur ungefähr erahnte. Alles, was er ganz sicher wusste, war, dass sie ihm furchtbare Schmerzen zufügen würden, und dass er, wenn die Qualen unerträglich würden, alles sagen würde, was dieser Mann auf der anderen Seite des Tisches von ihm hören wollte. Doch der Stadtwachtmeister sah ihn nur an und schwieg. Je länger dieses Schweigen dauerte, desto machtvoller und erdrückender stand es im Raum, desto greifbarer und körperlicher wurde dessen Gewalt. Das Schweigen wuchs und quoll in dem armen Mann, drückte auf seine Brust und seinen Hals, würgte ihn und ließ sein Herz in panischer Erwartung rasen. Als Adalbert Bauersdorfer ihn nach quälend langen Minuten endlich ansprach, zuckte Michel Schindler entsetzt zusammen.

»So, so ...!«

Der Mann duckte sich, als wären die Worte Peitschenschläge, denen er ausweichen wollte.

»So, so ...! Dafür hast du also ihr Kleid zerrissen! Um deine stinkenden, versauten Füße darin einzuwickeln ... Dafür also!«

Michel Schindler verstand gar nichts. Er war nur schrille Angst. Wirre Gedanken ohne Sinn und Verstand durchfuhren ihn. Er nahm mit lautlosem Kreischen wahr, dass einer der Gefängniswärter sich an diesem fürchterlichen Gestell zu schaffen machte, ein Marterinstrument herausnahm und auf ihn zukam. Michels Kopf flog hin und her, die Wände wogten, als wollten sie ihn erdrücken, kraftlos zerrte der arme Mann an seinen Fesseln und schrie vor Angst.

»Ja, ja!«, schrie er. »So ist es, mein Herr! Ich hab's getan! Ich war's!«

Seine Freunde in der Zelle erstarrten.

Adalbert Bauersdorfer hatte sehr wohl seine Zweifel, doch er zeigte sie nicht. Schon als der Gefangene in seinen Keller stolperte, war ihm klar, dass dessen Fußlappen kaum vom Kleid der Toten stammen konnten. Aber immerhin stimmte die Farbe – und das musste wohl reichen. Als er die panische Angst des Jungen sah, wusste er, dass er dem Ersten Geheimen Kabinettsekretär noch heute den Mörder seiner Nichte würde präsentieren können und dass dies seiner Karriere durchaus förderlich sein würde.

10. Gewitter, Sturm

Paul Tiefenbacher hatte seine Enttäuschung darüber, nicht der einzige Hofkomponist und Kapellmeister am Ludwigsburger Schloss zu sein, schnell verwunden und sie in einen aggressiven Ehrgeiz verwandelt, der fortan nur noch ein einziges Ziel kannte: diesen elenden Eisenmann aus dem Feld zu schlagen. Auch wenn er kein begnadeter Künstler war, reichten seine musikalischen Kenntnisse doch aus, um zu erkennen, dass auch Vinzenz van Eisenmann nicht die Klasse eines Purcell, Buxtehude oder Telemann erreichte. Mit dem Instinkt des Machthungrigen hatte der Neuling vom ersten Tage an das angeschlagene Ansehen des bisherigen Stelleninhabers gewittert und die extreme Nervosität gespürt, die den kleinen Mann zitternd durch den Tag hasten ließ, was seiner Autorität bei den Musikern und Tänzern mehr und mehr schadete. Paul Tiefenbacher tat alles, um Vinzenz van Eisenmann weiter zu verunsichern.

Vor zwei Wochen hatte er ihm einen Tiefschlag versetzt, über den er sich diebisch freute: An jenem Morgen überraschte er seinen Konkurrenten und die Musiker des Hoforchesters mit einem drei Ellen langen, prächtig verzierten Tambour- und Dirigierstab, den er sich heimlich von einem Möbelschreiner in Stuttgart hatte anfertigen lassen. Mit diesem Stab klopfte er zur Begrüßung Respekt heischend auf den Holzfußboden des Orchestergrabens, worauf für lange Sekunden eine ehrfürchtige, beinahe angstvolle Stille im kleinen Schlosstheater herrschte, die er voller Lust genoss. Natürlich verstanden alle Musiker die Anspielung sofort, handelte es sich doch um ebenjene neue Mode, die ihr aller Vorbild, Jean-Baptiste Lully, erst kürzlich am französischen Hof eingeführt hatte. Auch Vinzenz van Eisenmann hatte vor Monaten mit dem Gedanken gespielt, es dem französischen Hofkomponisten gleichzutun und statt mit den bloßen Händen fortan nur noch mit dem Stab zu dirigieren. Doch nachdem er heimlich einige Abende lang mit einem abgesägten Besenstiel vor dem Spiegel geübt und sich den Stock zweimal auf den Fuß gehauen hatte, war er von der Idee wieder abgekommen. *Mon Dieu!* Es wirkte einfach nicht bei ihm! Dafür war er zu klein und zu unscheinbar! Mit dem Stock in der Hand kam Vinzenz van Eisenmann sich einfach albern vor. Als nun der Neue plötzlich mit dem Dirigentenstab erschien, hätte er ihm vor Zorn und Enttäuschung die Augen auskratzen können. Doch natürlich tat er nichts dergleichen, sondern versuchte krampfhaft, sich nichts anmerken zu lassen. Immer wenn er vor das Orchester trat, um es stehend zu leiten, kämpfte er verbissen gegen das übermächtige Gefühl an, dass er mit seiner traditionellen Dirigiertechnik lächerlich wirkte. Vinzenz van Eisenmann schlief sehr schlecht in dieser Zeit und stand mehr als einmal kurz davor, den Herzog um seine Entlassung zu bitten.

Auch heute war wieder eine Doppelprobe angesetzt, zu der Paul Tiefenbacher selbstverständlich mit dem Tambourstab erschien. Mit großen Schritten rauschte der füllige Mann in den Zuschauersaal des Hoftheaters, wobei er den Stab wie immer als Spazierstock gebrauchte. Schon von ferne kündigte das rhythmische Toc-Toc-Toc das Erscheinen des neuen Hofcompositeurs an, wodurch ihm die Aufmerksamkeit aller Anwesenden gewiss war, noch bevor er den Saal betrat. Während der vergangenen zwei Wochen hatte Tiefenbacher sowohl die Ouvertüre fertig gestellt als auch den ersten Akt einer neuen Opera seria. Was dem Werk an musikalischer Substanz fehlte, hatte der Magdeburger Komponist vordergründig durch pompöse Instrumentierung und grelle Effekte kaschiert. Dies gefiel nicht nur den Musikern, die dankbar waren, sich endlich wieder einmal auffällig in Szene setzen zu können, sondern forderte bereits in der Ouvertüre den vollen Einsatz der Bühnentechnik. Dem Publikum – so hoffte Paul Tiefenbacher – würde der pompöse Auftakt ein überraschtes Raunen entlocken und ihm selbst weitere Vorteile beim Herzog bescheren.

»Guten Morgen, meine Herren«, brummte Tiefenbacher an diesem Morgen wohlgelaunt in die Runde und lächelte breit, als die Musiker murmelnd zurückgrüßten und mit ihren Bögen an die Pulte klopften. »Wo ist denn Kollege Eisenmann? Schläft er noch? Arbeitet er noch oder schon wieder oder gar nicht ... Baut er gar wieder an seinem Spielzeug? So genau weiß man das ja manchmal nicht bei ihm ...«

Unter den Bläsern gluckste es vernehmlich, und einige der Streicher an den ersten Pulten schauten grinsend auf ihre Schnallenschuhe. Nur der Paukist erwiderte trocken: »Da hinten sitzt er!«, und wies mit seinem Schlägel in Richtung der Fürstenloge. Die Musiker sahen erstaunt zu ihrem alten Chef hinüber.

Was Vinzenz van Eisenmann tat, war eigentlich eine Unverschämtheit. Niemand außer dem Fürsten und den Personen, die seine Durchlaucht ausdrücklich einlud, durfte die mit rotem Samt ausgeschlagene prächtige Loge betreten, die an der Rückwand des glockenförmigen Zuschauerraums sich über drei Ränge erstreckte. Doch in dem verzweifelten Bemühen, verloren gegangenen Respekt zurückzugewinnen und Selbstbewusstsein zu zeigen, verfiel der kleine Hofmusikus auf diese Dreistigkeit, die ihn zwar kaum den Kopf kosten, aber durchaus auf die Feste Asperg bringen könnte, wenn der Herzog in einem seiner häufigen Momente schlechter Laune davon erfahren würde. Vinzenz van Eisenmann wusste dies genau und tat es trotzdem.

»Hallo, geschätzter Kollege Tiefenbacher! Besonders hier an diesem erlauchten Platz soll es doch besonders gut klingen und Seine Durchlaucht erfreuen. Darum will ich einmal von hier aus die Akustik genießen und die fulminanten Effekte auskosten, mit denen Ihr Euer Werk ...« – hier zögerte der Musiker einen Moment und suchte nach dem beleidigendsten Verb, für das er in diesen Sekunden aufwallenden Trotzes den Mut aufbringen konnte – »... befrachtet habt!«, stieß er schließlich schnarrend hervor und vollführte dazu eine linkische Geste, die sagen sollte: Nun fangt endlich an! Den Mut, sich auf dem herzoglichen Gestühl niederzulassen, brachte er dann nicht mehr auf. So blieb er in der Loge stehen und wartete. Zum Glück konnte niemand sehen, wie blass er war und wie sehr er zitterte.

Paul Tiefenbacher stieß seinen Stab auf den Boden und straffte sich.

»Wohlan denn! Bühnentechnik bereit?«

Irgendwo hoch oben aus den Tiefen des Schnürbodens oberhalb der Bühne hallte ein eifriges »Ja! Ja!« in den Orchestergraben hinunter. Tiefenbacher hob den Stab, und die ersten Takte seiner Ouvertüre erfüllten den Saal.

Vinzenz van Eisenmann stand in der weinroten Fürstenloge und litt. Er kannte das Hoforchester besser als Tiefenbacher und wusste genau um die Stärken und Schwächen der einzelnen Instrumentengruppen. Darum merkte er sofort, wie engagiert die fünfundzwanzig Musiker spielten, wie sauber und wohlklingend sie intonierten. Sogar die Bläser gaben sich besondere Mühe und spielten viel sauberer als bei ihm. Selbst der quäkende Ton der Bratschen, über den er sich seit Jahren ärgerte, war plötzlich nicht mehr zu hören. Und die Musik? Es war kein großes Werk, so viel stand fest. Aber schlechter als seine Kompositionen war es nicht. Dieses Flötenmotiv klang reichlich banal, und die Modulation zum Hauptthema holperte ein wenig. Aber was hieß das schon! Er selbst komponierte doch ebenfalls solche Platituden in Hülle und Fülle. Im Tutti hatte Tiefenbacher all seine Ressourcen versammelt – es türmte sich zu einem imposanten Klanggebilde auf. All dies waren zwar vordergründige Effekte, aber sie wirkten. Verdammt noch mal! Der Herzog würde begeistert sein und den neuen frischen Geist der Kompositionen loben.

Wie immer, wenn er angespannt war – so wie jetzt –, häuften sich bei Vinzenz van Eisenmann die Sinneskreuzungen: Dann hörte er die Musik nicht nur, dann sah er sie auch. Es war ihm, als ob bunte Bilder und geometrische Figuren vor seinen Augen die Musik nachformten. Es mischten sich die Farben, verquirlten zu neuen Gebilden und blendeten ihn in grellen Kaskaden, vor denen er vergeblich die Augen schloss. In diesen seltenen Zuständen erweiterter Sinneswahrnehmung wusste er nicht recht, ob er vom Teufel besessen oder von einer gnädigen Muse geküsst war. Dann meinte er zu erahnen, welches Universum in der Musik noch schlummerte, und er musste wieder an seine Farbenorgel denken, mit der er diese eigentümliche und bizarre Verquickung von optischen und akustischen Impressionen von Musik und Bildern festhalten wollte. Auch jetzt, da er einsam und doch so exponiert in der Fürstenloge den Klängen seines Konkurrenten lauschte, überfiel ihn die sinnliche Gabe der Synästhesie und ließ ihn wie unter Schmerzen aufstöhnen. Vinzenz van Eisenmann fühlte, wie ihm die Knie weich wurden, und musste sich an der Balustrade der Loge festhalten. Wie sollte er diesen Kampf nur gewinnen?

Der Aufruhr im Orchester beruhigte sich, jetzt schwebten Geigen und Flöten in duftigem Pianissimo über einem Jagdruf des Horns. Tiefenbacher sammelte alle Kräfte für das furiose Finale, das dem Herzog zeigen würde, wer der Herr im Hause war. Doch plötzlich, mitten in die zarten Klänge hinein, polterte und rumpelte es in so gewaltigen Donnerschlägen durch das Theater, dass der Hornist vor Schreck einen röhrenden Furz aus seinem Instrument entweichen ließ und der Geiger am ersten Pult seinen Bogen dem Dirigenten direkt vor die Füße schoss. Paul Tiefenbacher erstarrte für zwei Sekunden, hackte dann den Tambourstab auf den Boden und gebot dem restlichen Orchester mit herrischer Geste zu schweigen.

»Welcher Idiot war das?«, brüllte der dicke große Mann außer sich vor Wut zur Oberbühne hinauf. »Doch nicht jetzt! Die Donnermaschine kommt später! Sieben Takte später! Welcher Schwachkopf war das?«

In seiner Wut bemerkte er nicht, wie der Klarinettist die Stirn runzelte und ihn verärgert ansah. Nach ein paar Sekunden erschien hoch oben zwischen den Soffitten das schmale Gesicht eines vielleicht zwölfjährigen Jungen, der mit tränennassen Augen zu ihnen heruntersah. Es war der Neffe des Klarinettisten – ein lieber Kerl, aber schwer von Begriff.

»Ich, mein Herr! Ich bitte tausendmal um Vergebung, aber ich mache das in Ihrer Musik zum ersten Mal, und ich dachte doch, ich bin schon dran, und da habe ich die Donnermaschine eben ... Vergebung, mein Herr, aber ich dachte doch, ich bin schon dran, und ich will doch nichts verkehrt machen ... ich wollte doch nicht ... ich wollte doch wirklich nicht ...«

Paul Tiefenbacher konnte es nicht fassen.

»Es kann doch wohl nicht so schwer sein, im richtigen Moment ein paar Holzkugeln in diesen Bretterschacht zu kippen – oder? Hier!« Theatralisch wies der neue Hofmusikus mit seinem Tambourstock irgendwo auf das Notenblatt vor sich auf dem Pult. »Hier steht es: in Takt 52! Nicht in Takt 45! Sieben Takte später – verstanden? Und jetzt Obacht! Wir machen das noch mal!« Obwohl der Junge rein gar nichts verstanden hatte, stolperte er eifrig nickend in die Tiefen der Oberbühne zurück.

Wieder begann die Ouvertüre, wieder näherten sie sich der Unglücksstelle vom ersten Durchlauf, wieder ertönte der Hornruf über den leisen Geigen und Flöten, und der falsche Donner blieb aus. Paul Tiefenbacher grunzte zufrieden und stürzte sich und das Orchester in den lärmenden Aufschwung. Doch Takt 52 flog vorbei – und nichts passierte. Als die nackte Musik ohne das alles kaschierende Gepolter der Donnermaschine ertönte, merkte nicht nur Vinzenz van Eisenmann, wie schwach diese Stelle komponiert und wie dünn sie instrumentiert war. Schon hörte man wieder das vertraute Blöken der Bratschen! Und die Klarinette spielte plötzlich trötig und lustlos! Früher hätte er bei derart schwachen Vorstellungen seiner Musiker nur ergeben mit den Augen gerollt, doch jetzt freute er sich über die alten Schwächen seiner Leute wie über eine Bestleistung. Die

Signale waren eindeutig: Sein Orchester merkte es auch! Die pompöse Blendkulisse des Neulings aus Magdeburg bröckelte. Vinzenz van Eisenmann sah einen Lichtstreif am Horizont. Er war noch nicht geschlagen! Bei weitem nicht! Noch heute Abend würde er sich an seine eigene Oper setzen und würde komponieren bis in die Nacht hinein. Er würde mit den Leuten hinter der Bühne sprechen und proben, sie belohnen und auf seine Seite ziehen, damit die Effekte bei *ihm* funktionierten. Er würde den Kampf aufnehmen und sich nicht von diesem groben Klotz aus Magdeburg aus dem Amt drängen lassen. Er, Vinzenz van Eisenmann, war der einzige und würdige Hofcompositeur Seiner Durchlaucht, des Herzogs von Württemberg!

11. Promenade

Lange klang Elisabeths stummer Tanz noch in Leanders Seele nach. Wieder und wieder sah er die anmutigen Bewegungen der entstellten Frau und vermeinte, eine Musik dazu zu vernehmen, die wie in Fetzen am Horizont ertönte, als ob ein mutwilliger Wind mit den Tönen spielte, sie umeinander jagte, hin und her trieb und ihre Harmonien nur bruchstückhaft zu ihm gelangen ließ. Es waren Klänge voller Sehnsucht und Gier, in Purpur getaucht und in sattes Magenta. Als sein inneres Ohr dieser zerrissenen Musik gewahr wurde, stürzte das Verlangen auf ihn ein wie ein Orkan: Wie hatte er es nur vergessen können! Wie war es nur möglich gewesen, dass er sein Ziel so lange hatte aus den Augen verlieren können! Plötzlich kam ihm die innere Ruhe, die er in den zurückliegenden Wochen genossen hatte, trügerisch vor und falsch. Er schämte sich für die Bequemlichkeit, die hinter all der körperlichen Anstrengung steckte. Vielleicht war es ja gut für ihn gewesen. Doch nun war es an der Zeit, weiterzuziehen. Er würde nicht mehr lange hier bleiben, dessen war er sich sicher. Er würde gehen, vielleicht morgen schon.

Als Leander spät in der Nacht zu Maria und dem Kind ins Heu kroch, suchte er mit der Hand unter den Spelzen, bis er sein Leinen ertasten konnte. Behutsam zog er es hervor, fühlte, dass es trocken war und unversehrt, rollte es straff zusammen und verbarg es in seinem Bündel. Dann kroch er hinter Maria, schmiegte sich an das warme Rund ihres Rückens und sog mit seinem Körper ihre Atemzüge auf, die er nicht hören konnte. Was bedeutete sie ihm? Waren es wirklich nur praktische Vernunft und körperliche Routine, die sie beide miteinander verbanden? Jetzt, da er wusste, dass er sie bald verlassen würde, war er sich dessen nicht mehr so sicher. Fragend umschlang er sie fester. Sie seufzte im Schlaf, räkelte sich und schlief weiter.

Am nächsten Morgen begann er seine Arbeit wie immer, doch innerlich war er schon unterwegs. Leander wusste, dass gegen Mittag ein Transport mit Gerüstholz nach Ludwigsburg abgehen sollte. Als die Stämme und Bohlen aufgeladen waren, warf er unauffällig sein Bündel dazwischen und schwang sich hinten auf den Karren, wie er es bei schweren Fuhren manchmal tat, um den Transport um die scharfe Kurve zu lotsen, die nach einer knappen Viertelmeile um einen Felsvorsprung führte. Doch diesmal wollte er an der Wegbiegung nicht mehr umkehren. Als die Engstelle hinter ihnen lag und Leander immer noch nicht abgestiegen war, hielt der Bauer an und knurrte über die Schulter zu ihm nach hinten: »Wusste gar nicht, dass jemand mitfährt heute. Aber mir sagt ja keiner was. Hast du auf der Baustelle zu tun?«

Leander, der ahnte, was der Mann meinte, machte eine unbestimmte Handbewegung nach vorne und nickte dazu. Als die Ochsen wieder anzogen, stieg er kurz ab und schob den Karren mit an. Unterwegs versuchte der Bauer noch zweimal, mit Leander ins Gespräch zu kommen. Doch der junge Mann schwieg nur, und so hielt der Bauer ihn endlich für einen maulfaulen

Flegel und kümmerte sich während der nächsten Stunden nicht mehr um ihn.

Leander genoss die Aufbruchstimmung und sonnte sich in dem Optimismus, der mit ihr einherging. Erleichtert spürte er, wie sich seine düsteren Erinnerungen vor seinem strahlenden Gefühl der Zuversicht verkrochen. Wer konnte wissen, welche Inspirationen ihm sein neues Leben eröffnen würden, das er mit diesem Tag begann? War nicht alles möglich, alles denkbar? Mit jedem Schritt, den die Ochsen vorwärts stampften, wuchs Leanders Glauben an das Gute in der Zukunft und an das Gute in ihm selbst. Er könnte es schaffen, seine Vergangenheit abzuschütteln, und er würde seine Schuld an den Frauen in Zukunft durch Liebe tilgen, die er denen entgegenbringen würde, die er in seinem neuen Leben noch treffen würde. Sein Werk würde er vorantreiben – beharrlich und ohne neue Verbrechen. Ab jetzt würde alles gut werden.

Wie eine breithüftige, schwere Frau schaukelte der Ochsenkarren um Kurven, über Kuppen, durch Senken und Schlaglöcher. Einmal noch musste Leander absteigen und sich mit aller Kraft gegen die Speichen stemmen, um das rechte Hinterrad wieder aus einer Rinne herauszuwuchten, die der Regen quer über die Straße geschnitten hatte. Dann ging es eine Anhöhe hinauf, von der sie zum ersten Mal das Schloss sehen konnten – immer noch mehr als anderthalb Stunden entfernt. Wie ein kostbares Spielzeug lag der Bau am Horizont und erzählte schon aus der Ferne von der Pracht und der Macht des Herzogs von Württemberg. Die Ausläufer der neuen Stadt dahinter waren im Dunst kaum zu erahnen. Der Rest der Fahrt verlief ohne Zwischenfälle.

»Kannst gleich mit abladen helfen, dann geht's schneller. Ich muss heute noch auf meinen Acker«, grunzte der Bauer, während er mit kräftigen Stockschlägen die Zugochsen die leichte Anhöhe zum Schloss hinaufzwang. Oben bog er ab zur Baustelle des Opernhauses und hielt auf dem freien Platz davor an.

»Los! Pack mit an! Aber zuerst krieg ich zwei Kreuzer für die Fahrt! Hast du ver... Mistkerl! Satansbraten, vermaledeiter!«

Leander war verschwunden. Unbemerkt war er abgesprungen, hatte sein Bündel genommen und sich auf den Weg in die Stadt gemacht.

Als er sich den ersten Häusern der Stadt näherte, musste er daran denken, wie frisch und würzig es draußen im Wald gerochen hatte und welche Labsal die tausend Nuancen frisch geschnittenen Holzes für seinen Geruchsinn gewesen waren. Obwohl die Stadt noch jung war, roch sie schon alt und abgestanden: Da mischte sich der Gestank der Gosse mit dem scharfen Ammoniak der Pferdepisse und dem metallischen Geruch von Schlachtblut, da drängte der Mief aus tausend Fenstern und Türen hinaus in die stickigen Straßen, als wollten die meist noch neuen Häuser ihre Reinheit bewahren und den stinkenden Odem ihrer Bewohner hinauswürgen. Da faulte Fleisch zwischen schimmelnden Gemüseresten – verweste Kadaver von Katzen, Ratten und Hunden lagen im Rinnstein. Es stank nach schlecht gegerbtem Leder und ranzigem Öl, nach altem Schweiß und kaltem Kohl.

Der Weg zum Markt war leicht zu finden. Frauen mit Körben und Bündeln kamen ihm von dort entgegen oder überholten ihn eilig, um noch vor der Dunkelheit dort zu sein. Ein kleiner alter Mann schob mit zitternden Knien einen Karren mit einem schweren Fass, aus dem es ölig tröpfelte, über das Kopfsteinpflaster. Ein junger Bursche trug einen weiß geschissenen Holzkäfig mit Hühnern vor sich her. Die ruckenden Köpfe stießen bei jedem seiner Schritte an die Gitterstäbe. Auf den Pflastersteinen lagen Reste von Möhrenkraut, aus kaputten Säcken gerieselte Körner und matschiges Obst. Der Weg war feucht von Flüssigkeiten aller Art, die sich mit Urin, Auswurf und Pferdeäpfeln zu einer glitschigen Schicht vermengten, die langsam durch Leanders Fußlappen drang. Er wickelte sie ab und warf sie fort. Der Lohn aus dem Sägewerk sollte für ein paar gebrauchte Schuhe reichen.

Hinter der nächsten Häuserecke überfiel ihn das wimmelnde Drängeln auf dem Marktplatz mit einer Rücksichtslosigkeit, die ihm nur deshalb erträglich blieb, weil er das Keifen und Schreien, das Feilschen und Fluchen, das Schnattern und Gackern, weil er dieses ganze brodelnde Getöse nicht hörte. Fast war er dankbar für sein Gebrechen, schützte es ihn doch in diesem Moment vor einer Reizüberflutung, der sein Geist nach den beschaulichen Wochen im Wald nicht gewachsen gewesen wäre. Gleichwohl musste Leander dem Impuls widerstehen, dem ungewohnten Gedränge zu entfliehen und wieder hinauszulaufen aus der Stadt. Übelkeit stieg in ihm hoch, als vor ihm ein Metzger ein Hammelbein in die Menge hielt und das Blut aus dem Stumpf über seinen haarigen Arm rann. Ein livrierter Lakai, der für seinen Herrn einkaufte, begutachtete das triefende Stück aus geziemender Entfernung, nickte kurz und wies seinen Küchengehilfen an, es einzupacken. Ein paar Schritte weiter stritt ein Seifensieder mit einer Magd um die Bezahlung für einen Kessel Schmierseife, den sie schon wegtragen wollte, während er noch daran zog und drohend gestikulierte. Wie magisch angezogen blieb Leanders Blick an dieser Szene hängen.

Als er das Gesicht des Seifensieders sah und die grenzenlose Wut, die aus seinen Augen schoss, als er die Kraft und Unbeherrschtheit dieses großen starken Mannes erlebte, spürte Leander, wie sich ihm etwas auf die Brust legte und ihm den Atem abschnürte. Sein Blick verengte sich, als ob er durch einen langen Tunnel sähe. Die Ähnlichkeit dieses Mannes mit seinem Vater war so verblüffend, dass die Erinnerung ihn mit einer Intensität übermannte, die ihn taumeln ließ. Von einer Sekunde auf die andere fühlte er wieder alle Not und Angst, alle Schwäche und Schuld, so wie damals, als es geschah und so schlimm wurde, dass er sich selbst bestrafen musste, um zu überleben. O Gott, Gott steh mir bei! Leander stand im Gewühl der fremden Stadt und merkte nicht, wie er weinte.

12. Tag des Zornes

Ein Sommergewitter war dröhnend über dem Ort niedergegangen und hatte mit seinen Hagelschauern die spielenden Kinder in die Häuser gejagt. Leander saß mit seiner Mutter in der Stube, sein durchnässtes Hemd und die weite Hose hatte er ausgezogen und über dem Herd zum Trocknen aufgehängt. Magda Lautenschläger stopfte ein Loch in einer Hose ihres Mannes und sang dazu wie immer. Leanders kleine Schwester schlief im Alkoven des Familienbetts, dessen Vorhänge bis auf einen kleinen Spalt zugezogen waren. Leander saß neben seiner Mutter am Tisch und improvisierte die zweite Stimme, wobei er sich einen Spaß daraus machte, mit seiner Begleitung Magdas Melodiestimme zu durchkreuzen und mal oberhalb, mal unterhalb ihrer Lage zu singen. Immer wieder schaute er seiner Mutter in die Augen und freute sich über ihr anerkennendes Zwinkern, wenn ihm wieder eine schöne Wendung gelungen war.

»Du wirst ein rechter Virtuos mit der Kehle werden, mein Sohn«, lachte Magda, als sie geendet hatten, und drückte ihn heftig an sich. »Der Dorflehrer meint auch, dass ihm die Stücke wohl gefallen, die du schreibst, und dass du sicher bald den Chor wirst leiten können, wenn es mit dir so weitergeht.«

Strahlend nahm Leander das Lob entgegen, das ihm umso wichtiger war, als es aus dem Mund der geliebten Mutter kam. Sofort überfiel ihn wieder der Drang, ihr alles zu erklären und sie teilhaben zu lassen an seinem Kosmos, der sein Glück bedeutete.

»Es steckt so viel drin in den Tönen, Mama. Das hier zum Beispiel ...« – mit glockenheller Stimme sang er einen A-Dur-Akkord hinauf und wieder hinunter – »... das ist blau und riecht nach frischen Stoppelfeldern. Und das ...« – jetzt sang er als oberen Ton nicht mehr E, sondern Fis und machte den Akkord damit zu fis-Moll – »... das gibt etwas Rot dazu und einen Geschmack wie Pflaumen, verstehst du?«

Leander wusste nicht, was ein absolutes Gehör war, doch er konnte fast alle Töne in der richtigen Höhe treffen, ohne dass jemand sie ihm vorsang oder vorspielte. Seine Sinneskreuzungen halfen ihm dabei: Wenn die Farbe, die er mehr fühlte als sah, nicht das richtige Blau oder das richtige Rot war, dann stimmte die Tonhöhe eben nicht. Genauso bedeutete ein Hauch von Zimt im Pflaumengeschmack, dass das Fis ein paar Schwingungen zu tief war. Schmeckten die imaginären Pflaumen ein wenig angesäuert, so als ob sie zu gären begannen, war das Fis zu hoch.

»Mein Lieber, es ist wunderbar, was du mir da sagst und wie das bei dir alles zusammenhängt«, erwiderte seine Mutter, »aber ich höre einfach nur Musik. Wenn nur dein Vater nicht ...«

Hier seufzte sie und ließ den Satz unvollendet. Seit geraumer Zeit schon war Magda Lautenschläger überzeugt davon, dass ihr Sohn mit einer außerordentlichen Gabe gesegnet war und dass etwas ganz Großes aus ihm werden könnte, wenn nur nicht ihr Mann in seiner Einfalt und Eifersucht alles tun würde, diese Gabe niederzubrüllen und zu leugnen, sie als Teufelswerk und Verderbnis für jeden Christenmenschen anzusehen, und wenn er nicht all seine rohe väterliche Autorität benutzen würde, um seinem Sohn solcherlei Flausen auszutreiben, auf dass doch bitte endlich etwas Rechtschaffenes aus ihm werde und er der Gnade des Herrn versichert sei. Nicht erst seit jenem Unglück auf dem zugefrorenen Fluss beobachtete Christian Lautenschläger mit Argwohn das heimliche liebevolle Einverständnis zwischen seinem Sohn und seiner Frau, das sich auf einer Ebene abspielte, für die er nicht den Hauch von Verständnis aufbringen konnte und wollte. Für ihn war die Musik etwas Weibisches und Bedrohliches zugleich und passte auf fatale Weise zu Leanders feiner Zartgliedrigkeit, die ihn mehr und mehr störte, weil er nichts von sich selbst darin wiederfand: Wo war in diesem Jungen seine – des Vaters – Kraft, seine zupackende Energie? Wo war seine

Männlichkeit, wo seine Klarheit, die das Leben in einfache Kapitel mit eindeutigen Überschriften teilte und auf diese Weise begreiflich machte? Nichts davon schien Leander geerbt zu haben – rein gar nichts! Sein Sohn war ein Weichling, ein Schöngeist und Träumer. Fast könnte man meinen ...

Wer konnte es Christian Lautenschläger verdenken, dass ihm irgendwann jener furchtbare Zweifel kam, der bei seinem Hang zu heftigster Eifersucht früher oder später kommen musste: War dieser zehnjährige Junge wirklich sein Sohn? Verbarg seine Frau ein vernichtendes Geheimnis vor ihm? Hatte sie ihm Leander untergeschoben? Und war er womöglich der gehörnte Tölpel, blöde genug, den Kuckuck über all die Jahre in seinem Nest großzuziehen?

Lange wehrte Christian Lautenschläger sich gegen diesen Gedanken, der für ihn so ungeheuerlich war, dass der Himmel explodieren und die Welt verbrennen müsste, wenn er sich als wahr erweisen sollte. Zu Hause versuchte er sich Magdas Liebe zu vergewissern, indem er eine tölpelhafte Zärtlichkeit an den Tag legte, die jederzeit in Brutalität umschlagen konnte. Er bedrängte sie oft und forderte sein Recht auf eine Weise, die seine Frau in höchste Sorge versetzte, weil sie ahnte, welche Abgründe dahinter lauerten.

An jenem Sommertag, als Leander seiner Mutter von seinen synästhetischen Sinneskreuzungen berichtete, war Christian Lautenschläger, nachdem er zwei Kaltblüter beschlagen und eine gebrochene Wagendeichsel zusammengeschmiedet hatte, wie so oft in der Dorfschänke hängen geblieben, um mit dem alten Förster und dem Postmeister zu trinken. Schnell waren sie beim dritten Krug.

»Nun, Krischan, willst immer noch nicht heim zu deiner Magda?«

»Was geht's dich an, Grünrock? Ich komm schon noch früh genug zu ihr – und dann geht's rund unter der Decke, das magst du wohl glauben!«

»Ist gar nicht so hässlich, deine Magda, was?«, schaltete der Postmeister sich ein und grinste vielsagend vom Schmied zum Förster.

»Was willst'n damit sagen?«, polterte da Christian Lautenschläger los und schlug dem Postmeister so heftig gegen den Unterarm, dass dem das Bier über die Uniform schwappte. »Willst ihr wohl schöne Augen machen, was? Dann hab wohl Acht, du Wicht! Dann trete ich dich platt wie eine Wanze oder ich leg deinen Riemen auf den Amboss und schlag zu!«

»Nun sei mal ruhig, Krischan! Soll ich etwa sagen, sie ist hässlich? Sei doch froh! – Und bei dir ist sie doch sicher. Mensch, so'n Kerl wie du ...! Da traut sich doch kein anderer ran ...«

Gerade wollte Christian Lautenschläger sich wieder beruhigen und mit dem Postmeister anstoßen, da hörte er ganz leise den Förster sagen: »Och ...? Wirklich ...? Und was war mit dem Fiedelspieler damals?«

Christian Lautenschlägers mächtiger Kopf flog herum. Sekundenlang starrte der Schmied den Förster an, der wie unbeteiligt seinen Becher kreisen ließ und auf die Reste des schaukelnden Bierschaums sah. Dann zischte er so leise, dass es fast wie ein Flüstern klang, zum zweiten Mal den Satz hervor: »Was willst'n damit sagen?«

»Ach, lass gut sein! Sind doch nur alte Geschichten ...«

Dem Förster wurde mulmig bei dem Gedanken, in seiner Unachtsamkeit zu weit gegangen zu sein. Doch als er den aufmunternden Blick des Postmeisters sah, vergaß er jede Vorsicht: »Weißt du doch selber! Damals! Vor Jahren! Der Kerl hat doch mit seinem Gefiedel die Weiber im Ort schier närrisch gemacht. Aber zum Glück bist du ja gekommen und hast die Magda zur Vernunft gebracht! Obwohl: Mit der Musik hat sie's ja immer noch – und dein Leander ja wohl auch, wie man so hört.«

»Ich? Wieso? Leander? Die Magda?«

Christian Lautenschläger wusste nicht mehr, wer er war, wo er war und was er tat. Er stand einfach auf, packte den Eichentisch mit beiden Händen und stieß ihn den beiden Männern, die ihm gegenübersaßen, so heftig gegen die Brust, dass sie umfielen und stöhnend in den Pfützen ihres Bieres liegen blieben. Dann stampfte er zur Tür hinaus. Während der zehn Minuten, die er bis nach Hause brauchte, tobte ein einziger Gedanke durch sein Hirn und prallte wie ein Ball zwischen den Schädelknochen hin und her: *Sie hat ihn mir untergeschoben! Sie hat ihn mir untergeschoben!*

Als sein Vater zur Tür hereinkam, war Leander bei den verminderten Septakkorden angekommen, die für ihn wie Ausschnitte eines Regenbogens leuchteten, in dem alle Farben ineinander fließen. Er wollte seiner Mutter den Sprung von C nach B vorsingen, um ihr danach den Akkord Stufe für Stufe abwärts zu erklären, als er die mächtige Gestalt seines Vaters im Türrahmen sah. Da erstickte sein Sopran in einem Quieken, und er schlug die Hände vor den Mund.

Christian Lautenschläger standen Schweißperlen auf der Stirn, seine Arme zuckten vor aufgestauter Energie. Wie ein nervöser Gaul trippelte er am Eingang der Stube auf der Stelle und konnte sich nicht entscheiden, gegen wen er seine Wut zuerst richten sollte. »Aus! Aus! Aus! Schluss! Nie mehr! Nie wieder!« Seltsam kraftlos fiepten die abgehackten Worte wie Hilferufe eines Erstickenden aus dem weit aufgerissenen Mund des Vaters. Leander sah es und fühlte die Panik heranrasen. Halb irrsinnig vor Angst stürzte er zu der kleinen Leiter, die auf den Dachboden führte, flog die Sprossen hinauf und verkroch sich im hintersten Winkel des Dachstuhls, mitten zwischen morschen Säcken, Staub und Spinnweben. Doch der Stimme des Vaters konnte er damit nicht entkommen. Als er ihn unter sich brüllen hörte, wusste Leander, dass er dieser Stimme nicht würde standhalten können. Bald schon würde er ihrer Macht erliegen und herunterkommen, um seine Strafe zu empfangen. Er wusste auch, dass er mit seiner Flucht alles nur noch schlimmer machte. Und dennoch stemmte er sich in all seiner Schwäche so lange wie möglich gegen die Allmacht des Vaters, zitternd und wimmernd, bis es nicht mehr ging. Endlich kroch er zur Leiter zurück, verlor vor lauter Angst den Halt und fiel dem Vater wie ein staubiger Sack Mehl vor die Füße. Da stürzte der Schmied sich auf seinen Sohn, packte ihn mit beiden Händen am Kopf, hob den Jungen hoch und warf ihn quer durch die Stube hinter den Ofen. Leander lag kaum am Boden, als der Vater auch schon hinter ihm stand, seinen Knöchel ergriff und ihn hochriss, bis Leander kopfüber an seinem ausgestreckten Arm baumelte. Dann holte der riesige Mann aus, als wollte er seinen Sohn wie ein Schlachthuhn mit dem Kopf gegen die Wand schmettern.

»Sohn des Satans! Du bist nicht mein Fleisch und Blut! Du bist des Teufels!« Jetzt brüllte er so laut, wie er ihn noch nie gehört hatte.

Es war die Mutter, die sich dazwischen warf – furchtlos und ohne eine Sekunde zu zögern. Sie fing den Schwung des väterlichen Armes ab, sodass Leander sich noch mit den Händen an der Wand abstützen konnte. Dann rutschte er kopfüber zu Boden und blieb in grotesker Verrenkung liegen. Mehr verblüfft als wütend über das Eingreifen seiner Frau drehte der Schmied sich einmal um sich selbst und schleuderte Magda in hohem Bogen zurück zum Tisch. Leander sah seine Mutter durch den Raum fliegen, er hörte ihr Kreischen und das Gebrüll seines Vaters, das sich über die Schreie seiner kleinen Schwester legte, die verschreckt zwischen den Vorhängen des Bettes hindurchsah und das Toben um sich herum nicht verstand. Dann hörte er einen dumpfen Schlag, als Magda mit dem Kopf gegen die Tischplatte schlug. Er sah das Blut und ihre verdrehten Augen und wusste sofort, dass sie tot war.

Ihre Worte und Küsse, ihre warme Haut, Augen voller Liebe und Hoffnung, ihr Gesicht im Kerzenschein, der Duft gebratener Äpfel, die Tröstungen ihrer Hände, die sehnige Kraft ihrer Arme, wenn sie das Brot vor ihren hageren Leib hielt und mit rundem Schnitt die Scheiben ablöste, das Rascheln ihres Nachthemds, wenn sie als Letzte ins Familienbett kroch, ihr Atem, so frisch und säuerlich, das Haar, der Mund, die Stimme ...

In dem Moment, als seine Mutter starb, stürmten tausend Bilder und Erinnerungen auf Leander ein, wie heiße Wogen brandeten sie über ihn hinweg. Doch schon in der nächsten Sekunde war es vorbei, und sein Kopf tauchte in Watte. Alles Toben und Kreischen, all der rohe, gewalttätige Lärm um ihn herum wich zurück. Es war ihm, als würden Türen sich vor seinen Ohrmuscheln schließen und ihn abschotten vor dem Entsetzen, das zu viel war für einen zwölfjährigen Jungen. Mit grenzenloser Erleichterung bettete er sich in die plötzliche Stille, die ihn mit milden Pastellfarben empfing.

Leander bekam nichts mehr mit von der Verzweiflung seines Vaters, sah nicht, wie dieser große Mann weinte und all seine tumbe Zärtlichkeit hervorholte, um die Frau, die er abgöttisch liebte, zurück ins Leben zu holen. Auf allen vieren kroch der Junge aus dem Haus, stand auf und stolperte davon in ein anderes Leben.

13. Harmonielehre

Hertha Tiefenbacher saß auf dem Canapé in ihrer Schlosswohnung und langweilte sich. Als sie und ihr Mann vor Wochen an den Ludwigsburger Hof gekommen waren, hatte sie sich viel vorgenommen: Ein Aufbruch in eine neue Zeit sollte es werden – auch für sie. Sie wollte das Leben bei Hofe genießen, ihre Rolle als Gattin des neuen Hofcompositeurs auskosten und versuchen, Beziehungen und Kontakte zu knüpfen, um sich selbst aus dem dumpfen Alltag an der Seite dieses herrischen und eindimensionalen Menschen zu befreien. Sollte er ruhig seine Intrigen spinnen und an seiner Karriere arbeiten, wenn er sie nur in Ruhe ließ und ihre Kreise nicht störte.

Und jetzt? Was war aus ihren Vorsätzen geworden? Hertha Tiefenbacher hätte alles für sich erwartet am Hof des Herzogs – nur nicht, dass ausgerechnet sie, die zupackende, kontaktfreudige und sprachgewandte Gattin des Komponisten Paul Tiefenbacher, sich langweilen würde. Wenn sie ehrlich war, entsprang ihre Langeweile einem tiefer liegenden Problem: Sie tat sich schwerer mit dem Leben bei Hofe, als sie es für möglich gehalten hätte, genau genommen war es ihr sogar zuwider. Jeden Tag musste sie sich aufs Neue überwinden, ihre komfortablen Zimmer im östlichen Kavaliersbau des Schlosses zu verlassen, um sich dem von Herablassung, Ignoranz und Arroganz geprägten Spiel ewiger Selbstbespiegelung auszusetzen, das am Hofe der beliebteste Zeitvertreib war. Immer öfter ertappte sie sich dabei, dass sie die Kraft nicht mehr aufbrachte und stattdessen auf ihren Zimmern blieb.

Was ihr zu denken gab, war die Tatsache, dass es anderen offensichtlich ebenso ging wie ihr. So hatte Hertha vor ein paar Tagen zufällig mitbekommen, dass die Frau des Theatermaschinisten nach einem halbjährigen Aufenthalt bei ihren Eltern schon längst wieder bei Hofe weilte, sich aber seit mindestens zwei Wochen nicht mehr gezeigt hatte. Dafür überschwemmten andere Frauen in großer Zahl das Schloss: narzisstische, selbstsüchtige und plappernde Geschöpfe, die ihre Zirkel pflegten, Belanglosigkeiten, Beleidigungen und blasierte Liebhaber austauschten und mit spitzer Zunge nach jeder und jedem hackten, sobald sie sich angegriffen fühlten. Ein paarmal hatte Hertha Tiefenbacher versucht, Einlass in solche Grüppchen und damit Anschluss zu finden. Doch jedes Mal war sie sich vorgekommen wie Falschgeld, war immer wieder abgeprallt an der alles kaschierenden Schicht aus Schminke, Verstellung, Falschheit und Kalkül, hinter der die Damen bei Hofe sich voller Eifer und Angst versteckten. Herthas Freundlichkeiten wurden ignoriert oder mit Stirnrunzeln bedacht; ihre Themen schienen die falschen zu sein und ihre Art, auf das Leben bei Hof zu reagieren, ebenso.

Es musste etwas geschehen. Nichts tun und darauf warten, dass der Tag vorüberging, war nicht Herthas Sache. Sie raffte ihr Kleid und korrigierte den Sitz ihres hochgeschnürten Busens. Gerne hätte sie dort eine Hand voll mehr zu bieten gehabt – allerdings nicht ihres Mannes wegen, der ihre »Knöspchen« ebenso gerne begrapschte wie verspottete, wohl aber, um der galanten Mode bei Hofe wenigstens augenscheinlich zu entsprechen. Nach einem letzten prüfenden Blick in den Spiegel nahm sie den Fächer vom Kopfkissen und ging zur Tür. Irgendwo an diesem größten Hofe nach dem des französischen Königs in Versailles musste es doch wohl vernünftige Menschen geben, mit denen ein Gespräch sich lohnen würde! Beherzten Schrittes trat sie hinaus auf den Gang, lief mit rauschenden Röcken am Schlosstheater und an der Schlosskapelle vorbei in Richtung der östlichen Galerie. Am Eingang zum Spielpavillon unterhielt sich ein Grüppchen von Damen, während ein Dutzend Kavaliere an den Spieltischen in den vier Ecken des Raumes hockten und sich beim Brettspiel vergnügten.

»Bonjour, messieurs-dames!«, grüßte Hertha Tiefenbacher und versuchte ein offenes und freundliches Gesicht zu machen.

»Ach ja – die Gattin des neuen Hofmusikus!«, flötete darauf eine pompös gepuderte Blasshäutige, die sich als Gattin des Ersten Geheimen Kabinettsekretärs erwies, und musterte Hertha von Kopf bis Fuß mit einem freudlosen Lächeln hinter schmalen Lippen und Augenlidern. »... Aus dem wonnigen Italien nach Ludwigsburg hat es Sie also verschlagen – so so ... Doch wenn man Sie so sieht, will man es rein gar nicht für möglich erachten! Trägt die galante römische Gesellschaft das jetzt tatsächlich so? Man mag es kaum glauben!«

Wieder ließ sie ihren verächtlichen Blick über Hertha Tiefenbachers Rüschen, Sticksäume und Applikationen wandern, die zu Hause in Magdeburg durchaus der feineren Gesellschaft würdig gewesen wären, aber hier in Ludwigsburg bedenklich nahe an die Grenze zu Liederlichkeit und Armut heranzureichen schienen.

»Verzeihung, aber wir kommen aus Magdeburg«, erwiderte Hertha mit dem freundlichsten Lächeln, das ihr angesichts der Ignoranz der Dame zur Verfügung stand.

»Petersburg!! Mon dieu! Petersburg! Voilà pourquoi vous ètes tellement étrangère! Kann man denn da überhaupt componieren? Diese Kälte! Mon dieu! Königsberg! Quelle distance! Quelle différence! Quelle culture ...«

Während die Gattin des Kabinettsekretärs sich plappernd weiter auf der europäischen Landkarte verirrte, drehte sie sich einfach um, ließ Hertha Tiefenbacher stehen und beschäftigte sich wieder mit den anderen Damen in ihrer Nähe. Die verstanden sofort das Zeichen und schlossen den etablierten Zirkel wieder, indem sie sich von Hertha abwandten und, sie ignorierend, wichtige Nichtigkeiten austauschten.

Etwas abseits, an der Tür zu einem der abgeteilten Séparées, stand eine hübsche schmale Frau und schaute mit geheucheltem Interesse den Herren am Spieltisch zu. Als Hertha Tiefenbacher ihre blauen Schuhe sah, die nicht recht zum blassrosa Kleid passen wollten, stutzte sie und fragte sich resigniert, ob sie wohl jemals die Regeln der höfischen Mode begreifen würde. Sie beschloss, einen letzten Versuch zu wagen und näherte sich der zarten Person, die auf verblüffend grazile Weise zusammenzuckte, als sie angesprochen wurde. Hertha hatte diese Frau schon gesehen, konnte sich aber nicht erinnern, wo.

»Ein interessanter Farbtupfer, den Ihre Schuhe da setzen. Guten Tag, Madame! Hertha Tiefenbacher, Gattin des neuen Hofcompositeurs Seiner Durchlaucht.«

»Enchanté, Madame! Natalie Naverre, zweite Solotänzerin im Ballett Seiner Durchlaucht. Ich hatte bereits die Ehre, mit Ihrem Gemahl zu probieren ... Meinten Sie das ernst, das mit den Schuhen?«

»Ja … schon … Aber wenn ich Sie …« Unsicher hielt Hertha inne, doch die Freundlichkeit in den Augen der jungen Frau schien echt zu sein, und so entschloss sie sich zu einem kleinen Geständnis: »Ach, wissen Sie: Das Leben bei Hofe, die Mode allzumal, birgt so manche Tücken, aber ich werde es schon noch lernen …«

»Quel plaisir, jemanden wie Sie zu treffen, Madame! Welch erfrischende Offenheit in dieser Ödnis der Contenance und Attitüde! Darum werde ich Ihnen ein Geheimnis anvertrauen.«

»Ja?«

Hertha fühlte, wie die Anspannung von ihr abfiel. Beinahe zutraulich neigte sie sich zu der hübschen Tänzerin hin. Sollte sie endlich Glück gehabt haben und einen vernünftigen Menschen bei Hofe getroffen haben? Fast hätte sie es nicht mehr zu hoffen gewagt.

»Dieses Bleu ist einfach terrible«, hub die kleine Frau an, »aber ich soll die Schuhe nun mal so tragen … Und Sie wissen es wirklich nicht? C´est vraiment incroyable!«

Sie kicherte, worauf einige der distinguierten Damen aus der Clique der Gattin des Geheimen Kabinettsekretärs mit gehobenen Augenbrauen zu ihnen hinüberschauten.

»Die dort drüben wissen es alle!«

Wieder kicherte die Tänzerin und schien sich köstlich über Herthas Ahnungslosigkeit zu amüsieren. »Pardonnez-moi! Aber ich lache Sie nicht aus! Es ist nur einfach so … erfrischend!«

»Bitte, Madame«, sagte Hertha, deren Unsicherheit wieder wuchs und die noch nicht recht abschätzen konnte, ob sie mitlachen oder lieber vorsichtig sein sollte, »klären Sie mich doch auf! Wenn es etwas ist, das ich wissen sollte, so will ich gerne bei Ihnen Lektion nehmen.«

»Nun – die Schuhe … Haben Sie hier noch andere Frauen gesehen, die blaue Schuhe tragen?«

»Wenn ich mich recht erinnere, ja! Eine noch!«

»Oh – es gibt noch ein paar mehr! Aber die meisten halten sich im Hintergrund und wollen nicht – wie sagt man auf Deutsch? – auffallen.«

»Tatsächlich? – Ich werde darauf achten!«

»Seien Sie lieber nicht zu neugierig, Madame! Die blauen Schuhe sind ein Zeichen – comment-dirai-je? –, um eher wegzusehen als hinzusehen ... Ach, es ist einfach köstlich! Sie sind so erfrischend, Madame Tiefenbacher! Bon! Ich will Sie nicht weiter im Unklaren lassen: Les bleues chaussures ... die blauen Schuhe, zeigen jedermann an, dass es sich um Damen handelt, die – wie sagt man? – die besondere Gunst Seiner Durchlaucht genießen.«

»... Oh!«

»Nun Sie haben verstanden?«

Hertha schluckte und nickte. Jetzt hatte sie verstanden. »Verzeihen Sie meine Impertinenz und mein unverzeihliches Nichtwissen ...«

»Nichtwissen: ja! Impertinenz: nein, Madame! Seine Durchlaucht ist ein Mann – vous connaissez les hommes? –, und wir sind Frauen, wenn Sie verstehen, was ich meine. C'est tout simple! Et vous, Madame, Sie sind sehr nett!«

»Danke ... Danke ... Merci!«

Hertha Tiefenbacher war noch immer peinlich berührt: Wie hatte sie das nur übersehen können! Da plauderte sie vertraulich mit einer Mätresse des Herzogs und merkte es nicht einmal. Aber Natalie Naverre schien wirklich sympathisch zu sein. Dann sah Hertha aus den Augenwinkeln, wie die pomadisierten Damen um die Frau des Geheimen Kabinettsekretärs erneut zu ihnen beiden hinübersahen. Diesmal bemerkte sie nicht nur Herablassung in ihren Blicken – jetzt war da noch etwas anderes: eine Mischung aus Vorsicht, Neid und Respekt. Mit dem Instinkt der Intrigantinnen hatten sie gemerkt, dass die Frau des neuen Hofcompositeurs im Begriffe war, einen direkteren Zugang zur Macht am Hofe zu finden, als ihnen selbst je vergönnt sein würde, und den zu suchen die Etikette ihnen ebenso verbot wie ihr Mangel an eigenen körperlichen Vorzügen.

Wenig später erschien einer der persönlichen Sekretäre des Herzogs im Spielsalon, schaute sich kurz um und kam zielstrebig auf Natalie und Hertha zu. Dezent flüsterte er der Tänzerin etwas ins Ohr, machte kehrt und war nach wenigen Sekunden wieder verschwunden. Natalie zwinkerte kurz der Komponistengattin zu und ging mit den typischen federnden Schritten der Balletttänzerinnen aus dem Saal. Jeder im Raum tat so, als hätte er nichts bemerkt, obwohl die scheinbar ins Spiel vertieften Kavaliere in den Alkoven die Szene auch ohne hinzusehen erfasst hatten. Immer wenn die Höflinge mitbekamen, dass der Herzog sich eine seiner Damen in die Privatgemächer bestellte, fühlten sie sich ihrem Herrn auf beinahe kumpelhafte Weise verbunden: War er nicht in diesem Moment ein Mann genau wie sie, war er nicht einer der ihren? Fast liebten sie ihn dann für seine ausschweifende Männlichkeit, die ihnen allen als Vorbild diente, obwohl keiner von ihnen den herzoglichen Luxus an Vielfalt und Häufigkeit auch nur annähernd erreichte.

Hertha Tiefenbacher hatte auf die verbleibende Gesellschaft im Spielpavillon keine Lust mehr und schlenderte zurück in ihre Gemächer. Bis zum Abend waren noch ein paar Stunden Zeit. Ihr Mann war sicher eifrig damit beschäftigt, seinem Kollegen und Rivalen Vinzenz van Eisenmann das Wasser abzugraben. Sie wollte stattdessen Luft schnappen und Leben spüren: echtes Leben – nicht die gestelzte, künstliche und parfümierte Welt bei Hofe. Plötzlich wusste Hertha, was sie tun würde. Sie ging in ihr Zimmer, zog ein Straßenkleid an, sagte ihrer Zofe Bescheid und verließ das Schloss in Richtung Marktplatz.

Ja! Das war es, was sie wollte! Noch nie zuvor hatte sie die Fülle der Sinneseindrücke im Gedränge eines großen Marktes so sehr genossen wie in diesem Moment. Da wurde gerempelt und gesudelt, gebrüllt und gekeift, es stank fürchterlich, aber ehrlich, der Lärm war ordinär, aber echt. Als sie auf ihre Schuhe sah, die im Morast schmatzten und dunkle Spritzer auf ihr Kleid warfen, musste sie lachen. Schubsend und drängelnd arbeitete Hertha sich durch die Gassen voller Händler und Gaukler und genoss den Schauder, den all die seltsamen und grellen Eindrücke jener sonderbaren Gestalten in ihr hervorriefen: Dort ließ ein Wasserkünstler allerlei Fontänen auf rätselhafte Weise aus Augen, Ohren, Nase und Mund hervorschießen. Vor einer Pappkulisse, auf die lodernde Flammen aufgemalt waren, griff ein martialisch aussehender Mann mit beiden Händen in flüssiges Blei, das vor ihm auf einer Feuerstelle kochte. Dann wusch er sich mit der schillernden Brühe unter dem ungläubigen Geschrei des Marktvolkes Gesicht und Hände. Ein paar Schritte weiter leckte ein dressiertes Geißlein den Zuschauern über Hände, Füße und Gesichter, vollführte Bocksprünge, katzbuckelte, tanzte auf den Hinterhufen und stieß mit den Hörnern nach Waden und Knien. Daneben stürzte ein Kraftmeier mit hervorquellenden Muskeln sich heftig auf einen Pfahl, der unverrückbar in der Erde stak, umklammerte ihn, zog und drückte, presste und drehte, stöhnte und keuchte und zog das mannsdicke Holz mit schierer Urgewalt heraus. Als er Hertha sah, lachte er breit, und sie lachte zurück.

Wenig später stockte die schiebende Menge bei einem türkischen Gaukler, der mit einer Stimme, die zugleich drohte und um Mitleid bat, Aufmerksamkeit erheischte für sich und einen dicken Holzhammer, den er in weiten Schwüngen über seinem Turban kreisen ließ.

»Kommt her, liebe Leut, kommt her und staunet! Doch seid versichert: Was eure Augen euch zeigen, werdet ihr nicht glauben wollen! Ihr werdet sie der Lüge zeihen und ihnen mit Blendung drohen, weil nicht sein kann, was ihr in wenigen Augenblicken sehen werdet! Kommt her und seht den Hammer, schwer und hart – und dort den Jungen, stark und groß! Gleich wird er mich schlagen, wie man einen Amboss schlägt! Mit aller Kraft! Mitten auf die Brust! Und ihr werdet denken: Jetzt ist er tot, der Muselmann! Jetzt ist er bei Allah! Doch nein, liebe Leut, noch bin ich nicht bei Allah, dem Gepriesenen. Denn als rechter Muselmann muss ich gen Mekka gehen, um mein Seelenheil zu finden. Dafür lasse ich mich schlagen mit diesem Hammer, auf dass ihr mir ein Zehrgeld gebet für meine lange Reise auf den Spuren des Propheten! So gebet denn Acht und schärft euren Blick, und dann spendet reichlich, um mir den Schmerz zu vergelten! Allah y akhbar!«

Nach diesen Worten legte der Mann sich rücklings auf den Boden, sortierte seinen Turban, zog seinen Umhang straff und wies mit beiden Händen auf seine Brust. Sein Gehilfe nahm den Hammer, zögerte, holte aus und ließ ihn endlich dröhnend auf den Leib des Mauren krachen, der sich wie in Spasmen bäumte und dann sekundenlang dort lag wie tot, die Augen verdreht, die Zunge gequollen. Die Menschen standen wie erstarrt, hielten den Atem an, gafften. Da lachte der Gaukler, schüttelte sich und tat so, als ob er seine Rippen zählte, während er verstohlen den Blechpanzer unter seinem Burnus richtete. Federnd sprang er auf und warf sich in die Brust: »Danke, danke! Allah wird es euch vergelten und euer Gott wohl auch! Danke! Dank an dich ... auch an dich ... auch an Euch, mein Herr ...« Klimpernd machte der Beutel die Runde.

Hertha Tiefenbacher, die all dies mit hungrigen Augen verschlungen hatte, riss sich los und ließ sich von der Menge zum nächsten Menschenknäuel treiben. Eine Glocke aus rußigem Rauch stand hoch über dem Platz: Immer wieder stiegen qualmende Fackeln in die Luft, schlugen Purzelbäume und versanken zwischen den Köpfen der Zuschauer. Die Menschen drängelten sich um einen Feuerschlucker, der im muskulösen Spiel seiner nackten Oberarme Messer und lodernde Fackeln tanzen ließ, sie mal vor, mal hinter seinem Körper in den Himmel schleuderte, sich wand und drehte und sie schließlich alle nacheinander wie eine Geschossgarbe in seine Hände prasseln ließ. Die letzte Fackel warf er höher als alle anderen, trippelte während ihres taumelnden Fluges unter ihr hin und her, bis sie genau auf sein Gesicht hinunterstürzte, und fing sie mit den Zähnen auf. Das Volk johlte. Jetzt nahm er einen Schluck Sprit aus einer Blechkanne, tat im Scherz, als müsste er würgen, hielt die Fackel vor sein schweißglänzendes Gesicht und prustete eine riesige Flamme, beinahe so hoch wie er selbst, über die Köpfe der Menschen hinweg. Die erschauderten und wichen zurück, laut Ah! und Oh! und Bravo! rufend. Noch während der Qualm sich über den Marktplatz wälzte, packte er ein Schwert, strich vielsagend mit den Fingern über die entsetzlich lange Klinge und baute sich breitbeinig vor der Menge auf, als wollte er sich erdolchen. Mit einer theatralischen Geste dehnte er den Kopf so weit in den Nacken, dass seine speckigen Locken nach hinten stürzten, riss Mund und Augen auf und versenkte die Klinge tiefer und tiefer in seinem Schlund, bis die Kinder glotzten und die Mütter sich entsetzt abwandten.

Hertha Tiefenbacher genoss das derbe Schauspiel wie einen schweren Wein. Erst hier in dieser so andersartigen Kulisse ging ihr auf, welche Beklemmung sie in dem riesigen Schloss gespürt hatte, welche Entfremdung sie dort tagtäglich erlebte. Wie anders waren die Menschen hier draußen, wie authentisch wirkten all diese Gesichter ohne Schminke, Puder und Perücke. Lustvoll sog sie die Bilder in sich auf, ließ ihre Augen von einem Gesicht zum andern wandern, sah Schweiß und Blässe, Dreck und Krätze, sah Narben und Runzeln und las die Spuren unzähliger Kämpfe des Alltags in den Gesichtern der Bürger und Bauern.

Plötzlich kreuzte ihr Blick den eines Mannes. Sie erschrak. Sie kannte diesen Blick und das Gefühl der eigenen Nacktheit, das er in ihr hervorrief. Schamesröte schoss ihr ins Gesicht, da sie ihn nicht erkannte und nicht wusste, an welchen Moment in ihrem Leben diese Augen sie erinnerten. Dann, als er sich bewegte und sie seinen Körper wahrnahm, fiel es ihr wieder ein, ihre Scham verging, und sie lächelte ihm zu. Offensichtlich hatte er ihr Taschentuch gefunden, das sie damals aus der Kutsche hatte fallen lassen.

Leander hatte Hertha längst entdeckt. Zitternd vor Erwartung beobachtete er, wie die Frau des dicken Komponisten die Gesichter in der Menge studierte und dabei immer mehr in seine Richtung blickte. Ihr plötzliches Erschrecken ging ihm durch Mark und Bein wie eine Fanfare in Es-Dur oder die Strahlen der Morgensonne, die zwischen den Stämmen eines Buchenwaldes hervorschießen. Er griff in sein Wams, holte Herthas Tuch heraus und führte es an seine Lippen.

In dem Moment kam Bewegung in die Menge. Von hinten drängte und lärmte es, die Menschen wurden zusammengeschoben, Rufe der Überraschung und Entrüstung hallten über den Platz, mischten sich mit schneidenden Kommandos. Dann teilte sich die Menge und machte Platz für die berittenen Aufseher des Herzogs. Die Männer hatten den Befehl, den Marktplatz zu räumen und vorzubereiten für die Messe der Kaufleute, die in vier Tagen beginnen sollte. Zehn oder zwölf kräftige Kerle auf nicht minder robusten Pferden drängten die Menschen aus dem Häusergeviert, brüllten nach links und rechts, schlugen mit Stöcken nach hier und dort und trieben das Volk in Trauben vor sich her: »Platz da! Fini! Den Platz räumen! Verschwindet!« Mütter rissen ihre Kinder hoch, beschützten sie mit ihren Körpern und suchten hastig dem Getümmel zu entkommen. Die letzten Händler fanden kaum Zeit, ihre Habseligkeiten auf den Handkarren zu verstauen, ihre paar Kreuzer zu zählen und nachzusehen, ob sie nichts zurückgelassen hatten. So schnell er konnte, zog der Gaukler das Schwert aus seinem Hals, trat seine Fackeln aus und tauchte ab in der Menschenmenge, ehe die Berittenen ihn fassen konnten.

Hertha, die Angst hatte, von der Menge hinweggespült zu werden, suchte Leanders Blick. Er nickte ihr zu und wies mit dem Kopf auf die Gasse neben der Kirche. Als er sich umdrehte und loslief, folgte sie ihm. Schon dachte sie, sie hätte ihn im Dämmerlicht des Durchgangs verloren, als zwei Arme sie umschlangen und in einen Hauseingang zogen. Die Bereitwilligkeit, mit der sie seine Küsse erwiderte, sie an Heftigkeit zu überbieten suchte und mit der ihre Hände sich an seinem Leib zu schaffen machten, überraschte sie selbst. Voller Trotz und Lust sah sie wieder die fröhlichen Augen der Tänzerin, als sie zum Herzog ging, die verklemmte Gier der gepuderten Lackaffen im Schloss, Leander, der die schweren Koffer trug, seine Augen, als er sie in jener Nacht dabei beobachtete, wie ihr Mann sich an und in ihr abmühte und er sich dabei selbst befriedigte. Die Sprachlosigkeit, die Leanders Taub- und Stummheit auch ihr auferlegte, kam ihr vor wie eine Befreiung, wie eine Abkürzung vorbei an allen Umwegen aus Floskeln, Konventionen und Regeln, die jede Spontaneität erstickten und der Körperlichkeit zwischen Mann und Frau keine andere Wahl ließen, als sich zwischen Scham, Routine oder Gewalt zu entscheiden.

Stöhnend drängte Hertha sich an diesen Mann, zeigte ihm ihre Lust und weckte in ihm eine doppelte: In demselben Maße, wie die Gier dieser Frau Leander erregte, tobte in ihm der Gedanke, dass sie laut und schön sein würde, wenn er nur richtig auf ihr zu spielen begann. Mit ihr, so war er sich sicher, würde es ihm gelingen, die Barrieren in seinem Innern wieder beiseite zu räumen und in das verheißungsvollere Reich der Töne einzutreten, das jenseits aller anderen Sinne lag. Tastend erprobte er ihre Reaktionen, berührte sie hier und dort, liebkoste ihren Nacken, blies sacht in ihr Ohr und griff ihr unvermittelt unter den Rock, was sie erschauern ließ. In ihren Küssen klangen Vorhalte mit und die Reibungen kleiner und großer Sekunden, die nach Auflösung und Erfüllung in der Grundtonart strebten. Als sie ihn ansah, tönten ihre Augen in einem Dominant-Sept-Akkord, der wie ein Doppelpunkt im Raum stand und ihm zu sagen schien: Nun fängt es richtig an, nun folgt die Kadenz, in der der Solist all seine Virtuosität zeigen und den Kenner und Genießer endgültig verzaubern kann. Leander jubilierte im Stillen und konnte es kaum glauben.

Währenddessen strömten hunderte von Menschen auf Armeslänge an ihnen vorbei – die meisten blind für das, was neben ihnen geschah. Einzelne erhaschten einen Blick und meinten zu verstehen. Ein junger Bursche mit seinem Mädchen im Arm grinste lüstern und gab der Seinen im Vorüberhasten einen Kuss. Eine zahnlose Alte hob keifend die Hand und wusste doch zu gut, dass vor Jahren sie selbst es gewesen war, die sich von Männern in dunkle Gänge hatte zerren lassen.

Dann plötzlich hallte Hufgetrappel durch die Gasse. Leander spürte einen scharfen Schmerz am Ellenbogen, als ihn die Peitsche traf. Er brauchte seine Ohren nicht, um zu begreifen, was der Rohling auf dem Pferd ihm zubrüllte. Er wollte sie fortjagen hinter den anderen her, damit er melden konnte: Das Gesindel ist fort, der Marktplatz leer – die Zimmerer für die Messestände können kommen. Im Pulk mit anderen Nachzüglern trieb der Reiter Leander und Hertha vor sich her, bis die Gruppe sich auflöste und einer nach dem anderen in den Seitengassen verschwand. Dann drehte er ab und ritt in klapperndem Galopp zurück.

Keuchend blieben Leander und Hertha stehen und sahen sich an. Leander lachte und zog an ihren verschwitzten Händen, die er die ganze Zeit nicht losgelassen hatte. Doch plötzlich war da Widerstand. Verunsichert schaute Hertha sich um und stellte fest, dass sie nicht wusste, wo sie war.

»Nein, nein! Das geht nicht! Ich muss zurück! Bald ist die Probe aus – dann wird er mich vermissen! Ich muss gehen!«

In plötzlicher Panik riss sie sich los, machte kehrt und rannte zurück in die Richtung, aus der sie gekommen waren. Schon glaubte sie, sich verirrt zu haben, da erkannte sie ein paar Häuser wieder und dann die Kirche. Die Frau verlangsamte ihren Schritt, um zu Atem zu kommen. Was war nur in sie gefahren? Welcher Teufel hatte sie geritten, sich so gehen zu lassen? Prompt holte das schlechte Gewissen sie ein: Wie sollte sie nur unauffällig ins Schloss zurückkommen – so zerzaust, verschwitzt und schmutzig, wie sie jetzt war? Was, wenn Paul schon in der Wohnung war? Wie sollte sie ihm erklären, warum sie derartig derangiert nach Hause kam? Und aus welchem

Grund hatte sie das Schloss verlassen? Eilig lief sie weiter, bis sie endlich den Palast erreicht hatte.

Als Hertha in den Schlossgarten trat, folgte Leander ihr mit den Augen, solange es ging. Dann kam er hinter der Kastanie hervor und schlenderte unauffällig zurück in die Stadt, um sich eine Bleibe zu suchen. Noch einmal schmeckte er den Klängen ihrer Küsse nach und den Verheißungen, die darin mitschwangen. Er würde sie wieder treffen, dessen war er sich sicher – und dann würde sie ihm die nächsten Takte seines Werkes diktieren.

Die Gelegenheit ergab sich schneller, als Leander zu hoffen gewagt hätte. Schon am nächsten Vormittag schlenderte er zum zweiten Mal durch die enge Gasse neben der Kirche, vorbei an jenem Hauseingang, der ihm am Abend zuvor so verlockende Perspektiven offenbart hatte, und überquerte den Marktplatz. Zahlreiche Zimmerleute waren damit beschäftigt, auf dem von Arkaden umsäumten Geviert die Stände und Tribünen für die Handelsmesse aufzubauen. Mitten auf dem Platz versuchten zwei Männer, einen Stirnbalken, der ihnen ein wenig zu schwer war, auf die Seitenwände eines Verkaufsstandes zu wuchten. Zwei-, dreimal rutschte dem schwächeren von beiden das schwere Holz ab, sodass der Mann Mühe hatte, auf den Beinen zu bleiben und von dem Balken nicht zu Boden gerissen zu werden. Zitternd vor Anstrengung versuchte er es erneut und merkte doch gleich, dass er es wieder nicht schaffen würde. Da griffen zwei Hände neben ihm zu, schwangen den Balken treffsicher auf sein Widerlager und nahmen dem Mann auch noch den Hammer ab, um mit gezielten Schlägen die Haltebolzen in das Holz zu treiben.

»Danke!«, murmelte der Handwerker und schlug Leander anerkennend auf die Schulter. »Machst das nicht zum ersten Mal, was? Bist wohl vom Fach?«

Leander grinste ihn an und nickte. Der Handwerker überlegte kurz und wies dann quer über den Platz auf die Arkaden der gegenüberliegenden Häuserzeile.

»Die suchen noch welche fürs Schlosstheater! Ich und die andern – wir kommen auch von da. Riesiger Bau! Es ist viel zu tun, und der Herzog zahlt gut. Sieh mal da drüben: Auf dem Anschlag steht's schwarz auf weiß. Bei dem Kerl neben dem Soldaten da hinten kannst du dich melden ... oder ...«, plötzlich grinste der Mann und musterte ihn herausfordernd von der Seite, »... oder willst du draußen vor der Stadt am Richtplatz mitmachen? Da schaffen noch mehr von uns. Da kannst du auch helfen, wenn du willst.«

Leander konnte nicht alles von den bartüberwucherten Lippen des Zimmermanns ablesen, aber was er mitbekam, reichte aus, um ihn zu elektrisieren: Sie suchten Zimmerleute! Sie suchten jemanden wie ihn! Für das Schlosstheater! Wenn er da mitmachen dürfte, könnte er womöglich an seinem eigenen Holz aus dem Sägewerk weiterarbeiten! Er würde es wiedererkennen – jeden Stamm, jede Bohle, jeden Balken –, dessen war er sicher. Außerdem lebte Hertha dort, und die Aussicht, sie auf diesem Wege vielleicht schon bald wiederzusehen, war zu verlockend, als dass er anders hätte handeln können. Also marschierte er zielstrebig auf das Rekrutierungstischchen zu, baute sich davor auf und wartete. Der Mann hinter dem Tisch schaute nur kurz auf und blätterte weiter gelangweilt in seinen Papieren. Plötzlich sah er auf: »Name?«

Leander stieß die Laute hervor, zu denen seine Zunge nach all den Jahren, in denen ihr die Kontrolle durch sein Gehör gefehlt hatte, noch in der Lage war: »Gliannnngellll!«

»Krüppel, was? Ha'm se dir die Zunge rausgerissen, weil du schlecht über die Jungfrau Maria geredet hast? Oder haste se gar in 'nem Weibsbild verloren?«

Obwohl er die Stimme nicht hören konnte, spürte Leander die Aggression des Mannes. Wie oft hatte er dies schon erlebt: Wenn sie ihn witterten, stutzten die Männer, als ob eine diffuse Gefahr von ihm ausginge, eine Gefahr für ihre Frauen und Töchter – gepaart mit einer Demütigung ihrer eigenen Männlichkeit.

Dann, wenn sie sein Gebrechen erkannt hatten, trumpften sie auf und ließen ihn kuschen, ohne doch den letzten Rest von Angst in ihrem Blick verbergen zu können. Auch diesmal sah Leander es genau und lächelte. Der Mann hinter dem Tischchen grinste schief und sagte mit wegwerfender Geste: »Na, is ja egal! Scheinst Kraft zu haben. Der Sproß braucht Leute, also soll er Leute bekommen. Verstehst du mich wenigstens?«

Als Leander nickte, hielt ihm der Mann die Liste hin, auf dass der Neue sich eintragen möge. Stirnrunzelnd beäugte er Leanders Gekrakel und hieß ihn dann bei dem Soldaten zu warten. Nach und nach kamen weitere Männer hinzu. Unwillkürlich hielten sie Abstand von Leander und begannen bald, untereinander zu tuscheln. Leander tat, als bemerkte er es nicht, und schaute mit ausdruckslosem Gesicht dem Treiben auf dem Marktplatz zu. Endlich, gegen Mittag, wurden sie zu fünft zum Schloss gebracht.

Während seiner Zeit im Sägewerk hatte Leander sich wohl gedacht, dass es ein großes Opernhaus werden musste, was dort im fernen Ludwigsburg entstand. Doch dass es so groß und prächtig sein würde, hatte er nicht erwartet. Als er den Bau nun zum ersten Mal sah, verschlug es ihm schier den Atem. Bei manchen schönen und auffälligen Holzbohlen, die er unten im Tal bearbeitet hatte, hatte Leander sich gefragt, wo sie wohl eingebaut werden sollten und ob sie später für alle Welt sichtbar sein würden. Ein wunderschönes Balustradengeländer, an dem er mit besonderer Hingabe gesägt, geschmirgelt und gefeilt hatte und das ihm besonders gut gelungen war, hatte er an verdeckter Stelle mit einem G-Schlüssel versehen und einen Dreiklang dazu geschrieben. Jetzt fragte er sich, wo dieses Geländer jetzt wohl seinen Platz gefunden hatte. Als Leander Lautenschläger an jenem Frühlingstag des Jahres 1764 zum ersten Mal im gewaltigen Innenraum des Ludwigsburger Opernhauses stand und über dem halb vollendeten dritten Rang den offenen Himmel erblickte, überkam ihn ein Schauer von Glück und Erfüllung. Es war ihm, als ob all die halb fertigen Ränge und Logen, die rohen Holzverkleidungen und unvollendeten Säulenreihen, als ob der klaffende Krater des unfertigen Orchestergrabens und das angedeutete Geviert der Bühne widerhallten vom Echo zukünftiger Klänge und Triumphe. Schon meinte er, die Beifallsstürme der dreitausend Zuschauer zu hören, ihr Johlen und Klatschen, ihre »Bravos!« und »Da Capos!«. Er sah die Vorhänge und Verbeugungen, sah verschwitzte Tänzerinnen, wie sie nach Atem ringend den ersten Applaus entgegennahmen, wie die Sänger müde und zerschlagen von stundenlanger Anstrengung mehr taumelnd als sich verbeugend den Dank des Publikums genossen. Er sah die Musiker im Orchestergraben spielen, sich verausgaben und über sich selber hinauswachsen, während sie die Zeichen des Dirigenten und Komponisten in betörende Klänge verwandelten. Der stumme Mann stand minutenlang still und staunte. Und plötzlich wusste er, wo sein eigenes Werk, mit dem er seit Jahren rang, dereinst erklingen würde.

»He, Neuer! Hier werden keine Maulaffen feilgehalten! Arbeiten sollst du! Da! Bring den Stapel Bretter dort hinten zum Flaschenzug! Und der Jonas – das ist der mit der hellen Mütze –, der weist dich ein! Los! An die Arbeit! Morgen fangen wir mit dem Dach an. Da brauchen wir jeden Mann!«

Wieder stürzte Leander sich in die Arbeit, wieder machte er sich über Erlen-, Eichen-, Fichten-, Buchen- und Eschenholz her – nur, dass er diesmal den Sinn und die Verwendung der Bauteile erfasste, die er selber vor Wochen und Monaten aus rohen Stämmen geschaffen hatte, und zum ersten Mal eine genaue Vorstellung davon bekam, was das alles werden sollte und wie die Einzelteile sich zu einem perfekten Ganzen zusammenfügen würden. Er arbeitete wie im Rausch und konnte sich schier entzücken bei der Vorstellung, dass alles, was er tat, zugleich eine Ouvertüre für sein eigenes großartiges Werk darstellte.

Nach zwei Stunden merkte sein Vorarbeiter Jonas, dass Leander gut war und etwas von Holz verstand, nach zwei Tagen war der stumme Neue sein bester Mann, und nach einer Woche wurde Theatermaschinist Sproß auf den Zimmermann Lautenschläger aufmerksam.

»Wer ist dieser Taubstumme, der schafft wie zwei, und das auch noch besser als jeder andere? Man gebe ihm einen Kreuzer mehr am Tag!«

»Leander heißt er«, antwortete Jonas, »und was er mit uns nicht spricht, das spricht er mit dem Holz. Erst gestern hat er einen Balken aussortiert, den zwei andere schon verbaut hatten. Als der Pfeiler wieder unten lag, haben die zwei, die es nicht glauben wollten, sich drangehängt, worauf das Holz tatsächlich brach! Und zu sehen war vorher nichts, absolut nichts! Der kann hineinsehen in das Holz! Der spricht mit den Stämmen! Den Leander behalt ich bis zum Schluss – und wenn drei andere dafür gehen müssen!«

»Er mag ihn behalten, den Leander – und seine drei anderen Leute noch dazu! Wir haben aufgeholt im Zeitplan, Seine Durchlaucht ist recht zufrieden. Doch nun hol Er ihn schon her. Dumm ist er doch nicht und wird mich wohl verstehen, oder?«

Eilfertig nickte der Vorarbeiter dem Theatermaschinisten zu und kletterte das Gerüst hinauf bis hoch oben unter das Dach des Opernhauses. Hier oben war Leander damit beschäftigt, die Verzapfungen des Dachstuhls zu überprüfen. Die Spannweite des Daches war beängstigend, und der Vorarbeiter hatte im Stillen drei Kreuze gemacht, dass er den Taubstummen dort hinaufschicken konnte, um die Statik zu kontrollieren. Auf dessen Urteil konnte er sich verlassen. Außerdem schien er noch weniger Angst vor der Höhe zu haben als die anderen. Als er Leander in dem verwirrenden Dickicht der vielen hundert Balken erreicht hatte, tippte er ihm auf die Schulter und deutete auf den Theatermaschinisten tief unter ihnen, der den Kopf in den Nacken reckte und mit wehenden Puffärmeln zu ihnen hinaufwinkte. »Komm runter! Er will dich sehen!« Leander nickte und begann mit dem Abstieg.

»So, so – du bist also dieser Taubstumme mit dem besonderen Gespür für Holz«, sprach Friedhelm Sproß ihn an, als sie unten waren. »Man lobt deine Arbeit und dein Verständnis als vollkommen. Verstehst du, was ich sage?«

Seit das Gehör ihn verlassen hatte, pflegte Leander bei allen Menschen, die er traf, das Spiel ihrer Lippen, die Bewegungen des Kiefers und den Tanz der Zunge hinter den Zähnen zu studieren. Er hätte ganze Traktate schreiben können über Form und Vielfalt dieser außergewöhnlichen Körperöffnung, über deren Krankheiten und Defekte, über Zahnleiden und Gerüche und was sie über den Menschen erzählten, und darüber, wie der Mund durch das Zusammenspiel Dutzender Gesichtsmuskeln eine sichtbare Sprache hervorbrachte, die den meisten Menschen verborgen blieb, weil sie sich mit dem Gehörten zufrieden gaben. Leander verstand die Menschen wohl, wenn er auf ihre Lippen sah. Also nickte er und wartete, was Friedhelm Sproß von ihm wollte.

»Du sollst auch im Feinen recht fingerfertig sein, wie mir zu Ohren kam – nicht nur im Groben. Stimmt das?«

Wieder nickte Leander.

»Fürderhin wird gesagt, du würdest Noten zeichnen, ganze Melodien sogar. Warst wohl nicht immer stumm und taub ... stimmt's?«

Argwöhnisch zögerte Leander, bevor er erneut zustimmte. War es ein Fehler gewesen, beflügelt vom Geist des Ortes immer neue Fugenanfänge, Kadenzen und harmonische Spielereien in Balken und Baugerüste zu ritzen?

»Du wirst mir im alten Schlosstheater helfen – als Technicus bei den Effektmaschinen und bei den Proben. Und wenn du das kannst, mag es so weitergehen: tags auf dem Bau – abends im Theater. Sei dir der Vergünstigung bewusst und mach dich schnell mit der Theatertechnik vertraut!«

Diesmal war Leander sich nicht sicher, ob er die Worte, die er wohl sah, richtig verstanden hatte. Was waren Effektmaschinen?

Er kannte das Wort nicht, obwohl er eine Ahnung hatte, die ihn neugierig machte. Fragend zuckte er die Schultern und öffnete die Handflächen als Zeichen seines Zweifels. Friedhelm Sproß zögerte einen Moment und meinte dann mehr zu sich selbst: »Na ja – woher sollst du das auch kennen ... Ach, komm einfach mit!«

Im Schlosstheater probte Vinzenz van Eisenmann gerade eine Arie mit der Sopranistin und versuchte zum wiederholten Male, die Dame davon abzubringen, nach dem Vorspiel des Orchesters einen halben Takt zu früh einzusetzen: »Auf der Drei, meine Liebe – nicht schon auf der Eins! Ich kann verstehen, dass Sie Ihre wohlklingende Stimme dem geneigten Publikum so früh wie möglich zu Gehör bringen möchte, aber diesen halben Takt kann Sie vielleicht noch warten – zumal es dann sehr viel richtiger klingt. Bei der Wiederkehr des Themas in Takt 24 ist die Eins durchaus recht. Aber dort ist es ja auch eine ganze und nicht eine halbe Note, so wie hier. Zu Beginn also bitte auf der Drei einsetzen! – Und jetzt bitte noch einmal! O nein! ... Aber doch bitte jetzt nicht stören, Kollege Sproß! Jetzt doch nicht!«

Verärgert ließ der Hofcompositeur die Arme sinken und brach den Einsatz für das Orchester ab. Friedhelm Sproß winkte kurz und eilte zur Bühne.

»Es hat alles seine Richtigkeit, mein lieber Eisenmann. Ich bitte Ihn lediglich um eine kleine Unterbrechung! Dieser Bursche hier wird uns bei der Effektentechnik unterstützen. Wir müssen nur einmal für einen kurzen Moment auf den Oberboden hinauf. Danach mag Er weiterprobieren.«

Verblüfft sah der Kapellmeister zu, wie Friedhelm Sproß und Leander zwischen den Kulissen auf das Dach über der Bühne kletterten und auf dem Schnürboden verschwanden. Dann – der dürre Musikus war eben im Begriff, einen erneuten Einsatz zu geben – rumpelte es so heftig im Donnerschacht, dass die Musiker im Orchestergraben vor Schreck zusammenzuckten und die Sopranistin auf der Bühne quiekte. Kapellmeister Vinzenz van Eisenmann schaute sprachlos zum Schnürboden hinauf.

Dort oben stand der fremde junge Mann, umfasste mit beiden Händen die Bretterröhre des Donnerschachts, als wollte er sie umarmen, und lächelte mit geschlossenen Augen. Mit jeder Faser seines Körpers spürte Leander Lautenschläger dem verhallenden Donner der hinabstürzenden Kugeln nach und war glücklich.

14. Mater dolorosa

Am ersten Tag nach Leanders Flucht wollte Maria einfach nicht glauben, dass er fort war, am zweiten auch noch nicht. Am dritten begann sie zu weinen und schalt sich töricht, so etwas eines Mannes wegen zu tun. In den folgenden Tagen und Wochen machte sie einen herbstlichen Strauß von Gefühlen durch, von denen sie sich längst verabschiedet zu haben glaubte. Sie fluchte und keifte, verdammte ihn und flehte nach ihm, sie litt still und zurückgezogen, dann wieder laut und vor aller Ohren, sie wurde trotzig und barsch zu den anderen ebenso wie zu ihrem Kind und schlief mit solch grimmiger Inbrunst mit dem Vorarbeiter, dass der Mann zunächst verwirrt und dann mehr und mehr verunsichert war. Als Maria ihn in der dritten Woche wieder einmal herrisch zu sich rief, war es um seine Lust geschehen, und er zog sich gedemütigt zurück. Zunächst noch geschätzt und respektiert, schien Maria alles daran zu setzen, um ihre Stellung zu untergraben und verbissen darauf hinzuarbeiten, in Schimpf und Schande davongejagt zu werden so wie früher. Fast schien es, als ob sie sich selbst zurückwerfen wollte in ihr klägliches Leben zwischen Spinnhäusern, Beischläfern und Landstraße.

Elisabeth verstand sie.

»Gib dich nicht so auf!«, zischte sie ihr aus den Tiefen ihres offenen Rachens zu. »Er ist viel wert – das aber nicht!«

So gut sie es vermochte, war sie für Maria da, nahm ihr das Kind ab, wann immer sie wollte, und gab es ihr jedes Mal nach kurzer Zeit mit den mahnenden Worten wieder: »Du bist nicht allein! Du bist Mutter!«

Nachdem der Vorarbeiter sie hatte fallen lassen, dauerte es nur wenige Tage, bis Maria völlig schutzlos dastand. Wie eine Horde Wölfe, denen kein Leittier mehr Einhalt gebietet, nahmen die anderen Männer der Sägemühle Witterung auf und streunten um die junge Frau herum. Maria versuchte, sich mit barschem Auftreten zu schützen: »Lasst mich in Ruhe, ihr geilen Böcke! Wehe, mich fasst einer an!«

Doch jetzt, da sie keinen Fürsprecher mehr hatte, fehlte ihren Drohungen die Macht. Maria wusste es nur zu genau. Wenn sie kein Freiwild werden wollte, musste sie gehen.

In diesen Tagen erreichte die Kunde von Leanders Werdegang das Tal der Sägemühle. Ein Bauer hatte ihn beim Abladen seiner Fuhre Fußbodendielen auf der Baustelle erkannt und sich nach ihm erkundigt. Zunächst glaubte er, nicht den Richtigen entdeckt zu haben, bis er begriff, dass ihr Josef dort Leander hieß. Wieder im Sägewerk angekommen, konnte er die Neuigkeit gar nicht schnell genug loswerden: »... und wisst ihr, was sie sich im Schloss erzählen? Dass er täglich den Herzog sieht! Stellt euch das mal vor: den Herzog! Heilige Mutter Gottes! Ich darf gar nicht daran denken! Er horcht in die Stämme hinein, sagen sie, und dass er mit ihnen redet. Jaja ... der versteht was vom Holz, der Josef! Aber ein seltsamer Kerl ist er schon. Warum er sich wohl mit einem falschen Namen ausgibt? – Er trifft den Herzog. Stellt euch das vor: den Herzog! Jeden Tag trifft er ihn, heißt es!«

»Nun lass mal gut sein, Hein«, schaltete der Vorarbeiter sich ein, »verdient hat er's nicht, der Stockfisch. Abgehauen ist er – einfach abgehauen. Und wir hier können sehen, wie wir klarkommen. Der soll bloß wiederkommen, dann werde ich ihm die Leviten lesen!«

Maria zitterten die Knie, als sie dies hörte. Kurz vor Sonnenaufgang stand sie auf, nahm ihr Kind, schlich zum Stall und stieg auf ihren Gaul. Als sie den Lagerplatz verließ, gewahrte sie einen buckligen Schatten am Zaun.

»Wir sehen uns wieder«, zischelte Elisabeth ihr zu, »ich weiß es!«

Maria sah sich kurz um, sagte nichts und weinte. Die Kühle der Nacht ließ ihre Wangen unter den Tränen frösteln. Auch sie wollte Elisabeth wiedersehen, diese kluge, kichernde, reiche Frau. Irgendwann. Irgendwo.

Nach sechs Stunden Ritt erreichte Maria die Anhöhe, von der herab Wanderer zum ersten Mal das herzogliche Schloss am Horizont sehen konnten. Während sie ihr Kind stillte, schaute sie versonnen hinüber und versuchte, sich ihren Leander in dieser fremden Welt vorzustellen. Es gelang ihr nicht.

Hinter der Kuppe verschwand der Weg für eine Weile wieder im Wald. Es war ein kühler Morgen nach einer klaren Nacht; der Tag versprach, warm und trocken zu werden. Noch hingen Tautropfen in den Gräsern, und die Steine am Weg trugen feuchte Hauben. Dort, wo die Sonne hindurchkam, stand warme Luft über der Landschaft – erst gegen Mittag würde ein sanfter Wind sie in den Schatten der Wälder wehen. Es roch nach Leben.

Weil sie müde war nach dem langen Ritt, fiel die Unruhe langsam von Maria ab und gab einer stillen Sehnsucht Raum. Sie sehnte sich nach diesem Mann und nach dem, was sie mit ihm noch erleben wollte. Zwei Krähen hockten vor ihr am Wegesrand auf einem Tierkadaver und zerrten an dessen Eingeweiden. Als Maria herangeritten kam, stiegen sie auf, drehten ein paar Kreise und ließen sich hinter ihr wieder auf dem blutigen Aas nieder. Wenige Schritte weiter machte der Weg einen Bogen und führte durch eine Senke, über der sich zaghaft die Kronen der Eichen und Buchen zu einer Decke schlossen. Von beiden Seiten drängte dichtes Unterholz in die Schneise hinein. In der Ferne trommelte ein Specht.

Die drei Männer standen so plötzlich vor ihr, dass Maria wie aus einem Traum hochschreckte. Bevor sie reagieren konnte, griff der erste schon nach ihrem Zügel und hielt sie an. Er schien sehr stark zu sein.

»Ei, wen haben wir denn da! Sieh mal einer an!«

Seit Maria mit ihrem unehelichen Kind vor einem knappen Jahr mit Schimpf und Schande aus der Stadt gejagt worden war, hatte sie mehrmals Wegelagerer getroffen. Inzwischen wusste sie auch, wie sie sich und ihr Kind vor solchen Gestalten schützen konnte. So war ihre erste Reaktion auch jetzt, keine Angst zu zeigen. Sie richtete sich auf und suchte den Blick des Anführers: »Lasst mich durch! Gleich hinter mir kommt die Postkutsche. Es wäre besser, die Wachen würden euch nicht sehen. Macht euch davon!«

»So, so ... die Postkutsche! Habt ihr das gehört: die Postkutsche! Ha! Dass ich nicht lache! Die kommt erst am Nachmittag, mein Liebchen!«

Der Wortführer, ein vielleicht dreißigjähriger Mann von gedrungener Gestalt, grinste schief von einem Kumpanen zum anderen und offenbarte dabei zwischen wunden Mundwinkeln eine eiternde Kraterlandschaft halb ausgeschlagener und verfaulter Zähne. Der Mann musste höllische Schmerzen leiden, schien sich aber nicht um sie zu scheren. Über seinen breiten Schultern saß ansatzlos der Kopf, dessen klobige Konturen von schütteren, ranzigen Haaren bedeckt wurden, in deren schulterlangen Strähnen Kolonien von Nissen klebten. Die groben Strümpfe unter den knielangen Hosen wölbten sich über Waden prall wie Schweinsblasen, die bei jedem Schritt seitwärts hin und her schaukelten. Das vollmondige Gesicht mit der zu tiefen und viel zu schmalen Nase erzählte von Jahren der Entbehrungen und Rücksichtslosigkeit. Als der Mann sein Gesicht dem ihren näherte, erkannte Maria angewidert die Kränze körniger Ungezieferbrut rund um die wunden Augen, aus denen es immerfort tränte. Am Gürtel trug er eine monströse Pistole und in der Hand einen Hirschfänger, dessen Spitze abgebrochen war. Er stank bestialisch aus dem Mund.

»Du, meine Schöne, du bist allein! Dein Balg kann dir nicht helfen – und du ihm auch nicht! Los! Zeig her, was du hast!«

Mit einer schnellen Bewegung schob er mit dem Messer Mantel und Kleid an ihren Beinen nach oben. Das schartige Metall schrammte über ihre Haut und hinterließ eine spannenlange rote Spur. Sie bekam Angst.

Soweit Maria erkennen konnte, waren die beiden anderen Männer nicht bewaffnet. Der eine schien zu hinken und hätte sie wohl kaum verfolgen können. Bei dem anderen war sie sich nicht so sicher. Wenn sie doch nur mehr von Pferden verstünde und besser reiten könnte! Vielleicht würde es ihr ja gelingen, ihren Gaul losstürmen zu lassen und dem Kerl die Zügel aus der Hand zu reißen. Doch als sie ihre Schenkel zusammenpresste und dem Tier ihre Fersen in die Flanken rammte, geschah nichts weiter, als dass der Braune unwirsch den Kopf schüttelte und der Gauner dröhnend lachte.

»Warum so eilig, schöne Maid? Willst doch wohl nicht unhöflich sein mit lieben Menschen? Solltest dich besser gut stellen mit ihnen, damit sie dich beschützen vor bösen Jaunern! Ist es nicht so, Freunde?«

Keckernd fiel der Hinkende in das Gelächter des Wortführers ein, verschluckte sich und spuckte prustend aus. Der dritte Mann verzog keine Miene.

»Siehst du wohl«, knurrte der Wortführer, »den Gabriel hast du schon böse gemacht! Der lacht nicht mal mehr – und ist doch sonst so ein fröhlicher Kerl. Los, steig ab und entschuldige dich bei ihm!«

Bei den letzten Worten kippte seine Stimme ins Brüllen, und er riss so heftig am Zügel, dass Marias Pferd zusammenzuckte und seitwärts trippelte. Als Maria fühlte, wie das Kind hinter ihrem Rücken schaukelte und rutschte, griff sie nach hinten, um es festzuhalten, doch es war zu spät. Mitsamt seiner Wiege stürzte das

Kind vom Gaul, drehte sich im Fallen und schlug kopfüber mit dem Gesicht ins Gras, das Holzbettchen über sich wie ein Joch.

Die Mutter erstarrte. In Sekundenbruchteilen schossen ihr Bilder und Erinnerungen durch den Sinn – voller Pein und Schuld und Qual: die heimlichen Treffen mit dem Pater in der Stadt, die Angst, entdeckt zu werden – sein Drängen, ihr Sträuben, seine Drohungen, ihre Kapitulation, das Entsetzen über die Schwangerschaft und die Enttäuschung über seinen Egoismus, die einsame Geburt im Hinterstübchen, ihre Schmerzen, ihre Schreie, ihr schlechtes Gewissen, weil sie wünschte, es möge tot sein oder schnell sterben. Die Stunden am Pranger und das Brennen der Peitsche, der Hohn und die Heuchelei der Menschen, der Ekel, wenn sie sie anspuckten, die Vertreibung – und schließlich ihre Mutterliebe, die so zu nennen sie sich kaum traute, weil das Gefühl in ihr immer noch nicht war, wie es hätte sein sollen ... Und jetzt, als ihr Kind unter seinem Bettchen begraben lag, vielleicht sogar tot war, spürte sie auf einmal die ganze Liebe, die zu fühlen sie sich nicht erlaubt hatte.

Maria schrie auf und sprang vom Pferd.

»Unhold! Kindsmörder! Monster! Es ist tot! Du hast es getötet!«

All ihre Versäumnisse, all ihr Scheitern und ihre Verfehlungen als Mutter schwangen mit in ihrem Hass auf diesen ekelhaften Mann. Sie stürzte sich mit wirbelnden Fäusten auf ihn, schreiend und kreischend, kratzend und spuckend, trommelte auf ihn ein wie eine Furie und erkannte voller Hilflosigkeit, dass es sinnlos war, diesen Mann zu verprügeln, der so viel stärker war als sie, anstatt sich um ihr Kind zu kümmern, das dort im Gras lag und nicht zu sehen war unter seinem Bettchen. Vielleicht lebte es ja doch und brauchte ihre Hilfe! Doch sie schrie und wimmerte weiter, verausgabte sich an dem elenden Kerl, der verwirrt zurückwich vor ihrem Toben, das nicht seinen Regeln entsprach. Vor Schreck hatte er längst den Hirschfänger fallen lassen und streckte abwehrend seine Arme aus.

»Hörst du wohl auf! Lass das! Was soll denn das?«, rief er mehr verwundert als erbost und steckte derweil einen Treffer nach dem anderen ein. Und zu seinen Kumpanen gewandt, schrie er: »He! Schafft mir dieses Weib vom Hals!«

Wieder und wieder wich der Mann aus wie ein tänzelnder Boxer, trat hierhin und dorthin, vor und zurück, stolperte schließlich über das Wiegenbettchen zu seinen Füßen, schleuderte es mit einem Tritt zur Seite und drehte dabei das Kind auf den Rücken. Als er in das kleine Gesicht blickte, schrie er auf.

An Stirn und Wangen des Säuglings klebten Grashalme und Blätter, welche sich in die mit Sand und Erde bedeckte Haut gedrückt hatten. Aus dem zum Schrei geöffneten zahnlosen Mund ragte ein kleiner Zweig, als ob er darin wüchse. Blut rann aus der zerschundenen winzigen Nase, bahnte sich seinen Weg an Hals und Wangen hinunter und verfolgte den Hirschkäfer, der hastig über das Kinn des Kindes zu entkommen suchte. Das Kind lebte. Wie schwarze Perlen glänzten die Augen zwischen den Blättern, mühsam schob und drückte die kleine Zunge gegen den Unrat im Mund, während die Ärmchen in der Luft nach Hilfe suchten. Plötzlich reckten die kleinen Hände sich dem Wegelagerer entgegen. Den überkam ein Grausen, als hätte der leibhaftige Teufel ihn entdeckt und greife nach ihm in Gestalt dieses gespenstischen Kindes. Es schien ihn an die Untaten zu gemahnen, deren er einst schuldig geworden war, damals, in jenem einsamen Bauernhaus. Die Bäuerin hatte er geschändet und ihr Kind gemeuchelt, was er vergessen zu haben glaubte, denn es war nicht der erste Mord von seiner Hand gewesen – wohl aber der erste an einem Kind. Jetzt kam die Erinnerung zurück und mit ihr die Gewissheit, dass er für dieses Verbrechen schmoren würde in der Hölle bis ans Ende der Zeit und dass dieses bizarre Kindergesicht im Unterholz ihn nicht mehr loslassen würde bis in alle Ewigkeit.

In flatternder Angst machte der Mann sich frei von Maria, die ihr Kind erst jetzt gewahrte und schreiend zu ihm stürzte. Dann rannte er los, sprang ins Unterholz und kämpfte sich wie irr durch die Büsche, die nach ihm peitschten und ihn zu greifen schienen. Seine Gefährten, die ihren Anführer auf der Flucht wähnten vor einer plötzlichen Gefahr, stolperten hinter ihm her und riefen laut aus Sorge, sie könnten ihn im Wald verlieren. Binnen Sekunden waren die drei verschwunden.

Mit Händen, Zähnen und Lippen machte Maria sich daran, ihr Kind von Blättern, Zweigen und Erde zu befreien. Sie wischte, zupfte und liebkoste es in einem fort, griff zitternd in den kleinen Mund, holte alles heraus, horchte gierig nach dem Atem und weinte vor Freude, als sie ein Röcheln und dann ein Greinen vernahm. Bis auf die Abschürfungen an der Nase schien ihr Kind völlig unversehrt zu sein. Da sackte sie erleichtert zusammen, bedeckte das Kind mit Küssen und schwor sich, um seinetwillen fortan ein rechtschaffenes Leben zu führen.

Am späten Nachmittag trat eine junge Frau mit einem Säugling auf dem Arm vor die Tür ihres Hauses vor den Toren von Ludwigsburg. Seit Wochen pflegte sie ihren schwer verletzten Mann, und niemand half ihr im Haushalt. Sie hatte mehrmals Ausschau gehalten, ob ihr eine bedürftige Frau vielleicht zur Hand gehen konnte, und zwei- oder dreimal hatte sie schon geglaubt, die Richtige gefunden zu haben. Doch jedes Mal hatte eine Stimme ihr geraten, die fremden Frauen ziehen zu lassen. Als Maria kam, wusste Charlotte, dass ihre Suche ein Ende hatte. Sie winkte zu ihr hinüber und gab ihr Zeichen, näher zu kommen.

»Weißt nicht wohin mit deinem Kind?«, sprach sie die Reiterin an, die verwundert ihren Braunen anhielt. »Willst weg von der Straße, nehm ich an. Ist doch so, oder?«

Maria nickte. Die andere hatte ein offenes Gesicht. Sie mochten wohl im selben Alter sein.

»Ich hätt' da ein Bett für dich und den Jungen«, fuhr die Frau fort, »und dein Pferd könnte zum Bauern. Musst mir aber helfen im Haus. Und wenn du kannst, still meinen Kleinen mit! Ich kann's nicht mehr so recht. Hab einfach nicht genug.« Dabei wies sie entschuldigend auf ihre Brust und lächelte scheu. »Zahlen können wir nichts, mein Mann und ich. Es soll dein Schaden aber nicht sein. Wenn du magst, komm rein. Ich heiß Charlotte.«

»Und ich Maria. Ich bin ehrlich. Und für deinen Kleinen wird die Milch wohl mit reichen.«

Damit stieg Maria ab, band den Braunen fest und folgte Charlotte zur Tür. In den folgenden Wochen half sie im Haus, wo immer sie konnte. Sie versorgte Ziege, Gans und Hühner und kümmerte sich um Charlottes drei Kinder ebenso liebevoll wie um ihr eigenes. Charlotte dankte es ihr von Herzen, weil sie endlich einmal durchatmen und ruhiger schlafen konnte und mehr Zeit hatte für ihren Mann. Der Zimmermann war zwar außer Lebensgefahr, doch die schwere Kopfverletzung, die ihm der Eichenbalken auf der Baustelle des herzoglichen Opernhauses zugefügt hatte, machte ihn noch für Wochen zum Pflegefall.

15. Toccata

Kapellmeister Vinzenz van Eisenmann bewohnte drei Räume im Obergeschoss des herzoglichen Schlosses. Die Wohnung war überladen, protzig und unpraktisch und eigentlich viel zu groß für einen einzelnen Mann wie ihn, ganz ohne Familie und mit nur einem Kammerdiener. Manchmal, wenn er sich schlecht fühlte, schien es ihm, als seien die riesigen, vor nutzlosem Nippes und ausladenden Möbelstücken überquellenden Räume nur dazu da, ihn noch kleiner und schmächtiger wirken zu lassen, als er ohnehin schon war. Dann fühlte er sich verloren und überhaupt nicht zu Hause in dieser großzügigen Suite, um die viele am Hof ihn beneideten. In dieser Umgebung kamen ihm sogar seine geliebten Instrumente wie Fremdkörper vor, die ihm weder Trost spenden noch Ablenkung bieten konnten. Falls sein Konkurrent, dieser unsäglich lärmende und von sich selbst überzeugte Tiefenbacher aus Magdeburg, ihn tatsächlich eines Tages von seinem Posten verdrängen sollte, wäre es wenigstens um die Wohnung nicht schade. Dann, so tröstete sich Vinzenz van Eisenmann, würde er in der Stadt eine Mansarde mieten – gerade groß genug für sich selbst und seine Instrumente –, würde komponieren, betuchten Damen Klavierunterricht geben und in aller Stille und ohne schlechtes Gewissen an seiner Farbenorgel tüfteln.

Doch noch wohnte er hier im Schloss und hatte nicht vor, sich von diesem ungehobelten Dilettanten Tiefenbacher ins Bockshorn jagen zu lassen. Zufrieden und voller Kampfeslust dachte er an seinen ersten Teilerfolg in der Fürstenloge zurück: Damit hatte er das Orchester wieder für sich gewinnen können. Kein Wunder, dass ihm daraufhin in einem plötzlichen Schaffensrausch anderthalb Akte seiner neuen Oper mit einer derartigen Geschwindigkeit und Qualität aus der Feder gesprüht waren, dass sogar ein Johann Sebastian Bach respektvoll die Augenbrauen gehoben hätte. Doch dann kam es, wie es schon so oft gekommen war: Sobald der kleine dürre Musikus sich seiner Fähigkeiten erneut vergewissert hatte, wähnte er sich in Sicherheit, wurde unstet, schweifte ab und merkte eines Tages, dass er schon drei Tage lang nichts mehr geschrieben hatte. Dann waren es vier, dann eine Woche ... Doch was hieß das schon! Morgen war auch noch ein Tag, und seine Farbenorgel wartete, sein *Sonocouleur*, wie er es nannte.

Die Idee dieses *Sonocouleurs* bestach durch ihre klare Kühnheit: Es galt, diejenigen Farben, die der Musikus bisweilen bei bestimmten Tönen sah, den entsprechenden Tasten eines Instruments zuzuordnen. Das Betätigen derselben würde Farben zum Leuchten bringen, und auf diese Weise würde auch den vielen nicht mit der Gabe der Synästhesie gesegneten Menschen eine farbige Musik sichtbar gemacht. Überwältigende Farborgien sollten bei Akkorden oder virtuosen Läufen erstrahlen – in einen wahren Taumel wollte er die Sinne der Zuhörer und Zuschauer stürzen! Der Regenbogen sollte verblassen angesichts der kühnen Farbkaskaden in Vinzenz van Eisenmanns Kompositionen für das *Sonocouleur*!

Doch welche Tücken barg die praktische Ausführung dieser Idee! Jede freie Minute sägte, schraubte, klebte und bastelte er an seinem Instrument, von dem zunächst niemand bei Hofe etwas wusste, bis es als geheimnisvolles Gerücht kursierte, das seinen Weg durch die Schar der Höflinge nahm und eines Tages auch dem Herzog zu Ohren kam.

»Was treibt Er denn da für interessante Forschungen, unser Musikus?«, sprach der Fürst ihn eines Abends an. »Sollte Er gar so etwas wie ein Alchimist der schönen Künste sein, unser Eisenmann? Ihm sei versichert, dass Seine Neigungen bei Hofe durchaus Akklamation finden. Mag Er also fortfahren und von Zeit zu Zeit berichten. Kluge Köpfe sollen bei Hofe mit Anstand sich entfalten können – vorausgesetzt, die Pflichten im Amte nehmen darunter nicht Schaden.«

Doch genau hier lag das Problem: Interesse und Huld des Herzogs erlahmten in dem Maße, als ihm deutlich wurde, dass das *Sonocouleur* weit davon entfernt blieb, die Theorien seines Erfinders in der Praxis zu bestätigen, während zugleich die eigentliche Arbeit des Hofcompositeurs mehr und mehr in Mitleidenschaft gezogen wurde.

Das seltsame Instrument stand im hintersten Raum seiner Suite. Als Basis diente ein Orgelpositiv, dessen Tonumfang über dreieinhalb Oktaven reichte. Später, so träumte Vinzenz van Eisenmann nächtens in seinem riesigen Himmelbett, später würde er das endgültige *Sonocouleur* aus einer richtigen Orgel bauen, mit einem 16-Fuß-Bass und vielen tausend Pfeifen. Dies würde sein Lebenswerk werden. Doch zunächst galt es, seine Theorien an einem kleineren Instrument zu beweisen.

Die größten Probleme, so hatte er während seiner jahrelangen Bastelei erfahren müssen, lagen in der Lichtausbeute und in der Steuerung der Lichtquellen seiner Farbenorgel. Er hatte sich überlegt, dass oberhalb der Orgelpfeifen für jeden einzelnen der vierundvierzig Töne eine Kerze ihr Licht durch eine farbige Glasscheibe hindurch nach vorne werfen sollte. Eine drehbare Blende vor der Kerze würde das bunte Licht nur für den Zeitraum hindurchlassen, in welchem die Taste gedrückt blieb und der Ton erklang.

Die Kerzen vom Leuchtmittelvorrat für die zahlreichen Festbeleuchtungen bei Hofe abzuzweigen, war ein Leichtes. Doch als Eisenmann sie alle montiert und angezündet hatte, zeigte sich schnell: Da sie auf seinem Instrument zu nahe beieinander standen, störten sich die Flammen gegenseitig, sie brannten viel zu unruhig und ungleichmäßig und leuchteten nicht hell genug. Außerdem tropfte immer wieder Wachs auf seine Farborgel und verklebte die filigrane Mechanik für die Bedienung der Lichtblenden. Diese Blenden! Auch die vermaledeiten Verdunkelungsklappen waren eine einzige Katastrophe! Ganze Nächte hatte Vinzenz van Eisenmann sich schon mit ihnen abgeplagt und war manches Mal schier verzweifelt, weil es ihm einfach nicht gelingen wollte, sie mittels kleiner Holzhebel und Fadenzüge an die Tastenmechanik des Spieltisches anzukoppeln. Entweder ging die ganze Apparatur so schwer, dass es ihm kaum noch möglich war, die Tasten niederzudrücken, oder die Mechanik quietschte und schabte so laut, dass die Musik kaum noch zu hören war. Immer wieder versagten die Seilzüge, sie rissen oder hingen schlaff herab. Zu allem Überfluss fiel ihm eines Abends auch noch eine der Kerzen um, schüttete ihr Wachs in die hölzerne Pfeife des tiefen A hinein und hätte beinahe das ganze Instrument in Brand gesetzt. Seit jenem Abend hielt er immer einen Eimer mit Löschwasser bereit.

Am Donnerstag Mittag nach der Morgenprobe schwankte Vinzenz van Eisenmann einen kurzen Moment, ob er mit der Instrumentierung der Ballettmusik für den dritten Akt seiner Oper fortfahren oder sich doch wieder seinem Steckenpferd widmen sollte. Wie zum Alibi kramte er seine Notenblätter hervor, schrieb zwölf Takte für Blasinstrumente auf, entschärfte eine virtuose Phrase, sodass sie für den Flötisten leichter spielbar wurde, und packte die Noten nach nur zehn Minuten wieder fort. Den Rest würde er am Wochenende erledigen. Doch jetzt musste er das Problem mit den Fadenzügen für die Lichtblenden lösen.

»Waldemar! ... Waldemar? Wo steckst du denn bloß wieder? Waldemar!«

»Hier bin ich, Monsieur!«

Mit gelangweilter Miene, die seine dienstbeflissene Stimme Lügen strafte, trat Vinzenz van Eisenmanns Diener und Kopist Waldemar Winterberg aus der Tapetentür neben dem Vitrinenschrank hervor. Unauffällig drehte der kräftige junge Mann sich ein wenig zur Seite, damit sein Herr nicht sah, wie er die letzten Knöpfe an seinem Hosenlatz schloss, an dem sich noch vor wenigen Augenblicken die schwarzhaarige Hilfsköchin aus der Imbissküche des Herzogs zu schaffen gemacht hatte.

»Hast du mir die Seidenfäden besorgt?«

»Naturellement, Monsieur. Sie liegen auf dem Virginal. Sie waren aber fast doppelt so teuer. Ich musste Geld vorstrecken ...«

»Ja, ja, ja ... natürlich willst du wieder Geld von mir! Immer willst du Geld! Und wofür? Deine Liebschaften werden dich noch in den Ruin treiben!« Der Hofmusikus rollte ärgerlich mit den Augen. »Wo sind die Fäden?«

»Auf dem Virginal, Monsieur. Auf der Rolle sind fünfzig Ellen – das sollte reichen.«

»Mon dieu! Was soll ich mit fünfzig Ellen? Ich brauche doch höchstens zwanzig! Zwanzig solltest du holen! Warum tust du nie, was ich dir sage? Natürlich reicht das Geld nicht für fünfzig Ellen!«

»Der Schneider wollte nur die ganze Rolle verkaufen, ... und es werden doch sicher wieder einige reißen ...«

Jedes Wort und jede Geste des Kopisten drückten nur zu deutlich aus, was Waldemar Winterberg von den Basteleien seines Herrn hielt: gar nichts. Anfangs hatte Eisenmann noch gehofft, Waldemar für das *Sonocouleur* begeistern und ihn für die eine oder andere Handreichung heranziehen zu können. Doch sie hatten sich nur gestritten, sodass er es nach wenigen Wochen aufgegeben und fortan lieber alleine weitergetüftelt hatte. Außerdem stellte Waldemar sich handwerklich noch ungeschickter an als sein Herr. Das Einzige, was er konnte, war, zügig Reinschriften von Partituren und Orchesterstimmen anzufertigen und dabei die Flüchtigkeitsfehler seines Herrn auszumerzen. Nicht nur wegen dieser Qualitäten hatte Vinzenz van Eisenmann bislang der Versuchung widerstanden, seinem Kopisten zu kündigen. Es gab noch einen weiteren Grund, warum er ihn in seinen Diensten hielt: Waldemar hatte sich mit den Jahren so an seinen Herrn gewöhnt, dass er es als persönlichen Affront empfand, dass ein anderer Musikus seinem Herrn bei Hofe Konkurrenz machte. Insofern – dessen war Vinzenz van Eisenmann sich absolut sicher – würde sein Kopist ihm gegenüber immer loyal sein. So hatte sein Groll auf den schlampigen Gehilfen etwas von einem Ritual, von dem beide wussten, dass es ohne ernsthafte Konsequenzen bleiben würde.

»Deine Impertinenz beginnt mich zu ärgern, Waldemar. Die Fäden werden nicht mehr reißen, weil die Seide fester ist. Du hast einfach zu viel gekauft! Und jetzt nimm dir den ersten Akt vor und fahre mit der Reinschrift der Orchesterstimmen fort! Guten Tag!«

Murrend verschwand der Kopist wieder in den verborgenen Stuben und Gängen hinter den Prachträumen des Schlosses. Vinzenz van Eisenmann nahm die Garnrolle vom Virginal, spulte ein wenig von dem Faden ab und zog daran. Das fühlte sich deutlich besser an als die faserigen Bindfäden, mit denen er sich bisher abgeplagt hatte. Leise vor sich hinsummend machte er sich daran, die alten Seilzüge aus seiner Farborgel herauszupulen und durch die Seidenstränge zu ersetzen. Mit spitzen Fingern knotete er die neuen Fäden an die Wippen der Tastenmechanik, führte sie über Umlenkröllchen hinter dem Instrument nach oben und verband sie mit den drehbaren Verdunklungstafeln vor den Kerzenhaltern. Die Arbeit war mühsam und strengte die Augen an.

Als die ersten Strippen straff gezogen waren, zündete Vinzenz van Eisenmann die Kerzen an, hockte sich vor das Portativ, betätigte den Blasebalg und drückte erwartungsvoll die Tasten nieder. Näselnd quäkte das Örgelchen eine kleine Kadenz von G über F zurück nach C. Na bitte: Jetzt setzten die Tasten dem Druck seiner Finger entschieden weniger Widerstand entgegen. Etwas ungleichmäßig war der Anschlag zwar noch, aber mit ein wenig Feinjustierung der Mechanik würde er das wohl hinkriegen. Wieder spielte Vinzenz van Eisenmann einige Arpeggien und versuchte ein paar Triller und schnelle Läufe. Doch als der Musikus nach oben schaute, um das Spiel der Leuchtblenden vor den Kerzen zu beobachten, musste er zutiefst enttäuscht bemerken, dass die Drehklappen vor den Lichtquellen sich kaum bewegten! Die Seide war einfach zu elastisch. Der Anschlag ging nur deshalb leichter, weil die Seilzüge die Lichtblenden gar nicht mehr betätigten. Drei, vier Täfelchen deuteten eine müde Drehung an. Die anderen standen starr und unbeweglich.

Wie zum Hohn flackerten die Kerzen auf dem Instrument in ihren selbst erzeugten Turbulenzen und zeichneten zuckende Schatten auf die Wände des Zimmers. Resigniert stützte Vinzenz van Eisenmann sich mit beiden Unterarmen auf die Tastatur und seufzte in die aufheulenden Dissonanzen seiner kleinen Orgel hinein. Was sollte das nur alles? Wäre es nicht am besten, das ganze Unternehmen aufzugeben? Müde sackte der Kopf auf die Puffärmel, der Hofcompositeur schloss die Augen und registrierte traurig, dass im Moment noch nicht einmal er in der Lage war, die Farben der Töne zu sehen. Leise fauchend erstarb die Orgel, dann war es still im Raum. Doch plötzlich schreckte der Musikus vor Schmerz hoch.

»Herrgott sakra! Hundsfott, vermaledeiter!«

Wieder war eine Kerze ausgelaufen. Ihr heißes Wachs hatte sich einen Weg zwischen den Orgelpfeifen hindurch gebahnt und sprühte dem Hofcompositeur wie ein kochender Wasserfall in den Nacken. Wütend sprang der kleine Mann auf, riss den Löscheimer hoch und goss den Inhalt in unbeherrschtem Schwung so heftig über das Instrument, dass eine Gischt aus Wachs und Wasser die Orgelpfeifen ersäufte und klatschend gegen die Wandtapete brandete. Mit allen zehn Fingern griff er in das filigrane Geflecht der Steuerfäden, riss sie heraus und schüttelte sie von seinen Händen, als wären es eklige Spinnenfäden.

»Weg damit! Alles Plunder! Alles Dreck! Weg mit dem Mist!«

Tobend vor Wut fiel er über die kleine Orgel her, zerrte und hebelte an den Holzpfeifen, bis sie knirschend aus ihrer Halterung brachen, und warf sie an die Wand. Mit beiden Fäusten trommelte er auf die Tastatur ein, mit den Füßen traktierte er das Gehäuse, bis ihm die Zehen schmerzten. Dann stemmte Vinzenz van Eisenmann sich mit dem ganzen Gewicht seines schmalen Körpers gegen das Instrument, schob es quer durch den Raum und warf es endlich um.

»So! Das soll wohl reichen!«, keuchte er. »Das soll wohl reichen!«

Schwer atmend blieb er stehen, schwankte und sah sich um nach den Spuren der Zerstörung. Ein dunkler Nässefleck kroch zögernd die Wandtapete empor, vom Canapé troff es trübe aufs Parkett. Überall lagen Orgelpfeifen, Glassplitter und Kerzenreste herum. Nein, es reichte noch nicht!

Noch einmal nahm der kleine dürre Mann alle Kraft zusammen, schulterte das zerschmetterte Instrument und schleppte es auf zitternden Beinen hinaus in den Flur. Strauchelnd und wankend tastete er sich die Treppe hinunter, suchte die nächstbeste Tür ins Freie und nahm den Weg zur Latrine hinter der Schlosskapelle. Noch vor dem Gestank erreichten ihn die Fliegen: dicke aufdringliche Brummer, die seinen Kopf umschwärmten, sich auf seinem Schweiß niederließen und über seine Lippen krabbelten. Prustend und Grimassen schneidend versuchte er sie zu vertreiben, während die Hände krampfhaft den Kasten auf seinen Schultern hielten.

Die Latrine war wohl die größte Fehlplanung beim Bau des Schlosses gewesen. Viel zu dicht hinter der Kapelle gelegen, machte sie den Besuch der Messe bei warmem Wetter zur Qual. Zwei Sommer lang hatte der Herzog die Belästigungen und den Ekel ignoriert und seinen Hofstaat zum Besuch der stinkenden Kapelle gezwungen. Zwei Sommer lang ertrug die höfische Gemeinde die immer wiederkehrenden Anspielungen des Mannes auf der Kanzel, wenn er von biblischen Plagen predigte, während die Fliegen um sein Haupt kreisten. Erst als der Herzog eines Abends auf eine dicke Schmeißfliege biss, die im Messwein dümpelte, hatte er ein Einsehen und mied fortan den geweihten Ort, wenn es heiß war.

Mit letzter Kraft erreichte Vinzenz van Eisenmann die Kloake hinter der Apsis. Dann konnte er nicht mehr und ließ den Kasten fallen. Das *Sonocouleur* klatschte mit einem letzten blubbernden Tröten seiner Orgelpfeifen am Rand der Latrine in den Sumpf aus Exkrementen, Abfällen und verfaulten Essensresten und bespritzte seinen Erbauer mit einer Fontäne stinkender Gülle.

An diesem Abend begriff Waldemar Winterberg schnell, dass mit dem Hofcompositeur nicht zu spaßen war. Während er die Wohnung säuberte, duckte der Kopist sich unter der Wut seines Herrn, der wieder und wieder wie eine Furie zu ihm hereingeschossen kam und ihn mit schriller Stimme zur Arbeit antrieb.

Spät am Abend, als die gröbste Unordnung beseitigt war, komponierte Vinzenz van Eisenmann in seinem unsäglichen Zorn eine Szene mit Mord und Verzweiflung und einer Arie für Tenor. Als er am nächsten Morgen mit Watte im Schädel erwachte, erkannte er seine eigene Musik nicht wieder. Sie war besser als alles, was er je geschrieben hatte.

16. Nachklänge aus dem Theater

Hätte der neue Hofcompositeur Paul Tiefenbacher von den heimlichen Enttäuschungen seines Konkurrenten Eisenmann mit dem *Sonocouleur* Kenntnis gehabt, wären seine eigenen Rückschläge ihm vielleicht erträglicher erschienen. Das Desaster mit der Donnermaschine hatte in Paul Tiefenbacher nicht etwa die Einsicht geweckt, dass es seinen Werken an musikalischer Substanz mangeln könnte – im Gegenteil: Da er beschlossen hatte, Zweifel an seinen eigenen Fähigkeiten für schlechterdings undenkbar anzusehen, schob er Misserfolge einfach auf die mangelhafte Bauweise der Effektmaschinen und auf die Tölpel, die sie bedienten.

»Das soll ein Donner sein?«, tobte er eines Abends bei einer neuerlichen Probe seiner Ouvertüre. »Ein Gemurmel ist das, sage ich, nichts als ein Gemurmel. Und es hat weder Anfang noch Ende, weil der unsägliche Mensch dort oben auf dem Schnürboden die Kugeln in den Schacht gleiten lässt, anstatt sie mit Nachdruck hineinzuschleudern. Und außerdem sind es zu wenige. Und zu leicht sind sie obendrein! Ich will ein Gewitter, Herrschaften, und kein Gesäusel! Sproß! Wo ist Sproß! Ich brauche ihn hier!«

Paul Tiefenbacher wusste genau, dass der Theatermaschinist nicht zugegen war und ihn nicht hören konnte. Nur deshalb getraute er sich, vor dem Orchester so barsch und unfreundlich nach ihm zu fordern. Immerhin genoss Friedhelm Sproß bei Hofe einen herausragenden Ruf und eine Stellung, die Tiefenbacher sich erst noch würde erarbeiten müssen.

»Ist denn niemand da, der die Effekte verbessern kann? Am liebsten die Windmaschine noch dazu. Man hört sie ja kaum!«

Fragend schaute Tiefenbacher von einem Musiker zum anderen, erntete aber nur indifferente Blicke und vages Schulterzucken. Schließlich erbarmte sich ein Cello und wies mit dem Bogen schräg hinter die Bühne.

»Es gibt da einen Neuen. In der Werkstatt.«

»Welcher Neue?«

»Der Theatermaschinist hat ihn mitgebracht. Er soll Ihm und ...« – der Cellist zögerte einen Moment und hob dann vernehmlich die Stimme – »... dem Hofcompositeur bei der Effektmaschinerie assistieren.«

Paul Tiefenbacher hatte die Anspielung wohl verstanden. Schnaufend hielt er sich an seinem Tambourstab fest und blitzte den Musiker an: »Dann hole Er ihn!« Betont langsam stand der Cellist auf und stieg aus dem Orchestergraben.

Leander Lautenschläger hockte auf einem Schemel in der Werkstatt zwischen einem halb fertig bemalten Gebüsch aus Latten und Leinen und den mächtigen Schneckenwalzen einer Wellenmaschine, die neu bespannt werden mussten. An der rückwärtigen Wand lehnte das mannshohe Holzmodell einer Kogge neben einem ausrangierten Kulissenwagen. In der Werkstatt roch es nach Staub und Lack, Muff und Schimmel, nach öligem Metall und Holzspänen. Zwischen den Knien hielt Leander einen handtellergroßen Holzring eingeklemmt und schmirgelte mit gleichmäßigen, kreisenden Bewegungen die Bohrung glatt. Ab und zu tastete er mit den Fingerspitzen nach Riefen und Graten, hielt das Teil gegen das Licht, klemmte es wieder zwischen seine Beine, nahm eine feinere Körnung und schmirgelte weiter. In einer offenen Lade der Schreinerbank wartete noch mindestens ein weiteres Dutzend Holzkringel auf den letzten Schliff von seiner Hand. Es waren Führungsringe für die Seile der Soffittenzüge, an denen die Dekorationen hinauf- und heruntergezogen wurden. Je glatter die Bohrung, desto leichter glitten die Seile hindurch, desto weniger wurden sie aufgeraut und desto länger hielten sie. Wenn Leander die Ringe schliff, wurden sie glatt wie Porzellan.

Der Cellist trat ein und hielt verblüfft inne. Eine Wolke feinsten Holzstaubs, die im Gegenlicht zu atmen schien, umhüllte Leander wie eine Aura. Die breiten Schultern des jungen Mannes hoben und senkten sich im Rhythmus seiner Schleifbewegungen. Am erstaunlichsten jedoch waren die Töne, die von diesem Mann ausgingen. Ganz in seine Arbeit versunken, hatte Leander, ohne es zu merken, leise zu singen begonnen. Es war ein eigentümlicher Gesang, der den Musiker zugleich rührte und verstörte. Wale mochten vielleicht so singen, wenn sie nach ihren Partnern suchten, Wölfe vielleicht. Ohne die Kontrolle durch sein Gehör nahm Leanders Bariton sich befremdliche Freiheiten heraus: Kehlig und gurgelnd umkreiste er vermeintlich sauber getroffene Töne und Intervalle, die Stimme modulierte und changierte in einem fort, kippte von Brust- in Kopfstimme, kiekste, brummte und schnarrte in stetigem Wechsel. Kaum erkennbare Reste alter Madrigale, deren Melodien und Texte verzerrt klangen, vermischten sich mit angedeuteten Kadenzen, deren Tonumfang weit über das Vermögen seiner Stimme hinausging. Zwischendurch erstrahlten immer wieder reine Naturtonintervalle, die der Taube wie im Traume traf. Für Leander selbst war sein Singen mehr ein Vibrieren und Resonieren des ganzen Körpers, das er in sich spürte wie die Katze das Schnurren.

Plötzlich verstummte der exotische Gesang, und Leander drehte sich um.

Verlegen lächelnd ging der Cellist auf ihn zu.

»Komm mit! Es gibt Arbeit!«

Leander stand auf, klopfte das Holzmehl von Hose und Händen, dass es nur so staubte, und folgte dem Musiker ins Theater. Als sie eintraten, übte Tiefenbacher gerade mit den Bratschen eine exponierte Passage, die nicht recht gelingen wollte. Leander erkannte den Musikus aus der Kutsche sofort.

»Weicher, meine Herrschaften, weicher! Und etwas mehr Aplomb auf die schwere Taktzeit, wenn ich bitten darf! Weicher und zugleich mit mehr Konturen muss es klingen. Also noch einmal!«

Wieder spulten die Bratschen die Passage lustlos herunter. Ihr Ton war so leblos und trötig wie zu ihren schlechtesten Zeiten unter Vinzenz van Eisenmann. Takt und Metrum blieben ebenso unscharf wie beim Durchgang zuvor. Voller Ärger rammte Paul Tiefenbacher seinen Tambourstab in den Holzboden und gebot dem Gefiedel Einhalt.

»Aus! So geht das nicht, meine Herrschaften. Nicht so! Machen wir es lieber im Tutti.« Dann, als Leander und der Cellist in den Saal traten, rief er: »Ah! Da ist Er ja! – Ich brauche mehr Donner. Kann Er mir die Maschine nicht ...«

Jetzt sah Paul Tiefenbacher Leander ins Gesicht und stutzte. »Ich kenne Ihn doch! Wo hat Er ...?«

Mit stillem Vergnügen beobachtete Leander, wie Tiefenbacher in seinem Gedächtnis grub, im Geiste alle erdenklichen Schubladen öffnete und ihn doch nicht darin fand. In diesen langen, stockenden Sekunden sah Leander den Magdeburger Musikus Paul Tiefenbacher in seiner ganzen Niedertracht: Wieder nahm er deutlich den Grobian und Egoisten wahr, den Opportunisten und Feigling hinter dem auftrumpfenden Gehabe, den schwachen Musiker, den ordinären Geist. Und in schmerzlichem Kontrast dazu Hertha: schlank und offen, sensibel und voller Lebensgier. Da wusste Leander, dass er gut daran tat, sie ihm wegzunehmen. Denn sie verkörperte die Musik, sie war das Leben – wenn auch auf eine andere Weise, als Tiefenbacher es sich je würde vorstellen können. Dieser Mann hatte keine Ahnung, wen er an seiner Seite hatte und zu welchen Leistungen seine Frau fähig war, wenn man sie nur zum Klingen brächte. Er, Leander, würde es tun. Und dieser Tölpel von Tiefenbacher würde sie zusammenführen. Denn Leander wusste: Heute Abend würde der Musikus seiner Frau die Neuigkeit erzählen: »Stell dir vor, wen ich getroffen habe, hier im Schloss! Dieser taube Bursche von unserer Kutschfahrt ist hier. Erinnerst du dich? Die Havarie mit der Kutsche! Und ausgerechnet der soll mir bei den Effektmaschinen helfen. Ein Landstreicher! Ein

Taubstummer! Ist es denn möglich? Ausgerechnet ein Taubstummer, ein Krüppel! Immerhin versteht er, was man von ihm will. Ich hab ihm sogleich bedeutet, wer das Sagen hat und was ich von ihm erwarte. Wir werden sehen, was dabei herauskommt. Ein Taubstummer! Unglaublich! Du erinnerst dich doch an diesen Kerl? Wenn's nicht geht, muss der Sproß mir einen anderen holen. Das steht fest ...« So oder ähnlich würde er Hertha von Leander berichten. Während ihr Mann prahlte, würde ein Schauer sie durchfahren, den er nicht bemerken würde oder den sie ihm leichthin mit einem momentanen Unwohlsein würde erklären können. Nichts würde er mitbekommen, der grobe Mensch Paul Tiefenbacher, gar nichts! Leander hatte keinen Zweifel, dass es genau so geschehen würde. Doch noch stand der Hofmusikus vor dem Orchester, hielt sich an seinem Tambourstab fest und überlegte, wen er da vor sich hatte.

»Ich kenne Ihn doch. Nun helfe Er mir schon!«

Leander verbarg seine Verachtung hinter einem Lächeln und schwieg. Aus den Augenwinkeln überflog er die Partitur, die aufgeblättert auf dem gedrechselten Ebenholzständer vor dem Dirigenten lag. Er konnte ein parallel geführtes Motiv in den Geigen und Flöten erkennen. Es Thema zu nennen wäre pure Schmeichelei gewesen. Die Idee war banal, konventionell, ohne Tiefgang. Ihr Schluss versackte in Einfallslosigkeit. Der bezifferte Bass holperte gleich an zwei Stellen über ein falsches F, wo eigentlich Fis stehen musste. Unten auf der Seite stachen Leander ein paar Quintenparallelen ins Auge, die mit ein wenig Raffinesse zu vermeiden gewesen wären. Er hatte es schon damals im Wirtshaus erkannt: Tiefenbacher war kein guter Komponist. Plötzlich hob Leander beide Hände, als ob er mit einer imaginären Flinte auf den Hofcompositeur anlegte und zog den Zeigefinger durch, als ob er schösse. Einige Musiker im Orchester lachten. Nicht so Paul Tiefenbacher, der Leanders Anspielung auf ihr erstes Treffen nicht verstand und sie in seiner latenten Bereitschaft, sich jederzeit provoziert zu fühlen, sogleich als Affront wertete.

»Aber ich bitte doch sehr! Etwas mehr Respekt bitte ich mir aus!« Mit seiner Wut wuchs auch Tiefenbachers Unsicherheit. Dieser hergelaufene Hilfsarbeiter versuchte, ihn lächerlich zu machen, und zwar vor dem ganzen Orchester. Noch einmal stampfte er mit dem Stab auf den Boden und zielte dann auf die Musiker: »Ich bitte mir Ruhe aus, meine Herrschaften! Wir werden gleich fortfahren. Doch zuvor ...« – bei diesen Worten fuhr sein massiger Körper mit einer erstaunlichen Behändigkeit herum, wobei der Tambourstab am ausgestreckten Arm wie ein Säbel durch die Luft schnitt – »... sagst du mir, wer du bist, denn ich kenne dich wohl!«, blaffte er nun ohne jegliche Achtung den jungen Mann an, während die Spitze des Tambourstabs zitternd vor Leanders Brust schwebte. »Also: Name?«

Leander grunzte, formte die Trümmer seines Namens mit den Lippen und vollführte die üblichen Gesten, um sein Gebrechen zu verdeutlichen. Endlich begriff der Musikus und lief puterrot an. Alles hatte er erwartet – nur nicht, diesen elenden Landstreicher bei Hofe wieder zu treffen. Das durfte nicht sein, das widersprach Paul Tiefenbachers Verständnis von Stand und Hierarchie so grundlegend, dass ihn Leanders Gegenwart hier im Schlosstheater, im Allerheiligsten der Kultur, wie ein Sakrileg dünkte. Es war, als ob Elend und Unrat das Schloss erstürmt hätten. Da wurde er hart und ungerecht zu ihm, er drangsalierte, sprach verächtlich und streng mit Leander. Er überhäufte ihn mit Befehlen, wie er diese und jene Maschine zu verbessern habe, sagte, er sei gespannt, wie er, der Taugenichts und Krüppel, das wohl bewerkstelligen werde, wo er doch wohl von dem, um das es hier ginge, nicht die geringste Vorstellung haben dürfte. Aber wenn der Sproß nun mal einen wie ihn hier anstelle, so möge er sich also beweisen, aber er solle sich bewusst sein, dass bei der geringsten Verfehlung er, der Großherzogliche Hofcompositeur Paul Tiefenbacher, schon dafür sorgen werde, dass Leander dorthin zurückgeschickt werde, wo er hergekommen sei. Ob Leander seine Tirade verstand, war ihm einerlei: Das

Orchester sollte ihn hören und Zeuge werden, wie er sich in Szene setzte.

Er hatte noch nicht geendet, als sich die rückwärtige Tür des Zuschauerraumes öffnete und die unverwechselbare Stimme Vinzenz van Eisenmanns durch den Saal krähte.

»Excusez-moi, lieber Kollege, aber ich bringe auf Geheiß Seiner Durchlaucht zwei Herrschaften, zwei herausragende Meister in unserer Kunst, die einen Einblick erhalten sollen in das musikalische Leben bei Hofe. Wir schauen nur kurz herein und sind auch bald wieder weg, denn für den Jungen wird es schon etwas spät. Lasse Er sich also nicht stören. Je vous présente Monsieur Mozart und sein, wie mir glaubhaft versichert wurde, hoch begabter Sohn Wolfgang Amadé.«

Tiefenbacher unterbrach seine Tiraden und schaute irritiert zu den dreien hinüber. Endlich besann er sich und deutete einen Bückling an. Er erinnerte sich dunkel, dass der Besuch eines angeblich hoch begabten Jünglings avisiert war. Allerdings hatte er nicht erwartet, ein so unscheinbares Kind anzutreffen. Der Junge war herausgeputzt wie ein kleiner Erwachsener. Sein steifer Kragen schien ihn zu beengen, denn alle paar Sekunden griff er mit zwei Fingern dahinter und zog daran. Er mochte wohl sieben oder acht Jahre alt sein und wirkte ziemlich müde. Der Vater dirigierte ihn an den Schultern durch die Bankreihen, dann setzten Eisenmann und die beiden Fremden sich ins vordere Drittel des Zuschauerraums und begannen zu tuscheln. Als nichts geschah, hob der dürre Kapellmeister lässig die Hand und rief zu Tiefenbacher hinüber: »Nun lasse Er ruhig seine Ouvertüre hören! Er ist doch bei der Probe – oder nicht?«

Die Frechheit, mit der sein Konkurrent ihn vor einem Knaben zum Musizieren aufforderte, brachte Tiefenbacher aus dem Konzept. Eben noch eine selbstgefällige Respektsperson, kam er sich jetzt wie geprügelt vor und wusste nicht, wie er reagieren sollte. Eine Weile stand er unschlüssig da, während sein Tambourstab, mit dem er noch immer auf Leander zielte, wie ein lahmer Flügel zu Boden sank. Schließlich räusperte er sich, wandte sich an das Orchester und hob den Stab: »Da capo, meine Herrschaften! Wir wollen fortfahren!« Und dann mit rauer Stimme zum Schnürboden hinauf: »Und mit allen Effekten! Aber ganz präzise!«

Schon wollte Paul Tiefenbacher den Einsatz geben, als er bemerkte, dass Leander noch immer neben ihm stand. Mit einem unwirschen Kopfnicken schickte er ihn fort. Ohne zu zögern, ging Leander in den Zuschauerraum und setzte sich mit etwas Abstand neben Eisenmann und die beiden Gäste. Dabei drehte er sich so, dass er den Jungen beobachten konnte. Dann erklang die Ouvertüre zur Dramatischen Oper *Alonso oder Die Macht der Liebe* des Großherzoglichen Hofcompositeurs und Kapellmeisters Paul Tiefenbacher.

Wohl noch nie zuvor hatte ein Mensch auf derart eigentümliche Weise Musik vernommen, wie es Leander Lautenschläger an diesem Abend im Zuschauerraum des alten Schlosstheaters widerfuhr. Von der Musik hörte er fast nichts. Einzig bei den lauten Stellen der Kontrabässe und den Einsätzen der Pauke fühlte er ein leises Vibrieren seines Stuhls. Später, als die Donnermaschine ertönte, wurde der Lärm zudringlicher und ließ seinen Leib und seinen Schädel wie unter Schlägen erbeben. Während dieser ganzen Zeit spiegelten sich alle Feinheiten der Darbietung im Gesicht des Jungen neben ihm wider. Bei den ersten Takten huschte ein Hauch von Interesse über das Gesicht des Knaben. Er richtete sich ein wenig in seinem Sitz auf, und die müden Augen erwachten für einen Moment. Doch schon nach wenigen Sekunden sackte der Junge wieder in sich zusammen, runzelte mal die Stirn, schüttelte dann den Kopf, gähnte, merkte wieder auf, schaute gelangweilt zur Decke, zuckte beim sinnlosen Getöse der Effektmaschinen verärgert zusammen, atmete resigniert aus, stützte seinen Kopf in beide Hände und schloss die Augen. Als der Knabe in kurzen Abständen zweimal hintereinander wie unter Schmerzen das Gesicht verzog, wusste Leander, dass er die beiden falschen F im Bass bemerkt hatte. Wenig später, bei den holprigen Durchgängen mit den Quintparallelen, stieß er seinem Vater in die Rippen und rollte vielsagend mit den Augen.

Noch vor dem Ende der Ouvertüre standen Vater und Sohn auf, nickten kurz zu Tiefenbacher hinüber und gingen aus dem Saale. Vinzenz van Eisenmann folgte ihnen mit einem Schmunzeln im Gesicht. Leander blieb sitzen und beobachtete, wie Paul Tiefenbacher sich wieder einmal angestrengt durch die letzten Takte seines Machwerks kämpfte. Er spürte eine tiefe Zufriedenheit, denn dieser Junge hatte verstanden. Er hatte alles durchschaut und alles bestätigt, was er selbst von Tiefenbacher dachte.

Spätabends, als Leander in der Baracke auf seiner Pritsche lag, dachte er an Hertha und daran, was er mit ihr noch zu erleben hoffte. Ob sie nach ihm suchen würde? Würde sie versuchen, ihn zu treffen? Er stellte sich vor, wie sie sich von hinten an ihn heranschlich, ohne dass er es bemerkte, dann plötzlich ihre Arme um ihn schlang und sich an ihn drängte, fordernd, entschlossen. Während Leander sich ihren Leib ersehnte, ihre Küsse und ihre Glut schmeckte, stiegen wieder Töne in ihm empor, ungebärdig und wild. Er konnte sie nicht bändigen, während sie vergebens versuchten, sich zu formieren, und nach Ordnung strebten, bevor sie unverrichteter Dinge im Meer des Möglichen versanken. Da war er wieder: dieser Drang, weiterschreiben zu müssen an seiner Komposition, verbunden mit der schmerzlichen Gewissheit, dass er allein es nicht vermochte, sondern Hilfe brauchte, Hilfe von ihr. Er war nicht wie dieser genialische Junge, über den – dessen war er sicher – die Welt noch staunen würde. Aber auch er war fähig zu ganz anderen Werken, als dieser Rohling Paul Tiefenbacher sie je würde komponieren können.

Bevor Leander die Kerze löschte, nahm er sein Leinen hervor und studierte es im flackernden Licht. Er wusste: Was da stand, war gut, sehr gut sogar. Im Geiste lotete er noch einmal alle Ebenen seiner Komposition aus: die Vielfalt der Einfälle, die Struktur des Kontrapunktes, die harmonische Substanz, das ungeheure Entwicklungspotential, welches darin schlummerte. Während er sein Werk durchdrang, weitete sich der Horizont, und die Sinne verbrüderten sich in gemeinsamem Erleben, um das Kunstwerk zu komplettieren. Er sah, wie sich Linien, Kanten, grafische Strukturen formten, dann, wie aufgeblendet, kamen die Farben hinzu: ein Blaugrün wie das Meer, schillernd und atmend, zum Horizont hin in Schwärze ertrinkend. Beim Einsatz des Chores drängten Ocker- und Sandfarben hinzu, gewürzt mit sonnigen Orangetönen. Die Kantilene der Celli ließ Wolken von Grün erblühen, die wie ein sattgrüner Wald im Sommerwind wogten. Leander lächelte hinter halb geschlossenen Lidern und wartete auf die nächste Stufe seines synästhetischen Sinnestaumels. Als sie dann kam, atmete er tief durch, um den Geruch auszukosten, als ob es ein wirklicher Duft wäre und nicht eine köstliche Schimäre seines Gehirns: Es begann mit dem Odem eines frisch gemähten Getreidefeldes, über das der harzige Hauch eines Kiefernwäldchens wehte. Dann wurde es deftiger, würziger, wilder, ein Geruch von Lebensfreude und Kraft, von Sinnlichkeit und Gier. Hätten die schlafenden Zimmerleute in der Baracke Leander in diesem Moment gesehen, hätten sie ihn wohl vom Teufel besessen gewähnt oder in den Fängen einer heimtückischen Krankheit des Hirns. Doch so sah niemand, wie Leander in ekstatischer Verzückung auch noch die letzte Stufe seiner Sinneswahrnehmungen erlebte, als seine Haut zu kribbeln begann, er unter Schauern von Frost und Hitze erbebte, sein Rücken unter lustvollen Peitschenhieben glühte und seine Muskeln zuckten.

Dann war er am Ende seiner Partitur angelangt. Sein Blick lief ins Leere, und seine Visionen erloschen. Eine Weile noch saß Leander zusammengekauert über seiner Partitur und versuchte, ins Leben zurückzukehren, schwer atmend und wie ausgelaugt. Dann kam der Schmerz über all das, was fehlte, was noch kommen musste. Das hier war erst der Anfang, nicht mehr als ein prächtiges, weit geöffnetes Tor ins Paradies. Er musste das Werk vollenden. Unbedingt.

Spätnachts dirigierte Leander Lautenschläger sein Werk noch einmal im Traum. Frauen, die er längst vergessen zu haben glaubte, spielten Geige, Flöte, Klarinette. Das Blut aus ihren Wunden nässte den Orchestergraben. Der fremde Junge saß am Cembalo und versuchte beim Spielen die Hände des Vaters, die ihn behinderten, von seinen Schultern zu schütteln. Hertha strich das Cello zwischen ihren nackten Schenkeln, wogte und wand sich und stöhnte, während die Zuhörer im Saal ergriffen lauschten. Auch Maria war da. Sie trug das schönste Kleid, den schönsten Schmuck von allen, saß beim Herzog in der Loge und weinte.

17. Fremder Mann

Maria stellte den Teller mit Kartoffelsuppe auf das Tablett, legte saubere Leinenstreifen, Tupftücher und Schere daneben und kramte in der Schublade neben der Feuerstelle nach einem Löffel. Dann nahm sie die Flasche mit Heilkräuteröl vom Sims und goss ein wenig davon in eine kleine Schale, die sie ebenfalls auf das Tablett stellte. Als sie fertig war, straffte sie sich, atmete tief durch und nahm das Tablett auf. Betroffen sah sie auf ihre Hände, die so heftig zitterten, dass Schere und Löffel leise gegeneinander klapperten und die Suppe über den Tellerrand zu schwappen drohte. Sie war nervös. Doch Charlotte hatte sie nun einmal gebeten, ihr zu helfen. Am vergangenen Wochenende hatte Charlotte dem Thüringer Olitätenhändler, der auf dem Weg zur Stadt bei ihnen vorbeigekommen war, gleich eine ganze

Flasche der ruinös teuren Heiltinktur abgekauft, die der Chirurgus als unentbehrlich für die Genesung ihres Mannes empfohlen hatte. Nun war das Geld alle. So war sie heute mit allen Kindern zu einem Großonkel gefahren, um Geld von ihm zu erbitten. Marias Kind hatte sie gleich mitgenommen. »Je mehr Kinder, desto besser. Er weiß eh nicht, wie viele ich habe. Aber er hat Geld, und wir haben keins.« Maria würde ihr also den Gefallen tun und heute einmal den Kranken selbst versorgen.

Seit sie und ihr Kind im Haus des Zimmermanns eingezogen waren, hatte sie den schwer verletzten Hausherrn nur zweimal gesehen: Am Tag nach ihrer Ankunft war Charlotte mit ihr auf Zehenspitzen in die Kammer geschlichen. Steif und verlegen hatte Maria eine Begrüßung zum Bett hinübergemurmelt, wo der Zimmermann sie aus matten Augen zwischen seinen Verbandstüchern heraus kaum wahrgenommen hatte. Den Gestank nach Kräutern, Schweiß und Eiter würde sie ihr Leben lang nicht vergessen.

Beim zweiten Mal drei Wochen später ging es ihm schon besser.

»August will dich sehen«, hatte Charlotte ihr zugeraunt, »und er ist dir sehr dankbar, weil du mir im Haus und mit den Kindern hilfst. Ich habe viel von dir erzählt.« Charlotte sprach fast immer leise, auch ihre Kinder tobten und schrien kaum im Haus. Es war, als ob sie ahnten, wie fürchterlich ihr Vater verwundet worden war und dass er alle Kraft und Schonung brauchte, um zu gesunden.

Tatsächlich roch es bei Marias zweitem Besuch schon nicht mehr so schlimm in der Krankenkammer. Die Genesung machte deutliche Fortschritte. Aber immer noch trug August diese Binden um den Kopf! Sie fragte sich, wie er wohl ohne sie aussah.

»Bin halt ein Kerl wie ein Baum, stärker wohl als ein Eichenbalken. Außerdem braucht mein Goldstück mich, und die Kinder auch. Charlotte spricht gut von dir. Vergelt's dir Gott, denn wir können es nicht. Hab Dank für alles!«

Für die paar Sätze hatte er quälend lange gebraucht und dabei ihre Hand gehalten. Maria war sich schäbig vorgekommen, weil sie sich seinem schweißnassen Griff gerne entwunden hätte und weil sie ihn kaum hatte verstehen können. Sein Kiefergelenk schmerzte, und die vielen Tücher um den Kopf behinderten ihn. Zudem hatte der Balken ihm ein paar Zähne ausgeschlagen. Heute würde sie Charlottes Mann zum dritten Mal sehen – und zum ersten Mal ohne Verband, denn sie sollte ihn wechseln.

»Einfach abwickeln, mit Kampfer abtupfen und den neuen anlegen. Es ist nicht schlimm«, hatte Charlotte ihr gesagt, » August wird dir schon zeigen, wie du es machen musst. Ich bin am Nachmittag wieder zurück.« Jetzt war Charlotte mit den Kindern weg, und es war erst Mittag. Maria ging zur Tür.

Das Erste, was sie sah, war das leere Bett mit dem schief hängenden Kruzifix über dem Kopfende. Flecken von Öl, Schweiß und Auswurf hatten das Bettzeug gesprenkelt. Sie würde es wohl wechseln müssen. Plötzlich griffen von hinten zwei Hände zu und nahmen ihr das Tablett ab. August stellte es auf den Tisch und setzte sich danach sofort wieder auf einen Stuhl. Er atmete schwer.

»Es ist noch anstrengend. Aber ich muss mich bewegen, sonst werd ich schier narrisch hier drinnen. Sie wird ihn überreden können, ich bin ganz sicher. Wir haben noch nie um etwas gebeten.«

Obwohl er verständlicher sprach als beim letzten Mal, brauchte Maria in ihrer Verwirrung eine Weile, bis sie seinen Gedanken folgen konnte. Mit dem Leinenturban und dem zerknitterten Schlafrock sah der große starke Mann irgendwie unpassend aus. Fremd. Es war ihr peinlich.

»Sie wird etwas erreichen, ganz gewiss. Sie ist eine gute und kluge Frau. Ich freue mich, dass es Euch besser geht. Möchtet Ihr erst essen, oder soll ich erst den Verband ...? Vielleicht ist die Suppe ja noch zu heiß? Ich hoffe, ich mache es recht ... aber mit Eurer Hilfe ...« Verlegen brach sie ab.

An Stelle einer Antwort begann August, den Verband selbst von seinem Kopf zu wickeln. Mit bedächtig kreisenden Bewegungen löste er eine Stofflage nach der anderen und ließ die Lappen zu Boden fallen. Der Geruch nach abgestandenem Kräutersud wurde stärker. Maria wurde unwohl, und sie öffnete das Fenster. Draußen sang eine Amsel.

»Hilf mir für den Rest. Nur langsam. Es wird schon gehen.«

Zaghaft übernahm Maria die Lappen und wickelte weiter. Zunächst erschien sein Kinn, dann die Ohren, dann die verklebten Haare. Schließlich flatterte der letzte Verband zu Boden. Es war nicht so schlimm, wie sie erwartet hatte. Die Wunde hatte sich endlich geschlossen. Zart spannte sich dünne, blasse Haut über dem fingerlangen Riss im Schädelknochen, der wulstig wieder zusammenwuchs. Ihr wurde etwas leichter zumute, und sie begann, den Kopf des Zimmermanns mit Kampferöl zu reinigen. Dankbar für die Abwechslung, begann August zu erzählen.

»Nur Peter und Lukas sind gekommen, meine beiden Burschen. Von den anderen keiner. Aber es gibt wohl viel zu tun auf dem Bau. Ich wünschte, ich wäre morgen schon wieder dabei. Es wird aber wohl noch ’ne Weile dauern mit mir. Bis ich gesund bin, sind die anderen fertig. Vorsicht! Nicht so fest drücken!«

»Oh! Bitte um Verzeihung!«

Maria hielt erschrocken inne und wartete so lange, bis er ungeduldig wurde: »Nun mach mal ruhig weiter! Hab schon ganz andere Sachen ausgehalten. Wer dem Sensenmann von der Klinge gesprungen ist, wird vor einer Frauensperson doch wohl nicht scheuen!«

Bestimmt nahm er Marias Hand und führte sie wieder an seine Wunde.

»Der Dachstuhl ist schon fast fertig, sagen sie, und dass viele Neue da sind beim Bau.« Seine Stimme klang gedämpft, denn er sprach in ihre Schürze hinein. Maria stand direkt vor ihm. »Einer ist taub und stumm. Soll fast so viel vom Holz verstehen wie ich, meint der Lukas. Und ich verstehe eine Menge davon, das kannst du mir glauben. Aber der Lukas ist ein rechter Schwätzer und redet viel, wenn der Tag lang ist. Heilige Mutter Gottes! Hoffentlich haben sie den Dachstuhl richtig aufgestellt! Bei den Widerlagern müssen sie aufpassen, sonst rutschen die Hauptträger nämlich nach außen, musst du wissen, und dann kann alles zusammenstürzen. Das hängt davon ab, wie Nut und Feder geschnitten sind, und das Ganze rastet nur in einer Richtung richtig ein ... Und ich war nicht dabei! Hoffentlich ist alles recht geworden mit dem Dach ...« Stoßweise kamen die Sätze, während der Zimmermann sich hineinredete in sein Thema. Doch dann brach er ab. »Ach, was erzähl ich dir das! Verstehst eh nichts vom Zimmerhandwerk ... Ist auch ordentlich Speck in der Suppe? Ich muss zu Kräften kommen.«

Maria antwortete nicht, hörte aber auf, ihn zu massieren.

»Maria! So heißt du doch wohl? Was hast du? Bist gar auch taub und stumm geworden, oder warum gibst du mir keine Antwort?«

Maria hielt den Kopf des Zimmermanns zwischen ihren öltriefenden Händen und starrte zum Fenster hinaus. Er war da! Gott im Himmel! Er war da! Er arbeitete dort. Man kannte ihn, und er wurde geachtet. Plötzlich stürzten die Erinnerungen auf sie ein, Bilder in warmen Farben, und voller Sehnsucht: Leander damals, als sie ihn zum ersten Mal traf, Leander im Holz, Leander, wie er ging, aß und schlief, seine Haut, sein Geruch, sein mächtiges Schweigen, seine Augen ... Eine Tür in ihr war wieder aufgegangen, und er war hereingetreten, als wäre er nur für einen kurzen Moment weg gewesen. Sie musste ihn wiedersehen. Aber wie sollte sie es anstellen?

»Ja, sicher, der Dachstuhl«, sprach sie plötzlich wie zu sich selbst. »Sie werden es wohl recht gemacht haben. Wenn er dabei ist, wird alles gut.«

»Was redest du da?«, brummte der Zimmermann und sah

mühsam zu ihr hoch. »Ich hab nach der Suppe gefragt, hörst du! Ob genug Speck drinnen ist, frage ich dich. Jetzt verbinde mich. Und dann will ich essen.«

Während August seine Suppe schlürfte, saß Maria still neben ihm und spürte ihrer Liebe nach. Als er fertig war, schob er den Teller fort und sah sie an. Erst nach einer Weile bemerkte sie, dass der Zimmermann mit ihr sprach.

»... zum Vorarbeiter gehen und ihm sagen, dass dem August schon sehr viel wohler ist, dass er gut bei Kräften ist und in, sagen wir, zweien Wochen – ach, was sag ich, in einer Woche oder höchstens in zehn Tagen wieder zugegen sein wird, um in Lohn und Brot zu arbeiten. Und dann dankst du für Grüße und liebe Worte zur Genesung und für die Batzen, die sie gesammelt haben in der Zunft für Frau und Kinder. Und sag ihnen: Er kommt! Er kommt gewiss und ohn' Zweifel, und er wird sein wie der alte, ganz wie früher wird er sein, der August. Das sagst du dem Jonas, das ist mein Vorarbeiter, hörst du! Gleich morgen in der Früh machst du dich auf den Weg. Der Charlotte soll es recht sein, denn mit mir geht es jetzt besser. Kannst diesen Botengang also wohl machen, gleich morgen Früh? Gleich morgen früh gehst du los!« Maria nickte stumm.

Charlotte kam erst am Abend zurück, der Mund wie ein Strich, die Augen hart.

»Nichts außer Wegzehrung hat er gegeben, der Unselige! Von Steuern und Abgaben hat er gesprochen, von harten Zeiten für jedermann und für ihn im Besonderen, weil sein Gesindehaus baufällig ist und erneuert werden muss. Grüßen soll ich dich, sagt er, und dir sagen, wie wohlgeraten unsere Kinder sind und wie sehr er sich freut über deine Genesung. Dann könntest du ja bald wieder für uns sorgen! Das hat er gesagt, der herzlose Mensch. Ab heute kenn ich ihn nicht mehr, das sag ich dir. Er ist für mich wie tot.«

»Vergiss ihn! Wir werden ihn nicht brauchen. Wir werden um nichts bitten. Morgen geht die Maria zum Jonas und sagt, dass ich bald wiederkomme. Wir brauchen niemanden! Wir haben noch nie um etwas gebeten.«

Charlotte sah ihren Mann einen Moment an und zuckte dann mit den Schultern.

Maria schlief kaum in dieser Nacht. Stundenlang peinigte sie die Vorstellung, sie würde, nachdem sie ihre Botschaft überbracht hätte, sich umsehen auf der Baustelle, warten und suchen und ihren Abschied so lange hinauszögern, bis die Bauarbeiter auf sie zeigten, derbe Witze machten und irgendein Vorarbeiter sie endlich fortschickte, ohne dass sie Leander gefunden hätte. Spätabends schlief sie endlich ein, fand Leander im Traum, doch erkannte ihn nicht wieder: »Leander! Guter! Lieber! Weißt du denn nicht mehr? Was ist nur mit dir …?«

Als Maria am nächsten Morgen zum Bauern auf der anderen Straßenseite ging, um ihr Pferd zu holen, peitschte Regen über das Land. Kalt und klar glänzte der Wald. Die Wipfel wogten und duckten sich unter den Schlägen der Böen. Gurgelnd schmolzen die Äcker unter den Güssen und spülten schwarze Bäche über den Weg. Ab und an schnitt die Sonne gleißende Schneisen durch das Grau, aber nur für Momente, dann triumphierten wieder die Wolken. Der Wind, bewaffnet mit Myriaden steinerner Tropfen, blies aus jeder Himmelsrichtung und ließ Mensch und Tier kaum Deckung. Nach wenigen Schritten war Maria durchnässt und fror. Wäre es nur um die Botschaft an den Vorarbeiter gegangen, wäre sie wohl umgekehrt und hätte es an einem späteren Tag versucht. Doch der Gedanke an Leander trieb sie voran und ließ sie das Wetter vergessen.

Wie immer stand das baufällige Holzgatter zum Gehöft weit offen. Der Regen hatte die Fahrrinnen auf dem Hof mit flüssigem Blei überschwemmt, das unter den einschlagenden Tropfen zu brodeln schien. Maria duckte sich unter ihrem Kopftuch, versuchte den Pfützen auszuweichen und lief auf den Pferdestall zu, der linker Hand am Wohnhaus lehnte. Auch das Tor zum Stall stand offen. Zwei, drei Schritte noch, und sie wäre im Trockenen. Dann würde sie erst einmal ausruhen, sich wärmen und das Ende des Unwetters abwarten.

Sie sah das Pferd so spät, dass sie beinahe darübergestolpert wäre. Der Schreck ließ sie zusammenzucken. Der schwere Kopf war schon im Freien, der Leib des Tieres noch im Stall. Starr glotzte das tote Auge zum Himmel, dem Regen entgegen, der auf das Tier niederprasselte. Es schien zu weinen unter tausend Tropfen. Die Zunge hing schlaff heraus und schleckte den Schlamm, als wäre das Pferd mit der Kette erdrosselt worden, die seinen Hals noch immer fest umschlungen hielt. Es ist mein Brauner!, dachte Maria im ersten Moment und schlug die Hände vors Gesicht. Doch es war nicht ihr Brauner, sondern die alte Stute des Bauern, die ihr Gnadenbrot hatte fristen dürfen neben den anderen Gäulen im Stall. Dann hörte sie Hundegebell und die Stimme des Bauern.

»Los, Otto, fass mit an! Is' halt zu schwer für den Friedel und mich. Raus muss sie auf'n Hof. Lang genug im Weg gestanden hat sie ja. Los! Anpacken!«

Widerwillig kamen die Männer aus dem Stall, traten dabei noch nach dem Köter, der an ihnen vorbei ins Freie schoss. Dann hängten Bauer und Knechte sich an die Kette und zogen das tote Pferd in den Schlamm hinaus, rutschten, schlingerten und keuchten dabei vor Zorn und Anstrengung. Endlich kam die Stute neben dem Misthaufen zu liegen, aus dem es ebenso dampfte wie aus ihren noch warmen regennassen Flanken.

Maria huschte in den Stall zu ihrem Braunen und schmiegte sich an ihn.

»Komm, mein Guter! Wir wollen ihn suchen.«

Als sie ihr Pferd hinausführte, ließ der Regen ein wenig nach. Sie grüßte kurz den Bauern, dem es recht war, und ritt vom Hof. Lange noch hörte sie den Köter, der wie wahnsinnig um die verendete Stute tobte, kläffend, knurrend, winselnd, ihr auf den Leib sprang, an der Zunge zerrte und sabbernd das tote Pferdeauge leckte.

18. Ostinato

Schwarz und andächtig stiegen die Umrisse des neuen Opernhauses in den nassen Morgenhimmel empor. Noch fiel es der Dämmerung schwer, die Nacht hinter den Regenwolken zu vertreiben. Der riesige Theaterbau schien zu leben unter der Haut aus Wasser, die, von immer neuen Güssen gespeist, in fortwährender Häutung an seinen hölzernen Wänden entlangglitt. Wie klein und zerbrechlich nahmen die Baracken der Arbeiter sich neben dem Riesentheater aus, wie schwach und ungeschützt! Noch herrschte Ruhe in den Hütten, die Männer schliefen, träumten leicht und lüstern, lagen erschöpft und doch zufrieden, denn ihre Arbeit war hart, doch sie lohnte und galt allemal besser als das, was sie im übrigen Leben taten.

Plötzlich wurde es laut in den Baracken. Eine halbe Stunde früher noch als üblich polterten die Vorarbeiter herein, schlugen mit Knüppeln gegen die Wände und trieben die Männer aus dem Stroh.

»Raus! Das Dach muss heute fertig werden! Es regnet wie aus Kübeln! Los! Bewegt euch!«

Leander spürte das Gerumpel durch Mark und Bein. Angewidert sprang er hoch und war wie immer sofort hellwach, während die anderen Zimmerleute grunzend den Schlaf aus ihren Augen rieben. Auch er war müde, denn nach zehn Stunden auf dem Bau hatte er bis in die Nacht hinein noch an der Windmaschine fürs alte Schlosstheater gearbeitet. Nun fanden er und die anderen kaum Zeit für Brot und Käse, denn Jonas scheuchte sie hinaus in den Regen und hinüber zur Baustelle und jagte sie die Gerüste hinauf. Oben mussten sie weitermachen mit dem Hauptdach des neuen Theaters, das sich über dem Mittelteil des Baus noch eine Etage höher reckte als die langen Seitendächer, die bereits gedeckt waren. Über dem letzten Drittel des

Hauptdaches fehlten die Querspanten, auf denen die Dachziegel Halt finden sollten. Ungehindert strömte der Regen in den halb fertigen Saal, ließ Hölzer quellen, wusch Farben fort und drohte die Arbeit der vergangenen Wochen zunichte zu machen. Also beeilten sie sich, vergaßen Wind und Regen, dachten nur an den Bau und hasteten die Leitern empor wie Seeleute die Spanten, wenn es gilt, bei Sturm die Segel einzuholen. Nur nicht daran denken, wie gefährlich es dort oben war, wie schnell man den Halt verlieren, wie tief man stürzen konnte!

Auch ohne die Ermahnungen des Vorarbeiters wusste Leander Lautenschläger, was zu tun war. Als einer der Ersten war er oben auf dem Dach, hockte sich mit baumelnden Beinen rittlings auf einen Träger und wartete auf die anderen und den Nachschub, den sie hinaufzogen, damit er fortfahren konnte mit seiner Arbeit. Sechs weitere Zimmerleute taten es ihm gleich und verteilten sich auf dem Dachstuhl – auf jedem vierten Balken einer. Als Leander den Tropfen hinterhersah, die an ihm vorbei in die Tiefe stürzten, war es ihm für einen Moment lang, als sähe er in andere Abgründe hinab, die er einst selbst gegraben hatte, es war ihm, als hörte er die Schreie der Frauen. Doch dann kamen die Hölzer, und er fing an zu arbeiten: Mit der linken Hand legte er auf, justierte, schlug einen Nagel links, einen Nagel rechts und dann noch drei in der Mitte ein und rutschte ein Stück weiter, um die nächste Latte anzubringen. Leander arbeitete schnell und genau. Die Abstände von Leiste zu Leiste lagen ihm so im Blut, dass er das Ellenmaß an seinem Gürtel nicht brauchte.

Eine Weile schon schallte das Ostinato der Hammerschläge über die Baustelle und mischte sich mit dem Fauchen der Böen, dem Prasseln des Regens und den Flüchen der Handwerker. Die Männer waren völlig durchnässt, die Haut an ihren Fingern quoll auf und riss, der Regen verdünnte ihr Blut zu blassen Schlieren, die das Holz des Dachstuhls färbten. Nach einer Stunde schwanden den Schwächeren die Kräfte. Jonas, der auf halber Höhe stand und bei den Flaschenzügen half, sah, wie sie mit den Böen kämpften und schwankten, wie ihre Bewegungen fahriger wurden und das Arbeitstempo langsamer. Jeder Sturz wäre tödlich, und so hatte er ein Einsehen.

»Alle Mann runter! Pause! Ausruhen!«

Mühsam arbeiteten die Zimmerer sich wieder auf den sicheren Boden hinunter. Schwerfällig wälzten sie sich ins Trockene, streckten ihre verkrampften Glieder und kauten einen Kanten Brot, um wieder zu Kräften zu kommen.

Während die Zimmerleute draußen im Regen ihre erste Pause machten, lag ein paar hundert Schritte vom Theaterbau entfernt Hertha Tiefenbacher noch immer im Bett ihrer Schlosswohnung und verspürte keinerlei Lust aufzustehen. Sie fühlte sich wie verprügelt. Obwohl das Himmelbett unter dem schwülstigen Baldachin beträchtliche Ausmaße aufwies, hatte Hertha sich dicht am Rand auf ihrer Seite unter der Decke zusammengerollt und suchte den Schlaf, der sie die vergangene Stunde für einen Moment vergessen lassen würde. Doch es half nichts: Sie war und blieb wach, und sie wurde Pauls Geruch nicht los, der nicht nur an seinem Bettzeug haftete, sondern viel stärker noch an ihr. Eigentlich war es wie immer gewesen, nur dass sie diesmal ihren Widerwillen kaum hatte bändigen können. Nun, da sie ihrer ehelichen Pflicht Genüge getan hatte, beobachtete sie voller Abscheu und Verachtung ihren Mann, der grunzend vor frischer Befriedigung sein Unterzeug über seinen massigen Körper zog und dabei schwerfällig von einem Bein aufs andere stampfte. Wie lange noch? Wie oft noch? Wann würde sie ihren Ekel nicht mehr vor ihm verbergen können? Sollte er sich doch an eine der vielen willigen Tänzerinnen heranmachen – eine von den Trost Suchenden vielleicht, die der Herzog gerade abgelegt hatte –, wenn er sie dafür nur endlich in Ruhe ließe!

»Bist schon recht gut dabei und ich wohl auch, meine Liebe, n´est-ce pas?« Lüstern grinste Paul Tiefenbacher zu seiner Frau herüber und deutete einen obszönen Hüftschwung an, der seinen fetten Leib erbeben ließ. Offensichtlich wollte er noch ein wenig plaudern, und Hertha machte sich auf einen der üblichen Monologe gefasst. Wie immer dröhnte seine Stimme dabei viel zu laut und ließ ihr keine Chance, ihn zu überhören. Auch für diese akustische Vergewaltigung hasste sie ihn.

»Am Sonntag gehen wir zur Handwerksmesse und hinterher zur Exekution, meine Liebe. Wir fahren mit dem Ersten Geheimen Kabinettsekretär. Er hat mich eingeladen – pas mal, n'est-ce pas? Die Hinrichtung scheint ihm wichtig zu sein. Außerdem hat er Einfluss bei Hofe und kann mir in meinen Angelegenheiten vielleicht noch einmal assistieren. Dass du mir also bitte recht adrett aussiehst und hübsch Konversation machst mit seiner Gattin, wann immer sich die Gelegenheit ergibt!«

Hertha stöhnte leise in ihre Seidendecke hinein. Ausgerechnet die Frau des Ersten Geheimen Kabinettsekretärs, diese plappernde Schlange mit dem verkniffenen Mund und ebenso verkniffenen Ansichten! Hertha erinnerte sich nur zu gut, wie sie von dieser blassgesichtigen grellen Person abgebürstet worden war, als sie versucht hatte, mit ihr und ihrem Zirkel ins Gespräch zu kommen. Aber das würde sie wohl über sich ergehen lassen müssen, die Etikette verlangte es so. Obwohl ihr Mann für einen Moment schwieg, während er sich schnaufend in seine Beinkleider zwängte, wusste Hertha aus Erfahrung, dass er noch nicht fertig war. Tatsächlich wollte Paul Tiefenbacher noch weiterreden und hub unvermittelt wieder zu dröhnen an: »Da verstehe einer den Sproß und seine Capricen! Ich sehe ja wohl, dass ich ihm mächtig zugesetzt habe mit meiner Forderung nach Personal und besseren Effekten. Aber was er mir nun für Leute schickt ...!«

Hertha gähnte und zog die Kissen über ihr Gesicht, was seine Stimme ein wenig dämpfte.

»Erinnerst dich noch an unsere Reise und das Malheur mit diesem Idioten von Kutscher? Da kam doch dieser Vagabund, dieser Strolch, der nicht sprechen und hören konnte. Der Kutscher hätte ihn beinahe totgeschossen. Weißt du noch? Nun stell dir vor: Der Kerl ist hier! Ausgerechnet diesen tauben Tölpel hat der Sproß mir geschickt für die Effektmaschinen! C'est incroyable, n'est-ce pas? Hört nichts und soll Effektmaschinen bauen! Wo sind denn nur die Beinkleider? Wo hast du die nur wieder hingelegt?«

Suchend schaute Paul Tiefenbacher sich in der Suite um. Endlich fand er die Hosen auf dem Stuhl. Er selbst hatte sie am Abend über die Lehne gehängt. »Ausgerechnet so einer! Tagsüber schafft er draußen am Bau mit den Zimmerleuten und kommt dann abends rüber in die Bühnenwerkstatt. Immerhin scheint er geschickt zu sein. Ich habe ihm gleich gezeigt, was ich will. Ganz klein ist der geworden, ganz klein! Jetzt wird er wohl eine Weile zu tun haben, da kannst du sicher sein. Und wehe dem Kerl, wenn es nichts taugt! Dann mag der Sproß ihn wiederhaben! In vier Wochen ist Premiere – da muss alles laufen!«

Hertha lag unter ihren Kissen und zitterte. Er war da! Er suchte sie. Er wollte sie. Erst in der Stadt und jetzt sogar hier im Schloss. Welche Kühnheit, welche Dreistigkeit! Was für ein Mann! Plötzlich überkam sie ein unbändiges Verlangen, den Kopulationsgeruch ihres Mannes von sich abzuwaschen, sich zu reinigen, um ohne Schuld vor Leander zu stehen. Da wurde die Tapsigkeit ihres Mannes ihr lästig und sie stand auf, um ihm beim Ankleiden zu helfen. Als ihr Mann endlich draußen war, bestellte sie ein Bad und stieg laut schnatternd in die laue Wanne, was der Zofe ein Stirnrunzeln aufs Gesicht schrieb und sie ahnen ließ, dass der Herr Kapellmeister hiervon besser nichts wissen sollte ...

Nachdem sie ein paar Mal vom Frühstück gepickt hatte, verließ Hertha die Wohnung und ging hinaus in den Schlosspark. Sie musste einen Gärtner fragen, um den Weg zum Theaterbau zu finden. Unterwegs riss eine Böe ihr den Schirm aus der Hand und wirbelte ihn in einen Springbrunnen, wo er, den Griff zum

Himmel gereckt, wie ein Fährschiff zum anderen Ufer strebte. Zum Glück ließ der Regen nach und hörte bald auf. Schon begann Hertha zu zweifeln, ob sie den Weg richtig verstanden hatte, als hinter einer Steigung endlich die mächtige Silhouette des neuen Theaters auftauchte. Sie hatte es sich nicht so groß vorgestellt.

Während Hertha durch den Schlosspark eilte, stand Maria hilflos draußen am Zaun und wusste nicht, wie sie hineinkommen sollte. Zur Stadt hin müsste doch wohl ein Eingang zu finden sein! Obwohl der Regen aufgehört hatte und die Morgensonne sich immer häufiger zwischen den Wolken hindurchzwängte, hätte sie gerne ihre klammen Kleider getrocknet und sich ein wenig aufgewärmt. Doch daran war jetzt nicht zu denken. Plötzlich scheute ihr Brauner, als von hinten ein Zweispänner nahte. Sie beschloss zu fragen.

»Verzeihung, aber könnte die Herrschaft mir gütlichst anzeigen, wo der Eingang ...«

Der Kutscher fuhr vorbei, ohne sie auch nur anzusehen. Doch plötzlich wurde sie von der anderen Seite angesprochen.

»Was willst'n herinnen?«

Die Stimme klang freundlich, passte aber überhaupt nicht zu dem grimmigen Gesicht des Burschen, der, obwohl offensichtlich in Eile, seinen Schritt verlangsamt hatte und zu ihr hinaufsah. Er trug ein Joch über der Schulter mit zwei verdeckelten Holzeimern daran, die an zwei Trageketten hingen und hin und her schaukelten.

»Eine Botschaft habe ich für den Vorarbeiter der Zimmerleute, Jonas heißt er ... er ist auf dem Bau des neuen Theaters ...«

»Einen Jonas kenne ich nicht, aber zur Baustelle geht's anders herum. Zurück und dann ganz um den Park. Dann folge den Fuhrwerken mit Bauholz. Hier vorne lassen sie dich eh nicht durch – so wie du aussiehst.«

Er nickte kurz, beschleunigte seinen Schritt, wobei die Last auf seinen Schultern noch einen Moment zu zögern schien, dann wie ein Pendel nach hinten ausschlug und schließlich ihrem Träger folgte. Maria tat, wie der Mann ihr geheißen hatte, und fand auch bald die Zufahrt zur Baustelle. Während sie auf das neue Opernhaus zuritt, kamen ihr Zweifel, und sie fragte sich, was sie da eigentlich tat und was sie hier wollte. Schließlich war sie sich sicher, dass sie Leander ohnehin nicht treffen würde, sondern nur irgendwie ihre Nachricht loswerden und dann zurückreiten würde. Sie musste an Elisabeth denken und an das, was sie ihr vor Wochen im Sägewerk geraten hatte: *Gib dich nicht auf! Das ist er nicht wert!* Wie es ihr wohl ging dort unten am Fluss?

Flach stand die Sonne hinter dem Opernhaus und ließ den Bau im Gegenlicht dampfen. Nach und nach drangen Geräusche an Marias Ohr: Poltern, Hämmern, das Quietschen der Seilrollen, die Rufe der Arbeiter. Plötzlich tauchte eine winzige Gestalt hoch oben zwischen den Dachbalken auf, dann noch eine und noch eine. Die Zimmerleute hatten ihre Pause beendet und fuhren mit ihrer Arbeit fort – froh, dass der Regen endlich aufgehört und der Sturm nachgelassen hatte. Wie klein die Männer aussahen von unten und wie zerbrechlich!

Wäre Maria nur etwas früher gekommen, hätte sie Leander noch angetroffen. Doch jetzt kletterte er schon auf halber Höhe im Innern des Bauwerks zum Dachstuhl empor, als die junge Frau vom Pferd stieg und unter den verwunderten Blicken der Maler, Zimmerleute, Stuckateure und Vergolder vor dem rückwärtigen Bühneneingang stehen blieb und sich unsicher umsah. Die große Zahl der Materialtransporte und das Kommen und Gehen der vielen hundert Handwerker brachten es mit sich, dass ab und zu Fremde auf der Baustelle auftauchten, obwohl Friedhelm Sproß seine Vorarbeiter wieder und wieder ermahnte, auf Gesindel und verdächtige Personen Acht zu geben und dieselben ohne viel Federlesens vom Gelände zu vertreiben. So trat auch jetzt einer der Bühnenmaler auf Maria zu und musterte sie skeptisch.

»Hier wird nicht gebettelt! Mach, dass du fortkommst!«

Maria zuckte zusammen, besann sich dann aber und ging einen Schritt auf den Mann zu, der in seinem bunt gesprenkelten Kittel wie ein Harlekin aussah.

»Ich such den Jonas, muss ihm eine Nachricht überbringen. Ich soll was bestellen.«

Noch einmal runzelte der Maler die Stirn, dann drehte er sich um und brüllte mit erschreckender Lautstärke zu den Gerüsten hoch: »Jonas! Das Weib will zu dir!« Ringsum erklang anzügliches Gelächter.

Jonas' Miene hellte sich etwas auf, als er Marias hübsches Gesicht sah. Gleichwohl musste er Acht geben, seine Autorität nicht zu gefährden. Ihm war klar, dass viele Dutzend Augenpaare ihn beobachteten.

»Ja?«

»Jonas, Vorarbeiter der Zimmerleute, seid Ihr das?«

»Ja, was gibt's?«

»Der August schickt mich. Ich soll danken für die guten Wünsche und für das Geld und soll sagen, dass es ihm schon viel besser geht und dass er in höchstens zehn Tagen wieder da ist, weil es gut vorangeht mit seinem Kopf. Das soll ich kundtun.«

Während sie ihren Spruch aufsagte, hätte Maria sich gerne umgesehen, um nach Leander zu suchen. Doch dies zu tun, traute sie sich ebenso wenig, wie nach ihm zu fragen. So blieb sie einfach stehen, sah den Vorarbeiter an und wartete. Statt einer Antwort schallte plötzlich wieder Gelächter von den Gerüsten herunter: »Da kommt noch eine! Will die etwa auch zu dir? Solltest besser aufpassen, nicht die Übersicht zu verlieren bei deinen Damen, Jonas!«

Irritiert wandte der Vorarbeiter sich von Maria ab und sah zum Schlossweg hinüber, von wo Hertha Tiefenbacher sich der Baustelle näherte. Auch diese zweite Frau kannte er nicht. Was war das hier nur für eine Weiberwirtschaft heute! Konnte man ihn und seine Männer denn nicht in Ruhe arbeiten lassen? Doch er beschloss, höflich zu bleiben, denn die Frau war fein gekleidet und schien aus besserer Gesellschaft zu sein. »Wollen Madame zu mir?« Jonas konnte die Blicke der Bauarbeiter in seinem Nacken spüren. Das hier mochte noch so harmlos sein – heute Abend, in den Schlafbaracken, da würden sie tuscheln und tratschen über ihn und die Weiber, würden Zoten reißen und mit deftigen Details ihrer eigenen Liebschaften prahlen. Er liebte solche Störungen nicht. Das schuf nur Unruhe unter den Leuten.

»Wenn Ihr den Zimmerleuten zu kommandieren habt, bin ich wohl recht bei Euch. Ich bin Madame Tiefenbacher, Gattin des Hofcompositeurs Paul Tiefenbacher, der mich schickt, den Leander zu holen, den Taubstummen, weil er ihn braucht für die Effektmaschinen – und das unverzüglich!«

Bis zu dem Augenblick, als sie den Vorarbeiter ansprach, hatte Hertha keinerlei Vorstellung davon gehabt, was genau sie eigentlich hier wollte und was sie sagen sollte. Jetzt schwieg sie verdutzt über ihre freche Lüge und freute sich doch zugleich über den Respekt, den sie damit dem Vorarbeiter einzuflößen schien. Es war wie damals bei der Schlosswache: Ihre Dreistigkeit schien glaubwürdig. Maria hingegen verlor im selben Moment alle Kraft. Aschfahl im Gesicht, hatte sie Mühe, sich auf den Beinen zu halten. Obwohl diese andere Frau genau das tat, was selber zu tun sie nicht wagte, bereitete ihr die Aussicht, gleich Leander gegenüberzustehen, so viel Seelenaufruhr, dass sie meinte, dies nie und nimmer aushalten zu können. Er durfte sie nicht sehen! Wie sollte sie seinen Blick ertragen, wenn er nicht das spiegelte, was aus ihren eigenen Augen sprach? In jenem Moment, als Maria vor dem riesigen Theaterbau stand und eine andere Frau nach Leander fragen hörte, schien es ihr plötzlich vollkommen unmöglich, dass er sie jemals lieben könnte. Sie fühlte sich ausgesperrt von seinem neuen Leben, von den neuen Kreisen, in denen er verkehrte. Warum sollte er sie unter diesen Umständen wollen, wo er sie doch früher schon kaum hatte haben wollen? So unauffällig wie möglich drehte sie sich um, murmelte einen Abschiedsgruß, nahm ihren Braunen am Zügel, versteckte sich neben dem Pferd und lief mit ihm davon. Nach ein paar Schritten hörte sie den Vorarbeiter rufen: »Hol mal einer den Schweigsamen runter! Er wird im Schloss gebraucht!«

Ein Blick in Herthas Augen genügte, und Leander erkannte ihre wahren Absichten. Da war es wieder: dieses Einhaken zweier Seelen und zweier Körper, die in stummem Einvernehmen dasselbe wollten. Sie wussten beide um die kompromisslose Offenheit und Direktheit ihrer Leidenschaft, die gleichzeitig unmittelbar und hemmungslos war. Leander tat gleichmütig und freundlich, grüßte sie und nahm in aller Selbstverständlichkeit seinen neuen Auftrag entgegen, von dem er wusste, dass es nur ein Vorwand war. Dann folgte er Hertha zum Schloss und nahm es als ebenso selbstverständlich hin, dass sie nach der Hälfte des Wegs abbog, um einen Seiteneingang zu wählen, der sie durch leere Gänge zur Theaterwerkstatt führte. Sie hatten Glück, der Raum war leer, und sie verloren keine Zeit. Vom kalten Bad und der Morgenfrische war ihre Haut noch kühl.

Im Gegensatz zur bedingungslosen Gier, die sie in sich selbst empfand, spürte Hertha eine seltsame Zurückhaltung bei Leander, die sie umso mehr erregte, als sie spürte, dass sie der Schlüssel zu bislang unerreichter Tiefe in der körperlichen Liebe sein würde. So sehr sie auch voranpreschte, so sehr sie auch die Initiative zu übernehmen und die treibende Kraft zu sein meinte, so deutlich hatte sie in ihrer wachsenden Leidenschaft doch immer auch das Gefühl, dass er mit ihr spielte, dieses und jenes ausprobierte, einiges verwarf, neue Ideen entwickelte und sie bei all dem genau beobachtete. Das spornte sie an, sie verausgabte sich und wurde laut, um ihn endlich aus der Reserve zu locken. Doch trotz aller Anzeichen männlicher Lust hielt er sich zurück und schien zugleich auf einer ganz anderen Ebene mit ihr beschäftigt zu sein. Es entspann sich ein bizarres Liebesspiel, voller Andeutungen und Experimente! Welche Erotik vor dem Akt! Welch ein Unterschied zu dem, was sie mit ihrem Mann erlebte!

Doch Leander spielte nicht mit ihr, er spielte auch noch nicht auf ihr. Was er tat, war noch etwas anderes. In ihrem gemeinsamen keuchenden Kampf zwischen Requisiten und Bühnenmaschinen, Soffitten, Prospekten und Versatzstücken vergangener Operntriumphe machte Leander Lautenschläger sich sein neues Instrument zu Eigen, stimmte es, hörte in es hinein und testete seine Möglichkeiten. So, wie ein Cembalist mit ein paar Läufen und hingeworfenen Akkorden die Gängigkeit der Mechanik und die Klangfülle seines neuen Instruments erprobt, wie er ein paar Effekte probiert, um ein Gefühl für die Möglichkeiten zu bekommen, so bemächtigte Leander Lautenschläger sich Herthas Lust, um später in höchster Virtuosität auf ihr spielen und mit ihr komponieren zu können. Er probierte alle erdenklichen Tempi zwischen Largo und Prestissimo, forcierte ihre Dynamik bis hin zum Fortissimo, damit sie sein Gehör erreichte, versuchte es espressivo und sostenuto, triumphando und lamento und durchlebte mit dieser Frau eine weite Palette von Ausdrucksmöglichkeiten, die für sie die schiere Erfüllung körperlicher Lust bedeuteten und für ihn den Höhepunkt musikalischer Schaffenskraft.

Hätte Hertha eine Ahnung davon gehabt, welche Gratwanderung Leander im Liebesspiel mit ihr vollführte, wäre es um ihre Lust geschehen gewesen. Denn alles, was er an und mit ihr tat, drängte ihn zugleich auch immer an den Rand der Zerstörung und der Todesahnung. Wieder und wieder sah er auf die andere Seite des Abgrunds, wo Leiden und Tod, Schreien und Flehen, Schmerzen und Vergehen lauerten. Grausige Erinnerungen an andere Frauen kochten in ihm empor. Jede von Herthas lustvollen Reaktionen auf Leanders Liebesspiel trug im Keim die Todesangst, die Panik in sich. Einzig an ihm wäre es gewesen, durch eine winzige Veränderung seiner Gesten den Sprung auf die dunkle Seite einzuleiten. Doch er tat es nicht, blieb diesseits des Abgrunds und führte seine Gespielin in neue Regionen der Leidenschaft, während Fetzen von Musik wie der Widerhall eines fernen Echos durch sein Inneres schwebten und sich mit

Herthas Schreien neue Melodien und Harmonien verbanden – zwar noch unklar und unfertig, aber vielversprechend.

Als Hertha dann jede Kontrolle verlor, schien es ihr beinahe, als sei es ihm nicht einmal recht, oder als sei es noch zu früh gewesen. Er brachte seine eigene Lust wie beiläufig zu Ende, musterte sie und lächelte sie schließlich an. Sie war eine Offenbarung – wie eine der großen Geigen aus Cremona oder eines der besten Cembali aus Antwerpen. Er würde Großes mit ihr vollbringen – auf die eine oder andere Weise. Dessen war er gewiss.

Einen Moment noch lagen sie beieinander, während sie seinen Kopf mit beiden Händen streichelte und zum Fenster hinaussah: »Was bist doch für ein wundersamer Mann, du stummer Held ... Weißt wirklich mit den Frauen umzugehen.« Leander hörte es nicht. Ihr war klar, dass sie ihn von jetzt an brauchen würde – immer wieder. Draußen türmten sich die letzten dunklen Regenwolken noch einmal auf, bevor sie vor der hervorbrechenden Sommersonne flohen. Plötzlich zuckte Hertha zusammen: Hatte sie da nicht eben einen Schatten gesehen, eine Gestalt? Nicht auszudenken, wenn zufällig ein Gärtner oder – schlimmer noch – einer der Höflinge beim Flanieren im Park durchs Fenster gesehen und sie beobachtet hätte. Hertha richtete sich ein wenig auf, bedeckte ihre schweißnassen Brüste mit einem Stück Bühnenvorhang und sah genauer hin. Doch da war nichts.

Hätte sie jetzt das Fenster geöffnet und hinausgesehen, wäre ihr sofort die junge Frau von der Baustelle aufgefallen, die in den Blumenrabatten unter dem Sims hockte. Doch Hertha ließ das Fenster geschlossen und beachtete auch das zweite kleinere an der Seitenwand des Raumes nicht, das zwischen den zahlreichen Dekorationsstücken kaum auffiel. Stattdessen gab sie Leander einen letzten wilden Kuss und verließ die Werkstatt. Draußen saß Maria noch lange in den Blumen und weinte.

Wie sie nach Hause gekommen war, hätte Maria hinterher nicht mehr sagen können. Irgendwie hatte ihr alter Gaul wohl den

Weg zum Stall zurückgefunden. Auch als sie abstieg und das Pferd beim Bauern wieder in den Stall führte, war sie nicht recht bei der Sache, sondern verrichtete nur das Nötigste, band den Braunen fest und ging dann so schnell als möglich zum Haus des Zimmermanns hinüber. Sie wollte nur noch in ihre Kammer. Dass sie klopfen musste, um ins Haus zu gelangen, war ihr unangenehm. Tausendmal lieber wäre es ihr gewesen, niemanden mehr sehen zu müssen nach all den Schmerzen und den Enttäuschungen des Tages. Leander! Liebster Leander! Immer wieder murmelte sie seinen Namen wie eine Beschwörungsformel, als ob durch die hundertfache Anrufung der Geliebte so rein und edel wie früher werden könnte und die hässliche Szene hinter dem Fenster der Bühnenwerkstatt sich als bloßes Hirngespinst entpuppen könnte. Aber welchen Sinn hatte es schon, das Gesehene umdeuten zu wollen, wo es doch eindeutiger nicht hätte sein können? Sie fragte sich, ob er ihr damals in der Sägemühle wirklich so nahe gewesen war, wie ihre liebestrunkene Erinnerung es ihr vormachte. War er ihr nicht auch dort schon fremd und unnahbar erschienen? Hatte dieser rätselhafte, stumme Mann nicht eher neben statt mit ihr gelebt? Hatte er nicht selbst in den Momenten intimster körperlicher Nähe seltsam fern von ihr agiert? Sie wollte es nicht wahrhaben und schob die Zweifel von sich.

Charlotte öffnete die Tür. Als sie Marias Blick nicht fand, verstand sie, wie Frauen einander verstehen, und nahm sie in den Arm. »Komm rein, Liebe. Du kriegst noch etwas Suppe, und dann schlaf dich aus. Morgen wird's schon wieder gehen.«

Obwohl Maria nie von Leander erzählt hatte, wusste Charlotte, dass da jemand sein musste – nicht allzu fern von hier – und dass Maria ihn suchte. Als Maria dann so bereitwillig mit der Botschaft ihres Mannes zum Schloss aufgebrochen war, hatte sie begriffen, dass dies ein willkommener Anlass gewesen war. Den ganzen Tag über hatte sie gehofft, Maria möge Erfolg haben. Nun tat sie ihr Leid.

»Hast ihn wohl gefunden, aber nicht so, wie du wolltest. Hab ich Recht?«

Maria nickte kaum merklich und wandte sich an den Zimmermann: »Ich hab alles bestellt, wie Ihr mir aufgetragen habt. Ihr könntet wohl wiederkommen, hat der Vorarbeiter gesagt, und solltet Euch bis dahin noch gut mästen lassen von Euerm lieben Weibe. Das hat er gesagt. Übernächsten Montag erwartet er Euch am Bau.«

Mit einem Seufzer der Erleichterung sank August auf den Stuhl nieder. »Gut ... gut! Gut so! Gott sei Dank!«

Als Maria den Blick des Zimmermanns auffing, in dem sich Trotz und Tatendrang und Schwäche spiegelten, sah sie wieder den mächtigen Theaterbau vor sich mit seinem riesigen Dach, unendlich hoch, und die Menschen darauf winzig klein. Und sie sah einen Körper fallen, schwarz wie ein Scherenschnitt, sah, wie er hilflos im Sturz sich drehte, wie er auf den Brettern aufschlug und die Arbeiter von allen Seiten herbeiliefen und stumm den zerschmetterten Leib betrachteten. Es geschahen wohl immer wieder tödliche Unfälle am Bau – erst recht bei einem so großen Werk.

Eine Weile noch saßen sie beieinander in der Stube. Maria musste erzählen, August und Charlotte hörten ihr zu. Der Zimmermann wollte alles ganz genau wissen, unterbrach sie immer wieder und fragte nach jeder erdenklichen Kleinigkeit: Welche Fortschritte der Bau gemacht habe, ob er wirklich so groß geworden sei, wie man es schon früh habe erahnen können, ob sie die Balustraden und die Säulenreihen bemerkt habe und die kunstvolle Konstruktion des Dachstuhls, ob dieser oder jener von seinen Zunftgenossen immer noch da sei, wie es den Männern gehe und so weiter.

Nie im Leben, gab Maria zurück, hätte sie sich den Bau so erhaben vorgestellt, so mächtig und so kunstfertig ausgeführt. Aber vom Bauhandwerk im Allgemeinen und von der Zimmerei im Besonderen verstünde sie ja nun einmal nicht viel und könne ihm deshalb nichts Genaues berichten, außer dass das Werk sicher wohlgeraten sei und die Männer wohlgemut, und er werde das alles ja mit eigenen Augen sehen, wenn er in zehn Tagen wieder dabei sei. Im Übrigen sei sie aber sehr müde von der Reise, und da morgen früh die Kinder sicher wieder zeitig aufwachten, wolle sie sich nun zurückziehen und wünsche ihnen beiden noch eine geruhsame Nacht und weiterhin die beste Genesung.

Als Maria endlich in ihrer kleinen Kammer lag, wollte der Schlaf noch lange nicht kommen. Immer wieder sah sie Leander auf dem Brokat liegen zusammen mit dieser Frau, und es war vor allem die offensichtliche Lust dieser anderen, die ihr das Herz zerriss. Warum tat er das? Warum betrog er sie auf diese obszöne Weise? Warum weihte er eine andere in seine Blöße ein? War er wegen dieser Frau damals fortgelaufen aus dem Sägewerk? War er noch erreichbar für sie, oder hatte sie ihn längst an diese fremde Welt bei Hofe verloren? Ziellos kreisten die Fragen in ihrem Kopf, ohne Sinn und ohne Anspruch auf Antworten, und kehrten nur immer wieder, um sie zu quälen.

Dann wieder fragte sie sich, welches Recht sie eigentlich hatte, ihn zu tadeln oder gar Ansprüche auf ihn geltend zu machen – ausgerechnet sie, die sich doch, kaum dass sie mit Leander zusammen gewesen war, immer wieder dem Vorarbeiter der Ebenisten dargeboten hatte wie schon so vielen anderen Männern zuvor. War Leander nicht mindestens ebenso frei wie sie? Sah sie die Dinge nicht viel zu selbstsüchtig aus ihrem kleinen, verliebten Blickwinkel? Und überhaupt: Konnte sie denn sicher sein …? Plötzlich fröstelte sie unter ihrer Decke. Sie zog sich das Leinen über die Ohren. Wie kam sie dazu anzunehmen, dass ausgerechnet Leander …? Sie legte beide Hände auf ihren Bauch, ertastete die Andeutung einer Wölbung unter dem Nabel und fühlte in ihren Leib hinein, als könnten ihre Fingerspitzen die Frage beantworten: Warum ausgerechnet er? Warum nicht der andere? Nur weil sie ihn liebte und den anderen nicht? Sie wünschte sich von ganzem Herzen, dass es von ihm war. Für sein Kind würde sie eine gute Mutter sein, von Anfang an.

Sanft massierte sie ihren Leib, träumte, es wären seine Hände, und streichelte sich selbst in den Schlaf. Am nächsten Morgen sprach Charlotte sie an.

»Er ist nicht der Vater deines Jungen, wohl aber des Kindes unter deinem Herzen. Hab ich Recht?«

»Du weißt ...?« Erstaunt sah Maria ihre Freundin an. »Sieht man es schon?«

»Ich sehe deine Augen, deine Haut, deinen Gang. Ich weiß es eben. Wir sind doch beide Mütter ... und du bist mir lieb und teuer.« Sie nahm Maria in den Arm und strich ihr liebevoll über die Wangen. »Nun erzähl schon! Er ist im Schloss. Das weiß ich jetzt. – Ist es einer von den Handwerkern oder Dienstboten?« Sie zögerte einen Moment und sah Maria von der Seite an: »Doch nicht etwa einer mit Wams und Perücke? Das doch wohl nicht, oder?«

Entrüstet wehrte Maria ab: »Nein, nein! Gott bewahre! Keiner von denen! Aber selbst wenn es so wäre, könnten meine Sorgen auch nicht größer sein.«

»Was heißt das?«

»Eingelassen hat er sich mit einer aus diesen Kreisen, ausgerechnet mit so einer! Ich darf gar nicht daran denken! Er verkehrt wohl auch viel im Schloss und hat sich beliebt gemacht, so heißt es.« Trotz schwang in Marias Stimme mit und Wut, und ihre Hände ballten sich zu Fäusten. Doch das Aufbegehren hielt nicht lange vor, und sie wurde wieder mild und leise: »Er ist halt sehr geschickt und immer etwas Besonderes gewesen, der Leander. Andere sehen es auch – gerade die Frauen erkennen es. Zimmermann ist er wie dein Mann, der Taubstumme, von dem sie alle reden. Und ich weiß nicht mal, ob er der Vater ist. Ich hab den Kleinen und mich durchbringen müssen in dem Jahr, weißt du ... Und ins Spinnhaus wollte ich nicht zurück. Dann schon lieber das ... Aber ihn lieb ich nun mal. Verstehst du mich?«

Und ob Charlotte sie verstand. Sollte sie Maria erzählen, wie sie gelitten hatte vor zwei Sommern, als August mit der Magd vom Nachbarhof etwas angefangen hatte kurz nach ihrem jüngsten Kind? Sollte sie ihr erzählen, wie sie einmal hinübergegangen war in den Stall, wie sie im Heu nach seinem Geruch gesucht und doch nur den Gestank der Pferde gefunden hatte?

»Warum bist du nicht schon früher hingegangen, ihn zu suchen?«

Maria seufzte: »Weil sie mich hinausgejagt haben aus der Stadt damals – wegen des Kleinen. Ich hatte Angst, jemand könnte mich wiedererkennen. Drei Monate war ich im Spinnhaus. Ich will da nicht wieder hin.«

»Weiß er von deinen Umständen?«

»Wie denn, wo ich ihn doch seither nicht mehr gesehen habe?«

Plötzlich wurde Charlotte unruhig, und es war nun an ihr, aufzubegehren: »Vielleicht sollte er es aber wissen. Vielleicht sollte er auch wissen, wo seine Kreise sind, und seine Verantwortung. Ist er ein guter Mann?«

Als Maria nicht antwortete, sah Charlotte ihr fest in die Augen: »Hat er dich geschlagen?«

»Nein, nein!«, widersprach Maria erschrocken. »Es ist nicht so, wie du denkst. Er war immer gut zu mir und dem Kleinen. Aber ... er redet halt nicht, mein Leander, er kann es ja nicht ... und manchmal ist er weit weg, obwohl er doch da ist. Dann ist da so eine Wand zwischen ihm und der Welt und allen Menschen ... und irgendwas Großes steht dahinter. Er zeigt eben wenig von sich. Aber ich glaube, ich denke ... ja, er ist gut. Er ist ein guter Mensch.«

Während sie nach Worten rang, hob sie die Stimme, als ob sie sich selbst Mut zusprechen wollte. Charlotte bemerkte Marias Zweifel wohl, doch sie fragte nicht weiter.

»Ich denke, du solltest noch einmal hin zu ihm. Er muss es wissen.«

»Meinst du wirklich? Er scheint mir schon so fern.« Und ganz leise, wie zu sich selbst, fügte sie hinzu: »Eigentlich war er das immer.«

»Die Zimmerleute gehen am letzten Tag immer zur Handwerksmesse. Das ist am Sonntag. Ich könnte den Kleinen noch mal nehmen. Mein Kleid kannst du auch haben – und meine Maske vom letzten Jahr, wenn du willst. Man verkleidet sich dort gerne. Ich denke wirklich, er sollte es wissen. Hast du Angst vor einer Hinrichtung? Bei Sonnenuntergang werden sie alle dort sein.«

»Ich muss ja nicht hinsehen. Es wird schon gehen. Danke, du bist lieb.«

Nun nahm Maria Charlotte in den Arm und drückte sie an sich.

»Pass auf deinen August auf! Es ist alles so groß dort und die Arbeit so schwer und derb. Es darf nicht noch einmal ein Unglück geschehen ... Er muss vorsichtig sein. Ich mach mir Sorgen.«

Als Charlotte aufsah, stand die Angst in ihren Augen. »Ich auch. Aber er will es unbedingt. Und hier geht es nicht mehr weiter mit ihm – das siehst du doch selbst. Wenn er noch länger in der Stube hocken muss, wird er mir wieder krank. Er braucht die Luft, er braucht den weiten Horizont, der August. Ihm ist am wohlsten, wenn er ganz oben sitzt auf einem First. Wir können nur hoffen und beten. Es liegt alles in Gottes Hand.«

19. Was mir die Liebe erzählt

In jenen Sommertagen hielt die Handwerksmesse mit ihren vielfältigen Vergnügungen nicht nur die Stadt in Atem. Auch der Fürstenhof erwachte aus seiner herablassenden Langeweile, die sonst wie Gewitterschwüle über dem Schloss zu liegen pflegte. Plötzlich war man lebhaft, schmiedete Ausflugspläne, zeigte die neuesten Einkäufe von der Messe, genoss Lob und Neid der anderen, traf sich, feierte und merkte des Abends verblüfft, dass der Tag sogar ein wenig Spaß gemacht hatte. In den Gängen des Schlosses hallte es lauter, die Schritte wurden emsiger, man sah mehr Menschen als üblich in geschäftigem Hin und Her die Residenz durcheilen.

Für die Musiker und Theaterleute bei Hofe bedeuteten die hektischen Tage mehr Arbeit als sonst, denn neben den Proben für die großen Uraufführungen im neuen Konzerthaus waren mehrere zusätzliche Vorstellungen im kleinen Schlosstheater und einige Freiluftkonzerte zu absolvieren. Glücklicherweise zeigte der Herzog ein Einsehen und verlangte von den beiden Hofkapellmeistern hierfür keine Neukompositionen oder Neuinszenierungen. Die sollten der Eröffnung des Neubaus vorbehalten bleiben. So behalf man sich mit bewährten Stücken aus dem Repertoire, die schnell wiederaufgelegt werden konnten und auch nicht allzu lange dauerten. Weder der Herzog noch die Mehrzahl seiner Hofbeamten hatten in dieser Zeit genügend Muße, sich stundenlang den schönen Künsten zu widmen. Mancher von ihnen – Seine Durchlaucht mit eingeschlossen – entdeckte zudem, dass die Lebenslust jener Tage anregend auf sinnliche Freuden der intimeren Art wirkte. Auch das sprach gegen allzu lange Konzerte am Abend. Opern fanden also nicht statt – höchstens einmal ein Ballett, was den Herzog regelmäßig aufmerken ließ, da er mit acht der Tänzerinnen schon das Bett geteilt hatte und die geschmeidigen Körper immer wieder gern betrachtete.

In stillem Einvernehmen hatten die beiden Kapellmeister eine Art Waffenstillstand geschlossen, um das zusätzliche Arbeitspensum von acht Konzerten in einer Woche gemeinsam zu bewältigen. Wenn die Aufregung vorbei sein würde und der Herzog ihren Künsten wieder mehr Aufmerksamkeit schenkte, würden sie ihre Fehde wieder aufnehmen. Paul Tiefenbacher fügte seinem eigenen, mageren Repertoire effektvolle Stücke von Lully, Vivaldi, Tomasi, Graf von Wassenaer und manchmal sogar eines Mitglieds der Bachfamilie hinzu. Vinzenz van Eisenmann schöpfte aus einem zwar bescheidenen, mit den Jahren aber immerhin auf etliche Suiten und Sinfonien angewachsenen Vorrat von Eigenproduktionen. Vor drei Jahren hatte er auf einer Reise nach Ungarn in Eisenstadt Station gemacht, wo ein junger Mann namens Joseph Haydn im Dienste des Fürsten Esterhazy recht ordentliche Sinfonien schrieb. Eisenmann hatte ihm ein wenig über die Schulter gesehen und manche Anregung für seine eigenen Orchesterkompositionen mitgebracht, die allerdings kaum mit den Werken seines Kollegen in Eisenstadt mithalten konnten. Eines seiner Werke in C-Dur glich so offensichtlich einer Sinfonie gleicher Tonart jenes Herrn Haydn, dass dieser es besser nie zu Gehör bekäme. Doch Eisenstadt war weit und das Plagiat unter Musikern üblich. Außerdem gefiel Seiner Durchlaucht gerade dieses Zwölf-Minuten-Stück des Hofcompositeurs Vinzenz van Eisenmann ganz besonders.

Auf der Baustelle des Opernhauses gingen die Arbeiten mit gebremstem Tempo weiter. Nach anfänglichen Schwierigkeiten lag man jetzt gut im Plan. Viele Handwerkerfamilien nutzten die Zeit, um sich den deftigeren Vergnügungen auf der Messe zu widmen. Vor allem die siebenfache Hinrichtung am Abschlusstag versprach, ein besonderer Höhepunkt zu werden.

In der Nacht nach seinem Treffen mit Hertha lag Leander noch lange wach und malte sich aus, wie er ihre Lust benutzen würde, um mit seinem Werk fortzufahren. Schon die verheißungsvollen Ansätze, diese betörenden Laute, die in den Momenten ihrer größten Hingabe den Weg durch sein Gehör gefunden hatten, erschienen ihm wie ein Quell der Inspiration. In ihren Armen schien sein Horizont sich zu weiten, seine Schaffenskraft zu wachsen und sein kompositorisches Rüstzeug zu erstarken. Ihm war, als staute eine gewaltige Flut sich in ihm an, bereit, sich jederzeit ins Tal zu stürzen und ihn mitzureißen zu neuen Ufern. Wenn es doch nur endlich so weit wäre! Fast bedauerte er, nicht schon das erste Zusammentreffen mit ihr für sein Projekt genutzt zu haben. Eine Weile dachte er darüber nach und fragte sich, was ihn wirklich zurückgehalten hatte. Schließlich fand er den entscheidenden Grund: *Sie* hatte den Anstoß gegeben – nicht *er*. Doch um mit seinem Werk weiterzukommen, musste *er* die Kontrolle über das Geschehen behalten. Diese Frau war stärker als die anderen und ihm in vielem ähnlich. Er würde die Herausforderung annehmen, schließlich erhöhte das nur den Reiz. Bald schon würde er die Zügel in die Hand nehmen und die Dinge in seine Richtung lenken.

Klopfenden Herzens zog er in der Dunkelheit seine Leinenpartitur hervor und strich zärtlich mit den Fingerspitzen über den Stoff. Wie lange versteckte er ihn schon bei sich? Wie oft hatte er heimlich seine Musik darauf gemalt? Welche Kämpfe hatten diese Takte ihm beschert? Schemenhaft zogen Bilder von Frauen an seinem geistigen Auge vorüber, gesichtslos und blass, die Münder weit offen, die Augen grell. Entfernte Stimmen sickerten träge durch seine Erinnerungen: Panik und Lust, die zu Musik wurden, Schreie, deren Harmonien nur er allein verstand. Es fiel ihm schwer, all das zu sortieren und die Frauen auseinander zu halten, die ihm auf so gegensätzliche Weise geholfen hatten. Oftmals hatte er darüber nachgedacht, wie sehr sich die Gesichter ähnelten, wenn Leid oder Lust sie verzerrten. Ihm schien diese Austauschbarkeit der Mimik ein Indiz dafür zu sein, wie nah diese vermeintlich verschiedenen Gefühle tatsächlich beieinander liegen mussten. Diese Nähe von Tod und Ekstase betrachtete er als Grund für die Tatsache, dass es ihm unmöglich gewesen wäre, vorherzusehen, ob er einer Frau zur höchsten Lust verhelfen oder sie in den Tod stoßen würde. In gewisser Weise, so tröstete er sich, hatte er sie doch alle geliebt für das, was sie ihm gegeben hatten. Und Hertha würde sie alle übertreffen!

Im Geiste ging Leander den Anfang seines Werkes noch einmal durch, durchlebte jede einzelne Orchesterstimme, den vielstimmigen Chor, die Solisten, und er formte die Lippen zu stummem Gesang. Schon meinte er zu ahnen, wie es weitergehen würde, die Lösung war nah – ganz nah. Doch dann fiel ihm auf, dass er gar nicht weitermachen konnte! Auf dem Stoff fanden vielleicht noch zwanzig oder fünfundzwanzig Takte Platz, mehr nicht. Er brauchte Papier – richtiges Notenpapier! Verärgert über dieses profane Problem wälzte er sich auf seinem Lager hin und her und grübelte.

Am nächsten Tag nach der Arbeit im Dachstuhl hatte Leander Lautenschläger es eilig, vom Gerüst herunterzuklettern und zum Schloss zu laufen. Dort nahm er diesmal nicht den Weg zur Werkstatt, sondern ging weiter zum Seitenflügel, wo sich die Wohnungen der Musiker befanden. Zwar wusste er nicht genau, wo die Tiefenbachers wohnten, doch der Zufall kam ihm zu Hilfe, als sich wenige Schritte vor ihm die Tür zu einer Suite öffnete und eine Zofe eiligen Schrittes auf den Gang trat. Für einen Moment sah Leander aus den Augenwinkeln Tiefenbachers Dirigierstab an der Wand lehnen. Er wartete, bis das Dienstmädchen verschwunden war. Dann klopfte er.

Als Hertha öffnete, zuckte sie vor Schreck zusammen. Auch ihr Mann, der wenige Schritte hinter ihr stand, sah verwundert zur Tür. Der Hofcompositeur war eben dabei, sich für das Abendkonzert anzukleiden. Ohne Perücke hätte Leander ihn fast nicht erkannt. Die Störung passte Tiefenbacher nicht. Er hatte es eilig.

»Was willst denn du hier? Kommst du mit den Maschinen nicht klar? Das hat Zeit bis morgen. Wenn du ein wenig Ahnung von meiner Kunst hättest, wüsstest du, dass ich für die zwei Concerti grossi heute Abend die Effekte nicht brauchen werde! Also scher dich und stör nicht weiter!«

Da der Hofcompositeur sich bei diesen Worten über seine

Schnallenschuhe beugte, konnte Leander seine Lippen nicht sehen und verstand ihn nicht. Er ging einfach zum Cembalo, wies auf die Partitur, die darauf lag, und tat, als ob er schriebe. Hertha begriff sofort, was er meinte.

»Er möchte Notenpapier. Wohl für den Kopisten. Ist noch welches da?«

Tiefenbacher selbst hatte seinem Kopisten gestern einen Stapel Manuskripte zur Reinschrift gegeben und nahm nun an, dass das Papier nicht reichte. Er wurde ein wenig freundlicher: »Und da sage noch einer, der alte Bach habe viel geschrieben. Da kennt ihr den Tiefenbacher aber schlecht! Hertha, meine Liebe, schau hinten im Sekretär nach. Da sollten noch ein paar Bögen liegen. Die mag er nehmen. Und der alte Bach ... na ja ... Seine Söhne, die haben recht gute Musik gemacht. Aber der Vater ...? Diese ewigen spröden Fugen! Unerträglich, einfach unerträglich – und langweilig noch dazu! Da lob ich mir doch meine Italiener!«

Er setzte die Perücke auf, zupfte daran, bis der Puder staubte. Dann griff er sich mit seinen mehligen Fingern zwischen die Beine, rückte sein Geschlecht zurecht, als ob es zu groß wäre und ihn stören würde, und ging zur Tür. Als er an seiner Frau vorbeikam, kniff er ihr grob in den Hintern.

»Und noch etwas, meine Liebe: Nimm ruhig dein Bad und wärme schon mal das Bett! Die Nacht ist noch lang nach dem Konzert und verlangt nach einem *finale furioso*. Dass du mir also nicht wieder einschläfst – nachher. Ich habe noch etwas vor mit dir. Aber bis gegen elf wird es wohl dauern.«

Leise vor sich hin pfeifend nahm er seinen Dirigentenstab und ging hinaus, ohne den verächtlichen Blick seiner Frau zu bemerken.

Als ihr Mann verschwunden war, zögerte Hertha einen Moment und ging dann ins Arbeitszimmer, um das Notenpapier zu holen. Plötzlich hörte sie den Riegel der Wohnungstür und bekam weiche Knie. Also doch! Mechanisch zog sie die Schublade auf, bückte sich, um nach dem Papier zu suchen, und wartete auf Leanders Berührung. Aber nichts geschah. Sie sah sich um und suchte seinen Blick, aber er war verschwunden. Sollte sie die Situation doch missverstanden haben? War er wieder gegangen? Sie lief zurück zur Tür, sah den Riegel und wusste, dass er noch in der Wohnung sein musste. Plötzlich ertönte auf dem Cembalo ein Lauf aus lauter kleinen Terzen, die wie eine raunende Frage im Raume schwebten. Sie lächelte und schloss die Augen. Doch als sie sich umdrehte, war er schon wieder fort; nur sein Hemd lag auf den Tasten. Sie nahm es, roch daran und schlug einen G-Dur-Akkord an, obwohl sie wusste, dass er ihn nicht hören würde. Oder vielleicht doch? Plötzlich war sie sich nicht mehr so sicher, was dieser Mann vermochte und was nicht. Womöglich war viel mehr Musik in ihm, als die Welt ahnte. Hieß es nicht, er schnitze Kadenzen und Fugen in die Balken des neuen Konzerthauses?

Ohne nachzudenken, setzte Hertha sich ans Cembalo und begann zu spielen. Seit Paul ihr in der Hochzeitsnacht das Komponieren verboten hatte, hatte sie keines ihrer eigenen Stücke angerührt. Doch heute Abend fühlte sie sich stark und wagte sich an die Toccata in a-Moll, die sie vor Jahren geschrieben hatte. Die Läufe hakelten wohl etwas, weil die Übung fehlte, aber eigentlich ging es noch recht gut. Da: Diese Modulation war ihr wirklich gut gelungen damals. Und jetzt: das Fugenthema ... Es entsprach zwar nicht der reinen Lehre, war dafür aber recht farbig und ungewöhnlich ... Wirklich nicht schlecht! Sie fragte sich, warum sie eigentlich nicht weiterhin schrieb. Paul müsste es ja nicht erfahren.

An ihrem Flaum im Nacken spürte sie, dass Leander hinter ihr stand. Dennoch widerstand sie dem Drang, sich umzudrehen, und spielte unbeirrt weiter. Leander sah nur auf ihre Hände. Hoch konzentriert verfolgte er den Tanz der Finger und versuchte, die Musik dahinter zu erfassen. Auch wenn viele Einzelheiten zu schnell vorüberhuschten, erkannte er doch Tonart, Metrum und die grundlegende Faktur des Satzes. So entstand die Essenz des Stückes in seinem Kopf – nicht Ton für Ton, aber doch Takt für Takt, und er erfasste den großen Zusammenhang. Leander erkannte schnell, worum es in Herthas Cembalospiel ging. Die synästhetischen Sinneskreuzungen, die es bei ihm hervorrief, verrieten ihm, dass es gute Musik war: die Harmonie der Farben, ihre Struktur und Entfaltung, die Schönheit ihres Entstehens und Vergehens – all das fügte sich perfekt ineinander und zeugte von einer souveränen Dramaturgie. Sollte Hertha diese vierstimmige Fuge tatsächlich selbst geschrieben haben, dann war sie eine gute Komponistin. Leander fragte sich, ob ihr Mann das wusste.

Je weiter Hertha mit ihrem Stück vorankam, desto sicherer wurde sie. Dankbar fühlte sie, wie Geist und Finger sich erinnerten und wie etwas in ihr erstarkte. Es kam ihr vor, als ob sich in ihrer Seele eine Kammer öffnete, die viel zu lange verschlossen gewesen war. Nach dem Schlussakkord hielt sie inne, sah auf ihre Hände und lächelte. Unvermittelt kamen ihr die Anfangstakte eines alten Madrigals in den Sinn: *Ich hab's gewagt, frisch unverzagt …* Doch dann riss ein leises Planschen und Gluckern sie aus ihren Tagträumen. Er stand nicht mehr hinter ihr. Jetzt war er im Bad!

Hertha spürte, wie ihre Brüste sich spannten, wie ein Prickeln über ihren Körper lief und den Weg in ihre Mitte fand. Wieder staunte sie über ihr Verlangen, das sie vor ihrem Mann so oft versteckt hatte, dass sie es kaum noch kannte. Wie schlafwandelnd zog sie sich aus, ließ Schuhe, Kleider und Mieder fallen und ging ins Bad. Während sie lief, sah sie auf ihre nackten Füße, beobachtete das Spiel ihrer Zehen auf dem Parkett, sah, wie ihre Sehnen sich bei jedem Schritt spannten. Hertha wusste, dass sie schön war.

Im Boudoir war es warm und feucht; es roch nach Lavendel und Rosenöl. Die Zofe hatte gut eingeheizt, denn Madame liebte es mollig. Die Wanne stand mitten im Raum: Sie war groß, mit geschwungenen Rändern, die zum Kopfteil hin anstiegen, und wurde von goldenen Löwenpranken getragen, auf denen der Wasserdampf perlte. Die Kacheln an den Wänden waren stumpf vor Feuchtigkeit. Warmer Nebel hatte das Fenster zum Park erblinden lassen.

Er sang. Leander saß in der Wanne und sang mit suchendem Bariton Fetzen vergangener Melodien, Reste alter Madrigale, verstümmelte Zeilen aus den Liedern seiner Kindheit. Betroffen blieb Hertha in der Tür stehen und lauschte, während Dampf über ihre Füße kroch. Manches erkannte sie wohl wieder, da sie es einst selbst gesungen hatte. Und hinter dem vielen, das ihr unverständlich blieb, spürte sie eine tiefe Sehnsucht nach Glück und Vergebung.

Sie dachte schon, er hätte geendet, da durchfuhr es sie wie ein Blitz: Das war doch ihre Melodie! Der Mann in ihrer Badewanne versuchte, das Fugenthema zu singen, das sie soeben erst gespielt hatte. Sperrig und ungeschlacht kam ihm die Musik über die Lippen; grunzend, summend und knurrend stand sie im Raum. Die Melodie stimmte nicht ganz, und auch die richtig erkannten Töne traf er nur ungefähr mit seiner vorsichtig tastenden Stimme, und dennoch war es ohne Zweifel ihre Melodie! Die Verstümmelungen, die ihre Musik unter seinen beschränkten Mitteln erfuhr, berührte Hertha ungleich stärker, als wenn er ihr das Stück in Vollendung vorgesungen hätte.

Plötzlich verstummte der Gesang, und er sah sie an. Er kam ihr weicher vor als gestern, auch weniger prüfend. Als er seine nackten Schultern aus dem Wasser hob und die Tropfen über seine Haut liefen, folgte sie ihm liebkosend mit den Augen. Er war stark – das sah sie. Doch seine Kraft hatte nichts Bedrohliches, jedenfalls nichts von der plumpen Rohheit ihres Mannes. Dennoch fand sie in seiner Haltung eine Zielstrebigkeit, ja, einen Egoismus, der sie irritierte. Der Hauch von Verunsicherung, den sie in ihm spürte, erhöhte nur ihr Verlangen, denn sie bezog ihn auf sich, deutete ihn als Ausdruck von Scham und

Scheu, die es zu überwinden galt. Herausfordernd musterte er sie, studierte die Anmut ihres Ganges, als sie zur Wanne ging. Sie beugte sich hinüber, bot ihm ihre Brüste dar. Er berührte sie mit Zunge und Lippen. Unter dem smaragdenen Wasser verschwommen die Konturen seines Körpers und flohen vor ihrem Blick, als wollten die Wellen seine Nacktheit verbergen. Als seine Hände über ihren Rücken strichen, fröstelte sie. Langsam stieg sie zu ihm hinein. Wie zufällig ließ sie dabei ihre Zehen über seine Brust streichen. Er reagierte nicht. Mit gespreizten Beinen saßen sie sich gegenüber, Knie und Waden ineinander verschränkt und doch noch fern vom andern, genossen die Sehnsucht der Haut nach weiteren Berührungen ... warteten. Als seine Schenkel sich endlich sanft an ihre schmiegten, drang sie mit den Augen vorsichtig in ihn ein, zwängte sich vorbei an seinen Blicken und suchte die Seele hinter seiner Lust. Er ließ es nicht zu, goss Schwärze über die Teile seines Ich, die er nicht preisgeben wollte, und lenkte ihren Blick in unverfängliche Tiefen. Vorerst nahm sie es hin.

Leander wählte das Wasser, um sie zu streicheln. Seine Hände schickten warme Wirbel hinab, die ihr dunkles Dreieck wogen ließen. Mit pulsierenden Hüften spülte er eine sanfte Dünung über ihren Bauch und sah zu, wie die Wellen auf ihrer Haut züngelten und ihre Brüste umkreisten. Hertha lehnte sich zurück und genoss das Fließen und Treiben. Entspannt und doch in all ihren Poren aufs Höchste erregt, erwartete sie die nächste Welle, nicht wissend, wann und woher sie kam, war ganz Haut, ganz Oberfläche, Hülle. Er tat ihr den Gefallen, elektrisierte sie hier und dort, beobachtete die beiden kleinen Seen, die sich über ihren Schlüsselbeinen gesammelt hatten, verfolgte die Bahnen der Tropfen, die ihren Leib leckten. Dann ließ er die Wogen verebben. Wieder das Warten. Nach der Zärtlichkeit des Wassers fühlte sich sein Kuss überraschend fordernd und direkt an, seine Berührungen neu. Als sie zusammenrückten, umschloss sie sanft seinen Penis mit der Hand, spürte die glatte Härte und eine Wärme, die anders war als die des Wassers. Sie ließen sich Zeit.

Leander erlebte die Ruhe wie eine innere Reinigung. Bruchstücke begonnener und gescheiterter Gedanken, Halden musikalischen Gerümpels und verworfener Ideen, die dichte Schicht banaler Tonfolgen und Motive, die seine Sicht versperrt und seine Inspiration erstickt hatten – all das verschwand, löste sich auf und gab den Blick frei auf die Leere in seinem Innern, die er mit Musik würde füllen müssen, wenn er nicht selbst darin vergehen wollte. Nun war er bereit.

Ihr Akt wurde ein Wechselspiel der Transformationen – schöpferisch und kreativ. Was Hertha als ein Fest der Sinne empfand, als eine Öffnung der Räume, erlebte Leander als eine taumelnde Folge von Grenzüberschreitungen. Wenn er ihre Taille umfasste, wenn er im Zungenspiel ihren Nacken, ihre Schultern umkreiste, wenn er in ihre Ohren drang, die Spitzen ihrer Brüste modellierte, mit den Fingern fordernd ihre Lippen öffnete und ihre Knospe fand, dann tanzten seine Sinne, dann spiegelten und überkreuzten sie sich und erreichten im gegenseitigen Wechselspiel eine neue Schärfe und Tiefe der Wahrnehmung. Er gab sich der Musik ihres Körpers hin, ergötzte sich an seinen Bewegungen, seinen Linien, vertiefte sich in die Details ihrer Weiblichkeit und badete in seiner Geilheit.

Doch was er vor allem anderen suchte, waren ihre Töne, war ihre Stimme. Sanft schmiegte er beide Hände um ihren Hals, die Finger leicht gespreizt, und fühlte die Vibrationen ihrer Kehle über dem Ostinato ihres Pulsschlags. Er glitt tiefer, verfolgte die Schwingungen von Rippe zu Rippe, bis er sie auf den Hügeln ihrer Brüste verlor. Ihre Brustwarzen stellten sich ihm in den Weg, hart und fordernd. Eine Weile ließ er sich ablenken, spielte mit ihnen und neckte sie, machte sich dann mit hörenden Händen wieder auf die Reise über ihren Leib, um die Schwingungen zu suchen, die ihm so viel versprachen. Unter ihrem Herzen fand er sie wieder, schwächer schon, verklingend, er spürte ihnen bedauernd nach, bis sie in der Nähe ihres Nabels erstarben. Wild zog er sie an sich, Leib an Leib, presste seine Brust an die ihre, schloss Arme und Hände in ihrem Rücken, um eins zu werden mit diesem Beben, um ihren Klang mit seinem ganzen Körper zu erleben.

Als sie in seine Augen tauchte und die Unerbittlichkeit seines Sehnens sah, erkannte sie, um wie viel mehr es ihm ging. Im selben Moment wurde ihr klar, dass sie stark sein musste, um zu bestehen ... und dass es ihr Ende sein könnte, wenn es ihr nicht gelang. Doch die Gefahr machte ihr keine Angst. Im Gegenteil: Hertha genoss diese neue Ebene des Spiels ebenso wie die erhöhte Erregung, die daraus resultierte.

»Nicht so heftig! Du drückst mir ja die Luft ab!«, stöhnte sie, und ihre schöne Altstimme erklang; sie schwang und changierte, war tragfähig, kraftvoll, biegsam und klar, und sie reichte über zweieinhalb Oktaven. Nun lag es an ihm, diese Stimme für sein Werk erklingen zu lassen – im Liebesspiel, statt im Todeskampf. Er wusste, dass in dem Palast der Lüste, den er mit Hertha betreten hatte, hinter jedem Raum dunkle Gänge und Verliese warteten, in denen sich die Lust in Leid und die Liebe in Tod verwandeln konnten. Doch diesmal blieben die Türen zur Finsternis geschlossen.

Mit seinen Liebkosungen gab Leander ihr ein Stichwort vor, eine Idee – für ihn waren es Akkorde, Melodien, Intervalle. Sie griff diese Anregung auf, probierte, kombinierte, veränderte das Material mit Lauten ihrer Lust, spann den Gedanken im Spiel der Körper weiter. Dann gab sie es an ihn zurück, erwartungsvoll, fragend, begierig, es zu vervollkommnen. Sie wölbte sich ihm entgegen, öffnete ihren Schoß und drängte. Sie wollte mehr, wollte es jetzt, sie forderte ihn auf, in sie einzudringen und das Tempo zu erhöhen, doch er ließ es nicht zu, sondern zügelte seine Kraft bis zum Stillstand, um sofort auf überraschend anderen Wegen fortzufahren. Je länger sie miteinander rangen, desto deutlicher wurde auch für sie der tiefere Sinn ihres Kampfes. Als er dann endlich in sie eindrang, wieder und wieder, weil er den Moment der Besitzergreifung so liebte, wurden ihm die Linien ihres Körpers zu Tönen, die sich zu Kantilenen fügten und sich in der Vielstimmigkeit verzweigten. Da verstand sie ihn endlich, erkannte, was er suchte, und gab sich ihm hin, so gut sie es vermochte. Ihr Keuchen gab ihm Metrum, Takt und Rhythmus vor, verschachtelte sich mit seinem Atem zu Synkopen, staute sich in Punktierungen und vor Spannung berstenden Pausen. Er dirigierte ihren Körper auf dem seinen, hob und senkte ihn im Tidenhub der Fluten, bis die Wellen sich an ihren Brüsten brachen. Herthas Küsse, ihre Blicke und Berührungen spiegelten die Palette aller denkbaren Klangfarben, denen er nur noch die Instrumente zuweisen musste. Im *accelerando* stürmten sie voran, ließen *crescendi* wachsen und versanken im *diminuendo*, setzten Generalpausen, in denen die Reglosigkeit zur Musik und die Spannung greifbar wurden. Eben noch flehten sie sich an, voller Angst sich zu verlieren, flogen dann aufeinander zu, um im nächsten *fugato* wieder voreinander zu fliehen. So peitschten sie sich hoch und entwarfen eine Dramaturgie der Leidenschaft, in der die körperliche Lust nur Ausdruck war, nicht Inhalt. Über allem triumphierte Herthas volltönender Alt und wies Leander den Weg durch sein Werk.

Als sie den Höhepunkt erreichten, dehnte er den Schlussakkord länger und länger, kostete seinen Jubel aus und zog ihn zu einer schier ewigen Fermate, bis er endlich abriss und in kathedralem Hall verglühte ... Schweigen.

Träge blieben sie in der Wanne liegen, schauten einander aus verhangenen Lidern an, bis die Kälte sie hinaustrieb. Hertha war es ein Bedürfnis, ihn abzutrocknen, seinen Körper damit noch einmal zu zelebrieren und ihn in voller Größe zu betrachten. Dann hörte sie die Uhr und erschrak: Paul würde bald wiederkommen ...!

Im Hinausgehen nahm Leander das Notenpapier und strich mit den Fingern zärtlich über die fünf Linien. Hertha wusste nun, wofür er es brauchte. Doch in seinen Augen las sie, dass er schon nicht mehr bei ihr war. War er überhaupt bei ihr gewesen?

Als ihr Mann dann kam und seine Ankündigung wahrmachte, zerschellte sein raues Drängen am Panzer ihrer Seele, und er merkte es nicht einmal.

20. Agnus Dei

Alois Birkeler wollte nicht den kleinsten Fehler machen. Darum hatte er gewartet, bis die Nachmittagsonne so weit um sein Haus gewandert war, dass ihr Licht durch das Fenster der Werkstatt direkt auf den Schleifstein fiel und ihn in gleißende Helligkeit tauchte. Jetzt hockte der schlaksige Mann mit dem grau gelockten, schmalen Kopf seltsam verkrümmt auf dem Schemel, trat mit routiniertem Schwung die Fußwippe auf und nieder und brachte den Schleifstein auf Touren. Nach zwei Dutzend Tritten ließ eine Unwucht der steinernen Scheibe den Lagerbock sachte schlingern. Alois Birkeler erkannte es als das gewohnte Zeichen, dass ihm die Drehzahl ein wenig zu hoch geraten war. Also nahm er etwas Kraft aus dem Tritt, wartete noch einige Sekunden, bis der Stein gleichmäßig und ruhig rotierte, und griff zu dem Schwert, das neben ihm auf dem Tisch lag. Vorsichtig führte er die Klinge an den wirbelnden Stein heran, spürte die Vibrationen im Arm, hörte das Kreischen des Metalls und sah durch den stiebenden Abrieb hindurch angestrengt auf die Schneide, von deren Qualität so viel für ihn abhing.

Vor zwei Wochen, so musste er sich eingestehen, hatte es am letzten Quäntchen Unerbittlichkeit in der Schärfe der Klinge gemangelt. Noch in der Zehntelsekunde, die der Streich nur dauerte, hatte er bemerkt, dass etwas mit seinem Werkzeug nicht stimmte. Nicht, dass ihm der Hieb deswegen misslungen wäre. Gott bewahre! Dafür war Alois Birkeler ein viel zu erfahrener Mann. Gleichwohl hatte er beim letzten Schlag ein wenig nachdrücken und den Winkel minimal korrigieren müssen, weil die Klinge leicht ausgewandert war und nicht mehr ganz so geschmeidig glitt wie zuvor. An *ihm* hatte es nicht gelegen, beileibe nicht, das könnte er schwören! Denn auch beim vierten Streich war er ebenso gefasst und ruhig gewesen wie bei den drei anderen zuvor. Er hatte nicht gewankt, gezaudert oder gefehlt, auch seine Technik war so ausgefeilt gewesen wie immer, was, so versicherte Alois Birkeler sich selbst mit Nachdruck, doch gerade an der Tatsache abzulesen war, dass er ebenjenen gefährdeten Streich im Bruchteil einer Sekunde noch hatte korrigieren und sicher zu Ende führen können. Also war es das Schwert gewesen, und dies durfte nicht wieder geschehen. Besonders morgen Abend nicht, da er nicht nur vier, sondern gleich sieben Mal das Schwert zu führen haben würde – und dies mit der gewohnten Perfektion, die alle Beteiligten zu Recht von ihm erwarteten.

Nach mehreren Arbeitsgängen, in denen er den Ansatz der Klinge immer wieder verändert hatte, zog Alois Birkeler das Schwert vom Stein und richtete seinen Oberkörper auf. Das Kreischen erstarb und wich einem leisen Surren des steinernen Rads. Birkeler kniff die Augen unter seinen buschigen Brauen zu Schlitzen, hielt das Metall in den schrägen Streifen Sonnenlicht, der den tanzenden Staub in der Stube glühen und glitzern ließ, und spähte konzentriert nach jeder kleinsten Unebenheit, nach jeder noch so winzigen Scharte, nach Kerben oder anderen Unreinheiten im Metall. Dann strich er mit Daumen und Zeigefinger über die messerscharfe Klinge, gerade fest genug, um ihre Linie zu ertasten, und doch sanft genug, um sich nicht an ihr zu verletzen. Endlich entspannte sich sein Gesicht. Er war zufrieden. So sollte es sein, so und nicht anders! Morgen Abend würde Scharfrichter Alois Birkeler sich auf sein Arbeitsgerät hundertprozentig verlassen können.

Für ihn war es die dreizehnte Hinrichtung in diesem Jahr, doch in seinen Büchern würde er sie wieder als vierzehnte verzeichnen, wohl wissend, dass der kleine Schwindel an den numerischen Tatsachen nichts würde ändern können. Außerdem war Alois Birkeler nicht abergläubisch. Oder jedenfalls doch kaum. Aber man konnte ja nie wissen.

Ungleich leichtgläubiger hingegen erschienen ihm viele Bewunderer seiner Kunst, von denen manche den Scharfrichter ob ihres obszön zur Schau gestellten Fanatismus aufs Äußerste befremdeten. Wenn Alois Birkeler es recht überlegte, kam es ihm selbst nach mittlerweile achtzehn Jahren, in denen er sein Amt zur vollen Zufriedenheit seiner Oberen ausübte, immer noch gespenstisch vor, wenn unheilbar Kranke sich zur Richtstätte quälten, um sich im Blut der Geköpften zu suhlen, weil sie dadurch zu gesunden hofften, oder wenn irre Weiber sich mit Messern und Scheren an Fingern, Zehen oder dem Gemächt der Delinquenten zu schaffen machten, um mit den erbeuteten Gliedern allerlei heimliche Hexerei und schwarze Magie zu zelebrieren. Doch so waren die Menschen nun einmal, und Alois Birkeler hatte sich im Laufe der Jahre angewöhnt, sich durch derlei Extravaganzen nicht von seiner Arbeit ablenken zu lassen.

Überhaupt die Selbstdisziplin! Je länger er diesen einsamen und gleichermaßen gefürchteten wie verachteten Beruf ausübte – und er hatte vor, ihn noch viele Jahre auszuüben –, desto bedeutender erschien Alois Birkeler eine ausgeglichene Gemütsverfassung gepaart mit unerbittlicher Selbstkontrolle. Der Anfechtungen gab es viele, und vor allem gab es immer wieder diesen einen entscheidenden Moment, in welchem er die Tat vollbringen musste. Wie oft schon hatte er im Geiste versucht, diese Momente festzuhalten, um zu analysieren, was in jener Sekunde in dem Delinquenten und in ihm selbst vorging – in diesem alles entscheidenden Augenblick, wenn plötzlich klar wurde: Der hier würde nicht begnadigt werden. Jetzt muss es sein! Mit wachsender Berufserfahrung war Alois Birkeler zu der Erkenntnis gelangt, dass in jenem Moment, in dem die Möglichkeit zur Gewissheit gefror und alle Hoffnung starb, seine Arbeit eigentlich schon getan war. Obwohl ab jetzt für den Betrachter alles in seiner Hand zu liegen schien, war die Exekution für ihn, den Scharfrichter, dann bereits vollzogen. Jetzt führte Justitia seinen Arm und nicht er selbst. Das Einzige, was er noch tun konnte, war, durch saubere Ausführung seines Handwerks eine Art nachträglichen Gnadenakt ergehen zu lassen. So wurde der Vollstrecker zum Wohltäter und sein Handwerk menschlich. Nachdem Alois Birkeler in nächtelanger Grübelei zu dieser Überzeugung gelangt war, fiel es ihm leichter, seinen Beruf auszuüben. Infolge dieser Erkenntnis richtete er fortan all sein Bestreben nur noch auf seine handwerklichen Fertigkeiten, auf dass er jeden Schwertstreich so perfekt als irgend möglich vollbringen möge.

Mittlerweile waren des Scharfrichters Fähigkeiten im Umgang mit dem Schwert über jeden Zweifel erhaben und den Richtern wohl bekannt. Mit Fug und Recht und bei aller Bescheidenheit durfte Alois Birkeler von sich behaupten, in seinem Metier der Beste zu sein. Nicht wenige Zuschauer pilgerten auch deshalb zur Richtstätte, um die hinter vorgehaltener Hand gerühmte Eleganz seines Auftritts endlich einmal zu erleben. Darauf war er sogar ein wenig stolz.

Alois Birkeler stand vom Schleifbock auf, worauf der Schwung des Steins erlahmte. Nach und nach ging das gleichmäßige Surren in ein dumpfes Wummern über, das bald zu stolpern begann, bis die Scheibe mit einem letzten Schaukeln zum Stillstand kam. Er nahm ein feines Tuch, wischte den Staub von der Klinge und polierte sie noch ein wenig nach, bis selbst bei peinlichster Betrachtung keine Fingerabdrücke mehr zu sehen waren und sie im Abendlicht glänzte. Dann hielt er das Richtschwert waagerecht mit beiden Händen vor sich und ließ es vorsichtig in das abgeschabte rote Samtkissen der Transportschatulle sinken. Beinahe andächtig verriegelte er den Verschluss, nahm die Schatulle und verließ die Werkstatt. Sein Tagwerk war damit getan. Als er über den Hinterhof zur Stube ging, um das Schwert in den Schrank zu schließen, schlug es sechs vom Glockenturm. Rechten Hunger verspürte er noch nicht, doch er sollte wohl etwas essen.

Auf dem kurzen Weg zum Wirtshaus kamen ihm zwei Gassenjungen entgegen. Sie zeigten mit den Fingern auf ihn, feixten, tuschelten und stoben erschrocken davon, als er zu ihnen hinübersah. Alois Birkeler kannte das, doch es machte ihm nichts mehr aus. An der nächsten Quergasse begegnete er dem Bauern Schorsch, der scheu zu Boden blickte, nachdem er eilfertig und respektvoll gegrüßt hatte. Bisweilen überließ der Bauer ihm gegen geringes Entgelt ein Schaf oder eine kranke Ziege, die Alois Birkeler dann in seinem Hinterhof aufhängte, um an ihnen zu exerzieren. Zwar konnten ihm die Tiere aus vielerlei Gründen nur ungefähren Aufschluss über die Qualität seines Schwertstreichs geben, doch taugten sie immerhin dazu, sich seiner Zielgenauigkeit und Kraft zu versichern. Hinterher, wenn er sie bis auf den Rumpf gestutzt hatte, gab er den Torso zum Abdecker und warf die säuberlich abgetrennten Gliedmaßen in den Fluss.

Die Tür zur Schänke stand wie immer offen. Leise trat der Scharfrichter ins Halbdunkel, setzte sich an seinen angestammten Platz im Winkel und nickte dem Wirt zu. Noch war nicht viel los im *Schwarzen Igel.* Erst später am Abend würde sich der Schankraum füllen und Schwaden von Dunst, Lärm und Streit auf die Straße schwemmen. Vom Trubel der Handwerksmesse weiter unten in der Stadt war hier nichts zu hören. Dafür lag das Gasthaus zu weit außerhalb. Der Wirt nahm des Scharfrichters Krug, der abseits der anderen an einem besonderen Platz an der Wand hing, füllte ihn und stellte ihn vor Alois Birkeler auf den Tisch.

»Wohlsein!«

»Pater Bastus wird doch kommen?«

»Ich denke, wohl. Aber es ist noch früh.«

Während der nächsten Viertelstunde saß der Scharfrichter stumm, wartete und trank nur ab und zu in kleinen Schlucken, die er lange im Mund behielt und hinter verschlossenen Lippen schlürfend durch die Zähne zog. Weiter hinten hockten noch vier oder fünf andere Gäste um einen runden Tisch beim Kartenspiel. Langsam kam ihre Unterhaltung, die bei seinem Erscheinen gestockt hatte, wieder in Gang, und sie taten so, als hätten sie Alois Birkeler nicht bemerkt.

Plötzlich stand der Pater vor ihm.

»*Was ist's, dass dein Geist so voll Unmuths ist, und dass du nicht Brot issest?* Allerdings merke ich wohl, dass es nicht die Sorgen um einen Weinberg sind wie im Ersten Buch der Könige, welche dir, mein Sohn, das Speisen verleiden.«

Über das verschmitzte Lächeln von Pater Bastus legten sich ein paar Sorgenfalten, denn er hatte sofort erkannt, dass der Scharfrichter heute angespannt war. Behände schob der Geistliche seinen gedrungenen, doch mehr athletischen als rundlichen Körper auf die Bank und blickte Alois Birkeler aus klaren Augen direkt ins Gesicht.

»Siebene auf einen Streich? Eine schwierige Aufgabe, fürwahr! Ist es das?«

»Hmmm ...«

»Sind wir nicht alle Werkzeuge Gottes?«, plauderte der Pater beiläufig und gab auch sogleich die Antwort: »Wir sind es, mein Lieber, wir sind es! Und du, mein Sohn, du bist ihm ein gutes.«

Alois Birkeler lächelte schmal und nippte an seinem Krug.

Sie kannten einander seit mehr als zehn Jahren. Wohl an die hundert Henkersmahlzeiten mochten sie gemeinsam mit den Halunken, Mördern und Verrätern eingenommen haben, die hernach, versehen mit dem Trost des einen, durch die Hand des anderen vom Leben zum Tode befördert worden waren. Alois Birkeler wusste um alle rhetorischen Kniffe, deren Pater Bastus sich bediente, um die Menge der Zuschauer zu bändigen und sie erschauern zu lassen angesichts der Erhabenheit des grausigen Geschehens und dessen Bedeutung für ihr aller armseliges Leben. Er kannte die Bibelworte, Argumente und Deduktionen zur Genüge, mit denen der Priester die Schuld der zum Tode Verurteilten mit der Gnade des Erlösers in Verbindung setzte und mit der Sorge jedes Einzelnen in der Menge um sein eigenes Seelenheil, sodass die Exekutionen schließlich zu heiligen Messen mutierten, deren blutrünstige Rituale wie Ausrufungszeichen hinter den Gebeten des Priesters prangten. Dann buhlten Sodom und Gomorrha, das jüngste Gericht und alle Ausgeburten der Hölle in finsterem Wettstreit um die Seelen der Sünder: Wehe euch! Wehe euch allen, wenn ihr dieses Zeichen nicht versteht, wenn ihr nicht begreift, was der Herr euch bedeuten will durch die Sühne dieser Todgeweihten! Schaut her! Schaut auf dieses Schwert, und geht in euch, auf dass ihr geläutert zurückkehret von dieser Richtstätte und keinen Zweifel mehr hegt an der Allmacht des Herrn, an seinem Zorn und an seiner Gnade! Mit dem Wort verstand Pater Bastus nicht minder genau zu treffen als Alois Birkeler mit dem Schwert.

»Du wirst es auch diesmal vollbringen, mein Sohn. Ihre Taten wiegen schwer, und die Strafe ist gerecht. Einer soll mehrere unbescholtene Weiber gemeuchelt haben. Ich werde dir beistehen – so wie allen anderen Sündern auch. Übrigens, das Lamm hier ist gut diese Woche. Koste davon, trinke in Maßen und ruhe wohl zur Nacht!«

Pater Bastus schlug das Kreuz über dem Scharfrichter, murmelte seinen Segen dazu und wandte sich sogleich an den Wirt.

»Zwei Portionen vom Lamm, mein Sohn! Und nächsten Sonntag solltest du wieder zur Messe erscheinen, wenn dir dein Seelenheil lieb und teuer ist!«

Das Lamm war wirklich gut. Den Rest des Abends saßen Priester und Scharfrichter schweigend nebeneinander. Sie aßen und tranken und schöpften Kraft für den folgenden Tag. Nur einmal zwischendurch hielt Pater Bastus inne, betrachtete versonnen das Stück Fleisch vor sich auf dem Tisch und murmelte: »... qui tollis peccata mundi. Miserere nobis.«

Trotz des Paters Segens schlief Alois Birkeler schlecht in der Nacht. Es lag nicht an seinem Schwert; auch im Traum war es so scharf, wie ein Richtschwert nur sein kann. Doch den Streich, den führte ein anderer: In der Nacht vor der siebenfachen Hinrichtung auf der Handwerksmesse träumte der Scharfrichter, dass der Mörder ihm sein Werkzeug entwand und ihn selbst mit einem Schlag enthauptete.

21. Allegro brusco

Maria war ein wenig größer als Charlotte. Deshalb reichte das geborgte Kleid ihr bis knapp über die Knöchel. Maria war das nur recht so: Dann wird es wenigstens nicht so schnell schmutzig, dachte sie bei sich, wo es doch sowieso viel zu gut ist für mich. Als Charlotte das dunkelgrüne plissierte Kleid mit den kunstvoll bestickten Ärmeln aus dem Alkoven geholt und Maria vor den Leib gehalten hatte, war ihr erstes Gefühl Ablehnung gewesen: Das Stück war doch viel zu schön, das durfte sie nicht anziehen – erst recht nicht auf einem Fest, wo man nie wissen konnte, wie derb es zugehen würde. Doch Charlotte ließ das nicht gelten: »Ist schon gut, meine Liebe, zieh es endlich an! Für deinen Leander soll uns nichts zu schade sein. Und wenn er es dir am Leibe zerreißt, dann war es doch wenigstens zu etwas nütze!« Dabei hatte sie Maria schelmisch angeblinzelt und in gespielter Wonne die Augen gerollt. Sie waren gute Freundinnen geworden in den vergangenen Wochen.

Fast ehrfürchtig schaute Maria an sich hinunter und strich vorsichtig den Stoff auf ihrer Taille glatt. War da nicht schon ein kleines Bäuchlein zu sehen? Über den Rundungen von Hüften und Po formierte das Leinen sich zu hunderten perfekter Falten, die wie der Balg einer Ziehharmonika bis zu ihren Waden hinabfielen. Die gestärkte Schürze vor Bauch und Beinen stand steif wie ein Brett und knirschte bei jeder Bewegung. Das Muster der Schürze wiederholte sich in den Verzierungen des gestickten Häubchens, das Marias helle Locken kaum bändigen konnte. Sie fand sich schön.

»Meinst du wirklich, ich soll es anziehen?«

»Und ob du sollst! Außerdem hast du es ja schon an. Du solltest nur sehen, wie herrlich das Grün zu deinen Augen passt. Und dann dein Silberblick: Die Burschen werden dir zu Füßen liegen, wart's nur ab. Da wird's doch wohl auch bei dem *einen* wirken! Hier, damit kannst du ihn ein wenig necken.«

Die Frau des Zimmermanns reckte sich auf die Zehenspitzen und fischte aus den Tiefen des Eichenschranks eine schwarze Veloursmaske mit Handstiel hervor.

»Vor einem Jahr waren wir auch dort.« Plötzlich musste sie kichern, doch hinter ihrer Fröhlichkeit schimmerte Wehmut. »Bei der Serenade auf dem Marktplatz hat mir ein Kavalier so lange schöne Augen gemacht, bis mein August richtig laut geworden ist. Da hat dieses kleine, dürre Männchen von Kapellmeister ihn ganz böse angeblitzt, als ob er ihn gleich knuffen wollte – stell dir vor: meinen August, der mindestens dreimal so stark ist wie der. Und dabei war da gar nichts ... Obwohl, hübsch war er schon, der feine Herr vom Schloss ... Und vielleicht ... unter anderen Umständen ... Ach, was red ich da! ... Hier, halt sie mal vors Gesicht!« Sie gab Maria die Maske, doch die wusste nichts Rechtes damit anzufangen. Wieder musste Charlotte lachen. »Aber doch nicht mit der ganzen Faust, du Dummchen! Ist doch kein Kochlöffel! Ein bisschen eleganter musst du sie schon halten – wie die richtigen Damen eben. Ja! So ist es gut!«

Maria schien allmählich Gefallen an alldem zu finden, streckte keck ein Bein vor, drehte die Schultern ein wenig zur Seite und kokettierte mit Charlotte. Plötzlich ließ sie die Maske sinken und sah ihre Freundin mit großen Augen an.

»Meinst du, ich finde ihn überhaupt? Da kommen doch so viele Menschen hin. Wie soll ich ihn entdecken unter so vielen Gesichtern? Und wenn er auch eine Maske trägt ...?«

Charlotte winkte ab: »Mach dir keine Sorgen, Liebes. Wenn er bei den Zimmerleuten ist, dann werden sie zum Richtplatz gehen und ziemlich weit vorne stehen. Und Masken ziehen die Burschen nicht auf – die wollen doch was sehen! Der Hubert zeigt dir, wo das ist. Und jetzt geh. Ich glaub, er kommt gerade.«

Hubert Ax war der Bauer von schräg gegenüber, in dessen Stall Maria ihren Braunen unterstellen durfte. Er hatte sich angeboten, Maria auf seinem Leiterwagen mitzunehmen. Hinten auf dem Wagen saß Otto, einer der beiden Knechte, die damals mitgeholfen hatten, den toten Gaul in den Regen zu zerren. Der Knecht kannte Maria zwar flüchtig, hatte sie aber noch nie so herausgeputzt gesehen wie an diesem Sonntag. Als sie nun so sauber und schön aus dem Haus des Zimmermanns trat, gingen ihm die Augen über. Eifrig kramte der Knecht sein Schnupftuch hervor, beäugte es skeptisch und breitete es mit der benutzten Seite nach unten auf der speckigen Holzbank aus.

»Wart mal! Setz dich hierher. Sollst ja nicht ... ich meine ... wegen dem Dreck ... das schöne Kleid ... ich mein halt nur ...«

Verlegen hielt Otto inne und zeigte mit knolligen Fingern auf das zerknitterte Stückchen Stoff neben sich. Als Maria zögerte, rückte er eine Handbreit zur Seite, wie um ihr zu zeigen, dass er nicht zudringlich sein wollte. Sie setzte sich neben ihn auf das Tuch. Der Bauer vorn auf dem Bock grinste.

»Zeigst ja auf einmal richtig Manieren, Otto. Na, dann mach mal hübsch Konversation mit der Dame, damit sie sich nicht langweilt unterwegs.« Er schnalzte mit der Zunge, und der schwere Kaltblüter zog an.

Knecht Otto saß neben Maria und wusste nicht, was er tun

sollte. In seinem ganzen Leben – und das währte immerhin schon zweiunddreißig Jahre – hatte er nur zweimal eine Frau im Arm gehalten. Die eine war seine Kusine gewesen, die er gerne geheiratet hätte. Doch Ottos Onkel hatte das anders gesehen und sie einem Bauern im nächsten Ort versprochen. Bei der Geburt ihres ersten Kindes war sie dann gestorben. Die zweite hieß Marlene und war die Magd gewesen, die bis vor zwei Jahren mit ihm auf dem Hof von Hubert Ax gearbeitet hatte. Eines Tages – Otto würde es nie vergessen – war Marlene vom Heuboden gestürzt und mit einem Aufschrei direkt neben ihm gelandet, wobei sie sich den Fuß verstaucht hatte. Als Otto sie hochheben wollte, um sie ins Haus zu tragen, geschah genau das, was er seit langem befürchtet hatte: Marlene hatte versucht, ihn zu küssen. Wäre die Magd nur einigermaßen ansehnlich oder wenigstens an den richtigen Stellen ordentlich gepolstert gewesen, er hätte sich wohl darauf eingelassen. Doch Marlene war die härteste, hagerste und hässlichste Frau, die Otto sich vorstellen konnte. Seit er sie kannte, war es ihm unmöglich gewesen, in diesem kantigen, ledernen Wesen, mit dem er Tag für Tag im Stall und auf dem Feld zusammenarbeiten musste, irgendeine Art von Geschlecht, geschweige denn das weibliche, zu erkennen. Also versuchte er verzweifelt, ihrem suchenden Mund zu entkommen, was höchst schwierig war, da Marlene mit sehnigen Armen seinen Hals fest umschlungen hielt und sich an ihn klammerte wie eine Ertrinkende an ihren Retter. Als Marlene gierig versuchte, ihre Zunge durch seine Zähne zu drängen, ließ er sie einfach in den Hühnermist fallen und ging zurück an seine Arbeit. Marlene versuchte nie wieder, ihn zu küssen. Stattdessen legte sie ihm einmal eine Mistgabel in den Weg, mit der er sich um ein Haar den Fuß aufgespießt hätte. Ein Vierteljahr später war sie dann einfach über Nacht verschwunden, und er musste wochenlang für zwei schuften. Dann kam Friedel. Der war zwar auch nicht schöner als Marlene, doch wenigstens versuchte er nie, Otto zu küssen.

Jetzt saß Otto neben Maria auf dem Leiterwagen und bereute heftig, zur Seite gerückt zu sein. Wie gerne hätte er bei jedem Schaukeln des Karrens ihren Oberschenkel an seinem gespürt, wie gerne hätte er sie angesehen, wie gerne mit ihr gesprochen und ihr imponiert. Doch Knecht Otto tat nichts dergleichen. Stumm wie ein Fisch hockte er neben der hübschen Frau mit dem Silberblick und badete in seiner stillen Sehnsucht nach Zärtlichkeit und Liebe.

Je dichter die Stadt rückte und je näher sie dem Richtplatz kamen, desto mehr Menschen stießen von allen Seiten zu ihnen und trotteten neben dem trägen Gaul her. Es währte nicht lange, bis die ersten Burschen Maria anpöbelten und den Karren enterten, manche grüßten flüchtig den Bauern, der den einen oder anderen von ihnen kannte oder zumindest schon einmal gesehen hatte. Hubert Ax rief nach hinten, sie möchten sich gefälligst benehmen, das Mädchen in Ruhe lassen und nicht so derb mit seinem Wagen schaukeln. Wie solle die alte Lisa es denn schaffen, sie alle zu ziehen, wenn sie dazu noch solchen Radau machten! Wenn sie es weiter so toll trieben, brach womöglich noch eine Achse!

Mittlerweile flegelte wohl ein Dutzend Burschen sich auf der Ladefläche des Leiterwagens, und weitere acht oder neun liefen johlend nebenher. Die Ermahnungen des Bauern waren ihnen herzlich egal, denn heute war ein herrlicher Tag, der noch lange dauern würde, und es machte verdammten Spaß, beim Bauern mitzufahren und das hübsche Mädchen mit den kessen Augen zu zwicken. So rumpelte die grölende Fuhre weiter und fiel in der allgemeinen Ausgelassenheit ringsumher nicht weiter auf. Bald kreisten bartlose Jungmännergesichter um die Frau, zischten ihr Zoten ins Ohr, drängelten sich auf den Wagen und stießen Maria ihren bierdunstigen Atem ins Gesicht. Schultern, Schenkel und Oberarme drängten sich gegen ihren Körper, pressten sich an sie und schubsten sie hin und her. Sie wollten doch alle Spaß haben und das Mädchen auch! Das sah man ihr ja schon an der Nasenspitze an. Sie war doch sicher *so eine* – oder etwa nicht? Zunächst heimlich, dann unverfroren, grabschten, tätschelten und befingerten sie Maria und langten bald auch kräftiger zu. Es war, als ob die Männer trotz Rüschen, trotz Häubchen und gestärkter Falten Marias Vergangenheit wittern und spürten, auf welche Weise sie sich vor noch gar nicht langer Zeit durchs Leben hatte schlagen müssen.

Vorn auf dem Bock hatte Hubert Ax alle Hände voll zu tun, Gaul und Wagen durchs immer zähere Gedränge zu lotsen. So bekam er kaum mit, was hinter ihm auf dem Karren passierte. Sein Knecht Otto, der zwar groß und stark war, aber kein Draufgänger, versuchte minutenlang, die Ereignisse zu ignorieren in der Hoffnung, seine Gegenwart allein werde wohl ausreichen, die Flegel vom Äußersten abzuhalten. Doch als ein blonder Schmierfink mit Zahnlücke seine Hand unter Marias Rock schieben wollte, war es denn doch genug. Langsam stand Otto auf, schwankte gefährlich auf dem schaukelnden Gefährt, zielte und rammte dem Kerl sein Knie so heftig in den Leib, dass der zusammenklappte wie ein Taschenmesser und grunzend mit dem Kopf auf Marias Schoß zu liegen kam. Otto wertete dies als weitere Zudringlichkeit, die es zu bestrafen galt. Also zerrte er den Kerl hoch, schlug ihm die Faust zwischen die Augen und warf ihn kurzerhand vom Wagen hinunter auf seine Freunde, die unten mitliefen. Da es sich bei dem Abgeworfenen um einen durchaus kräftig gebauten Burschen handelte, riss er gleich zwei von ihnen um. Einige Augenblicke lang starrten die Männer den Knecht an, der breitbeinig wie ein Seemann vor ihnen stand und mit wiegenden Hüften die Stöße des Wagens parierte. Einige zuckten zwar, als ob sie sich auf ihn stürzen wollten, besannen sich dann aber und blieben unten.

»Ruhe da hinten, habe ich gesagt!«, bellte Bauer Ax über die Schulter zurück, »und hinsetzen, sonst brecht ihr euch noch den Hals!«

Nach einem letzten bösen Blick in die Runde hockte der

Knecht sich wieder hin, sah der jungen Frau in die Augen und sprach: »Ich bin der Otto. Ich sorg immer für deinen Braunen. Heut pass ich auf dich auf. Dir wird keiner was tun.« Damit schien ihm alles gesagt, und er schwieg. Für den Rest der Fahrt genoss er den Druck von Marias Bein an seinem.

Sie hatten die Festwiese noch nicht erreicht, da gab es für den Karren kein Durchkommen mehr. Hubert Ax versuchte noch, sich hinter einem eleganten Zweispänner einzureihen, dessen Kutscher wenig Skrupel zeigte, das Fußvolk mit Peitsche und wüstem Gebrüll zur Seite zu treiben. Durch das rückwärtige Fenster sah der Bauer die pomadisierten Perücken schaukeln. Eine kleine fremde Welt – abgeschirmt und behütet wie in einem Kokon. »Bah! Diese Lackaffen«, murmelte Hubert Ax verächtlich und spuckte seinem Gaul zwischen die Hinterhufe. Als sie nach wenigen Schritten wieder abgehängt wurden, lenkte er den Leiterwagen an den Wegesrand und hieß die Gesellschaft absteigen. Dann wandte er sich an Maria: »Da hinter das Podest, da musst du hin. In einer halben Stunde geht's los. Willst du wirklich alleine gehen?«

»Ich geh mit«, sagte Otto, noch bevor Maria antworten konnte, und baute sich hinter ihr auf. Er war mehr als einen Kopf größer als sie.

»Ist wohl besser so«, meinte der Bauer und nickte seinem Knecht zu. Und zu Maria gewandt, sagte er: »Der Otto ist in Ordnung. In vier Stunden geht's zurück. Seid pünktlich!«

Maria hatte die Belästigungen während der Fahrt mit stoischer Ruhe über sich ergehen lassen. Angst hatte sie nicht, denn was sollte ihr unter so vielen Menschen schon geschehen? Damals im Wald, als dieser widerliche Gauner gekommen war und sein Messer gezückt hatte, das war etwas anderes gewesen. Da hatte sie Angst gehabt, vor allem um ihr Kind. Aber jetzt sträubte sich etwas in ihr gegen die Vorstellung, diesen Bauernburschen in der Rolle zu sehen, die eigentlich Leander zugedacht war. Und schließlich: Was ging diesen Otto schon ihr wahres

Vorhaben an? Für ihre Suche nach Leander brauchte sie ihn nicht. Viel lieber wäre sie alleine gegangen.

»Danke, aber ich komme auch alleine zurecht. Du musst nicht …«

»Ich muss nicht, aber ich will. Dir soll keiner was tun!«

Entschlossen nahm Otto sie bei der Hand, tauchte mit ihr in die Menge und zog sie im Kielwasser seines breiten Kreuzes zum Richtplatz. Maria kam sich vor wie ein kleines Mädchen. Eine Weile ließ sie es mit sich geschehen. Doch als Ottos Griff sich einmal lockerte, zögerte Maria nicht lange. Ehe der Knecht sich versah, riss die junge Frau sich los und verschwand im Gewühl. Wie angewurzelt blieb Otto stehen und schaute hilflos umher. Wieder einmal wusste er nicht, was er tun sollte. »He! Wo bist du? Was soll das?« Doch Maria war schon verschwunden. Als er endlich begriffen hatte, was geschehen war, fasste er einen Entschluss: Er musste sie wiederfinden – unbedingt! Er würde so lange suchen, bis er sie gefunden hatte. Er hatte versprochen, Maria zu beschützen, und genau das würde er tun! Und damit basta!

22. Appassionata

Gaspard Chevalier galt als ein rechtschaffener Mann, der stolz sein durfte auf seine Kunst. Nicht nur nach eigenem Gutdünken, sondern auch nach Meinung seiner unzähligen, meist hoch gestellten Kunden, kam keine andere Schokolade im weiten Umkreis von Straßburg auch nur annähernd an die Qualität seiner berühmten feinsten »Chocolats du Chevalier« heran. Dies lag nicht nur an der Tatsache, dass Gaspard Chevalier zur Gänze auf beschwerende Zusätze wie gemahlene Kakaoschalen, Ziegelmehl oder Infusorienerde zu verzichten pflegte. Die Qualität seiner Waren war mindestens ebenso sehr das Ergebnis eines herausragenden Geschmacksinns, verbunden mit einer über Jahrzehnte praktizierten Gewissenhaftigkeit bis in die kleinsten Details des Herstellungsprozesses hinein. Er fabrizierte seine Chocolats auf spanische, italienische und wienerische Art, als Aphrodisiakum oder Gesundheits-Chocolat und neuerdings sogar in »kleinen Täfelchen für die Damen«. All dies hatte er zu einer solchen Perfektion gebracht, dass die Konkurrenz versuchte, hinter das Geheimnis seiner Rezepturen zu kommen. Vor zwei Jahren hatte er einen seiner Burschen dabei erwischt, wie er beim Anrühren der Schokoladenmasse heimlich Ingredienzien, Ausmahlgrade und Mischungsverhältnisse notierte, um sie an seinen Großonkel, der ebenfalls Schokolade produzierte, zu verraten. Dass die langen Nachtstunden, in denen der Bursche mit vielen anderen Gehilfen die Masse wieder und wieder rühren, walken und wenden musste, das eigentliche Geheimnis des feinen Schmelzes der »Chocolat du Chevalier« waren, hatte der Tölpel allerdings nicht begriffen.

Wie schon in den Jahren zuvor logierte der Straßburger Schokoladenfabrikant auch diesmal wieder in einem der zahlreichen Verschläge der hölzernen Halle, die von den Zimmerleuten mitten auf dem von Arkaden umsäumten Marktplatz der Stadt errichtet worden war. Wie eine Art provisorische Ladenstraße reihten sich Dutzende Verkaufsstände beiderseits eines überdachten Plankenwegs aneinander, dessen Holzbohlen unter den Schritten der vielen tausend Messebesucher dröhnten wie ein immerwährendes fernes Gewitter.

Zur Linken grenzte Gaspard Chevaliers *Boutique* an den Messestand des Buchhändlers Baldur Ehrlicher aus Wien, der mit grellen Plakaten und einer für Gaspard Chevaliers Geschmack etwas zu aufdringlichen Stimme für sein neuestes Traktat über »Heimliche Kräuter und Essenzen nebst Anleitung zu deren Mixtur und Verabreichung zum Wohle der Gesundheit specialiter bei Blähungen, Incontinence und Schlagfluss« warb. Zur Rechten lag das dezente Geschäft des noch viel dezenteren Tuchfabrikanten Percy Hennessy aus London, eines Gentleman, den Gaspard Chevalier trotz anfänglicher Animositäten, in denen die leidvolle Geschichte ihrer beider Nationen bis zurück zum hundertjährigen Krieg mitschwingen mochte, durchaus schätzen gelernt hatte. Nicht selten kam es vor, dass hoch gestellte Herrschaften des Hofes bei ihnen beiden einkauften: Sommerzeuge und Manchesters für den Herrn, dazu Negligés und ein Kästchen Pralinés für die Dame – natürlich von der speziellen Sorte, die das Entgegenkommen des weiblichen Geschlechts bei Treffen der galantesten Art fördern sollten.

Wie immer hatte Gaspard Chevalier sich vor Beginn der Messe mit Engelsgeduld in die Dekoration und das Arrangement seiner Waren vertieft, hatte Pralinés zu Pyramiden von Kanonenkugeln aufgetürmt, Schokoladenquader zu Festungsmauern und Burgtürmen arrangiert und Brunnen, Dachschindeln und sogar ein paar Rittersleute aus der süßen Masse modelliert. Da er wusste, dass es außer denen, die seine Schokolade ohnehin kauften, und denen, die sie sich nie würden leisten können, eine mindestens ebenso große Gruppe von Menschen gab, die seinen Süßigkeiten rettungslos verfallen würden, wenn sie sie nur einmal gekostet haben würden, hielt er stets ein paar Pfund Bruchschokolade bereit, die er mit vielsagendem Blick als kostenlose Probe anbot. Das sprach sich herum. So waren sein Stand stets bevölkert und seine Kasse gut gefüllt.

Vor Jahren schon hatte Gaspard Chevalier sich ein kleines Vergnügen ausgedacht, um sich zu zerstreuen und seine Menschenkenntnis zu schulen: Näherten sich neue Kunden seinem Stand, beobachtete er sie genau und versuchte, ihre Reaktionen vorherzusehen, bevor sie seine Schokoladen zum ersten Mal in den Mund taten. Meist traten seine im Stillen getroffenen Vorhersagen ein, und er wusste im Vorhinein, mit welcher Mimik, mit welchen Lutsch- und Kaubewegungen, mit welchem Gesichtsausdruck und mit welchen Kommentaren die Menschen auf seine Produkte reagieren würden. Da seine Süßigkeiten nahezu jedem schmeckten, war Gaspard Chevalier einer der wenigen zufriedenen Menschen, die Tag für Tag in immer neue freundliche und lachende Gesichter blicken durften. »Schokolade macht glücklich«, pflegte er bei allen erdenklichen Gelegenheiten zu sagen, um dann nach einer kleinen Pause, während der er versonnen lächelte, verschmitzt hinzuzufügen: »... und meine ganz besonders.«

An jenem Sonntag – die Mittagszeit war schon vorbei – schoben sich nicht nur an die zehntausend Messebesucher durch die Stadt, sondern mindestens noch einmal ebenso viele Gaffer und Neugierige, die nur der heutigen Hinrichtung wegen gekommen waren. Die Menschen waren wie beschwingt von der morbiden Erwartung des grausigen Schauspiels, das den Höhepunkt der Handwerkermesse bilden sollte. Da der Herzog, den Gepflogenheiten früherer Jahre folgend, auch diese Handwerksmesse wieder als venezianische, mit Verkleidung, ausgerufen hatte, nutzten unzählige Bürger und Höflinge die Gelegenheit, sich im Stil eines Maskenballs zu kostümieren, was gerade in Anbetracht der bevorstehenden Hinrichtung dem einen oder anderen scheuen Gemüt erlaubte, diesem Schauspiel, das er sonst nie besucht hätte, quasi inkognito beizuwohnen. In gleichmäßigem Strom wälzte die Menge sich an den Ständen vorbei. Man schaute hier und schwätzte dort, man probierte, taxierte, wog ab und feilschte. Die Geschäfte liefen gut. Da fiel Gaspard Chevaliers Blick auf ein unmaskiertes Gesicht in der Menge: Es war schön, klar geschnitten, sensibel im Ausdruck und doch kantig und stark. Die Hände des Mannes bestätigten diesen Eindruck: Kräftig waren sie und groß, aber auch sehnig und feingliedrig. Dies waren nicht die ungeschlachten Pranken eines Holzfällers, eines Bauern oder Schmieds, obgleich sie wohl ebenso kräftig zupacken konnten. Es fehlten die Risse und Riefen, die Schwielen und Blasen, es fehlte das Raue und Rohe grober Männerhände, die eine Axt zwar schwingen und Frauen und Kinder schlagen, eine Feder aber kaum zu halten vermochten. In der Erscheinung dieses Mannes lag etwas Eigentümliches, das Gaspard Chevalier neugierig werden ließ. Als ihre Blicke sich kreuzten, lächelte der Süßwarenhändler den Fremden an, hob die Schale mit Bruchschokolade in die Höhe und deutete eine einladende Handbewegung an. Zögernd kam der Mann näher und griff zu.

Leander wusste nicht, was Schokolade war und wie sie schmeckte. Die einzigen Süßigkeiten, die er in seinem Leben genossen hatte, waren das Pflaumenmus seiner Mutter und selten einmal ein Löffel Honig gewesen. Der braune Brocken in seiner Hand fühlte sich stumpf an, beinahe staubig zunächst, dann klebrig und schließlich glitschig. Vorsichtig führte er das Stück an seine Nase, schnüffelte, schloss die Augen und schob es in den Mund.

Als die feinherbe »Chocolat du Chevalier« seine Geschmacksnerven flutete, war es ihm, als dringe von fern ein dreistimmiger Frauenchor an sein Ohr. Der Klang schwoll an, changierte sekundenlang unentschlossen zwischen a-Moll und A-Dur, bis die Vanille auch noch die obere Terz verminderte und der Koriander den Vorhalt G-C-D ins Spiel brachte, was die Harmonien nach g-Moll auflöste. Während diese Kadenz voller Melancholie durch Leanders Inneres schwebte, erglühte der Horizont hinter seinen geschlossenen Lidern in tiefem Rot, in das sich nach und nach erst Gelb- und dann Blautöne mischten, bis die Farben in einem sanften Pulsieren erstarben. Zu all dem gesellte sich ein Prickeln auf der Haut, als würde er von sanften Fingerspitzen massiert, die kunstvoll verschnörkelte Bahnen auf seinen Körper malten.

Unbeweglich stand Leander da, fast wie erstarrt, und vergaß alle Menschen um sich herum. Er kaute kaum, sondern hielt die Schokolade so lange im Munde, bis braune Tropfen ihm aus den Mundwinkeln rannen und Spuren auf seinen Wangen hinterließen. Ein kleiner Junge in der Menge sah es, erschrak und barg sein Gesicht im Arm der Mutter.

»Bitte, mein Herr, ich hätte da auch noch diese mildere Sorte, die sich durch eine besonders feine Komposition erlesener Zutaten auszeichnet, welche vor allem bei den Damen ...«

Noch immer stand Leander vor dem Stand des Schokoladenfabrikanten und gab sich dem Rausch der Sinne hin, da traf ihn ein derber Schlag auf die Schulter. Hustend schreckte er hoch.

»Magst wohl mehr die zarten Dinge als die handfesten, was, Leo?« Fröhlich grinste Jonas, der Vorarbeiter, ihn an. »Sollte dein Gemüt gar zu schwach sein für derbe Sachen? Womöglich schlackern unserem Leo die Glieder, wenn heute Abend die Köpfe rollen! Meint ihr nicht auch?«

Lachend fingen die anderen Zimmerleute ihren taubstummen Kollegen wieder ein und schoben ihn weiter durch die Menge. Zwei Stunden waren es nur noch bis zur Exekution, und es empfahl sich, rechtzeitig an der Richtstätte zu sein, um die guten Plätze zu besetzen. Also zog die Gruppe lärmend und scherzend hinaus aus der Stadt und trottete die grasbewachsene Anhöhe zum Richtplatz hinan. Schon taten die ersten Schaulustigen es ihnen gleich, immer größere Gruppen folgten. Bald würde ein breiter Strom von Menschen die Wiesen um den Schauplatz überschwemmen.

Das Ziel des Pilgerstroms war nicht zu verfehlen. Kaum lagen die letzten Häuser hinter ihnen, gewahrten die Schaulustigen auf dem Scheitelpunkt der Anhöhe ein aus massiven Balken gefertigtes Podest, das einem erwachsenen Mann bis zu den Schultern reichte. Das frische Holz leuchtete in der Sonne, und der Wind trug harzig duftende Brisen über das Land. Die Grundfläche des mit kräftigen Bohlen gebauten Gestells mochte an die dreißig Ellen im Quadrat messen. Aus seiner Mitte ragte die eigentliche Richtstätte empor, eine ebenfalls quadratische Platte von allerdings nur zehn Ellen Seitenlänge, zu der von allen vier Seiten drei Stufen hinaufführten. An die Rückseite des Podestes schloss sich ein Zelt aus leuchtend rotem Samt an, in welches sich Stadtdirektor, Scharfrichter, Geistlicher und Polizeigehilfen zwischen ihren Auftritten zurückziehen konnten. Schaudernd blieb das Auge des Betrachters an einem kleinen Holzbänkchen hängen, das wie verloren auf dem großen Gestell stand. Auf diesen Schemel würden die Delinquenten ihren Kopf legen, um den Schwertstreich zu empfangen. Noch strahlte es weiß, wie unschuldig, noch färbte kein Tropfen Blut das saubere Holz.

Je näher die ersten Zuschauer dem grausigen Ort kamen, desto verhaltener wurden ihre Späße, desto leiser ihre Gespräche, bis sie schließlich ganz verstummten, als hätte eine unsichtbare Autorität ihnen zu schweigen geboten.

Auch die Zimmerleute um Leander spürten ein leises Unbehagen, als sie sich dem Richtplatz näherten. Wenige Schritte vor den Männern rumpelte ein Vierspänner mit bleichem Leinen vor den Fenstern die Anhöhe hinauf. Der Wagen hielt kurz vor dem Podest und würgte eine Ladung Kranker und Siechender hervor, die sich humpelnd, zuckend und kriechend dem Podest näherten – viele wurden gestützt, einige getragen von weißhäubigen Schwestern, deren Gesichter das Leid der Elenden zu spiegeln schienen. Es waren hoffnungslose Fälle aus dem Hospital der Stadt: Fallsucht, Schwindsucht, Inflammation und Krüppelwuchs, bei denen alle ärztliche Kunst nichts mehr vermochte, denen das Blut eines Geköpften womöglich aber Linderung verschaffen könnte – und sei es nur, weil die armen Teufel so inständig daran glaubten.

Kaum hatten die Zimmerleute die besten Plätze unmittelbar neben den abgesperrten Tribünen für die Oberen der Stadt besetzt, kam ein barfüßiger Junge herbei und verteilte Zettel, auf denen die Untaten der sieben Unholde, die heute ihr Leben verlieren sollten, in Wort und Bild dem gemeinen Volke zur Kenntnis gebracht wurden. Die Zimmerleute steckten die Köpfe zusammen, vergewisserten sich beim Nachbarn, ob sie alles richtig verstanden hatten, fragten im Zweifel bei Jonas nach – der Vorarbeiter und Leander waren die Einzigen, die lesen konnten, nur dass Leander es nicht zeigte – und deuteten auf deftige Details der Illustrationen hin, die die Verbrechen der sieben Todgeweihten in all ihrer Niedertracht zeigten.

Marodieren und drangsalieren, brandschatzen, täuschen und betrügen, vergewaltigen, verstümmeln, foltern und töten: Alle Widerlichkeiten, zu denen der Mensch fähig sei, so hieß es in dem Pamphlet, fänden sich im Schuldregister der sieben Todeskandidaten vereint. Für den letzten der sieben allerdings, einen gewissen Schindler Michel, sei ob der ungeheuerlichen Grausamkeit seiner Taten die Dekapitation noch eine viel zu geringe Strafe. Nicht weniger als vier unbescholtene Weiber, so mahnte der Zettel, habe der Unmensch auf schändlichste Weise zu Tode gebracht, nicht ohne dieselben zuvor länglich misshandelt und gequält zu haben, wie aus einigen gerichtsmedizinischen Details nur allzu deutlich ersichtlich sei. So habe diese Bestie in Menschengestalt seine Opfer in abgelegenen Scheunen und eigens zu diesem Zweck gegrabenen Erdlöchern tagelang festgehalten, bis sie, dem Wahnsinn nahe, ihm als willenlose Objekte für allerlei hexerische und ketzerische Verrichtungen zur Verfügung gestanden hätten. Mit akribischer kriminalistischer Sorgfalt und unter nachdrücklichstem Einsatz der Staatsgewalt habe man dieses Widerlings endlich habhaft werden können und empfehle die Enthauptung desselben hiermit der ganz besonderen Aufmerksamkeit des Publikums.

Gleich mehrmals musste Jonas seinen Männern die abschließenden Ermahnungen vorlesen und sie aus der Bürokratensprache in die ihre übersetzen, bis sie endlich verstanden, dass dem Scharfrichter kein Leid getan werden dürfe, falls selbiger – was höchst unwahrscheinlich sei – sein Handwerk fehlerhaft ausüben und damit die Hinrichtung vereiteln sollte.

Leander hielt sich bei all dem Getuschel abseits. Wie immer, wenn er in Gesellschaft sein musste, versteckte er sich hinter seinen Gebrechen. Unmerklich stellte er sich dann ein wenig schwerfälliger und begriffsstutziger an, als er tatsächlich war, sodass die anderen ihn in Ruhe ließen. Ihm war diese Nebenrolle im Schatten der allgemeinen Aufmerksamkeit nur recht, denn nichts bereitete ihm größeres Unbehagen, als im Mittelpunkt des Interesses zu stehen. So war es ihm denn auch unangenehm gewesen, als seine Kollegen ihn vor dem Stand des Schokoladenfabrikanten in einem dermaßen exaltierten Zustand ertappt hatten, wie er ihn selbst an sich bisher kaum erlebt hatte. Glücklicherweise ließen die anderen Zimmerleute aber bald wieder von ihm ab und nahmen ihren taubstummen Kameraden kaum mehr wahr, als das Grüppchen den Richtplatz erreicht hatte. Dort beachtete Leander die Männer kaum, interessierte sich wenig für die Bekanntmachungen des Flugblattes und nahm stattdessen in seiner stillen Welt Fühlung auf mit diesem Ort.

Noch nie zuvor in seinem Leben hatte Leander so viele Menschen auf einmal gesehen. Das Dorf seiner Kindheit hatte gerade einmal fünfhundert Köpfe gezählt. Wenn zu Ostern und Weihnachten die Kirche voll besetzt gewesen war und der Gestank nach Gülle, Schweiß und derbem Essen zwischen den Bänken gestanden hatte, war ihm das immer als lästige Bedrängnis vorgekommen, der es so schnell wie möglich zu entrinnen galt. Hier, auf dem Richtplatz, mochten zehn- oder zwanzigmal so viele Menschen versammelt sein. Und dennoch lief er nicht fort. Warum? Stumm schaute Leander sich um und ließ seinen Blick über die wogenden Köpfe wandern. Alles erinnerte ihn an den Tag, als er zum ersten Mal in die Stadt gekommen war. Auch damals hatte das Gedränge ihn weniger gestört, als er gedacht hätte, weil die Wand aus Schweigen, die er um sich herum errichtet hatte, die Menschen auf Distanz hielt. Hier auf dem Richtplatz war es ähnlich – und doch gab es da noch etwas anderes: Mit jeder Faser seines Körpers spürte Leander die kollektive Anspannung der Menge, ihre Erwartung und Sehnsucht nach dem Ungeheuerlichen, das da kommen würde. Er fühlte die Macht dieser Suggestion, lange bevor die Einzelnen um ihn herum es bemerkten. Diese Erkenntnis ließ ihn sich über die Masse erheben, denn er wusste: Die kommenden Ereignisse würden ihm ein tieferes Erleben bescheren als irgendeinem der Anwesenden. Noch wusste Leander nicht, was dieser Abend ihm eröffnen würde, doch die Neugier darauf hielt ihn gefangen. Einen nach dem anderen musterte er die Gaffer in der vordersten Reihe und studierte ihre Wollust und ihren Geifer. Wie töricht waren doch jene, die meinten, ihre Lüsternheit und Laster hinter albernen Masken verbergen zu können! Merkten sie denn nicht, dass er sie durchschaute? Doch plötzlich starrten ihn zwei wilde Augen an, aus denen es anders glomm. Unter dem bohrenden Blick klaffte ein Maul, das sich zu einem hängenden Grinsen verzog. Der Buckel der Frau schüttelte sich unter ihrem Gelächter. Elisabeth! Die Bucklige aus dem Sägewerk erschien ihm wie verwandelt. So voller Kraft und Leben hatte Leander sie bisher nur einmal gesehen. Da wurde ihm klar, dass auch sie etwas Außergewöhnliches kommen sah.

23. Quintett

Mittlerweile mochten mehrere tausend Menschen auf den Wiesen um den Richtplatz angekommen sein. Mit jeder Minute wurden es mehr. Was Stadt und Land an verschiedenen Menschentypen aufzubieten hatte, wogte als bizarre Prozession heran: Bettler und Mägde, Handwerker und Bauern, Bürger und Adlige, Priester und Wachsoldaten. Wer es konnte, hatte sich zu dem besonderen Anlass herausgeputzt: Ein frisches Tuch steckte im Ausschnitt, die Schuhe waren neu besohlt, der Hut war gestärkt worden. Zu einer Hinrichtung ging man nicht alle

Tage. Immer wieder drängten Coupés und Landauer durch die Menge, von schimpfenden Kutschern getrieben, die wenig Rücksicht nahmen auf das Fußvolk um sie herum. Oben auf der Wiese stiegen die Reichen und Mächtigen aus und begaben sich, galant die Damen vor dem Pöbel abschirmend, hinter die Absperrungen. Viele von ihnen waren maskiert, wie es bei den venezianischen Messen des Herzogs üblich war.

Die Kutsche des Geheimen Kabinettsekretärs kämpfte sich mühsam die Anhöhe empor. Während der elegante Wagen über die Wiese schaukelte, parlierte der Erste Geheime Kabinettsekretär mit Paul Tiefenbacher, völlig unbeeindruckt von den Menschenmassen ringsum.

»... So darf ich Euch versichern, dass seit dem Zeitpunkt, als meiner Person die ehrenvolle Aufgabe zuteil wurde, in diesem Landstrich für Ruhe und Ordnung zu sorgen, die Zahl der Inhaftierungen um die Hälfte und die der Exekutionen gar um zwei Drittel zugenommen hat. Und nun, werter Hofmusikus, frage ich Euch: Was denkt Ihr, wie es sich wohl mit der Zahl der Kapitalverbrechen verhält – von den kleinen lästigen Delikten, die jedem rechtschaffenen Bürger das Leben vergällen können, ganz zu schweigen? – Nun, was denkt Ihr? – Äußert Euch frank und frei!«

Der Erste Geheime Kabinettsekretär beugte sich weit zu Paul Tiefenbacher hinüber und schaute ihm erwartungsvoll in die Augen. Dem war die Kriminalstatistik im Gerichtssprengel des Kabinettsekretärs herzlich egal, doch er hielt es für besser, Interesse zu heucheln, denn sein Gastgeber war ein einflussreicher Mann, dessen Protektion er sich nicht verscherzen durfte. Während er noch über eine schmeichelhafte Antwort nachdachte, kam seine Frau Hertha ihm zuvor: »Obwohl ich weit davon entfernt bin, von diesen Dingen mehr zu verstehen, als einer Dame aus bescheidenem Hause geziemt, erlaube ich mir doch, der festen Überzeugung Ausdruck zu verleihen, dass das Leben der einfachen und rechtschaffenen Menschen hierzulande unter der Obhut des Herrn Kabinettsekretärs beträchtlich an Frieden und Sicherheit gewonnen haben dürfte und dass seine besonnene Amtsführung einen Segen und eine Wohltat für Stadt und Land bedeuten.«

»Ganz recht, meine Liebe, ganz recht! Und ich darf hinzufügen: Respekt! Allerdings muss ich in aller Demut einräumen, dass ich für den Segen in meinem Sprengel nicht auch noch zuständig bin – dies obliegt höheren Instanzen. Doch mit dem Frieden und der Sicherheit hat es ebenjene Bewandtnis, die Ihr soeben in Eurer vortrefflichen Analyse dargelegt habt: Hier sind in der Tat entschiedene Verbesserungen zu verzeichnen oder, um genauer zu sein, die Zahl der Kapitalverbrechen hat sich rundweg halbiert! Und seither ...« – hier beugte sich der Erste Geheime Kabinettsekretär wieder bedenklich weit aus seinem Sitz heraus und senkte die Stimme – »... hat mir Seine Durchlaucht quasi *carte blanche* erteilt.«

Schon längst hatte er mit seinen dürren, kalten Fingern Herthas Hand ergriffen und zerrte an ihr mit einer Hartnäckigkeit, die er für verführerisch hielt. Tatsächlich musste Hertha sich zwingen, die Hand des Höflings nicht wie eine kalte Kröte abzuschütteln. Gänsehaut kroch ihren Arm hinauf. Plötzlich kam ihr Leander in den Sinn, und sie entspannte sich ein wenig. Ob er wohl auch hier war? Ob sie ihn in der Menge finden würde – nur für einen Blick, ein Lächeln?

Die fünfte Person im Wagen, ein bescheidener, aber etwas griesgrämig dreinblickender Herr von vielleicht fünfzig Jahren, hatte bisher kaum ein Wort gesagt. Der Erste Kabinettsekretär hatte ihn zwar beiläufig vorgestellt, als sie zusammen in die Kutsche gestiegen waren, doch Hertha hatte Mühe, sich an den Namen zu erinnern. Zumindest schien der Mann nicht so ungehobelt und aufdringlich zu sein wie der Gastgeber. Jetzt, da sie ihn verstohlen von der Seite musterte, schien es ihr sogar, als verberge sich hinter der sorgenvollen Miene ein durch und durch ehrlicher und rechtschaffener Charakter. Dem Mann schien unwohl zu sein, was wohl nicht an der Schaukelei der Kutsche lag. Plötzlich fühlte Hertha sich ihm verbunden. Während sie noch überlegte, ob und wie sie ihn ansprechen könnte, ließ der Kabinettsekretär plötzlich ihre Hand los und klopfte dem schweigsamen Mitfahrer gönnerhaft auf den Oberschenkel.

»Nun, mein lieber Bauersdorfer ... erzähle Er ruhig ein wenig und schaue Er nicht so sauertöpfisch in die Welt! Was sollen denn die Damen denken!« Er deutete eine galante Verbeugung an. »Ganz unbeteiligt ist unser Stadtwachtmeister nämlich nicht an dem Spektakel, das uns gleich erwartet. Obgleich ich ihn dazu ein wenig anspornen musste, sollte er sein Licht nicht unter den Scheffel stellen, denn immerhin war es unser geschätzter Bauersdorfer, der den wildesten der sieben Strolche, die heute Abend ihr Leben verlieren werden, hat dingfest machen können. Nun berichte Er ruhig einmal über den Fall! Ich denke, auch Madame Tiefenbacher ...« – bei diesen Worten glitten die kalten Finger des Ersten Geheimen Kabinettsekretärs wieder in Herthas Hand, was der Gattin des hohen Herrn steinerne Verachtung auf die Lippen schrieb – »... auch Madame Tiefenbacher kennt das Leben und verträgt durchaus einen Blick in die Abgründe der menschlichen Seele.«

Stadtwachtmeister Adalbert Bauersdorfer war es durchaus recht gewesen, dass die Unterhaltung ihn bisher nicht betroffen hatte. Nun rutschte er unbehaglich auf seinem Sitz hin und her und rang nach Worten. Schon die Einladung zur Hinrichtung war ihm peinlich gewesen, denn das Unbehagen über den Fahndungserfolg im Fall des Fußlappenmörders saß ihm seit jenem Verhör im Gefängniskeller wie ein Albdruck im Nacken und fraß sich in seine Träume. Stadtwachtmeister Bauersdorfer schämte sich für die unsaubere Arbeit, die er abgeliefert hatte. Er schämte sich dafür, dem Druck seines Vorgesetzten erlegen zu sein, der einen schnellen Fahndungserfolg gefordert hatte, und er schämte sich, aus Sorge um die eigene Karriere seinen

Prinzipien untreu geworden zu sein. Vor allem aber hatte er Angst, schuldig zu werden am Tod eines Unschuldigen. Dass der Schindler Michel tatsächlich der vierfache Frauenmörder war, hielt Adalbert Bauersdorfer im Geheimen für ziemlich unwahrscheinlich. Er bereute zutiefst, nicht die Kraft aufgebracht zu haben, den Fall noch einmal zu prüfen und zu einem verlässlichen Abschluss zu bringen. Auch vor Gericht war er zu feige gewesen, seine Fehler zuzugeben. Und jetzt sollte er über diese Peinlichkeit auch noch berichten und anschließend der Exekution beiwohnen! Je mehr er darüber nachdachte, desto quälender und auswegloser erschien ihm seine Situation. Am liebsten wäre Stadtwachtmeister Adalbert Bauersdorfer aus der Kutsche gesprungen und davongerannt, wohl wissend, dass dies die schlechteste aller Lösungen war.

»Nun, Bauersdorfer? Was hat Er denn? Muss ich Ihn an die Regeln der Höflichkeit erinnern? Die Damen und der Herr Hofcompositeur warten. Nun rede Er endlich!«

Der Ärger seines Vorgesetzten war unüberhörbar. Also riss sich der Stadtwachtmeister zusammen und begann, mit leiser Stimme zu berichten. Er erzählte von den vier Frauen, die der Täter gemeuchelt hatte, den unheimlichen Verliesen, in denen sie gefangen gehalten worden waren, von der Brutalität des Mörders und von seinen Quälereien, die aus der Art der Verletzungen ersichtlich waren. Er schilderte, wie man die Opfer gefunden hatte, wie die Fälle sich zu einer Serie fügten und wie die Gewohnheit des Täters, aus den Kleidern der Opfer Fußlappen zu machen, schließlich auf seine Spur geführt hatte. Als er bei diesem Detail angekommen war, blühte Adalbert Bauersdorfer ein wenig auf und erzählte beinahe lebhaft, wie er in logischen Schritten auf diesen entscheidenden Gedanken gekommen war. Denn die Richtigkeit der Methode seiner Ermittlungen stand für ihn außer Zweifel – auch wenn er damit womöglich die falsche Person erwischt hatte.

Je mehr er erzählte, je deutlicher er die Details beschrieb, desto unwohler fühlte sich Hertha. Ihr Unbehagen verwandelte sich in Ekel, als sie feststellte, wie ihr Mann auf den Bericht reagierte: Lüstern, gierig und voller Sadismus sog er die grausigen Einzelheiten in sich auf. Da ging es ihr ähnlich wie kurze Zeit zuvor dem Stadtwachtmeister: Am liebsten hätte sie den Kutscher angeschrien, er solle endlich anhalten und sie hinauslassen.

Wenige Augenblicke später hielt das Gefährt tatsächlich, als ob der Kutscher ihre Gedanken gehört hätte. Sie waren da. Der Kutscher, der um die Empfindlichkeiten seiner Herrschaft wusste, hielt mit seinem Körper die Menge der Schaulustigen fern, half den Damen hinaus und lotste sie hinter das Geländer der Ehrentribüne. Dort warteten schon die anderen Hofdamen aus dem verschworenen Zirkel der Sekretärsgattin und schnatterten ein paar Nichtigkeiten zur Begrüßung. Man nahm Platz. Hertha konnte nicht verhindern, dass sie zwischen ihrem Mann und dem Gastgeber zu sitzen kam, die beide näher an sie heranrückten als nötig. Zwischen den drängenden Schenkeln der beiden Männer kam sie sich vor wie in einem Schraubstock. Paul Tiefenbacher wich nicht von Herthas Seite, denn er hatte wohl bemerkt, dass der hohe Herr Gefallen an seiner Frau gefunden hatte. Bei jedem anderen wäre er grob geworden, doch in diesem Fall hielt er es für besser, sich zurückzuhalten, denn er überlegte sofort, dass das Interesse des Ersten Geheimen Kabinettsekretärs an seiner Frau ihm weitere Vorteile bei Hofe verschaffen dürfte. Zudem legte Hertha seit einigen Tagen eine distanzierte Selbstsicherheit an den Tag, die er noch nicht einschätzen konnte und die ihn alarmierte.

Die Frau des Gastgebers sprühte Gift und Galle und lächelte dazu mit eisiger Freundlichkeit, die sie mit einer guten Prise Herablassung und Verachtung würzte. In voller Absicht setzte sie sich mit ihren Damen hinter Hertha, um die Kontrolle über das Geschehen zu behalten. Als Letzter hockte Stadtwachtmeister Bauersdorfer sich an den Rand der Tribüne, als ob er jede Sekunde aufspringen wollte, und schaute unglücklich vor sich hin.

Erst jetzt, da Hertha die Hinrichtungsstätte sah und begriff, wozu der Schemel diente, der vor ihr auf dem Podest stand, wurde ihr klar, was sie in den nächsten Minuten erwartete. Sie erschrak bis ins Mark. Ein einziges Mal vor vielen Jahren hatte sie eine Exekution miterlebt – als kleines Mädchen, auf den Schultern ihres Vaters, weit weg vom Geschehen. Die Akteure waren kleiner gewesen als ihre Puppen zu Hause in der Stube, und sie hatte nicht viel verstanden von dem, was damals geschah. Aber jetzt! Wie sollte sie das hier aushalten? Voller Befremden sah sie auf ihren Mann, der sich genüsslich in die Details des Annoncierblattes vertieft hatte und kaum erwarten konnte, dass es endlich losging. In ihrer Not schaute Hertha sich um, suchte nach gewöhnlichen Menschen in der Menge, nach Frauen, nach Familien, nach Kindern, die dem Schauspiel ebenfalls beiwohnen wollten. Es waren erschreckend viele. Wenn all diese Menschen das hier aushielten, dann müsste sie es doch auch ertragen können, ohne schreiend davonzurennen! Und vielleicht war Leander ja ebenfalls hier. Sie schöpfte wieder etwas Mut.

Der Kabinettsekretär gab sich leutselig. »Nun, mein lieber Tiefenbacher«, sprach er den Kapellmeister über Hertha hinweg an, »hier sollten doch manche Anregungen zu ernten sein für dramatische Opern und Singspiele, meint Er nicht auch? Vielleicht komponiert Er uns ja bald eine Henkers-Arie oder ein Mörder-Terzett, gewürzt mit einer Prise Liebe, Blut und Leidenschaft ... nun, wie wäre das?« Begeistert über seinen Witz lachte er glucksend in Herthas Ohr und gab der Frau des Komponisten mit einem Schenkeldruck zu verstehen, wem vor allen anderen seine wahre Aufmerksamkeit galt.

Hertha machte sich noch schmaler und schaute nach vorn. Wieder ließ sie ihren Blick über die Menge schweifen, die gierig gegen die Richtstätte brandete. Wie bizarr und unwirklich das alles war: Die Sensationslust auf den Gesichtern der einfachen Bürger, die Vermummung der Maskierten, deren versteckte Lüsternheit trotz aller Verkleidung nur zu offensichtlich war, widerten sie an. Dazwischen die Kranken und Blöden, die auf das Blut hofften wie auf eine Wundermedizin. Der Lärm, das Brodeln und Wogen einer vieltausendköpfigen Menge, die im Begriff war, angesichts des Grauens ihre gemeinsame Lust zu entdecken. Ganz vorn unter dem Podest fiel Hertha eine verwachsene Frau auf: Ihre Augen leuchteten wie glühende Kohlen in ihrem von einem Wolfsrachen entstellten Gesicht. Bebend wölbte sich ihr mächtiger Buckel. Die Frau schien vor Erwartung schier zerspringen zu wollen.

Jetzt wurde es beängstigend voll auf den Wiesen. Väter hoben ihre Kinder auf die Schultern, Mütter bereuten, ihre Säuglinge mitgebracht zu haben, Wagemutige kletterten die vereinzelten Bäume empor, deren Äste sich unter der ungewohnten Last bedenklich bogen. Die Menge reckte erwartungsvoll die Köpfe. Wann kamen sie? Von wo? Wie sahen sie aus? Was würden ihre Augen verraten?

Aus einer Seitenstraße kam ein schweres Fuhrwerk herangefahren. Die Pferde hatten Mühe, den Gefängniskarren emporzuziehen, ihre Flanken bebten vor Anstrengung. Sechs oder acht Berittene tänzelten um den Wagen herum und schlugen wahllos in die Menge, um dem Transport eine Gasse zu bahnen. Endlich hielt der Karren neben dem Richtplatz, die Türen wurden aufgeschlossen, und sie stolperten heraus: in Ketten, gebeugt, den Kopf zwischen die Schultern gezogen, um den Schlägen der Wächter und dem Gejohle des Pöbels auszuweichen. Unverständliches Gebrüll hallte herüber – ob einer der Gefangenen seinen Hass hinausschrie oder ein Wächter Kommandos rief, war nicht auszumachen. Ein paar Sekunden nur, und die sieben Männer waren hinter den Zeltplanen verschwunden. Wieder warten. Dann, nach langer Anspannung, traten gleichzeitig vier Wachleute hervor, postierten sich an den vier Ecken des Podestes und schlugen dröhnend mit ihren Gewehrkolben auf das Holz. Die brodelnde Menge verstummte. Ein Trompetensignal durchschnitt die Luft.

»Ruhe allerseits! Man höre den Stadtdirektor! Ruhe!«

Dann war eine Fistelstimme zu hören: »Die Oberste Kriminalkammer hat folgende sieben ...«

»Wie? Lauter!«

Verwirrt hielt der kleine dicke Mann auf dem Podest inne, räusperte sich und hub erneut an. Seine anschließenden Erklärungen gingen im vielstimmigen Tuscheln und Gezische fast völlig unter.

»... bei strengster Strafe kein Leid geschehen, denn er steht unter dem Schutz des Gerichts und dem Eid, sein Scharfrichterhandwerk so verlässlich auszuüben, als seine Kunst und der Beistand des Herrn es ihm ermöglichen.«

Ermattet schloss der Stadtdirektor seine Ankündigung und wischte sich den Schweiß von der Stirn. Dass so viele Menschen einer öffentlichen Hinrichtung in seiner Stadt beiwohnen würden, hätte er nicht erwartet. Welch eine Kulisse!

Wer nun gedacht hatte, es ginge endlich los, sah sich getäuscht. Zunächst hatte Pater Bastus seinen Auftritt, und er genoss ihn sichtlich. Die Predigt, die in den folgenden zwanzig Minuten auf die vielen tausend Schaulustigen niederging, barst vor Inbrunst und Wollust. Wie nie zuvor legte der Pater sich ins Zeug, packte die Menge, schüttelte sie, walkte ihr kollektives Gewissen und zwang sie unter sein Wort, welches nichts weniger als das des Herrn sei, stimmte sie ein auf das, was kam, und ließ keinem Einzigen in der unübersehbaren Schar die Möglichkeit, die Bedeutung dieses Momentes zu übersehen: »So seht denn her auf dieses Schwert und bedenket wohl, wessen Hand es wirklich führt«, bei diesen Worten wies er bedeutungsvoll zum Himmel, »und vergesst nie, was es euch sagen will! So seid also Zeuge eines erhabenen Aktes, den der Herr befohlen hat und den der Herr vollenden wird – vollenden durch den Scharfrichter Alois Birkeler. Gott sei mit ihm! Gott sei mit uns! Gott sei mit den Seelen dieser Sünder, die nun ihre gerechte Strafe empfangen werden! Lasset uns beten!«

Wie ferne Meeresbrandung grollte das Vaterunser aus vielen tausend Kehlen. Als die Menge wieder aufsah, ging ein Raunen durch die Reihen. Denn plötzlich stand er da, hoch oben auf dem Podest, im roten Licht der Abendsonne: Scharfrichter Alois Birkeler – schlank, dunkel, drohend und mächtig. Da war er, der Unheimliche, von dem man hinter vorgehaltener Hand die unglaublichsten Geschichten erzählte und der in unzähligen Kinderherzen als Schwarzer Mann für Angst und Schrecken sorgte.

Dann mussten alle sieben Verurteilten vortreten. Gesichter von bleich bis hochrot, einige stolz, andere ergeben, einige bebend vor Erregung, andere schwankend am Rande des Zusammenbruchs. Die meisten stumm, nur einer begierig, sich zu erklären, doch die Wachen ließen ihn nicht und peitschten ihn nieder. Der siebte, Michel Schindler, bewegte sich wie im Traum, als ob das alles ihn nichts anginge, weil es zu ungeheuerlich war und einfach nicht sein durfte.

Noch einmal trat der Stadtdirektor auf, verlas die Todesurteile, brach den Stab über die Schuldigen und verkündete die Begnadigung von zweien der sieben. Die brachen ungläubig vor Glück in Weinkrämpfe aus und wurden mit Peitschenschlägen vom Richtplatz vertrieben. Da nur die Vordersten in der Menge den Vorgang verstanden hatten, dauerte es eine geraume Weile, bis auch die hinteren Zuschauer das Kreischen der Begnadigten nicht mehr für einen Nervenzusammenbruch angesichts des nahen Todes hielten. Dann endlich ging es los. Mit klarer, fester Stimme bat der Scharfrichter die übrigen fünf um Verzeihung für das, was er nun tun würde. Er sei nicht ihr Feind, tue nur seine Pflicht und verspräche bei Gott dem Allmächtigen, sein Handwerk nach allen Regeln der Kunst so sorgfältig und schmerzlos wie möglich auszuführen. Der Erste – ein Räuber und Mörder – war gefasst, sagte kein Wort und kniete nieder, noch bevor die Helfer ihn auf den Schemel drücken konnten.

Da straffte sich der Scharfrichter, hob voller Eleganz und Anmut das Schwert, wartete noch einen Sekundenbruchteil und holte aus mit einer Gewalt, die man diesem schlaksigen, schmächtigen Mann nicht zugetraut hätte. Für diese Sekunden waren seine Anhänger erschienen. Auf diesen Wimpernschlag des Schicksals hatten sie gewartet. Dies waren die Momente, von denen die Legenden um seine Person lebten.

Dann schlug er zu.

24. Lied aus der Ferne

Pater Bastus wusste um die suggestive Gewalt seiner Rhetorik ebenso wie um die Sinnlichkeit seines Baritons und setzte beides nur allzu gerne in der Öffentlichkeit ein. Sein Bischof sah es mit gemischten Gefühlen. Einerseits freute es ihn, dass der Herr in Pater Bastus ein Sprachrohr gefunden hatte, mit dem er besonders viele Schäflein auf Erden erreichen konnte. Andererseits ließ der selbstgefällige Gottesmann es bei seinen Auftritten in der Kanzel und auch außerhalb der Kirchenmauern des Öfteren an der nötigen Demut fehlen, was bereits Anlass zu mehrmaligen Ermahnungen gegeben hatte. Doch spätestens bei der nächsten Massenpredigt würden die Gäule wieder mit dem Pater durchgehen. Der Bischof vermutete, dass Pater Bastus seinen zweifelhaften Ruhm in weltlichen Kreisen möglicherweise für private Vorteile nutzte, die mit dem Zölibat absolut nicht in Einklang zu bringen waren. Man munkelte dies und jenes, und wenn irgendwo in der Stadt ein dicker Bauch nicht zuzuordnen war, gab es immer wieder anonyme Stimmen, die den wortgewaltigen Pater ins Gespräch brachten. Unter vier Augen danach befragt, war der Geistliche jedoch stets solchermaßen entrüstet, dass sein Bischof es fortan dabei beließ und das heikle Thema nicht mehr anschnitt.

Unter den vielen tausend Menschen, die an jenem Sonntag zur Hinrichtung gekommen waren, befanden sich tatsächlich gleich mehrere junge Mädchen, mit denen Pater Bastus unkeuschen Umgang gepflegt hatte oder immer noch pflegte. Auch wenn er seine Gespielinnen in der unübersehbaren Schar auf der Festwiese kaum ausmachen konnte, wusste der Geistliche doch um ihre Gegenwart und empfand dies als äußerst erotisierend.

»Der Herr ist mächtig. Der Herr ist groß. Und der Mensch ist nichts weiter als ein Wicht, ein Wurm! So merket denn auf, ihr Elenden, höret das Wort des Herrn, begreifet, was eure Schuld ist, erkennet seine Gnade im Blute und sehet seinen Sieg in der Sühne der Sünde!«

Majestätisch wie ein Viermaster unter vollen Segeln rollte die Stimme von Pater Bastus über die Köpfe der Menge heran und traf Maria aus heiterem Himmel. Als sie den Bariton ihres einstigen Geliebten und Vaters ihres Jungen vernahm, stolperte sie und wäre wohl zu Boden gefallen, wenn ein feiner Herr mit blassgrauem Rock und ebensolchem Teint sie nicht aufgefangen und mit einer galanten Geste wieder aufgerichtet hätte. Hastig lief sie weiter – verfolgt von der Stimme des Paters, die ihr einst schier den Verstand geraubt hatte und die sie nie wieder im Leben hatte hören wollen.

Am Anfang ihrer Beziehung war das Wort gewesen: nur seine Stimme, körperlos und abstrakt. Mit weichen Knien war Maria eines Sonntags aus dem Beichtstuhl gestiegen, erfüllt von diesem vibrierenden Bariton, der in ihr sogleich Gedanken gesät hatte, die ungleich unkeuscher waren als jene, die sie Pater Bastus zuvor in der muffigen Dunkelheit hinter dem Vorhang gebeichtet hatte. Naiv, wie sie damals war, hatte sie angenommen, der Geistliche hinter dem Gitter könne sie ebenso wenig sehen wie sie ihn. Doch Pater Bastus erkannte immer genau, wer vor ihm im Beichtstuhl saß, nur eine Handbreit von seinem Gesicht entfernt. Maria war schön; das hatte er sofort gesehen und seine Stimme entsprechend abgetönt. Am nächsten Sonntag schon kam Maria wieder, beichtete ausführlicher und verliebte sich in seine Stimme. Als sie ihn dann das erste Mal von nahem sah, währte ihre Enttäuschung nur kurz, denn was zählten schon Äußerlichkeiten angesichts der Wärme und Einfühlsamkeit dieses Mannes. Außerdem war er ein Mann Gottes und damit unberührbar – zumindest glaubte sie das. Doch der Macht des Zölibats zu vertrauen, war ihr nächster Irrtum. Als es dann geschehen war, kam es ihr noch lange Zeit so irreal vor, dass sie in manchen Momenten meinte, seine Zärtlichkeit und Gier nur geträumt zu haben. Später fragte Maria sich immer wieder, warum sie seinem Drängen nachgegeben hatte. Die Monate nach ihrer Vertreibung aus der Stadt hatten ihr genügend Gelegenheit gegeben, darüber nachzudenken. Je weiter sie in ihren Überlegungen kam und je klarer sie die Dinge sah, desto mehr wich ihre Enttäuschung einer kalten Verachtung für den Pater.

Es war die Mischung aus Drohung und Verführung, der sie nicht hatte standhalten können. Jung und naiv, wie sie gewesen war, hatte sie seine Drohungen für wohlmeinende väterliche Ratschläge gehalten und seine Verführungskünste für Liebenswürdigkeit. Wie oft hatte er sie mit biblischen Bildern eingeschüchtert, hatte die Allmacht Gottes und der Kirche beschworen und damit Marias schlechtes Gewissen und ihre Angst vor dem Fegefeuer geschürt. Übergangslos sang er dann das Hohelied der Liebe, schwärmte von ihrer Bedeutung für den Glauben und verstieg sich ebenso plötzlich wieder in dunkle Andeutungen, die er mit lateinischen Zitaten durchsetzte, die sie nicht verstand, deren Finsternis sie aber zu erkennen meinte. Besondere Zeichen der Reue, so gab er ihr zu verstehen, müsse sie schon setzen, wenn sie der Gnade noch teilhaftig werden wollte und wenn ihre Sitzungen im Beichtstuhl nicht vergebens sein sollten. An ihm solle es nicht liegen, denn er wisse nur zu gut um den edlen Kern ihrer Seele und um ihre Bußfertigkeit. Sie müsse beides nur deutlicher zeigen und ihm ein wenig entgegenkommen, damit er ihr helfen könne, den Weg zu Gott zu finden.

Wohl ein Vierteljahr ging es so, bis er sie eines Mittags nach der Messe zu sich befahl. Als sie die Sakristei betrat und sah, wie er an seiner Kutte nestelte, wollte sie sofort umkehren, doch ein einziges sonores »Bleib!« genügte, um ihren Willen auszuschalten. Fast ärgerlich sortierte und teilte er die Falten seines Gewandes, bis er endlich Zugang zu sich gefunden hatte. Dann hieß er sie umdrehen und machte sich an ihrem Kleid und Unterzeug zu schaffen. Die plötzliche Kälte zwischen ihren Beinen ließ sie frösteln. Danach kam der Schmerz, der nur gegen Ende durch eine Prise Lust gemildert wurde. Als Maria versuchte, sich umzudrehen und ihn anzuschauen, stieß er ihren Kopf zurück, und sie sah wieder nach vorn auf die grob gekalkte weiße Wand der Sakristei. Sie kam sich fern von ihm vor, beinahe unbeteiligt am Geschehen. Dennoch beschloss sie zu akzeptieren, was er mit ihr tat. Sie empfand sogar ein wenig Erleichterung darüber, endlich zu wissen, welche Art von Liebesdienst der Herr in Gestalt des Paters von ihr erwartete. Es konnte nicht anders als gut sein, denn wie oft hatte er von der Kanzel herab über die Liebe gepredigt, hatte von all ihren Ausformungen gesprochen, die doch im Kern eines gemein hätten: Abbild der Gnade und Güte Gottes zu sein, wenn sie denn nur von reinem Herzen kämen. So machte sie ihr Herz weit, ließ sich ein auf ihn und ließ ihn gewähren. Roh und selbstsüchtig verschaffte er sich Befriedigung und zeigte dabei nicht die geringste Blöße. Wäre in diesen immer wiederkehrenden Minuten nach der Messe jemand hereingekommen, hätte Pater Bastus sich blitzschnell abgewandt und den Eindruck erweckt, er spende einer verzweifelten Frau aus seiner Gemeinde Trost. Während ihrer ganzen gemeinsamen Zeit sah Maria außer Gesicht und Hände keine nackte Haut von ihm.

Nach ein paar Wochen bemerkte Maria, dass etwas geschah mit ihr. Zunächst wollte sie es nicht glauben, schob es auf vorübergehende Unpässlichkeiten und leugnete vor sich selbst jeden Zusammenhang mit den Dingen, die der Pater mit ihr tat. Natürlich ahnte sie, dass sie schwanger war. Doch was sollte sie tun? Eltern hatte sie nicht mehr, seit sie denken konnte. Doch Tante und Onkel, die sich seither um sie kümmerten, waren noch strenger zu ihr, als Vater und Mutter es jemals hätten sein können. Wenn es überhaupt ein Verhältnis zwischen Maria und ihren Zieheltern gab, dann beruhte es auf Distanz, Kühle und Respekt, wozu sich schnell Furcht gesellen konnte, wenn der Onkel sie maßregelte. Mit den beiden zu reden, erschien ihr undenkbar. Folglich war der Einzige, den es etwas anging und der ihr helfen könnte, Pater Bastus. Nach einem Stelldichein in der Sakristei, das, wie sie an seinen Reaktionen abzulesen glaubte, zu seiner besonderen Zufriedenheit ausgefallen war, nahm sie seine Hand, legte sie auf ihren Bauch und flüsterte ihm ins Ohr: »An diesem Ort und von diesem Mann empfangen – da muss es ein ganz besonderes Kind sein: mein kleiner Messias.« Dann lehnte sie sich mit dem Rücken an die Wand und wartete. Zunächst reagierte er gar nicht, sodass sie glaubte, er habe sie nicht verstanden. Doch dann fühlte sie, wie seine Miene sich verkrampfte und er zu schwitzen begann. Seine Augen wurden so kalt wie die Luft in der Sakristei. Noch bevor er sprach, wusste sie, dass er sie in den Abgrund stürzen würde.

»Warum lebst du in Sünde, mein Kind? Warum wohnst du anderen Männern bei? Meine ganze Liebe gilt dem Herrn und dem Seelenheil der Menschen. Alles Weitere betrifft mich nicht. Allerdings betrübt es mich sehr, dich in der Sünde zu wissen. Warum tust du das?«

»Aber … ich habe doch nicht … Das stimmt nicht … Es gibt da niemanden …«

Mechanisch schob Maria seine Hand zurück und schaute den Pater entgeistert an. Er schien ihr ferner zu sein als jeder Fremde. Von einem Moment zum nächsten überfiel die Scham sie wie ein kalter Hauch. Hastig rückte sie von ihm ab. Bastus tat es ihr gleich und schritt mit theatralischer Würde zur Tür. Dann legte er all die ihm zu Gebote stehende Autorität in seine Stimme und sagte, ohne sie anzusehen: »Gehe von hinnen! Entweihe nicht diesen Ort! Und hüte deine Zunge, oder du wirst in der Hölle enden!«

Maria kannte diese Stimme nur zu gut. So sprach der Pater, wenn er sich die Massen unterwarf: erhaben, gebieterisch und unangreifbar. Diesen Klang nahm seine Stimme an, wenn er die Quintessenz seiner Botschaft von der Kanzel schleuderte. Von einer Sekunde zur nächsten sah Maria sich wieder eingereiht in die Schar der Gläubigen, als ob nie etwas gewesen wäre zwischen ihr und dem Pater. So endete ihre Beziehung, wie sie begonnen hatte: mit der Macht des Wortes – seines Wortes.

Maria tat, wie Bastus ihr geheißen hatte, und schwieg. Dennoch wurden die folgenden Monate für sie zur Hölle. Als sie ihren Zustand nicht länger verbergen konnte, erntete sie nur kalte Verachtung und Häme. Ihre Zieheltern beschränkten sich darauf, sie am Leben zu halten, ihr eine Schlafstätte zu gewähren. Ansonsten beachteten sie sie nicht mehr. Ein paar Mal ging Maria noch zur Messe, um Gnade zu finden vor dem Herrn und vor seinem Mittler, der dort oben auf der Kanzel stand und wetterte und der doch der Vater ihres Kindes war. Doch sie fand keine Gnade. Wenn er jetzt von der Sünde sprach, vom Jammertal hienieden, von Leid und Tod und Sühne, schien es ihr immerfort, als ob er nur sie meinte. Wenn er Verfehlungen und Fehltritte geißelte, wenn er die Schwäche und Unvollkommenheit des Menschen beklagte, von seiner Niedertracht, dann kam es ihr vor, als verkörpere sie allein all diese Unzulänglichkeiten. Als ihr Zustand für alle sichtbar wurde, blieben die Kirchenbänke um sie herum leer. Und wenn einmal ein Blick den ihren kreuzte, spürte sie die Ablehnung fast körperlich. Bevor die Gemeinde sie hinauswürgen konnte wie ein verdorbenes Stück Fleisch, fügte Maria sich in ihr Schicksal und zog sich zurück.

Die Geburt wurde hart. Fast wäre sie am Kind dieses Mannes gestorben. Als sie es überstanden hatte, ließen sie ihr kaum Zeit zu genesen und spien sie und ihr Kind hinaus aus der Stadt. Da liebte sie ihn schon längst nicht mehr, obwohl der Klang seiner Stimme sie noch lange verfolgen sollte. So lange, bis Leander in ihr Leben trat.

Hier und heute, auf dem Richtplatz, war diese Stimme wieder da und traf sie ins Mark. Doch Marias Erschütterung währte nur kurz und wich bald einer wilden Wut, der sie sich erleichtert hingab. Wütend war sie auf diesen selbstgefälligen Pfaffen, der sich aus der Verantwortung gestohlen hatte, wütend war sie auf sich selbst, weil sie das alles mit sich hatte machen lassen. Ihre Wut galt auch dem Pöbel ringsum, seinen Schäfchen, die sich tatsächlich wie Schafe benahmen und in dumpfer Einfalt seinen Tiraden lauschten. Fast vergaß sie, warum sie zum Richtplatz gekommen war. Aber war ihr Ziel im Grunde genommen nicht immer noch dasselbe? Den Vater ihres zweiten Kindes wollte sie finden und fand nun stattdessen den ihres ersten!

»Hört nicht auf ihn! Er ist ein Blender!«, rief sie ihrem Nachbarn zu, einem galanten Herrn in Gehrock und Allonge. Der Mann musterte sie nur verwundert und schüttelte den Kopf. »Ein Scharlatan ist er, ein Feigling! Versteckt sich hinter Christus und seiner Kirche, um ungeschoren zu bleiben!« Ohne nachzudenken, brachte sie die Sätze hervor, stockend und stoßweise kamen sie, wie Eruptionen aus den Tiefen ihrer Seele. Sie zupfte diesen und jenen am Ärmel und sah um Zustimmung heischend von einem zum andern. »Merkt ihr es nicht? Hört doch nur, wie es klingelt und klappert, wie seine Worte rumpeln, und sie sind doch nur hohl – so hohl! Was weiß er schon von Gnade und Liebe! Nichts weiß er, rein gar nichts!«

»Schscht! Schweig endlich, Weib! Man hört ja nichts!«

Ärgerlich wischte ein dicker kleiner Mann im Faunkostüm

Marias Hand von seiner Schulter. Auch die anderen Zuschauer in Hörweite gaben ihr Zeichen, sie möge endlich still sein, damit sie den Worten des Paters folgen könnten. Der Schrecken über die erste Hinrichtung erstickte Marias Zorn. Als der Kopf des ersten Mörders vom Podest kollerte und lüsterne Schauer durch die Menge fuhren, schlug ihr das Herz bis zum Hals. Hektisch sah sie sich um, suchte Leander, fand ihn immer noch nicht zwischen all den Masken und Perücken. Argwöhnisch horchte sie in sich hinein, fühlte, dass die Panik schon in ihr lauerte, bereit, beim nächsten Schrei der Menge über sie herzufallen. *Leander! Wo bist du nur? Leander! Hier bin ich! Hier ist dein Kind! Sieh mich doch an!* Als der nächste Kopf rollte, entdeckte sie ihn endlich – und schrie auf, zusammen mit den vielen tausend Menschen um sie herum. *Leander! Was ist mit dir? Was hast du nur!* Voller Entsetzen starrte sie auf den geliebten Mann, der sich in Krämpfen wand, der zuckte und schwankte, dessen Arm durch die Luft peitschte und in dessen Antlitz sich Irrsinn spiegelte. *Ein Anfall! Er ist krank! Er stirbt! O Gott! Nein!*

»Nein! Nicht! Hör auf!«, schrie sie laut und meinte doch gar nicht den Henker, wie die Menschen um sie herum annahmen.

»Nun ist es aber bald genug mit dem lärmenden Weib! Kann da nicht mal jemand für Ruhe sorgen! Einfach impertinent ist das!« Ein kleiner Junge, den ein Vater neben ihr auf den Schultern trug, feixte frech zu ihr hinunter und trat mit den Schuhspitzen nach ihrem Gesicht. Da raffte Maria ihr Kleid und stürzte sich zwischen die Leiber der Schaulustigen. Ohne die Puffe und Knuffe zu bemerken, die sie austeilte und selbst empfing, kämpfte sie sich vor zur Anhöhe, auf der Leander mit den Zimmerleuten saß. *Weg da! Macht doch endlich Platz! Ich muss da durch!* Es war ihr, als hätten die Menschen um sie herum sich heimlich verschworen, um sie aufzuhalten. Wie zäh das Gedränge war, wie widerspenstig! Kaum kam sie voran. Und Leander sah sie nicht! Er bemerkte sie einfach nicht! Drängelnd und schubsend verausgabte die junge Frau sich zwischen all den Menschen und weinte über ihre Schwäche. Plötzlich spürte sie einen Schlag gegen die Hüfte und einen heißen Schmerz, der sie taumeln ließ. Ein einsamer Zaunpfahl stand mitten im Gedränge. Sie hatte ihn nicht gesehen und sich heftig daran gestoßen. Diesmal war niemand da, der sie auffing, denn alle schauten gebannt nach vorn zum Richtplatz, wo Alois Birkeler sein Schwert gen Himmel reckte. Da sackte Maria einfach zusammen und versank zwischen den Leibern der Schaulustigen. Das Letzte, was sie sah, war der Wald von weißen Waden und wollenen Kleidern um sie herum. Der Schnallenschuh, der kurz darauf ihren Unterleib traf, war groß und staubig. Der Mann, zu dem der Schuh gehörte, bemerkte es nicht einmal, dachte wohl, er hätte einen Hund getreten oder ein hingeworfenes Wams. Maria wurde schwarz vor Augen.

Als Otto sie fand, war sie so bleich in ihrem blutigen Kleid, dass er schon dachte, er käme zu spät. Vorsichtig nahm der Knecht sie auf und trug sie fort. Sie lebte. Nach ein paar Schritten schlang Maria ihre schlaffen Arme um seinen Hals und murmelte: »Leander, Liebster, da bist du ja! Ist dir auch wohl?«

25. Chromatische Fantasie und Fuge

Den Transport zum Richtplatz erlebte Michel Schindler wie ein fremder Beobachter seiner selbst. Ihm war, als ob er neben sich stünde und diesen jungen Mann, der er wohl selbst sein musste, in einer irrealen Kulisse agieren sah – mechanisch und willenlos. Während er sich selbst beobachtete, schnürte eine zwanghafte Vorstellung ihm die Kehle zu, die Vorstellung nämlich, bei der Hinrichtung würde sein Kopf für einen Augenblick – und sei er noch so kurz – erleben, dass er ohne Körper war. Abgetrennt vom Leib würde sein Haupt mit dem Gesicht voran in den Korb stürzen und instinktiv versuchen, sich abzustützen. Doch es ginge nicht, weil die Hände nicht mehr da wären, um ihm zu helfen, und mit ihnen der ganze Körper. Vielleicht würde sein Rumpf mit den Händen an seinen Hals greifen wollen, um die grausige Wunde zu schließen, die das Richtschwert ihm zugefügt hatte. Schaudernd sah Michel Schindler sich vom Richtplatz taumeln und seinen kopflosen Hals würgen, um das sprudelnde Blut zu stillen. Wie fühlt sich ein Kopf ohne Körper an? Wie ein Körper ohne Kopf? Wissen beide noch voneinander? Erleben sie sich in ihrer monströsen Trennung? Musste die Enthauptung ihn sich selbst nicht zum grässlichsten aller Monster machen? Was auch immer Michel Schindler sich vorzustellen versuchte, war so entsetzlich, so ungeheuerlich, dass es einfach nicht sein durfte, wie überhaupt sein Tod nicht sein durfte, weil er für ihn schlicht unvorstellbar war.

Eine Weile packte ihn dieser ungeheuerliche Gedanke, bis er zur Unmöglichkeit wurde: Da es unvorstellbar war, würde es auch nicht geschehen. Dass er jetzt sterben würde, war ebenso unmöglich, wie es undenkbar schien, dass die Sonne verlöschen oder die Welt aufhören würde zu existieren. Und noch aus einem weiteren Grund durfte es nicht sein: Er war unschuldig ... er war doch *unschuldig*! Sicher – er hatte alles zugegeben, dort unten im Gefängniskeller, aber doch nur, damit sie ihm nicht mehr wehtaten! Wer wollte es ihm verübeln, dass er »Ja! Ich war es!« geschrien hatte, als sich die Männer mit diesen grässlichen Instrumenten an ihm zu schaffen gemacht hatten? Was kümmerten ihn damals die Folgen, wo er doch mit einem Kopfnicken und einem einfachen »Ja!« den Schmerz sofort hatte beenden können? Außerdem waren da noch diese Fragen gewesen, diese vertrackten Fragen, die seinen Kopf verwirrt und seine Gedanken durcheinander gewirbelt hatten. Nach einer halben Stunde Verhör wusste er nicht mehr, was er zu Beginn gesagt hatte, nach einer Stunde war er überzeugt, dass es das Gegenteil von dem gewesen sein musste, was er eigentlich schon immer hatte sagen wollen. Und sie wollten es doch hören! Sie wollten es so sehr! Wenn mächtige Menschen wie dieser Polizeiinspektor einem tausendmal versichern, dass zwei und zwei fünf sind, wenn sie einen anflehen, es doch endlich einzusehen, wurde diese Behauptung dann nicht irgendwann auch ein bisschen wahr? Wer könnte nach der tausendsten Beteuerung des Gegenteils noch ruhigen Gewissens behaupten, zwei und zwei seien vier?

Also war er schuldig! Er hatte Frauen in Erdlöcher gesteckt, hatte sie gequält und getötet. Man hatte ihn gefangen und verurteilt. Folglich musste er sterben. Dagegen war eigentlich nichts einzuwenden, bis auf die Tatsache, dass eben das nicht ging, weil es unvorstellbar war und somit unmöglich. Sein Kopf ohne Körper war undenkbar – sein Körper ohne Kopf auch. Dieser Schnitt durch den Hals, diese vollständige Durchtrennung von Haut, Nerven, Adern, Röhren, Knochen, Muskeln war mehr, als der Verstand begreifen konnte. Und deshalb würde es nicht geschehen! Nie und nimmer! Wieder legte der Trost sich auf sein Gemüt und glättete seine brodelnden Gedanken wie Öl das wogende Meer. Minutenlang schien es ihm, als träumte er, er lächelte weich und sah und hörte die Welt nicht mehr. Irgendwann, bald schon, würden sie es begreifen und mit den Vorbereitungen für seinen Tod aufhören. Welchen Sinn machte es schon, etwas durchführen zu wollen, was unmöglich war? Also würden sie damit aufhören, und alles wäre wieder gut! Hatten sie nicht eben schon zwei begnadigt? Gleich würden sie auch ihm die Fesseln abnehmen und sagen: »Geh! Wir lassen es sein. Wir hören auf. Es war ein Fehler, weil es unmöglich ist.«

In Erwartung seiner Erlösung ließ er sich treiben, flüchtete sich in Erinnerungen. Ein weites Stück versetzte sich Michel Schindler zurück in die Vergangenheit, bis er wieder in der Mühle war, hoch oben unter dem Dach zwischen den knarrenden Holzzahnrädern und den mächtigen Wellen, die tief unter ihm die Mühlsteine antrieben. Er liebte diesen Platz unter der Schindelkuppel der Mühle, wo er eins war mit dem Wind und mit dem Land. Wie oft schon hatte er sich heimlich hinaufgeschlichen und aus dem kleinen Fenster gesehen, das ihn immer wieder mit einer anderen Aussicht überraschte, wenn die Mühle sich neu zum Wind gedreht hatte. Wieder sah er die Müllerstochter mit den zwei wippenden blonden Zöpfen dort oben im Gebälk, wie sie ihn linkisch neckte, sich zwischen den Balken versteckte, kichernd und ein wenig schamhaft nach ihm rief, wie sie mal ein Bein, mal einen nackten Arm zeigte und in gespielter Entrüstung vor ihm floh. Die Windmühlenflügel malten kreisende Schatten auf die Holzdielen und krochen die Wände empor. Er roch das Getreide und den Staub, spürte das Beben der Balken und die Kraft des Windes. Noch einmal erlebte er seine jungenhafte Lust so neu und verstörend wie damals, fühlte die Sehnsucht, die Haut dieses Mädchens zu berühren, und die Angst, sich zu blamieren, weil er mit seinen vierzehn Jahren doch kaum wusste, was es mit den Frauen auf sich hatte. Wieder stolperte er im Geiste hinter ihrem Duft her, lärmte, polterte, bis sie mahnend den Finger an die Lippen legte: Der Vater unten durfte sie doch nicht hören! O Gott im Himmel! Wenn ihr Vater das hier wüsste! Nicht auszudenken, was dann geschehen könnte! Wieder malte er sich das Spiel ihrer Schenkel unter dem Kleid aus, verschlang ihre Rundungen mit den Augen und schämte sich so wie damals. Wochenlang schon hatte sie ihn gereizt, hatte ihn im Unklaren gelassen, ob sie ihn meinte oder doch nur seinen Bruder. Nächtelang hatte er darüber gegrübelt, ob sie ihn wirklich wollte, ob sie *es* von ihm wollte, oder ob sie alles nur als Spiel unter Kindern ansah, wie in all den Jahren zuvor. Doch an jenem Nachmittag, dort oben in der Mühlenkuppel, wusste er es. Angst und Verlegenheit würzten seine Vorfreude. Als er sie endlich gefangen und auf den Stapel Säcke gezogen hatte, da war sie weich und warm und feucht gewesen. Sie hatte ihm nicht geholfen, hatte auf sein Wissen vertraut. Endlich fand er den Weg in sie hinein, fühlte staunend seine eigene Härte und hatte Angst, ihr wehzutun. Wieder und wieder strichen die Schatten der Windmühlenflügel über ihr Gesicht, in dem sich Verwunderung, Schmerz und Erleichterung spiegelten, und zeigten ihm den Rhythmus der Liebe.

Von da an trafen sie sich regelmäßig unter dem Dach der Mühle, er und die Müllerstochter, während ihr Vater unten arbeitete. Michels Liebe war so groß und ewig, wie die Liebe mit vierzehn nur sein kann. So wurden es die schönsten Monate seines Lebens. Erst später lernte er, dass von dem, was sie dort taten, die Kinder kamen. Doch bei ihr kam keins. Wo sie jetzt wohl lebte? Ob sie ihn noch liebte? Ob sie an ihn dachte? Er würde sie finden. Er würde zurückgehen zu ihr. Ja, das würde er tun. Warum nicht sofort? Jetzt sofort wollte er losgehen zu ihr.

Als der Schindler Michel diesen Entschluss fasste, blätterten die Jahre schon wieder zurück wie die Seiten eines offenen Buches im Wind. Die Illusion bröckelte, und die Erinnerung zerstob zu Staub. Schmerzend wie ein schartiges Messer schnitt die Gegenwart sich mitten hinein in sein Denken und Fühlen: Er war auf dem Richtplatz und sollte sterben. Verzweifelt versuchte er, den Schock zu bewältigen, die Erkenntnis zu verdrängen, die Erinnerungen festzuhalten. Doch die Wirklichkeit hatte sich in ihn verbissen und ließ ihn nicht mehr los. Wieder bäumte er sich auf und flehte: Es durfte doch nicht sein! Sie mussten ihn freilassen! Zwei hatten sie doch schon freigelassen! Warum nicht auch ihn? Was geschah da nur? Was machten sie denn bloß! – O Gott! Sie hörten nicht auf!

Plötzlich war der Erste tot.

Eben hatte er noch gelebt, und jetzt war er tot. Sie hatten es einfach getan. Sie hatten das Unmögliche vollbracht und ihn in zwei Stücke gehauen! Der Scharfrichter hatte sein Schwert genommen und dem Ersten von ihnen den Kopf abgeschlagen. Einfach so.

Die Panik traf ihn wie ein Peitschenhieb, sein Geist wurde grell und scharf, er bebte und zitterte, dass er kaum auf den Beinen stehen konnte. Es ging also doch! Ein Schlag, ein Schnitt, und sie hatten ihn entzweit! Wieder und wieder sah er die Klinge quälend langsam durch den Hals dringen, noch langsamer schwebte der Kopf zu Boden, wie Sirup quoll das Blut aus dem Stumpf.

Mit Grauen dachte Michel Schindler daran, wie es wäre, wenn es nie ein Ende nähme, wenn die Sekunde des eigenen Todes sich zur Ewigkeit dehnen und sein Leid nie enden würde? Ohne Verständnis für das wahre Grauen würde das johlende Volk seinen Kopf rollen sehen: ein kurzer Augenblick der Sensation nur. Doch welch ein Trugschluss, welch ein Irrtum, denn für ihn selbst wäre es, als ob sein Tod sich zu Jahrtausenden dehnte, als ob er Äonen hindurch würde leiden müssen, ohne Hoffnung auf Erlösung, ohne Gnade, ohne Ende. Das Schwert würde ihn gar nicht töten – es würde nur die Zeit anhalten und ihn in einen Zustand ewiger Qual versetzen, aus dem er nie mehr erwachen würde. O Gott! Miserere nobis! Miserere nobis! Pater noster, dona nobis pacem, pacem!

Plötzlich ging ein Stöhnen durch die Reihen, und aus tausend Kehlen gellte es »Iiiiiih!« und »Ohhhh!«. Als einer der Henkershelfer den abgeschlagenen Kopf am Schopfe packen wollte, um ihn dem Volk zu zeigen, glitten die blutverschmierten Haare durch die Finger, und das Haupt des Geköpften polterte Blut und Geifer spuckend vom Podest hinunter – einem buckligen Weib mit Hasenscharte direkt vor die Füße. Wie irr stürzte die Frau sich auf das glotzende Gesicht, versuchte, es aufzuheben und unter ihrem Rock zu verbergen. Doch die Helfer sprangen herunter zu ihr, brüllten, schlugen sie und rissen ihr das Haupt wieder aus den Händen, warfen es zurück in den Korb.

Dann führten sie den Zweiten nach vorn, und Michel Schindler wurde grau im Gesicht.

Mit einem Mal sah und hörte er alles. Tausend Details brannten sich in seine Augen, als wären sie in grelles Licht getaucht. Seine Sinne erwachten zu nie erlebter Schärfe und überhäuften sein Hirn mit Millionen sich überstürzender Informationen. Plötzlich traten aus der Masse der Menschen um ihn herum einzelne Gesichter heraus, die alle nur eines wollten: seinen Tod. Er sah ihre Augen, hörte die Schreie, roch ihre Lust und atmete den Wahnsinn derjenigen in der vordersten Reihe, die das Blut des Geköpften von ihren Fingern leckten. Dazwischen standen Feiglinge hinter ihren Masken, viele hundert waren es wohl: Frauen, Männer, Kinder mit schrillen Kostümen, Tierköpfen und Schellenmützen angetan.

Er sah den Pater in seiner speckigen Kutte, wie er schwitzte und schnaufte, wie seine glänzenden Locken die Schläfen verklebten, wie der Schweiß ihm vom Nacken rann, ins braune Leinen hinein. Jede Pore meinte er zu erkennen, jeder Tropfen stand einzeln vor seinen Augen. Dieser Mann würde seinen Kopf behalten, keine Klinge würde seinen Hals durchtrennen! Michel starrte auf dieses schmale Stück Haut zwischen Kopf und Schultern des Geistlichen. Plötzlich nahm er keine Körper mehr wahr – nur noch Hälse. Sein Blick flog über die Menge und er sah überall Hälse: fette, dünne, krumme, sehnige, faltige, glatte, kurze, lange. Er sah Kehlköpfe, Haut, Sehnen, Adern, fühlte das Blut hindurchrinnen, Atemluft sie durchströmen. Wieder und wieder blitzte die Klinge auf, kappte all diese Hälse, ließ sie röcheln und sprudeln, ließ Köpfe rollen. Sollten sie doch alle sterben, diese vielen tausend, sollte das Schwert unter ihnen wüten und der Scharfrichter in deren Blute waten, wenn er dafür nur ihn in Ruhe ließe, ihn, den Michel Schindler!

Da hub der Zweite zu jammern und zu schimpfen an, heulte und winselte, bis der Pater ihm mit donnernder Stimme die Absolution erteilte, zwei Mann seine Arme auseinander rissen, ihn auf den Bock niederzogen und die schlanke Gestalt mit dem Schwert über ihm stand ... Alois Birkeler traf so genau er nur konnte. Die Ruhe nach dem Streich währte nur einen Augenblick, dann tobte das Volk, tausend Kehlen schrien ihre Anspannung heraus und gierten sogleich nach mehr.

Zwei noch vor ihm! Dann war er dran! *Nur noch zwei!*

Michel Schindler fühlte, wie er erkaltete, wie sein Blut sich in sein Innerstes zurückzog, wie es aus dem Kopf, aus Armen und Beinen wich. Er war kurz vor der Ohnmacht, wankte, sein Blick verdunkelte sich, in den Ohren hallte ferner Donner. Die Welt wich zurück vor ihm, dem Todgeweihten, hatte ihn schon abgeschrieben. Er schaltete ab.

Dann brannten seine Wangen unter Schlägen, sie rissen ihn ein letztes Mal aus seiner Ohnmacht. Schlimmer denn je wälzte das Entsetzen sich über ihn, als ihm klar wurde: Die beiden vor ihm hatte er nicht mehr mitbekommen! Sie waren schon tot, sie lebten nicht mehr, er hatte sie einfach verpasst! Nun gab es keinen Schutzwall aus anderen Leben und Leibern mehr zwischen ihm und dem Schwert. Nun war es so weit: Er sollte der Nächste sein!

Da fiel sein irrer Blick auf *ein* Gesicht unter tausenden, ein einziges nur, brannte sich in seine Augen. Es war das Gesicht eines jungen Mannes: kräftig – anmutig – einzigartig – wissend – und ... entsetzlich!

Als Leanders Blick den des Michel Schindler kreuzte, wusste der Mann auf dem Schafott, für wen er sterben würde. Tonlos, mit brüllenden Augen, schrie er es hinaus:

»Der da! Der ist es! Nicht ich. Der da! Seht doch hin: der da! Nicht ich!«

Dann war nur noch der rot getränkte Korb vor seinen Augen, nass und glänzend von Blut und Tränen der anderen, dazwischen ein paar Knochensplitter, Fetzen von Haut, ein Büschel Haare. Er machte sich bereit zu sterben. Gleich würde Schindlers Michel wissen, wie ein Kopf sich fühlt – ganz ohne Körper. Und wie lange wohl Ewigkeiten währen …

26. Letzte Hoffnung

… Schaue nach dem einen Blatte,
Hänge meine Hoffnung dran;
Spielt der Wind mit meinem Blatte,
Zittr' ich, was ich zittern kann.
Ach, und fällt das Blatt zu Boden,
Fällt mit ihm die Hoffnung ab,
Fall ich selber mit zu Boden,
Wein auf meiner Hoffnung Grab.

Elisabeth zu sehen und zu wissen, dass sie ihn ebenfalls bemerkt hatte, verstörte Leander mehr, als er sich eingestehen wollte. Ihr zerklüftetes Gesicht wirkte zwischen den vielen Masken ringsum noch erschreckender und unheimlicher als sonst, denn ihre Fratze war echt und menschlich. Minutenlang konnte er die Augen nicht abwenden von dieser Frau, die ihn schon damals im Sägewerk so stark beeindruckt, aber auch verunsichert hatte.

Seit er und die anderen Zimmerleute den Hügel auf dem Richtplatz erklommen hatten, befand sich Leander in einem seltsamen Alarmzustand, durch den er die wachsende Anspannung der Menge stärker fühlte, als jeder andere es vermocht hätte. Obwohl das Brodeln und Murmeln der vielen tausend Stimmen um ihn herum zu leise war, als dass es zu seinem Gehör hätte durchdringen können, spürte er die Erregung der Menschenmenge wie kratzige Wolle auf der Haut. Manchmal, bei

Gewitter, ging es ihm ähnlich: Dann vibrierte sein Körper unter der knisternden Elektrizität der Atmosphäre, und er meinte, die Entladung der Blitze im Voraus zu spüren. Auch heute fühlte er, dass etwas kommen musste, was sein Innerstes betreffen würde, doch er wusste noch nicht, was es war. Dann, als der Kopf des ersten Mörders fiel und der kollektive Aufschrei die Barrieren seiner tauben Ohren durchbrach, überkam es ihn mit einer solchen Wucht, dass er die Augen schließen musste und ihm der Atem stockte: Für Sekunden erglühte seine Seele unter dem gleißenden Licht von tausend Sonnen. Sein Geist wurde weit und mächtig. Es war das Glücksgefühl des Wanderers im Hochgebirge, wenn er die Wolken unter sich lässt und von einem Moment zum nächsten die Welt in ihrer ganzen Weite sieht. Es war die Euphorie des Mathematikers, der nach wochenlanger Anstrengung und durchgrübelten Nächten den Schlüssel findet, der seine Theorie bestätigt.

Leanders geweiteter Verstand erbebte unter dem Trommelfeuer unzähliger musikalischer Einfälle, die beinahe gleichzeitig und unvermittelt aus dem Nichts zu kommen schienen, sich in- und aneinander fügten, in Windeseile zu Harmonien, Kantilenen, ja, ganzen Chor- und Instrumentalsätzen ordneten und sein Werk im Geiste mit einem Tempo wachsen ließen, als wäre es ein wuchernder Pilz. Wie ein Orkan brauste die Inspiration über ihn hinweg, überschwemmte ihn mit tausend Lösungen zu allen erdenklichen Problemen seiner Komposition. Harmonielehre, Kontrapunkt, Instrumentierung, Satztechnik – alles schien ihm plötzlich leicht, logisch und selbstverständlich. Mit einem Mal schien die Musik ihm ihr innerstes Wesen zu offenbaren. Die Kunst des Komponierens wurde klar, rein und zwingend, und seine eigenen Fähigkeiten wuchsen in ungeahnte Höhen. Irr vor Freude gab er sich diesem Taumel hin. Er kam sich vor wie ein Verdurstender, der im Regen steht und nur den Mund öffnen muss, um die labenden Tropfen zu empfangen.

Doch wie viel von diesem Überfluss konnte er tatsächlich festhalten, was konnte er wirklich dingfest machen für sein Werk? Für jedes Detail, das er erhaschte, jagten hundert andere an ihm vorbei und waren damit unrettbar verloren. Dies zu erleben schmerzte ihn umso mehr, als er wusste, wie wertvoll, ja, unverzichtbar all diese Eingebungen für die Vollendung seines Werks gewesen wären. Je mehr Einblick er bekam in das Universum der Töne, das er so lange ersehnt hatte, desto kleiner und armseliger fühlte er sich. Wie sollte er das alles nur bewältigen? Er bekam Angst. In aller Eile richtete er seine Aufmerksamkeit nach hier und dort, um noch mehr zu ernten von diesem Überfluss. Doch er schaffte es nicht. Dann kam die Panik, denn er merkte, dass nun auch die vermeintlich geborgenen Schätze in Gefahr gerieten. Schon bröckelte es hier, schon verschwamm es dort, schon erodierte das soeben geschaffene Werk an allen Enden und drohte sich wieder aufzulösen. Erst brachen einzelne Töne weg, dann ganze Takte. Schließlich verschwanden komplette Melodien und Harmonien wieder im Nichts, kaum dass er sie in Sicherheit wähnte. Stöhnend stemmte er sich gegen den Verlust, versuchte, die letzten Reste festzuhalten und konnte doch nur hilflos zusehen, wie sein Werk ihm unter den Fingern zerrann. Dann war es vorbei und er lauschte ins Leere. Das Einzige, was ihn noch erreichte, waren die Echos tiefster Traurigkeit, die den Untergang seines Werks begleiteten ...

»Seht nur, wie zart besaitet unser Freund hier ist. Kaum rollt der erste Kopf, da verliert er schon die Nerven! Und ganz blass im Gesicht ist er auch.«

Leander hörte die Scherze seiner Kollegen nicht; er starrte nur trübsinnig vor sich hin. Erst als der Vorarbeiter ihm freundlich fragend auf die Schulter tippte, nickte er matt zum Zeichen, dass alles in Ordnung sei mit ihm. Was verstanden die anderen von seinen Nöten? Seine einzige Hoffnung bestand darin, dass es mehrere Hinrichtungen geben sollte heute Abend! Vielleicht könnte er es mit etwas Vorbereitung ja doch noch schaffen, die

Todesschreie der Opfer für sein Werk nutzbar zu machen. Er hatte diesen Gedanken noch nicht zu Ende gedacht, da riss er dem verdutzten Jonas auch schon das Annoncierblatt aus den Händen, überflog es und zählte die verbleibenden Todeskandidaten. In der Eile vergaß er, das Blatt umzudrehen, und so übersah er den Letzten, den Michel Schindler. Jetzt galt es, sich zu konzentrieren und bereitzumachen. Und wenn die Inspiration dann kam, musste er alles aufzeichnen, so viel wie möglich! Er nahm dem Vorarbeiter das Blatt zum zweiten Mal aus der Hand, kramte in seinem Wams, fand ein Stück Kohle und machte sich fieberhaft daran, Notenlinien quer über Buchstaben und Bilder zu zeichnen.

Er war noch nicht fertig mit seinen Vorbereitungen, als ihn der Schauder des Publikums traf. Ging es schon wieder los? Nein, es war nur der Kopf, der vom Podest polterte, direkt auf Elisabeth zu. Fröstelnd beobachtete Leander, wie Elisabeth versuchte, das Haupt des Geköpften unter ihrem Rock zu verstecken. Welch groteskes Ansinnen! Welcher Irrsinn! Er stellte sich vor, wie die Trophäe wohl aussähe auf dem Tisch in ihrem schäbigen Alkoven: mit lederner Haut und eingefallenen, milchigen Augen, aus denen für immer Blödigkeit und totes Entsetzen glotzen würden. Die Konsequenz, mit der Elisabeth ihre Ziele verfolgte, machte ihm Angst und zeigte ihm zugleich, dass sie beide seelenverwandt waren. Heute fand Leander in Elisabeth so viel von sich selbst, dass er meinte, in einen Zerrspiegel zu sehen, der in abgewandelter Form sein eigenes Wesen grotesk zurückwarf: Auch sie versteckte ihr eigentliches Leben hinter einem banalen Alltag. Auch sie schöpfte ihre Kraft aus Leid und Tod der anderen. Auch sie strebte nach einer Erfüllung, die ohne fremde Hilfe zu erreichen ihr nicht vergönnt war. Und schließlich: Auch Elisabeth versteckte sich und ihr wahres Sein hinter einem Gebrechen.

Als sich der Tumult beruhigt hatte und der Kopf des Täters endlich geborgen war, reckten die Hälse sich erneut, und die

Kleineren unter den vielen tausend stellten sich auf die Zehenspitzen, um ja nichts zu verpassen. Leander sah wie gebannt zum Richtplatz, nicht, um die grausigen Details der Hinrichtung zu sehen, sondern um auf den Moment ihres Widerhalls in der Menge vorbereitet zu sein.

Noch bevor es geschah, fühlte er es wie eine Druckwelle heranrasen, und er machte sich bereit. Als die Explosion der Sinne ihn dann erfasste, drohte es ihn beinahe zu zerreißen. Die Zimmerleute dachten, ihr taubstummer Kollege habe endgültig den Verstand verloren. Jonas sah es als Erster und stieß seinen Nachbarn an, der den nächsten antippte, bis schließlich alle auf Leander starrten und nicht wussten, welches Schauspiel ihnen gruseliger vorkam: die rollenden Köpfe auf dem Schafott oder dieser seltsame Mensch, der grunzte und geiferte, zuckte und zitterte und dabei in fliegender Hast Striche und Kleckse auf das Papier warf, zwischendurch für Sekundenbruchteile erstarrte, als ob er in sich hineinhorchte, um dann nur umso besessener weiterzukritzeln. Zu alldem schnitt er Grimassen, rollte mit den Augen und wand sich in Krämpfen, die ihm beinahe das Schreiben unmöglich machten. Mehrmals schien er kurz davor, aufzuspringen und davonzustürmen, als ob er die Dämonen in sich nicht mehr aushalten könnte.

»Der ist ja irre«, raunte Jonas den anderen Zimmerleuten zu. »Habt ihr so was schon mal gesehen?« Doch die schüttelten nur die Köpfe, tuschelten und machten sich ihre eigenen Gedanken.

»Was macht der da bloß? Ist der krank?«

»Der ist besessen! Ich sag's euch. Seid bloß vorsichtig!«

»Ich hab doch immer gesagt: Mit dem Leo stimmt was nicht. Da mag er noch so viel vom Holz verstehen. Der ist nicht ganz richtig im Kopf!«

»Wenn das nicht der Veitstanz ist, fress ich 'nen Besen! Den hat's erwischt! Mein Schwager hat auch mal so getobt, drei Wochen lang, und dann ist er tobend krepiert ... das ganze Maul voller Geifer ...«

»Unsinn! Das ist was anderes. Seht doch nur mal das Gekritzel! Zeichnet er etwa? Oder sind das Buchstaben?«

»Nein! Ich glaub, das sind Noten. Der komponiert. Der macht Musik. Wisst ihr nicht mehr? Die Schnitzereien in den Balken. Er hört zwar nix und hat's doch immer mit den Tönen, unser Leo.«

Zögernd beugten die Zimmerleute sich zu ihrem Kollegen hinüber und versuchten, dessen Notizen auf dem Annoncierblatt zu entziffern. Plötzlich zuckten sie alle zugleich zurück. Unvermittelt schien Leanders linke Hand sich zu verselbständigen und ihr eigenes Leben zu führen. Erst glaubten sie, er wolle sie schlagen. Dann begriffen sie, dass nicht sie gemeint waren. In weiten Schwüngen wogte diese Hand in der Luft, tanzte und schwebte, bebte und lebte und beschrieb mit beredter Choreografie eine stumme Musik, die nur er in diesem Moment vernahm und die er hastig mit der rechten Hand auf sein elendes Notenpapier zu bannen suchte. Gleichzeitig dirigierend und notierend stöhnte er unter der Fülle seiner Einfälle und der Last seiner beschränkten Fähigkeiten. Er wand sich und litt, er summte und brummte, er tobte und taumelte und verausgabte sich wie nie zuvor in seinem Leben. Seine Hand flehte und forderte, sie drohte und schmeichelte, warb und wimmerte. Mal schien sie vor Lust zu zerfließen, dann wieder im Zorn zu erhärten und wenig später wie verzückt nach süßen Früchten zu greifen. Dann wieder zuckte sie zurück, wich aus, schien neue Kraft zu sammeln und schoss in die Höhe, als wollte sie den Himmel auf die Erde zerren. Das Stöhnen der Menge war schon längst verklungen, da gierte Leander noch immer nach dessen Nachhall und horchte auf die letzten Resonanzen der kollektiven Lust. Noch irrte seine Hand umher und suchte. Doch bald schon fand sie nichts mehr, was sie begreifen könnte, und sackte wie tot in seinen Schoß, während der Rechten die Zeichenkohle entglitt. Ein leises Zittern huschte über seinen Körper und schien ihn über seine Fingerspitzen zu verlassen. Dann war es vorbei. Reglos kauerte Leander auf der Bank, die Augen geschlossen, der Atem flach. Jonas und die Zimmerleute starrten den Stummen an wie einen Geist. Endlich, als er die Augen öffnete, löste sich der Bann.

»He! Zeig mal! Was machst du denn da? Zeig doch mal her!«

Leander presste das Papier an seine Brust. Herrgott! Er durfte es nicht verlieren! Was verstanden die anderen denn schon davon! Die hatten doch keine Ahnung! Also blitzte er sie an, drehte sich weg, doch die anderen schienen sich vergewissern zu wollen, dass er ein Mensch war genau wie sie und dass es nichts Übersinnliches mit ihm auf sich hatte. Also bedrängten sie ihn, redeten auf ihn ein, entwanden ihm schließlich das Blatt und ließen es johlend und feixend von einem zum andern wandern. Da nahm ein Windstoß es dem Letzten aus der Hand und trug es taumelnd über die Köpfe der Menge davon.

»Ohhh! Schade! Da fliegt das Kunstwerk fort! Muss unser Leo halt wieder Hammer und Säge schwingen! Obacht, Jungs! Es geht weiter. Gleich rollt der nächste Kopf vom Rumpf!«

In ohnmächtiger Verzweiflung verfolgte Leander das flatternde Papier mit den Augen, sah es schon verschwinden, dann plötzlich doch wieder auftauchen und in der Luft Kapriolen schlagen, als ob es sich lustig machen wollte über ihn. Ein paar trockene Buchenblätter gesellten sich hinzu, umtanzten es in lässigen Pirouetten, von den Launen des Winds getrieben. Dann jagte es noch einmal hoch, verharrte einen Moment über dem Richtplatz und segelte endlich zur Ehrentribüne hinab, um sich zwischen Perücken, Puffärmeln und Plissees niederzulassen. Ein großer dicker Mann sah es kommen, reckte sich danach und fischte es mit einer unwirschen Geste aus der Luft. Es war Paul Tiefenbacher.

Der Hofkomponist wollte das fliegende Blatt schon wieder fortwerfen, stutzte dann aber, als er erkannte, was darauf geschrieben stand. Eilig vergrub er Leanders Kompositionen in seinem Wams. Später im Schloss würde er sich alles in Ruhe ansehen. Leander war es, als würde sein eigenes Herz ihn von innen erschlagen.

»Brauchst du neues Papier? Hier ist meines. Nimm ruhig!« Scheu sah der junge Zimmermann zu Leander hinüber und reichte ihm sein Flugblatt. Auf dem Bau hatte der Junge noch nicht viel zu tun gehabt mit dem taubstummen Kollegen. Doch die Gerüchte und Geschichten um Leander kannte er wohl. Was die anderen erzählten, schien wahrlich nicht übertrieben zu sein: Welch seltsamer Kerl dieser Leander doch war! Und verrückt noch dazu! Besser, man stellte sich gut mit ihm. »Da! Nimm! Ich brauch's nicht mehr.« Wieder wedelte er mit dem Flugblatt vor Leanders Nase. Doch der starrte noch immer über die Köpfe der Menge hinweg zur Ehrentribüne hinüber, wo Paul Tiefenbacher es sich wieder auf seinem Sitz bequem gemacht hatte. Endlich nahm er dem Jungen das Blatt aus der Hand.

Das Erste, was Leander auffiel, war das Bild auf der Rückseite. Wer auch immer es angefertigt haben mochte, verstand nicht allzu viel vom Zeichnen: Zu unbeholfen holperte der Strich; die Proportionen der Figuren stimmten nicht und die Perspektiven auch nicht. Trotzdem waren Leanders Blicke wie magisch angezogen von diesem Bild. Er kannte die Szene genau: das Erdloch im Gebüsch, die Leiter, die Frau, die sich vergebens wehrte, der Mann, der auf sie einstach. Die schwarzen Flecken auf dem Kleid sollten wohl Blut darstellen – viel Blut, wie es schien. Riesige Kulleraugen hatte der Künstler der Frau ins Gesicht gemalt, die ihre Todesangst spiegeln sollten und den Betrachter um Hilfe anzuflehen schienen. Leander erstarrte. Der junge Zimmermann, der ihn noch immer beobachtete, rückte zaghaft von ihm ab. Der Kerl schien wirklich wahnsinnig zu sein: Erst zappelte er wie ein Irrer herum, grunzte und stöhnte dabei und kritzelte wirres Zeug aufs Papier. Nun glotzte er auch noch wie blöde auf das Blatt, als ob er es mit den Augen verschlingen wollte. Und neben so einem musste man womöglich morgen schon oben auf dem Dach des Schlosstheaters hocken! Dieser Kerl war zu allem fähig! Unsicher suchte der junge Mann den Blick des Vorarbeiters, doch der scherzte mit den anderen Handwerkern und bekam nichts mit.

Hätte der junge Zimmermann sehen können, was während dieser Minuten in Leander vorging, wäre er ohne Zweifel entsetzt davongelaufen. Doch der Irrsinn hinter Leander Lautenschlägers Stirn blieb dem Jungen verborgen.

Noch ganz erfüllt von den Nachklängen seines Schaffensrausches, die wie Wetterleuchten am Horizont seines Geistes verglühten, erfüllt auch von der maßlosen Enttäuschung über den Verlust der daraus entstandenen Kompositionen, sah Leander sich einem erneuten Sturm der Gefühle ausgesetzt, der ihn an den Rand des Zusammenbruchs trieb. Plötzlich waren sie wieder da, die Dämonen jenseits des schmalen Grates, der seine Seele in zwei Hälften teilte. Aus allen Löchern, aus allen Nischen und Winkeln seines zerklüfteten Geistes krochen sie hervor, als hätten sie nur darauf gewartet, endlich wieder die Herrschaft zu übernehmen, um dem Irrweg der Liebe ein Ende zu bereiten. Leander sah das Böse nach ihm greifen und erschrak darüber zu Tode. Grelle Bilder von Leiden und Sterben sprangen ihn an. Er sah die Gesichter der Frauen, hörte, wie sie schrien und wie ihre Schreie begannen, sich in Musik zu verwandeln. Doch diesmal blieb die Metamorphose unvollendet: Fetzen seiner eigenen Komposition, zu grausigen Misstönen verzerrt, gellten scharf und schneidend an sein Ohr. Leander erkannte die Bruchstücke wohl, wusste auch, welchen Platz sie in seinem Werk einnahmen. Doch wie entsetzlich dröhnten sie nun durch seine Erinnerung! Gedanken, Bilder, Gefühle. Verstümmelt und ebenso grausam zugerichtet wie die Frauen selbst, tosten die Trümmer des großen Werks durch seinen Geist. Da war ein Jaulen und Wimmern, ein Kreischen und Würgen in ihm, das keine Kunst mehr gebar, sondern nur noch die Totgeburten seines Wahns. Doch am schlimmsten waren die Pausen. Dann endete das stumme Getöse in seinem Schädel plötzlich und wich einer drohenden Stille, in der die Dämonen neue Kraft zu sammeln schienen, nur um in der nächsten Sekunde umso unbarmherziger wieder über ihn herzufallen.

Leander wusste nicht, wie lange er so dagesessen und die Zeichnung angestarrt hatte. Als die Wogen sich langsam glätteten und sein Geist begann, die Dämonen zurückzudrängen, schoss ihm ein neuer Gedanke durch den Sinn, der ihn erschauern ließ: Wenn das hier seine Morde waren, seine Opfer, dann würde das Schauspiel dort vorne auch seine Hinrichtung werden! Eigentlich sollte er dort oben stehen und den Schwertstreich empfangen, nicht der andere, nicht dieser – hektisch überflog Leander den Text, bis er den Namen fand – dieser Michel Schindler! Wer war das überhaupt? Wie sah er aus? Wer war der arme Teufel, der für *seine* Taten büßen sollte? Zwei waren noch vorher dran, dann käme der Schindler. Ungeduldig wartete Leander auf die nächsten Hinrichtungen, wollte sie schnell erledigt haben, damit endlich diese eine – seine! – käme. Als die nächsten Verurteilten ihr Leben verloren, ließ das Stöhnen der Menge Leander kalt. Diesmal fühlte er nichts, keine Inspiration, nicht den kleinsten Impuls. Er wartete.

Dann endlich holten sie den Letzten. Wie schlafwandelnd wankte der junge Mann die Stufen zum Schafott empor, die Augen groß und leer, die Wangen gerötet von den Schlägen der Henkershelfer. Zwei Mann mussten ihn stützen und schieben. Er schien schon nicht mehr von dieser Welt. Leander verschlang den jungen Mann mit den Augen, versuchte zu erspüren, ob jener ihm wohl ähnelte, wo er doch dort oben an seiner Stelle stand. Ein einfacher Kerl, wie er, der Schindler Michel, auch im Gesicht ihm nicht unähnlich, obgleich Leanders Kinn entschlossener wirkte. Allerdings war der andere deutlich jünger und nicht annähernd so kräftig gebaut wie Leander. Strähnige Locken reichten ihm bis über die Ohren, die Mundwinkel hingen schlaff herab. Die Schultern ebenso. Dieser Mann hatte seit Monaten nicht mehr gelacht. *Der hätte das Loch nie graben kön-*

nen, schoss es Leander durch den Kopf, *das muss doch jeder sehen!* Er fragte sich, ob er Mitleid empfinden sollte, doch die Dämonen in ihm verneinten dies. Auch suchte er bei sich nach Anzeichen von schlechtem Gewissen. Geschah diesem armen Teufel wirklich Unrecht? (*Schau ihn dir doch an*, forderten die Dämonen Leander auf, *sieh ganz genau hin!*) Wieder studierte Leander die Erscheinung dieses Mannes, sein Gesicht und die Haltung, versuchte in ihn hineinzusehen. Ein Gauner und Betrüger war er, ein Räuber wohl auch. Einer, der tat, was andere ihm sagten, das war der Schindler Michel. Eigentlich kein schlechter Mensch, doch ohne eigenen Willen. Ein Werkzeug eben. Aus eigenen Stücken hatte der sicher niemanden getötet ... (*Das mag wohl angehen*, raunten die Stimmen. *Aber es gibt da auch andere Möglichkeiten ...*) Vielleicht auf Geheiß anderer? Vielleicht war er doch ein Mörder und verdiente, was gleich mit ihm geschehen würde. (*Genau!*) Ja, so verhielt es sich wohl! Die Strafe war gerecht. Zwar nicht für die Morde an diesen Frauen, wohl aber für geheime Taten, die sonst ungesühnt blieben. (*Es geschieht ihm recht. Was schert er dich also!*) Gar nichts! (*Siehst du! Und nun denk nach! Da ist nämlich noch etwas anderes. Und das ist viel wichtiger.*) Leander ahnte schon, was die Stimmen in ihm meinten: Wenn der da starb, hatte er, Leander, nichts mehr zu befürchten. Dann waren die Fälle der getöteten Frauen ein für alle Mal erledigt. Niemand würde mehr danach fragen.

Just in der Sekunde, in der Leander sein ganz persönliches Todesurteil über Michel Schindler fällte, kreuzte sein Blick den des Opfers auf dem Schafott. Er sah noch die Erkenntnis und das Entsetzen in Schindlers fiebrigen Augen aufflammen, dann war es vorbei, und sie machten ihn bereit zu sterben. Kraftlos knickten die Beine ein, als der Junge niederkniete. Alois Birkeler spannte sich; die Abendsonne ließ das Richtschwert auflodern. Als Leander die Klinge blitzen sah, überfiel ihn ein eisiger Schauer, der seine Haut kräuseln und sein Blut erstarren ließ. Alles in ihm schrie nach Flucht, doch er saß nur da und stierte.

Ihm war, als hätte der Junge auf dem Schafott in letzter Notwehr seine Seele für ihn geöffnet, um ihn teilhaben zu lassen an dem Entsetzlichen, was nun geschehen würde. Im Geiste hörte Leander den Schindler Michel brüllen: Wenn ich denn schon sterben muss für dich, du Namenloser, dann fühle mit und leide! Es ist *dein* Tod! Also erlebe ihn! Spüre alles! Und verrecke an dieser unsäglichen Angst! Leander fasste sich an den Hals und rang nach Luft.

27. Actus tragicus

Scharfrichter Alois Birkeler hielt sich nicht für abergläubisch. Warum ihm dennoch ausgerechnet vor dem letzten Schwertstreich einfiel, dass dies seine dreizehnte Hinrichtung war in diesem Jahr, sollte ihm für immer ein Rätsel bleiben. Auch war es ihm später unmöglich anzugeben, ob jener an sich harmlose Gedanke ihn möglicherweise so weit abgelenkt haben könnte, dass er das nachfolgende Unglück zwar nicht ausgelöst, wohl aber mit verursacht hatte. Eine Weile zog Alois Birkeler diese Möglichkeit ernsthaft in Betracht und grübelte über sein mögliches eigenes Versagen nach: Hätte er die Katastrophe rechtzeitig erkennen können? Hätte er mit der Ausführung der Exekution warten müssen, um den Helfern und Wächtern die Gelegenheit zu geben, die Situation zu bereinigen? Um vor sich selbst und seinen Ansprüchen zu bestehen, blieb ihm auf die Dauer nichts anderes übrig, als allein die äußeren Umstände für den Fehlschlag seines letzten Schwertstreichs verantwortlich zu machen. Was hätte er bei derart massiven Störungen von außen denn schon ausrichten können, wo es doch um Augenblicke – ach was! – um Bruchteile von Augenblicken ging! Sein Fehler war es also sicher nicht gewesen, auch wenn das Volk, diese einfältige Meute ohne Sinn und Verstand, es hinterher anders gesehen haben wollte. Er, Scharfrichter Alois Birkeler, hatte ohne Fehl und Tadel gehandelt. Obwohl ... hatte er nicht diesen düsteren Traum gehabt in der Nacht zuvor?

Die denkwürdigen Ereignisse jenes Abends, von denen alle, die dabei waren, noch Jahre später erzählen sollten, fingen damit an, dass Stadtwachtmeister Adalbert Bauersdorfer das Annoncierblatt zur Hinrichtung in die Hand nahm und darin zu lesen begann. Mit den ersten Fällen auf der Vorderseite hatte er nichts zu tun. Er kannte sie nur vom Hörensagen unter Kollegen. Doch als er das Blatt wendete und den Casus des Fußlappenmörders beschrieben fand, hätte er vor Scham im Boden versinken mögen. Dies war *sein* Fall, er musste es ja wohl sein, obwohl er ihn so, wie er auf dem Pamphlet dargestellt war, kaum wiedererkannte und am liebsten sofort ausradiert hätte. Viel zu reißerisch und grell schrie die Geschichte ihn an, platt und dumpf rührte sie an die niedersten Instinkte der Leser und Zuhörer. Und dazu noch diese geschmacklosen Illustrationen! Besonders peinlich berührte den Strafverfolger, dass er in dem wilden Pamphlet durchaus die eine oder andere Formulierung aus seiner eigenen Feder wiederfand. Bei ihm selbst waren es noch nüchterne Berichte und Ermittlungsprotokolle gewesen, die er pflichtbewusst an den Ersten Geheimen Kabinettsekretär gemeldet hatte. Aber was in drei Gottes Namen hatte der unsägliche Verfasser dieses Flugblattes nur aus seinen rechtschaffenen Berichten gemacht! Das ging doch nicht! Das durfte er doch nicht! Doch hinter Adalbert Bauersdorfers Entrüstung lauerten die Zweifel: Waren seine Berichte wirklich so rechtschaffen gewesen? Wieder und wieder las er das Konvolut durch, und was er sah, trieb ihm den kalten Schweiß auf die Stirn. Plötzlich war ihm, als ob der Fall des Schindler Michel erst in der grotesken Fratze der Volksbelustigung all seine Schwächen offenbarte, als ob die Verballhornung durch einen namenlosen Gerichtsschreiber das ganze Beweisgebäude endgültig zum Einsturz brachte und die Fehler seiner polizeilichen Ermittlungen vor aller Augen offenkundig werden ließ. Das mussten sie doch merken! Jeder, der das hier las, musste doch sehen, dass die Geschichte vorne und hinten nicht passte. Mit versteinerter Miene starrte Adalbert Bauersdorfer auf das Flugblatt, dann sah er sich um und registrierte mit Entsetzen, dass alle ringsumher, buchstäblich *alle*, das Papier in Händen hielten und studierten. Gleich würden sie aufblicken, ihn entrüstet ansehen und sagen: Das stimmt doch alles nicht! Das kann doch nicht sein! Und er selbst hatte alles ins Rollen gebracht! Er, Stadtwachtmeister Adalbert Bauersdorfer, war dafür verantwortlich, dass dieser harmlose Gauner dort oben in wenigen Minuten hingerichtet wurde! Dabei konnte der es doch gar nicht gewesen sein! O Gott! Was sollte er nur tun? Plötzlich hörte er eine Stimme, die vor scheinheiliger Anteilnahme troff. Ausgerechnet sein Dienstherr, der Erste Geheime Kabinettsekretär, sprach ihn da an, über die dicken Schenkel des Hofcompositeurs hinweg: »Fühlt Er sich nicht wohl, unser hoch geschätzter Bauersdorfer? Sollte Er gar unter Unpässlichkeiten leiden? Das täte uns Leid, wo Er doch bald der höchstrichterlichen Vollendung Seiner polizeilichen Vorarbeit wird beiwohnen können!«

Wie ertappt zuckte Bauersdorfer zusammen. Klang da nicht Häme in der Stimme seines Vorgesetzten mit? Wusste der vielleicht längst Bescheid und machte sich nur lustig über ihn? Konnte er ihn nicht einfach in Ruhe lassen? Doch der Kabinettsekretär tat leutselig und übertrug die Aufgabe, sich um seinen Untergebenen zu kümmern, seiner blasshäutigen Gattin: »Meine Liebe, schau doch nur. Mich dünkt, dem Stadtinspektor käme etwas Zuwendung wohl gelegen. Ich denke, deine verständnisvolle Aufmerksamkeit wird ihn seine momentane Indisposition alsbald vergessen lassen. Wo er doch quasi der heimliche Held des Abends ist – nicht wahr, mein lieber Bauersdorfer?«

»Selbstverständlich ... danke, Monsieur ... es ist nur ... ein leichtes Echauffement infolge der Hitze ... ich bitte höflichst um Verzeihung ...«, murmelte Bauersdorfer und nickte ergeben. Zum Glück trat im selben Moment der Scharfrichter aufs Schafott und entband ihn von der Pflicht, Konversation mit der blasshäutigen Gattin seines Vorgesetzten zu machen. Es ging ihm sehr schlecht. Hertha, die zufällig seinen Blick kreuzte, sah das Elend in den Augen dieses rechtschaffenen Mannes und versuchte, ihm zuzulächeln. Doch das Lächeln missriet ihr zur Grimasse. Als der erste Kopf rollte, erstarrte sie und wäre vor Entsetzen von der Bank gekippt, wenn die beiden Männer zu ihrer Rechten und Linken sie nicht zwischen sich gezwängt hätten. Der Kabinettsekretär merkte ihre Schwäche wohl und raunte ihr ins Ohr: »Zartes Mitleid einer edlen Seele wie der Ihren rührt einen Mann wie mich durchaus, Madame. Macht sie die Strafe für den Sünder doch nur umso menschlicher und gerechter und den Moment der Sühne erhabener. Wenn Euch dadurch wohler wird, so nehmt denn ruhig meine Hand.« Er hatte noch nicht geendet, da langten seine dürren Finger zu und ließen Hertha keine Möglichkeit, sich zu entziehen. Paul Tiefenbacher sah den Vorstoß seines Gönners aus den Augenwinkeln und ergriff kurz entschlossen die andere Hand seiner Frau. So saß denn Hertha Tiefenbacher für den Rest der Veranstaltung eingepfercht und wie gefangen zwischen zwei Männern, von denen ihr jeder auf seine Weise widerlich war.

Verzweifelt versuchte sie, sich abzulenken, schaute aus den Augenwinkeln nach hier und dort, ließ ihren Blick über die Menschenmenge wandern auf der Suche nach Trost und Beruhigung. Verwirrt und zugleich beschämt bemerkte sie, wie irgendetwas in ihr es den vielen tausend um sie herum gleichtun wollte und begierig war, nicht die geringste Kleinigkeit des grausigen Geschehens auf dem Schafott zu verpassen. Irgendwann fand ihr gehetzter Blick das Gesicht, das sie so lange gesucht hatte. Nur für einen kurzen Moment wagte Hertha, zu Leander hinüberzublicken, doch der sah in die andere Richtung.

In ihrer Verwirrung wusste sie nicht einmal, ob es ihr lieber gewesen wäre, wenn er sie ebenfalls entdeckt hätte, so wie damals auf dem Markt. Plötzlich zerschnitt ein erstickter Ruf ihre Gedanken: »Nein! Nein! Es darf nicht sein!« Und dann noch einmal, lauter: »Nein! Um Gottes willen, nein!«

Als ob alle Dämonen der Hölle ihm auf den Fersen wären, sprang der Stadtinspektor plötzlich auf, stolperte das Ehrenpodest hinunter und kämpfte sich mit Tritten und Boxhieben zur Richtstätte vor. Mit einer Behändigkeit, die niemand diesem reifen und steifen Mann zugetraut hätte, sprang er auf das Schafott und stürzte auf den Scharfrichter zu, der mit dem Rücken zu ihm stand. Dann geschah das, wovor Alois Birkeler sich immer gefürchtet hatte: Plötzlich stieß etwas mit voller Wucht gegen seine Arme, die schon im Abschwung begriffen waren, um den Michel Schindler zu enthaupten. Stoppen konnte der Aufprall den Schwung des Schwertes zwar nicht mehr, wohl aber noch ablenken. Anstatt also die kleine Vertiefung zwischen dem zweiten und dritten Halswirbel zu treffen, die Birkeler mit der gewohnten Präzision anvisiert hatte, fauchte das Metall um Haaresbreite am Schädel des Opfers vorbei, hieb ihm das halbe Ohr und ein Stück Kopfhaut ab und fuhr mit einem dumpfen Knirschen in den Auffangkorb. Der wurde beinahe zur Gänze gespalten, bevor die Klinge sich im bluttriefenden Weidengeflecht festfraß. Die Wucht des Angriffs war so groß, dass Scharfrichter und Stadtinspektor krachend auf die Bretter schlugen, was Alois Birkeler allerdings nicht davon abhalten konnte, in einem letzten Reflex von Pflichterfüllung das Richtschwert immer noch fest umklammert zu halten. Da dieses aber im Korb gefangen war und der Korb vom Kopf des Michel Schindler festgehalten wurde, führte der Scharfrichter im Fallen eine groteske Pirouette aus und kugelte sich dabei beide Arme aus.

Für Sekunden herrschte Grabesstille.

Dann, wie auf ein Kommando, hub der Mob zu toben an, dass

es wie ein Orkan über den Richtplatz brauste. All die Anspannung der vielen tausend Menschen auf dem Platz, in Erwartung der letzten Hinrichtung, all ihre Gier nach Vollendung und Erfüllung des grausigen Schauspiels entluden sich nach der bizarren Wendung der Ereignisse in einer Explosion aus Überraschung, Enttäuschung und Zorn. Betrogen um die Lust des letzten Höhepunkts, verloren sie jegliche Hemmung. Schnell kamen die ersten Rufe nach Vergeltung, nach Rache: »Nieder mit ihnen! Tod dem Stümper! Köpft sie! Alle beide!« Im Stakkato schwoll das Gebrüll zu einem Tosen an. Schon fuchtelten Fäuste in der Luft, schon flogen Stöcke, Steine, Tabaksdosen. Drohend traten die Wachen nach vorn, reckten ihre Büchsen und stießen die ersten Angreifer, die es dem Stadtinspektor gleichtun und das Richtgestell erklimmen wollten, vom Schafott.

Dann ein Schuss, kurz darauf noch einer ... und ein dritter. Erst als die Wachen ihre Gewehre vom Himmel weg auf die Menge richteten, verebbte der Aufruhr zögernd, begehrte zwischendurch noch ein paar Mal auf, bis die Besonnenen endgültig die Oberhand gewannen. Wohl fünf Minuten dauerte es, dann war das Gedränge vorüber. Fünf Minuten, in denen Scharfrichter Alois Birkeler, der sich mühsam wieder aufgerichtet hatte und nun mit lahmen Armen und gesenktem Haupt wie ein Opferlamm vor der Menge stand, mit seinem Leben abgeschlossen hatte. Fünf Minuten, in denen Stadtinspektor Adalbert Bauersdorfer wie betäubt auf den Brettern lag und eine tiefe Erleichterung über sein Tun empfand. Fünf Minuten auch, in denen der völlig verängstigte Stadtdirektor wohl ein halbes Dutzend Mal aus dem Zelt hervorlugte, die Hände rang, unverständliche Worte quiekte und sich unverzüglich wieder in den Pavillon flüchtete. Endlich trat Pater Bastus vor, hob die Hände wie zum Segen und donnerte ein einziges »Ruhe!« über den Platz.

Stille ...

Als dann der Michel Schindler auf dem Schafott sich regte, mit fahrigen Händen nach Halt suchte, sich aufstützte, den blutüberströmten Kopf aus dem Korb hob und sich zitternd vor Schwäche hochstemmte, ging nur noch ein erschöpftes Raunen durch die Menge, und hier und dort sackten ein Dutzend Damen ohnmächtig in die Arme ihrer Kavaliere.

28. Fortepiano

Leander verfolgte das Geschehen mit fassungsloser Verblüffung. Doch dann, als der Tumult sich legte und die Frage: *Was nun?* auf der Menge lastete, da packte ihn Angst, eine unsägliche Angst, wie er sie noch nie verspürt hatte. Gleich würden Tausende sich umdrehen, mit dem Finger auf ihn zeigen und im Chor heulen: »Der da! Der ist es! Packt ihn! Köpft ihn! Tötet ihn!« Gleich würden sie ihn holen, auf dass er seinen Tod *wirklich* erlebe!

Als schließlich auch noch Michel Schindler sein blutüberströmtes Haupt erhob und, wie ihm schien, zu ihm hinunterstarrte, war es um Leanders Nerven geschehen. Mit einem Satz sprang er auf, schaute in bebender Panik ringsum und stürmte los, den Hügel hinab, so schnell es im Gedränge der Schaulustigen möglich war. Rücksichtslos kämpfte er sich den Weg frei, boxte wild um sich, stieß mehrere roh zu Boden, nur um wegzukommen von diesem Ort, bloß weg!

An anderer Stelle, nur ein kleines Stück weiter, entstand ebenfalls Bewegung in der Menge. Auch dort kämpfte ein Mensch sich zwischen den Leibern hindurch und floh vor dem grausigen Ort. Eine Frau: Hertha Tiefenbacher. Bei der ersten Hinrichtung hatte sie noch wegschauen können und gedacht, so könnte sie den Abend vielleicht ertragen. Doch als dann der abgeschlagene Kopf vom Podest polterte, spürte sie, wie ihre

Kräfte schwanden; von da an wusste sie, dass es nur eine Frage der Zeit war, bis sie einfach aufspringen und davonlaufen würde. Sie tat es im selben Moment wie Leander.

Der Weg durch den Dschungel von Menschen kam ihnen vor wie eine Ewigkeit. Nach minutenlangem, einsamem Kampf bemerkten sie einander, strebten in stillem Einvernehmen aufeinander zu und hasteten Hand in Hand weiter, als wären sie die einzigen Überlebenden einer Katastrophe, die alles Leben um sie herum ausgelöscht hatte. Sie hatten die Wiesen schon längst hinter sich gelassen, da rannten sie immer noch. Ihre Hände schienen miteinander verwachsen, doch sie spürten es nicht. Sie erreichten die ersten Häuser, liefen tiefer hinein in die Stadt, deren Leere sie schluckte. Silbern glänzten die verschlossenen Fenster, keine neugierige Alte sah hinaus und keifte, kein frecher Bursche spie hinunter und höhnte, auch draußen war niemand zu sehen. Alles, was gesunde Beine hatte, war hinausgelaufen zum Richtplatz, um das Fest der rollenden Köpfe zu feiern.

Als Hertha Leander nicht mehr folgen konnte und Leander spürte, wie sie an seinem Arm zog, hielt er an. Der Atem ging schwer. Hart hämmerten die Herzen im Halse. Die Abendsonne hatte die schmalen Gassen bereits aufgegeben und verabschiedete sich mit Strahlen warmen Lichtes von Dächern, Giebeln und Schloten. Dämmerung kroch die Wände empor und ließ die Häuser ergrauen. Aus schattigen Nischen hauchte es kühl auf den Weg. Eine Katze buckelte stumm im Schutz eines Erkers, streckte sich dann und spähte zu ihnen herüber. Ihre Augen funkelten wie fahle Vorboten der nahenden Nacht. Nur Hertha hörte das ferne Brodeln vom Richtplatz – in Leander war nichts als das Rauschen seines Blutes.

Erst jetzt ging ihnen auf, wie weit sie gelaufen waren. Schon hatten sie die Gasse neben dem Kirchturm erreicht. Beide erkannten den Hauseingang wieder – und jeder das Einverständnis des andern. Wild küssend verbissen sie sich ineinander, atemlos vor Anstrengung und innerem Aufruhr. Mit grimmiger Lust warf Hertha sich auf Leander, lieferte sich ihm aus, ohne Erbarmen für sich selbst, und fühlte sich doch freier als je zuvor in ihrem Leben. Innerlich jubelnd und doch voller Verzweiflung stürzte auch Leander sich in dieses Spiel, das für ihn – dies fühlte er deutlich – zur Prüfung werden würde. Er brauchte diese Prüfung, er wollte sie mit aller Macht. Er musste wissen, wie es um ihn stand. Würde er die Dämonen zurückhalten können? Würden sie im Kampf mit der Liebe unterliegen? Er musste sie bezwingen!

Es wurde kein Kampf – es wurde eine Schlacht. Und Leander drohte sie zu verlieren.

Als er das Blut ihrer zerbissenen Lippen schmeckte und ihr Stöhnen sein Gehör erreichte, krochen die Stimmen aus dem Abgrund hervor und forderten mehr. (*Sie will es doch! Also gib ihr den Schmerz!*) Noch wehrte er sich. Dann schrie sie, und es versprach so gut zu werden wie lange nicht mehr. (*Siehst du: Das ist der Weg, der wirklich weiterführt.*) Leander hatte kein Messer dabei, aber er hatte seine Hände, und die waren stark. Noch machte Hertha mit bei diesem harten Spiel, denn auch ihre Grenzen hatten sich verschoben. Ihre Augen weiteten sich vor Genuss und Angst.

Wieder hallte Hufgetrappel durch die Gasse, wieder galoppierten die Wächter des Herzogs heran, preschten an ihnen vorbei zum Richtplatz. Die Kunde von der gescheiterten Hinrichtung war endlich zum Schloss gelangt. Jetzt nahte Verstärkung, um den Pöbel in Schach zu halten. Dies war Herthas und Leanders Rettung. Als die Berittenen an ihnen vorbeisprengten, ließ er verwirrt von ihr ab und lehnte sich erschöpft gegen die Wand. Sie barg ihr Gesicht an seiner Brust, vermied es, ihn anzusehen. Was war da nur gewesen zwischen ihnen? Sie wagte nicht, es sich vorzustellen.

Bevor die Befangenheit kam, gingen sie los und nahmen getrennte Wege zurück zum Schloss. Der Wachsoldat am Schlosseingang sah nur kurz hoch und winkte Leander durch. Es war derselbe, der damals auf dem Marktplatz neben dem Rekrutierungstischchen gestanden hatte, als Leander sich für den Theaterbau hatte registrieren lassen. Leander hastete an ihm vorbei, bog hinter dem schweren Eisengitterzaun ab ins Gebüsch und nahm den Trampelpfad zu den Schlafbaracken der Bauarbeiter. Als er die Tür zur Hütte Nummer drei öffnete, schlug ihm der Dunst von Schmutz und Schweiß und altem Essen entgegen. Ein paar rußende Funzeln streuten Flecken müden Lichts in den Raum. Bis auf eine Pritsche war die Baracke leer. Leander eilte zu seiner Schlafstelle im hinteren Winkel der Baracke. Wie die meisten Handwerker, die hier hausten, hatte er sein kleines Reich mit Hilfe von Stricken und darüber gehängten Stoffstücken provisorisch abgeteilt, um unbeobachtet zu sein. Er rollte sich auf sein Strohlager, zog im Liegen Hose und Hemd aus und warf beides über den Vorhang. Als er sich ausstreckte und die Augen schloss, fühlte er sein Herz so heftig im Halse pochen, dass er sich wieder aufsetzen musste, um den Druck loszuwerden. Stumpf stierte er vor sich hin und wartete darauf, dass Körper und Geist endlich Ruhe fänden und ihm erlauben würden, sich in den Schlaf zu flüchten. Doch der Aufruhr in ihm schien kein Ende nehmen zu wollen, seine Gedanken rasten und tobten, ein Sturzbach von Gefühlen wirbelte durch seine Seele und spülte das Unterste zuoberst. Chaos wütete in ihm und nahm seine ganze Kraft in Anspruch. Er war völlig durcheinander. Immer wieder sah er sein Notenblatt davonflattern, immer wieder sah er den dicken Kapellmeister das Papier auffangen und in seine Tasche stecken. *Meine Schöpfung! Mein Werk! Es war der Durchbruch! Und jetzt ist es fort! Er hat es gestohlen!* Ein langer Klagelaut, fast wie das Heulen eines Wolfes, entrang sich seiner Kehle. Er warf sich zurück ins Stroh und schlug die Hände vors Gesicht. Doch es half nichts. Neue Bilder stürzten auf ihn ein, vermischten sich mit Fetzen seiner Komposition, mit Klängen, Farben, Düften. Doch alles, was er sah und fühlte, was er hörte, roch und schmeckte, war eine einzige Demonstration der Unvollkommenheit, der Unfähigkeit, des Verlustes. Übermächtig stand sein eigenes Unvermögen vor ihm, verhöhnte und demütigte ihn: *Da siehst du es, du Wicht! Was hast du dir eingebildet, wer du seist! Ein Nichts und ein Niemand bist du, ein Dilettant, ein Stümper! Recht hatte er, dein Vater, dass er dir diese Flausen austreiben wollte! Schreib es doch einfach noch einmal auf, was auf dem Papier stand! Warum kannst du es denn nicht? Warum wohl? Du ein Komponist? Was für ein Irrtum! Bringst keine fünf Takte aus eigener Kraft zuwege. Deine Mutter würde sich schämen für dich!* Beim Gedanken an seine Mutter bäumte er sich auf und heulte. Er griff unter das Stroh und zog das Notenpapier hervor, das Hertha ihm in Tiefenbachers Kammer gegeben hatte. Säuberlich hatte er seine Musik Takt für Takt vom Leinen auf das Notenpapier übertragen und dabei mit Bestürzung gesehen, wie wenig er bisher komponiert hatte. Aber immerhin: Ein Anfang war gemacht, und der war gut. Wieder stürzte er sich in seine Musik, sog sie in sich auf und suchte nach Resonanzen, die ihn weiterbringen und ihm helfen würden, die Stimmung vom Richtplatz wiederzufinden. Wieder ließ er die Klänge vor seinem inneren Ohr erklingen, wieder schwelgte er in der Entwicklung der Themen, durchmaß die Architektur des Kontrapunkts. Wie ein Klavierspieler, der an einer schwierigen Stelle hängen geblieben war, versuchte er es noch einmal von vorne in der Hoffnung, mit neuem Schwung über die Klippe hinwegzukommen. Jetzt müssten die Takte kommen, die er im Rausch auf dem Richtplatz geschaffen hatte. Hier war der Anschluss. Hier gehörten sie hin! Doch sie waren fort, er fand sie einfach nicht mehr! Mit Tränen in den Augen sah er auf die leeren Notenlinien, bis sein Blick zerfiel und die Linien verschwammen. Lähmende Verzweiflung legte sich über sein Gemüt: Wie sollte er sein Werk jemals fertig stellen? Wie nur? Aber er musste es doch schaffen! Um seiner selbst willen, um seiner Mutter willen, um all der Menschen willen, die dafür hatten leiden und sterben müssen.

Frauengesichter zogen an ihm vorbei, manche lächelten, manche schrien. Maria sah er von fern, mit fragenden Augen – Hertha war ganz nah und blickte fordernd. Er sah seine Mutter Magda durch den Raum schweben, wenige Augenblicke, bevor sie durch den Aufprall getötet wurde. Dann drängte der Scharfrichter sich ins Bild und hob das Schwert, um Leanders Taten an einem anderen zu sühnen. Leander sah den Blick des falschen Täters und das grausige Erkennen darin. Warum hatte Gott verhindert, dass der Falsche für ihn starb? Doch nur um ihn, den Richtigen, aufs Schafott zu bringen! Wie viel Zeit blieb ihm noch? Wochen? Monate? Waren sie ihm schon auf den Fersen? Würden sie ihm genug Zeit lassen, sein Werk noch zu vollenden? Sie durften ihn nicht vorher fassen! Er musste die Zeit nutzen – jede Stunde, jede Minute! Und ausgerechnet jetzt kam ihm der Schlüssel zu seinem Werk abhanden!

Mühsam zwang Leander sich zur Ruhe. Er musste seine Skizzen von Tiefenbacher zurückfordern. Aber wenn der leugnete? Wenn er Nein sagte? Der Gedanke, Paul Tiefenbacher könnte einfach so tun, als wäre nichts gewesen, ließ Leander beben vor Wut und Ungeduld. Nein, er wollte nicht warten. Es waren seine Ideen, sie gehörten ihm, und er würde sie sich wiederholen – gleich morgen früh! Er musste es einfach versuchen. Bis spät in die Nacht wälzte er sich auf seinem Lager herum, malte sich aus, was Tiefenbacher wohl tun und wie er selbst darauf reagieren würde, und kam zu dem Entschluss, seine Musik von diesem Schmarotzer zurückzuholen – koste es, was es wolle.

Weit nach Mitternacht polterten die anderen Zimmerleute in den Schlafsaal, grölten, gestikulierten und diskutierten im Suff das unglaubliche Geschehen auf dem Richtplatz. Stinkend und rülpsend stolperten sie ins Stroh, nestelten an ihren Kleidern, rempelten sich gegenseitig an, grunzten vor Ärger über die eigene Ungeschicklichkeit und die der anderen und schliefen bald ein. »Da liegt er ja, unser Schöngeist, und versteckt sich!«, lallte einer noch, als er Leander in seinem Verschlag entdeckte. Doch der hörte ihn nicht, und auch die anderen waren zu müde, sich noch auf Hänseleien einzulassen. Bald schnauften alle und schnarchten, und der Dunst von Bier und billigem Wein ertränkte die anderen Gerüche im Raum.

Am nächsten Tag konnte Leander es kaum erwarten, mit seiner Arbeit fertig zu werden. Doch die anderen Zimmerleute waren müde und langsam, und so dauerte die Arbeit am Opernhaus länger als üblich. Endlich – es wurde schon dunkel – stiegen sie vom Dachstuhl herab, und Leander machte sich bereit, zum Schloss hinüberzugehen. Da sprach sein Vorarbeiter ihn an: »Du bleibst. Es gibt neue Arbeit. Gleich kommt einer und erklärt es dir.«

Der Mann, der dann erschien, war neu im Schloss. Leander hatte ihn noch nie gesehen. Er trug eine Mappe mit Zeichnungen bei sich, die er vor Leander und dem Vorarbeiter ausbreitete. Als er merkte, dass der junge Mann nicht hören und nicht sprechen konnte, fragte er stirnrunzelnd den Vorarbeiter, was dem denn einfiele, ihm einen solchen Tölpel zuzuweisen. Doch Jonas sagte nur, der Leander sei nun mal der Beste, das werde der Herr Professor schon bald merken. Er möge also ihm und dem Leander ruhig vertrauen und mit seinen Ausführungen beginnen. Und wenn er dem jungen Mann nur ins Antlitz sähe beim Sprechen, so werde der ihn sehr wohl verstehen. Also hub der Fremde zu erklären an, pikste mit dem Zirkel auf dieses und jenes Detail, fragte nach der baulichen Beschaffenheit des Dachstuhls und nickte zufrieden, als Leander sie ihm mit kleinen Skizzen erklärte. Leander verstand nicht alles und ahnte nur ungefähr, um welche Art von Wissenschaft es sich handelte. Doch je länger er sich über die Pläne beugte und begriff, desto neugieriger wurde er und desto bereitwilliger tauchte er ein in die Pläne für das seltsame Blitzlabor, das er hoch oben unter dem Dach des neuen Opernhauses einrichten sollte. Der Herzog selbst wollte es so. Seine Durchlaucht höchstpersönlich hatte den Professor an seinen Hof gerufen, damit er sich ungestört der neuen Wissenschaft von der Elektrizität widmen könne. Was andere Fürsten konnten, durfte an seinem Hof nicht fehlen. Leander war es nur recht so. Noch am selben Abend begann er damit, seltsame Gerätschaften, Flaschen und allerlei Metallteile auf den Dachboden zu schleppen. Am nächsten Morgen musste er eine ellenlange Metallstange auf dem Dach des neuen Opernhauses montieren.

Die neue Aufgabe brachte es mit sich, dass Leander in den folgenden Tagen keine Zeit mehr fand, Paul Tiefenbacher zu besuchen. Spätnachts, wenn er todmüde in seinen Verschlag kroch, sah er immer wieder vor dem Einschlafen sein Skizzenblatt davonflattern und nahm sich vor, am nächsten Abend nach der Arbeit zu ihm zu gehen. Doch es dauerte fast eine Woche, bis er Paul Tiefenbacher wiedersah.

29. Engels-Terzett

Sichtlich erregt lief August in der Wohnstube auf und ab und sprach mit seiner Frau. »Diese Unvernunft! Warum hat sie das nur getan! Unter so vielen Menschen! Ich hätte halt selbst mitgehen müssen. Man kann sich doch auf niemanden mehr verlassen, wenn sogar der Otto ...«

»Lass gut sein, August! Grad du mit deinem lädierten Schädel ... Du hättest sie doch noch weniger halten können als der Otto. Wo sie sich doch einfach losgerissen hat.«

Liebevoll strich Charlotte ihrem Mann über die Wange. Sie war so froh, dass endlich die Farbe in sein Gesicht zurückgekehrt war nach den quälend langen Wochen zwischen Leben und Tod. Trotzdem fühlte sie, dass August noch nicht der Alte war. Er war noch sehr schwach, obwohl er diesen Zustand zu verbergen suchte. Sie hatte noch immer Angst um ihn. Und nun auch noch das mit Maria!

Der Zimmermann lief weiter in der Stube umher und fuhr dabei immer wieder unbewusst mit den Fingerspitzen über seine Schläfen. Früher hatte dort der Kopfverband gejuckt; jetzt war es nur noch eine Angewohnheit. Obwohl er die Stimme dämpfte, um die Kinder und Maria nicht zu wecken, sprachen Ärger und Sorge aus jedem seiner Worte: »Reißt sich einfach los und verschwindet im Gewühle. Warum nur? Leichtsinn ist das, bodenloser Leichtsinn! Weiß sie denn nicht, was für ein Gesindel bei solchen Feiern sein Unwesen treibt! Sie ist doch ein vernünftiges Mädchen. Sag schon, Charlotte! Eigentlich ist sie doch sittsam und vernünftig, die Maria, nicht wahr? Und jetzt das ...! Geht es ihr denn immer noch nicht besser?«

Charlotte zögerte mit der Antwort. Eigentlich waren das ja Frauengeschichten, die einen Mann nichts angingen. Aber mit ihrem August war das wohl etwas anderes. Auch früher schon hatte sie sich nicht über ihn beklagen können, denn er war nie so roh und herrisch gewesen wie die meisten anderen Männer und Väter. Er hatte sie nie geschlagen und die Kinder nur selten, dennoch war er durch den Unfall noch verständnisvoller geworden, und sie fragte sich, ob das wohl so bliebe. Längst hatte Charlotte Gefallen gefunden an der neuen Sanftmut ihres Mannes.

»Leider nein, mein Lieber«, antwortete sie schließlich. »Ich denke, sie wird es verlieren. Die Maria gefällt mir gar nicht seit gestern. Es sind die Krämpfe, weißt du ... Wenn es morgen Früh nicht besser ist, müssen wir nach jemandem schicken. Ich bleib die Nacht noch bei ihr. Das ist dir doch recht, oder?«

August nickte nur. Seit ein paar Tagen konnte er wieder nicken, ohne dass die Schmerzen ihm den Schädel sprengten. Nur zum Schlafen trug er noch einen Verband, um die zarte Narbe nicht zu gefährden. Tagsüber tat es auch sein alter Filzhut, mit dem er fast wieder aussah wie früher. Es ging deutlich aufwärts mit ihm.

Charlotte sah auf das Kleid, das noch am Fenster hing, obwohl es längst getrocknet war. Sie hatte es zweimal kalt gewaschen, doch ein leichter Schatten war geblieben. Das Blut war schon zu alt gewesen und fast eingetrocknet. »Dein Kleid ... ich hab dein Kleid beschmutzt ... es tut mir so Leid ...« Als ob es nichts Wichtigeres gegeben hätte als die Flecken auf dem Kleid! Charlotte traten die Tränen in die Augen, als sie daran zurückdachte, wie der Knecht mit Maria auf dem Arm in der Tür gestanden hatte. Von Anfang an war ihr klar gewesen, dass es eine lebensgefährliche Verletzung war. Wie gerne hätte sie den Chirurgus geholt, der ihren Mann gerettet hatte. Doch der hatte sich nach Frankreich verabschiedet – oder war es Spanien? Jedenfalls würde er erst in drei Wochen wiederkommen, um ein letztes Mal nach August zu sehen. Der Wundarzt war also nicht greifbar, und deshalb würde sie morgen früh nach jemand anderem schicken müssen, wenn es Maria nicht besser ging. Aber wer könnte helfen? Wer nur? So sehr Charlotte auch überlegte – ihr fiel immer nur ein einziger Name ein. Bis zur Sägemühle waren es vielleicht fünf Stunden, höchstens sechs. Wenn Otto gleich in der Früh losführe und sich dort nicht allzu lange aufhielte, könnte Elisabeth am Abend hier sein.

Charlotte schlich zu Maria in die Krankenkammer, in der bis vor kurzem ihr Mann gelegen hatte. Der Kampfergeruch hielt sich hartnäckig, obwohl sie tagelang gelüftet hatte, nachdem er dort ausgezogen war. Vielleicht half das Zimmer ja auch der Freundin bei der Genesung, wo es doch dem August hier drinnen gelungen war, dem Tod zu entkommen. Doch so richtig wollte Charlotte nicht daran glauben. Maria fieberte. Sie hatte Krämpfe. Wäre es nicht besser, dem Knecht sofort Bescheid zu geben? Leise huschte sie wieder hinaus, gab im Vorübergehen ihrem Mann ein Zeichen, dass sie zum Bauern ging, und trat vors Haus. Der milde Abendwind hob ihre Schürze und ließ ihre Kräusellocken wogen. Charlotte lebte gerne hier draußen vor der Stadt. Das Gedränge und der Schmutz der engen Gassen waren nichts für sie. Manchmal, wenn sie zur Hauptstraße hinübersah, wo Reiter, Wanderer, Kutschen und Fuhrwerke vorbeizogen, fragte sie sich, was all diese Menschen wohl in der Stadt wollten. Als wäre es erst gestern gewesen, sah Charlotte Maria im Geiste wieder heranreiten, mit dem Kind im Arm, das sie immerfort küsste, und mit Tränen in den Augen. Von Anfang an war sie ihr vertraut erschienen; sie hatte sie vom ersten Moment an gemocht. Zweimal war Maria dann hinuntergefahren in die Stadt, und es war beide Male nicht gut für sie gewesen. Auch August wäre dort unten beinahe gestorben. Charlotte fragte sich, ob die Stadt und das Schloss ihnen wohl Unglück brächten. Jedenfalls war es gut, hier draußen zu wohnen. Doch nun war ihre Freundin krank, und Charlotte konnte ihr vielleicht vergelten, was sie für August und für ihre Familie getan hatte. Als Charlotte auf den Hof trat, sperrte der Bauer gerade den Stall ab.

»Kannst du den Otto morgen entbehren?«, fragte sie ihn.

»Ist's wegen der Maria?«

»Es geht ihr noch nicht besser. Wir müssen nach jemandem schicken. Ich kenn eine im Sägewerk unten am Fluss. Elisabeth heißt sie. Hat einen Wolfsrachen und einen Buckel dazu. Kennt sich aus in Frauensachen. Kann der Otto sie holen?«

»Er hat's verbockt. Dann soll er's auch richten! Er wird deine Elisabeth herschaffen. Grüß mir den August – und gute Genesung für alle! Gott sei mit euch!«

Damit verschwand er im Haus.

Als Otto am nächsten Mittag mit dem Leiterwagen auf den Lagerplatz des Sägewerks rollte, kletterte der Vorarbeiter gerade auf einem Stapel abgelängter Eichenbohlen herum, um die Maße zu kontrollieren. Früher, als Leander noch für ihn gearbeitet hatte, war so etwas nicht nötig gewesen, und er hatte sich immer darauf verlassen können, dass die Qualität der Ware stimmte. Doch seit der Taubstumme und seine Freundin verschwunden waren, gaben die anderen Ebenisten sich immer öfter einer bedrohlichen Mischung aus Gleichmut und Schlendrian hin, die er kaum unter Kontrolle halten konnte. Stirnrunzelnd richtete der Vorarbeiter sich nun auf, stemmte die Fäuste in die Hüften und rief quer über den Platz:

»He, du da unten! Was willst du? Heute geht keine Fuhre mehr ab! Was ist?« Als Otto nicht gleich antwortete, wurde dem Vorarbeiter unbehaglich zumute. Sollte trotz seiner Kontrollen eine Ladung fehlerhaft gewesen sein? Brachte der Mann eine Beschwerde? Wenn er ehrlich war, konnte er das nicht ausschließen.

»Du willst doch wohl nichts retournieren? Da kannst du gleich wieder gehen! Hier war nämlich alles in Ordnung! Wir liefern nur erstklassige Ware – stimmt's, Leute?« Von der Sägemühle kamen zustimmende Rufe. Drei der Handwerker standen am Geländer und schauten neugierig herüber, wer da wohl käme und wie der Vorarbeiter sich wohl verhielte.

Otto hielt an und stieg vom Bock. »Ich such 'ne Bucklige. Elisabeth. Gibt's die hier?«

Dem Vorarbeiter fiel ein Stein vom Herzen, doch er ließ es sich nicht anmerken. »Was willst du von der? Die ist grad erst aus der Stadt zurückgekommen. Die hat zu tun.«

Otto hielt es für unangemessen, den Grund seiner Reise brüllend vor allen Leuten zu erörtern. Also schwieg er, lehnte sich gegen den Wagen und wartete. Der Vorarbeiter ahnte schon, dass es um Elisabeths heimliche Nebengeschäfte gehen musste, und stieg zu dem Fremden hinunter. Nachdem er die bucklige Frau mit der Hasenscharte vor Jahren bei einer Abtreibung erwischt hatte, hatte er ihr zwei Bedingungen gestellt: Erstens durfte es nicht zu Lasten seiner Männer gehen, und zweitens würde sie ihm ein Drittel ihrer Einnahmen abgeben. Meist kamen die Frauen hierher ins Sägewerk. Dass Elisabeth geholt wurde, war die Ausnahme. »Braucht jemand Hilfe? Ein Weib?«

Otto nickte.

»Kein Arzt da?«

»Weiß nicht. Ich soll sie holen. Es ist dringend.«

»Warum so dringend? Wer ist es?«

Otto zögerte und sah den Vorarbeiter an. War es nötig, ihm das zu erzählen? Offensichtlich ja, denn der Mann schien hier etwas zu sagen zu haben, und er stand zwischen ihm und Elisabeth. Der Knecht wusste nur eines: In spätestens einer Stunde würde er mit dieser Elisabeth neben sich auf dem Bock nach Hause fahren – ganz gleich, was er dafür würde tun müssen.

»Maria heißt sie. Sie ist ziemlich krank.«

Otto bemerkte nicht, wie der Vorarbeiter zusammenzuckte.

»Ist sie hübsch?«

»Ja, sehr. Riecht gut. Hat einen schönen Silberblick!« Otto sagte es mehr zu sich als zu dem anderen.

»Hat sie schon Kinder?«

»Ein Junge. Ist noch klein. Kann ich sie nun holen?« Langsam wurde Otto ungeduldig. Doch der Vorarbeiter war noch nicht zufrieden.

»Wo fährst du sie hin? Ich brauch sie hier bald wieder.«

»Bis kurz vor die Stadt. Ich bring sie wieder her, so schnell es geht. Kann ich jetzt endlich zu ihr?«

An Stelle einer Antwort zeigte der Vorarbeiter zum Steinhaus hinüber und kletterte zurück auf seine Hölzer. Gedankenverloren nahm er die Messlatte zur Hand und hielt sie mal hier, mal dort an einen Balken, ohne zu wissen, was er tat. Maria war schwanger, es gab Probleme, und wahrscheinlich war es sein Kind, dessentwegen sie Elisabeth holten. Oder war sie doch von diesem Taubstummen schwanger? Der Vorarbeiter wusste nicht, was er denken, geschweige denn, was er fühlen sollte. Mit einem Mal sah er die Zeit mit Maria in einem anderen Licht: Plötzlich war da mehr als nur die Befriedigung männlicher Lust, mehr auch als die Erinnerung an eine beliebige Episode in seinem Leben. Plötzlich stand sie vor ihm: ihre Augen, ihre Haut, ihre Stimme, ihr Geschlecht. Nachträglich kochte Eifersucht in ihm empor, als er daran denken musste, wie unausstehlich Maria sich in ihrem Liebeskummer gebärdet hatte, nachdem dieser Josef, oder wie auch immer er heißen mochte, verschwunden war. Hatte sie ihn gefunden? War er jetzt bei ihr? Die Fragen in seinem Kopf nahmen kein Ende. Nur eines wusste er sicher: Er würde ihr helfen! Wenn das Kind schon nicht zu retten war, musste Elisabeth wenigstens dafür sorgen, dass Maria wieder gesund wurde!

Kurz entschlossen warf er das Maß wieder zwischen die Balken, sprang vom Holzstoß herunter und lief hinter dem Fremden her. Nun konnte es auch ihm nicht schnell genug gehen. Als der Vorarbeiter in Elisabeths Alkoven trat, kam er sich vor wie ein Eindringling. Normalerweise vermied er es, sie in ihrem Reich zu stören. Er wollte auch nicht genau wissen, was sie dort tat. In all den Jahren war er vielleicht ein Dutzend Mal zu ihr hereingekommen und hatte hinterher immer erleichtert aufgeatmet, wenn er ihrer quälenden Befangenheit entronnen war. Doch nun kam sie ihm entspannter vor, beinahe wie befreit. Sie packte schon ihre Sachen zusammen.

Otto saß am Tisch und betrachtete interessiert den verschrumpelten Daumen und das Büschel blutverschmierter Haare, das sie vom Schopf des Geköpften erbeutet hatte. Als einfacher Mann, der einiges von Gott und Jesus, noch viel mehr aber von geheimen Künsten und schwarzer Magie gehört hatte, wertete der Knecht beide Trophäen als Belege für Elisabeths Sachkunde. Diese Frau würde wissen, was zu tun war.

»Es ist Maria! Tu, was du kannst! Bleib so lange wie nötig! Und sag ihr ...«

Der Vorarbeiter zuckte mit den Schultern und verstummte. Obwohl Elisabeth kein Gesichtstuch trug, das ihre Entstellung verbarg, hielt sie seinem Blick stand und sah ihn an – fester als sonst, aber auch milder. Dann schob sie den vergilbten Spitzenvorhang ihres Wandschranks zur Seite und griff tief in die dunkle Öffnung hinein. Als ihre Hand wieder zum Vorschein kam, hielt sie ein Buch. »*Hebammenbuch, daraus man alle Heimlichkeiten des weiblichen Geschlechts erlernen und die Krankheiten dessel-*

ben curieren möge«, stand darauf zu lesen. Sorgsam verstaute sie den speckigen Band in ihrer Reisetasche neben einigen Instrumenten, deren Verwendungszweck die beiden Männer nur vermuten konnten.

»Ich versuche es! Sei unbesorgt!«

Im Hinausgehen schwor sich der Vorarbeiter beim Seelenheil seiner Mutter, dass er nie wieder verächtlich über Elisabeth reden würde.

Seit beinahe vier Jahren schon war sie bei ihnen, doch was wussten er und seine Männer wirklich über diese seltsame Frau? Das wenige, was Elisabeth ihnen in kargen Worten und auch nur widerwillig erzählt hatte, zeugte von einem Leben im Abseits. Für die meisten war sie abstoßend oder bestenfalls Aufsehen erregend, etwa wie das Ferkel mit zwei Köpfen, das im vergangenen Winter auf einem Hof ganz in der Nähe geboren wurde und von dem man sich schaudernd erzählte, dass die Köpfe sich gegenseitig das Futter nicht gegönnt hätten und der eine Kopf schlief, während der andere quiekte. Nie im Leben würde Elisabeth die Demütigungen vergessen, die sie vor langer Zeit auf den Brettern eines Schaustellerwagens erleiden musste, als unzählige Hände über ihren Buckel gefahren waren und zudringliche Augen auf ihren Schlund gestarrt hatten. »Jeschusch Chrischtusch hat disch und disch und disch erlöscht, doch misch hat er vergeschen.« Wohl tausend Mal hatte sie diesen Satz aufsagen und dabei zuerst auf die Zuschauer und dann auf sich selbst zeigen müssen. Wohl tausend Mal hatte das höhnische Gelächter über die verunglückten Zischlaute ihre Seele verletzt. Wie oft hatte sie abends in der Koje gelegen, ihren klaffenden Schlund betastet und sich gefragt, zu welcher Sorte Tier sie wohl gehörte. Eines Nachts war sie dann geflohen, dann aber doch wieder zurückgelaufen zu dem Quacksalber, der sie einst mit seinen dilettantischen Operationen gequält hatte. Im Nachhinein erschien ihr dieser verhinderte Arzt, der sich hochtrabend Paulus Candidus Acclesius nannte, im Vergleich mit dem Schausteller beinahe anständig. Doch er war es nicht. Als Elisabeth zu ihm zurückkehrte, verlor er jede Hemmung. Zwar hatte der Kurpfuscher das medizinische Interesse an ihr mittlerweile verloren, dafür aber eine andere Art von Neugier entwickelt, welche für Elisabeth – sie war damals sechzehn – nicht minder schrecklich werden sollte. Ein Liter Wein und die Dunkelheit reichten aus, um Elisabeth auf animalische Weise für ihn begehrenswert zu machen. Sie hatte keine Chance, ihm zu entkommen. Tagsüber, wenn er wieder nüchtern war und ihre Gebrechen sah, war ihm seine Gier unbegreiflich. Dann ließ er die Wut über seine eigene Schwäche an ihr aus. So ging es monatelang.

Es war Elisabeths Glück, dass sie im Heim ein wenig lesen gelernt hatte. Heimlich studierte sie die Hand voll medizinischer und okkultistischer Bücher, aus denen Acclesius sein Halbwissen bezog. Sie lernte viel und schnell. Unauffällig bot sie sich ihm als Hilfe an in der stillen Hoffnung, dadurch seine Aggressionen im Zaum zu halten. Nach und nach wurde sie seine rechte Hand und verhinderte mehrmals, dass Patientinnen starben, denen er auf stümperhafte Art ein Kind weggemacht hatte. Selbstverständlich bemerkte er es nicht und sah ihre Künste als die seinen an. Als sie von ihm schwanger wurde und er darüber in Wut geriet, trieb die Vorstellung, er würde das Kind in ihr töten und sie womöglich noch dazu, Elisabeth erneut aus seinem Haus. Sie wollte das Kind bekommen. Sie wollte ihm alle Liebe geben, die sie selbst nie hatte erfahren dürfen.

Es wurde eine Fehlgeburt. Nachdem sie den Fötus auf einer Blumenwiese aus sich herausfallen lassen hatte, nachdem sie ihn zärtlich gewaschen und stundenlang in ihrer hohlen Hand gehalten hatte, warf sie ihn in den Fluss. Manchmal, im Traum, sah sie ihren Sohn wieder über das Wasser fliegen, die Beinchen lang gestreckt wie eine Kröte im Sprung, und hörte das leise Klatschen, als der winzige Körper in die Wellen tauchte. Ihr Kind wäre noch stärker behindert gewesen als sie. Deshalb war es gut so.

Gegen zwei fuhren Otto und Elisabeth vom Sägewerk ab. Eine Kaltfront zog heran; es hatte etwas aufgefrischt. Ein kühler Wind spielte mit dem Sägemehl, blies es am Fuß der Holzstapel zusammen und wehte es dann in neuem Übermut wieder weiter, um es in staubigen Spiralen über den Platz kreisen zu lassen. Elisabeth saß neben dem Knecht in eine Decke gehüllt und fror. Ihr Buckel wölbte sich unter dem Stoff, als ob sie ihr Bündel auf dem Rücken trüge.

»Musst dich nicht verstecken«, sagte Otto, als Elisabeth ein Tuch nahm und es vor ihr Gesicht band. Doch sie ließ sich nicht beirren. »Ist besser für unterwegs«, zischelte sie, »wegen der Leute. Wir wollen doch schnell da sein.«

Als sie nach einer Stunde vom Seitenweg auf die Hauptstraße bogen, preschte die Postkutsche so nah an ihnen vorbei, dass die Gäule scheuten. »Hundskerl, verdammter!«, knurrte Otto, »dir sollte man die Peitsche geben.« Für den Rest des Weges blieben sie unbehelligt. Sie kamen gut voran.

»Du kennst die Maria?«, fragte Otto endlich und wartete geduldig, als Elisabeth nicht sofort antwortete. »Dich kenn ich auch«, fügte er nach einer Weile hinzu und sah zu Elisabeth hinüber. »Du hast die Haare von seinem Kopf. Warst ganz vorne am Sonntag. Hättest gleich dableiben können, wo wir dich doch brauchen. Ist der Daumen auch von einem Mörder?« Otto sprach selten mehr als zwei Sätze. Er mochte Elisabeth und sie ihn auch.

»Sie ist ein guter Mensch«, nuschelte sie leise. »Hat bei uns gelebt mit Kind und Mann.«

Otto fühlte den Stich im Herzen.

»Welcher Mann? Ich kenn nur den Jungen.«

»Der Taubstumme. Er arbeitet im Schloss. Sie wollte ihn suchen. Ist er nicht bei ihr?«

»Nein. Da ist kein Mann.«

Elisabeth zog die Decke fester um ihre Schultern. Der Wind hatte noch zugenommen und schleuderte nasse Garben über das Land. Mit jedem Schritt rissen die Hufe der Kaltblüter feuchte Brocken aus dem Weg und warfen sie unter den Wagen. Hinter der nächsten Biegung sahen sie das Schloss am Horizont emporragen. Elisabeth sah lange hinüber und dachte nach. Hatte Maria Leander dort gefunden? Oder suchte sie ihn immer noch? Hatte er sie abgewiesen? Was war mit ihr geschehen?

»Was ist passiert?«, schnorchelte sie.

Als Otto die Frage hörte, rutschte er unbehaglich auf dem Bock herum. Er wusste, dass sie kommen würde. Aber er war ein ehrlicher Kerl und wollte nicht lügen.

»War bei der Hinrichtung mit ihr. Hab sie aber im Gewühl verloren. Jemand hat sie getreten. Hätte besser aufpassen müssen. Ist meine Schuld.«

Für ihre Antwort war er ihr dankbar:

»In so einem Gedränge kann viel passieren. Jetzt hilfst du ihr. Wann sind wir da?«

Nach einer halben Stunde sahen sie das Haus des Zimmermanns abseits der Straße liegen. Charlotte stand schon vor der Tür und wartete. Als sie die beiden entdeckt hatte, lief sie ihnen entgegen.

»Endlich! Da seid ihr ja. Liebe Elisabeth!«

Die Frau mit dem Wolfsrachen brauchte eine Weile, bis sie sich erinnerte, woher sie Charlotte kannte. Es mochte vor gut einem Jahr gewesen sein, da war Charlotte mit einer jüngeren Frau im Sägewerk erschienen. Das Kind war schon recht weit entwickelt gewesen, und Elisabeth hatte es erst nicht wegmachen wollen. Doch Charlotte hatte auf sie eingeredet wie auf einen lahmen Gaul und ihr die Not des Mädchens geschildert, das selbst kaum sprach. Der Vater war ein Priester, und es durfte nicht sein – unter keinen Umständen. Ehe das Mädchen in seiner Verzweiflung sich wieder mit heißem Wasser traktieren oder auf den Bauch schlagen würde, hatte Elisabeth es dann doch gemacht. Das Mädchen war sehr tapfer gewesen.

»Wo ist Maria?« Elisabeth stieg vom Wagen und gab Charlotte die feuchte Decke. »Ich will sie sehen!«

An der Tür zur Krankenstube drängelte Charlotte sich vor die bucklige Frau. Sie wollte nicht, dass Maria sich bei ihrem Anblick erschreckte. Doch ihre Sorge war unnötig. Als sie eintraten, huschte ein ungläubiges Lächeln über Marias heißes Gesicht, und sie murmelte: »Elisabeth! Schön! Jetzt wird alles gut!«

30. Gis-Moll

Paul Tiefenbacher war kein guter Komponist. Nur so ist es zu erklären, dass der Großherzogliche Hofcompositeur den wahren Gehalt von Leanders Aufzeichnungen nicht sofort begriff und den Zettel in seiner Rocktasche zunächst einmal vergaß. Außerdem war Tiefenbacher in den ersten Tagen nach jenem denkwürdigen Sonntag damit beschäftigt, sich über das Benehmen seiner Frau zu ärgern. Herthas überstürzte Flucht vom Richtplatz hatte ihn umso mehr verstimmt, als er befürchten musste, dass der Erste Geheime Kabinettsekretär sie als Affront gegen seine hohe Person werten würde. In der Tat war dessen Laune nach der gescheiterten Hinrichtung des Michel Schindler recht düster gewesen. Immerhin handelte es sich beim Fußlappenmörder um jenen Täter, dessen Bestrafung dem obersten Strafverfolger bei Hofe besonders am Herzen lag. Über die Schwester eines Cellisten, die als dritte Kammerzofe beim Kabinettsekretär diente, erfuhr Tiefenbacher Beunruhigendes über seinen Gönner. Den Scharfrichter werde er zur Rechenschaft ziehen, habe der hohe Herr getobt, den Polizeiinspektor werde er auf der Feste Asperg schmoren lassen, und all die Dilettanten noch dazu, die diese unsägliche Fehlleistung mitverschuldet hätten. Außerdem, so berichtete die Schwester des Cellisten mit einem feinen Lächeln, werde der Erste Geheime Kabinettsekretär nicht müde zu drohen, dass ohnehin neue Sitten einkehren würden bei Hofe und mancher ihn, den Obersten Strafverfolger Seiner Durchlaucht, noch kennen lernen werde. Qualität und Subordination seien nun gefragt, wohingegen die Speichelleckerei ein jähes Ende haben werde. Paul Tiefenbacher beunruhigte dies aufs Höchste. Auch am dritten Abend hatte er sich noch nicht beruhigt. Wütend fauchte er seine Gattin an: »Musste das sein! Wie konntest du nur derart die Contenance verlieren! Ist dir klar, welche Gelegenheiten mir durch dein inakzeptables Verhalten entgehen könnten? Ist dir das überhaupt klar?«

Hertha hatte es längst aufgegeben, auf die wiederholten Anschuldigungen ihres Mannes einzugehen. Als sie am Sonntag Abend völlig derangiert und außer Atem in ihre Zimmer zurückgekehrt war, hatte sie an nichts anderes denken können als an das gespenstische Erlebnis mit Leander und an ihre Gier und wie sie es nur schaffen sollte, sich bis zur Rückkehr ihres Mannes wieder zu beruhigen. Sie hatte es dann doch geschafft und auch noch Zeit gefunden, sich ein paar Erklärungen zurechtzulegen: Es sei die ungewöhnliche Situation, ihre schlechten Nerven, böse Träume in der Nacht zuvor, dann das grässliche Schauspiel so nahe und unmittelbar. Sie sei doch nur eine Frau und für so etwas nicht geeignet, obwohl sie sich doch bemüht habe – seinetwegen bemüht habe. Selbstverständlich täte es ihr unendlich Leid, es solle nicht wieder vorkommen, und sie wolle gerne bei der Gattin des Kabinettsekretärs oder bei ihm selbst vorstellig werden, um beiden zu versichern ... und so weiter und so fort.

Paul hatte all das nicht hören wollen. Er hatte nur gejammert. »Wie konntest du nur! Wie konntest du nur!«

Auch heute würde er wieder schimpfen und jammern, ohne sie anzuhören. Zunächst entschied Hertha, sich in Geduld zu üben, zerknirscht zu tun und zu warten, bis er sich beruhigt hatte. Das Entscheidende war: Paul wusste nichts von Leander – noch nicht. Hertha wollte nicht nur abwarten und die Dinge geschehen lassen. Es hatte keinen Sinn, sich zu verstecken; ebenso sinnlos war es, das Selbstmitleid und die ewigen Vorwürfe ihres Mannes hinzunehmen. Hertha beschloss zu handeln.

»Meinst du wirklich, deine Vorwürfe führen uns weiter, mein Lieber? Ich denke, es ist damit nun genug, und wir sollten den Tatsachen ins Auge sehen. Vielleicht können wir ja noch etwas bewirken. Ich jedenfalls will es versuchen. Deshalb werde ich jetzt mit deiner gütigen Erlaubnis in den Salon hinübergehen, wo die Gattin des Kabinettsekretärs weilen dürfte. Und du, mein Lieber, du solltest etwas arbeiten. Ich denke, dein Singspiel kann einige Inspiration gut gebrauchen. Wenn es mit der Protektion nicht zum Besten bestellt ist ... vielleicht hilft ja eigene Arbeit.«

Mit diesen Worten ging Hertha zur Tür und war auch schon draußen.

Paul Tiefenbacher schluckte. Da war sie wieder, diese eigentümliche Veränderung im Wesen seiner Frau. Früher hätte sie derlei nie zu sagen gewagt. Was hatte sie nur so verändert? Für einen Moment überkam ihn die Versuchung, hinter Hertha herzulaufen und sie zur Rede zu stellen. Doch er ließ es sein. Widerwillig gestand er sich ein, dass sie ein wenig Recht haben könnte. Nun gut – er würde also ein paar Stunden arbeiten. Doch heute Nacht im Bett, da würde er ihr schon zeigen, wer der Herr im Hause war.

Paul Tiefenbacher schenkte sich ein Glas Likör ein, setzte sich an seinen Sekretär und klappte das Tintenfass auf. Dann nahm er die Bögen seiner Oper *Alonso oder Die Macht der Liebe* aus der Lade und legte sie vor sich auf das Mahagoni. Der Stapel war dünn. Da kam noch viel Arbeit auf ihn zu. War das bis zur Premiere überhaupt zu schaffen? Kalter Schweiß trat ihm auf die Stirn, als er sich vorstellte, dass er all das, was noch fehlte, nicht nur würde komponieren, sondern auch noch mit dem

Orchester und den Sängern einstudieren müssen. Und dann das Libretto! Der letzte Akt gefiel ihm überhaupt nicht – weder sprachlich noch inhaltlich. Mürrisch blätterte er ein wenig im Textbuch und blieb prompt an einer schlechten Stelle hängen, die einmal der Schlusschor werden sollte:

O holde Macht der Liebe,
Der süßen warmen Triebe
Erquickende Labsal.

Entsetzlich, diese Betonung auf der falschen Silbe! Das hatte weder Rhythmus noch Gefühl! Und dann dieser platte Schluss:

Lass dieses Paar nun schweben
Und Liebeswonnen leben
Wohl hunderttausendmal!

Kein Wunder, dass ihm bei diesem Gestammel des Textdichters noch keine gute Musik eingefallen war! Hertha hatte schon Recht: Er würde hart arbeiten müssen, wenn er das alles noch hinbekommen wollte. Gleich morgen früh würde er den Librettisten zurechtstutzen und um eine vernünftige Textvorlage ersuchen. Aber mit dem zweiten Akt könnte er heute Abend vorerst weitermachen.

Der Großherzogliche Hofcompositeur Paul Tiefenbacher straffte sich, atmete tief durch und tauchte die Feder in die Tinte. Sorgfältig streifte er den überflüssigen Tropfen ab, setzte dann die Spitze der Feder auf die fünf Notenlinien eines neuen Bogens und schrieb mit schwungvoll kratzendem Strich einen Violinschlüssel aufs Papier: Viervierteltakt, D-Dur – (wegen der Trompeten) – Einzug der Götter. Besetzung: drei Solisten, vierstimmiger Chor, volles Orchester mit Effektmaschinen. Punktiertes Marschthema – zuerst die Violinen und Flöten parallel geführt. Also los!

Er hatte noch keine drei Takte geschrieben, da blieb er hängen. Mehrmals summte er den Anfang des Themas vor sich hin, und jedes Mal kam es ihm banaler vor. Er stand auf, ging zum Cembalo und spielte den Bass dazu, doch dadurch wurde es auch nicht besser. Versuchsweise fügte er eine Synkope ein, vergrößerte einen Sprung von der Quinte zur Sext, strich die Änderungen wieder durch, probierte es von neuem. Er wusste, dass er es besser konnte. Ärgerlich strich er alles durch und begann von vorne.

Nach einer halben Stunde strotzte das Blatt vor Streichungen, Tintenklecksen, übermalten Noten und Flecken grünlichen Likörs. Unter Tiefenbachers Füßen knirschte der heruntergeblasene Löschsand, der sich beiderseits des Sekretärs auf dem Parkett zu kleinen Dünen häufte. Auf seinen Fingern und Manschetten blühten blaue Sprenkel von Indigo. Der Hofkomponist und Kapellmeister Seiner Durchlaucht haderte mit sich und seiner Kunst. Er kam einfach nicht weiter. Wütend nahm Tiefenbacher das Notenblatt in beide Hände und wollte es schon zerreißen, als das Gewirr von Linien und Flecken ihn plötzlich an etwas erinnerte. Das fliegende Blatt vom Richtplatz! Wo hatte er es nur? Es musste noch in der Rocktasche stecken! Vielleicht würde es ihm ja helfen und seine Inspiration fördern. Er stand also auf und ging zum Kleiderschrank. Langsam faltete er das Blatt auseinander.

Leanders Skizzen waren Paul Tiefenbacher nicht nur eine Hilfe – sie bescherten ihm eine Offenbarung. Je weiter er sich in sie vertiefte, je besser er die eigentümliche Art von Kurzschrift entschlüsselte, die der unbekannte Autor verwendet hatte, desto ungläubiger starrte er auf das wild bekritzelte Annoncierblatt, das eine Laune des Sommerwinds ihm geschenkt hatte. Paul Tiefenbacher verstand nicht alles – nicht nur, weil er nicht alles entziffern konnte, sondern auch deshalb, weil sein beschränkter musikalischer Geist nur einen Teil dessen zu begreifen in der Lage war, was ein Genie auf engstem Raum zu Papier gebracht hatte. Doch was er nachvollziehen konnte, war schier überwältigend. Es musste sich um einen Chorsatz handeln, aber nicht etwa um einen vier- oder fünfstimmigen, sondern um einen achtstimmigen. Der herbe Ernst und die Inbrunst, die aus der Musik sprachen, könnten zu einem Oratorium passen oder einem Requiem. Welch grandioser Atem in der Melodiebildung, welche Kraft und Zielstrebigkeit, welche Tiefe! Und dann die Tonart: Wenn er die Vorzeichen richtig verstand, war das Stück in gis-Moll gesetzt! Wer um Himmels willen komponierte in gis-Moll! Trotz aller Komplexität und Raffinesse des Satzes sprach das Werk eine schlichte, klare Sprache, die unmittelbar zu Herzen ging und den Hörer, wenn es denn jemals erklingen sollte, zu Tränen rühren musste. Wie kläglich kamen Paul Tiefenbacher mit einem Male seine eigenen abgegriffenen Baumuster vor im Vergleich zu dieser großartigen Wechselrede von Chor und Orchester, die auf jeden Bombast verzichtete und doch so himmlisch und menschlich tönte. Lange studierte der Hofkapellmeister Leanders Musik, murmelte dabei immer wieder leise vor sich hin: »Ja! Unglaublich! Das ist gut, das ist himmlisch! Und dieser Übergang! Fantastisch! Wie kommt der nur auf so etwas! Hier erwartet jeder ein Des, und er schreibt D! Viel besser! Welche Wirkung! Und hier: Der Echo-Effekt von Tenor und Alt! Wie ist er denn jetzt bloß nach F-Dur gekommen? Und da ist das Thema wieder, in der Verdoppelung! Perfekt! Das ist es! Ja, so muss es sein! C´est un génie! Sans doute!«

Paul Tiefenbacher vergaß alles um sich herum und tauchte ab in eine großartige Musik, die ihren Schöpfer mindestens ebenso gepackt, ja, überfallen haben musste, wie sie es nun mit ihm tat. Die hastige Schrift, das untaugliche Papier, die drangvolle Enge auf einem gerade einmal zwei Handbreit großen Flugblatt – all das konnte nichts anderes bedeuten, als dass der unbekannte Komponist von einem wahren Schaffensrausch ergriffen worden sein musste, als er diese Einfälle notierte. Doch wer war dieser Mensch? Welcher geniale Geist hatte das hier zu Papier gebracht? Und vor allem: Wie ging das Stück weiter? Was Tiefenbacher in Händen hielt, konnte nur ein Ausschnitt, ein winziger Bruchteil eines viel größeren Werkes sein. Den Hofcompositeur überkam ein Schaudern, als er sich vorstellte, was dieser Unbekannte womöglich noch alles komponieren würde oder gar schon erschaffen hatte.

Im Geiste ging er die Musiker des Orchesters durch. Selbstverständlich hielten einige Mitglieder des Hoforchesters sich für verkannte Genies, die sich nach Dienstschluss in der Kunst des Komponierens versuchten. Doch das hier waren Zeugnisse eines wahren Genius, nicht irgendwelche langweiligen Divertimenti eines mittelmäßigen Flötisten oder Cellisten. Von seinen Musikern war es sicher keiner gewesen. Plötzlich kam ihm ein anderer Gedanke, der ihn zunächst beunruhigte. Sollte etwa Vinzenz van Eisenmann ...? Nein, so etwas würde der kleine dürre Musikus niemals zuwege bringen. Manches, was sein Konkurrent schrieb, war sicher nicht übel. Bei weitem nicht so gut wie seine eigenen Sachen zwar, aber immerhin. Aber dieses Meisterwerk in gis-Moll konnte nicht aus Eisenmanns Feder stammen! Außerdem, so erinnerte sich Paul Tiefenbacher, war sein Konkurrent gar nicht zur Hinrichtung gekommen. Arbeiten wolle er, hatte der Eisenmann gesagt und dabei vielsagend dreingeschaut. Wenn alle ausgeflogen seien aus dem Schloss, dann habe er endlich genug Ruhe, um mit seinen Kompositionen weiterzukommen.

Die Vorstellung, dass sein Konkurrent Boden gutgemacht haben könnte, während er unterwegs war, ließ Paul Tiefenbachers Hände feucht werden. Er musste vorankommen mit seinem eigenen Werk. Unbedingt. Wenn ihm doch bloß etwas einfiele! Wieder sah er auf das Blatt des unbekannten Komponisten, diesmal aber mit anderen Augen. Was davon konnte er gebrauchen? In seinen Aufmarsch der Götter passte es nicht, aber zum Ende des zweiten Aktes könnte er es vielleicht einsetzen. Und wenn er dann noch das markante Motiv in die Ouvertüre einbauen würde ... Eine kurze Modulation nach seinem Allegro-Beginn, und es würde passen! Langsam hellte sich die Miene des Hofcompositeurs Paul Tiefenbacher auf. Schließlich lächelte er, nahm einen neuen Bogen und machte sich daran, die Skizzen des unbekannten Komponisten nach allen Regeln des Plagiats auszuschlachten. Schließlich – so dachte er – hatte sogar der große Vater Bach von Antonio Vivaldi abgekupfert und dessen Konzerte als seine eigenen Orgelwerke herausgegeben. Wie viele seiner unzähligen Kantaten hatte der Leipziger Thomaskantor, ohne mit der Wimper zu zucken, für spätere Werke geplündert? Jeder Komponist schrieb ab und um und neu – wenn nicht von anderen, dann von sich selbst. Warum also deswegen ein schlechtes Gewissen haben! Je mehr Paul Tiefenbacher schrieb, je mehr er sich die fremden Gedanken einverleibte, desto überzeugter war er, dass diese Ideen, wenn er sie denn schon nicht selbst gehabt hatte, doch ebenso gut von ihm hätten sein können. Genau genommen war es doch beinahe sein Stil!

So gab sich Paul Tiefenbacher bis in die Nacht hinein einem künstlerischen Schaffensrausch hin, über dessen Urheberschaft er sich weiter keine Gedanken machte.

31. Pianissimo

Der See schmeckte schal und nach Metall. Die junge Frau konnte nichts sehen, sah weder Mond noch Sterne, weder Sonne noch Licht. Wo sie war, wusste sie nicht, ob es ein Ufer gab, auch nicht. Mit trägen Armzügen schwamm sie ein Stück weiter durch die warmen Fluten. Sie fühlte, wie das Nass ihre Arme und Hände umspülte, durch ihre Fingerspitzen strömte. Doch es war entsetzlich anstrengend, darum ließ sie es bald wieder sein und dümpelte nur noch träge in der Wärme. Ihre Beine wollten ohnehin nicht recht, waren dankbar für die Pause. Die Mitte ihres Leibes schien ein einziges Loch zu sein, durch das die Fluten hindurchflossen. Hatte sie selbst all diese Wärme geboren? Hatte sie diesen dunklen See gespeist? Träge wälzte die Frau sich nach links und rechts. Doch es ging nicht. Irgendwer hielt ihre Arme und Beine fest und drückte sie zurück in den See. Von fern wehten Stimmen heran, streiften ihren Geist und erstarben am Horizont, ohne dass sie sie verstand. Worte zogen vorüber und versanken wie Kieselsteine in den warmen Wellen. *Wer hält mich da? Ich muss doch schwimmen! Ich will doch zum Ufer und das Kind ... Ich will doch das Kind ... Wo ist das Kind, mein Kind ...? Ich muss doch Leander ...*

Wieder murmelte und stöhnte Maria im Fieber, versuchte sich aufzubäumen, wälzte sich mit verzerrtem Gesicht auf dem blutgetränkten Laken. Charlotte hatte alle Mühe, die Freundin festzuhalten, damit Elisabeth sie nicht aus Versehen noch stärker verletzte. Immer wieder redete sie auf sie ein, sprach davon, dass alles gut werden, dass sie bald wieder gesund werden würde. Elisabeth, die gute Elisabeth, sei doch so sanft und kundig und werde ihr helfen. Morgen schon werde wieder die Sonne scheinen. Sie erzählte ihr von ihrem ersten Jungen, wie gut er sich mache, wie kräftig und lebensfroh er sei. Es werde alles wieder gut, alles. Doch Charlotte glaubte kaum an das, was sie sagte, denn Maria ging es schlecht, sehr schlecht.

»Ist denn wirklich kein Arzt in der Nähe?«, schniefte Elisabeth ihr aus den Klüften ihres Rachens zu, während sie vorsichtig das Spekulum herauszog. »Sie hat so viel Blut verloren. Ich muss es aufhalten!«

»Soll ich es wegtun?«, fragte Charlotte und wies auf den Fötus, der in der Schale neben ihnen auf dem Tisch lag. Sie wollte schnell wieder wegsehen, doch ihr Blick blieb an den kleinen Händen hängen. Noch waren sie nicht voll ausgebildet, sie erinnerten eher an winzige Flossen. Kopf und Rücken waren Schutz suchend gekrümmt. Erstaunlich, dass der Körper der Mutter dieses Kind so lange hatte festhalten wollen, obwohl es nicht mehr ging. Hoffentlich würde Maria es überstehen.

»Lass nur! Ich kümmere mich selber darum«, erwiderte Elisabeth. »Hol lieber frisches Wasser!« Als Charlotte mit dem Wasser wiederkam, war der Fötus verschwunden.

Elisabeth brauchte noch eine halbe Stunde, dann sagte sie: »Nun liegt alles in Gottes Hand.« Dann wusch sie sich und machte einen ungelenken Versuch, Charlotte in den Arm zu nehmen. »Sie ist jung und stark. Sie wird es schaffen. Du hast deinem Mann geholfen. Jetzt hilf auch ihr!«

»War sie auch unten im Sägewerk?«

»Ja, mit einem Mann!«

»Leander heißt er wohl. Richtig?«

»Bei uns hieß er Josef. Aber es ist wohl derselbe. Kann nicht reden und hören. Versteht viel von Holz. Ein Zimmermann.«

Charlotte nickte. »Das Kind ist doch von ihm?«

»Mag sein, aber da war noch ein anderer. Unser Vorarbeiter. Aber sie will, dass es von ihm ist.«

»Jetzt ist es tot. Hoffentlich übersteht sie es. Wo hast du es hingetan?«

Statt einer Antwort legte Elisabeth nur den Finger an ihre Hasenscharte. Charlotte insistierte nicht und wechselte das Thema.

»Erzähl mir von dir. Sie mag dich so.«

»Da ist nichts. Wer so aussieht wie ich, sollte lieber schweigen.«

Charlotte merkte, wie die bucklige Frau sich wieder in sich selbst zurückzog und eine Fassade von Geschäftigkeit errichtete. Sie tat ihr Leid. Auch sie mochte Elisabeth sehr.

In der Nacht schlief Charlotte bei ihrem Mann, und Elisabeth wachte bei Maria. Ab Mitternacht ging es der Kranken schon besser. Vielleicht würde doch noch alles gut werden. Vor

Sonnenaufgang, als alle anderen noch schliefen, holte Elisabeth die Schale mit dem Fötus aus ihrer Tasche und stellte sie im Schein der Kerzenflamme vor sich auf den Tisch. Dann nahm sie Wasser und ein Tuch und wischte das Körperchen sauber. Es war nahezu unversehrt. Lange sah sie auf das angefangene Leben, das nun nicht mehr war. Tränen rannen über ihre Wangen. Vorsichtig trocknete sie den Fötus ab, legte ihn in ihre Hand und hielt ihn der schlafenden Maria vors Gesicht.

»Da ist unser Kind«, zischelte sie leise durch ihre Hasenscharte. »Alle Kinder, die noch nicht auf der Welt sind, sehen so aus wie ich. Siehst du das? Es sind alles meine Kinder. Ich liebe sie so sehr! Ich werde es für dich begraben!«

Sie nahm das winzige Wesen, wickelte es in ein Tuch, horchte noch einmal, ob Maria ruhig schlief, und ging zur Tür. Der Mond stand als schmale Sichel über der Straße, die in den Wald führte. In der Ferne schrie ein Käuzchen. Elisabeth stand noch in der Haustür, als Charlotte aus dem anderen Zimmer trat. Ihr Nachthemd leuchtete im Mondlicht.

»Was machst du da?«

»Ich wollte niemanden wecken. Ich muss es begraben. Aber wo? Und ich habe keine Schaufel.«

Charlotte sah auf das kleine Stoffbündel in Elisabeths Arm. Sie trug es wie ein Wickelkind und wiegte es sanft hin und her.

»Warte, ich helfe dir!«

Barfuß huschte Charlotte um das Haus herum zum Werkzeugschuppen und schloss auf. Schnell fand sie eine Schaufel und lief damit zu Elisabeth zurück.

»Komm, da hinten zwischen den Apfelbäumen!«

Der Boden war hart, ihr taten die Füße weh, und so dauerte es länger, als sie gedacht hatte. Endlich war das Loch tief genug, und sie legten das Bündel hinein.

»Sonst werfe ich sie immer in den Fluss. Aber hier ist ja keiner. Meinen Jungen habe ich auch in den Fluss geworfen.« Bis zu diesem Tag hatte Elisabeth noch niemandem von ihrem toten Kind erzählt. Charlotte spürte, dass sie die Erste war. Elisabeth nahm ihr die Schaufel aus der Hand und ließ Erde auf das Bündel rieseln, bis es nicht mehr zu sehen war. Als sie fertig waren, blieben sie noch eine Weile stehen und sahen stumm auf den frischen Flecken Erde. Charlotte nahm Elisabeths Hand und drückte sie. Dann gingen sie zurück ins Haus.

Bevor sie sich schlafen legte, sah Elisabeth noch einmal nach Maria. Es ging ihr besser. Sie sang. Im Traum sang Maria ihren Kindern vor und lächelte.

32. Wichtige Begebenheit

Es war still in Adalbert Bauersdorfers Kerker – so still, dass jedes Geräusch für den Gefangenen zu einem besonderen Ereignis wurde, das er ehrfürchtig und auch ein wenig furchtsam verfolgte. Am lautesten klang noch der Wind, der mit leisem Stöhnen um die Festungsmauern schlich wie ein weidwundes Tier, das einen Platz zum Sterben sucht. Nachts schien der Wind mit den Ratten zu flüstern, als ob er sie aufmerksam machen wollte auf den wehrlosen Menschen, der sich auf seiner Pritsche in der Ecke des Kerkers zusammengerollt hatte. Eine Zeit lang hatte Bauersdorfer versucht, nicht einzuschlafen, wegen der Ratten. Er hatte zwar noch keine einzige von ihnen zu Gesicht bekommen, und sie hatten ihn auch noch nicht gebissen. Trotzdem hatte er panische Angst vor ihnen. Wahrscheinlich, so malte er sich aus, bedeutete ihr Wispern und Rascheln nur, dass sie einen perfiden Plan schmiedeten, um ihn eines Nachts bei lebendigem Leibe auszuweiden.

Am dritten Tag seiner Gefangenschaft hatte Stadtwachtmeister Adalbert Bauersdorfer gelernt, die beiden Wachsoldaten am

Klang ihrer Schritte zu unterscheiden. Der jüngere und größere der beiden musste sich irgendwo bei seinen Rundgängen durch die Festungsanlage einen Nagel in die Sohle getreten haben, was dem Geräusch seiner Stiefel einen unverwechselbaren Ton verlieh. Das regelmäßige Klick-klack-klick-klack auf dem steinernen Fußboden erinnerte Bauersdorfer an die Pendeluhr, die bei ihm zu Hause in der Wohnstube stand. Deshalb hatte er beschlossen, ihn Unruh zu nennen. Unruh lächelte immer und sprach wenig. Trotzdem hatte der Stadtwachtmeister das Gefühl, dass der Soldat sofort schießen würde, wenn sein Häftling es wagen sollte, einen Fluchtversuch zu unternehmen.

Den zweiten Wachmann hörte Bauersdorfer immer erst, wenn er schon beinahe die Zellentür erreicht hatte. Sein schneller, huschender Schritt hatte etwas Unheimliches und Überfallartiges an sich, zumal Natter, wie Bauersdorfer den Wächter getauft hatte, immer gerade dann erschien, wenn man am wenigsten mit ihm rechnete. Fast kam es dem Stadtinspektor vor, als mache der Mann sich einen Spaß daraus, sich heimlich anzuschleichen und ihn zu erschrecken. Vielleicht versuchte Natter sogar, die Gefangenen auf diese Weise nervös zu machen. Wahrscheinlich belauerte er aber auch seinen Kollegen, den er nicht leiden konnte, wie Bauersdorfer den sporadischen Wortgefechten der beiden entnehmen konnte. Der Stadtinspektor beschloss, sich nicht aus der Ruhe bringen zu lassen und immer freundlich zu Natter zu sein. Denn irgendwie musste er das hier überstehen.

Nach seinem spektakulären Angriff auf den Scharfrichter war Adalbert Bauersdorfer noch auf dem Richtplatz verhaftet und in derselben Nacht auf den Asperg gebracht worden. Der Festungskommandant höchstpersönlich hatte den neuen Gefangenen in Empfang genommen und war hinterher sogar noch zweimal in seiner Zelle erschienen. Seit der Asperg nach der Meuterei von 1755 nicht mehr als Festungsanlage genutzt wurde und nur noch zur Verwahrung einzelner Häftlinge diente, hatte der Mann offenkundig wenig zu tun. Bauersdorfer erlebte ihn als ausgesprochen höflich, beinahe wie einen Herbergswirt, der einen neuen Gast begrüßt. Doch trotz aller Freundlichkeit hüllte der Festungskommandant sich in Schweigen, wenn Bauersdorfer ihn nach dem Grund für seine Inhaftierung fragte. Aber er kannte den Grund für seine Verhaftung nur zu gut. Als die Zellentür sich hinter ihm geschlossen und die Einsamkeit sich wie ein Mantel um ihn gelegt hatte, sah er seine verzweifelte Handlung auf dem Richtplatz noch einmal vor seinem geistigen Auge ablaufen. Reue oder Bedauern über seine Tat empfand er nicht. Im Moment war er nur erleichtert darüber, dass er vor Gott ein reines Gewissen hatte, doch hielt er es durchaus für möglich, dass er nach Wochen oder Monaten in Gefangenschaft ganz anders darüber denken würde.

Schon in der ersten Nacht gewann Adalbert Bauersdorfer eine Erkenntnis, die ihn sehr beunruhigte: Er wusste zu viel. Jahrzehntelang war er einer von denen auf der anderen Seite gewesen und hatte tausende von Gefangenen hinter Schloss und Riegel gebracht. Er wusste, wie man sie schmoren ließ, wie man sie im Ungewissen hielt, wie man ihnen falsche Hoffnungen machte, um sie dann nur umso brutaler in die Wirklichkeit zurückzustoßen, wie man sie zermürbte. Er wusste, welche Möglichkeiten des normalen und des verschärften Verhörs es gab, und er wusste vor allem, dass Worte wie »Gerechtigkeit« und »Menschlichkeit« in einem Gefängnis ebenso wenig von Belang waren wie der Begriff »Zeit«. Nicht umsonst galt der Asperg im Volksmund als »höchster Berg Deutschlands«, weil es nun mal ewig dauerte, bis man von ihm wieder herunterkam. Bauersdorfer war nicht mehr der Jüngste und sicher auch nicht besonders widerstandsfähig. Wie lange würde er es hier oben wohl aushalten? Zwei Jahre? Drei? Fünf? Er musste an Marianne Pyrker denken, die Sängerin und Gattin des früheren Konzertmeisters bei Hofe, deren tragischer Fall im ganzen Land bekannt war: Die arme Frau hatte während ihrer acht Jahre auf dem Asperg nicht nur ihre

Stimme, sondern darüber hinaus auch noch ihren Verstand verloren. Er aber, das schwor er sich, würde hier nicht verrückt werden. Nachdem er sich stundenlang auf seiner knarrenden Pritsche hin und her geworfen und gegrübelt hatte, sah Stadtinspektor Adalbert Bauersdorfer nur eine Möglichkeit, die Festung in absehbarer Zeit als freier Mann zu verlassen: Er musste den Fall des Fußlappenmörders aufklären. Er musste endlich den wahren Täter finden! Doch das war kein einfaches Unterfangen, zumal von einer Gefängniszelle aus.

Ausgerechnet in den tiefsten Kerker der Festungsanlage hatten sie ihn gesteckt – weitab von den anderen Häftlingen. Der Kerker war zwar recht geräumig, doch kam dieser Umstand ihm eher bedrückend vor, weil er schon in der Dämmerung die Wände kaum erkennen konnte und sich dadurch noch verlorener fühlte. Zellennachbarn gab es nicht, und die beiden Wachsoldaten machten nicht den Eindruck, als würden sie ihm dabei helfen wollen, Kassiber zu schmuggeln. Also blieb nur noch der Kommandant. Die Freundlichkeit des Offiziers schien nicht gespielt zu sein. Bauersdorfer meinte sogar, so etwas wie Interesse in den Augen des hoch gewachsenen, eleganten Mannes entdeckt zu haben. Durch seine waghalsige Aktion hatte Bauersdorfer eine gewisse Berühmtheit erlangt. Das, was er getan hatte, hatte bis dahin noch niemand gewagt. Vielleicht würde der Kommandant ja wissen wollen, was ihn zu diesem Teufelsstück bewogen hatte. Vielleicht gab es ja so etwas wie eine Seelenverwandtschaft zwischen ihnen. Vielleicht würde er ihm sogar helfen, den wahren Täter zu finden, denn irgendwie waren sie doch beide vom selben Schrot und Korn. Dieser Gedanke machte Adalbert Bauersdorfer wieder etwas Mut. Er würde es versuchen. Er musste den Kommandanten sprechen. Als er nach quälend langen Stunden endlich wieder das nahende Klick-klack-klick-klack der Militärstiefel vernahm, wartete er, bis das grinsende Gesicht des Soldaten Unruh in der Türklappe erschien und er sein Essen bekommen hatte. Dann sprach er ihn an.

»Der Kommandant wünscht mich zu sehen, sobald ich wichtige Neuigkeiten für ihn habe. Nun habe ich in der Tat welche. Melde ihm das!«

Das freundliche Gesicht des Soldaten schwebte sekundenlang wie abwesend vor der Klappe, ganz so, als hätte der Mann nicht zugehört. Dann sagte er: »Gefangene haben keine Meldungen an den Kommandanten zu machen – es sei denn, sie werden verhört. Von einem Verhör ist mir nichts bekannt.«

Mit einem Knall flog die Klappe zu, und der klickende Stiefel entfernte sich.

Bauersdorfer fluchte laut, um seine Verzweiflung zu verbergen. Natürlich! Er hatte es geahnt! Seine Leute hätten es doch ebenso gemacht! Wie oft hatte irgendein Halunke hinter Gittern ihn, den Stadtinspektor Bauersdorfer, sprechen wollen wegen angeblich wichtiger Dinge. Dabei steckte fast nie etwas dahinter. Die Gauner versuchten alles, um aus dem Loch wieder herauszukommen. Beim nächsten Mal würde er sich etwas anderes ausdenken müssen. Adalbert Bauersdorfer hatte sich gerade damit abgefunden, wieder ein paar Stunden bis zum Abend warten zu müssen, als er Natter über den Gang huschen hörte. Schnell klopfte er an die Tür.

»Was'n?«

»Sag dem Kommandant, dass ich aussagen will. Der andere hat's nicht begriffen. Ich denke, du bist schlauer als er.«

»Was? Wie?«

Offensichtlich war Natter keineswegs schlauer als der andere Wachmann. Immerhin witterte er aber die Chance, seinem Kollegen eins auszuwischen und bei seinem Vorgesetzten einen guten Eindruck zu machen.

»Werd's melden.«

Wieder flog die Klappe zu, und die huschenden Schritte entfernten sich. Bauersdorfer wartete. Die Nacht verging, der Morgen auch, und nichts geschah. Mit steifen Gelenken quälte er sich nach wirr durchträumter Nacht von seinem Lager hoch, ging schlurfend auf und ab und maß seine Zelle aus: zwölf Schritte in der Länge und neun in der Breite. Die feuchte Luft und die harte Pritsche hatten ihm zugesetzt. Immer wenn er gelegen hatte, brauchte er fast eine Viertelstunde, bis die Schmerzen in den Beinen und im Rücken wieder verschwunden waren. Wenn er nicht bald hier herauskäme, würde er irgendwann als steifer Krüppel auf seiner Pritsche verenden.

Endlich, am Nachmittag, hörte Adalbert Bauersdorfer das regelmäßige Klick-klack-klick-klack von Unruhs Stiefeln. Wenig später rasselte der Schlüsselbund im Schloss. Die Tür schwang auf.

»Mitkommen!«

Das immer währende Lächeln des Wachsoldaten verbarg nur mühsam seinen Ärger. Offensichtlich passte es ihm nicht, dass er Bauersdorfer zum Kommandanten bringen musste. Stumm ging der große Mann mit dem Mondgesicht vor dem Gefangenen her, der mit seinen müden Knochen Mühe hatte, ihm zu folgen. Sie liefen durch dunkle Gänge, passierten Zwischentüren, die der Wachmann umständlich öffnete, stiegen steile Stufen empor, bogen in Seitenflure ab, kamen in ein weiteres Treppenhaus und erreichten schließlich einen breiten Gang, von dem zahlreiche Türen abgingen. Als Adalbert Bauersdorfer sich umsah, bemerkte er, dass der Soldat, den er Natter nannte, in unauffälligem Abstand hinter ihnen herhuschte. Er hatte es vermutet. Die beiden Wachleute wussten genau, was sie taten.

Das Büro des Festungskommandanten hätte ebenso gut die Studierstube eines Gelehrten sein können. Deckenhohe Regale quollen über vor Büchern, Schriftrollen und bauchigen Mappen voller Notizen. Vor den Bücherwänden stand eine verschnörkelte Stehleiter, deren ausgetretene Holzstufen vom regen Interesse ihres Benutzers an den Bänden hoch oben unter der getäfelten Eichendecke zeugten. Auf dem ausladenden Sekretär stapelten sich Akten und dicke Folianten zu abenteuerlichen Türmen, die jeden Moment einzustürzen drohten. Ein Totenkopf thronte als Briefbeschwerer auf einer Kladde, in die der Kommandant Tag für Tag die besonderen Vorkommnisse in seiner Festungsanlage eintrug. Rund um das Tintenfass hatten die herabgelaufenen Tropfen mit der Zeit einen dunklen, stumpfen Fleck gebildet und das Holz des Sekretärs aufquellen lassen. Auf dem Sims vor dem riesigen, doppelflügeligen Fenster reckte sich ein armlanges Fernrohr – staksig auf einem Dreibein aus Messing balancierend – gen Himmel. Direkt daneben hockte auf einem ungleich massiveren Messingfuß ein Globus, auf dessen gekrümmter Oberfläche dünne Fäden über die Ozeane und entlang der Hauptschifffahrtslinien gespannt waren. Der große Raum verströmte eine Atmosphäre von Sachlichkeit, Forscherdrang und Gelassenheit, die Adalbert Bauersdorfer hoffen ließ. Der Festungskommandant saß kaum sichtbar hinter seinem Schreibtisch und las. Als sein prominentester Gefangener hereingeführt wurde, sah er kaum auf. Lange Zeit herrschte Schweigen.

»Kennt Er Machiavelli?«

Adalbert Bauersdorfer zuckte zusammen, als der Offizier ihn plötzlich ansprach. Die Stimme klang nüchtern, aber nicht unfreundlich. Bauersdorfer kramte in seinem Gedächtnis, bis ihm einfiel, von wem die Rede war.

»*Il Principe* – nicht wahr, Monsieur?«

»Oh! Sehr gut!«, entfuhr es dem Mann hinter dem Schreibtisch. »Ahnte ich es doch: ein Mann von Welt! Nur ein Mann, der die Tiefen des Geistes kennt und gewisse Prinzipien sein Eigen nennt, konnte jene Tat vollbringen, derentwegen Er nun auf meiner Festung weilt. Machiavelli ist Ihm also nicht fremd. Hat Er den ›Fürsten‹ denn gar gelesen?«

Der Festungskommandant stand auf und kam zu Bauersdorfer herüber, der immer noch unschlüssig an der Tür stand. Die beiden Wachsoldaten hatten sich zurückgezogen. Mit Sicherheit warteten sie in Rufweite, um ihrem Herrn sofort beizuspringen, wenn es nötig sein sollte.

»Ich habe hier eine ganz vorzügliche venezianische Ausgabe aus dem Jahre 1540. Schaue Er nur! Schon die Typografie scheint mir die Geisteskraft des Werkes widerzuspiegeln, meint Er nicht auch? Welch schmaler Band, und doch bewegt der Inhalt die Welt!«

Mit der Begeisterung eines Jungen, der sein neues Spielzeug vorführt, hielt er Bauersdorfer das prächtige Buch vor die Nase. Der Stadtwachtmeister nickte vorsichtig. Er hatte keine Ahnung, worauf sein Gegenüber hinauswollte. Unbeirrt fuhr jener fort: »Welch scharfer Geist doch dieser Machiavelli war! Höre Er nur, was hier über den Festungsbau geschrieben steht!« Der Kommandant blätterte ein wenig vor und zurück, fand die gesuchte Stelle und las mit konspirativer Stimme vor: »*Festungen sind also je nach den Umständen nützlich oder schädlich. Der Herrscher, der mehr Angst vor seinem Volk als vor fremden Mächten hat, soll Festungen bauen. Wer aber auswärtige Mächte mehr fürchtet als sein Volk, soll es unterlassen.*« Bedeutungsvoll sah er auf und schaute dem Gefangenen fest in die Augen. »Wenden wir diesen erstaunlichen Gedanken doch einmal auf unsere Situation an: Wie Er wohl weiß, ist der Asperg seit Jahren keine Festung mehr, nur noch Gefängnis. Nun frage ich Ihn: Müssen wir daraus schließen, dass Seine Durchlaucht vormals Furcht vor seinen Untertanen empfand – neuerdings hingegen nicht mehr? Rechnet unser Großherzog gar mit einem Angriff von auswärts? Nun, was meint Er?«

Adalbert Bauersdorfer trat der kalte Schweiß auf die Stirn. War das eine Falle? Wollte der Festungskommandant seinen Gefangenen zu Hochverrat und Majestätsbeleidigung verleiten, um ihn kurzerhand aufs Schafott zu bringen? Fieberhaft überlegte er, was er antworten sollte, während der Kommandant ihn aus freundlichen Luchsaugen studierte.

»Nun, Monsieur ... wenn ich es recht bedenke ...« – der Häftling schluckte – »... wenn ich es recht bedenke, dürfte Seine Durchlaucht weder das eine noch das andere zu befürchten haben. Insofern hielte ich es für angebracht, dem Autor – so trefflich er die Staatsangelegenheiten im Übrigen zu beschreiben weiß – in diesem Punkte zu widersprechen.«

Adalbert Bauersdorfer bemühte sich, dem Blick des Offiziers standzuhalten. Endlich sah er, wie die listigen Augen des Mannes lächelten. Er schien ihm nicht böse zu wollen.

»Er ist ein durchaus vorsichtiger Mann, wie ich sehe. Als ebensolchen hatte ich Ihn bereits bei seiner Ankunft eingeschätzt. Umso erstaunlicher, dass Er sich zu einem solchen Husarenritt hat hinreißen lassen!« Bei diesen Worten neigte der Offizier den Kopf zur Seite und trat einen Schritt zurück, als ob er sein Gegenüber aus einem anderen Blickwinkel betrachten wollte. »Der gute Birkeler kann seinen Arm noch immer nicht heben und wird wohl lange keinen Schwertstreich mehr vollführen können. Der Scharfrichter trägt schwer an dem Geschehenen. Fast könnte man sagen, er ist ein gebrochener Mann. Will Er sich dazu nicht erklären? Ich denke doch, Er ist nicht wegen besserer Suppe zu mir gekommen.«

Nun klang Vorwurf in seiner Stimme mit, und Bauersdorfer wurde erneut unsicher. Er wusste nicht, wie er beginnen sollte, und stammelte:

»Nein, nein ... ich meine: ja! In der Tat hatte ich gehofft, in Monsieur ebenjenen interessierten Zuhörer zu finden, als der Monsieur sich in dieser Minute erweisen. Bei allem Respekt vor Eurer Person und Eurem Amte und in Ansehung meiner unerfreulichen Lage, die mich als Gesprächspartner weit unter Euch stellt, hatte ich dennoch gehofft, eine gewisse Übereinstimmung im Denken und in der beruflichen Erfahrung feststellen zu dürfen, welche ...«

Bevor er den Faden ganz verlor, brach er ab und hob resigniert die Arme. Dann fasste er sich ein Herz und versuchte es erneut: »Um es kurz zu machen: Auf dem Schafott stand ein Unschuldiger. Ich muss den wahren Täter finden. Das gebietet mir nicht nur mein Gewissen, sondern auch die Erkenntnis, dass ich als Mann, der reif schon an Jahren und nicht frei von Gebrechen, in der Festungshaft nicht lange werde bestehen können.«

Der Entschluss, so offen und ehrlich zu sein, war eine plötzliche Eingabe gewesen. Jetzt stand er da und wartete, ob der andere in die dargebotene offene Flanke stoßen oder ob er ihn schonen würde. Ein paar Sekunden noch musterte der Festungskommandant seinen Gefangenen. Als er dann antwortete, wusste Bauersdorfer, dass er sich in der Einschätzung dieses Mannes nicht geirrt hatte.

»Ich weiß nicht, wie Er es bei seiner Arbeit, die ja der meinen durchaus ähnelt, gehalten hat. Ich jedenfalls verstand Justitias Augenbinde nie als Zeichen von Blindheit. Nun erzähle Er denn frank und frei, wie alles gekommen ist und wie es seiner Meinung nach ausgehen solle. Machiavelli mag so lange warten.« Damit klappte der Kommandant das Buch zu und wies dem Gefangenen einen Stuhl an.

Ihr Gespräch dauerte bis zum Abend. Darüber zu reden, tat Bauersdorfer gut. Während er sprach, gewannen viele seiner Gedanken an Struktur und Logik und fügten sich zu neuen Erkenntnissen. Vor allem aber sah er eine eigentümliche Begebenheit vom Tage der Hinrichtung, über die er bisher nicht weiter nachgedacht hatte, nun in einem neuen Licht: das seltsame Gebaren eines jungen Mannes in Zimmermannskluft. Die Wachen wollten Adalbert Bauersdorfer schon wieder an der Tür in Empfang nehmen, als der Festungskommandant ihn noch einmal ansprach: »Ich werde veranlassen, dass diese verdächtige Person in Zimmermannskleidung aufgespürt und vorgeladen wird. Sollte hinter dem rätselhaften Verhalten tatsächlich mehr als Besessenheit oder Irrsinn stecken, werde ich es erfahren und Ihn wissen lassen. Ein Letztes noch: Er wird ein Bett statt der Pritsche erhalten. Schlafe Er wohl!«

Obwohl das weiche Bett Labsal war für seine steifen Knochen, konnte Adalbert Bauersdorfer in jener Nacht lange nicht einschlafen. Immer wieder sah er die Augen des Michel Schindler vor sich, die sich wie Lanzen in das Gesicht dieses seltsamen Mannes bohrten, der nicht weit entfernt auf dem Hügel gestanden und sich so eigentümlich aufgeführt hatte. Hier musste der Schlüssel zum Casus des Fußlappenmörders liegen. Der Instinkt sagte dem alten »Jaunerjäger« Adalbert Bauersdorfer, dass er diesmal auf der richtigen Fährte war.

33. Erster Verlust

Fast hätte Leander über der vielen Arbeit der folgenden Tage sein wichtigstes Vorhaben vergessen. Er musste seine Skizzen von Tiefenbacher zurückbekommen! Doch wie sollte er es anstellen? Eines Abends – er kam gerade aus der Theaterwerkstatt, wo er die klemmende Mechanik eines Wolkenwagens wieder gangbar gemacht hatte – folgte er einer Eingebung und lief schnurstracks zu Tiefenbachers Suite. Zwar war ihm immer noch nicht klar, was er tun würde und wie er den Hofkomponisten dazu bewegen sollte, ihm sein Blatt mit den Ideen vom Tag der Hinrichtungen wieder herauszugeben. Doch er wusste, dass er es schaffen musste. Zum ersten Mal seit langer Zeit bedauerte Leander Lautenschläger, sich nicht mit Worten verständlich machen zu können. Er konnte nur hoffen, dass günstige Umstände oder ein Zufall ihm helfen würden.

Wieder war es Hertha, die die Tür öffnete. Nach einer Schrecksekunde sagte sie geistesgegenwärtig zu ihrem Mann: »Sieh an! Ist dem Kopisten das Papier schon wieder ausgegangen? Hat er sich gar zu oft verschrieben? So komm denn getrost herein. Sollst neues bekommen! Und die neuen Rohschriften kannst du gleich mitnehmen, auf dass der Kerl sie abschreibe.«

Sie nahm Leander bei der Hand und führte ihn in die Wohnung. Ihr Händedruck verriet ihm heimliches Einverständnis.

»Schickt er den Stummen jetzt regelmäßig vor?«, grummelte Paul Tiefenbacher aus dem Hintergrund. »Da hat er wohl einen Dummen gefunden, der ihm die lästigen Gänge abnimmt und die Schelte für ihn gleich mit einsteckt.«

Der Hofkomponist wunderte sich, dass sein Kopist jemanden vorschickte, um Arbeit abzuholen. Eigentlich hatte er nicht damit gerechnet, dass der Faulpelz sich überhaupt freiwillig bei ihm melden würde. Aber ihm sollte es recht sein. Je schneller die Orchesterstimmen fertig würden, desto schneller könnte er mit den Proben beginnen. Er ging also zum Schreibsekretär und nahm den zweiten Akt seines Singspiels, den er am Abend zuvor fertig geschrieben hatte, aus der Lade.

»Da! Aber sei sorgsam damit! Und der Kopist soll mit dem Papier nicht so verschwenderisch umgehen, sonst zahlt er die nächste Lieferung vom eigenen Lohn! Sag ihm das!« Der Hofcompositeur wollte Leander schon die Bögen reichen, als ihm plötzlich aufging, wen er vor sich hatte: »Ach, ich vergaß: Du kannst ihm ja gar nichts sagen. Ist wohl besser, ich geb es ihm selbst. Ist ein vertracktes Stück Musik geworden mit reichlich Klippen und Tücken darin. Fehlt nur noch, dass dieser Tropf es mir versaubeutelt …«

Die wenigen Sekunden, in denen die Notenblätter vor seinen Augen schwebten, genügten Leander, um seine eigene Musik zu erkennen. Es durchfuhr ihn wie ein Blitz, als er seine gewagte Modulation von gis-Moll nach D-Dur mit den wogenden Sechzehntelläufen wiedersah. Im selben Moment ergoss sich die Musik auch schon in seinem Innern, brandete auf zum Fortissimo und spülte Wellen des Glücks über seine Seele. Er hatte es wieder! Er hatte es gefunden! Doch dann, beim zweiten schnellen Blick, schnitten grelle Dissonanzen hinein, die ihn erneut zusammenfahren ließen – diesmal jedoch vor Schmerz und Pein: Da stimmte etwas nicht, da war etwas grundlegend verkehrt. Fieberhaft jagte sein Blick über die achtlos gehaltenen Bögen. Da wurde ihm klar: Dies war nicht mehr nur seine Musik. Vieles von ihr steckte zwar noch in diesen Takten, doch wie grausam war sie verfälscht, verstümmelt und vergewaltigt worden! Heerscharen von Banalitäten umzingelten die Ruinen seiner Ideen, stümperhafte Plattitüden erstickten sie, ein Wust von Mittelmaß zog seine Schöpfung in den Schmutz. Da begriff er, dass er bestohlen worden war, dass der großherzogliche Hofcompositeur Paul Tiefenbacher seine, Leanders, Ideen schon längst in sein eigenes kümmerliches Werk eingebaut hatte. Da wusste Leander Lautenschläger, dass er zu spät gekommen war.

Ohne nachzudenken, griff er nach den Bögen, doch Tiefenbacher gab sie nicht her.

»Ich sag dir doch, ich mach es selbst! Nun lass endlich los! Du zerreißt sie mir ja noch! Dummkopf, ahnungsloser!«

Für einen langen Moment standen die beiden Männer sich gegenüber und zerrten an dem Stapel Notenblätter wie zwei Hunde, die sich um einen Fetzen Fleisch balgen. Keiner gab nach. Dann ließ Leander los und stürmte davon, als wäre der Leibhaftige ihm auf den Fersen. Grunzend und stöhnend stolperte er durch das Schloss, rempelte den Rittmeister und seine Gemahlin an, die nicht begriffen, wie ihnen geschah, und fand endlich hinaus ins Freie. Ohne zu wissen, was er tat, rannte er quer durch den Park zum Theaterbau hinüber, erklomm die erste Leiter, nahm die nächste und wieder die nächste und hastete mit fliegendem Atem Sprosse um Sprosse hinauf, bis er den Dachstuhl erreicht hatte. Dort oben warf er sich bäuchlings auf einen Tragbalken, umschlang das Holz mit beiden Armen und schluchzte so heftig, dass es ihn fast zerriss.

Er kannte dieses Gefühl, er hatte es schon einmal erlebt. Als er nun weinend auf dem Dachbalken lag, kam die Erinnerung zurück. Er sah sich wieder als schmächtiger Knabe im Sopran des Dorfschulchores sitzen, ganz hinten in dem schäbigen und muffigen Klassenraum, der auch ihr Übungsraum gewesen war.

Einen Buxtehude hatten sie damals einstudiert, ein recht aufwändiges Stück für eine so kleine Schule wie die ihre. Doch ihr Lehrer, der in der Messe recht ordentlich die Orgel zu schlagen wusste, setzte seinen Ehrgeiz daran, den Haufen wilder Bauernburschen zum Singen zu bringen, zumal er es als besonders wirksame Form der Disziplinierung ansah. An jenem Mittag war die Probe zur Zufriedenheit ihres Zuchtmeisters ausgefallen. Als sie alle schon ihre Bündel packen wollten und dachten, sie könnten nun nach Hause gehen, hieß der Lehrer sie noch einmal niedersitzen: »Ruhe, ihr Flegel! Wir sind noch nicht am Ende! Jetzt tritt nämlich noch der Leander vor und zeigt uns seine Kantate! Wenn ihr weiter so gut repetiert wie eben, sollten wir den Eingangschor heute wohl noch hinbekommen.«

Zunächst ging ein Stöhnen durch die Reihen. Dann, als der Lehrer drohend zur Rute an der Wand wies, wurden sie still, und aller Augen ruhten auf Leander, dem ein Kloß im Halse wuchs.

Wie oft hatte er diesen Moment herbeigesehnt! Wie viele Abende hatte er wach im Familienbett gelegen, zwischen der massigen Präsenz seines Vaters und der verstohlenen Wärme seiner Mutter, und hatte sich ausgemalt, wie es wohl wäre, wenn es endlich geschähe. Eines Tages würde es passieren, dessen war er sich sicher. Dann würde er vor seinen Mitschülern stehen und mit ihnen seine Kantate einstudieren, die er heimlich unter der Schulbank und draußen in seinem Versteck im Kiefernhain geschrieben hatte. Wie hatte ihm das Herz geklopft, als er sie dem Lehrer gezeigt hatte. Wie hatte er gebangt, als jener ihm die Bögen – schweigend zwar, aber mit einem anerkennenden Kopfnicken – zurückgegeben hatte. Jetzt, als es endlich so weit war und der Lehrer ihn nach vorn zitierte, war es beinahe zu viel für den empfindsamen Knaben. Leander brachte es kaum fertig, die Blätter mit den Chorstimmen aus seinem Bündel hervorzukramen – so heftig zitterten seine Finger. Als er aufstand und sich durch die Reihen der Chorsänger nach vorn arbeitete, spürte er, wie eine Mischung aus Neid und Neugier ihm entgegenschlug, die ihn noch mehr verunsicherte. Am Ende der Bank stolperte er über einen mutwillig ausgestreckten Fuß, fiel beinahe hin und zuckte unter dem Gelächter der anderen zusammen. Drei-, viermal musste er sich räuspern, bis er sprechen, geschweige denn singen konnte. Doch dann überwand er sich, lächelte krampfhaft seinem Lehrer zu, der den Part des Korrepetitors am Cembalo übernommen hatte, und fing einfach an.

Sein eigenes Werk zu hören, es Stimme für Stimme zusammenzusetzen und seine Vorstellung vom Klang mit dem, was er hörte, zu vergleichen – all das bescherte dem Jungen ein Glücksgefühl, wie er es nie zuvor erlebt hatte. Mehrmals musste er an sich halten, um nicht laut herauszulachen oder vor Freude zu weinen. Dass im Alt einige Sänger streikten, fiel dem Knaben Lautenschläger in seiner Euphorie nicht auf.

»Sehr schön, mein lieber Leander«, unterbrach der Lehrer ihn schließlich. Da waren sie schon eine halbe Stunde über der Zeit. »Das lässt sich wohl hören. Wahrlich höchst beachtlich! Morgen nehmen wir die Choräle durch, und dann ...«, hierbei drohte der strenge Mann zur hinteren Bank hinauf, »... dann gibt auch der Altus sich die geziemende Mühe. Sonst setzt es Hiebe!«

Dumm vor Glück sammelte Leander seine Noten wieder ein und lief mit den anderen hinaus. Einige Mitschüler aus dem Sopran kamen auf ihn zu und schlugen ihm anerkennend auf die Schultern, andere nickten ihm zu und feixten. Immer noch trunken von seinem Erfolg machte er sich auf den Weg nach Hause, hüpfte dabei über Stock und Stein und sang die einzelnen Stimmen seines Chorsatzes vor sich hin.

Bei den Pferdewiesen am Fluss merkte er, dass zwei Gestalten ihm folgten. Normalerweise ging er diesen Weg allein, denn niemand außer ihm wohnte so weit draußen. Fröhlich winkte er den beiden Jungen zu, hockte sich ins Gras und wartete, bis sie ihn erreicht hatten. Wahrscheinlich, so dachte er, wollten sie ihn beglückwünschen und mit ihm plaudern. Es waren zwei

Neue aus dem Alt, die er nur flüchtig kannte. Mittelmäßige Sänger zwar, aber kräftige Kerle, die keiner Rauferei auswichen. Als sie bei ihm waren, wurde rasch deutlich, dass sie ihm keineswegs gratulieren wollten.

»Zeig her!«

Schon zerrte der erste an Leanders Bündel, während der zweite ihn an den Schultern packte.

»Was wollt ihr? Was soll das? Lasst mich doch!«

Leander verstand nicht. Doch seine Freude war wie weggeblasen. Er bekam Angst.

»Tu doch nicht so scheinheilig, du kleiner Buxtehude! Hast wohl die Hosen voll? Meinst wohl, wärst was Besseres als wir? Ein Wunderkind etwa? Zeig her dein Geschmier! Das taugt doch nichts!«

Jetzt langte der Junge kräftiger zu und zog die ersten Notenblätter aus Leanders Bündel hervor. Dabei rissen ein paar Eselsohren ab, die im Wind davontanzten. Als Leander das sah, schossen ihm die Tränen in die Augen, und er stöhnte. Dann ging alles ganz schnell. Der Junge nahm ihm den Stapel weg, fasste die Bögen mit beiden Händen und zog daran, um sie in der Mitte durchzureißen. Mit einem Schrei griff Leander zu und versuchte, dem Burschen die Papiere zu entwinden. Es gelang ihm nicht. Als er merkte, dass die geliebten Notenblätter rissen, ließ er sie los und brüllte vor Wut und Enttäuschung. Doch der andere grinste nur, rupfte die Partitur in kleine Fetzen und warf die Reste in den Fluss.

Am nächsten Tag war Leander krank, am übernächsten auch. Als er wieder in die Schule kam und der Lehrer ihn fragte, wann es denn mit den Proben für seine Kantate weitergehen solle, schlug er die Augen nieder und flüsterte: »Bitte später ... Ich ... ich muss noch dran arbeiten.«

Tagelang schlich er sich nach der Schule davon, kroch in seine mit Kiefernzweigen ausgepolsterte Erdmulde im Wäldchen und versuchte verzweifelt, seine Kantate zu rekonstruieren. Es gelang ihm nicht. Das Stück fiel ihm nie wieder ein. Eine Kopie besaß er nicht – ebenso wenig wie heute. Wie damals, so stand Leander auch jetzt mit leeren Händen da.

Nach seiner Flucht aus Tiefenbachers Büro lag Leander Lautenschläger wohl eine Viertelstunde auf dem Balken im Dachstuhl und durchlitt sein Leid von einst zum zweiten Mal, bis das kantige Holz seine Arme und Beine unerträglich schmerzen ließ. Da kroch er vom Abgrund weg – zurück auf die sicheren Planken des Dachbodens. Zusammengekrümmt kauerte er dort im Winkel unter der Schräge, beschränkte sich aufs Atmen und darauf, am Leben zu bleiben. Er fühlte sich nur noch leer und müde.

34. Doppelfuge

Die Probe im alten Schlosstheater war für nachmittags um vier angesetzt. Wenige Minuten vor Beginn saßen die meisten Musiker im Orchestergraben auf ihren Plätzen, packten ihre Instrumente aus, stimmten sie und spielten noch einmal die schwierigen Stellen durch. »*Alonso oder Die Macht der Liebe*, erster und zweiter Akt« stand auf dem Programm. Mindestens zwei Stunden würde es also dauern, in denen der selbstherrliche Hofcompositeur und Kapellmeister Paul Tiefenbacher sie mit fuchtelndem Dirigierstab durch sein lärmendes Machwerk scheuchen und ihnen mit dem Getöse von Wind- und Donnermaschine auf die Nerven gehen würde. Aber sie würden es schon überstehen. Morgen um dieselbe Zeit wäre die Reihe wieder an ihrem alten Hofkapellmeister Vinzenz van Eisenmann, den die meisten Mitglieder des Hoforchesters neuerdings mehr schätzten als in den Jahren zuvor. Viele Musiker unterhielten sich, tauschten Belanglosigkeiten aus oder schäkerten mit den Tänzerinnen, die ab und zu zwischen den Kulissen hervorlugten, um zu sehen, wann es denn losginge. Das Bühnenbild zu Tiefenbachers Oper war zwar noch nicht ganz fertig gestellt, doch das scheunentorgroße Hintergrundgemälde, der Prospekt, hing probehalber schon an seinem Platz. Es zeigte einen perspektivisch stark überzogenen toskanischen Weinberg bei Sonnenaufgang. In satten Farben und erstaunlich feinen Strichen hatten die Bühnenmaler Reben, Wirtschaftsgebäude und verschlungene Pfade auf die Leinwand gebracht und eine perfekte Illusion südländischer Sinnlichkeit geschaffen. Am rechten Rand ging ein gemalter Pinienhain unmerklich in echte Pinienzweige über, die in Kulissenschienen steckten, mit denen sie beim Wechsel des Bühnenbildes beiseite gezogen werden konnten. Theatermaschinist Friedhelm Sproß hatte die Idee gehabt, die Maße der Bühne des Neubaus im Wesentlichen auf die der Bühne des alten Schlosstheaters abzustimmen. Nun passten die wichtigsten Teile der Dekoration hier wie dort und konnten schnell von einem ins andere Theater umgebaut werden. Im neuen Theater musste man dann nur noch ein paar Zusatzdekorationen anbringen, da die Bühne dort deutlich größer war als im alten Haus.

In der zweiten Reihe des Orchestergrabens unterhielten sich zwei jüngere Geiger und rückten dabei ihre Stühle, um sich hinter den Rücken der beiden Kollegen vor ihnen zu verstecken. Vielleicht würden Tiefenbachers unvermeidliche Wutausbrüche so an ihnen vorbeipoltern. Anders als die älteren Mitglieder des Hoforchesters hatten die beiden ihre Perücken zur Probe nicht mitgebracht. Gleichwohl schwitzte der kleinere und dickere von beiden, als hätte er jeden Akt schon dreimal durchgespielt. Mangels eigener einschlägiger Erfahrungen mit dem anderen Geschlecht befriedigte der junge Mann seine erotischen Ambitionen regelmäßig dadurch, dass er sich die zahlreichen Eskapaden seines Freundes auf diesem Gebiet haarklein berichten ließ. Auch heute konnte er es kaum erwarten, von der neuen Eroberung seines Kollegen zu hören.

»Hast du endlich reüssiert bei der drallen Person?«, fragte er seinen Freund. »Warst doch so guter Dinge gestern.«

Der Angesprochene, ein schmaler Jüngling mit braunen Augen, schwarzen Locken und nach oben ausschwingenden Mundwinkeln, beugte sich über seine Amati und tat, als müsse er ein paar Stäubchen vom Wirbelkasten wischen. Schließlich rang er sich zu einer Antwort durch.

»Einerseits ... und ihre Qualitäten hielten durchaus, was sie versprachen. Andererseits ...«

Der andere ersparte ihm die Mühe, den Satz zu vollenden, indem er ihm ins Wort fiel: »Ja, was hör ich denn da, mein Freund? Hast du dir etwa eine Abfuhr geholt? Doch wohl nicht eine endgültige – oder?«

Jetzt nahm der junge Mann die Geige hoch, schaute von unten in die F-Löcher und schüttelte das Instrument, als wollte er etwas aus dem Resonanzkörper herausrieseln lassen.

»Mais non! Pas du tout! Pas de question! Wo denkst du hin? Wir haben uns nur ... Wir haben uns vertagt. Voilà!«

Der kleine Dicke gab sich sichtlich enttäuscht: »Was habt ihr? – Musst mich nicht zum Narren halten! Ich kenn dich doch: Immer wenn du *génant* wirst, fängst du mit dem Französischen an. Nun erzähl schon: Was war los? Hast du wenigstens ihr Mieder ...?«

»Sie ist nicht so eine, weißt du ... Sie ist eher eine ... Dame!«

Der kleine Dicke verschluckte sich fast und fing feucht zu lachen an: »Pardon? Eine was? Wenn ich dich recht verstanden habe, ist sie doch Waschfrau – oder? Wenn diese kleine dralle Person also eine Dame ist, darfst du Majestät, Exzellenz, Durchlaucht oder auch Magnifizenz zu mir sagen. Dann bin ich der Heilige Vater und alle weltlichen Herrscher in einer Person!«

Zum Glück für den erfolglosen Liebhaber kam in diesem Moment Paul Tiefenbachers Kopist in den Saal gerauscht und verteilte mit wichtiger Miene neue Orchesterstimmen an die Pulte.

»Messieurs! Attention! Ich bitte um Ihre geschätzte Aufmerksamkeit!«

Das Stimmengemurmel und Gefiedel im Orchester erstarb. »Maestro Tiefenbacher ersucht Sie, die neuen Passagen anzuschauen, damit er sie gleich schon einmal mit Ihnen durchgehen kann. Bis eben habe ich noch daran gearbeitet. Und ich rate Ihnen: Legen Sie es lieber nicht ungesehen beiseite, Messieurs, denn es ist durchaus ... anspruchsvoll! Jawohl, Messieurs! Anspruchsvoll und ungewöhnlich ist es. Ich empfehle Ihnen also dringend, die Nasen hineinzustecken. Es vom Blatt zu spielen dürfte schwer fallen. Maestro Tiefenbacher wird sich um ein paar Minuten verspäten. Sie haben also noch eine Galgenfrist. Wohlan denn! – Und denken Sie daran: Bis zur Premiere im neuen Haus bleibt nicht mehr viel Zeit!«

Der kleine dicke Violinist nahm die Einzelstimmen für sich und seinen Freund entgegen und legte sie vor sich auf das Pult.

»Ach sieh an! Hat er den zweiten Akt nun doch noch fertig bekommen. Man glaubte ja kaum noch daran! Dann schauen wir doch einmal, was seine Inspiration uns beschert hat.«

Den Geigenbogen wie einen Zeigestock gebrauchend fuhr er über die Notenzeilen, um sich einen ersten Überblick zu verschaffen und nach besonderen Schwierigkeiten zu suchen. Doch bald schon runzelte der junge Mann die Stirn, Schweißperlen zerrannen ihm auf der roten Haut, und er richtete sich indigniert auf. Geräuschvoll entwich die Luft durch seine Zahnlücken, wobei das eine oder andere Speicheltröpfchen auf die Notenblätter sprühte.

»Mon Dieu! Was hat er uns denn da gegeben! Lauter Sechzehntel und dann diese Doppelgriffe. Sieh mal: fünf Kreuze. Zu welcher Tonart hat der Maestro sich denn da verstiegen? Dieser leidige Wettbewerb der beiden Herrschaften Kapellmeister wird uns noch um den Schlaf bringen! Fünf Kreuze ...!«

Jetzt blickte der hübsche Junge auf und beugte sich über die Noten.

»Wart einmal ... fünf Kreuze ... das müsste sein ... H-Dur. Ja, H-Dur oder gis-Moll. Schau hier: An der Stelle wird es deutlich: Das ist gis-Moll. Wie greift man denn das?«

Er setzte sein Instrument an und versuchte ein paar Takte, wobei er mehrmals die Lagen wechselte, bis es ihm einigermaßen flüssig von der Hand ging. Doch es war schwer. Er probierte die Stelle noch zwei-, dreimal. Dann ließ er die Geige sinken und sah auf seine Finger, die ihm auf einmal steif und ungelenk vorkamen.

»Nun treibt der Neue es aber gar zu toll! Was soll denn das?«

Die Frage ging an seinen Nachbarn, doch der hatte sich schon nach hinten zu den Holzbläsern umgedreht: »Was steht denn da bei Ihnen, werte Kollegen? Ist das auch so schwer?«

Der Fagottist unterbrach seine Lockerungsübungen, zog das Mundstück zwischen den Lippen hervor und entspannte seine Backen. »Wieso? Hab's noch nicht angesehen.«

»Sollte Er aber, geschätzter Kollege«, schaltete die Klarinette sich ein. »Der Tiefenbacher wird uns noch alle zu Solisten machen, wenn er so fortfährt. Als ob wir nicht schon genug Arbeit hätten mit ihm und dem Kollegen Eisenmann. Haben Sie, meine Herren, die Doppelfuge bemerkt am Schluss?«

»Wo ist da eine Doppelfuge? Ich sehe keine Doppelfuge«, grunzte ein Bratschist von schräg gegenüber. Die anderen kannten das von ihm. Er war einer ihrer Besten, brauchte aber immer ein wenig länger, um die Dinge zu durchschauen.

»Dann muss Er halt einmal den Kollegen über die Schulter sehen«, quäkte daraufhin eine durchdringende Stimme von hinten. Es war der zweite Cellist, der wie üblich seinem Kollegen mit kleinen Sticheleien auf die Sprünge half: »Wenn Er sich umschauen und nicht immer nur seine bescheidene Stimme über alles andere stellen würde, könnte Er einmal sehen, wie eines sich zum andern fügt und Musik entsteht. In der Tat sind die letzten fünfzig Takte eine Doppelfuge – da hat der geschätzte Kollege von der blasenden Zunft durchaus Recht. Für mein Oratorium über die Leiden Maria Magdalenas habe ich mich übrigens auch in dieser herausragenden Kunst versucht – und dies gar nicht einmal schlecht, wie mich dünkt. Aber eine Doppelfuge in einer Oper! Und das von Maestro Tiefenbacher! Derlei schreibt er doch sonst nicht!«

Mittlerweile blätterten alle fünfundzwanzig Mitglieder des Hoforchesters aufs Höchste alarmiert in den neuen Noten, und wenigstens die Hälfte von ihnen sah ihre freien Vormittage schwinden. Schnell wurde ihnen klar, dass sie würden üben müssen, um dieses Stück bis zur Premiere zu beherrschen. Der hübsche Geiger vertiefte sich bereitwillig in die neuen Takte und bewahrte sich so vor weiterer peinlicher Befragung zu seinem Liebesleben. Nach und nach entschieden sich auch die anderen Orchestermitglieder, ihren üblichen Schlendrian vor den Proben abzulegen und Tiefenbacher nicht über Gebühr zu provozieren. Bald fiedelte, brummte und trötete der Orchestergraben in einer Kakophonie dutzendfach sich kreuzender Kantilenen.

Nach ein paar Minuten ging die Tür zum Zuschauersaal auf, und Paul Tiefenbacher kam herein. In dem allgemeinen Lärm verhallte das Toc-toc-toc seines Dirigierstabs ungehört. Erst als die massige Figur des neuen Hofkapellmeisters sich vor dem Orchester aufbaute, verstummten die Musiker wie ertappt und warteten.

»Guten Tag, meine Herren! Schon so fleißig bei der Arbeit! Aber ich denke, wenn die Herrschaften nicht alles so wild durcheinander spielen, dürfte es noch um einiges besser klingen. Fangen wir also an!«

Paul Tiefenbacher hob den Stab und sah in die Runde. Die Musiker erkannten ihn kaum wieder. Ihr neuer Hofcompositeur schien wie ausgewechselt. Er lächelte, und seine Augen sprühten vor Stolz und Energie.

35. De Profundis

In den letzten Tagen vor der Premiere suchte Leander die Anstrengung. Seine Wut und seine Verzweiflung über Tiefenbachers Tun und über die eigene künstlerische Ohnmacht äußerten sich in einer rastlosen Geschäftigkeit, die ihm umso willkommener war, je mehr er sich dabei verausgaben konnte. Die Umstände am Bau kamen seiner Arbeitssucht entgegen, denn mit jedem Tag, den die Eröffnung des neuen Opernhauses näher rückte, wurden der Architekt Julius Kahlenberg und sein Theatermaschinist Friedhelm Sproß nun doch unruhiger. Der Einzige, der den zunehmenden Druck zu ignorieren, ja, ihn beinahe zu begrüßen schien, war Leander. Seine Kollegen sahen es gerne, denn er nahm ihnen manche Last ab. Gleichwohl tuschelten sie untereinander und fragten sich, was der Taubstumme damit wohl bewirken, ob er sich etwa endgültig den Absprung in die höhere Gesellschaft erarbeiten wolle. Man sah Leander überall: Er packte beim Innenausbau mit an, half beim Einbau der neuen Bühnentechnik, arbeitete abends im Blitzlabor des Professors und lief zwischendurch immer wieder hinüber zum Schloss, wenn die beiden Hofkapellmeister etwas an den Effektmaschinen im alten Theater auszusetzen hatten. Als ob all das ihm noch nicht mühsam genug gewesen wäre, bot er sich sogar an, den täglichen Abtransport von Unrat und Essensresten zur Kloake hinter dem Schloss zu übernehmen – eine höchst unbeliebte Arbeit, die normalerweise den Jüngsten und Niedrigsten unter den Zunftleuten oblag. So plagte er sich denn zweimal täglich mit dem fast mannshohen Bottich ab, der in einer Art Schubkarre hing, und kämpfte sich am Rande des Schlossparks hinter Ziersträuchern und Rosenrabatten über den ausgefahrenen Wirtschaftsweg, bis er das stinkende Loch jenseits der Schlosskapelle erreicht hatte. Dort stemmte er die glucksende

Tonne unter Aufbietung all seiner Kräfte nach vorne, bis sie über die Achse kippte und ihren stinkenden Inhalt mit lautem Platschen in den Sumpf ergoss. »Er ist halt doch ein Untier. Warum tut er das nur?«, raunten die anderen Handwerker und ließen ihn gewähren. Ihn zu verachten, wagten sie nicht. Denn wenn er zurückkehrte, den leeren Bottich donnernd hinter die Baustelle rollte, sich entkleidete und einen Kübel kalten Wassers über sich kippte, um sich zu reinigen, schimmerte hinter seinen Gesten eine selbstverständliche Autorität, die keine Anfechtung duldete. Keiner der Männer bemerkte Leanders Verzweiflung. Wie hätten sie auch ahnen können, dass jeder Hammerschlag, jede durchgesägte Bohle und jeder strauchelnde Schritt unter der Last der Gülle die einzige Möglichkeit waren, die nächste Sekunde, Minute, Stunde zu überstehen. Wie hätten sie, die doch so anders waren als er, seinen Seelenzustand nachempfinden, wie seine innere Wunde fühlen können? Leander erlebte eine Einsamkeit, von deren Tiefe sie nichts wissen konnten, da sie die Größe der Musik in ihm nicht kannten. Eine Größe, die nun, da er sie verloren hatte, nur noch schmerzende Leere war. Hätte Leander sich in jenen Tagen nicht so abplagen können, wäre die Verzweiflung in ihm wohl übermächtig geworden und hätte ihn erstickt.

Eines Abends, die Sonne stand schon tief und warf lange Schatten über das Land, wollte Leander hinter der Schlosskapelle den entleerten Bottich aufrichten, da sah er etwas aus dem Schlamm aufragen. Eigentlich bemerkte er nur den langen Schatten des Gegenstands, der nicht einmal eine Handbreit aus der Kloake lugte. Er hielt es zunächst für ein Kantholz. Ausgerechnet hier Baumaterial zu finden irritierte ihn: So etwas gehörte nicht hierher. Vorsichtig umrundete er den Sumpf, um an das Teil heranzugelangen. Von nahem sah er, dass es wohl mehr ein Kasten sein musste oder eine rechteckige Röhre. Er packte zu und zog daran, doch das Stück saß fest. Der Sumpf aus Unrat, Exkrementen und Küchenabfällen gab es nicht frei. Hätte

Leander sich nicht in jenem eigentümlichen Zustand befunden, in welchem er die körperliche Anstrengung suchte und keine Gelegenheit ausließ, sich vollends zu verausgaben, hätte er es wohl dabei belassen. Doch jetzt reizte ihn die Schwierigkeit. Bis zu den Knien im Dreck stehend, tauchte er Arme und Hände in die Brühe, versuchte, das glitschige Holzstück zu fassen und herauszuziehen. Wohl eine Viertelstunde mühte er sich verbissen, keuchte und kämpfte, drückte, zog und zerrte, bis die Röhre endlich nachgab. Stück für Stück zwang er sie aus der Gülle heraus und mit ihr alles, was noch daran hing. Schließlich konnte Leander das komplette Teil mit beiden Armen umfassen und aus dem Sumpf befreien. Schwer atmend stemmte er den Kasten hoch, trug ihn aufs Trockene und warf sich – völlig außer Atem – daneben ins Gras. Dann beobachtete er, wie die schleimige Schicht, die den seltsamen Kasten umgab, langsam zu Boden floss, während Dutzende von Fliegen ihn und seinen Fund umrundeten, sich niederließen und bei der kleinsten Bewegung aufstoben, nur um ihm Sekunden später wieder über Hände, Beine und Gesicht zu krabbeln. Da erkannte er, was er aus der Latrine geborgen hatte: Die Holzröhre war eine Orgelpfeife. Irgendjemand hatte eine Orgel in die Abfallgrube geworfen.

Ein Musikinstrument in dieser Umgebung zu sehen machte Leander traurig und zornig. Er suchte nach sauberen Stellen an Hemd und Hose und versuchte, das Instrument abzuwischen. Dann sah er sich um, ob es irgendwo Wasser gab, und als er keines entdeckte, stand er auf, riss Blätter und Grashalme ab und machte sich daran, seinen Fund, so gut es ging, zu reinigen. Doch der braunschwarze Sud hatte alles durchdrungen. Kaum meinte Leander, allen Unrat aus einer Pfeife herausgewischt zu haben, da spie die Röhre weiteren stinkenden Geifer aus, als würde sie sich erbrechen. Im Tosen seines toten Gehörs meinte er den klagenden Ton der Orgelpfeifen zu hören: Dies hier könnte ein C sein und die kleinere Pfeife daneben ein E. Wie ein Vater, der sein ertrinkendes Kind aus dem Wasser gezogen hat, warf Leander sich über die Orgel, um sie zu retten. Wie ein Besessener rieb und wischte und schüttelte er das Instrument, blies in alle Öffnungen, bis die Anstrengung ihm die Augen aus dem Kopf zu treiben drohte, und spuckte einen Schwall ekliger Brühe nach dem anderen ins Gras. Schließlich nahm er die Orgel auf, verstaute sie auf dem leeren Güllewagen und machte sich mit dieser seltsamen Fuhre auf den Rückweg. Mehrmals drohte der Kasten herunterzufallen, und er musste hinzuspringen, um ihn aufzufangen. Stück für Stück arbeitete Leander sich auf dem Weg zurück, immer gewärtig, eingreifen und die Orgel stützen zu müssen, denn das Instrument thronte viel zu hoch auf dem Bottich, und der Schwerpunkt der Last lag entsprechend ungünstig. Der Karren rumpelte und dröhnte, Leander grunzte und stöhnte, und wenn er an den matschigen Blasebalg griff, um die Orgel zu halten, entwich dem Instrument ein Ächzen und Klagen, das Leander zwar nicht hörte, aber doch in den Fingerspitzen spürte.

Er mochte die Hälfte des Wegs zur Theaterbaustelle zurückgelegt haben, als er um eine sanfte Biegung kam. An dieser Stelle wuchsen keine Büsche, sodass man über die Blumenrabatten hinweg weit in den Schlosspark hineinspähen konnte. Vereinzelt lustwandelten in der Ferne herausgeputzte Damen am Arm ihrer Kavaliere. Ein Gärtner mit weit geschwungenem Strohhut harkte den Kies vor dem Teepavillon. Die Fontänen der Springbrunnen glitzerten golden im Licht der Abendsonne. Im Vordergrund schlenderten zwei Damen über die Wiese und unterhielten sich. Die eine trug leuchtend blaue Schuhe. Sie beachteten Leander nicht. Ein Schoßhündchen kam kläffend herangestürmt, drehte kurz vor Leander ab und stob auf krummen Beinen wieder davon. Als die beiden Frauen den Hund hörten, sahen sie zu Leander herüber. Im Moment des Erkennens schoss ihm die Scham ins Gesicht, und er versuchte, sich hinter seinem Karren zu verbergen. Doch auch Hertha hatte ihn schon erkannt. Ihr Arm zuckte wie zum Gruß, doch dann besann sie sich und widmete ihre Aufmerksamkeit wieder der anderen Frau mit den blauen Schuhen. Plötzlich roch Leander, wie sehr er stank. Es war ihm peinlich. Er machte sich wieder auf den Weg.

Auf dem Waschplatz hinter der Baustelle drängelte sich ein halbes Dutzend nackter Männer. Sie bespritzten sich im Spaß wie spielende Kinder. Es waren die Zimmerleute und ihr Vorarbeiter Jonas, die ihre Schicht beendet hatten. Viele von ihnen würden nachher draußen in der Stadt bei ihren Familien übernachten. Die anderen würden nach dem Essen noch etwas trinken, eine Runde Karten spielen oder knobeln und dann in den Baracken in ihre Kojen kriechen. Als sie Leander sahen, winkten sie ihn heran:

»Komm! Hast ein Bad wohl nötig! Oder willst du den Damen etwa mit dieser herben Duftnote gefallen? Was schleppst du da überhaupt herbei?«

Ohne sich um die Männer zu kümmern, hielt Leander den Güllewagen an, hob die Orgel herunter und stellte sie mitten zwischen die nackten Gestalten. Befremdet wichen die Männer zurück. Manchmal war dieser Mann ihnen unheimlich. Leander zog sich aus, nahm die Orgel wieder auf den Arm und stieg zusammen mit dem Instrument in den Waschzuber. Das Wasser war so kalt, dass es ihm den Atem raubte, doch Leander genoss den Schock mit grimmiger Freude. Dann machte er sich in aller Ruhe daran, sich und die Orgel zu reinigen. Erst jetzt ging ihm auf, dass irgendwer das Instrument umgebaut haben musste, erst jetzt sah er die verbogenen Kerzenhalter, die Reste der Seilzüge, die bunten Glassplitter. Als Leander wenig später aus dem Wasser stieg, waren die anderen schon gegangen. Ihm war es nur recht: Was verstanden sie schon von ihm und seiner Welt! Auch wenn er hätte sprechen können – es hätte nichts genutzt.

Als er spätabends in seinem Winkel lag und vor Müdigkeit nicht schlafen konnte, schwebten Orgelklänge wie fernes Raunen durch sein Ohr – Artefakte nur, bizarr, unbegreiflich und jenseits aller fassbaren Musik. Wie lange würde er die Tatsache noch ertragen, dass in dieser Kunst so viel möglich war und ihm selbst so viel unmöglich?

36. Fürchtenmachen

Seit einer halben Stunde duftete es in der Schlossküche wie in einer Konditorei. Der Geruch nach Süßigkeiten, Gebäck und Gewürzen war so stark, dass man allein vom Atmen hätte satt werden können.

»Wie viele noch? Sind wir in der Zeit?«

Die schmale junge Frau mit der Schürze sah nicht eine Sekunde auf, als sie die Frage stellte, und ließ ihre Hände nicht aus den Augen. Die Arbeit musste weitergehen. Die Antwort ihrer Freundin beruhigte sie kaum: »Zweiundfünfzig noch, Rosi! Dann sind wir erlöst. Ich zähle hundertachtundvierzig Törtchen. Also fehlen noch zweiundfünfzig. Reichen die Birnenhälften wirklich? Gott steh uns bei, wenn die uns ausgehen! Schau lieber noch mal nach! Und beeil dich! Die Zeit drängt!«

Folgsam eilte das hübsche Mädchen mit den Rehaugen und den schlanken Händen um den Anrichtetisch herum, auf dem die fertigen Törtchen in Reih und Glied darauf warteten, kredenzt zu werden. Die Vorratskammer, in der das Obst und das frische Gemüse lagerten, hatte kein Fenster, nur Luftlöcher an der Außenwand. Deshalb standen neben der Tür immer ein paar Kerzen bereit. Das Mädchen nahm eine, zündete sie an und leuchtete in die kühle Dunkelheit hinein. In der Kammer roch es würzig, frisch und fruchtig. Über allem lag ein Hauch von Zimt und Nelken und der erdige Duft neuer Kartoffeln.

»Ja, es sind noch genügend da«, rief sie über die Schulter zurück, »schöne Früchte ohne jeden Flecken. Ich muss sie nur noch teilen und ausnehmen.«

»Bring gleich einen Korb voll mit!«, rief das andere Mädchen ihr zu, während es in fliegender Hast die Törtchen garnierte. Mit der Präzision eines Uhrwerks vollführte sie immer wieder dieselben Bewegungen: zwei Bahnen Sirup über Kreuz, dann mit der linken Hand ein halber Löffel Schokoladenstreusel darüber – zwei Bahnen Sirup, halber Löffel Streusel – zwei Bahnen Sirup ...

Im Wirtschaftstrakt des Schlosses herrschte Hochbetrieb. Seine Durchlaucht hatte außerplanmäßig einen Imbiss mit Mokka und Fruchttörtchen bestellen lassen, um die zähen Verhandlungen mit der Delegation aus dem Badischen zu entkrampfen. Unten in der Küche hatten sie so etwas schon befürchtet. Mit den Jahren hatte das Küchenpersonal seine eigene Wahrnehmung der Staatsgeschäfte bei Hofe entwickelt, und diese Wahrnehmung hatte weniger mit dem politischen Gehalt der Konferenzen als vielmehr mit deren Stimmungslage zu tun: Wenn es besonders gut lief für Seine Durchlaucht, bedeutete das zusätzliche Arbeit. Dann mussten die Heerscharen der Küchenmeister, Kaffeesieder, Küchenknechte und Konditoren immer damit rechnen, dass nach Abschluss der Verhandlungen weit über Gebühr getafelt und gezecht wurde, um das Ergebnis zu feiern. Wenn es schlecht lief, so wie jetzt, hieß das ebenfalls Mehrarbeit, weil der Herzog in solchen Fällen seine hervorragende Gastronomie als diplomatische Unterstützung einzusetzen pflegte. Am schlimmsten aber war es, wenn nach zähen Verhandlungen, in denen die Küche bereits ihr Äußerstes gegeben hatte, ein guter Abschluss zustande kam, der ausgiebig gefeiert werden musste. Dann konnte es passieren, dass sie die ganze Nacht hindurch kochen, backen, garnieren, auftragen, abräumen und abwaschen mussten und überhaupt nicht mehr zum Schlafen kamen. Am liebsten waren dem Küchenpersonal deshalb ganz normale und unspektakuläre Konferenzen oder lang im Voraus geplante Feste, bei denen nichts Außergewöhnliches geschah und der Speiseplan nicht alle halbe Stunde umgeworfen wurde.

Nun also zweihundert Extratörtchen mit Mokka und Likör und die bitte in weniger als einer halben Stunde! Selbstverständlich würden sie auch dies wieder schaffen. Behutsam und schnell zugleich teilten das schlanke Mädchen und drei weitere Küchenhilfen die Birnen in gleiche Hälften, schälten sie und legten sie auf die ovalen Schiffchen aus Mürbeteig, in denen schon eine dünne Schicht Pudding schwamm. Auf ein Brett passten immer zwölf Stück. War das Brett voll, schob das Mädchen es zur Freundin weiter, die schon mit dem Siruplöffel wartete. Als die Frauen bei der letzten Lage angelangt waren, atmeten sie erleichtert auf. Sie würden noch in der Zeit bleiben! Kaum hatte der Küchenschreiber die bestellte Anzahl Törtchen auf seiner Liste abgehakt, wandte die rehäugige Rosi sich an die Freundin: »Lässt du mich noch einmal gehen? Meine Mutter ist immer noch krank. Aber ich bin in einer Stunde wieder zurück. Ganz sicher!«

»Ist schon recht, Rosi. Geh ruhig. Und wenn's eine halbe Stunde mehr sein wollte, wird Seine Durchlaucht schon nicht verhungern. Und grüß mir deine Mama! Es soll ihr doch bald besser gehen!«

»Hab Dank! Und Gott vergelt's!«

Im Nu wusch die junge Frau sich die Hände und verschwand. Die kleine Wohnung, die sie sich mit ihrer Mutter teilte, lag nahe beim Schloss, gegenüber dem Haupteingang zum Park. So hatte sie es nicht weit und konnte auch während der Arbeitszeit ab und zu nach der Kranken sehen. Eilig lief die junge Frau im Untergeschoss des Schlosses über Flure und Wirtschaftsgänge, vorbei an Umkleideräumen, Waschsälen und Vorratskellern, bis sie unterhalb der Freitreppe des Hauptflügels nach draußen gelangte.

Unsichtbar für die hohen Herrschaften, die über die riesige Treppe in den Park hinunterschreiten konnten, erstreckte sich im Erdreich unter den Treppenstufen ein Gewirr aus niedrigen Kellern und Gewölben, das bis weit unter die ersten Beete und Kiesflächen des Parks hinausreichte. Zum Teil wurden die nahe beim Schlosskeller liegenden Gewölbe von Gärtnern und Hausmeistern als Abstellkammern genutzt oder von den Sommeliers als Weinlager. Beinahe die Hälfte der Kammern, vor allem die im hinteren Teil der Anlage, stand jedoch leer. Hier unten war es zugig und kühl. An den grob gemauerten Gewölbedecken hingen Spinnweben und Flechten. Über den Boden aus festgestampfter Erde huschte allerlei Getier. An einigen Stellen rann Wasser die pockigen Wände herab und ließ sie wie unter Tränen glitzern. Ratten tranken aus vereinzelten kleinen Pfützen am Boden. Weiter hinten, wo kein Tageslicht mehr hingelangte, steckten Fackeln in schrägen Eisenköchern an den Wänden und malten rußige Flecken unter die Decke. Meist aber blies ein stetiger Wind, der über die Zufahrtsrampen hereinwehte, die Fackeln wieder aus. Da der Bursche, der für die Beleuchtung zuständig war, es mit seiner Arbeit nicht so genau nahm, lag ein Großteil dieser weitläufigen Unterwelt fast immer im Dunkeln.

Nachdem sie aus dem Schlosskeller herausgetreten war, bog die junge Köchin nach rechts ab, um die Rampe hinaufzulaufen ins Freie. Eigentlich mochte sie diesen Weg nicht, denn die schwarzen Löcher der dunklen Gänge zu den Erdkellern waren ihr unheimlich. Aber sie hatte es eilig, und außen herum wäre es zu weit gewesen. Also raffte sie Rock und Schürze und beschleunigte ihre Schritte. Sie hatte den Weg ans Tageslicht noch nicht zur Hälfte zurückgelegt, als sie hinter sich Schritte hörte. Vielleicht wollte ein Gärtnerbursche eine Sense oder eine Schaufel abstellen und lief deshalb hier unten herum. Vielleicht wurde ja auch ein neues Fass mit Wein benötigt, um die Delegation aus dem Badischen zu besänftigen. Sie ging zügig weiter. Doch plötzlich hörte sie, dass sich ihr jemand von hinten näherte. Sie bekam Angst und begann zu laufen. Nur wenige Schritte noch, und sie wäre oben gewesen im Park; schon konnte sie am Ausgang des Tunnels die Rhododendrenblüten in der Sonne leuchten sehen. Doch es war zu spät: Ein harter Griff umfasste ihre Schulter, sie wirbelte herum, stolperte und fiel gegen die Brust eines Mannes. Sie fühlte, wie ihr der Atem stockte, als der Fremde sie umklammerte und ins Dunkle zerrte. Als sie endlich schreien wollte, brachte sie nur ein Röcheln hervor, das in der Dunkelheit verhallte. Die Spaziergänger im Park hörten sie nicht, und auch der Bäckerbursche, der in diesem Moment laut singend hinter ihr aus dem Schlosskeller trat und die Rampe hinauflief, nahm nichts davon wahr, was sich wenige Schritte von ihm entfernt abspielte.

Rosi kämpfte. Sie zappelte, sie trat, sie biss und kniff und schlug den Mann, wo immer sie ihn erreichen konnte. Sie versuchte, ihren Kopf unter sein Kinn zu rammen und ihre Knie in sein Geschlecht. Sie machte sich weich und glatt, um sich ihm zu entwinden; sie täuschte Schwäche vor, nur um ihn in der nächsten Sekunde mit plötzlicher Gegenwehr zu überraschen. Doch der Fremde war stark – viel stärker als sie. Mittlerweile hatte er Rosi so weit in die Kellerfluchten gezerrt, dass sie weder die Rampe noch den Kellereingang des Schlosses sehen konnte. Eine einsame Fackel am Ende des Ganges wehrte sich flackernd gegen die Zugluft und warf Garben goldenen Glimmers über die Stollenwände. Das Licht reichte nicht, um die Gesichtszüge des Mannes zu erkennen. Sie sah nichts weiter als eine dunkle Gestalt, doch sie konnte ihn riechen: Er stank nach einer Mischung aus Schweiß und Exkrementen, die ihre Eingeweide revoltieren ließ.

Wortlos zerrte der Fremde sie tiefer in das Labyrinth hinein, bis sie eine niedrige Eichentür erreichten. Mit dem Fuß trat er sie auf. Dumpfer Modergeruch schlug ihnen entgegen, vermischt mit dem süßsauren Gestank verwesender Tierkadaver. Der Fremde stieß die Frau hinein. Schützend hielt sie die Arme vor ihr Gesicht und stolperte blind gegen kaltes, rostiges Metall: ein Amboss vielleicht oder ein alter Kessel, vom Schmied dereinst hier unten zurückgelassen. Wohl jahrelang war niemand mehr in diesem Loch gewesen. Voller Furcht sah sie zur Tür. Da erhaschten ihre Augen einen kaum zu erahnenden, flackernden Schimmer und darin die Umrisse ihres Peinigers. Stark und riesig stand er da und schwieg. In Todesangst begann die Frau zu schreien. Sie hatte eine laute Stimme, ein wenig rau zwar, aber klar, mit kräftigen Brust- und Kopfresonanzen. Es schien ihm zu gefallen. Fast kam es ihr vor, als ob er lauschte. Als ihr Hals schmerzte, hörte sie auf zu schreien, und da kam er näher. Also fing sie wieder an, und er blieb stehen. Es war entsetzlich: Nur wenn sie schrie, hielt er an und blieb ihr vom Leib. Als sie das verstanden hatte, griff eine neue Angst nach ihr: Wie lange würden ihre Stimmbänder das wohl aushalten? Wie lange würde sie ihn mit der Kraft ihres Soprans noch von sich fern halten können? Ihre Energie erlahmte, schon glaubte sie, ihr letztes Stündlein sei gekommen, als im Hintergrund ein Licht über die Wand des Tunnels huschte. Ihr Peiniger hielt inne. Da sammelte sie ihre letzten Kräfte und versuchte es noch einmal, so laut sie konnte. Doch ihre geschundene Kehle schmerzte entsetzlich, und sie brachte nur noch ein heiseres Krächzen hervor. All ihre Hoffnung fuhr dahin, als das Licht im Tunnel verschwand. Als sie dachte, dass der Angreifer sie nun töten würde, drehte der sich plötzlich um und ging. Hatte er doch Angst, entdeckt zu werden? Würde er wiederkommen? Und was würde er dann wohl mit ihr anstellen? Das Letzte, was die junge Frau hörte, war der schwere Riegel, der knirschend vorgeschoben wurde. Dann verlor die Zeit ihr Gefüge, und die Stunden begannen, sich zu Ewigkeiten zu dehnen.

Über ihr blühten die Blumen im Park.

37. Das Lebewohl

Marias Genesung trog. Elisabeth hatte es geahnt und deshalb ihre Abreise hinausgezögert, um Gewissheit zu erlangen. Nach zwei Tagen setzte das Fieber wieder ein, und Elisabeth blieb.

»Jetzt brauchen wir doch einen Arzt«, sprach sie Charlotte an. »Wo ist der Medicus, der deinen Mann geheilt hat?«

Die beiden Frauen saßen am Tisch und putzten Gemüse für die Abendsuppe. Zwischen ihren Röcken spielten Charlottes Kinder mit Marias Söhnchen. August war hinter das Haus gegangen, um nach den Äpfeln zu sehen und den Maulwurf zu erschlagen, der das Möhrenbeet in eine Kraterlandschaft verwandelt hatte. Danach wollte er die Bank reparieren, die draußen zwischen den Bäumen stand. Wind und Wetter hatten die Latten der Sitzfläche morsch werden lassen. Im Haus und im Garten war doch einiges liegen geblieben während der Zeit seiner Krankheit. Charlotte konnte ihren Mann durchs Küchenfenster beobachten. August außer Haus zu sehen kam ihr immer noch eigenartig vor – nach der kleinen Ewigkeit, die er in seiner Krankenstube verbracht hatte. Sie ertappte sich dabei, wie sie für ihn nach Hindernissen Ausschau hielt, an denen er sich den Kopf stoßen könnte. Fast schien es ihr, als sei er kaum mehr ihr Mann, sondern ein weiteres ihrer Kinder, auf das sie Acht geben musste. Als Elisabeth sie ansprach, wandte sie ihren Blick vom Fenster und zuckte mit den Schultern: »Luxemburg ... Frankreich ... ich weiß es nicht. Er ist erst in einigen Wochen zurück, hat er gesagt. Ich kenne niemanden sonst.«

»Dann müssen wir jemanden aus der Stadt holen. Es eilt!«

»Vielleicht könnte es helfen, wenn Leander auch käme. Sie ruft oft nach ihm.«

Elisabeth dachte nach. Seit Tagen schon verbarg sie ihr Gesicht nicht mehr vor den anderen. Wenn sie den Kopf senkte, schien ihr Buckel sich mächtiger zu wölben denn je. Dann sah es aus, als wäre da noch jemand auf und in ihr, der ihren Rücken liebkoste. Plötzlich kam sie Charlotte vor wie ein Wesen aus einer fremden, besseren Welt. Endlich antwortete Elisabeth.

»Du hast Recht. Er sollte kommen. Vielleicht gibt er ihr Kraft. Aber ...«

»Aber was?«

»Ich bin nicht sicher«, zischte sie, »ob sie ihm so viel bedeutet wie er ihr. Er ist so anders als alle Männer. Ich kenne ihn – und kenne ihn doch nicht.«

»Erzähl von ihm! Ist er ein guter Mensch?«

Wieder schwieg Elisabeth. Sie schwieg lange, obwohl sie merkte, dass ihr Zögern Charlotte beunruhigte. Sie wusste nicht, wie sie es ausdrücken sollte. Zu groß erschienen ihr die Gegensätze, die dieser Taubstumme in sich vereinte.

»Dieser Mann ist Gefühl und Kälte in einem. Er ist voller Musik und doch voller Stille. Er hat immer Noten geschnitzt in die Balken. In ihm brennt ein Feuer, das Menschen vernichten kann. Da bin ich mir sicher. Und doch scheint er mir gut ... Ich glaube, er trägt eine große Last. Ein eigenartiger Mann ...«

»Und doch hat sie ihn schon zweimal gesucht.«

»Ja. Wir werden ihn holen. Und einen Arzt dazu.«

»Dann fahr morgen früh mit August hin. Er hält es nicht mehr aus. Mir hat er noch nichts gesagt, aber ich weiß, er will morgen zum Bau.«

Charlotte wandte sich ab und sah wieder aus dem Fenster. Als sie ihren Mann nicht mehr im Möhrenbeet sah, verspürte sie eine leichte Unruhe. Mehrere Stellen hatte er umgegraben auf der Suche nach dem Maulwurf, aber wohl nichts gefunden. Wo war er jetzt? Hatte er sich wieder verletzt? Mit wachsender Sorge schaute sie im Garten umher. Endlich fand sie ihn zwischen den Apfelbäumen. In derselben Sekunde setzte der Zimmermann auch schon die Schaufel an, trieb sie mit dem vollen Gewicht seines Körpers in die Erde, stemmte den Haufen Humus hoch – und erstarrte. Ein entsetzliches Gebrüll tönte vom Garten herüber, das Charlotte durch Mark und Bein ging. August stieß die Schaufel mit beiden Händen von sich, als wäre sie eine giftige Natter. In hohem Bogen flogen Erdklumpen, Regenwürmer und das zerfetzte Bündel mit dem Fötus zwischen die Bäume. Drei, vier Schritte stolperte der Zimmermann noch rückwärts, die Hände wie zur Abwehr vorgestreckt, die Finger weit gespreizt. Dann drehte er sich um und rannte zum Haus zurück, so schnell, wie Charlotte ihren Mann seit Monaten nicht mehr hatte rennen sehen. An der Tür fing sie ihn ab. Er war völlig außer sich.

»Ein Fluch ... ein Fluch liegt über unserem Haus. Der Teufel hat uns auserkoren! Warum nur? Was haben wir getan? Hat sie damit zu tun? Steht sie mit ihm im Bunde?«

Charlotte tat es weh, ihn so zu sehen. »Aber August, Lieber, beruhige dich doch! Lass dir doch erklären ...« Aber der Zimmermann wollte nichts hören. Heftig machte er sich frei von Charlotte und wies über ihre Schulter zu Elisabeth hinüber, die stumm am Esstisch saß.

»Ja! Sie ist es – wer sonst sollte es sein? Die Maria hat sie doch auch erst richtig krank gemacht! Wo sie doch schon aussieht wie der Teufel! Stimmt es nicht? Hab ich nicht Recht? Sie vergräbt die Leibesfrucht in unserem Garten, die Gottlose! Und so einer gebe ich Obdach! Ich Unglückseliger!«

Während der Zimmermann noch tobte und sich in den Armen seiner Frau wand, stand die Bucklige auf, band das Tuch vor ihren klaffenden Schlund und ging zur Tür. Charlottes Blick wich sie aus.

»So ist es immer«, schnorchelte sie leise. »Ich werde noch einen Arzt für Maria finden. Lebt wohl!«

Draußen auf der Straße musste sie lange laufen, ehe ein Fuhrwerk sie mitnahm. Als sie in der Stadt nach dem Hospiz fragte, gaben die Menschen ihr bereitwillig Auskunft. Sie glaubten, die Bucklige suche Hilfe für sich selbst, dachten dabei aber auch, dass dies vergebens sein müsse. Denn welcher Medicus sollte dieser Missgeburt noch helfen können! Im Hospiz brauchte Elisabeth ihre ganze Hartnäckigkeit, ehe sie den Nonnen klar gemacht hatte, dass es nicht um sie gehe, sondern um eine junge Frau draußen vor der Stadt, die nach einem Abortus auf Leben und Tod im Fieber liege. Nach Stunden konnte sie endlich mit dem Arzt sprechen, der ihr mürrisch zuhörte, während er einen schweißgebadeten Mann mit gelben Augen und prallem Bauch zur Ader ließ. Ja, morgen Abend werde er nach der Frau schauen, vorher ginge es wirklich nicht, wie sie doch wohl sehen könne. Denn er sei hier allein und habe zwölf Fiebernde zu versorgen, die er irgendwie über den nächsten Tag bringen müsse. Und dem hier – bei diesen Worten nickte er kurz dem Kranken zu, dessen Stirn vor Nässe glänzte – gehe es dabei noch vergleichsweise gut. Wenn sie die Kranke gleich mitgebracht hätte, wäre es ja vielleicht gegangen. Aber so? Ob sie etwa dächte, er würde zwölf arme Teufel im Stich lassen, um einem einzigen unkeuschen Weibe beizustehen? Wie das denn wohl mit christlicher Nächstenliebe zusammengehe? Sie möge der Schwester am Tor also in Gottes Namen das Haus benennen und ihn dann endlich in Ruhe lassen, damit er seine Arbeit tun könne. Morgen werde man weitersehen.

Am Tor dauerte es wieder länger als eine halbe Stunde. Elisabeth war soeben dabei, der Pförtnerin den Weg zum Haus des Zimmermanns zu beschreiben, da läutete die Glocke Sturm, und heftiges Geschrei tönte von der Straße her. Ein Müllerbursche, weiß von Mehl und Leichenblässe, hielt mit der einen Hand den roten Stumpf seiner anderen, die ihm unter den Mühlstein geraten war. Wohl ein Dutzend Männer, Frauen und Kinder schrien um den Mann herum, während der nur immerfort murmelte: »Ist doch gar nicht schlimm. Tut auch gar nicht weh. Der Arzt wird es schon richten.«

Als Elisabeth endlich wieder auf die Straße trat, schlug die Kirchturmuhr schon acht. Grollend fiel die schwere Eichentür hinter ihr ins Schloss und ließ das Jammern und Stöhnen ganz plötzlich verstummen. Sollte sie jetzt noch nach Leander suchen? Elisabeth hegte Zweifel, ob der Arzt rechtzeitig bei Maria sein würde. Schon wollte sie zurücklaufen und sich selbst um die Kranke kümmern. Aber sie wusste, dass ihre Kunst jetzt nichts mehr vermochte. Unter anderen Umständen wäre es nun an der Zeit gewesen, aus ihrem anderen, dem geheimen Schatz an Sprüchen, Bräuchen und Riten zu schöpfen, um Maria zu heilen. Doch ihr war klar, dass August es nicht dulden würde. Also machte die bucklige Frau mit dem Wolfsrachen sich auf den Weg zum Schloss. Mit dem Wachsoldaten würde es keine Probleme geben. Elisabeth kannte da ein bewährtes Mittel, das ihr den Eintritt wohl verschaffen würde. Als sie näher kam, trat der Hüne aus seinem Häuschen und baute sich vor ihr auf.

»Halt! Hier wird nicht gebettelt! Troll dich oder ich mach dir Beine!«

Der Kerl war so grob, wie sie erwartet hatte. Doch solche Flegel waren ihr am liebsten. Die konnten nie lange widerstehen.

»Bitte untertänigst um Vergebung, Herr Wachsoldat. Ich soll nur einige Kräuter und Pulver bei den Vorarbeitern abliefern. Das eine lindert den Schmerz nach Schlägen und Prellungen. Und das andere ...« – hier senkte Elisabeth bedeutungsvoll die Stimme und buckelte konspirativ – »ist eine erstaunliche Mixtur, die bei den Herren wahrlich erhebende Wirkung zeigt, wenn Er versteht, was ich meine ... und bei den Damen ... Der Bauer, dem ich es gab – Er wird es nicht glauben, aber bei fünf Weibsbildern war es dem guten Mann dann doch genug, wo er doch kaum noch zum Melken und Dreschen kam.«

Wie sie erwartet hatte, merkte der Soldat auf.

»Zeig her!«

»Nein! Alles reserviert! Und für Ihn auch viel zu teuer!«

Trotzdem stellte sie ihre Tasche ab und ließ den Soldaten wie zufällig einen Blick auf die medizinischen Instrumente darin werfen. Der Respekt des Mannes wuchs. Dann nestelte sie ein wenig unter ihrem Rock herum und kramte zwei Ledersäckchen hervor, die sie mit zerstoßenen Kräutern und Wiesenblüten gefüllt hatte. Mehrmals schon in ihrem Leben hatten die harmlosen Beutel ihr Durchlass verschafft oder Schläge erspart.

»Wie lange hält es vor?«

Amüsiert registrierte Elisabeth den bemüht neutralen Tonfall des Mannes.

»Oh, der Beutel hier sollte für ein Jahr und für zehn Mann genügen.«

»Dann wird es nicht weiter auffallen, wenn eine Prise fehlt. Hier: Gib etwas in die Tabaksdose, und du kannst passieren.«

Der Soldat sah nicht, wie Elisabeth hinter ihrem Gesichtstuch lächelte. Scheinbar zögerlich nahm sie eine Prise Wiesenblüten zwischen ihre Fingerspitzen und ließ sie in die Dose rieseln. Schnell steckte der Soldat sie ein.

»Morgens und abends nur ein Stäubchen – bei den Damen am besten ins Getränk. Dann wird Er sehen ...!«

Der Wachmann tat, als ob er sie schon nicht mehr hörte. Mit einer Geste, die auch einer streunenden Katze oder einem Köter hätte gelten können, winkte er sie durch. Dann wandte er sich ab und baute sich wortlos wieder in seinem Wachhäuschen auf.

38. Akademische Fest-Ouvertüre

Das Festkomitee tagte bereits seit drei Stunden. Die Luft war schlecht im Saal und die Stimmung entsprechend gereizt. Dennoch mussten sie fertig werden heute Abend, denn noch in der Nacht wollte Seine Durchlaucht einen Bericht über die Ergebnisse hören. »Dass es mir ja hübsch prächtig wird, mein Lieber«, hatte der Großherzog seinem Zeremonienmeister eingeschärft.

»Und wenn die Stände wieder lamentieren wegen der Kosten, ist's mir einerlei. Dem Volke soll's gefallen, und es wird gefallen. Also lasse Er sich nicht lumpen für dieses Fest. Nicht alle Tage wird ein derart prächtiges Theater wie das meine inauguriert. Ist es nicht so, mein Lieber? Ist es nicht so?« Natürlich hatte der Zeremonienmeister eifrig genickt und Seiner Durchlaucht die prächtigsten Feierlichkeiten versprochen, die Württemberg je gesehen. Nun lag der grobe Ablauf der Festveranstaltungen zwar fest, doch wie üblich steckte der Teufel in tausend Details.

»Sind die Revierförster auch wirklich zur Genüge instruiert?«, fragte ausgerechnet Theatralarchitekt Julius Kahlenberg in die ermattete Runde. »Wenn nicht genügend Wild zusammengetrieben werden sollte, dürfte Seine Durchlaucht höchst ungehalten werden. Wie ich die Herrschaften erinnern darf, hätten es bei der letztjährigen Jagd durchaus ein paar Dutzend Stück Damwild mehr sein dürfen. Man stelle sich nur diese Katastrophe vor: Seine Durchlaucht geruhen anzulegen und finden weder Bock noch Wildsau vor der Flinte. Welch eine furchtbare Blamage!«

Der Oberforstmeister des Großherzogs hatte Mühe, seinen Zorn zurückzuhalten. Natürlich war ihm klar, dass der Theatralarchitekt mit seiner frechen Bemerkung nur das Thema wechseln wollte, um von seinen eigenen Problemen bei der Fertigstellung des Theaterbaus abzulenken. Was für ein arroganter Pinsel dieser Mensch doch war! Selbstverständlich würden seine Forstleute so viel Wild aus den umliegenden Wäldern zusammentreiben, dass man dem Herzog die Augen verbinden könnte, und er würde immer noch treffen.

»Der Herr Baumeister möge sich beruhigen«, stieß der oberste Jäger bei Hofe mit bebender Stimme hervor. »Ihm sei versichert, dass Seine Durchlaucht bei der Jagd vollständig auf seine Kosten kommen wird. Schere Er sich also besser darum, dass Seine Durchlaucht dasselbe auch von seinem Theater wird sagen können. Ein wenig Arbeit dürfte da wohl noch auf Ihn warten. Nebenbei: Wann gedenkt Er die Tribünen für das gemeine Volk zu errichten – von den Bauten für die Ritterspiele ganz zu schweigen?«

»Meine Herren! Ich darf doch sehr bitten!«

Wie immer, wenn die Diskussion auszuufern drohte, ließ der Zeremonienmeister seine kräftige Stimme noch sonorer tönen als üblich. Meist schwiegen die anderen dann. »Ich denke, beide Herrschaften werden alles Nötige veranlassen, um die Angelegenheiten in ihrem Verantwortungsbereich zur Zufriedenheit Seiner Durchlaucht zu regeln. Kommen wir also zum nächsten Punkt: Das Feuerwerk beginnen wir doch wohl zur Mitternacht – oder sollten die Herren Kapellmeister dann noch nicht geendet haben? An jenem Abend werden wir, wie man hört, ja gleich eine doppelte musikalische Ergötzung erleben.« Damit wandte er sich an die beiden Hofkomponisten, die sich möglichst weit voneinander entfernt am runden Sitzungstisch niedergelassen hatten. »Wie lange werden die beiden Tonsetzer uns also mit ihren neuen Werken erfreuen? Monsieur Tiefenbacher: An Euch wird es doch wohl sein zu beginnen?«

Der massige Musiker plusterte sich noch ein wenig auf und räusperte sich, was aus seinem mächtigen Brustkorb wie ein Grollen klang. Dann schaute er bedeutungsvoll in die Runde, wobei sein Blick nur den dürren Eisenmann übersprang.

»Meine Herrschaften«, hub er an und räusperte sich ein weiteres Mal, »mit meiner Musik wird der Abend nicht nur beginnen. Meine Oper *Alonso oder Die Macht der Liebe* wird ihn überstrahlen, beherrschen und prägen. Was immer mein Stellenvorgänger nach meinem Werk noch aufzubieten im Stande sein wird, dürfte nichts weiter sein als ein matter Nachklang künstlerischer Sensationen. Doch um Ihre Frage zu beantworten: Mein letzter Vorhang dürfte gegen elfe fallen. Was danach passiert, liegt nicht mehr in meiner Zuständigkeit.«

Während der Neue prahlte, war Vinzenz van Eisenmann puterrot angelaufen. Nun straffte und reckte der kleine, dürre Hofkapellmeister sich, um neben dem gewichtigen Herrn zu seiner Linken nicht gar zu unscheinbar zu wirken. Ausgerechnet dieser Hüne von Theatralarchitekt hatte sich neben ihn setzen müssen, als wollte er ihn mit seiner physischen Präsenz erdrücken. Eisenmann beschloss, sich davon nicht beeindrucken zu lassen, und krähte in die Runde:

»Zuvörderst erlaube ich mir, die geneigten Herrschaften darüber zu instruieren, dass es in der Kunst der Musik durchaus nicht auf die zeitliche Ausdehnung derselben ankommt als vielmehr auf deren inneren Gehalt. Dasselbe gilt übrigens auch für den reinen instrumentellen Aufwand, da dieser im Prinzip rein gar nichts besagt, ja, im Einzelfall sogar durchaus kontraproduktiv wirken kann.« Nach dieser ersten Spitze gegen seinen Konkurrenten wurde dem Kapellmeister leichter ums Herz, und er fuhr mit gefestigter Stimme fort: »Ja, ich erkühne mich sogar zu behaupten, dass gute Musik in aller Kürze sehr viel effektvoller sein dürfte als länglicher Lärm, der schier kein Ende finden will.«

Da mehrere der Sitzungsteilnehmer einzuschlafen drohten, sah der Zeremonienmeister sich wieder genötigt einzugreifen: »Werter Eisenmann! Nun komme er doch endlich zur Sache, und verschone er uns mit seinen Rivalitäten!«

Vinzenz van Eisenmann entschied, den Bogen nicht zu überspannen und kam zum Schluss: »So soll es denn mein Anliegen sein, Seine Durchlaucht und das breite Publikum mit äußerst gehalt- und effektvollen Musiken zu unterhalten, die anderthalb Stunden dauern dürften. Danach möge das Feuerwerk meinen Sieg feiern.«

Wie erwartet zeigte der Zeremonienmeister wenig Begeisterung.

»So, so ... es wird dann wohl ein länglicher Abend werden. Wenn ich denn alles richtig zusammenzähle und eine angemessene Pause zwischen den beiden Werken einrechne, dürfte die Schießerei wohl kaum vor ein Uhr in der Nacht beginnen können. Hoffen wir also, dass Seine Durchlaucht genügend Stehvermögen mitbringt. Nun gut denn: Feuerwerk also gegen ein Uhr fünfzehn. Wie viel Schuss werden es sein?«

»Sechstausend Böller und Raketen«, ließ sich prompt der Artillerist vernehmen. »Dazu noch hundert Schuss aus den Zwölfpfündern.« Der Zeremonienmeister nickte und hakte den Punkt auf seiner Liste ab. »Hoffen wir, dass es diesmal keinen Regen gibt. Wär doch schade um die schönen Effekte! Das führt uns zum nächsten Punkt, der Speisenfolge. Zwei zwölfgängige Menus, eines vor der Jagd, ein weiteres vor den Konzerten für jeweils dreitausend Personen. Sehe ich das richtig, *mon cher* Maître de Cuisine?«

»Exactement, Monsieur, exactement!« Der Küchenmeister nickte sparsam, damit seine viel zu weite Perücke, die er selten trug, nicht verrutschte. »Hinzu kommen drei Ochsen am Spieß sowie die beiden Springbrunnen mit jeweils dreitausend Litern rotem und weißem Wein für das gemeine Volk. Nicht zu reden von drei Zwischenmahlzeiten und vierhundertachtzig Torten, von denen nicht weniger als zweihundert dreistöckig ausgeführt sein werden. Für den Fall, dass es an jenem Abend heißer sein sollte als üblich, habe ich zwanzig Wagenladungen eingelagerten Wintereises bestellen lassen, um empfindliche Speisen zu kühlen. Wir werden also keinerlei Probleme haben – *comme toujours*, wie ich bemerken möchte, *comme toujours!*«

Während er sprach, hakte sein Küchenschreiber neben ihm einen Posten nach dem anderen auf seiner Liste ab. Die Runde war beeindruckt. Auch der Zeremonienmeister wusste, dass vieles bei Hofe reibungsloser ablaufen könnte, wenn die Zuverlässigkeit des Küchentraktes Schule machen würde. Einen letzten Punkt galt es nun noch zu besprechen.

»Sollten wir in diesem Jahr nicht stärker plakatieren? Ich denke, zwanzig Ankündigungen in der Stadt waren zu wenig. Sollten es diesmal nicht besser dreißig sein – oder gar vierzig? Es wäre doch zu unangenehm, wenn wir Eintrittsbilletts übrig behielten, nicht wahr, Herr Kollege?«

Peinlich berührt schreckte der Kanzleirat Seiner Durchlaucht aus seinem sorgsam getarnten Dämmerschlaf. Er hatte nicht mehr damit gerechnet, noch irgendetwas zu der Diskussion beitragen zu müssen, und war in Gedanken schon bei seiner Mätresse. Zum Glück war das Anliegen des Zeremonienmeisters aber nur eine Kleinigkeit, die ihm immerhin Gelegenheit gab, ein wenig aufzutrumpfen.

»Ohne Frage, Monsieur. Sehr richtig! Gleich morgen lasse ich der Druckerei Nachricht geben. Wir werden fünfzig fertigen lassen, und die Untertanen Seiner Durchlaucht werden in Massen herbeiströmen!«

Damit erhoben die Mitglieder des Festkomitees sich von ihren Plätzen und strebten dem Ausgang zu. Der Zeremonienmeister atmete einmal tief durch und machte sich auf den Weg zum Rapport beim Großherzog. Als die Diener in den kleinen Salon kamen, um die Spuren der Sitzung zu beseitigen, schlug ihnen der Mief der hohen Herrschaften wie eine dumpfe Wand entgegen. Angewidert rümpften sie die Nasen und rissen als Erstes die Fenster auf.

39. Tanzen und Springen

Elisabeth stand im Schlosspark und sah sich um. Die Eichen warfen lange Schatten über das Gras, die nach und nach das Grün verdunkelten. Im Hintergrund drängelten hunderte von Orangenbäumen sich im Geviert der Orangerie zu langen Reihen, als ob sie sich gegenseitig stützen wollten, um gemeinsam die Last ihrer Früchte zu tragen. Vom Gewächshaus, das sie im

Winter schützte, standen im Sommer nur die Eckpfeiler, die nun wie schwarze Lanzen in den Abendhimmel stachen. Wo die flache Sonne noch durchkam, übergoss sie Blätter und Blüten mit einem saftigen Gelb-Orange, das sich in Rot verwandelte, bevor es erlosch. Neben dem Orangenhain kauerten die täuschend echt aussehenden Felsenbuckel der künstlichen Höhlenlandschaft, die der Herzog für seine Feste nutzte. Vereinzelt schnitten Insekten in flachem Flug durch die letzten Lichtschneisen, als beeilten sie sich, um noch vor Einbruch der Dunkelheit Unterschlupf zu finden. Schon gab der Park die Wärme wieder frei, die er über den Tag hinweg gesammelt hatte. Die letzten Spaziergänger beendeten ihren Rundgang und strebten der Freitreppe zu. Die Damen klappten ihre Sonnenschirme zusammen und hängten sich fröstelnd an die Arme ihrer Kavaliere. Hier und dort hasteten Bedienstete an ihnen vorbei und verschwanden im Schloss, als hätte das mächtige Gemäuer sie verschluckt. Im hinteren Teil des Parks ergraute der Neubau des Theaters und schien in der Dämmerung bedrohlich zu wachsen. Der Widerhall der Geräusche des Tages gewann in der zunehmenden Stille ringsum an Schärfe, bevor er wie ertappt verstummte. Mit der Nacht schlichen Einsamkeit und Leere in das weite Areal und drängten die Menschen ins Schloss. Seit die Theaterbaustelle etwas vom rauen Leben des einfachen Volkes in den Park gespült hatte, war nach Sonnenuntergang niemand mehr gern hier draußen – es sei denn, die Dunkelheit wurde mit tausenden von Fackeln und Lampions, mit Lärm, Musik und Feuerwerk vertrieben. Zu unübersichtlich war das Gelände, zu wenig Sicherheit schienen die fernen Umfriedungen zu bieten.

Auch Elisabeth überkam ein Frösteln. Mit einem Seufzer, der aus ihrem geborstenen Hals wie ein fernes Fauchen klang, machte sie sich auf den Weg zur Baustelle. Sie ging langsam, denn die Füße taten ihr weh. Sie hatte nicht geglaubt, dass der Weg im Park noch so weit sein würde. Wenn er nun nicht da wäre? Wenn sie Leander einfach nicht finden würde? Und selbst wenn sie ihn träfe: Könnte er Maria wirklich helfen? Würde er es überhaupt wollen? Je mehr sie darüber nachdachte, desto größer wurde ihre Angst um Maria. Plötzlich riss das Geräusch hastiger Schritte sie aus ihren Gedanken. Da kam hinter ihr jemand vom Schloss herüber und holte sie ein. Die Person schien es eilig zu haben. Elisabeth hielt es für besser, sich zu verstecken und im Gebüsch zu warten, bis sie wieder allein auf dem Weg wäre. Kaum hatte sie sich hinter einen Holunderbusch geduckt, kam der Fremde schon heran. Messerscharf hob die gedrungene kräftige Gestalt sich vor dem Abendhimmel ab. Noch ehe sie das Gesicht des Mannes sehen konnte, erkannte Elisabeth den kraftvollen Gang und die Eleganz der Bewegungen. Es war Leander. So kannte sie ihn, wenn er den Hammer schwang oder die Säge führte: anmutig, gesammelt, geschmeidig. Sie wollte eben hervortreten und sich ihm zeigen, als ihr Gefühl sie warnte. Plötzlich verlangsamte Leander seine Schritte und hielt neben ihr an. Im nächsten Augenblick ging eine Verwandlung mit ihm vor, die Elisabeth inständig hoffen ließ, er möge sie um Gottes willen nicht entdecken.

Elisabeth hatte viel gesehen in ihrem Leben. Selbst verstoßen und verachtet, betrachtete sie die Gebrechen des Körpers und der Seele mit milden Augen. Fallsucht, Tobsucht, Blödigkeit und Hinfälligkeit waren ihr geläufig. Sie betrachtete sie als mutwillige und selbstgefällige Versuche einer fantasievollen Schöpfung, die sich hin und wieder einige Freiheiten herausnahm. Oft genug hatten jene Menschen, die keinen Unterschied machten zwischen den Gebrechen des Körpers und denen des Geistes, in ihrer Einfalt die bucklige Frau für schwachsinnig angesehen und zu den Irren gesperrt. Nicht selten hatte Elisabeth dabei erlebt, dass die vermeintlich Irren die Grenzen des Lebens nur anders steckten als die angeblich Gesunden. So hatte sie zu unterscheiden gelernt und sich angewöhnt, dem Andersartigen sein Recht zu lassen. Diese Vorsicht war es auch gewesen, die Elisabeth davon abgehalten hatte, über Leander den Stab zu brechen. Sie sah das Gute in ihm und hoffte, dass es stärker war als seine andere Seite, deren zerstörerische Kraft sie von Anfang an gespürt hatte.

Als sie Leander nun aus ihrem Versteck heraus beobachtete, erschreckte sein Verhalten sie daher weniger, als es anderen Menschen ergangen wäre. Stattdessen erkannte sie hinter seinem befremdlichen Gebaren sogleich die ungeheure Anspannung, die diesem Mann innewohnen musste. Der Eindruck war so stark, dass sie meinte, seine Not wie eine eiserne Klammer am eigenen Leibe spüren zu können. Es war ein Druck, der durch jede seiner Poren drängte, der ihn von innen zu zermalmen drohte und der diesen Menschen verzweifelt nach Wegen suchen ließ, sich zu befreien. Alles an ihm schien sich zu winden wie unter Qualen, er zuckte und krampfte, die Beine stampften den Staub, ziellos drehte er sich in hektischer Hast, trat einen Schritt vor, dann zwei zurück. Er warf den Kopf zur Seite, spannte im Krampf die Sehnen seines Halses, bis sie wie Messerklingen durch die Haut zu dringen schienen. Er ballte die Fäuste, schlug und kratzte sich, er vergrub die Finger in seinen Handflächen, zog sie blutig wieder hervor, er krümmte sich und schwankte, er taumelte und war mehr als einmal kurz davor, wie ein Betrunkener zu Boden zu stürzen.

Elisabeth sah seinen Kampf, doch sie wusste nicht, was diesem Mann so zusetzte. Wie hätte sie auch ahnen können, dass er soeben von der jungen Köchin kam. Wie hätte sie wissen können, dass es diesmal anders gewesen war als die anderen Male. Es hatte keine Eingebung gegeben, keinen Schaffensschub! Keine Klänge! Nichts! Heute hatte die Frau einfach nur geschrien, ohne dass es ihn im Mindesten inspiriert hätte. Entsetzlich schrill war es gewesen in seinem versperrten Gehör, und es hatte ihm wehgetan. Mit ihrem Geschrei hatte sie den Keller in ein grelles, grässliches Gelb getaucht, kalt und ohne jedes Leben. Gänsehaut hatte er davon bekommen und einen körperlichen Widerwillen empfunden, der jeden Anflug von Erregung oder gar Rausch im Keim erstickt hatte. Es war eine einzige Katastrophe gewesen mit dieser Frau. Sie würde ihn nicht weiterbringen, das wusste Leander jetzt. Schlimmer noch: Eine hartnäckige Stimme in ihm hielt ihm vor, dass es nicht an ihr gelegen hatte, sondern an ihm, und dass deshalb wohl keine andere mehr ihm je weiterhelfen würde. Die Quelle der Inspiration war versiegt. So war er aus dem Keller geflohen mit dem Gefühl unendlicher Enttäuschung und der Erkenntnis seines vollständigen Scheiterns. Das war mehr, als er ertragen konnte. Bevor die Kollegen ihn sahen, musste er wieder ruhig werden und sich in der Gewalt haben. Darum hielt er hier auf halber Strecke an und brüllte seine Pein hinaus mit den stummen Schreien seines Körpers.

Dann plötzlich entdeckte er Elisabeth: Eine Drehung, ein Schritt, ein Straucheln, er streckte die Hände vor und griff nach ihr, als wäre sie ein Baum, der ihm Halt geben könnte. War es sein überhitzter Geist, war es ihre verwachsene Gestalt? Er begriff zunächst nicht, wen oder was er da vor sich hatte. Mit einem Grunzen schnellte er zurück, blieb stehen und lauerte, bereit, das Tier, den Gauner oder was auch immer dort zwischen den Blättern hocken mochte, mit bloßen Fäusten zu verjagen.

Entschlossen trat die bucklige Frau hervor und streifte das Tuch von ihrem Gesicht. Fest sah sie ihn an und zwang ihn, auf ihren entstellten Mund zu achten, der mühsam einen Namen formte: Maria.

Leander erkannte, wer sie war und begriff auch irgendwie, was sie ihm sagen wollte. Im selben Augenblick fielen sein Zorn und seine Enttäuschung in sich zusammen und machten einer neuen Angst Platz, der Angst um Maria.

Doch wo war sie? Leander zuckte mit den Schultern, wies mit beiden Händen suchend nach hier und dort und gab der Buckligen damit zu verstehen, dass er nicht wusste, wo er Maria finden sollte. Hierauf entspann sich ein wahrhaft gespenstischer Dialog zwischen dem Taubstummen und der entstellten Frau, der einen zufälligen Beobachter das Fürchten hätte lehren können. Elisabeths klaffender Wolfsrachen machte es Leander beinahe unmöglich, ihr von den Lippen abzulesen. Für die bucklige Frau bedeutete dies, dass sie in dem Bestreben, von ihm verstanden zu werden, ihr Gesicht bis zur Fratze verzerren und ihren Körper in all seiner Monstrosität zur Schau stellen musste. Was ihrer Mimik an Präzision fehlte, musste sie durch Übertreibung wettmachen. Das war nicht nur neu für sie, es kostete sie auch große Überwindung, da sie ihr Gebrechen bislang vor aller Welt zu verbergen gesucht hatte. Dennoch brachte sie es mit dem Einsatz ihres ganzen gebrechlichen Körpers schließlich doch noch fertig, dass Leander ihr eifrig nickend kundtat, nun habe er wohl verstanden. Erschöpft lächelte sie ihn mit ihrem schiefen Grinsen an und schickte ihn mit einer Handbewegung los. Sofort machte der stumme Mann sich auf, Maria zu finden.

Nachdenklich schaute Elisabeth der untersetzten Gestalt hinterher und starrte noch lange auf die Stelle, wo er ihr aus den Augen verschwunden war. So nah wie eben war sie ihm noch nie gewesen. Deutlicher als je zuvor hatte sie den Zwiespalt in ihm gespürt. Beinahe war es ihr so vorgekommen, als ob die Sorge um Maria ihm die willkommene Gelegenheit gegeben hätte, die gute Seite in sich wieder zu erwecken. Als ob er dankbar gewesen wäre für die Möglichkeit, sich als guter Mensch zu erweisen. Gleichzeitig drängte sich ihr aber ein anderer Verdacht auf: Was, wenn Leander dies alles nur aus purer Verzweiflung tat, weil er tief in seinem Innern fühlte, dass er das Böse in sich nicht besiegen konnte? Vielleicht versuchte er nur, sich durch die Sorge um Maria im Vorhinein eine Art von Absolution zu erteilen.

Der Tag hatte Elisabeth viel Kraft gekostet. Spät in der Nacht, als sie sich kaum noch auf den Beinen halten konnte, fand sie endlich eine Gruppe von Fahrensleuten, die sie an ihrem Lagerfeuer duldeten. Lange noch sah sie in die Glut und folgte im Geiste den fliehenden Funken nach. Dabei ging ihr eine Frage nicht aus dem Sinn: Konnte ein Mensch, der so viel von Musik verstand wie Leander, ein schlechter Mensch sein? Sie beschloss, in seiner Nähe zu bleiben.

40. Ach weh des Leiden

Spät am Abend erreichte Leander das Haus des Zimmermanns. Charlotte öffnete die Tür und schaute hinter ihm die dunkle Straße entlang, ob er nicht doch noch einen Arzt mitbrächte. Dann führte sie ihn hinein. Beide bemerkten Otto nicht, der schon seit Stunden hinter der Hausecke wachte, weil er sich nicht traute hineinzugehen. In seiner Unbeholfenheit wusste der Knecht nicht, wie er mit seiner Angst um Maria umgehen sollte, und so beließ er es beim Warten und Hoffen.

Im Krankenzimmer hing der Geruch von Schweiß und altem Blut. Als Leander und Charlotte eintraten, ließ der plötzliche Luftzug für einen Moment die Schatten an den Wänden erzittern. Eine Motte stürzte sich blindlings ins Licht und hauchte prasselnd ihr Leben aus, als die Flamme sie erfasste. Eine Schale mit kalter Suppe stand auf dem Nachtschrank. Schon den ganzen Tag über hatte Maria nichts mehr essen wollen. Leander erschrak, als er die Kranke sah. So klein war sie, so eingefallen und schmal! Wie sie da auf dem Krankenbett lag, die Knie halb angezogen und die Augen geschlossen, kam sie ihm zerbrechlicher vor als Glas. War das die stolze Frau, die er auf dem Pferd hatte heranreiten sehen mit ihrem Kind, die so sanft und stark gewesen war in allen Lebenslagen? War das die Frau, die ihm zur Seite gestanden hatte im Sägewerk, der er so oft beigewohnt hatte, ohne ihr wirklich nahe gewesen zu sein? Plötzlich fühlte er eine Zärtlichkeit in sich, die ihn verwirrte. Er ging zum Krankenlager, kniete nieder und nahm ihre Hand. Ihre Finger waren so kalt, dass es ihn ängstigte. Erinnerungen tauchten auf an die Zeit mit ihr, Bilder und Szenen, flüchtig und blass wie Zwischenstationen einer langen Reise.

Charlotte legte ihm die Hand auf die Schulter, damit er sie ansah.

»Es war dein Kind«, schrieben ihre Lippen. »Es ist tot.«

Die Kranke atmete flach und schnell, kaum merklich hob sich die Brust. Der Funke Leben in ihr versuchte zu Kräften zu kommen. Leander spürte, wie seine Wärme in ihre Hand strömte. Wie er so bei ihr saß und ihre Hand hielt, kam seine eigene Lebenskraft ihm unnütz vor. Wie gerne hätte er ihr mehr davon abgegeben als nur das bisschen Wärme – wo sie doch Besseres damit anzufangen wüsste als er. Plötzlich meinte er, einen leichten Druck ihrer Finger zu spüren, den er behutsam erwiderte. In dem Moment, als Maria die Augen öffnete und ihr silberner Blick erwachte, ging seine Reise weiter.

Tief aus seinem Innern stiegen sie empor, die Takte, die er einst so oft gesungen hatte in der Stube bei der Mutter, während er zu ihren Füßen hockte. Zeile um Zeile fügte die alte Weise sich in seiner Erinnerung zusammen, Ton für Ton erklang sie zunächst nur in ihm, wollte dann hinaus und fand endlich den Weg in seine Stimme: *Ach weh des Leiden, muss es denn sein gescheiden, ach weh der Schmerzen, so ich empfind im Herze ...* Zaghaft summte und brummte der Dreivierteltakt in ihm, verwundert spürte Leander die Vibrationen in Brust und Kehle. Er wehrte sich nicht. Da wagten die ersten Worte und Töne sich hervor, leise noch und wie verstohlen. Dann ließ er es kommen, wie es wollte, scherte sich nicht um falsche Intervalle, um brüchige Töne, um verstümmelte Silben und begann einfach zu singen. Ein Gefühl des Bedauerns mischte sich unter seine Zärtlichkeit: Bedauern über die Versäumnisse der Vergangenheit, über mutwillig eingeschlagene Wege, über Entscheidungen, die er verpasst oder falsch getroffen, über Gelegenheiten, die er nicht wahrgenommen hatte. Diesmal war es keine so schmerzhafte und gewalttätige Erkenntnis wie die, die ihm wenige Stunden zuvor bei der Frau im Erdloch unter dem Schlosspark widerfahren war. Es war mehr wie ein sanftes Erwachen nach einem langen und tiefen Schlaf. Kaum merklich bewegte Maria die Lippen, weil sie merkte, dass Leander sang. Auch wenn sie

Musik und Worte nicht erkannte, weil sein Gesang dafür zu roh war und viel zu ungeschlacht, verstand sie doch mehr, als er ihr sagen wollte. Sie sah seine Liebe, bevor er selbst sie erkannte.

Während er sang, durchschritt Leander im Geiste alle fünf Stimmen des Madrigals, hob hier eine Tenorstelle hervor, dort den ersten Sopran, dann den zweiten, sprang ein paar Takte später in den Bass und erschuf so den mehrstimmigen Satz in seinem Kopfe neu, als wäre er selbst der alte Meister Leo Haßler. Bei Maria zu knien und in diese schlichte Weise aus dem 16. Jahrhundert einzutauchen, bescherte ihm einen Moment des Friedens. Als er im zweiten Teil des Madrigals angelangt war, ging ihm voller Bestürzung der Sinn der Worte auf, die er da sang und die doch niemand außer ihm verstand: *Muss ich dich denn aufgeben, so kost's mich das Leben …* Voller Angst sah er den Abschied in Marias Augen und musste das Lied doch fertig singen – ob er wollte oder nicht. Es war, als ob die Musik selbst, als ob ihre Harmonien ihn zwangen weiterzumachen bis zum Ende, weil er doch wusste, wie der Tonsatz sich entwickeln, in welcher Schönheit er sich vollenden würde. Da schloss er die Augen, um den Silberblick nicht verlöschen zu sehen, und sang das Stück zu Ende.

Ihre Hand sagte ihm, dass sie nun starb. Eine Weile noch hielt er ihre schlaffen Finger und wollte es nicht wahrhaben. Dann stand er auf, schaute nicht rechts und nicht links und ging hinaus in die Nacht. Die Sterne standen klar und ruhig, hoch am Himmel leuchtete Wega in der Leier und schien noch heller zu strahlen als sonst. Adler und Schwan zogen mit weiten Schwingen ihre Bahnen die Milchstraße entlang. Leander sah zum großen Wagen hinauf und fixierte den mittleren Stern der Deichsel. Ja, es war ein Doppelstern, er konnte sie beide erkennen – auch den zweiten, schwächeren schräg oberhalb des Hauptsterns. Aber was hieß das schon? Was nützten ihm seine scharfen Augen? Wie wenig bedeutete ihm dieser Sinn, den die meisten Menschen als ihren wichtigsten erachteten, weil sie vom Universum der Töne und Klänge so wenig wussten. Für Leander war das Augenlicht nicht mehr als nur ein Werkzeug, das ihm half, im Alltag zu bestehen. Ein Zugang zu seiner Seele war es nicht. Oft hatte er darüber nachgedacht, warum das so war, warum zum Beispiel die vielen Gemälde oder marmornen Figuren im Schloss ihn kalt ließen. Eines Nachts auf seiner Pritsche in der Schlafbaracke war ihm der Gedanke gekommen, dass es mit der Zeit zu tun haben musste. Es war die Zeit, die den Unterschied machte zwischen Hören und Sehen. Ein Bild, so überlegte er sich, ein Bild war etwas Statisches. Das Auge konnte es betrachten, so lange es wollte, konnte bei jedem Detail beliebig lange verweilen oder zu ihm zurückkehren, um es noch gründlicher anzuschauen. Um *gesehen* zu werden, mussten die Dinge also nur *sein* – nichts weiter. Das Ohr hingegen gab sich damit nicht zufrieden: Wenn es hören wollte, mussten die Dinge in Bewegung sein, sich verändern, sie mussten *leben*. Diese Eigenschaft ließ jede Musik einem eindeutigen Ende zustreben: War der letzte Ton verklungen, half kein noch so konzentriertes Lauschen mehr. Dann war es eben vorbei. Auch hier entsprach Musik dem Leben: Jeder Schlussakkord war wie ein kleiner Tod.

Wieder musste Leander an Maria denken. Welche Musik hatte ihr Tod gespielt? Da war kein Auftrumpfen gewesen, keine letzte Bekräftigung im Fortissimo. Maria war nicht mit einem Schlussakkord gegangen. Da war auch keine Kadenz erklungen, und erst recht keine Coda. Maria hatte einfach aufgehört zu klingen. Mitten im Takt. Ganz leise. Warum berührte ihn das so? Vor ein paar Jahren, auf seinen Wanderungen, war er einmal in einer Dorfkirche eingekehrt, um sich auszuruhen und nachzusehen, ob es dort eine Orgel gab. Es gab eine. Sogar eine recht große. Auf dem Spieltisch lagen Noten: eine gewaltige Fuge, größer und mächtiger als alles, was Leander je gesehen hatte. Bass erstaunt und voller Ehrfurcht hatte er die Noten studiert und Seite für Seite umgeblättert. Doch plötzlich, genau an der Stelle, wo alles zusammenlaufen, wo die verschiedenen Themen zusammengeführt werden sollten, brach diese Fuge ab. Einfach so. Mittendrin. Eine einzige einsame Stimme hinkte noch etwas nach. Dann stieß auch sie ins Leere, mitten in der Entwicklung, und das Stück war zu Ende, weil sein Schöpfer darüber verstorben war. Sein Name war Bach. Johann Sebastian Bach. So war Maria gestorben – wie diese Fuge: einfach so. Mitten im Leben.

Als eine Sternschnuppe durch die schwarze Nacht schnitt und über dem Wald verglühte, spürte Leander den Kloß in seinem Hals. Wo sie jetzt wohl war? Welche Ewigkeit gab ihr nun Frieden? Stumm formten seine Lippen ihren Namen – einmal, zweimal, immer wieder. Ganz sachlich dachte er bei sich, es sei nun an der Zeit zu weinen. Dass er es nicht konnte, bescherte ihm weitere Traurigkeit. Ziellos machte er sich auf den Weg, ging, ohne es zu merken, zurück zum Schloss. Otto, der ihn heimlich beobachtete, begriff, was geschehen war und weinte statt seiner.

Marias sanfter Blick ließ Leander nicht los, er zwang ihn, in Gedanken zu seiner Vergangenheit zurückzukehren. Wieder sang er mit seiner Mutter, wieder hörte er ihr Lachen und sah die Freude in ihren Augen. Sie hatte so fest an ihn und seine Kunst geglaubt. Den Schulchor hätte er leiten sollen und die Orgel schlagen in der Kirche. Erste vierstimmige Sätze von ihm hatten sie schon gesungen. Und das war nur der Anfang gewesen. Leicht flog ihm alles zu. Die Musik war seine Welt, sein Leben. Aber den Vater hatte er damit zornig gemacht, so zornig ... Mit einem Mal überkam Leander der quälende Wunsch, sich zu rechtfertigen und der Mutter zu beweisen, dass er es geschafft hatte: Hier! Sieh mein Werk! Sieh seine Größe und Schönheit! Es war es doch wert! All das muss es wert gewesen sein. Du hattest Recht, an mich zu glauben! Siehst du es nun? Für dich hab ich's geschrieben!

Minutenlang schwelgte er in der Illusion, es wirklich erreicht zu haben, gab sich diesem Trost hin, wärmte sich am Lächeln der Mutter. Dankbar genoss er Magdas Anerkennung, ihre milde, klare Liebe. Wie damals war sie voller Bedauern, weil sie ihm nicht folgen konnte, doch das machte nichts, weil sie sah, dass es gut und groß sein musste, was er tat. Wie oft hatte er versucht, ihr seine Sinneskreuzungen zu erklären, wie oft hatte er ihr die Dimensionen dessen, was er hörte und was in ihm war, begreiflich zu machen versucht. Sie hatte es nicht verstehen können, aber sie hatte ihn geliebt und bestärkt. Jetzt war es an der Zeit, ihr zu zeigen, dass sie recht daran getan hatte, an ihn zu glauben. Sieh her: Das ist mein Werk!

Doch die Illusion währte nicht lange.

Du hast vier Frauen getötet, sagte eine höhnische Stimme in ihm. Für ein paar kümmerliche Takte Musik hast du sie gequält und dann getötet, und bei einer weiteren bist du im Begriff, es zu tun. Anderen hast du beigewohnt, um sie auszunutzen für dein Ziel. Deine Mutter hast du getötet mit deiner nichtsnutzigen Leidenschaft, und auch Maria hast du ins Grab gebracht durch die Frucht deiner Lust. Und dein Werk? Wo ist es? Das wenige, was du zuwege gebracht hast, wurde gestohlen und in den Schmutz gezogen. Du bist am Ende. Es war alles umsonst.

Wie ein geprügelter Hund schlich Leander durch die Dunkelheit. Seine leere Seele suchte die Weite des Alls, um darin zu vergehen. Sehnsüchtig starrte er in die Schwärze der Nacht und forderte sie auf, sich mit dem Nichts in seinem Innern zu vereinen. Ende, Untergang und Tod lächelten ihn an und riefen nach ihm: Komm her! Komm mit uns! Es ist so leicht!

Doch Leander wollte nicht – noch nicht. Wäre sein Werk nur verloren gewesen und damit für immer verborgen geblieben vor der Welt, wäre er den Stimmen vielleicht gefolgt. Die Vorstellung aber, dass seine Ideen in der Verstümmelung und Vergewaltigung durch einen anderen vor vielen tausend Menschen erklingen sollten, ließ ihn noch einmal aufbegehren. Nein und abermals nein! Das würde er zu verhindern wissen! Wenigstens dieses Vorhaben musste ihm noch gelingen! Also jagte er die düsteren Sehnsüchte davon, konzentrierte sich auf seine Wut und fasste einen Entschluss.

Als er kurz vor der Morgendämmerung den Wachtposten erreichte, schlief dieser fest. Das Tor zum Park war verschlossen. Leander rüttelte daran mit aller Kraft in der Hoffnung, es würde genug Lärm machen, um den Mann zu wecken. Endlich wankte der Wachmann heran und stach unwirsch mit seinem Bajonett nach ihm.

»He! Du da! Einen Ersten Gardeoffizier Seiner Durchlaucht zu wecken … das ist … Hochverrat ist das! Jawohl! Hochverrat! Abknallen sollte ich dich, du Wicht! Was soll der nächtliche Rumor? Einbuchten lass ich dich!«

Leander verstand von seinem Gepolter nichts und stellte sich nur ins Licht der Laterne, damit der Soldat ihn erkennen möge.

»Ach, du bist's! Der Krüppel, der seine Zunge in 'nem Weibsbild verloren hat. Hast dich wohl rumgetrieben und gehurt die ganze Nacht? Also rein mit dir – und mach das nicht noch mal mit mir, hörst du!«

Damit schloss der Soldat auf und ließ den Nachzügler durch. Die Zimmerleute in der Baracke schliefen noch. Niemand von ihnen bemerkte, wie Leander in seine Koje kroch und wie schnell er einschlief – beide Arme fest um die kleine Orgel geschlungen.

41. Revolutionsetüde

Zweimal noch ging Leander zur Köchin im Verlies unter dem Schlosspark. Er tat es nur mehr halbherzig und vor allem, um sich zu vergewissern, dass sein Gefühl nicht trog, dass diese Frau ihn nicht weiterbringen würde. Als er sich dessen versichert hatte, überfiel ihn eine ungewohnte Ratlosigkeit. Was sollte er mit ihr tun? Noch hatte er sie nicht verletzt. Sie war nur schwach und völlig verstört. Dass sie ihn erkennen und verraten könnte, hielt er zwar für möglich, aber doch für unwahrscheinlich, denn es war dunkel hier unten, und er hatte sich ihr – bis auf jenen Abend, als er sie gefangen nahm – nie auf weniger als fünf Ellen genähert. In seiner Unentschlossenheit ließ er sie einfach dort und stellte ihr etwas Nahrung hin. Als er am nächsten Abend wiederkam, um sie freizulassen, war sie verschwunden. Er hatte einfach vergessen, die Kellertür wieder abzuschließen.

In den folgenden Tagen gab es für Leander noch mehr zu tun als sonst. Je weiter die Vorbereitungen für die Festlichkeiten zur Eröffnung des neuen Theaterhauses voranschritten, desto größer wurde die Zahl derjenigen, die sich an die handwerklichen Fähigkeiten des Taubstummen erinnerten und ihn für ihre Arbeiten einzuspannen suchten. Leander nahm dies klaglos hin, zumal er in August einen bescheidenen und kundigen Helfer fand. Eine halbe Stunde hatte dem Vorarbeiter genügt, um zu erkennen, dass der Zimmermann nach seinem Unfall noch nicht wieder ganz der Alte war, obwohl er diesen Eindruck gerne erwecken wollte. Also hatte er ihn Leander zugeteilt in der Hoffnung, der Taubstumme würde auf ihn aufpassen und ihn daran hindern, sich zu viel zuzumuten.

Einen halben Tag lang bauten die beiden in der größten der künstlichen Höhlen des Herzogs eine hölzerne Balustrade auf, hinter der die indirekte Beleuchtung untergebracht werden sollte. Am nächsten Morgen schickte der Vorarbeiter sie mit zwei anderen Zimmerleuten in den Schlosshof, weil die dortige Handwerkertruppe mit dem Aufbau der Turnieranlage für die Ritterspiele im Verzug war. Pfähle mit Zielscheiben für die Wurfwettbewerbe mussten aufgestellt, Tribünen gezimmert und die lange Trennwand errichtet werden, welche die Reiter schützen würde, wenn sie – der eine diesseits, der andere jenseits der Wand – im Galopp aufeinander zustürmten und versuchten, sich mit ihren Lanzen vom Pferd zu stoßen.

Eines Tages erschien ein schweigsamer Artillerist Seiner

Durchlaucht und bat den Vorarbeiter um seinen geschicktesten und verlässlichsten Mann. Natürlich traf es wieder Leander. Mit demselben Gleichmut, den er bei allen Arbeiten an den Tag legte, assistierte er dem Feuerwerker in den nächsten Stunden bei der Installation von Abschussrampen und Raketenwerfern. Er verlegte Zündschnüre, füllte Rohre mit Bomben und Bombetten, installierte bengalische Feuer und baute eine schwimmende Plattform für das Wasserfeuerwerk auf dem großen See.

Das Blitzlabor unter dem Dach des neuen Theaters lag Leander besonders am Herzen. Wann immer der Professor ihn rief, war Leander zur Stelle und erledigte den Auftrag schnell und gründlich. Nach ein paar Tagen hatte der Professor so viel Vertrauen zu seinem taubstummen Gehilfen entwickelt, dass er ihn auch alleine arbeiten ließ. »Wenn ich dereinst einen weiteren Assistenten brauchen sollte, werde ich an dich denken«, hatte er gesagt und den Taubstummen freundlich angelächelt. Leander lernte eben schnell.

Es war Abend, und Leander hatte gerade eine Elektrisiermaschine nach oben getragen. Nachdem er sich vergewissert hatte, dass niemand sonst in der Nähe war, schickte er August nach Hause, der es dankbar hinnahm. Die langen Arbeitstage auf dem Bau strengten ihn immer noch an. Endlich war Leander allein.

Am Tag zuvor war er in schwindelnder Höhe auf dem frisch gedeckten Dach des Theaterbaus herumgeklettert, hatte ein Loch in die Schindeln geschnitten und die Metallstange, mit der der Professor seine Experimente zur Gewitter-Elektrizität durchführen wollte, in das Blitzlabor geführt. Mehr als mannshoch reckte der Dorn sich nun gen Himmel, bereit, die gewaltigen Entladungen der Atmosphäre einzufangen. Der mit Messingspänen gefüllte Sammelbehälter, in den die Blitze fahren sollten, stand schon darunter. Morgen sollte Leander ihn nur noch mittels einer langen Eisenkette mit der Stange auf dem Dach verbinden. Das Material für diese und weitere Installationen, darunter ein ganzes Bündel Eisenstangen, lag schon bereit.

Mit der ihm eigenen Gründlichkeit schraubte Leander jetzt die Kette an die Eisenstange und versenkte das andere Ende in die Wanne mit den Messingspänen. Dann bohrte er an verborgener Stelle unter dem Behälter ein Loch in den Holzboden, nahm eine weitere Eisenstange und schloss sie von unten – ebenfalls unsichtbar – an das Ende der Kette an. Es bereitete ihm einige Mühe, die Stange unter der Decke der nächsten Etage so zu biegen, dass er sie verdeckt im Schatten eines Trägers verlegen konnte. Doch Leander war stark, und schließlich schaffte er es. Noch war die Bühnenmaschinerie im neuen Opernhaus nicht eingebaut. Nur das Gerüst der Bühne mit allen Stützbalken stand schon. Deshalb musste er Acht geben, dass seine eigene Installation von den vielen Handwerkern, die hier noch zu tun haben würden, nicht bemerkt werden würde. Doch Leander war geschickt. Nach und nach verlegte er Stange um Stange, bis er über dem Orchestergraben angelangt war. Den letzten Eisenstab ließ er mitten vor der Bühne als kaum sichtbare Spitze hoch über den Köpfen der Musiker enden. Sie zielte genau auf jene Stelle, an der später der Dirigent stehen würde. Es war weit nach Mitternacht, als er endlich in seine Koje kroch und sofort einschlief.

Durch die allgemeine Geschäftigkeit jener Tage und wegen des guten Rufs Leanders bemerkte niemand, wie er sich verändert hatte. Er war in seiner Arbeit nachlässiger geworden. Leander zehrte von seinen Reserven. So geschah es beispielsweise, dass er einen schlanken Balken zur Hand nahm, um ihn zu kürzen. Früher hätte er, der doch so viel von Holz verstand, das Stück mit forschenden Händen berührt, hätte seine Fasern zu ertasten, seine harzige Seele zu riechen und die innere Struktur des Holzes zu erfassen gesucht. Er hätte an ihm entlang gepeilt, um verdächtige Krümmungen festzustellen. Er hätte es mit dem Gewicht seines Körpers unter Spannung gebracht, um seine Elastizität zu erproben. Mit Sicherheit hätte er diesen Balken dann aussortiert, weil er gespürt hätte, dass das Holz noch nicht durchgetrocknet war, zudem unter Spannung stand und sich deshalb nach kurzer Zeit unweigerlich verbiegen würde. Diesmal sah er es nicht oder es war ihm egal.

Eines Nachmittags – es waren nur noch zwei Tage bis zur Eröffnungsfeier – ging Leander zur Theaterwerkstatt im Schloss. Jedes Mal, wenn er den riesigen Werkstattraum betrat, überkam ihn ein Gefühl von Geborgenheit und stiller Freude. Mit seiner überbordenden Fülle von Maschinen und Gerätschaften, von Kulissen und Dekorationen, von Werkzeugen, Stoffen, Kostümen und Gerümpel erschien ihm die Werkstatt wie ein chaotischer Mikrokosmos der Kunst. Nicht von ungefähr hatte er sich hier mit Hertha getroffen. Er liebte das harte Nebeneinander ausrangierter oder im Werden begriffener Dinge. Hier waren Anfang und Ende, Geburt und Tod, Vergangenheit und Zukunft des Theaters auf engstem Raum vereint: Auf einem verstaubten Bühnenbild erzählten antike Tempel von klassischen Tragödien, während die verblassenden Kulissen eines vor Jahren aufgeführten Schäferspiels von Liebe und Einfalt sangen. Daneben trockneten halb fertig gemalte Soffitten für das neue Theater, während in der Ecke eine Harfe darauf wartete, dass endlich ein kundiger Handwerker sich ihrer klemmenden Pedalmechanik annehmen möge. Wie riesige Weihnachtssterne lehnten in einer anderen Ecke zwei alte Speichenräder für den Handbetrieb einer Kulissengasse an der Wand. Der Schweiß unzähliger schmutziger Hände hatte das Holz der sternförmigen Griffe schwarz und speckig werden lassen. Neben der Werkbank verwiesen zwei mannshohe Antriebstrommeln für die Verwandlung des Hintergrundprospekts auf die komplizierte Welt hinter der Illusion: Seht her, so schienen sie zu sagen, seht her, welcher Aufwand nötig ist, um die Leichtigkeit des Scheins für euch zu wahren!

Die Kiste, die Leander holen wollte, lag hinter den beiden Holztrommeln auf der Werkbank. Er hätte nur hingehen, sie in die Hand nehmen und dann einfach aus dem Raum gehen können. Doch die Erinnerung ließ seinen Blick nach dem im Halbdunkel verborgenen Stoffstapel suchen, auf dem er einst mit Hertha gelegen und ihre Töne erforscht hatte. Noch bevor er ihn entdeckt hatte, sah er das Bein. Es war ein Männerbein: stämmig, bleich und konturenlos. Der Fuß samt dicker Wade steckte noch im weißen Strumpf, der ausgetretene Schnallenschuh lag – hastig abgestreift – daneben.

Schnell verbarg Leander sich hinter einer hölzernen Mauerattrappe und lugte vorsichtig über die oberste Steinreihe, die der Bühnenmaler mit groben Pinselstrichen auf das Versatzstück gemalt hatte. Dann sah er genauer hin. Er kannte den Schuh. Mitten auf dem samtenen Hügel alter Bühnenvorhänge lag in seltsam linkischer Pose der ansonsten völlig nackte Hofcompositeur Paul Tiefenbacher und bemühte sich ebenso ungelenk wie ungeduldig, bei der Dame, die unter ihm lag, ans Ziel zu gelangen. Leander hatte die Frau noch nie gesehen. Es mochte eine Zofe sein, eine Küchenhilfe oder sonst eine der unzähligen Arbeitskräfte aus den unteren Etagen der Hierarchie bei Hofe, die sich von einem so hoch gestellten Herrn Vorteile erhoffte. Mit einem verächtlichen Blick, den nur Leander sah, schob sie den schweren Leib des Mannes auf sich hin und her, um ihm zu assistieren. Der suchte gierig, aber unbeholfen nach einer bequemeren Position.

Zum zweiten Mal nach jener Nacht in der Herberge sah Leander diesem fetten, schwitzenden Lüstling beim Liebesakt zu. Diesmal empfand er nichts als unsäglichen Zorn. Es war der Zorn des Virtuosen, der ein Ruckers-Cembalo, eine Silbermann-Orgel oder eine Stradivari in den Händen eines Rohlings erlebt. Leander verachtete ihn, so wie ein Meister den bemühten Stümper verachtet, von dem er genau weiß, dass er es *nie* lernen wird, seinem Instrument wahre Musik zu entlocken. Wie beharrlich und allgegenwärtig waren doch die Dilettanten, die sich gegen die wahre Kunst verschworen hatten! Eine Weile beobachtete Leander voller Häme und Verachtung die geifernde Lust des Hofkomponisten, registrierte die dünne Dramaturgie von Tiefenbachers Auftritt, seine schwache Instrumentierung, sein beschränktes Repertoire. Die Vorstellung, dass dieser Mann sich wieder und wieder das Recht herausnahm, sich in seinem Ehebett auf ähnlich einfältige Weise an Hertha zu schaffen zu machen, bereitete ihm Ekel.

Er wollte, dass Tiefenbacher ihn sah. Langsam kam Leander aus seiner Deckung hervor und richtete sich auf. Als der Hofkomponist ihn entdeckte, erfasste ein Beben seinen schweren Leib, und er begann zu strampeln und zu zucken wie eine dicke Kröte. Nachdem er sich endlich von der Frau freigemacht hatte und in all seiner nackten Unförmigkeit vor Leander stand, ging ihm auf, wie lächerlich er erscheinen musste, und sein Zorn gefror zu peinlicher Scham. Leander bemerkte es und grinste ihm frech ins Gesicht. Dann ging er wie selbstverständlich quer durch den Raum, nahm die Kiste mit den Feuerwerkskörpern und verließ die Werkstatt, ohne Paul Tiefenbacher eines weiteren Blickes zu würdigen.

Keiner der gehetzten Handwerker um ihn herum hegte einen Verdacht, als Leander mit einer Kiste auf der Schulter zum Schnürboden des neuen Theaters hinaufstieg. Wie erwartet, hatten die Bauarbeiter den Vorhang geschlossen, um das fertige Bühnenbild nicht zu gefährden. So war er ungestört. Oben stellte Leander die Kiste hinter den Lagerbock des großen Wellenbaums auf die Bretter und machte sich in aller Ruhe ans Auspacken. Bisher hatte noch niemand die fehlenden Raketen und Böller vermisst. Wahrscheinlich, so überlegte Leander, würde ohnehin niemand mehr den Diebstahl bemerken. Er hatte festgestellt, dass der Artillerist und oberste Feuerwerker es mit der

Buchführung nicht sehr genau nahm. Und was waren schon ein Dutzend Kracher im Vergleich zu den beinahe 3000 Feuerwerkskörpern, die in der Nacht der Opernpremiere abgefeuert werden sollten. Leander nahm zwei der kindskopfgroßen braunen Pappkugeln und befestigte sie zwischen den Umlenkrollen der Seilzüge. Dann verstaute er vier Raketen im Hängewagen der Wolkenflugmaschine, mit der Amor am Ende des zweiten Aktes von Tiefenbachers Oper vom Himmel herabschweben sollte. Die restlichen Böller versteckte er im tragenden Gebälk der Bühne und machte sich dann daran, die Zündschnüre zu verlegen. Das größte Problem war der Wolkenwagen. Um zu verhindern, dass die Zündschnur abriss, wenn der Wagen in Bewegung gesetzt wurde, verlegte Leander die Leitung in lockeren Schlaufen, die sich leicht abwickeln ließen. Zum Schluss verband er alles zu einer einzigen Lunte, die er zu einer Nische nahe des Hinterausgangs führte. Als er diese Arbeiten zu seiner Zufriedenheit erledigt hatte, nahm er den letzten großen Böller und stieg zum Unterboden hinab. In der Ecke hinter dem letzten Kulissenwagen endete der senkrechte Schacht der Donnermaschine, der hoch oben auf dem Schnürboden begann. In Höhe des Fußbodens befand sich eine Klappe, durch welche die herabgestürzten Donnerklötze wieder herausgeholt werden konnten. Leander zog die schweren Eichenholzriegel zur Seite und schwenkte die Klappe auf. Als er den Feuerwerkskörper hineinlegen wollte, tippte ihm jemand auf die Schulter. Leander fuhr herum. Es war August.

»Also hier steckst du! Man sucht dich überall.«

Leander grunzte und versuchte, den Feuerwerkskörper hinter seinem Körper zu verbergen.

»Brauchst du noch lange bei den Musikmaschinen? Im Schlosshof könnten wir dich gut brauchen! Bei den Podesten, weißt du ... Das hintere steht noch nicht fest genug ...«

Zweifelnd sah der Zimmermann den Taubstummen an und strich im Reflex über seine Narbe am Kopf. Er war sich nicht sicher, ob Leander ihn verstanden hatte. Vielleicht war es ja zu dunkel hier unten, und Leander konnte ihm nicht von den Lippen ablesen. Um sicherzugehen, beugte der Zimmermann sich noch näher heran. Plötzlich bemerkte er die Kugel in Leanders Hand.

»Wird damit der Donner gemacht? Zeig doch mal!«

Leander umklammerte die Kugel mit beiden Armen und beugte sich über sie wie ein Spieler, der einen gefangenen Ball vor dem Gegner abschirmen will. Dazu grunzte er bedrohlich.

»Ist ja schon gut«, sagte August beschwichtigend und klopfte ihm zaghaft auf die Schulter. »Ich versteh davon nichts und will dir doch nicht reinreden. Hätt mich halt nur mal interessiert ... Aber wenn du hier fertig bist, komm in den Schlosshof, hörst du? Hast du verstanden? In den Schlosshof zu den Podesten!«

Noch einmal sah er unschlüssig auf die zusammengekauerte Gestalt. Es stimmte schon, was die anderen sagten: Einen seltsameren Menschen würde man im ganzen Land kaum finden. Obwohl August erst seit wenigen Tagen mit Leander zusammenarbeitete, war ihm als gestandener Zimmermann aufgefallen, was für ein ausgezeichnetes Gespür für Holz er hatte. Außerdem arbeitete Leander mit einer schier unglaublichen Geschicklichkeit und Präzision, die einen an den eigenen Fähigkeiten zweifeln lassen konnten. Aber ein Spinner war er gleichwohl – und unheimlich noch dazu.

»Bis später also ... und lass dich nicht stören ...«

August war schon längst wieder verschwunden, da saß Leander immer noch mit der Feuerwerksbombe im Arm regungslos vor dem Donnerschacht. Endlich beruhigte er sich und schaute sich um. Ja, er war wieder allein. Vorsichtig schob er die Kugel durch die Öffnung und steckte dann seinen Kopf hinterher. Wenn er den Hals verrenkte, konnte er aus den Augenwinkeln den langen, dunklen Schacht über sich erkennen. Weit oben, an der Einwurföffnung, fiel fahles Licht in die hölzerne Röhre. Leander war zufrieden und krabbelte zurück. Dann schloss er die

Klappe und schwenkte die beiden klobigen Holzriegel sorgfältig in ihre Fallen zurück. Eine Zündschnur brauchte es diesmal nicht – die herabstürzenden Klötze würden ausreichen.

42. Engführung

Am Vorabend der feierlichen Eröffnung des neuen Konzerthauses arbeitete Theatermaschinist Friedhelm Sproß bis spät in die Nacht hinein und tat für den Rest derselben kein Auge zu. Noch nie im Leben hatte er unter einem solch erbarmungslosen Druck gestanden wie in den letzten Tagen vor der Premiere. Wo er auch hinsah, gab es nur Probleme. Die wenigsten seiner mehr als zwanzig Vorarbeiter konnten ihm bestätigen, dass sie mit ihren Gewerken im Plan lagen und bis zum Termin ohne Schwierigkeiten fertig würden. Die meisten vertrösteten ihn und gaben seinen Druck an ihre Handwerker weiter, die dadurch mehr Fehler machten als üblich, was zu weiteren Verzögerungen führte. Friedhelm Sproß war kurz davor zu verzweifeln. Wie sollten sie bis morgen Abend noch achthundert Kerzenhalter im Zuschauerraum montieren? Wie sollten seine Leute es schaffen, in den wenigen verbleibenden Stunden die komplette Seitenwand unter dem ersten Rang mit Tapisserien zu verkleiden? Wie war es möglich, die restlichen Stuckaturen bis zum Abend zu vergolden? In seiner Panik versuchte er sich vorzustellen, welche Teile des Saales der Großherzog aus der Fürstenloge heraus würde einsehen können, ob es vielleicht tote Winkel gäbe, die man bis nach der Eröffnung unfertig lassen könnte. Aber natürlich hatte Theatralarchitekt Julius Kahlenberg ganze Arbeit geleistet und einen perfekten Saal entsprechend der Lehre von der Zentralperspektive entworfen, die freie Sicht aus jedem Blickwinkel forderte. Schließlich ging man ins Theater, um zu sehen und gesehen zu werden. Folglich würde der Herzog alles überschauen können, einfach alles! Wie sollte das nur gut gehen!

Als er um fünf Uhr morgens immer noch nicht eingeschlafen war, gab Theatermaschinist und Bauleiter Friedhelm Sproß die Nacht endgültig für verloren. Leise verließ er das Schlafgemach und machte sich auf den Weg zur Baustelle. Er wollte zuerst einmal nachsehen, ob das restliche Material zur Verarbeitung bereitläge. Außerdem müsste die erste Schicht kurz nach Sonnenaufgang mit der Arbeit beginnen. Da könnte er doch gleich schon einmal nach dem Rechten sehen.

Draußen im Schlosspark lärmten noch die Vögel. Ein Hauch von Morgenrot spähte über den Horizont und ließ die ersten Sterne im Osten verlöschen. Noch zögerte das müde Grau der Nacht, den Farben des neuen Tages zu weichen. Tief sog Friedhelm Sproß die kühle Luft in seine Lungen, hielt sie für einen Moment gefangen, um deren Energie und Frische in sich aufzunehmen. Dann seufzte er und streckte sich. Welche Wohltat, welche Wonne! Das war tausendmal besser, als sich in den Federn zu wälzen und trüben Gedanken nachzuhängen. Es blieb noch so viel Zeit bis zum Abend! Und seine Leute waren gut; die konnten doch wirklich etwas. Sie würden das alles noch hinbekommen. Es würde klappen.

Als Friedhelm Sproß sich dem Hauptportal des Neubaus näherte, umspielten die ersten zaghaften Sonnenstrahlen den oberen Teil des Daches und ließen die Metallstange auf seinem Giebel glitzern. Der stämmige Körper des Theaterhauses döste indes noch im Grau der Morgendämmerung. Noch war kein Handwerker erschienen. Fast ein wenig ehrfürchtig öffnete der Theatermaschinist den schweren Türflügel und trat ein. Der Geruch von frischem Holz, von Leim, Kalk und Farbe hüllte ihn ein wie schweres Parfüm. Langsam trat er unter dem ersten Rang hervor und ging ein paar Schritte in den freien Raum hinein. Deutlich spürte er, wie die Akustik des großen Saales sich weitete. Ihm war, als ob sein Gehör sich verschärfte und an Tiefe gewann. Ja, dieser Saal war gut! All seine Sinne und seine Erfahrung sagten ihm, dass dieser Saal gut war. Obwohl noch in Dunkelheit und Stille gehüllt, verströmte das weite Rund eine Atmosphäre von Richtigkeit und Autorität, die das Haus zu einem gefeierten Hort der Kunst machen würde.

Langsam ging Friedhelm Sproß durch die Sitzreihen der Adligen im Parkett bis zur Mitte des Saales und schaute nach oben. Immerhin: Die Stuckdecke mit den vergoldeten Kassetten war vorgestern fertig geworden. Auch der riesige Lüster in der Mitte hing jetzt endlich dort, wo er hingehörte. Was hatten seine Leute für eine Mühe gehabt, das Teil von der Größe einer viersitzigen Kutsche dort oben in schwindelnder Höhe zu befestigen! Mittels eines doppelten Flaschenzuges rechts und links vom Zuschauerraum konnte der schwere Lüster zum Anzünden der Kerzen herabgelassen und anschließend von nur zwei Mann wieder unter die Decke gezogen werden. Mittlerweile hatten die Sonnenstrahlen die ersten Fenster oberhalb des vierten Rangs erreicht. Es wurde langsam heller im Saal. Da es sich um ein frei stehendes Gebäude handelte, hatte man unter dem Dach ein paar Fenster einbauen können. So war das Theater zumindest tagsüber nicht auf künstliche Beleuchtung angewiesen.

Jetzt, da Friedhelm Sproß die unerledigten Arbeiten mit eigenen Augen sah, kamen die Rückstände ihm nicht mehr ganz so bedrohlich vor wie vorhin, als er sich noch im Bette gewälzt hatte. Die Tapisserien müssten binnen drei Stunden anzubringen sein, und für die Kerzenhalter würde er notfalls ein Dutzend Hilfskräfte – und seien es Gärtnerburschen – auftreiben. Alles halb so wild! Hauptsache, die Seele des Hauses, die Bühne, war bereit für den ersten Vorhang. Und was für eine Bühne das war! Voller Wonne gab Friedhelm Sproß sich seinem Stolz hin, labte sich an der Gewissheit, das alles hier entworfen, durchdacht und gebaut zu haben. Mochte der arrogante Kahlenberg ruhig die Hülle dieses Baus für sich reklamieren.

Das komplette Bühnenhaus hingegen mit Haupt-, Seiten-, Hinter- und Unterbühne, mit Schnürboden und allen technischen Vorrichtungen darin – all das hatte Friedhelm Sproß erschaffen. Er, der Oberste Theatermaschinist Seiner Durchlaucht, zeichnete für die *Seele* dieses Neubaus verantwortlich und nebenbei auch noch für die bauliche Ausführung des gesamten Restes! Damit war *er* der heimliche Schöpfer des Hauses! Ob der Herzog das jemals erkennen würde?

Friedhelm Sproß setzte sich auf einen mittleren Platz der achten Reihe im Parkett und ließ die Bühne auf sich wirken. Im Vergleich zum alten Schlosstheater kamen ihm die Dimensionen noch größer vor, als er erwartet hatte. Bis auf die Soffitten im hinteren Drittel war das Bühnenbild zu Tiefenbachers Singspiel *Alonso oder Die Macht der Liebe* nun fertig. Gestern erst hatten sie es aus dem alten Schlosstheater hierher gebracht und die Zusatzteile eingepasst. Auch ohne die noch fehlende Kulissenbeleuchtung schien die Illusion des toskanischen Weinbergs perfekt. Zufrieden stellte Sproß fest, dass seine Entscheidung, den Bühnenfall um zusätzliche drei Grad nach vorn zu neigen, richtig gewesen war, denn dadurch verbesserte sich die Sicht für die vorderen Zuschauer maßgeblich. Er stand wieder auf, stieg über die Seitentreppe in den Orchestergraben hinab und duckte sich, um mit dem Kopf nicht gegen den Querbalken der Einstiegsluke zum Unterboden zu stoßen. Er kletterte hindurch. Jetzt befand er sich unter der Hauptbühne. Hier unten war es fast völlig dunkel; nur durch die zahlreichen Durchbrüche und Bohrungen für Kulissenwagen und Seilzüge fiel blasses Licht in den Unterboden. Er nahm eine Kerze aus dem Vorratsköcher neben der Tür und zündete sie an. Noch gab es keine Spinnen, Asseln und Mäuse hier unten, noch war der Staub unzähliger Aufführungen nicht durch die Ritzen der Bühnenbretter in diese Unterwelt gerieselt. Noch war alles blank und sauber. Einzig ein paar krumme Hobelspäne, die der Besen übersehen hatte, lagen hier und dort verstreut. Der Theatermaschinist hockte sich auf den großen Wellenbaum für den Antrieb der Kulissenwagen und sah sich um. Ein wenig erinnerte die verwirrende Maschinerie an einen gigantischen Webstuhl. Für den mehr als vierzig Ellen langen Wellenbaum hatten seine Zimmerleute die größte Fichte weit und breit fällen müssen. Jetzt ruhte der geschälte, glatte Stamm auf mächtigen eichenen Widerlagern und erstreckte sich längs unter der kompletten Bühne. Dutzende von Antriebsseilen wickelten sich mehrfach um das runde Holz, führten dann in entgegengesetzte Richtungen von ihm fort und suchten sich komplizierte Wege durch Umlenkrollen und Ösen hindurch – mal links, mal rechts herum, mal hinauf, mal hinunter, bis sie irgendwo im Dunkel unter der Bühne an den Kulissenwagen festmachten. Wenn die Bühnenhelfer auf ihr Stichwort in die Speichen der Antriebsräder greifen und den Wellenbaum drehen würden, könnten nicht weniger als sechzehn Kulissenteile und dazu noch der große Hintergrundprospekt gleichzeitig bewegt werden. Im Geiste verglich Friedhelm Sproß die Ausführung noch einmal mit seinen Konstruktionszeichnungen und genoss das erhebende Gefühl, der Vater dieses Wunderwerks der Theatertechnik zu sein. Der Theatermaschinist musste lächeln, als ihm aufging, dass er ausgerechnet heute Morgen, in der Zeit der größten Anspannung, die Muße fand, sein Werk in aller Ruhe zu betrachten. Doch es tat ihm gut und gab ihm die Kraft, die er so dringend brauchte. Beinahe ausgelassen stieg Friedhelm Sproß die Leiter zum Oberboden hinauf, um seine Bühne von oben zu betrachten. Unterwegs ertappte er sich dabei, dass er einen Gassenhauer pfiff. Lange schon war es ihm nicht mehr so gut gegangen.

Plötzlich, auf halber Höhe, stutzte er und verstummte. Was war das? Unter einem Tragbalken schimmerte etwas, das aussah wie Metall. Nach seinen Plänen war hier kein Eisen oder Kupfer vorgesehen. Das wusste er ganz genau. Was also war das, und wie kam es hierher? Der Theatermaschinist ließ mit einer Hand die Leiter los, reckte sich, so weit es ging, über den Abgrund und machte einen langen Hals, um besser sehen zu können. Das war doch eine Eisenstange! Er fragte sich, was zum Teufel eine so beschaffene Eisenstange in seiner Bühne zu suchen hatte. Wenn es doch nur etwas heller wäre! Er konnte nur erkennen, dass die Stange irgendwo von oben kam und an verborgener Stelle im Gebälk verschwand. Friedhelm Sproß war drauf und dran, sich zu ärgern, als ihm das Blitzlabor des Professors einfiel. Ob die rätselhafte Stange etwa damit zu tun hatte? Zuerst hatte er ja ein wenig gemurrt, als der Professor sich mit seinen seltsamen Gerätschaften ausgerechnet unter dem Dach seines neuen Theaters einrichten wollte. Zum Glück war hier oben aber so viel Platz, dass die Bühnentechnik nicht darunter litt. Seine Zimmerleute hatten kurzerhand einen Zwischenboden eingezogen und den Professor ganz nach oben unter den Giebel verbannt. Der Theatermaschinist kletterte höher, bis er den Oberboden über der Bühne erreicht hatte. Stirnrunzelnd suchte er die Dielen ab, ob die Stange irgendwo zum Vorschein käme. Endlich fand er sie halb verdeckt von der Seiltrommel der Wolkenflugmaschine. Durch ein Loch im Boden verschwand die Stange unter dem Labor des Professors. Vielleicht handelte es sich ja um einen jener geheimnisvollen Blitzableiter, von denen der Professor mit flüsternder Stimme erzählt hatte, dass sie schon bald den Feuerteufel aus den Städten verbannen könnten. Angeblich hatten viele reiche Leute in Amerika so etwas schon auf dem Dach. Der Professor hätte ihn aber wenigstens fragen können, bevor er seine neumodischen Installationen quer durch das ganze Theater verlegte. Friedhelm Sproß beschloss, den Neuling bei Gelegenheit noch einmal deutlich auf die Verteilung der Kompetenzen bei Hofe aufmerksam zu machen.

Hätte der Theatermaschinist, der so viel von Mechanik und Bühnentechnik wusste, ein wenig mehr von Elektrizität verstanden, wäre ihm vielleicht aufgegangen, dass es sich bei den Eisenstangen nicht um einen Blitzableiter handeln konnte – jedenfalls nicht um einen solchen, der das Theater hätte schützen können. Ein wenig ernüchtert kletterte der Theatermaschinist von der Bühne herunter und verließ den Saal.

43. Jagd-Polka

Der Erste Geheime Kabinettsekretär zuckte zusammen, als er die penetrante Stimme seiner Frau hörte: »Warum sollte ausgerechnet dieser Tiefenbacher heute Abend als Sieger aus dem Wettbewerb hervorgehen? Warum ausgerechnet *der*?« Er kannte diesen Tonfall zur Genüge. So sprach sie mit ihm, wenn sie nicht seiner Meinung war. Dann schraubte sie ihr ohnehin schrilles Organ um mindestens eine halbe Oktave höher und verlieh ihren Sätzen eine Mischung aus Herablassung und Häme. Als ob sie ihre Meinung nicht schon deutlich genug zum Ausdruck gebracht hätte, legte sie noch einmal nach: »Ausgerechnet der Tiefenbacher! Der macht doch so eine entsetzliche Musik! Das ist doch einfach nur ...«

Während die Gattin des Kabinettsekretärs nach einem vernichtenden Attribut suchte, trippelte sie nervös auf dem Hocker herum, der im Ankleidezimmer stand, und schubste die Zofe fort, die damit beschäftigt war, den Sitz des Ballkleids ihrer Herrin zu prüfen. Als sie das passende Wort gefunden zu haben glaubte, glättete sich das bedrohliche Faltengebirge auf ihrer Stirn:

»... *laut!*«, schrillte sie über den Kopf der Zofe hinweg zu ihrem Mann hinüber. »Einfach nur laut ist diese Musik, voilà! Immer nur Blitz und Donner. Wo bleibt da die Kunst, frage ich Euch, mein werter Gemahl? Das ist doch ... das ist doch nur ...« Wieder suchte sie nach einem Adjektiv. »Diese Musik ist so ...

gewöhnlich. Sie ist ... *ordinaire – absolutement ordinaire!* Voilà! Das ist sie!«

Der Erste Geheime Kabinettsekretär verstand nur zu gut, warum seine Frau, die herzlich wenig von Musik verstand, sich so echauffierte. Sie war eifersüchtig auf Madame Tiefenbacher. Zwar wusste nur er allein, dass zwischen ihm und Hertha Tiefenbacher bisher nichts gewesen war, doch warum sollte er ihr das verraten, wo sie doch in mindestens einem halben Dutzend anderer Fälle mit ihrer Eifersucht richtig gelegen hatte. Im Laufe der Jahre hatte der Geheime Kabinettsekretär es sich zur Gewohnheit gemacht, mit keinem Wort auf die Eifersucht seiner Frau einzugehen. Der Oberste Strafverfolger des Herzogs betrachtete in aller Ruhe den Rücken des Dienstboten, der vor ihm kniete und seine Stiefel wienerte. Dann antwortete er betont gelassen: »Seine Durchlaucht sieht es übrigens ähnlich wie ich, meine Liebe. Der gute Eisenmann dürfte heute Abend einen schweren Stand haben. Wenn ich es genau bedenke, dürfte er sogar kaum eine Chance haben, gegen den neuen Hofkapellmeister zu bestehen. Und zusammen mit Vinzenz van Eisenmann sollte dann auch endlich der Ennui aus dem Theater verschwinden.«

Der Kabinettsekretär sprach das französische Wort mit einem so breiten Nasal aus, dass sein Gaumen für einen Moment wie ein schlaffer Ballon unter dem Kiefer hing. Bereitwillig griff seine Gattin das Stichwort auf, nur klang es bei ihr eher wie das Quieken eines Ferkels.

»Ennuiiiiii! Dass ich nicht lache! Wenn etwas langweilig sein sollte, dann doch wohl dieser sinnlose Radau, bei dem man sein eigenes Wort nicht versteht. Ich kann mir wirklich nicht vorstellen, dass Seine Durchlaucht sich gerne von einer Donnermaschine das Wort abschneiden lässt. Der Tiefenbacher als Sieger? Hat der Herzog diese Ansicht von Euch? Wahrscheinlich doch wohl! Und warum? Nur weil diese Person ...«

Gerade noch rechtzeitig besann sie sich darauf, dass es ein

unverzeihlicher Fehler wäre, gewisse Wahrheiten – und seien sie noch so offenkundig – auszusprechen. Unter keinen Umständen wollte sie ihrem Mann den Triumph gönnen, seine Gattin die Fassung verlieren zu sehen. Hoffentlich würden die Tiefenbachers heute Abend den Kürzeren ziehen. Nichts wünschte sie sich mehr, als dass diese unsägliche Hertha und ihr fetter Mann im Getöse der Donnermaschine untergingen.

Der Erste Geheime Kabinettsekretär hielt es für angebracht, das Thema zu wechseln.

»Übrigens empfehle ich Euch, meine Liebe, heute bei der Jagd einmal aufzumerken. Ich denke, ich werde diesmal einen kapitalen Bock zur Strecke bringen – selbstverständlich nur, wenn Seine Durchlaucht geruhen sollten, mir den Vortritt beim Fangschuss zu lassen. Da der Herzog durchaus gut auf mich zu sprechen ist, sollte mir diese Ehre aber wohl zuteil werden.«

Die mit Bedacht platzierte Bemerkung sollte seiner Frau zu verstehen geben, dass ihrer beider Stellung bei Hofe unangefochten, wenn nicht sogar gefestigt war. Wie erwartet, kühlte das ihren Zorn ein wenig ab. Der Kabinettsekretär registrierte zufrieden, dass die Stimmlage seiner Gemahlin sich wieder erträglicheren Höhen näherte.

»Wie steht es eigentlich um den – wie hieß er doch gleich …? – Bauernfeind? Bauersmann?«

»Bauersdorfer, meine Liebe. Bauersdorfer heißt er. Er sitzt auf der Festung und grübelt über seine Missetaten. Der Kommandant ließ mich wissen, es gäbe vielleicht bald neue Erkenntnisse über den wahren Mörder, was mich in der Ansicht bestärkt, dass ein wenig Festungshaft die Gedanken wohl zu schärfen vermag.«

Mittlerweile blitzten die Stiefel des Herrn, und auch das Kleid der Dame saß perfekt. Mit einer routinierten Geste, die ebenso gut Abwehr signalisieren konnte, reichte der Geheime Kabinettsekretär seiner Gemahlin den Arm. Sie nahm ihn wie ein totes Stück Holz. Dann setzten beide ein Lächeln auf und traten vor die Tür ihrer Suite in der Beletage.

Im Schloss herrschte reges Treiben. Der Hofstaat summte und brodelte in freudiger Erwartung des Festes. Es war ein Kommen und Gehen, ein Suchen und Erkennen, ein Rufen und Grüßen allerorten. Türen öffneten und schlossen sich hier und dort, Rüschen und Röcke rauschten über die Gänge, dazwischen hasteten elegante Herren oder Damen durch die Flure, weil sie einen Fächer vergessen hatten oder einen Spazierstock. Die frühe Sommersonne strahlte durch die Fenster der Ahnengalerie und ließ die Festtagskleider der Vorübereilenden leuchten und ihre Knöpfe und Schnallen glitzern. Man strebte ins Freie.

Eingebettet in den schwatzenden Schwall der Höflinge traten der Kabinettsekretär und seine Gattin auf die Freitreppe zum Park hinaus, nickten nach links, grüßten nach rechts – Frau Baronin hier, Herr Kanzleirat dort – und schritten die Stufen zum Kiesweg hinab. In dichter Folge fuhren die Wagen vor: Landauer und Limousinen, Kaleschen und Coupés, Zwei- und Vierspänner. Die Kutscher öffneten noch im Anrollen den Schlag, um dann eilig den Herrschaften in die Fauteuils zu helfen. Da knirschten die Räder und Hufe im Kies, da knarrten die Lederriemen unter dem Gewicht der Passagiere. Peitschen knallten und Zungen schnalzten, es klirrten die Geschirre, wenn die Pferde schnaubend anzogen. In diese Aufbruchsstimmung mischte sich ein Stimmengewirr von hunderten rufenden, lachenden und plappernden Menschen. Mehrere Lakaien, verkleidet als Jäger und ausgerüstet mit Eimer, Schaufel und Harke, huschten zwischen den Hufen und Deichseln hindurch und beseitigten unauffällig die dampfenden Pferdeäpfel, kaum dass diese in den Kies geklatscht waren.

Die Fahrt währte keine halbe Stunde, dann hatten die Herrschaften den Forst erreicht, in dem die Jagd stattfinden würde. In einer Senke zwischen zwei bewaldeten Hügeln hatten unzählige Hilfskräfte eigens für diesen Anlass einen künstlichen See ausgehoben, in den das Wild zum Abschuss hineingetrieben werden sollte. Im Wasser wären die Tiere dann so unbeweglich, dass auch der lausigste Schütze sie kaum verfehlen konnte. Rund um den See hatte man lange Reihen von Holztribünen errichtet, die den Schützen freies Schussfeld und den Zuschauern freie Sicht auf das Spektakel gewährten. Ein kleiner Pavillon mit Tribüne und Ansitz direkt am Ufer war für den Herzog und seine engsten Vertrauten reserviert. Noch war Seine Durchlaucht nicht erschienen. Während die anderen Kaleschen in dichter Folge vor den Haupttribünen hielten und Knäuel von Menschen aus ihren hölzernen Gehäusen entließen, fuhr die Kutsche des Geheimen Kabinettsekretärs an den Pavillon heran und hielt an dessen Rückseite.

»Wen hat der Herzog denn noch eingeladen? Comme toujours?«

Im Geiste ging die Gattin des Kabinettsekretärs die Gesichter durch, die üblicherweise zum engsten Kreis der Macht gehörten. Als ihr Mann antwortete, umkränzte ein feines Lächeln seine Lippen: »Oh, ich vergaß zu erwähnen, dass Seine Durchlaucht den köstlichen Einfall hatte, den heutigen Tag den schönen Künsten und den Wissenschaften zu widmen. Daher werden uns Architekt Kahlenberg, der Professor und die beiden Hofkomponisten Gesellschaft leisten. Hinzu kommt …« – bei diesen Worten wurde sein Lächeln noch ein wenig breiter – »eine Dame des Balletts, die neuerdings zum zweiten Mal in die höchste Gunst Seiner Durchlaucht aufgestiegen ist. Ihr Name ist – wenn ich mich recht erinnere – Naverre, Madame Naverre.«

Nur mit Mühe konnte die Gattin des Geheimen Kabinettsekretärs ein Stöhnen unterdrücken. Da wären ja gleich zwei Feindinnen zugegen, und keine der etablierten Damen ihres Zirkels könnte ihr helfen. Als sie den Pavillon betraten, waren bis auf den Herzog und die Tänzerin alle aufgezählten Personen bereits anwesend. Demonstrativ wandte die Frau des Kabinettsekretärs sich an Vinzenz van Eisenmann, der dürr und verloren am Geländer stand und dem Treiben rund um den See zusah.

»Darf ich recht vermuten, dass Maestro sich von der prächtigen Kulisse zu einer Wassermusik inspirieren lässt, die Er uns alsbald zu Gehör bringen wird?«

Überrascht sah der Kapellmeister die einflussreiche Dame an. Sollte er doch noch Sympathien bei Hofe genießen? Natürlich war ihm nicht verborgen geblieben, dass der Erste Geheime Kabinettsekretär nicht nur die Musik, sondern auch die Gemahlin seines Konkurrenten mit beredten Worten rühmte. Die Gattin des hohen Herrn schien ihm aber gewogen zu sein. Eisenmann durchschaute sofort, warum das so war. Vielleicht gereichte es ihm doch nicht nur zum Nachteil, keine schöne Frau an seiner Seite zu haben. Zumindest machte sein Junggesellendasein ihn der Dame sympathisch.

»Dem schöpferischen Geist, Madame, ist kaum jemals Ruhe vergönnt. Wo immer er weilt, fließt die Inspiration ihm zu. Ob diese Unrast ihm zum Nachteil oder Vorteil gereicht, mag hingegen oftmals nicht auszumachen sein. Mir scheint es, als käme der Genius gerne januskopfig daher: als Beglückung und Heimsuchung zugleich. Diese Ambivalenz versuche ich in meiner Musik zum Ausdruck zu bringen, wie Ihr heute Abend erfahren werdet. Dabei sind es durchaus die feineren Töne, mit denen dies gelingt. Der vordergründige Effekt stört da nur – wenn Ihr versteht, was ich meine.«

Im weiteren Verlaufe des Gesprächs wurde Vinzenz van Eisenmann schnell klar, dass Madame von Musik keine Ahnung hatte. Doch darauf kam es auch gar nicht an. Sie waren Verbündete. Und das zählte viel mehr.

Plötzlich ließ eine Respekt heischende Stimme die Unterhaltungen verstummen: »Wie ich sehe, fühlen die Herrschaften sich bereits ganz wie zu Hause. So mag das Spektakel denn unverzüglich beginnen. Man reiche mir mein Gewehr!«

Der Herzog nahm die eiligst dargebotene Waffe und feuerte

in die Luft. Dann ertönte das Hornsignal zum Beginn der Jagd, und die mehr als tausend Treiber in den Wäldern begannen mit ihrer Arbeit. Bald bebte der Boden, und im Unterholz barsten die Zweige. Sekunden später stoben die ersten Tiere hakenschlagend aus dem Dickicht hervor, glotzten irr auf den Schauplatz ihres Todes und stürzten sich blind vor Panik in den See. Dann krachten die Schüsse, und das brodelnde Wasser färbte sich rot.

44. Die böse Farbe

Am Tag der Premiere erwachte Leander mit Kopfschmerzen. Als er die Klammer um seinen Kopf spürte, ahnte er, was die folgenden Stunden ihm bringen würden: Wieder einmal würde eine jener lästigen Unpässlichkeiten ihn heimsuchen, wie sie ihm alle paar Jahre widerfuhr, ohne dass er etwas dagegen tun konnte. Meist gingen diese Zustände nach ein paar Stunden ebenso plötzlich vorüber, wie sie gekommen waren. Doch solange sie anhielten, fühlte er sich aufgedreht und ohnmächtig zugleich. In diesen Stunden übersteigerter Wahrnehmung bescherten die Eindrücke der Umwelt ihm ein Chaos von Empfindungen, das ihn bis an die Grenze des Wahnsinns treiben konnte. Dann stöhnten seine Sinne wie unter Fesseln. Dann kam es ihm vor, als rieche er mit der Haut, sähe mit der Zunge, und was seine Augen erblickten, wurde zu Klängen und Geräuschen. Wie übermütige Tänzer wirbelten seine Sinne durcheinander, tauschten ihre Rollen und loteten jede noch so aberwitzige Kombination aus.

Wenn solch ein synästhetischer Amoklauf ihn heimsuchte, hatte Leander Mühe, sich zu orientieren. Zu sehr verwirrten ihn die falschen Eindrücke. Dann konnte es vorkommen, dass der Anblick einer wogenden Menschenmenge in ihm den Gestank fauler Eier hervorrief und er vor Ekel würgen musste. Ebenso gut konnte es geschehen, dass das Licht der Sonne seine Ohren mit gellenden Pfeiftönen marterte oder der Geruch von frisch geschlagenem Holz auf seiner Haut brannte, als stünde er zu nah am Feuer. Wenn irgend möglich, zog er sich an solchen Tagen zurück und versuchte, sich ruhig zu verhalten und seinen Sinnen keine Nahrung zu geben.

Doch heute ging es nicht, denn er wurde gebraucht. Schon das Aufstehen wurde ihm zur Qual, weil der dumpfe Mief der Schlafbaracke, den er mit den ersten Atemzügen des Erwachenden in sich hineinsog, alles um ihn herum in ein süßliches Lila tauchte. Später dann, bei der Arbeit, rief jeder Gegenstand, den er berührte, zwanghafte Assoziationen von Zahlen in ihm hervor: Während er die letzten Soffitten über der neuen Bühne montierte, musste er mehrmals den Hammer aus der Hand legen, weil dessen Griff sich für ihn anfühlte wie die Zahl Fünf. Fortan jagte die Fünf durch sein Denken und Fühlen, und sein Verstand konnte nichts anderes mehr tun, als immer wieder mit dieser Fünf zu rechnen. Wohl drei oder vier Minuten lang quälte er sich mit der Aufgabe, die Fünf fünfmal mit sich selbst zu multiplizieren, ohne dass es ihm gelungen wäre. Dabei wusste er genau: Selbst wenn er es hätte ausrechnen können, wäre der Zwang dadurch nicht beseitigt worden. In seiner Not umwickelte er schließlich den Griff des Hammers mit einem Lappen. Nun fühlte das Werkzeug sich anders an, und die quälende Vorstellung verschwand.

Doch die nächste Verwirrung ließ nicht lange auf sich warten: Um ein Haar wäre Leander, der sich doch sonst so sicher im Gebälk bewegte, vom Oberboden auf die Bühnenbretter gestürzt, nur weil er zu lange auf die Tapisserien in der Fürstenloge gestarrt hatte. Deren regelmäßiges Muster aus Rhomben und Blütenkränzen rief einen unerträglichen Juckreiz auf seiner

Haut hervor, der ihn völlig verkrampfen und wie Espenlaub zittern ließ. Obwohl er wusste, dass er wegschauen musste, wenn er diese Zwangsvorstellung loswerden wollte, stierte er weiterhin wie stumpfsinnig auf die Tapete und konnte den Blick einfach nicht abwenden. So ging es in einem fort. Seine Kumpel merkten zwar, dass es ihm heute nicht gut ging, doch von seinem Zustand verstanden sie nichts. Nach zwei Stunden voll quälender Sinneskreuzungen war Leander so erschöpft, dass er nicht wusste, wie er den Tag überstehen sollte.

Am späten Vormittag wurde er wieder einmal ins Schloss gerufen. Es war der Moment, als die Jagdgesellschaft aufbrach. Als Leander sich der Kolonne der Kutschen näherte und den stetigen Strom herausgeputzter Menschen die Freitreppe hinunterplätschern sah, verbanden der Geruch der Pferde und der unzähligen Parfüms der Damen sich mit dem Gestank von Schweiß, Puder und Pomade zu einer gewalttätigen Mischung, die wie Donner in seinen tauben Ohren dröhnte. Wenn es doch nur endlich aufhörte!

Da sah er das Ehepaar Tiefenbacher die Freitreppe herunterkommen, eingehüllt in eine grüne Wolke, die nur er allein bemerkte. Von Herthas Händen und Haaren flogen Fasern grünen Nebels, sanken hinter ihr zu Boden, wo sie wie Staub auf einem verdorrten Acker in Wirbeln umeinander tanzten. Einer der Kutscher stieg ab und öffnete den Schlag. Tief ging der Wagen in die Knie, als der Hofkomponist seinen massigen Körper in den Kasten wuchtete. Ein wenig nur schaukelte die Kalesche, als Hertha hinterdrein stieg. Als sie Platz genommen hatten, quollen grüne Schwaden aus den Fenstern des Wagens, krochen an den Seitenwänden hinab, wälzten sich über die Trittbretter und erloschen zwischen den Rädern und den Läufen der Pferde. Als die Pferde anzogen, erzitterte die grüne Aura und folgte nur widerwillig der Kutsche nach. In dem Maße, wie die grünlich glimmende Kutsche sich entfernte und die Farbenspiele in Leanders brodelndem Geist verloschen, drängten Erinnerungen heran – diffus zunächst und bruchstückhaft, dann immer klarer, größer und mächtiger, bis sie ihn völlig gefangen nahmen. Erschöpft ließ er sich auf der Wiese nieder und stützte den Kopf mit den Händen. Die, welche ihn dort sitzen sahen, meinten wohl, einer der Handlanger bei Hofe nähme sich die Freiheit heraus, während einer Pause dem Treiben der feinen Gesellschaft zuzusehen. Plastisch und so unmittelbar, als stünde sie leibhaftig vor ihm, sah er die Frau, die ihm vor Jahren die ersten Takte seines Werks geschenkt hatte. Der Schwung ihres Nackens, die Elastizität ihres Ganges, das unergründliche Grün ihrer Augen ... Plötzlich war alles wieder da.

Es hätte so schön werden können. Am Fluss hatte er sie getroffen, wo sie die Wäsche wusch neben anderen Weibern, die damit ihren kärglichen Lebensunterhalt verdienten. Wieder und wieder tauchten ihre schlanken Hände in die kalten Fluten, schwenkten die bleichen Leinentücher im Wasser und zogen sie gegen den Strom, um die Seife herauszuspülen. Reste von Eisschollen dümpelten auf den grauen Wellen. Leander konnte den Blick nicht von diesen Händen abwenden: Rissig waren sie, blass und blau vor Kälte, die Fingerspitzen wie aus Glas. Es musste Anfang März gewesen sein. Der Winter wollte noch nicht weichen.

Die junge Frau – fast war sie noch ein Kind – drehte sich um, wollte ein neues Laken aus dem Korb nehmen. Da rutschte sie auf der feuchten Böschung aus, ruderte mit den Armen, suchte nach Halt. Doch sie fand nur den Korb, der sofort kippte. Wohl ein Dutzend Tücher und Hemden fielen in den Fluss. Träge trieben die Wellen die Wäschestücke umeinander und wälzten sie flussabwärts. Leander hörte nicht den Schrei der Frau, sah nur ihren Mund und den Schrecken in ihren Augen. Die anderen Weiber nahmen es kaum wahr, denn sie brauchten ihre Kräfte für sich selbst. Als Leander die Not in diesen grünen Mädchenaugen sah, warf er Bündel und Wams zu Boden und rannte in den Fluss hinein, dass das Wasser nur so spritzte. Scharf schnitt die Kälte in seine Beine; fast stockte ihm der Atem. Mit schnellem Griff fischte er die Tücher aus dem Wasser. Dann watete er ans Ufer und warf ihr den triefenden Ballen in den Korb. Ihr Lächeln war zauberhaft. Er mochte siebzehn gewesen sein damals – vielleicht achtzehn.

Nach einer Woche liebten sie sich, und es war schön. Spielerisch lernte sie den Jüngling und sein Gebrechen kennen. Leicht und selbstverständlich verließen sie sich aufeinander, schoben allen Ernst ihres kargen Daseins beiseite. Ihre Lust war fröhlich und ohne Arg. Sie neckten und küssten sich mit einem Rest von Unschuld, der ihnen wie das Paradies vorkam. Leander genoss den ersten Ausbruch seiner Lust und seiner Liebe wie ein neues Leben. Noch wusste er nicht, was in ihm brodelte.

Als sie dann eines Abends schrie vor Lust und damit zum ersten Mal am Tor zu seinem Innersten rüttelte, war es um ihn geschehen. Am nächsten Morgen saß er verstört am Tisch, schrieb Noten hin, strich sie wieder aus, begann von vorn und quälte sich.

»Was tust du da?«, fragte sie ihn in ihrer lachenden Gebärdensprache, die sie für ihn erfunden hatte, und wies dabei auf das Leinen mit den fünf Linien, das er genommen hatte, weil es kein Papier gab in ihrem Haus. Doch als er aufsah und ihr seinen lodernden Blick entgegenschleuderte, erschrak sie. So kannte sie ihn nicht.

Von da an wurde sein Liebesspiel härter und seine Zärtlichkeit fordernder. Am Anfang ging es noch so, wie er wollte, denn die neue Macht in ihm kam auch ihr bereichernd und reizvoll vor. Wenn es gut gewesen war, setzte er sich manchmal noch in der Nacht an den Tisch, zog die Kerze heran und schrieb auf seinem Leinen. Doch es ging langsam voran – viel zu langsam für seine Gier.

Nach ein paar Nächten verweigerte sie sich ihm, doch er beharrte auf ihrem neuen Spiel. Beim nächsten Mal bekam sie Angst, als er sie schlug und würgte.

Dann war sie tot.

Zuerst merkte er nicht, was er getan hatte, traktierte sie nur immer weiter, weil sie nun schwieg und nichts mehr kam. Dabei brauchte er sie doch! Er brauchte sie für die letzte Modulation, die dieses wunderbare, anrührende Thema, das sie ihm in den vergangenen Nächten geschenkt hatte, zu einem perfekten Kunstwerk machen sollte. Als er begriff, was geschehen war, weinte er in ihren Armen bis zum Morgen. Dann trug er sie in den verlassenen Pferdestall am Waldrand und ging fort. Das Leinen mit den ersten Takten seines Werkes nahm er mit.

»Aufstehen! Los! Was treibst dich hier herum! Wir sind noch lang nicht fertig! Bist doch sonst kein solcher Faulpelz!«

Es war der Vorarbeiter, der Leander aus seinen Träumen riss. Als er aufschreckte, waren seine Sinne wieder klar. Die synästhetischen Kapriolen hatten aufgehört – von einem Augenblick zum nächsten. Nun wusste Leander auch, wovor er Angst hatte: Heute Abend sollte es geschehen, heute Abend würde er es tun! Prüfend sah er zum Himmel: Noch störte kein Wölkchen das perfekte Blau. Doch er spürte das Gewitter nahen.

45. Trugschluss

Wessen Schuss es gewesen war, der den kapitalen Bock im Teich zur Strecke gebracht hatte, konnte in dem allgemeinen Getümmel niemand mehr mit Sicherheit sagen. Als das mächtige Geweih des weidwunden Tiers im Todeskampf die Fluten pflügte und Sicheln glitzernden Wassers über die zuckenden Leiber der Hasen, Füchse und Wildschweine ringsumher schleuderte, hatten mindestens ein Dutzend Mitglieder des Hofstaats das Tier im Visier. Später, im kleinen Kreis, würde jeder von ihnen sich rühmen, den eigentlichen Fangschuss abgefeuert und in das brechende Auge des Zwölfenders geblickt zu haben. Aber öffentlich durfte man es ja nicht sagen, und am allerwenigsten durfte man behaupten, der Herzog sei ein schlechter Schütze. Nachdem alle Anwesenden im Jagdpavillon der Etikette gehorcht und dem Großherzog zu seinem scharfen Auge und seiner sicheren Hand gratuliert hatten, entschied Seine Durchlaucht selbst, wer den Zwölfender denn nun erlegt habe. Wie immer sprach er mit einer Mischung aus Herablassung, Höflichkeit und Autorität, die keinen Widerspruch duldete.

»Merci, Messieurs-dames, merci! Allerdings entspricht es dem besonderen Anlass für die heutigen Feierlichkeiten, dass unseren beiden Hofmusikern die Ehre gebührt, das Prachtstück erlegt zu haben. Leider konnte mein von Ihnen gerühmtes Auge nicht eindeutig feststellen, wer von beiden den tödlichen Schuss abgab. So will ich es für den Moment bei diesem Remis belassen und die Entscheidung auf den heutigen Abend verschieben. Gespannt sehe ich dem Disput beider Herren auf ihrem eigentlichen Fachgebiet, der Musik, entgegen. Nach der Premiere im neuen Opernhaus werden wir mehr wissen und ein Urteil fällen können.«

Mit diesen Worten verließ der Großherzog den Ansitz und ließ sich mit seiner Tänzerin zum Schloss zurückfahren. Sogleich nahm der dänische Professor das Schweigen der Zurückbleibenden zum Anlass, einen ausladenden Vortrag über die Kräfte der Natur und der Überlegenheit des menschlichen Geistes über dieselben zu beginnen. Kaum jemand hörte ihm zu.

»Der Eisenmann hat doch gar nicht geschossen«, flüsterte der Geheime Kabinettsekretär Hertha Tiefenbacher ins Ohr. »Ich sah es genau!« Hertha hatte es ebenso gesehen und die Regieanweisung des Herzogs wohl verstanden. »Ich habe sehr wohl geschossen!«, knurrte nun der Komponist. »Und ich hab auch getroffen!« Wie zum Beweis hielt er Tiefenbacher die Mündung seiner Büchse vor die Nase. Erschrocken zuckte der Hofkomponist zurück. Wäre Paul Tiefenbacher ein ehrlicher Mensch gewesen, hätte er zugeben müssen, dass sein von zitternder Hand verrissener Schuss allenfalls eine der vielen Krähen in den Baumwipfeln getroffen haben konnte, niemals aber den Zwölfender im Teich.

Minuten später saßen alle in ihren Kaleschen und reihten sich in die Kolonne der Rückkehrer ein. Während eine Kutsche nach der anderen von der Lichtung schaukelte, bargen die Jagdhelfer das Wild aus dem Teich. Bis zur Brust im Wasser stehend stemmten die Männer sich gegen die Leiber der Großtiere und bugsierten sie keuchend ans Ufer. Andere fischten von Booten aus mit beiden Händen nach Läufen und Löffeln von Hasen und Füchsen, hoben die triefenden Kadaver aus dem Wasser und schichteten sie in ihren Nachen zu Haufen auf, aus denen es blassrot in die Bilge sickerte. Am Ufer breitete man die Strecke aus – Hasen hier, Damwild dort. Die schwarzen Leiber der Wildschweine waren noch im Tode widerborstig. Dazwischen liefen grün berockte Aufseher hin und her, zählten, gestikulierten, vergewisserten sich, führten Buch, wobei die Federbüsche an ihren Mützen bedeutungsvoll wippten. Drei, vier Rehe und ein paar Hasen sortierten sie aus, weil deren Körper von den Salven der Freizeitschützen zu sehr verstümmelt worden waren. Als alle Tiere am Ufer lagen und das Halali über den blut- und schlammgetränkten See hallte, rollten die Karren der Fronbauern heran. Wieder wurde Leib auf Leib geschichtet, bis die Achsen unter der Last ächzten und die Flanken der Kaltblüter unter der Anstrengung bebten. Reichhaltigere Beute hatte es auf den Lustjagden des Herzogs nie gegeben. Unter normalen Umständen hätte es am Hofe wohl geheißen, die Jagd sei ein außergewöhnlicher Erfolg gewesen. Doch die Ereignisse des Abends führten dazu, dass später niemand mehr von den 1124 getöteten Tieren dieses Tages sprach.

Die Rückfahrt zum Schloss gestaltete sich mühsam. Hertha

und Paul Tiefenbachers Kutsche fuhr an achter oder zehnter Stelle hinter der Kalesche des Geheimen Kabinettsekretärs. Direkt vor ihnen hatte sich ein Fuhrwerk mit einem Dutzend erlegter Wildschweine auf der Ladefläche in die Kolonne gezwängt. Die Gäule des Bauern hatten große Mühe, den schweren Wagen in der Spur zu halten. Während ihr Mann über die Verzögerung fluchte und dem eigenen Kutscher sinnlose Anweisungen gab, den Karren zu überholen, sah Hertha versonnen über die Rücken der Pferde hinweg auf den schaukelnden Berg toter Tiere vor sich. Der scharfe Geruch von Wild und Tod stach ihr in die Nase. Aus den Brettern der Ladefläche tropfte es dunkel. Die metallisch schimmernden Körper der Schmeißfliegen tobten in wirbelnden Wolken um die Kadaver. Ihr wurde ein wenig schlecht.

»Nun gib endlich Ruhe«, schalt sie ihren Mann. »Du siehst doch, dass er ihn nicht passieren kann. Aber etwas mehr Abstand könnte er wohl halten.«

Grummelnd gab Paul Tiefenbacher dem Kutscher ein Zeichen. Hertha war sich nicht sicher, wie der heutige Abend ausgehen würde. Zwar war der Fürstenhof nie ihre Heimat geworden. Doch die Vorstellung, vielleicht bald schon wieder aufbrechen zu müssen mit einem gescheiterten Machtmenschen an ihrer Seite, ließ sie schaudern. Würde sie ihm noch einmal folgen? Immerhin hatte Paul seine Komposition fertig stellen können. Sie hatte sie nicht sehen wollen. Ratschläge hätte er ohnehin nicht angenommen. So würde sie heute Abend seine Oper unvoreingenommen auf sich wirken lassen und sich ihr eigenes Urteil bilden. Immerhin schien der andere auch kein genialer Komponist zu sein. Wenn es dabei nicht auch um ihr eigenes Schicksal ginge, würde sie den Wettbewerb beider Musiker als in höchstem Maße albern abtun.

Während die Kutschen den schmalen Forstweg entlangholperten, preschten immer wieder Reiter, denen es zu langsam ging, an ihnen vorbei und ließen die Zweige am Wegesrand wie

Peitschen zurückschnellen. Dazwischen drängelten sich hunderte von Fußgängern, die, kaum dass sie ein paar Schritte in den Fahrspuren gegangen waren, schon wieder vor dem nächsten Wagen oder dem nächsten Pferd zur Seite springen mussten. Plötzlich erscholl wütendes Geschrei, der Kutscher riss an den Zügeln, und Hertha rutschte halb vom Sitz. Sie sah, wie ihre Pferde auf die toten Wildschweine vor ihnen aufliefen und schnaubend scheuten. Schließlich kam die Kolonne zum Stillstand. Unwirsch mit den Köpfen schlagend versuchten die verschreckten Gäule zurückzutrippeln, was nur neues Geschrei von hinten hervorrief.

»Fußvolk, dämliches!«, keifte der Kutscher, während er versuchte, die Rappen zu beruhigen. »Können die denn nicht die Augen aufmachen! ... ist wohl irgend so'n Waschweib unter die Räder gekommen!«

Nach ein paar Minuten setzte die Wagenreihe sich zögernd wieder in Bewegung. Kurz darauf sahen sie den Grund für den Halt: Am Wegesrand hockte ein buckliges Weib im Unkraut und rieb sich das Bein. Ihr Kittel war besudelt und halb zerrissen, die Füße klumpig von Lehm und Kot, die Haare wirr und voller Kletten. Als die Frau aufsah, schreckte Hertha zurück. Ihr klaffender Rachen und der Zorn in ihren Augen machten ihr Angst. Die Frau kam ihr bekannt vor. Woher, fiel ihr nicht ein.

»Fehlt nur noch, dass solches Gesindel sich heute Abend auf den Rängen im Theater herumtreibt«, brummte Paul Tiefenbacher und tat, als würde er ausspucken. »Widerlich ist das! Einfach *dégoûtant*!« Dann ließ er sich in die Polster zurückfallen und schloss die Augen. Hertha sah auf das schaukelnde Fleisch seiner fetten Oberschenkel. Ihr fiel die Kutschfahrt von damals ein und wie sie Leander zum ersten Mal gesehen hatte. Welche Verheißung hatte in dieser Begegnung gelegen. Dann drängte das Bild der Buckligen sich davor. Woher kannte sie diese Frau nur? Zweifelsohne hatte sie das Weib erst kürzlich gesehen. Auf den restlichen Meilen zum Schloss grübelte sie darüber, bis es ihr endlich einfiel: die Richtstätte! Das fanatische Weib vom Richtplatz! Es war die Hexe, die den Kopf des einen Mörders unter ihrem Rock hatte verstecken wollen!

Am Eingang zum Schlosspark gab es den nächsten Halt, diesmal erzwungen von der Choreografie des Festprogramms. Paarweise sprangen als Amor verkleidete Stalljungen mit goldenem Köcher und Bogen auf dem Rücken aus den Rhododendrenbüschen hervor, nahmen die Pferde am Zügel und führten die Kutschen eine nach der anderen in den Park hinein. Zu silberhellem Glöckchengeklingel, das von überall und nirgends zu kommen schien, regneten tausende von Rosenblüten auf die Ankömmlinge nieder. Hertha fing einige mit den Händen auf und atmete ihren feinen Duft ein. Vor dem Orangenhain hielten sie an und stiegen aus ihren Kutschen. Verschleierte Jungfrauen hielten mit graziler Geste Waschschüsseln und Tücher bereit. Wer wollte, badete seine Hände in der duftenden Lotion, um sich von den Spuren des Jagdausflugs zu reinigen. Dann schritt man zu Tisch.

Die Festtafel bestand aus zwölfhundert Einzeltischen in einer langen Reihe, die sich als riesiger Lindwurm durch den Park schlängelte. Auf den ersten Blick schien die schier unendliche Tafel nur den einen Sinn zu haben, den Gästen die Schönheit der Parkanlage vor Augen zu führen. In weiten Schwüngen wand die Tafel sich zwischen Wasserspielen und Felsengärten hindurch, streifte eine Voliere exotischer Vögel, überquerte künstliche Wald- und Flusslandschaften, erklomm einen Schäferhügel samt Quelle, Hütte und Dutzenden von Schafen aus Pappmaché und umrundete eine haushohe Nachbildung des Ätna, auf dessen Gipfel ein Schmiedefeuer nach Einbruch der Dunkelheit die Illusion glühender Lava erzeugen würde. Doch erst der Blick aus den oberen Etagen des Schlosses offenbarte den tieferen Sinn der Tischanordnung: Aus der Vogelperspektive zeichnete die kurvenreiche Tafel die

Umrisse des Herzogtums Württemberg nach. An jener Stelle in Innern des Runds, wo auf der Karte das großherzogliche Schloss zu finden war, thronte auf einem hüfthohen Podest eine gesonderte Tafel für den Herzog und seine engsten Vertrauten. Wer hier saß, gehörte für alle sichtbar zum Zentrum der Macht. Aus den Augenwinkeln zählten alle, die unbedingt dazugehören wollten, die Sitzplätze auf dem Podest. Natürlich waren es weitaus weniger, als es Aspiranten gab. Wer würde diesmal dazugehören?

Es näherten sich Boten in Gestalt von Elfen, denen duftiger Chiffon um den kindlichen Leib wogte und zwischen deren Schulterblättern zerbrechliche Flügel wie von Libellen hervorwuchsen. Gesteuert durch kaum sichtbare Gesten der Protokollführer im Hintergrund, pickten die jungen Mädchen die Auserwählten aus der Masse der ankommenden Höflinge heraus, geleiteten sie zur Tafel des Herzogs und wiesen ihnen die Plätze zu. Mancher, der solch ein Wesen auf sich zuschweben sah, hatte Mühe, sein Lächeln zu bewahren, wenn die Botin an ihm vorbeischwebte und dem Nachbarn die Hand reichte.

»Da! Jetzt ist die Reihe an uns!«, flüsterte der Geheime Kabinettsekretär seiner Gattin ins Ohr, als eine der Elfen sich den beiden näherte. Irgendwer musste dem Mädchen im Gedränge zu nahe gekommen sein, denn eines seiner Flügelchen hing arg zerzaust und schlaff herab.

»Wenn Madame und Monsieur die Güte hätten, mir zu folgen ...«, flötete der kindliche Mund, während die Augen der Kleinen unter der verschwitzten Stirn ein müdes Lächeln versuchten. Sie mochte wohl acht Jahre alt sein und war sicher seit dem Morgengrauen auf den Beinen.

In gespannter Erwartung stiegen der Oberste Strafverfolger Seiner Durchlaucht und seine Gattin die blauen Teppichstufen zur Tafel des Herzogs empor. Der Stuhl des Landesherrn war noch leer, auch auf den benachbarten Plätzen zu beiden Seiten saß noch niemand. Als der Geheime Kabinettsekretär sich auf dem Stuhl zur Rechten des Herzogs niederlassen wollte, zupfte das kleine Mädchen mit den Elfenflügeln ihn am Ärmel und schüttelte den Kopf.

»Pardon, Monsieur. Dort drüben bitte – und Madame bitte daneben!«

Mit versteinerter Miene nahmen die beiden die zugewiesenen Plätze weiter außen ein. Sie saßen noch nicht richtig, als sie auch schon wieder aufstehen mussten, um erneut Vinzenz van Eisenmann und den Professor mit seiner Frau zu begrüßen. Alle drei wurden zwischen ihnen und dem Herzog platziert. Auf den drei Stühlen zur Linken des Herrschers nahmen die Tänzerin sowie Hertha und Paul Tiefenbacher Platz. Auf den weiteren Plätzen fanden sich nach und nach die wichtigsten Beamten des Hofstaats ein und einige Gesichter, in die der Stolz, zum ersten Mal in den engsten Kreis der Macht aufgenommen worden zu sein, ein verzücktes Lächeln schrieb. Die Letzten, die vor dem Herzog erschienen, waren Theatermaschinist Friedhelm Sproß und ein stämmiger junger Mann in Handwerkskleidung, der kein Wort sagte. Sie wurden am nächsten Tisch platziert, was manches Stirnrunzeln hervorrief.

»Was um Himmels willen machen Sie denn hier?«, zischte Paul Tiefenbacher dem Theatermaschinisten ins Ohr, »und dann erst dieser taubstumme Kerl! Das ist doch wohl ein Versehen!«

Doch Friedhelm Sproß lächelte nur. »Mitnichten, Monsieur le compositeur, mitnichten! Die Anweisung kommt vom Herzog selbst. Seine Durchlaucht, so ließ man mich wissen, ist der Meinung, das neue Theater habe ohne die schaffenden Zünfte nicht errichtet werden können. Sie werden mir sicher zustimmen, dass Seine Durchlaucht damit – um es mit den Worten der Zimmerleute zu sagen – den Nagel auf den Kopf getroffen hat.«

Dann erschien der Herzog, und das Festmahl begann. Nicht jeder konnte die köstlichen Speisen genießen.

46. Generalpause

»Und wenn er nun doch da draußen ist? Irgendwo muss er doch sein! Vielleicht verfolgt er mich ja. Natürlich! Er sucht mich! Der will mich doch wieder einsperren! Ich geh da nicht raus! Nie wieder geh ich da raus!«

Die Panik in der Stimme der Köchin war unüberhörbar. Die blasse Frau mit den Rehaugen bebte am ganzen Körper, während sie sich bemühte, winzige Trüffelpralinen mit Pistazienkernen zu verzieren. Doch ihre Hände flogen so sehr, dass ihr die Kerne immer wieder aus den Fingern fielen.

»Rosi, pass doch auf! Du verdirbst mir noch alle Pralinen, wenn du weiter so zitterst!«, schimpfte die ältere Köchin. Doch es klang eher sorgenvoll. »Setz dich her, mach eine Pause und komm wieder zu Sinnen!«

Dankbar setzte das Mädchen sich auf den Schemel vor der Vorratskammer und versuchte sich zu beruhigen. Unbewusst steckte sie beide Zeigefinger in den Mund und knabberte an den Nägeln, was ihr das Aussehen eines scheuen Kaninchens verlieh. Dreimal schon hatte sie der Polizei alles erzählt, und die Männer hatten jedes Detail wissen wollen: ob und wie der Unhold sie denn unzüchtig berührt oder gar Schlimmeres mit ihr angestellt habe. Ganz genau müsse sie alles erzählen, denn das sei wichtig für die Ermittlungen.

»Gar nicht berührt hat er mich«, hatte sie ihnen immer wieder beteuert, »außer am Anfang, wo er mich gefangen hat. Sonst nie wieder. Und deshalb kenn ich ihn auch nicht! Er hat nur so gerochen … und kräftig ist er gewesen … und irgendwie stumm. Nur gegrunzt hat er manchmal … fast wie ein Tier! Vielleicht war es ja ein Werwolf …!« Seither ließ die Idee mit dem Werwolf das arme Mädchen nicht mehr los. Hinter jedem Busch, hinter jeder Tür, hinter jeder Häuserecke wähnte sie ihn auf der Lauer. Je mehr Zeit verstrich, desto überzeugter war sie, dass ein grässliches Monster sie in seinen Fängen gehalten hatte, ein Wechselwesen aus Mann und Tier, dem des Nachts ein zotteliges Fell und Reißzähne wuchsen, die vor Geifer glitzerten. Dass sie ihm weggelaufen war, würde er ihr nie verzeihen – dessen war sie absolut sicher. Eine Weile hatte sie gehofft, die Arbeit in der Schlossküche würde sie ablenken und auf andere Gedanken bringen. Doch dem war nicht so. Wenn sie den Palast sah oder auch nur die blühenden Rhododendrenbüsche, überfiel die Todesangst sie, so wie damals. Aber sie musste arbeiten, um ihre Mutter zu pflegen und den Lebensunterhalt für sie beide zu bestreiten. Und jetzt sollte sie da rausgehen in den Park, mitten unter die vielen Menschen, und ihnen Pralinen anbieten – womöglich sogar *ihm* Pralinen anbieten. Und dann würde er wissen, dass sie immer noch im Schloss war, und er würde sie holen in der Nacht. Wieder packte sie die Angst und schnürte ihr den Hals zu: »Ich geh da nicht raus! Niemals!« Schluchzend barg die blasse Frau das Gesicht in den Händen.

»Jetzt ist es aber gut! Sei nicht so töricht! Da draußen ist alles voller Soldaten und hoch gestellter Herrschaften, und der Herzog ist auch da. Was soll dir da passieren? Nichts! Und jetzt machst du dich fertig und gehst da hinaus! Außerdem sind wir alle bei dir. Also los jetzt!«

Sie klatschte aufmunternd in die Hände, denn die Zeit drängte. Die Küchenfrauen legten ihre Schürzen ab, unter denen sie die Verkleidung für den Festtag trugen: weiße, wallende Tuniken im Stil der Konkubinen aus dem alten Rom, und darüber hautenge Schnürleibchen, die jeden noch so kleinen Busen zu wogender Üppigkeit wölbten. Schnell fand eine zur anderen, man stellte sich einander gegenüber, schnatterte, zupfte hier am Mieder, richtete dort eine Strähne, glättete Falten und bestätigte sich gegenseitig, wie hübsch man nun sei.

»Es wird doch gehen – oder? Musst dich halt nicht so verrückt machen! Kommst halt mit mir. Und denk nur an deine Arbeit!«

Aufmunternd sah die Ältere der Jüngeren ins Gesicht. Doch die Rehaugen hielten ihrem Blick nicht stand. Dann nahm jede einen Korb mit Pralinen und trat vor die Tür, wo zahlreiche Grüppchen junger Frauen in gleicher Kostümierung schon warteten. Zu zweit stiegen sie in kleine römische Streitwagen, die von Ponys gezogen wurden. Als Gladiatoren verkleidete Stalljungen mit Lederriemen um die kindlichen Waden standen auf den Plattformen der Gefährte und hielten die Zügel. Dann schmetterten die Fanfaren, und die Wägelchen schwärmten aus, um jeden Abschnitt der Tafel mit Naschwerk zu versorgen. Als Rosi merkte, dass ihr Streitwagen Kurs auf den Tisch des Großherzogs nahm, wurde ihr schlecht vor Angst. Warum hatte ihr das niemand gesagt! Verzweifelt versuchte sie, sich auf dem schaukelnden Gefährt aufrecht zu halten und ihren Korb nicht fallen zu lassen. Als sie hielten, wies die Ältere das Mädchen ein: »Ich übernehme den Herzog und weitere fünf Plätze links und rechts von ihm. Du die übrigen und noch den Nachbartisch. Ab jetzt wird gelächelt! Reiß dich zusammen!«

Mit zitternden Knien stieg Rosi vom Streitwagen, froh, wieder festen Boden unter den Füßen zu haben. Sie versuchte ein Lächeln und machte sich an die Arbeit. Mit einem Knicks reichte sie jedem der Ehrengäste das Körbchen, ließ ihn wählen und nahm mit einer Silberzange die gewünschten Pralinen heraus. Einige der Herren merkten auf, denn sie hatte ein schmales, hübsches Gesicht, das neuerdings noch zarter und zerbrechlicher wirkte als sonst. Platz für Platz arbeitete sie sich an der Tafel entlang. Nach und nach fiel die Nervosität von ihr ab. Es stimmte: Was sollte ihr hier schon geschehen!

Das Naschwerk fand Anklang. Die Herrschaften nahmen allzu gerne nach. Besorgt sah Rosi die Vorräte in ihrem Körbchen schwinden, skeptisch schaute sie die Reihe entlang, ob es wohl reichen würde. Es reichte nicht. Als sie am Nachbartisch ankam, blieb nur noch eine Praline übrig. Scheu wandte sie sich an den Theatermaschinisten: »Verzeiht, mein Herr, aber ich habe nur noch diese eine ...«

»Macht nichts, meine Liebe, macht nichts«, gab Friedhelm Sproß ihr leutselig zurück. »Ich mache mir eh nichts aus den süßen Sachen. Aber unser stummer Freund hier wird sie wohl zu schätzen wissen. Gib sie ihm und sei herzlich bedankt! Wenn ich mir dein Gesicht so anschaue, solltest du aber wohl selber mal eine ordentliche Mahlzeit einnehmen. Bist ja ganz und gar blass, du Kleine!«

Rosi lächelte ihn ein wenig verlegen an. Unschlüssig hielt sie die Zange mit der Praline bereit und wartete. Seltsam: Der andere Mann war ein Handwerker, ein Zimmermann wohl. Stumm beugten die kräftigen Schultern sich über den Teller. Er schien sie nicht zu bemerken. »Bitte, mein Herr! Die letzte soll für Euch sein!«

Der Mann reagierte nicht.

»Er kann dich nicht hören. Musst dich ihm schon zeigen«, sagte Sproß und tippte dem anderen auf die Schulter, damit er nach hinten sah. Endlich drehte Leander sich um.

Wie ein Messer schnitt das Erkennen in sein taubes Gehör und ließ es unter grellen Dissonanzen vibrieren. Ein heller G-Dur-Akkord, wie von Oboen geblasen, kämpfte kreischend gegen ein Gis-Dur, das frech dagegenquäkte, als käme es aus einem vorlauten gedackten Flötenregister einer Orgel. In erbarmungsloser Feindschaft verbissen beide Dreiklänge sich in schriller Kakophonie ineinander. Scheußlich rieben sich die Halbtonintervalle, gellend brüllten sie sich gegenseitig nieder. Der Schreck war so groß, dass Leander die Hände über beide Ohren schlug, als könne er den Lärm in seinem Innern damit zum Schweigen bringen.

Rosi brauchte einen Moment länger, bis sie wusste, wen sie vor sich hatte. Vielleicht hätte sie Leander nicht einmal erkannt, wenn er sich nicht durch sein maßloses Erschrecken verraten hätte. Starr vor Entsetzen ließ sie die Silberzange fallen. Dann wurden ihre Beine zu Brei, und sie sackte zusammen, bevor der Schrei ihre Lippen verlassen konnte. Blass wie der Tod lag sie auf dem Rasen, gebettet in erlösende Ohnmacht.

Die Irritation der Tafelnden währte nur einen Moment. Dann machten sie weiter, als wäre nichts gewesen. Der Herzog hatte den Zwischenfall nicht einmal bemerkt. Die Freundin eilte herbei und winkte dem Kutscherknaben, er möge ihr helfen. So unauffällig wie möglich hoben sie die Bewusstlose in den Streitwagen und fuhren mit ihr zum Schloss zurück. »War wohl doch alles zu viel für dich, meine Kleine«, murmelte die Ältere und tätschelte der jungen Frau die Wange. »Ich hätt dich wohl besser in der Küche gelassen. Nur gut, dass es nicht beim Herzog passiert ist. Komm! Wach auf! Kriegst eine deftige Fleischbrühe. Dann geht's dir bald wieder besser.«

47. Der schwer gefasste Entschluss

Es war Leanders Glück, dass seine Tischnachbarn den Grund für sein Erschrecken falsch verstanden: Überrascht von der ungewohnten Ehre, so nah am Tisch des Herzogs dinieren zu dürfen – so dachten sie –, überfordert auch durch die Feinheiten von Protokoll und Etikette, zu alledem auch noch beschämt durch seine Gebrechen, habe die plötzliche Ohnmacht der jungen Frau den einfachen Mann aus dem Volk aus der Fassung gebracht. Das schien nur allzu verständlich und in gewisser Weise auch ein Beleg dafür zu sein, dass solche Leute eben doch nicht hierher gehörten. Paul Tiefenbacher kommentierte lakonisch: »Ich hoffe, dass seine Berater dem Herzog in Zukunft solche

Einfälle ausreden werden«, flüsterte der Hofcompositeur seiner Frau ins Ohr. »Es sollte genug andere Möglichkeiten für einen Landesherrn geben, seine Nähe zum Volk unter Beweis zu stellen. Dafür muss er doch nicht gleich jeden Tölpel an seinen Tisch bitten – meinst du nicht auch, meine Liebe?«

Hertha Tiefenbacher hatte genauer hingesehen als ihr Mann. Seit Leander an der Tafel des Herzogs erschienen war, hielt eine seltsame Mischung aus Scham, Verlegenheit und – was ihre Verwirrung komplett machte – Begehren sie gefangen. Nur mit Mühe brachte sie eine holpernde Konversation zuwege. Nur mit äußerster Anstrengung gelang es ihr, das Lächeln auf ihrem Gesicht zu halten. Obwohl Leander nicht zu ihr herübersah, fühlte sie seine Präsenz mit einer Intensität, die an Intimität grenzte. Während sie Belanglosigkeiten nach rechts und links austauschte, suchte Hertha die Natur der stummen Beziehung zwischen ihr und diesem seltsamen Mann zu ergründen. War es Liebe? Seine Reaktion auf den Anblick der Köchin hatte ihr einen Stich gegeben, für den sie sich schämte. Sollte das Küchenmädchen ihm etwas bedeuten? Hatte er sie gehabt? Welche Gefühle musste diese Frau für ihn hegen, wenn sein Anblick ihr die Sinne raubte? Hertha war eifersüchtig. Doch sie riss sich zusammen.

»Wir sollten nicht schlecht über ihn denken«, erwiderte sie ihrem Gemahl, »und wir sollten Gott danken, dass er uns nicht mit derlei Gebrechen belegt hat. Der Aufstieg dieses Mannes ist sicher ungewöhnlich. Aber wer wollte sich das Recht herausnehmen, den Herzog dafür zu tadeln? Wie man hört, hat dieser Taubstumme es gleich in mehreren Zünften zu herausragenden Leistungen gebracht. Andere tun sich da bei besseren Voraussetzungen schon in einer einzigen Disziplin ungleich schwerer.«

Bevor ihr Mann die Spitze parieren konnte, gab es erneut Unruhe am Ende des Tisches. Noch ehe der Herzog die Tafel aufgehoben hatte, sprang Leander plötzlich auf und lief quer über die Wiese davon. Diesmal hatte der Herzog es wohl gesehen, doch er ließ sich nichts anmerken. Geistesgegenwärtig erhob sich Seine Durchlaucht und gab damit das Zeichen zum allgemeinen Aufbruch. So fiel Leanders Verstoß gegen das Protokoll kaum auf.

»Da siehst du es: Einfach unmöglich benimmt sich der Kerl!«, flüsterte Paul Tiefenbacher Hertha zu, während er seinen massigen Körper an der Tischplatte hochstemmte. »Das ist doch impertinent! Ein unverschämter Affront! Und Seine Durchlaucht hat es sehr wohl bemerkt!« Hertha schwieg und folgte Leander mit den Augen, solange es irgend ging. Ich werde ihn nie wiedersehen, dachte sie, ich werde ihn niemals wiedersehen! Da wurde ihr schwarz vor Augen, und sie musste sich auf ihren Mann stützen. Paul Tiefenbacher kniff seine Frau in den Arm und zischte scharf: »Nun komm schon! Oder willst du den nächsten Eklat auslösen! Nicht noch eine Ohnmacht! Contenance, meine Liebe, Contenance!«

In jenem Moment, da Leander Lautenschläger zwischen den Rosensträuchern des Schlossparks verschwand, schlug Rosi im Umkleideraum der Köchinnen die Augen auf. Verwirrt sah die junge Frau sich um und versuchte, sich zu orientieren. Stockend brachen die Worte zwischen ihren bebenden Lippen hervor, während ihre Hand sich um die der Freundin krampfte.

»Heilige Mutter Gottes, steh mir bei! Ich will mich nie wieder versündigen, aber bitte, bitte steh mir bei! Er war es! O Gott, er war es!«

»Unsinn! Niemand war es«, gab die Ältere zurück. »Dein Mieder war's. Viel zu eng geschnürt hattest du's! Hätt eben fast die Schere nehmen müssen, um es aufzumachen. Und wenn du dich darin noch vorbeugst zum Servieren – da muss dir doch die Luft wegbleiben!«

Doch je mehr Rosi zu Kräften kam, desto heftiger beharrte sie auf ihrer Meinung: »Er hat mich erkannt! Er will mich holen! Und dann wird er mich töten! Er ist es! O Gott! Er ist es!«

Mit beiden Händen hielt sie den Arm der Freundin fest und

zog sich daran hoch, bis ihr Gesicht fast das der anderen Frau berührte.

»Er ist der Unhold – wenn ich es dir doch sage! Er ist es wirklich! Bitte hilf mir! Wir müssen es melden!«

»Aber ... am Tisch des Herzogs ... das kann doch nicht sein! Das ist unmöglich. Du musst dich täuschen!«

Die Ältere machte sich von ihr los und ging zwischen den Schränken auf und ab. Einige der schmalen Türen standen offen, weil die Mädchen in ihrer Eile vergessen hatten, sie zu verriegeln. Aus einem der Spinde lugte ein ausgetretener Straßenschuh hervor, mit eingerissenen Knickfalten über dem Spann. Gedankenverloren schob sie ihn zurück und lehnte die Tür an.

»Du musst dich täuschen«, sagte sie noch einmal und sah fragend zu der jungen Frau hinüber. Doch Rosi schüttelte nur den Kopf.

»Ich weiß es genau – und er weiß es auch!«, sagte sie leise. Dann begann sie zu weinen.

Wieder lief die Freundin in dem halb dunklen Kellerraum hin und her. Sie dachte nach. Schließlich sagte sie mehr zu sich als zu der jungen Köchin: »Ja, wenn du nun mal so sicher bist ... Du bist ja völlig außer dir, Mädchen ... Ich denke, da müssen wir halt noch mal nach den Polizisten schicken ... Aber ... er hat doch beim Tisch des Herzogs gesessen – des *Herzogs*! Man stelle sich das nur vor. Da *kann* es doch nicht sein ...! Aber *wenn* es denn stimmt ...« Plötzlich erschrak sie und schlug die Hände vors Gesicht. »... Wenn es stimmt, dann droht Seiner Durchlaucht vielleicht ebenfalls Gefahr! O Gott! Ich glaube, du hast Recht, und wir müssen ...«

»Siehst du«, fiel Rosi ihr ins Wort, »wir müssen es melden!« Jetzt glühten ihre Wangen vor Eifer. »Stell dir nur vor: Dieser Unhold am Tisch des Herzogs – und wir allein wissen es!«

»Aber wem melden wir es denn? Was machen wir denn jetzt?«

»Als ich …«, Rosi schluckte, als die Erinnerung ihr den Hals zuschnürte. »Ich bin damals einfach zum Küchenmeister gelaufen. Der hat dann nach jemandem geschickt. Der kennt sich aus mit so was.«

»Aber da können wir doch jetzt nicht stören – gerade heute!« Der Freundin wurde schwach bei dem Gedanken, ihren höchsten Vorgesetzten zu behelligen – und dann auch noch in einer solchen Angelegenheit. Noch nie hatte sie mit dem Küchenmeister gesprochen. Das stand ihr nicht zu. Zu alledem kam ihr ein anderer Gedanke, der sie aufs Höchste beunruhigte: »Und stell dir einmal vor, es stimmt nicht! Dann machen wir uns völlig lächerlich. Dann werden wir auf der Stelle entlassen! Dann jagen sie uns noch heute fort! Und wie sollen wir je wieder eine Anstellung finden, wenn der Fürstenhof uns entlässt? O Jesus Maria!«

»Jetzt fang nicht schon wieder an! Wenn ich dir doch sage, dass es stimmt. Komm, wir gehen zu ihm in die Hauptküche und sagen es!«

Kurz entschlossen nahm die junge Frau die ältere bei der Hand und zog sie aus dem Umkleideraum auf den Kellerflur hinaus. Im Nu riss der Strom vorbeihastender Küchengehilfen, Diener und Mägde die beiden mit. Der Hofstaat arbeitete auf Hochtouren. Dreitausend komplette Gedecke mit Essensresten mussten abgeräumt und gereinigt werden – eine gewaltige Aufgabe für die Dienerschaft. Noch auf der unterirdischen Rampe, dort, wo Leander die Köchin entführt hatte, machten Dutzende von Burschen in Lederschürzen und kniehohen Stiefeln sich über die Reste von Lammkeulen, Pasteten und Gemüse her, streiften sie mit großen Holzspachteln von den Tellern ab und ließen sie in die Güllebottiche klatschen. Andere rollten die vollen Behälter hinter das Schloss, kippten sie in die Kloake und kehrten im Laufschritt wieder zur Rampe zurück. Wieder andere stapelten die grob gereinigten Gedecke in großen Wannen, welche von zwei Mann nur noch mit Mühe getragen werden konnten. Dann ging es hinein ins Schloss: Fluchend und stöhnend trugen die Küchenburschen die unzähligen Fuhren besudelter Teller, schwarzklebriger Mokkatassen und blinder Gläser zurück zum Spülraum. Der Gang dröhnte unter den Schritten und Rufen hunderter Menschen. Es klirrte und schepperte, es gluckste und klapperte, und über allem lastete der Gestank vermengter Essensreste. Es war, als ob das Schloss in seinen Eingeweiden das Festmahl der vielen tausend Menschen mitverdauen musste.

»Was treibt ihr euch hier herum! Macht euch nützlich oder steht wenigstens nicht im Weg.« Ein verschwitzter Junge mit einem riesigen Korb voll Besteck überholte die beiden Frauen und rempelte dabei Rosi an.

»Wo ist der Küchenmeister?«, fragte sie den Jungen.

»Keine Ahnung! Vor einer halben Stunde wollte er in den Weinkeller. Jetzt macht endlich Platz! Wir haben zu tun!«

»Komm! Dann müssen wir zurück!« Hart riss die Ältere die junge Frau am Handgelenk. Beide drückten sich an die Wand, um drei Geschirrwannen vorbeizulassen. Dann kehrten sie um und kämpften sich zum Ausgang zurück. Als sie draußen waren auf der unterirdischen Rampe und die Männer an den Bottichen hinter sich gelassen hatten, stieß Rosi plötzlich einen Schrei aus und blieb wie angewurzelt stehen. Erst jetzt ging ihr auf, wo sie waren.

»Nicht! Nein! Hier hat er mich doch ...«

Verzweifelt starrte sie zum Ausgang der Tunnelröhre hinauf, hinter dem die Rhododendronblüten in der Sonne leuchteten.

»Ich kann nicht! Sag du es ihm!«, rief sie noch. Dann rannte sie los wie gehetzt, wollte nur weg, weit weg. Endlich war sie oben. Im Park wimmelte es von Menschen. Doch niemand von ihnen beachtete die junge Köchin, die vor den Blumen hockte, ihr Gesicht zwischen den Händen verbarg und schluchzte. Am Himmel zogen die ersten Wolken auf. Vielleicht würde es heute noch ein Gewitter geben.

48. Tönet ihr Pauken, erschallet Trompeten!

Charlotte stand vor dem kleinen blinden Spiegel in der Stube und kämpfte mit den Tränen. Sich nun selbst wieder in ihrem Kleid zu sehen, das sie damals Maria geliehen hatte, war zu viel für sie. Sollte sie nicht doch lieber zu Hause bleiben? Aber wenn sie schon so früh Marias Jungen und ihre eigenen Kinder abholte, was würde da die Bäuerin von ihr denken! »Fahr ruhig zum Schloss – das wird dir eine Ablenkung sein«, hatte die Gute ihr zugeredet. »Wo es doch ein Fest für alle ist. Da kannst du das Theater sehen, das dein Mann gebaut hat! Auch die Maria hätte es sicher so gewollt. Du sollst nicht immer nur weinen! Und wegen der Kinder mach dir keine Sorgen, die sind gut aufgehoben hier bei mir!« Dann hatte sie zur Bekräftigung ihre Schürze glatt gestrichen und Charlotte mit einem Lächeln angesehen, das keinen Widerspruch duldete.

Wieder war es Otto, der sie zur Stadt fuhr. Als Charlotte in ihrem Festkleid vor die Tür trat, zuckte der Knecht zusammen. »Jesus Maria! Ich dacht schon ...« Dann reichte er der Zimmermannsfrau den Arm und half ihr auf den Leiterwagen.

»Ja, ich weiß, Otto«, antwortete Charlotte ihm nach einer Weile. »Schön hat sie ausgesehen darin. Aber ich hab nun mal kein anderes. Ich trag's auch für sie.«

»Ist der August heut auch da?«, fragte der Knecht, um das Thema zu wechseln. »Ist doch eigentlich sein Bau, gerade, wo er da doch ...« Verlegen verstummte er. Der Unfall des Zimmermanns war sicher auch kein gutes Gesprächsthema. Es war besser, er sagte gar nichts mehr.

Charlotte tat, als hätte sie seine Befangenheit nicht bemerkt.

»Er ist da, aber er hat zu tun – wahrscheinlich bis zum Schluss, hat er gesagt, weil eben doch immer noch was zu erledigen ist. Dann will er noch kommen. Wir waren noch nie in der Oper. Wie das wohl ist?«

Otto schwieg. Von Musik verstand er nichts. Er wusste nur, dass er das Gefiedel nicht mochte, das jedes Jahr beim Erntedank in der Scheune gespielt wurde. Dann trank er immer nur Bier, blieb sitzen und starrte manchmal zu den Mädels auf dem Tanzboden hinüber, wie sie die Röcke kreisen ließen und ihre Waden zeigten. Keine hatte so schön ausgeschaut wie Maria in Charlottes Kleid.

Als Maria gestorben war, war Otto in die Scheune gegangen, hatte einen Dreschflegel genommen und ihn wieder und wieder auf den leeren Tennenboden krachen lassen – wohl eine halbe Stunde lang, bis seine Arme vor Anstrengung zitterten und der Schweiß in seinen Augen brannte. Die nächste Stunde hatte er damit verbracht, den Flegel zu reparieren, weil er ihn beinahe zerschlagen hätte. Seither bewahrte er ein Bild in seinem Herzen: Maria in Charlottes dunkelgrünem Plisseekleid, wie sie neben ihm auf dem Leiterwagen saß, ihren Oberschenkel an seinen drückte und ihn mit ihrem Silberblick verwirrte. Im Übrigen hatte Knecht Otto beschlossen, sich nie wieder zu verlieben.

»Es könnt heut noch ein Gewitter geben«, sagte Charlotte nach einer Weile und wies zum Himmel, wo sich in der Ferne die ersten Kumuluswolken türmten. Otto sah kaum hin und brummte nur. Vor dem hinteren Eingang zum Schlosspark hielt er an und ließ Charlotte absteigen. »Wenn das Feuerwerk kommt, bin ich wieder da«, murmelte er. Dann rumpelte der Karren davon. Charlotte sah ihm nach, bis er verschwunden war. Obwohl der Knecht nie etwas gesagt hatte, spürte Charlotte, was er für Maria empfinden musste. Otto tat ihr Leid. Endlich drehte sie sich um und ging auf die Menschentraube zu, die sich vor dem Tor versammelt hatte. Der Kommandeur der Palastwache hatte die Posten verdoppeln lassen, um des Andrangs Herr zu werden. Mit unbeweglicher Miene musterten die Soldaten das hereinströmende Volk, kontrollierten die Eintrittsbilletts und griffen scheinbar wahllos Einzelne heraus, um sie zu filzen. Charlotte reichte dem langen Kerl zu ihrer Rechten die Karte, die August ihr mitgebracht hatte: *Entree bey der Fete im herzoglichen Schlossgarten zwecks Inauguration des neuen Opernhauses, selbiges 3000 Spectateuren Platz biete und darob das größte Europas sey*, stand in verschnörkelten Lettern darauf geschrieben. Der Soldat nickte knapp und winkte Charlotte durch. Ein wenig scheu trat sie in den Park und ließ sich von der Menge mitziehen. Plötzlich tauchte das neue Theater hinter den Bäumen auf, und sie erschrak. Es war noch größer, als sie gedacht hatte. Die Vorstellung, dass ihr Mann irgendwo dort oben im Dachstuhl beinahe sein Leben verloren hätte, ließ sie erschauern. Wo er jetzt wohl war? Ob er wieder mit diesem Taubstummen zusammenarbeitete? Sie schaute sich um.

Reste der Festtafel standen vereinzelt im Gelände. Dutzende von Bediensteten liefen zwischen den Tischen und dem Schloss hin und her, schleppten Kisten voller Fackeln und Kerzen heran, stellten sie auf den Tischen ab und begannen, sie auszupacken. Dann schwärmten sie aus, um sie im Park zu verteilen. Erst jetzt bemerkte die Frau des Zimmermanns die vielen Lampions, die in langen Reihen die Wege säumten und zu hunderten in den Bäumen hingen. Charlotte wurde ganz schwindelig, als sie sich vorstellte, wie kostbar ihr die wenigen Kerzen im Hause waren und welche Unsummen folglich allein die Beleuchtung des Schlossparks verschlingen musste. Viele der einfachen Leute um sie herum staunten wie sie. Sie sah die offenen Münder der Kinder und Frauen und die Zeigefinger ihrer Männer, die so taten, als wüssten sie Bescheid und damit ihre eigene Verblüffung kaschierten. Alles hier war groß und prächtig und wie aus einer fremden, unverständlichen Welt. Obwohl kaum einer aus dem Volk den allegorischen Sinn und die Finesse der vielen Dekorationen, Figuren und Skulpturen verstand, war jedermann überwältigt vom schieren Luxus und Überschwang der Fantasie.

Während das gemeine Volk vom Parkeingang zum Theaterbau strömte, schritt im hinteren Teil des Parks die Hofgesellschaft auf eigenen Wegen dorthin. Von fern wurde sie von den niederen Ständen begafft, die es kaum erwarten konnten, die edlen Damen und Herren bald von nahem im Opernhaus zu sehen. Als Charlotte die prächtigen Kleider der Hofdamen sah, die getürmten Frisuren und die versammelte Eleganz der hohen Gesellschaft, kam sie sich plötzlich schäbig vor in ihrem grünen Plissee. Ein Blick in die Gesichter der Bürgerfrauen zeigte ihr, dass jene es ebenso empfanden. Langsam näherte man sich dem Theater.

Während die beiden prächtigen Portale an der Stirnseite des Neubaus dem Hofstaat und den Ehrengästen vorbehalten blieben, dirigierten als Schäfer kostümierte Soldaten das gemeine Volk zu den Seiteneingängen, die auf die oberen Ränge führten. Bevor Charlotte die Holztür erreichte, sah sie sich ein letztes Mal um in der Hoffnung, August doch noch zu entdecken. Genau in diesem Moment verschwand eine Gestalt hinter der Rückwand der Oper. Sie hätte schwören können, dass es Leander war. Ihren Mann sah sie nicht. Ob er schon drinnen war? Die Leute hinter ihr drängelten. Also trat sie ein.

Die plötzliche Enge im Innern des Theaters war überraschend und schien so gar nicht zur pompösen Größe des Gebäudes zu passen. Man schubste und knuffte, stieß sich, stolperte und trat sich auf Schuhe und Kleidersäume. Endlich fand Charlotte eines der schmalen Treppenhäuser und arbeitete sich auf den grob gehobelten, steilen Stufen nach oben. Da war kein Teppich, kein Stoff und keine Tapete – nur rohes Holz und blass geweißte Wände, die kalkige Flecken auf der Kleidung hinterließen, wenn man ihnen zu nahe kam. Das ganze Gebäude schien unter den vielen tausend Schritten zu beben und zu stöhnen. Dielen, Tragbalken und Widerlager knarrten und knackten unter der plötzlichen Belastung. Es war, als ob der hölzerne Bau seine Muskeln spannte, um die vielen Menschen zu tragen. Das Abendlicht drang wie gefiltert durch die schmalen Fenster.

Noch roch es nach frischem Holz und Farbe, doch der Gestank von billigem Parfüm, von Schweiß und schlechtem Atem drängte sich mit Macht dazwischen. Charlotte fühlte sich beklommen; sie bekam kaum Luft. Vom Steigen taten ihr die Beine weh. Dann endlich kam ein letzter Treppenabsatz und ein langer, geschwungener Gang, von dem ein Dutzend Türen abgingen. Im Pulk ließ Charlotte sich treiben, fand einen der Eingänge und drehte sich mit erhobenen Armen hindurch. Plötzlich ging es zwei, drei Stufen abwärts, sie verlor den Boden unter den Füßen, strauchelte und streckte die Arme nach vorne, um nicht zu stürzen. Ehe sie begreifen konnte, wie ihr geschah, fing die Balustrade vor dem Abgrund zum Parkett sie auf. Als ihr Oberkörper über das Geländer pendelte und sie den riesigen Saal unter sich gewahrte, stieß sie einen Schrei der Überraschung aus. Einen solchen Anblick hatte sie nicht erwartet.

Mit einem Mal war alles Pracht, war alles groß und weit und bunt. In einer Orgie aus Pilastern, Samt und Lüstern öffnete sich der glockenförmige Zuschauerraum des Theaters mit seinen vier übereinander getürmten Balkonen in verschwenderischer Fülle vor ihren Augen. Zwischen den Säulenreihen drängten sich Tapisserien und vergoldete Ornamente in lustvoller Enge. So weit das Auge reichte, blitzten die vergoldeten Kapitelle der Säulen zwischen den Rängen im Licht vieler tausend Kerzen. Jedes Geländer, jedes freie Stückchen Wand oder Decke quoll über vor Fresken, Schnitzereien, Reliefs und Gemälden. Charlotte sah Farben, Formen und Fantasien, die sie nie im Leben für möglich gehalten hätte. Allein der Anblick des monströsen Lüsters, der auf Augenhöhe des vierten Rangs in der Mitte des Saales über dem Parkett schwebte, raubte ihr den Atem. Wie, um Himmels willen, war so etwas möglich? Wie konnten Menschen so etwas erschaffen? Das Herz schlug ihr bis zum Halse, als ihr aufging, dass ihr August an diesem Wunderwerk der Baukunst beteiligt gewesen war. Da schwemmte eine Woge von Stolz über sie hinweg, und Tränen traten ihr in die Augen.

Erst jetzt sah sie die vielen Menschen, sah die Köpfe der Neugierigen auf den Rängen gegenüber, die wie Perlen auf einer Schnur über der Balustrade hingen und genau wie sie das Wunderwerk bestaunten. Der Saal summte und brummte vor Aufregung und Verblüffung. Die besser gekleideten Mitglieder der höheren Stände unter ihr bogen die Köpfe in den Nacken, um die verschwenderische Holztäfelung der Decke und die Pracht des großen Lüsters zu bewundern. Man zeigte einander Details, machte den Nachbarn aufmerksam auf immer neue Ornamente und Motive der Stuckaturen und Tapeten und bestätigte sich gegenseitig in der Ansicht, im schönsten Theater der Welt zu sein.

Dann sah Charlotte ganz nach unten ins Parkett, das sich langsam füllte. Hier saßen die edelsten Mitglieder der Hofgesellschaft. Die Reihen wogten vor opulenten Frisuren und Hüten. Wohl an die hundert Fächer schwirrten zwischen den Köpfen der Damen, die in ihren ausgestellten Reifenkleidern von oben wie Spielzeugkreisel aussahen. Die Frauen aus dem Volk konnten sich gar nicht satt sehen an der Vielfalt der Stoffe, Schnitte und Applikationen. Nicht wenige vermaßen die Kleider der Hofdamen mit geübtem Blick, um später zu Hause wenigstens die eine oder andere Idee aufzugreifen und mit zwar bescheidenen Mitteln, aber umso mehr Geschick nachzuahmen.

Die Ehrenloge des Herzogs über dem Haupteingang reichte über zwei Etagen. Noch war sie nicht besetzt. Nur Diener und Mundschenke huschten hinter den gerafften Seidenvorhängen hin und her, um Imbisse und Getränke bereitzustellen, falls der Herzog oder einer seiner Ehrengäste bei den Aufführungen zu speisen geruhen sollte.

Gegenüber der Fürstenloge befand sich die Bühne mit einem Vorhang, der so groß war, wie Charlotte es sich niemals hätte vorstellen können. Der weinrote Samt glühte unter tausend Kerzenflammen satter als jeder Rubin. Noch verbarg der haushohe Faltenwurf das Bühnenbild dahinter. Nur manchmal schwang der Samt träge ein wenig zur Seite. Dann konnte man ein erstaunlich kleines Gesicht erspähen, das sich im Zuschauerraum umsah. Es war der Theatermaschinist, der hinter den Kulissen wartete und seiner Nervosität kaum mehr Herr wurde.

Plötzlich schmetterten Trompetenstöße durch den Saal, und alle Stimmen verstummten. Dreitausend Köpfe flogen herum, dann rauschte und raschelte es in den Rängen, als das Publikum sich erhob, um den Herzog zu begrüßen. Seine Durchlaucht trat vor bis zum Geländer der Fürstenloge, auf dass jedermann ihn sehen könne. Dann schaute der Landesherr in die Runde, hob die Hände zum Gruß und gab das Zeichen für den Beginn. Als Charlotte sich zur Bühne wandte, sah sie aus den Augenwinkeln, wie Elisabeth ihr von der übernächsten Loge zuwinkte. Schade! August hatte es wohl nicht mehr geschafft! Dann erstarben die letzten Räusperer und Huster, und erwartungsvolle Stille machte sich breit ...

Nichts geschah. Wo war der Kapellmeister? Doch dann hallte ein lautes Toc-toc-toc durch den Saal, und Hofkapellmeister Paul Tiefenbacher zelebrierte seinen Auftritt. In einer theatralischen Geste hob er seinen Dirigierstock und gab den Einsatz für die Ouvertüre seiner Oper *Alonso oder Die Macht der Liebe*.

Draußen fegten die ersten Böen durch den Schlosspark und ließen die Lampions tanzen, während dunkle Wolken den Abendhimmel verdunkelten.

49. Rezitativ

Die Pracht und Herrlichkeit des voll besetzten Saales bescherte Hertha eine bittere Erkenntnis. Schlagartig wurde ihr klar, dass ihr Mann nicht in der Lage war, Musik zu komponieren, die dieses Rahmens würdig gewesen wäre. Da mochte er noch so sehr mit seinem Stock herumfuchteln und die Effektmaschinen lärmen lassen – es würde nicht reichen. Dennoch hielt Hertha es nicht für völlig ausgeschlossen, dass Paul heute Abend als Sieger aus dem Wettbewerb hervorgehen würde. Falls es tatsächlich so kommen sollte, hätte er es mit Sicherheit nicht verdient. Dann wäre dies auf Umstände zurückzuführen, die nichts mit Paul Tiefenbachers Qualitäten als Komponist zu tun hatten – höchstens mit denen eines Kopisten.

Gestern Abend hatte Hertha den Zettel in seiner Jacke gefunden. Als Komponistin war sie gut genug, um zu erkennen, welchen Schatz diese chaotischen Kritzeleien darstellten. Schon die völlig verschiedene Handschrift zeigte ihr, dass Paul nie und nimmer der Urheber dieser genialen Skizzen gewesen sein konnte. Sie kannte ihn allerdings auch gut genug, um zu wissen, dass er diese Passagen dennoch abgeschrieben haben musste. Damit wäre auch seine überaus aufgekratzte und beinahe triumphale Laune in den letzten Tagen und Stunden vor der Premiere zu erklären gewesen. Irgendetwas musste dahinter stecken. Normalerweise wäre Paul vor dieser alles entscheidenden Prüfung launisch und nervös gewesen. Hertha wusste doch mindestens so gut wie er, wie dürftig sein eigenes kompositorisches Können war und wie wenig er bislang zu Papier gebracht hatte. Seine Fröhlichkeit konnte nur bedeuten, dass er sich seiner Sache sicher war. Schlimm nur, dass es nicht seine Sache war, sondern die eines anderen, Besseren. Doch das störte ihren Mann Paul Tiefenbacher offenbar nicht.

Hertha hegte durchaus einen Verdacht, wer die herausragenden Passagen des Werkes geschaffen hatte, das sie alle heute Abend hören würden. Nach ihrem erotischen Erlebnis mit Leander in ihrem Bad meinte sie zu spüren, was wirklich in diesem rätselhaften Taubstummen vorging. Wieder musste sie an ihn denken, an seine Berührungen, seine Strenge, seine Leidenschaft. Vorhin, als er aufgesprungen und davongelaufen war, war sie sicher gewesen, sie würde ihn nie wiedersehen. Jetzt tat es ihr weh. Wenn das Leben sie noch einmal zusammenführen sollte, dann würde sie mit ihm gehen. Sie würde Paul verlassen, um mit diesem rätselhaften taubstummen Mann zu leben. Genau das würde sie tun!

Hertha ließ ihren Blick durch den Saal schweifen. Mittlerweile waren fast alle Plätze besetzt. Entsprechend den Gepflogenheiten bei Theateraufführungen saßen auch im neuen Opernhaus Damen und Herren getrennt. Die Stühle in den vorderen Reihen waren für die Damen reserviert und standen in etwas größerem Abstand, um ihnen Gelegenheit zu geben, ihre ausladenden Röcke um sich herum zu drapieren. Rings um Hertha bildeten die Kleider der Hofdamen eine geschlossene Schicht bunter Wolken, aus der Scharen schnatternder Köpfe und nackter Arme herausragten. Zwar nickte das eine oder andere Gesicht routiniert in ihre Richtung, ehrliche Anteilnahme sah sie indes nirgends. Die einzige Frage, die die Damen bei Hofe bewegte, war, ob Hertha Tiefenbacher auch nach diesem Abend noch die Ehre haben würde, in ihrer aller Mitte zu weilen oder ob die Niederlage ihres Mannes sie alsbald von hier vertreiben würde.

Die Herren im Hintergrund taten unbeteiligt und diskutierten wie immer ihre kleineren und größeren Affären. Nicht wenige wirkten nach dem üppigen Festmahl ein wenig steif und angestrengt und hätten gerne den einen oder anderen Knopf an Wams und Rock geöffnet. Auf den ersten beiden Rängen links und rechts der Fürstenloge versuchten Kollegialräte und andere Hofbeamte durch ein besonders würdevolles Auftreten die Tatsache vergessen zu machen, dass das Protokoll ihnen die Anwesenheit im unteren Parkett verwehrte. Auf dem zweiten und dritten Rang fanden die Diener Platz, die heute Abend nicht im Schloss gebraucht wurden. Neben ihnen logierten die ersten angesehenen Bürger der Stadt.

Im vierten Rang ganz oben ging es laut und unbefangen zu. Als Hertha die vielen wogenden Köpfe direkt über der Balustrade sah, fragte sie sich, ob das Geländer wohl halten würde. Die Leute schubsten und drängelten, jeder wollte nach unten schauen und einen Blick auf die Reichen und Edlen werfen.

Wenn ihr wüsstet, dachte sie, wie viel Lug und Trug und Langeweile unter euch versammelt sind, würdet ihr nicht sehnsüchtig gaffen und unser Leben für das Paradies auf Erden halten! Euch geht es doch gut da oben! Ganz zu Recht schaut ihr auf uns herab!

Plötzlich segelte eine Filzmütze von oben ins Parkett hinab und landete am Rand des Seitengangs. Einer der Feuerposten schob sie mit seinem Stiefel in die Ecke und tat, als wäre nichts geschehen. Hertha sah mindestens zwanzig solcher Wachen überall in den Gängen verteilt. Es waren Soldaten, die an Stelle ihrer Waffe einen Stock mit einem Schwämmchen daran trugen, mit dem sie im Notfall kleinere Feuer an der Beleuchtung löschen konnten. Neben jedem der Posten stand vorsorglich ein Eimer mit Wasser.

Nachdem der Herzog und wenig später Paul erschienen waren, mutete der Unterschied zwischen beiden Männern Hertha geradezu peinlich an: hier die souveräne Attitüde des Herzogs, dort die auftrumpfende, vordergründige Präsenz ihres Mannes, der mit einem Dirigierstock hantieren musste, um sich wichtig zu machen, und der ein Selbstbewusstsein verströmte, von dem jeder, der ein wenig genauer hinsah, merken konnte, dass es nur geborgt war. Hertha fühlte die Distanz zu ihm so deutlich wie nie zuvor. Ein Bedauern darüber empfand sie nicht. Soweit ihre aufwändige Garderobe es zuließ, machte die Frau des Hofkomponisten Paul Tiefenbacher es sich in ihrem Sitz bequem und beschloss, den Abend als neutrale Beobachterin zu genießen.

Als die ersten Takte der Ouvertüre erklangen, kam hinter Herthas Rücken ein Schreiber aus dem Büro des Ersten Geheimen Kabinettsekretärs in den Saal und schaute sich suchend um. Als er seinen Herrn gefunden hatte, ging er zu ihm und begann, mit ihm zu tuscheln. Kurz darauf stand der Kabinettsekretär auf, murmelte etwas wie »dringende Angelegenheit« zum Professor, der neben ihm saß, und eilte hinaus. Augenblicke später tauchte er in der Fürstenloge auf, sprach kurz mit dem Herzog und verließ das Theater.

50. Auftakt

Leander Lautenschläger saß im Dachstuhl des Opernhauses und wartete. Er hatte sich einen der schweren Tragbalken in Höhe des Bühnenvorhangs ausgesucht, an der Grenze zwischen Zuschauersaal und Bühne. Nun hockte er auf dem mächtigen Vierkantholz, den Rücken gegen eine Verstrebung gelehnt, und sah versonnen in die Flucht von Trapezen aus Eichenbalken, die den großen Saal überspannten. Einzig die geschnitzte Kassettendecke an der Unterseite des Dachstuhls verwehrte ihm die Sicht in den Abgrund. An einigen Stellen ließen kleine Ritzen und Ungenauigkeiten in der Vertäfelung ein wenig Licht aus dem Zuschauerraum zu ihm nach oben dringen. Betreten konnte man diesen Fußboden nicht. Dafür war er nicht fest genug. Schmale Bretterstege über den tragenden Balken boten die einzige Möglichkeit, den riesigen Hohlraum unter dem Dach zu begehen.

Leander saß und lauschte. Er lauschte dem Holz. Während er sich auf dem Balken streckte, sich an ihn presste und ihn mit den Fingerspitzen befragte, raunte das Holz ihm zu, was im Bau geschah. Auch wenn Leander das Brodeln der dreitausend Menschen unter sich nicht hören konnte, spürte er doch, wie der Widerhall ihres Erstaunens jede Faser des Eichenträgers vibrieren ließ. Wo immer eine Tür knallte, eine Bohle knarrte oder ein Fuß gegen eine Treppenstufe stieß, erzählte das Holz es ihm wispernd und bestätigte ihm zugleich, wie gut dieses Haus geworden war, wie fest gefügt, wie sicher. Er und die anderen Handwerker hatten gute Arbeit geleistet. Für einen Moment empfand er Stolz über das Erreichte. Wenigstens dies war ihm gelungen, auch wenn nichts ihn darüber hinwegtrösten konnte, dass nicht seine Musik in diesem Hause triumphieren würde.

Plötzlich fanden seine Finger eine Unregelmäßigkeit in der ansonsten glatten Oberfläche. Da waren Vertiefungen im Holz, Riefen und Kerben. Er fühlte genauer hin und musste lächeln, als er seine Noten erkannte. Er selbst hatte diesen Balken im Sägewerk geschnitten und später den kleinen Kanon hineingeschnitzt. Es war an einem jener Abende gewesen, als Maria dem Vorarbeiter beigewohnt hatte. Er konnte sich noch genau erinnern, wie sie ihn angesehen hatte, als sie spätnachts zu ihm ins Lager gekrochen kam. Damals hatte er ihren Blick nicht verstanden. Jetzt war es zu spät. Wieder überkam ihn die Trauer über ihren Tod. Es war ein verhaltener Kummer, mehr wie ein fernes Sehnen – als ob seine Seele zu mehr nicht bereit wäre, weil sie wusste, was unmäßige Trauer in ihm anrichten konnte. Die andere Frau war noch da, saß unten im Saal. Sollte er sie warnen? Nein, besser nicht! Er war fest davon überzeugt, dass Hertha nichts geschehen würde heute Abend. Sie war einfach nicht dafür geschaffen, ein Opfer zu sein.

Als sie sich geliebt hatten, damals, in ihrem Boudoir, hatte er ihre Kraft gespürt. Was er an Musik von ihr mitgenommen hatte, atmete diese Energie. Noch in der Nacht hatte er alles niedergeschrieben und sich daran gefreut. Es war gut, das wusste er. Aber gerade weil es so gut war, ließ es ihn den Schmerz über den Verlust jener anderen Teile seines Werks – jener unersetzlichen Takte, die auf dem Richtplatz entstanden waren – nur umso deutlicher empfinden. Was immer er noch mit Hertha zustande bringen würde, könnte diesen Verlust niemals aufwiegen. Mehr als er aus jenem Liebesakt im Bad geschöpft hatte, konnte er mit ihr nicht erreichen. Wieder krampfte sich ihm das Herz zusammen, als er sich vorstellte, dass ausgerechnet Herthas Mann sich seiner Schöpfung vom Richtplatz bemächtigt hatte. Welch ein grandioses Werk hätte es werden können! Es war so tief und neu und groß, so unerhört und bestürzend, dass es die Grenzen der Kunst neu abgesteckt und neue Horizonte des Hörens und Erlebens eröffnet hätte. Leander hatte gekämpft und gelitten. Wie oft hatte er auch gezweifelt und gemeint, es niemals vollbringen zu können. Und doch hätte er es vollbracht! Er, Leander Lautenschläger, hätte dieses ungeheure Werk vollendet! Doch indem dieser unsägliche Mensch seine Ideen ausgeweidet hatte, waren sie seinem Schöpfer fremd geworden. Allein die Vorstellung, dass ein derart beschränkter Geist sich an ihnen zu schaffen gemacht, sie entstellt hatte, bereitete Leander unsägliche Pein. Selbst wenn Tiefenbacher ihm die Skizzen jetzt noch zurückgeben würde – Leander würde sie nicht mehr annehmen. Für ihren eigentlichen Schöpfer waren sie entweiht und damit auf immer verloren. Das Einzige, was ihm blieb, war der ferne Widerhall eines nie zuvor erlebten Glücksgefühls, das sich in grenzenlose Traurigkeit verwandelte, sobald er es zu fassen suchte. Paul Tiefenbacher hatte nicht nur Leanders Werk gestohlen – er hatte seinen Genius verwundet. Und dafür würde dieser unsägliche Mensch heute Abend bezahlen!

Wieder konzentrierte Leander sich auf das Holz, ließ den Balken zu sich sprechen. Ja, da war noch etwas anderes: ein Raunen und Wogen, ein Ächzen und Beben, das von draußen kam. Der Wind frischte auf. Leander schwang sich vom Balken hinunter und lief über den Schnürboden zum Blitzlabor des Professors. Er trat ein. Über dem Dachfenster standen die ersten Sterne am Himmel. Wolkenfetzen zogen vorüber und verdunkelten sie für Sekunden. Sollte es doch noch geschehen? Leander holte die Trittleiter aus der Ecke, öffnete die Luke und stemmte sich hinaus ins Freie. Schwarz und schwer neigten die weiten Dachflächen unter seinen Füßen sich dem Abgrund zu. Mit ausgebreiteten Armen wagte Leander balancierend ein paar

Schritte über die Schräge, bis er nach der Eisenstange greifen und sich an ihr festhalten konnte. Er sah hinunter. Wie Glühwürmchen tanzten die Lampions in den Bäumen des Parks. Zaghaft zupfte der Wind an ihnen. Matt leuchtete das Schloss aus tausend Augen. Zu Silhouetten reduzierte Gestalten eilten geschäftig hinter den Fensteröffnungen hin und her, scheinbar ziellos in ihrer Hast wie Ameisen in ihrem Bau. Die Dienerschaft nutzte die Zeit der Theateraufführung, um die Spuren der bisherigen Feier zu tilgen und die Attraktionen für die Nacht vorzubereiten. Unter Leander verschwanden die letzten Nachzügler im Opernhaus. Die Vorstellung würde bald beginnen. Leander prüfte den Himmel und fand seine Ahnung bestätigt: Von weitem zogen Gewitterwolken heran. Ihn fröstelte, doch nicht allein der Abendkühle wegen. Ein sanftes Prickeln huschte über seinen Rücken. Dann war ihm, als ob weiche Daunenfedern seine Beine streichelten. Danach spürte er es auch auf seinen Wangen: Die elektrische Spannung in der Luft wuchs. Wie zur Bestätigung flammte am Horizont ein erstes Wetterleuchten auf. Das Herz schlug ihm bis zum Hals, und er umkrampfte die Stange, als er den Wink des Schicksals erkannte: Es würde tatsächlich geschehen! Das Gewitter kam genau zum rechten Moment! Da war ihm, als ob Gott selbst sein Vorhaben billigen würde.

Geschmeidig glitt Leander durch die Öffnung im Dach zurück in die Kammer. Sorgfältig verschloss er die Luke, dann stellte er die Trittleiter wieder an ihren Platz und ging zur Tür. Er hatte die Klinke schon in der Hand, als er das Grün bemerkte. Es war wie heute Morgen, als die Tiefenbachers in die Kutsche gestiegen waren. Kaum sichtbar schmiegte das Grün sich wie ein zarter Hauch um die Eisenkette, die von der Stange auf dem Dach herunterführte. In sanften Wellen floss der grüne Schimmer an der Kette hinunter und sammelte sich als glimmender See in der Wanne mit den Messingspänen. Kein Zweifel: In der gewittrigen Atmosphäre lud sich das Metall auf.

Wenn er seine Hand der Kette näherte, konnte er die Spannung förmlich spüren. Leander verließ das Blitzlabor und kletterte auf den Schnürboden des Theaters hinunter, um nach den Stangen zu suchen, die er vor Tagen verlegt hatte. Seine synästhetischen Fähigkeiten machten es ihm leicht, sie zu finden. Nur für seine Augen sichtbar, schlängelte sich der Metallstrang als grünlich fluoreszierendes Band über Seile, Antriebswellen und Effektmaschinen hinweg und verschwand am Rand der Oberbühne in einem Loch im Fußboden. Da wusste Leander, dass es funktionieren würde. Die Frage war nur, wann.

Mittlerweile hatten die Helfer an den Effektmaschinen und Bühnenapparaturen ihre Plätze auf dem Schnürboden eingenommen. Der Junge am Donnerschacht – es war der Neffe des Klarinettisten, den Leander schon kannte – starrte voller Nervosität auf sein Notenblatt und zählte wieder und wieder die Pausentakte bis zu seinem ersten Einsatz. Dabei nahm er wie ein Erstklässler die Finger zu Hilfe. Zwischendurch schaute er immer wieder schnell in den Spiegel, der ihm als Sichtverbindung zum Orchestergraben diente. Noch war der Dirigent nicht da. Darauf prüfte er mit zitternden Fingern die Lage der Donnerkugeln in der Schütte, als ob er Zweifel hätte, dass sie wirklich hinabstürzen würden, wenn er den Haltebolzen löste. Leander ging auf den Jungen zu, klopfte ihm aufmunternd auf die Schulter und lächelte. Er mochte ihn. Ihm würden genug Fluchtwege bleiben.

Hätte er jetzt in den Saal sehen können, wären Leander vielleicht zwei weitere bekannte Gesichter auf den Rängen aufgefallen. Doch Leander wusste nicht, dass Charlotte und Elisabeth sich im Theater befanden.

Nun war es an der Zeit zu gehen. Leander kletterte die Leiter neben dem Bühnenprospekt hinunter, vorbei an den gemalten Weinbergen und Zypressenhainen. Im Vorbereitungsraum hinter der Bühne warteten schon die Damen des Balletts, tuschelten, kicherten und probten noch schnell ein paar Schritte. Leander winkte ihnen zu. Dann trat er auf den Gang hinaus, der zu den Schmink- und Umkleideräumen führte, und lief in Richtung des hinteren Bühnenausgangs. Hinter einer Biegung kam ihm plötzlich Friedhelm Sproß entgegen. Der Theatermaschinist stutzte, als er Leander erkannte. Doch er hatte es eilig, weil er den Beginn der Aufführung nicht verpassen wollte. Also grüßte Friedhelm Sproß seinen besten Mann nur flüchtig und rannte weiter. Jetzt war der Gang menschenleer. Unbemerkt schlüpfte Leander in die Nische neben dem Hintereingang und pulte die Zündschnur zwischen den Brettern hervor. Dann lehnte er sich an die Wand und wartete.

Kurz darauf erklangen die ersten Takte der Ouvertüre zu Paul Tiefenbachers Oper *Alonso oder Die Macht der Liebe.* Leander hörte es nicht. Er wartete auf die Donnermaschine. Sie würde ihm sagen, wann es so weit war.

51. Vers la flamme

Sie mögen ihn nicht. Ich weiß es. Man wird hören, dass sie ihn nicht mögen. Es sind doch meine Musiker. Sie wollen nicht, dass er sie mit seinem albernen Stock vorführt wie Zirkustiere. Man wird es hören! Sogar der ahnungslose Herzog wird es hören. Los! Zeigt es ihm! Zeigt es ihnen allen!

Vinzenz van Eisenmann saß zusammengesunken in seinem Fauteuil vorne auf dem ersten Rang, wo er in den Orchestergraben hinuntersehen konnte, und wartete auf die Signale seiner Musiker. Hatte er sie richtig verstanden während der Proben der vergangenen Wochen? Hatte er ihre vielen kleinen Gesten und Blicke richtig gedeutet? Er kannte sein Orchester und seine Sänger doch seit Jahren, wusste um ihre Stärken und Schwächen und um ihre sympathischen und manchmal auch nervtötenden Schrullen. Er wusste, wie sie spielten und sangen und was sie konnten. Zugegeben: Zu Anfang hatte das Orchester sich blenden lassen von den vordergründigen Effekten des Neuen, war dankbar dafür gewesen, dass Tiefenbachers Flachheiten ihnen Gelegenheit gaben, mit virtuosen Einlagen auf sich aufmerksam zu machen. Der Neue hatte ihnen vorgegaukelt, dass sie nicht mehr nur namenlose Mitglieder eines Klangkörpers waren, sondern eigenständige Künstlerpersönlichkeiten. Zähneknirschend musste Vinzenz van Eisenmann das anerkennen. Wahrscheinlich hätte er es selbst schon vor Jahren ebenso machen müssen. Er hätte seine Leute pflegen sollen. Vielleicht wäre er dann gar nicht erst in die Situation gekommen, sich dieses Konkurrenten erwehren zu müssen. Sobald das hier alles vorbei wäre und er sich endlich wieder in Ruhe auf seine Arbeit konzentrieren könnte, würde er mehr auf sein Orchester eingehen. Vinzenz van Eisenmann war überzeugt davon, dass er und sein Hoforchester zusammen noch wunderschöne Zeiten erleben würden. Doch zuvor mussten seine Musiker ihm helfen, diesen grobschlächtigen und lärmenden Menschen loszuwerden. Also los! Entlarvt diesen Scharlatan! Zeigt dem Publikum, was von Tiefenbachers Bombast zu halten ist! Ich baue auf euch! Spielt schlecht, singt schlecht, seid unsauber! Seid müde und ohne Inspiration – genau wie seine hohlen Phrasen, mit denen er uns blenden will!

Beim Klopfen des Tambourstocks rollte Vinzenz van Eisenmann mit den Augen. Was für ein überhebliches Gehabe! Dann der Einsatz. Die ersten Takte der Ouvertüre sagten noch nicht viel aus. Es war der übliche, holzschnittartige Beginn, den Eisenmann in den gemeinsamen Proben schon des Öfteren mitbekommen hatte. Das Orchester spulte routiniert die Sechzehntel-Girlanden ab – nicht brillant, aber auch nicht schlecht. Eisenmann hörte es und runzelte die Stirn. Das musste noch anders werden! Bisher spielten sie so, wie er sie seit Jahren kannte. Da: Jetzt kam dieser banale Seitengedanke in den Flöten und Streichern. Das wäre eine Gelegenheit. Nun lasst es doch endlich genauso dünn klingen, wie es komponiert ist! Da steckt doch nichts dahinter! Doch die Passage ging vorbei und klang gar nicht mal so übel. Vinzenz van Eisenmann rutschte auf seinem Fauteuil hin und her. Er begann zu schwitzen. Nun musste bald etwas geschehen, wenn die Dinge sich noch in seinem Sinne entwickeln sollten! Er beugte sich vor, um seine Musiker zu studieren. Was er sah, war nicht dazu angetan, ihn zu beruhigen. Da war zu viel Konzentration, zu viel Engagement, zu viel Anspannung in ihren Gesichtern. Und das Schlimmste war: Seine Leute wirkten so, als hätten sie noch gar nicht richtig angefangen. Sie wurden immer besser!

Aber jetzt: Da kam der Anlauf zur ersten Steigerung, die sich in lautem und unsensiblem Getöse bis zum Fortissimo und dem ersten Gerumpel der Donnermaschine steigern würde. Das würde den Zuhörern mächtig in den Ohren klingeln und ihnen ihre üblichen Schwätzereien während der Aufführung unmöglich machen. Wer schätzte das schon? Seine Durchlaucht sicher nicht! Vinzenz van Eisenmann sah zur Fürstenloge hinüber: Der Herzog tuschelte mit dem Ersten Geheimen Kabinettsekretär.

Gut so! Gleich wird der Donner ihm das Wort abschneiden. Dann wird er ungehalten werden. Los, Tiefenbacher! Sei unverschämt! Fahr dem Herzog mit deinem Lärm über den Mund! Zeig ihm, was für ein Grobian du bist! Dann werd ich nach dir umso leichteres Spiel haben! Hier wird das Florett triumphieren – nicht der Degen.

In Erwartung der Kakophonie lehnte der kleine Hofmusikus sich in seinem Sessel zurück und lächelte. Doch plötzlich stemmte er sich hoch und stieß ein leises »Oh!« hervor. Was war denn das? Hier stimmte etwas nicht! Wo blieb der Donner? Das war doch eine andere Musik! Mit einer unerwarteten Modulation hatte Paul Tiefenbacher den Aufschwung des vollen Orchesters abgebrochen und ihn in eine durchaus reizvolle Andeutung verwandelt. Nun war er auf einmal bei einem musikalischen Gedanken angelangt, den Eisenmann noch nie von ihm gehört hatte. Er sah sich im Saal um und musste feststellen, dass dreitausend Zuhörer es ebenfalls bemerkt hatten: Das hier war gut! Das war unerhört! Das war ergreifend! Und dieser arrogante, ungehobelte Klotz mit seinem Dompteurstab wusste es genau! Als Vinzenz van Eisenmann seinen Widersacher Tiefenbacher musterte, sprach der Triumph aus jeder Bewegung, aus jeder Faser des verhassten Gegners. Und wie das Orchester spielte! Eisenmann tat es weh zu sehen, wie seine Leute sich für diesen Mann und dessen Musik ins Zeug legten. Vinzenz van Eisenmann kannte sich gut genug aus in der Dramaturgie einer Oper, um zu wissen, wie es weitergehen musste: Dieser neue, herrliche Gedanke in der Ouvertüre war erst der Anfang, die Ankündigung. Später, in der eigentlichen Handlung, würde er ausführlich wieder aufgegriffen werden, würde eine herausragende Rolle spielen und damit Tiefenbachers Werk zu ungeahnter Qualität führen. Was half es da, dass die Musik nun wieder banal wurde? Da waren die schnellen Sechzehntel wieder, die allerdings mit einem Mal gar nicht mehr so hohl klangen. Dann folgte der kleine Gedanke in den Flöten und Geigen, der nun im Zusammenhang mit den grandiosen Takten von vorhin einen durchaus lieblichen Gegensatz erzeugte. Und dann kam auch die lärmende Steigerung wieder. Jetzt wird er sie zum Höhepunkt führen. Und dann passt der Donner, Himmelherrgottsakrament noch einmal! Dann passt er! Jetzt kann er ihn einsetzen! So fügt sich alles zusammen, jetzt stimmt es! Ich würd's genauso machen. So ist es gut. Verdammt, ist das gut!

Während der Dirigierstock tanzte, das Kolophonium stob und die Bläser mit wogendem Oberkörper ihre Backen blähten, sackte Vinzenz van Eisenmann noch tiefer in seinen Sessel und sah seiner Niederlage entgegen. Wie zum Hohn spielten seine Sinnesorgane ihm nun auch noch einen Streich. Über Tiefenbachers mächtigem Schädel sah er eine leuchtend grüne Säule stehen, die bis zur Decke hinaufreichte und sich irgendwo zwischen den Dekorationen verlor. Es war ein grünlich schimmernder Strahl, dünn wie eine Lanze, blass nur und zart, aber für Eisenmanns überreizte Sinne deutlich erkennbar. In jener Stimmungslage, in der er sich gerade befand, konnte Vinzenz van Eisenmann – seit Jahren bewährter und bis vor kurzem noch alleiniger Hofcompositeur und Hofkapellmeister Seiner Durchlaucht des Großherzogs von Württemberg – in seiner synästhetischen Sinnestäuschung nichts anderes sehen als ein Fanal, als einen Fingerzeig Gottes.

Der andere ist es – nicht ich! Die höchste aller Instanzen hat es soeben entschieden. Es ist vorbei. Morgen früh werde ich gehen. Tiefenbacher hat gewonnen.

In ebenjenem Moment, als diese Erkenntnis den kleinen Hofkapellmeister Vinzenz van Eisenmann vernichtete, erreichte die Ouvertüre zu Paul Tiefenbachers Oper *Alonso oder Die Macht der Liebe* ihren dramatischen Höhepunkt. Der Dirigent stieß seinen Stab, so hoch er konnte, in die Kulissen und glotzte mit weit aufgerissenen Augen zur Oberbühne hinauf, damit der Tölpel an der Donnermaschine es ja begreife: Jetzt! Das war sein Einsatz!

Da zog der Junge mit zitternden Fingern den Haltebolzen an der Effektmaschine, die Lade kippte, und ein Dutzend kindskopfgroßer Würfel aus schwerem Eichenholz stürzten mit infernalischem Gepolter den Schacht hinunter.

Gleich der erste Klotz traf den Böller.

Eine kunstvoll gepackte Mischung aus Schwarzpulver, Holzkohlepulver, Schwefel und Kaliumnitrat. Die Explosion sprengte die Holzklappe samt Verriegelungsbolzen mit einer solchen Wucht von der Röhre, dass die Teile quer durch die Unterbühne schossen, zwei Kulissenwagen zerfetzten und drei weitere aus ihrer Verankerung rissen, worauf der Weinberg oben auf der Bühne erbebte. Im selben Augenblick jagten mehr als dreihundert Kapseln mit Kaliumsalzen in die Luft und erzeugten eine Kaskade violetter Leuchtsterne. Die violetten Feuerkugeln zerstoben wie ein brüllender Feuerschweif hinter der Holzklappe und prasselten wie Geschossgarben gegen Balken, Bretter, Bühnenmaschinen und alles, was sich ihnen in den Weg stellte. Wütend stürzten die bunten Feuerkugeln sich auf das Holz, bohrten sich zischend hinein und hinterließen schwarz geränderte Löcher, aus denen Flammen züngelten. Andere fanden den Weg durch den Schacht, rasten heulend die Röhre empor und sprühten aus deren Öffnung unter dem Dach, als wollten sie den Donnerschacht in einen Vulkan verwandeln. Der Junge an der Einwurfklappe sprang entsetzt zurück, als das violette Inferno an ihm vorbeitoste, und stolperte rücklings über die Seile des Soffittenantriebs. Da lag er dann wie ein zappelnder Käfer auf dem Rücken, die Füße zwischen den Seilen verfangen, und starrte entgeistert zum Dach hinauf, wo ein Schwarm von Sternschnuppen gegen das Holz prasselte und es an tausend Stellen gleichzeitig in Brand setzte, während andere Feuerkugeln zurückprallten und als glühender Hagel auf die Oberbühne fielen. In seiner Einfalt war der Tölpel davon überzeugt, dass all das seine Schuld sein musste, weil er etwas grundlegend falsch gemacht hatte.

Leander empfand das Gerumpel der herabstürzenden Klötze im Donnerschacht wie eine schwere Kolik des Gebäudes. Die anschließende Explosion war so laut, dass sie als dumpfes Dröhnen sogar noch seinen toten Gehörsinn erreichte und die Kerze an der Wand erzittern ließ. Da nahm er die Flamme, hielt sie an die Zündschnur und sah zu, wie der Funken sprühende Feuerpunkt die Lunte fraß und davoneilte in Richtung Bühne.

Als Paul Tiefenbacher die Kloben herunterstürzen hörte, sprang er triumphierend in die Höhe und ließ seinen Tambourstab am ausgestreckten Arm kreisen, als wollte er die ganze Welt umarmen. Auf den Vorderkanten ihrer Stühle balancierend peitschten seine Musiker sich und ihre Instrumente zum äußersten Fortissimo. Ja! Das war gut! Das machte Freude! Das war Musik! In ihrer Rage bekamen Dirigent und Orchester die Detonation des Böllers kaum mit – Paul Tiefenbacher schoss lediglich der Gedanke durch den Kopf, ob der Junge heute etwa Kanonenkugeln statt der Eichenklötze in den Schacht geworfen habe. So spielten sie begeistert weiter und hörten auch nicht den Schrei des Mannes am zweiten Cello, als eine der rasenden Feuerkugeln den Weg in den Orchestergraben fand, hakenschlagend über die Bretter irrte und schließlich in einem violetten Flammenkranz zwischen seinen Füßen verendete.

Dann zündeten die Raketen.

Mit garstigem Kreischen schoss die erste aus dem Wolkenwagen hervor, schrieb in rasendem Flug eine Spirale aus schwarzem Pulverdampf über die Köpfe der Zuschauer und explodierte im zentralen Lüster über dem Parkett. Ein Wasserfall aus roten Feuertropfen stürzte zwischen den Glasstücken des Kronleuchters hindurch, die das Licht vieltausendfach brachen. Die Menschen im vierten Rang, die das Schauspiel auf Augenhöhe erlebten, erstarrten in kollektiver Überraschung und fingen kurz darauf zu toben und zu johlen an, weil jedermann glaubte, dies sei ein neuer, grandioser Effekt der Bühnentechnik. Dann schrien auch die Ersten unten im Parkett, doch diesmal vor Schmerz und Angst, da ihnen die Glut auf Haare, Haut und Kleider tropfte.

Als dann die übrigen Böller krepierten und die restlichen Raketen durch das Theater kreischten, geschah etwas Seltsames: Es war, als ob die Zeit anhielt. Für einen kurzen Moment hielten dreitausend Menschen im Saal den Atem an und schauten sich um, als hätten sie die Orientierung verloren. In diesem Augenblick hörten sie noch einmal die Fröhlichkeit, die sie bis eben erfüllt hatte, wie ein Echo in sich nachklingen und dann verstummen. Dann rauschte die Panik wie eine Sturmflut heran.

Vinzenz van Eisenmann und Hertha begriffen sofort, dass etwas nicht stimmte. Der Schlag im Bühnenkeller war viel zu heftig gewesen, als dass die Effektmaschine alleine ihn hervorgerufen haben könnte. Verwundert sah Hertha Tiefenbacher ihrem Mann noch dabei zu, wie er voller Ekstase seine Musiker durch die nächsten lärmenden Takte trieb, während der Kronleuchter über ihm explodierte und Kaskaden farbigen Feuers durch den Saal versprühte. Hör doch auf!, dachte sie nur, warum hörst du nicht auf! Endlich, bei den letzten Böllern, erstarrte ihr Mann zur Salzsäule, dann warf er seinen Tambourstock mitten ins Orchester und fiel den Geigen am ersten Pult in den Arm. Mittlerweile war es so laut im Saal, dass keiner mehr hörte, wie die Musik in einem jämmerlichen Jaulen erstarb. Der Cembalist hatte seine Hände noch nicht von den Tasten gehoben, als hinter ihm im Orchestergraben die Luke zum Unterboden aufgestoßen wurde und zwei rußige Gestalten auf allen vieren herausgestolpert kamen, aufsprangen und schreiend vor der Rauchwolke davonliefen, die sich hinter ihnen in den Orchestergraben wälzte. Gleichzeitig hasteten die Helfer für die oberen Effekt- und Bühnenmaschinen, darunter auch der Junge vom Donnerschacht, über die Leitern rechts und links der Bühne abwärts, ließen auf den letzten Sprossen los und landeten in den Kulissen, zwischen denen die ersten Flammen züngelten.

Sekunden später schlug der Blitz ein.

Diejenigen, die es vom Schloss aus sahen, mussten annehmen, dass dieser Blitz das Inferno auslöste. Denn bis dahin war vom Chaos im Innern des Theaters noch nichts zu sehen; noch wirkte der Bau völlig unversehrt. Hinterher, als alles vorbei war, kam das Gerücht auf, es seien sogar vier einzelne Blitze gewesen, die aus den vier Himmelsrichtungen herangerast waren, bevor sie hoch über dem Dach des Theaters zu einem einzigen verschmolzen, um dann mit umso größerer Gewalt in das Haus zu fahren. Der Professor sei schuld, hieß es auch bald, was der Wahrheit viel näher kam, als die meisten ahnten. Mit seinen rätselhaften Maschinen habe er das Gewitter angelockt und noch verstärkt. Vielleicht stecke sogar ein geheimer Auftrag des Herzogs dahinter, und der Professor habe versehentlich eine neue elektrische Wunderwaffe gezündet, die eigentlich die Armee des Herzogs unbesiegbar machen sollte.

Hätte Paul Tiefenbacher nicht wenige Momente zuvor die Aufführung abgebrochen und seinen Platz verlassen, hätte der Blitz ihn zu Tode gebraten. Doch so fuhr der gleißende Funken von der Eisenstange mitten durch das Pult des Dirigenten in den Fußboden. Dabei sprengte er den hölzernen Notenständer in tausend rauchende Stücke und jagte die Partitur von *Alonso oder Die Macht der Liebe* in einer explodierenden Aschewolke auseinander. Die Bohlen auf dem Grund des Orchestergrabens flogen davon, und es entstand ein mannsgroßer Krater, der bis unter den vorderen Fuß des Cembalos reichte. Das Instrument blieb wie verwundert für einen Moment noch stehen, ging dann in die Knie und kippte scheppernd in das Loch.

Plötzlich war das Feuer überall. Es drängte durch die Ritzen der Bühnenbretter, es kletterte an Seilen und Vorhängen empor, sprang von Kulisse zu Kulisse, umhüllte Balken und Säulen mit lodernder Gier und schlug den Menschen aus den entlegensten Winkeln entgegen. Jetzt sprangen die Frauen im Parkett von ihren Plätzen auf und versuchten, in ihren sperrigen Kleidern zwischen den Reihen hindurch zum Gang zu laufen. Da war ein Kreischen und Quieken, ein Keifen und Schreien, als sie merkten, wie die Gestelle ihrer Reifröcke sich in- und übereinander schoben und die Unmengen Stoff sich zwischen ihnen stauten und über denen auftürmten, die zu Boden stürzten. Manche der Frauen wurden von den Fischbeinruten ihrer Kleider gestochen oder klemmten sich an den Metallreifen der Krinolinen. Hertha riss sich Volants und Hut herunter, stieg aus ihrem Rock und kletterte, nur noch mit ihrer Unterwäsche bekleidet, über die Stuhlreihen nach hinten. Die Frau des Professors schaute zunächst entgeistert zu, als wollte sie sich über Herthas Schamlosigkeit entrüsten. Dann klappte die kleine Person mit fliegenden Fingern die Scharniere ihrer eigenen Krinoline zusammen, stieg aus dem Reifgestell und hüpfte in ihrem drallen Mieder hinter Hertha her.

Mittlerweile kamen die Feuerwachen herbeigelaufen. Die

Männer klatschten ihre nassen Schwämme auf den nächstbesten Brandherd, aber das alles bewirkte nichts. Dann nahmen sie ihre lächerlich kleinen Eimer und gossen den Inhalt hinterher. Es zischte kurz, es dampfte – dann war das Wasser weg und das Feuer wieder da, und die Männer sahen sich hilflos um. Einige suchten Decken, Kleider, Vorhangstücke, warfen sie über die Flammen, um sie zu ersticken. Andere rissen den Zuschauern Taschen, Schals oder Stolen vom Leib und schlugen damit nach den Flammen. Doch das fachte das Feuer nur noch mehr an. Ganz Mutige sprangen in die Glut, um sie auszutreten, und mussten doch nach wenigen Sekunden flüchten. Was sie auch taten, für jeden gelöschten Brandherd kamen zehn neue hinzu. Es war zu spät. Jetzt galt es nur noch, die eigene Haut zu retten. Für die Zuschauer unten im Saal war das schon schwer genug. Doch für die anderthalbtausend Menschen auf den Rängen war es ein fast unmögliches Unterfangen. Das Gedränge und die Not in den engen Gängen und Treppenhäusern waren entsetzlicher als alles, was die feine Gesellschaft unten im Parkett durchmachen musste.

Und Charlotte und Elisabeth befanden sich mitten darin.

52. Rufet lauter! Er hört euch nicht!

Mit wehenden Rockschößen stürmte der Kanzleischreiber des Ersten Geheimen Kabinettsekretärs in das Büro seines Herrn im westlichen Schlossflügel und lief zu seinem Stehpult. Er hatte wenig Zeit, denn sein Vorgesetzter würde in wenigen Minuten erscheinen. Hastig zog der Beamte das Vernehmungsprotokoll der Köchin hervor und legte es neben den Brief des Festungskommandanten auf den großen Schreibtisch. Dann sah er noch einmal auf die Papiere, um sich den Namen der Frau einzuprägen. Sein Chef hasste es, wenn seine Untergebenen solche Details nicht wussten. Darauf öffnete er die Tür zum Nebenraum, um sich zu vergewissern, dass die beiden Frauen nicht verschwunden waren. Es wäre nicht das erste Mal, dass jemand nach seiner Anzeige Zweifel oder Angst bekäme und sich dann klammheimlich davonmachte. Doch die beiden Köchinnen saßen noch auf ihren Stühlen und schauten erleichtert hoch, als Kanzleischreiber Steiner den Kopf durch die Tür steckte. »Einen Moment noch«, rief er ihnen zu, »ich werd euch gleich holen lassen.« Dann eilte er in den Aktenraum und zog die Kladde mit den Dienstplänen aus dem Schrank. Wer kommandierte heute die Palastwache? Er fuhr mit dem Finger über die Liste, bis er den Namen fand.

»Hinrich! Hiiiiinrich! Wo steckst denn du?«

Schuldbewusst kam der Diener zwischen den Regalen hervor, wohin er sich zurückgezogen hatte, um in aller Ruhe in den deftigen Details der letzten Hexenprozesse zu schmökern. Die Hand mit dem Buch hielt er hinter dem Rücken verborgen.

»Hier bin ich, Monsieur!«

»Hol mir den Hauptmann Küfer! Sofort! Und sag ihm, es eilt! Und wenn ich dich noch einmal mit diesen versauten Bildern erwische, kannst du was erleben!«

»Selbstverständlich, Monsieur! Ich werde sofort ... ich bin schon ...«

Hastig stellte der junge Mann das Buch ins Regal zurück und lief zum Ausgang. In der Tür wäre er um ein Haar mit dem Ersten Geheimen Kabinettsekretär zusammengeprallt, der soeben aus der Fürstenloge des neuen Theaters kam. Die Laune des hohen Herrn war nicht die beste, was den Diener veranlasste, sich umso schneller zu entfernen.

»Ausgerechnet heute!«, keuchte der Oberste Strafverfolger des Herzogs und versuchte, zu Atem zu kommen. »Seine Durchlaucht war ganz und gar nicht erbaut! Warum fällt der Göre das auch nicht früher ein! Ausgerechnet beim Theaterfest! Steiner! Steiner! Wo sind die Unterlagen? Wie heißt das Weib? Ist sie noch da? Ist die Wache informiert?«

Kanzleischreiber Steiner standen die Schweißperlen auf der Stirn, doch er hatte die Sache im Griff.

»Alles auf Ihrem Schreibtisch, Monsieur, das Schreiben des Festungs-Kommandanten inklusive. Rosi Feldkirch heißt sie und wartet nebenan. Hauptmann Küfer ist schon auf dem Weg hierher. Soll ich die Zeugin holen lassen?«

»Zofe?«

»Nein, Monsieur. Köchin ist sie und Hilfskonditorin. Arbeitet bei den Süßspeisen in der Nebenküche. Gilt als zuverlässig und verständig.«

»Dann hol Er sie! Wer, sagte Er, kommandiert heute?«

Noch ehe Kanzleischreiber Steiner antworten konnte, schnarrte eine Stimme von der Tür her: »Hauptmann Küfer meldet sich zur Stelle, Sire. Womit kann ich dienen?« Respektvoll blieb der Soldat auf der Schwelle stehen und wartete.

»Oh, gut, dass Er da ist!«, rief der Geheime Kabinettsekretär und winkte den Hauptmann herein. »Wie viel Mann befehligt Er und wo stecken die?«

Der Soldat dachte kurz nach und spulte dann ohne Unterbrechung seine Ansage herunter: »Sechzig Mann an den Eingängen, zwanzig im Schloss, vierzig als Patrouillen auf dem Gelände, davon die Hälfte inkognito. Dazu dreißig kostümierte Feuerwachen im Park und weitere fünfundzwanzig im neuen Theater. Außerdem zehn Artilleristen für das Feuerwerk und die Zwölfpfünder. Dreißig Mann halten sich in den Unterkünften in Bereitschaft. Bisher gab es keine Ausfälle und keine besonderen Vorkommnisse, Sire. Es könnte aber ein Gewitter geben, Sire. Ich habe Anweisung gegeben, Kanonen und Feuerwerk abzudecken.«

»Sehr gut, sehr gut, mein Lieber, aber darum geht ... Oh! Das Gewitter ist wohl schon da!« Der Kabinettsekretär unterbrach sich für einen Moment, als der Donner durch das Schloss dröhnte. »Aber was wollte ich noch mal sagen? Ach ja: Ich brauche Ihn für eine Verhaftung. Ein Zimmermann. Gewalttätig. Treibt sich vielleicht sogar im neuen Theater herum. Die Verhaftung muss schnell vonstatten gehen, und diskret. Veranlasse Er das Nötige, aber warte Er auf meinen Einsatzbefehl! Kanzleischreiber Steiner wird Ihm die Details berichten. Ich werde derweil noch einmal die Zeugin befragen.«

Während der Kommandant der Palastwache im Nebenraum mit dem Schreiber sprach, sah der Erste Geheime Kabinettsekretär in den Park hinaus. In der Ferne sah man zwischen den Bäumen ein Stück der Fassade des neuen Opernhauses. Hinter den Fenstern flackerte es heftig. Da hat der Sproß sich aber ein paar wilde Effekte einfallen lassen, dachte er. Wär schon interessant gewesen, das zu erleben. Aber einen vierfachen Mörder zu verhaften ist auch nicht schlecht – und meiner Stellung bei Hofe sicher nicht abträglich. Wenn es wirklich derselbe sein sollte, von dem der Bauersdorfer auf der Festung gesprochen hat ... wäre das eine Sensation! Nach diesen Gedanken wandte er sich um und lächelte breit, als er Rosi vor sich sah. Der Erste Geheime Kabinettsekretär hatte einen Blick für attraktive Frauen. Er erinnerte sich sofort, wo er diese schönen, scheuen Augen gesehen hatte. Leutselig nahm er einen Stuhl, setzte sich Rosi gegenüber und nahm ihre Hand. Sie fühlte sich weich und warm an zwischen seinen knochigen Fingern. Behutsam begann er, die Hand zu massieren.

»So, so, du bist das also. Hast du uns nicht am Nachmittag die Pralinen serviert? Dann erzähl mal! Und hab keine Angst!«

Stockend begann Rosi zu berichten. Ein paarmal versuchte sie zaghaft, ihre Hand zurückzuziehen, gab es dann aber auf, als sie den Widerstand des Mannes spürte. Seine Hände waren kalt, und sie ekelte sich. Da sie sich nicht traute, den hohen Herrn anzusehen, sah sie lieber aus dem Fenster. Plötzlich unterbrach sie sich.

»Da hinten flackert es so. Was ist da?«

»Das ist das Theater, Mädchen, da ist jetzt die Vorstellung, die ich deinetwegen verpasse. Nun konzentrier dich und erzähl weiter: Bist du sicher, dass es derselbe Mann war, der dich gefangen hielt?«

»Ja, ohne Zweifel. Er ist es. Er hat mich erkannt, und ich hab ihn auch erkannt ... Aber warum rennen die Leute da so?«

Der Kabinettsekretär wurde langsam ungeduldig. Konnte dieses einfache Mädchen vom Küchenpersonal nicht etwas mehr Respekt zeigen! Die wusste wohl nicht, wen sie vor sich hatte. Er presste ihre Hand und zog sie zu sich heran.

»Jetzt glotz nicht immerfort aus dem Fenster, sondern schau mich an! Da draußen läuft die Dienerschaft herum und räumt auf. Und wenn sie rennen, ist das nur gut so. Aber jetzt sprich weiter! Beschreib mir den Mann! Wie hat er ausgesehen? Würdest du ihn wiedererkennen?«

»Ja, schon, aber Monsieur! Schauen Sie doch nur! Was ist denn da los?«

»Herrgottsakramentnocheinmal! Wirst du wohl endlich ...«

Weiter kam er nicht. Es polterte heftig auf dem Gang, dann wurde die Tür aufgerissen, und ein Soldat brüllte nur: »Feurio! Feurio! Das Theater brennt! Feurio! Feurio!«

Der Erste Geheime Kabinettsekretär sprang von seinem Stuhl auf und starrte zum Fenster hinaus. Der Widerschein der Flammen ließ seine Wangen erglühen.

53. Lieder ohne Worte

Mit dem Oberkörper an die Bretterwand gelehnt, hockte Leander Lautenschläger in seinem Verschlag am Hinterausgang der Oper und lauschte. Wie er da so saß, zusammengekrümmt und in sich gekehrt, während er sich konzentrierte und den Schwingungen nachspürte, die ihn erreichten, war er Geist und Körper zugleich. Fast fühlte er mehr mit dem Herzen als mit Haut und Händen.

Da waren zunächst die Explosionen, die das Gebäude in seinen Grundfesten erzittern ließen. Er zählte sie mit, bis die Feuerwerkskörper verbraucht waren. Dann kam der harte Schlag, als der Blitz in das Haus fuhr. Da wusste Leander, dass die Musik für immer verstummt war, dass Paul Tiefenbacher sein Werk nie wieder aufführen würde.

Jetzt war es vollbracht. Eigentlich hatte er erwartet, sich nun erleichtert zu fühlen, vielleicht auch zu triumphieren oder in sein gutturales Lachen auszubrechen, das die, die ihn nicht kannten, so sehr erschrecken konnte. Doch nichts dergleichen geschah. Er saß weiter da und lauschte auf das, was das Holz ihm mitteilte.

Seit der Zeit im Sägewerk, als er sein Gespür für Holz entdeckt hatte, war es Leander nie so lebendig vorgekommen wie jetzt. Damals hatte er gelernt, jeden Baum als ein eigenständiges Wesen zu begreifen, dessen Charakter nur allzu leicht verdorben werden konnte. Ein falscher Schnitt, die falsche Lagerung oder auch nur ein zu hastiges Tempo bei der Arbeit, und schon war das Teil entwertet. Ungleich schwieriger hingegen war es, die guten Eigenschaften des Stammes zu erkennen und durch alle Verarbeitungsschritte hindurch nicht nur zu bewahren, sondern sie herauszuarbeiten und zu verstärken. Dies konnte nur gelingen, wenn der Zimmermann die Verwendung und die Funktion jedes Stammes von Anfang an bedachte. Immer wieder war es Leander passiert, dass die Stämme ihm irgendwann zuflüsterten, was sie werden wollten. Wenn er ihre Signale verstand und darauf hörte, wurde es gut. Dann blieb das Holz am Leben. Ja, Leander hätte schwören können, dass etwas von der Freude, die er bei der Herstellung empfunden hatte, auf das Holz überging. Sicher wäre es übertrieben zu behaupten, der

Stamm oder die Bohle freuten sich auf ihre neue Aufgabe als Stützbalken, Balustrade oder Pilaster. In jedem Fall aber strahlten sie eine Zuversicht aus, die Zuversicht nämlich, ihre Funktion so perfekt wie möglich zu erfüllen. Doch wenn dies nicht gelang, wenn der Zimmermann die Sprache des Holzes nicht verstand, waren die Balken tot und damit auch das Haus, die Brücke oder was immer die Menschen aus ihnen fertigten. Dann atmeten die Gebäude nicht, dann hatten sie keine Atmosphäre, blieben charakterlos und ohne Belang. Und manchmal stürzten sie auch ein.

Leander hatte von Anfang an gespürt, wie viel Leben in diesem Theater steckte, und er fühlte auch, wo es verborgen war. Schließlich hatte er es selbst in dieses Gebäude gebracht. Doch jetzt vernahm er aus ebenjenen Ecken Signale, die ihn zutiefst verstörten: Die Balken klagten. Der Bau stöhnte und litt. Der Mann mit dem Gespür für Holz musste feststellen, dass seine Stämme starben. Das hatte er nicht gewollt; daran hatte er nicht gedacht. Von einer Sekunde zur nächsten wurde Leander Lautenschläger klar, dass dieses Haus abbrennen würde und mit ihm alle Teile, die er gesägt und gehobelt, die er gefühlt, geformt und zusammengefügt hatte. Er musste an die vielen heimlichen Markierungen denken, die von seiner Arbeit zeugten, an die vielen eingeritzten Noten, die überall im Bau versteckt waren. Er musste an die unzähligen Stunden voller Mühsal denken, an all die Energie und Willenskraft, die es gekostet hatte, dieses Wunder der Baukunst zu erschaffen. Jetzt würde all das in einem Haufen Asche enden. So würde das einzige Werk, das ihm je gelungen war, durch ihn selbst untergehen.

Und doch fühlte Leander noch etwas anderes, viel Schlimmeres. Das waren die Menschen. Ihm war, als ob er ein Schlüsselloch gefunden hätte, durch das er, verschwommen nur und weit entfernt, die dreitausend Menschen im Saal beobachtete. Zunächst nahm er sie nur als Schemen wahr, stumm und ohne Gesichter. Auch fiel es ihm schwer, sie in einen Zusammenhang zu bringen mit dem übrigen Geschehen in diesem Haus. Geisterhaft sah er sie vor seinem inneren Auge agieren, sie begriffen nicht, was sie taten. Doch dann kamen sie näher, zeigten ihm ihre panischen Fratzen und zwangen ihn, ihre Angst zu erleben.

Als Leander Lautenschläger verstand, was er angerichtet hatte, rannten die ersten Tänzerinnen an ihm vorbei ins Freie. Ihre Schreie erreichten sein Ohr wie Haufen aus grellen Akkorden. Nur ab und zu trat eine einzelne Stimme aus der Menge hervor und ließ ein musikalisches Mosaiksteinchen, ein Intervall vielleicht oder einen Akkord, ein Crescendo oder eine Klangfarbe, in seinem Geist aufblitzen. Diese Frauen, die voller Panik an ihm vorbeieilten, erschienen ihm wie eine überbordende Ansammlung musikalischen Rohmaterials von extremer Wucht und Tiefe. Früher hatte er solche Emotionen gesucht. Jetzt stand er einfach teilnahmslos da.

Eine der letzten Tänzerinnen gestikulierte wild in Richtung Bühne. Er sah die Tränen in ihrem Gesicht, das schwarz vor Ruß war, er sah die Brandblasen, die verschmorten Haare, das halb zerfetzte Kostüm. Sie humpelte, weil sie sich beim Sprung von der Bühne den Fuß verstaucht hatte. Mit ihr kamen der Rauch und der Pulverdampf, die Luft im Gang wurde grau. Da fiel ihm Hertha ein, und er rannte los, dem Strom der Flüchtenden entgegen, zurück ins Theater.

Die Flammen umkränzten das Geviert der Bühne mit loderndem Gelb, unter dem sich die Balken schwärzten. Es sah aus, als würde ein Künstler mit breitem Pinselstrich eine filigrane Kohlezeichnung übermalen. Vom Hintergrundprospekt und den Kulissen standen nur noch rußgeränderte Rahmen, die bald zusammenstürzen würden. Schon hatte das Feuer große Löcher in die Oberbühne gefressen und zahlreiche Seile der Soffittenantriebe gekappt. Eine nach der anderen segelten die Stoffbahnen lichterloh brennend auf die Menschen im Saal nieder. Panisch schlugen sie nach ihnen. Mittlerweile führte das Feuer seine eigene Regie: Als die Flammen unter der Bühne die Halteseile für den Personenaufzug zerfressen hatten, schnellte die halb verbrannte Plattform unter dem Zug des Gegengewichts nach oben und schleuderte ihre brennenden Bretter wie ein speiender Vulkan in den Zuschauerraum. In dem Augenblick, als Leander die Bühne erreichte, stürzte die Trommel der Windmaschine mit wehendem Leinentuch vom Oberboden herab und krachte in das Cembalo, worauf das Instrument sich ein letztes Mal mit kreischenden Saiten aufbäumte und in tausend Stücke barst. Das sterbende Cembalo und die anderen zerstörten Instrumente im Orchestergraben bescherten Leander einen irrationalen Moment des Triumphes über Tiefenbachers musikalische Vernichtung. Den Hofkomponisten selber fand er nicht. Auch die anderen Musiker waren längst von ihren Plätzen geflüchtet. Sie mussten irgendwo weiter hinten im Gedränge des Zuschauerraums stecken. Während Leander sich umsah und die Lage zu erfassen suchte, brach vor ihm ein Stück Fußboden ein, und mannshohe Flammen schossen daraus empor. Ohne nachzudenken, nahm er Anlauf und sprang über den brennenden Schlund hinweg in den Saal. Dabei trat er auf die Amati des jungen Frauenhelden vom zweiten Pult. Als Leander den Geigenkorpus unter seinen Füßen splittern spürte, schrie er auf wie ein Tier und warf sich zur Seite. Er nahm das zertrümmerte Instrument in die Hand und starrte hilflos auf die schlaffen Saiten, an denen Holzsplitter baumelten. Dann legte er die Überreste vorsichtig auf einen Stuhl und rannte weiter auf die Menschenmenge zu, die gegen die viel zu engen Ausgänge drängte.

Wo war Hertha? Leander stützte sich auf die Schultern des Mannes vor ihm und stemmte sich hoch in der Hoffnung, sie mit einem schnellen Blick erhaschen zu können. Doch da war nur ein brodelndes Meer von Köpfen und Fäusten, eine kompakte Masse von Körpern, die in sinnloser Angst nach vorne drückte, dabei den Vorderen und Schwächeren die Rippen brach und erbarmungslos über jene hinwegwalzte, die zu Boden sackten. Ein paar Männer hielten Kinder hoch, bis ihnen die

Kräfte schwanden, andere versuchten, dem Druck zu entkommen, indem sie sich gegen die Masse stemmten und rückwärts auszubrechen versuchten. Doch es gab kein Durchkommen. Also wandte Leander sich ab und schaute zu den Rängen hoch. Auf den ersten Blick schien dort oben alles leer, dann jedoch sah er die lodernden Rücken derjenigen, die vergeblich in die Flure und Treppenhäuser drängten. Sämtliche Ausgänge der oberen Ränge waren verstopft. Plötzlich schwangen zwei junge Männer sich auf die Balustrade und versuchten, außen um die Trennwand herum in die leere Fürstenloge zu klettern. Der erste schaffte es. Der zweite ruderte noch mit den Armen, um sich festzuhalten, fand nichts als die letzten Fetzen des Logenvorhangs, krallte sich hinein und stürzte mit der flatternden roten Seide in die Menschenmenge vor den Ausgängen.

Theatralarchitekt Julius Kahlenberg mochte alles Erdenkliche bedacht haben beim Bau dieses Theaters – von der Form der klassischen Säulen bis hin zu den Regeln der Zentralperspektive. Nur an eines hatte er nicht gedacht, weil er sich ein solches Inferno nicht hatte vorstellen können: Welche Chance auf Rettung dreitausend Zuschauer haben würden, sollte dieses riesige Holzhaus jemals brennen. Wie lange es dauern würde, so viele Menschen aus dem Gebäude zu evakuieren? Würden Türen, Gänge und Treppen dem Ansturm gewachsen sein? Jetzt rächte es sich, dass es im Erdgeschoss keine Fenster gab, sondern nur oben unter dem Dach. Jetzt zeigte sich, dass das Gebäude für eine Katastrophe dieser Art nicht gerüstet war.

Fieberhaft überlegte Leander, was zu tun war. Er schaute sich um, ob ihm irgendetwas auffiel, ob er eine Idee bekam, wie sie dieser Todesfalle entrinnen könnten. Denk nach, überlegte er bei sich, du hast daran mitgebaut! Du kennst jeden Winkel. Da packte ihn jemand an der Schulter. Er fuhr herum und sah in ein angsterfülltes Gesicht. August! Der Zimmermann brüllte ihn an und zeigte nach oben und zog ihn am Ärmel, bis Leander begriff, was er meinte: Charlotte musste irgendwo auf dem obersten

Rang sein. Gemeinsam stürmten sie los. Doch während sie zu den Seitentreppen liefen, kam Leander eine Idee. Sie brauchten einen Balken. Je schwerer, desto besser. Und ein paar kräftige Männer. Dann könnte es klappen. Als Sekunden später die Antriebswelle für die Soffitten von der Oberbühne stürzte, wusste Leander, welchen Balken sie nehmen würden. Er ließ August alleine weiterlaufen und suchte nach Verstärkung. Die zwei Mann von der Feuerwache könnten mit anpacken, die beiden anderen dort auch! Und der Kerl dahinten, der auf dem Boden hockte und seinen Kopf in den Händen vergrub, auch der war groß und stark! Doch warum tat er dann nichts? Leander rannte hin zu dem Mann und schlug ihm auf die Schulter, bis er den Kopf hob. Es war Paul Tiefenbacher. Mit leeren Augen sah der Hofcompositeur den Taubstummen an. Dann stand er auf und folgte ihm.

54. Mut!

Während das Volk um sie herum noch staunte und johlte und die vermeintlichen Bühneneffekte bewunderte, sah Elisabeth bereits voraus, wie alles enden würde. Doch anstatt aufzuspringen und zu versuchen, eine der Ersten zu sein bei der Flucht, blieb sie sitzen. Elisabeth wusste, dass sie es nicht schaffen würde. Dazu war sie zu schwach, zu langsam, zu unbeholfen durch ihr Gebrechen. Die anderen würden sie beiseite stoßen, würden sie schlagen und keinerlei Rücksicht nehmen auf eine wie sie. Sie würden sie erdrücken oder tottrampeln, noch ehe sie die Treppe erreicht hätte. Schon der Aufstieg in den engen Fluren und Treppenhäusern war eine Qual gewesen. Sie stellte sich lieber nicht vor, wie es dort jetzt aussah. Und da sie kein Hindernis sein wollte für die Flucht der anderen, blieb sie einfach sitzen.

Mittlerweile hatte das Feuer sich auf der Oberbühne ausgebreitet, hatte die Treppe zum Blitzlabor des Professors erklommen und war durch Fußboden und Tür gedrungen. Es hatte die Batterieflaschen des Professors gesprengt, die Regale mit der Kristallsammlung, den präparierten Riesengarnelen und allerlei seltsamen Gerätschaften verwüstet. Es war die Wand emporgekrochen, hatte die Dachluke weggeblasen und Salven rasender Funken in den Abendhimmel gejagt.

Auch weiter hinten über dem Kronleuchter zeigte das Dach des Theaters die ersten Löcher. Der Sog ließ zwar ein wenig von dem beißenden Rauch abziehen, fachte gleichzeitig aber auch die Flammen weiter an. Elisabeth sah die grauen Schwaden auf die Öffnungen in der Kassettendecke zurollen und sich durch die engen Löcher zwängen, als wollten sie es den Menschen gleichtun und vor dem Ungeheuerlichen fliehen. Von oben betrachtet erschienen ihr die drängelnden Zuschauer an den Ausgängen unten im Saal wie ein einziger riesiger Leib, der sich in Krämpfen wand und spie und zuckte. Zur Bühne hin war das Parkett fast menschenleer. Überall lagen umgestürzte Stühle, weggeworfene Perücken, Spazierstöcke, Täschchen und Fächer. Dazwischen, wie Schmetterlingskokons, die verlassenen Reifröcke. Wieder und wieder stürzten brennende Teile der Kassettendecke in den Saal und warfen ihr Feuer auf Menschen, Kleider, Stühle, herumliegende Schuhe. Die Menschen schrien, manche stürzten zu Boden, einige blieben liegen, andere rappelten sich wieder auf, nur um nach zwei Schritten wieder zu stürzen und sich wie Embryos zusammenzurollen. Ihre eigene Ohnmacht tat Elisabeth unendlich weh. Wie gerne hätte sie geholfen. Doch da war nichts, was sie hätte tun können, niemand, dem sie beistehen konnte. Plötzlich entdeckte Elisabeth in dem Chaos unter sich Leander, wie er zu den Feuerwachen rannte und zu dem Kapellmeister, der reglos am Mittelgang saß. Leander sammelte die Männer um sich und redete mit Händen und Füßen auf sie ein. Sie fragte sich, was er vorhatte.

Noch ehe sie es mit eigenen Augen sah, fühlte Elisabeth instinktiv die Gefahr für die Gruppe unten im Saal. Da stemmte sie ihren Buckel über die Balustrade und kreischte, so laut sie nur konnte, zu Leander hinunter: »Vorsicht! Der Leuchter!« Wie durch ein Wunder drang ihre Stimme durch das lärmende Chaos, und einer der Männer sah zu ihr hoch. Sofort riss der Feuerwehrmann Leander und die anderen zur Seite – Sekundenbruchteile, bevor der riesige Lüster aus seiner Verankerung brach und ins Parkett stürzte. Wie zerstoßenes Eis spritzten die abertausend Glasperlen des Leuchters auseinander und prasselten gegen Rücken, Gesichter und nackte Arme. Leander und seinen Männern schlug es die Beine blutig, doch sie blieben am Leben. Dann rannten die sechs zu den Trümmern der Theaterbühne, wuchteten die abgestürzte Soffittenwelle von den kohlenden Brettern herunter und quälten sich mit dem schweren Holz zurück in den Zuschauersaal. Was auch immer sie vorhatten, sie waren noch zu wenige. Also schwärmten sie wieder aus, suchten noch andere, die helfen sollten. Manche der Angesprochenen verstanden in ihrer Panik nicht, was man von ihnen wollte, fühlten sich bedrängt oder dachten sogar, man wolle ihnen die Flucht verweigern. Sie schlugen zu und traten um sich, bis die Männer von ihnen abließen. Endlich waren sie zu acht, nahmen den Wellenbaum auf und machten sich daran, die Seitenwand unter den Rängen einzureißen. Leander hatte die Stelle mit Bedacht gewählt, weil er das Holz kannte und wusste, dass es nur hier funktionieren würde. Das Theater erbebte unter den Schlägen des Rammbocks, doch die Wand hielt stand. Sie versuchten es wieder und wieder, während die Luft knapp wurde und die Flammen hinter ihnen näher kamen.

Noch einmal hängte Elisabeth sich über das Geländer, um in die Logen nebenan zu sehen. Charlotte war nicht mehr da. Ob August bei ihr war? War er schon stark genug, ihr zu helfen? Während sie über dem Abgrund hing, schlug der Atem des Feuers ihr ins Gesicht und versengte ihr die Brauen. Auf den hölzernen Säulen unter ihr kräuselte sich die Farbe, warf Blasen und fing Feuer. Elisabeth ließ sich zurückfallen in den Alkoven, kroch zu ihrem Stuhl und setzte sich noch einmal darauf, als erwartete sie den Beginn der Vorstellung. Hinter ihr stauten sich noch immer die Menschen in den verrauchten Fluren. Vergeblich versuchte sie, die Schreie zu überhören. Dann sprangen die ersten Verzweifelten aus den Rängen in den Saal, und sie schloss die Augen. »Ich weiß immer noch nicht, ob er ein guter Mensch ist«, murmelte sie. »Und ich werde es nie erfahren.« Dann musste sie husten. Ihr letzter Gedanke galt ihrem Sohn. Sie sah dem kleinen verkrüppelten Körper hinterher, wie er über die Sommerwiese flog. Mit seinen ausgestreckten Beinchen sah die Hand voll Mensch aus wie ein Frosch im Sprung. Aus großen Augen lachte der Fötus sie an und flog und flog ... Da lächelte Elisabeth und flog mit ihrem Sohn davon.

Diejenigen im Saal, die sie sterben sahen, hätten nicht angeben können, was sie mehr entsetzte: die eigene Todesangst oder der Anblick dieser hexenhaften Buckligen, die still auf ihrem Stuhl saß, während die Flammen sie verzehrten. Viele, die gerettet wurden, hätten später schwören können, dass Elisabeth das Feuer auf sich gezogen hätte, dass die Flammen wie blindwütig nur in Richtung dieses hasenschartigen Weibes geleckt hätten. Am Ende, so behaupteten die eifrigsten Zeugen, hätten die Flammen die bucklige Frau sogar von innen erleuchtet wie einen Lampion. Welche Mächte da im Spiel waren, wusste oder wagte niemand zu sagen. Nur so viel schien klar zu sein: Es war entsetzlich und segensreich zugleich.

Während Elisabeth starb, standen Paul Tiefenbacher und Leander Lautenschläger Schulter an Schulter an der Soffittenwelle und umschlangen den mannsdicken Stamm mit ihren Armen. Wieder und wieder wuchteten sie das schwere Holz quälend langsam gegen die Putten von Dianas Jagdgefolge. Erst heute

Morgen hatte der Hofmaler mit letzten, hastigen Pinselstrichen das Wandgemälde unter dem ersten Rang vollendet. Jetzt flogen die großen bunten Gipsplatten von der Wand, und das Holz dahinter krachte und splitterte. Als der Stamm endlich die Wand durchschlug, rannten Scharen von Menschen herbei, packten mit an und halfen, das Werk zu vollenden. Die Öffnung war noch nicht groß genug, da stürzten die Ersten darauf zu und konnten nur mit Mühe zurückgehalten werden. Endlich kippte ein großes Stück der Wand nach außen und machte den Weg für die Flüchtenden frei.

Paul Tiefenbacher war einer der Ersten, die in den Schlosspark hinaustaumelten. Leander aber drehte sich um und rannte zurück in den Saal. Er musste Hertha finden. Er schwor es sich beim Seelenheil seiner Mutter.

55. Das Feuer fiel herab

Doppelfuge! Ha! Du und eine Doppelfuge schreiben! Dass ich nicht lache! Keinen blassen Schimmer hast du davon! Kannst nicht mal einen Kanon richtig setzen, weil du ein Stümper bist! Musikalische Fürze blasen kannst du, mehr nicht!

»Weg mit der Tasche! Die ist doch viel zu dick! Weg damit! Wenn ihr hier rauswollt, lasst endlich euren Plunder fallen! Und nicht so drücken! Vorsicht!«

Wo steckt sie nur? Welches Kleid? Was trägt sie? Sie hat sicher vorne gesessen. Jetzt war sie nicht mehr da. Wollte sie hinten raus oder vorne? Halt! Das Ballett! Denk nach! War sie bei denen, die hinten raus sind? Nein! Die hatten alle Kostüme an. Kein Ballkleid. Durch die Wand ist sie auch noch nicht raus. Also noch drin! Aber wo? Wo steckt sie?

»Komm, Mädchen! Nicht aufgeben! Komm hoch, sonst schaffst du es nicht! Wie heißt du? Charlotte? Komm, Charlotte, steh auf! Du musst einfach weiterlaufen! Nein, ich kenne keinen August, aber er wird sicher auf dich warten. Los! Deine Hand! Ich zieh dich hoch! Komm, komm, hoch! Und drückt nicht so von hinten, ihr Idioten! Aufhören! Achtet auf die Kinder! Drückt sie nicht tot!«

Elender Wicht! Kriegt den Arsch nicht hoch und scheißt sich in die Hosen vor Angst. Dann packt er ein einziges Mal mit an und macht sich fort. Denkt wohl, das war eine Heldentat. Feigling! Memme! Und der hat diese Frau! Ausgerechnet der! Aber die ist nichts für dich, du Armseliger! Kotzen könnt ich, wenn ich deinen Mist höre! Jeder Chorknabe kann das besser. Und dieser alberne Stock! Und du hast so ein Weib! Wo steckt sie? Verdammt! Wo? Ich muss sie finden! Ich muss einfach!

»Wir brauchen Wasser! Gibt's hier irgendwo Wasser? Macht die Tücher nass! Haltet die Tücher vor Mund und Nase! Da! Da ist noch ein Eimer! Vorsicht! Nicht umschmeißen! Aufpassen! Nein! Nicht zum Löschen! Dafür reicht das eh nicht! Wir brauchen's für die Tücher. Kommt! Gebt sie her! Ich mach sie euch nass! Her damit! Nasse Tücher vor den Mund! Und dann weiter! Hier! Dein Tuch! Halt es vor den Mund und pass auf, wo du hinläufst! Ja! So ist es gut! Du schaffst das!«

Herrgottsakramentnocheinmal! Der vierte Rang hält nicht mehr lange! Die Stützen sind gleich hin. Und dann kommt das Dach runter! Vielleicht noch zehn Minuten – oder nur fünf! Wo ist sie? Wo ist sie? Wo ist ...? Da! Das muss sie sein! Das ... Verdammt, nein! Die gleichen Haare. O Jesus Maria! Gleich kommt das Dach! Ich muss mich beeilen! Gleich kommt das Dach runter!

»Wenn du nicht bald deine Flöte oder was das ist wegschmeißt, kratz ich dir die Augen aus! Die Musik ist aus! Das Ding brauchst du hier nicht! Stichst nur die anderen damit. Und glotz nicht so auf meine Wäsche! Noch nie 'ne Frau in Unterwäsche gesehen? Pass lieber auf das Mädchen vor dir auf. Und langsam! Wenn ihr alle übereinander fallt, kommt hier keiner raus! Vorsicht! Langsam!«

Verdammt – fast eingebrochen! Aufpassen muss ich, aufpassen, aufpassen! Sonst war's das! Kann einfach nicht sehen, wo der Boden mürbe ist. Komm, Junge! Hör auf das Holz! Du kennst dich doch aus! Pass auf, wo du hintrittst! Halt! Da geht's nicht! Zu viel Hitze! Also anders herum!

»Die da kann nicht mehr! Ist tot! Siehst du das nicht? Lass sie sitzen und komm weiter! Komm! Weiter! Weiter! Lass sie los! Sie kann nicht mitkommen! Nimm ihr Tuch vor den Mund! Ja! Und weiter, weiter! Weg mit dem Hut! Schmeiß ihn weg und komm weiter!«

Wo steckt sie nur? Da: Was ist das? Kleider! Leere Kleider! Ausgezogen, liegen gelassen. Ballast weg. Können ohne Kleider besser laufen. Sie auch? Ist eins von ihr? Weiß nicht! Keine Ahnung, was sie getragen hat. Kann mich nicht erinnern, verdammt! Aber klar! Sie macht so was! Sie hat's ausgezogen. Gut! Gute Idee! Dann ist sie schneller. Vielleicht bei den Rängen! Sie hilft im Treppenhaus hinter den Rängen. Da muss sie sein.

»O verdammt! Das Feuer ist schon auf der Treppe! Halt! Nicht dahin! Nehmt die andere! Die andere Treppe! Links! Links! Alle links rum, los! Ihr schafft das! Alle nach links! Aber langsam! Nicht so drängeln! He! Dicker! Ja, du da! Du erdrückst die Leute vor dir! Langsamer! Seid doch vernünftig, Männer! Die Männer müssen aufpassen und nicht so drängeln! Wofür haben wir euch? Helft doch mit!«

Meine Musik spielst du nie wieder, du Wicht! Niemals! Und deine Frau kriegst du auch nicht wieder! Sie will dich doch gar nicht! Ich weiß genau, dass sie dich nicht will! Sie will mich! Schon im Wirtshaus hab ich's gesehen. Als du sie angefasst hast, du Fettwanst! Aber was weißt du davon! Was weißt du von ihr? Nichts!

»Vorsicht! Das Geländer! Es bricht! Nicht so drücken! Wir sind doch gleich unten! Hier, nimm den Schal! Ganz fest zuschnüren, dann hört das Blut auf! Fester! Noch fester! Ziehen! Nun zieh doch endlich! Ja, gut so! Ihr schafft das! Es ist nicht mehr weit! Nur langsam weitergehen. Keine Panik! Ruhig bleiben! Ruhe! Wir sind gleich unten! Nur noch ein paar Stufen!«

Verdammt, ist das heiß hier! Und der Qualm! Luft! Luft! Ich muss mir ein Tuch vorhalten. Verstehst von ihr genauso wenig wie von Musik! Alles leeres Geklingel! Was weißt du vom Contrapunkt? He! Sag schon! Was weißt du davon? Noch nie gehört, stimmt's? Nichts weißt du! Keine Ahnung hast du, du arroganter Pinsel! Und jetzt verdrückst du dich. Lässt sie hier allein. Haust einfach ab. Aber sie ist nicht deine Frau! Jetzt nicht mehr! Verflucht! Wo bist du? Hertha!

»Gelobt sei Jesus Christus! Da ist die Tür! Raus, raus, raus! Ja, ihr schafft das! Und weg vom Eingang! Nicht sitzen bleiben! Weiter, weiter! Raus, raus! Kommt, bewegt euch! Ja! Gott sei Dank! Raus mit euch! Da hinten braucht jemand Hilfe! Ich muss noch mal zurück!«

Ich seh sie nicht. Ich find sie einfach nicht. Ich find sie nicht! Verdammt, ich seh sie nicht! Jesus Christus, steh mir bei! Hertha, wo bist du? Wo?

»Weg da! Macht Platz! Weg! Ich muss da durch! Da hinten braucht jemand Hilfe! Weg! Lauft zum Ausgang! Da hinten ist der Ausgang! Lasst mich durch! Ich muss da hin! O Gott! Er ist eingeklemmt! Verdammter Brocken! Ich schaffe es nicht! Kann mir denn niemand helfen? He, du! Komm her! Du bist stark! Komm her! Du musst ... Gott sei Dank! Du bist es! Leander! Leander! Hierher! Hier bin ich! Hör mich doch endlich! Hier, hier! Leander! Du musst den Balken hochheben! Hilf mir! Hier bin ich! Hier! Hier!«

Und er hörte sie. Auf einmal war es ihm, als würde eine Wand fortgerissen, und in derselben Sekunde stürzte eine Welt auf ihn ein, die er fast vergessen hatte. Ein entsetzliches Prasseln, Brodeln, Fauchen und Schreien tobte durch Leanders Kopf, als wollte es ihn in Stücke reißen. Der Schock war so groß, dass er glaubte, noch in derselben Sekunde wieder ertauben zu müssen. Wäre da nicht ihre Stimme gewesen, Herthas Stimme, hätte er sicher in Panik seine Hände vor die Ohren gepresst, um das donnernde Getöse zu ersticken. Ihre Stimme war in diese fürchterliche Kakophonie der Katastrophe eingebettet, doch er durfte sie nicht verlieren, und so ertrug er den Lärm. Verzweifelt versuchte sein gefoltertes Gehör, das Getöse auszublenden und sich auf ihre Stimme zu konzentrieren: »Leander! Du musst den Balken hochheben! Hilf mir! Hier bin ich!« Wo kamen die Worte her? Wo war sie?

Da! Unter der Empore! Endlich sah er sie! Wie besessen zerrte Hertha an einem schweren Balken, um den Mann zu befreien, der daneben lag und schrie und um sich schlug. Sein Fuß steckte fest. Das Holz war viel zu schwer für sie. So schnell er nur konnte, lief Leander herbei, packte den Pfeiler und wuchtete ihn zur Seite. Der Mann sprang auf. Er konnte noch gehen. Es war Vinzenz van Eisenmann.

»Jetzt raus hier! Los!«, brüllte Leander. Dann packte er den Kapellmeister an den Schultern und stieß ihn weit von sich in Richtung Ausgang. »Los! Du auch!«, sagte er und sah Hertha an. Für eine Sekunde hefteten sich ihre Augen an die seinen. Sie sah das Meer von Hoffnungslosigkeit in ihnen. »Komm mit! Schnell!«, rief sie noch und nahm seine Hand. Doch er riss sich los und stieß sie fort. Verzweifelt streckte sie die Hand nach ihm aus und musste doch vor den Flammen fliehen. Leander aber rührte sich nicht. Breitbeinig stand er in dem lodernden Saal und schaute hinauf zu seinen Hölzern. Die Trapeze des Dachgestühls leuchteten in flammender Pracht. Was für ein Bau, dachte er, ist er nicht schön! Dann stürzten die Streben in einem Schauer von Milliarden tosender Funken in den Theatersaal hinab. Nicht einer der Balken traf Leander. Sie schnitten ihm nur den Weg ab. Zögernd kam die Wand aus Flammen näher. Doch Leander blieb stehen und wartete lächelnd auf ihre Liebkosungen.

56. O ewiges Feuer, o Ursprung der Liebe

»Guten Abend, Durchlaucht! Es erfüllt mich mit tiefer Dankbarkeit und Freude zu sehen, dass Euer Durchlaucht doch noch erschienen sind.« Der Kapellmeister vollführte eine tiefe Verbeugung zur Fürstenloge hin. »Ich hoffe sehr, dass Euer Durchlaucht Gefallen finden werden an diesem prächtigen Saal und der außergewöhnlichen Festbeleuchtung.« Mit einer generösen Handbewegung wies Leander auf den lodernden Saal, der im pulsierenden Licht der Flammen zu atmen schien. Die Luft flimmerte vor Hitze. »Ich darf Euch versichern, dass mein Werk den hohen Anforderungen mehr als gerecht werden wird, die dieser besondere Rahmen und dieses edle Publikum von ihm verlangen. Ich verspreche Euch einen Abend, den Ihr nie vergessen werdet.«

»Sehr schön, sehr schön, mein Lieber!«, erwiderte der Herzog. Dicke Schweißtropfen quollen unter seiner Perücke hervor und verdampften auf seiner Stirn, bevor sie die Augenbrauen erreichen konnten. »Dann fange Er ruhig an! Man hört ja die tollsten Dinge von Ihm. Ist es nicht so, Monsieur van Eisenmann?«

Der kleine dürre Musiker saß direkt neben dem Herzog. Als Seine Durchlaucht ihn ansprach, nickte er so heftig, dass eine Wolke goldener Funken aus seiner Perücke aufstieg.

»Völlig richtig bemerkt, Euer Durchlaucht! Völlig richtig. Und dieser hoch begabte Junge hier neben mir sieht das ebenso! Wir hätten auf der ganzen Welt keinen besseren finden können – jedenfalls im Moment und für die nächsten Jahre nicht, da unser lieber Wolfgang« – hierbei zeigte er auf den herausgeputzten Achtjährigen neben sich – »leider noch viel zu jung an Jahren ist. Vielleicht später einmal ... Aber heute ... nein, im Moment reicht niemand, ich betone, niemand, an Monsieur Lautenschläger heran.«

»Sehr schön, sehr schön! Er macht mich wahrlich neugierig. So

mag Monsieur Lautenschläger denn beginnen – oder will er zuvor noch etwas sagen?«

Freundlich lächelnd sah der Großherzog Leander an. Leander lächelte zurück und erwiderte: »Wenn Euer Durchlaucht denn schon so freundlich fragen, möchte ich die Gelegenheit nutzen, Euch meine Mutter vorzustellen. Sie sitzt neben Euch. Schau, Mama, das ist unser Großherzog!« Magda Lautenschläger erhob sich und sah verunsichert zu ihrem Sohn hinunter, der unten im Orchestergraben stand. Als Leander ihr ein aufmunterndes Zeichen gab, deutete sie einen Hofknicks an. Seine Durchlaucht schien erfreut.

»Enchanté, Madame! Es ist mir ein Vergnügen, die Mutter dieses außergewöhnlichen jungen Mannes kennen zu lernen. Und wer ist die entzückende Dame neben Euch?« Der Herzog zeigte auf Maria, die neben Magda saß und ihr Neugeborenes stillte. »Den Augen nach zu urteilen könnte es Eure Tochter sein. Habe ich Recht?«

Sofort vergaß Magda Lautenschläger ihre Nervosität und strahlte den Herzog an: »Was für ein guter Beobachter Ihr doch seid, Euer Durchlaucht. Diese hübsche junge Dame ist in der Tat meine Tochter. Ihr Name ist Maria, und sie ist Leanders jüngere Schwester. Sie hat ja so viel Ähnlichkeit mit ihrem Bruder, obwohl mein Sohn das nie bemerkt hat. Aber sie mögen sich sehr, Euer Durchlaucht, sie lieben sich sogar. Komm, Maria, zeig dich und mach einen Knicks!« Ohne das Kind von der Brust zu nehmen, stand Maria auf und beugte die Knie.

»Entzückend, einfach entzückend!« Der Großherzog lächelte huldvoll und nickte Maria zu. »Sind wir damit komplett ...? Ich meine: Der Herr Gemahl ist nicht zufällig auch ...?«

»Nein, Euer Durchlaucht!«, unterbrach Leander den Herzog mit fester Stimme. »Meinem Vater war es leider überhaupt nicht möglich zu erscheinen. Doch es gibt da noch jemanden ... Wenn ich Euer Augenmerk vielleicht auf die Dame am Cembalo richten dürfte. Ja, Ihr habt richtig gehört! Hier unten am Cembalo! Darf ich Euch meine Frau vorstellen. Hertha heißt sie. Wir sind seit kurzem erst verheiratet.«

Der Herzog beugte sich in seiner Loge vor, um besser sehen zu können. Dabei tanzten die Flämmchen auf seinen Schultern wie ausgelassene Kobolde.

»O ja! Sehr angenehm, höchst erfreut! Und sie spielt das Cembalo? Wie originell! Wie … modern! Aber ich kenne sie doch. War sie nicht mit diesem … Tafelbecher …?« Fragend schaute der Herzog in die Runde.

»Ich bitte um Verzeihung, wenn ich Euer Durchlaucht widerspreche«, schaltete Leander sich wieder ein, »aber ich glaube kaum, dass Ihr Hertha Lautenschläger bereits kennt. Und den Herrn, von dem Ihr sprecht, kenne ich überhaupt nicht. Den kennt hier niemand.«

»Nein! Den kennt hier niemand, nicht wahr?«, krähte Vinzenz van Eisenmann in den voll besetzten Saal und nickte dabei so heftig, dass eine brodelnde Rauchwolke von seinem Kopf aufstieg.

»Nein! Kennen wir nicht!«, brauste es aus dem Theater zurück. Dreitausend Menschen schüttelten genauso entschieden die Köpfe, worauf ein wahrer Funkenregen über die Balustraden der Ränge ins Parkett sprühte. Versonnen sah der Herzog dem glühenden Schauer hinterher. Dann zuckte er die Schultern und sprach: »Nun, dann habe ich mich wohl geirrt. So! Geht es denn jetzt los? Nun bringe Er sein Werk doch endlich einmal zu Gehör! Wohlan denn!« Mit diesen Worten lehnte der Herzog sich in seinem verkohlten Sessel zurück und wartete.

Doch es war noch immer nicht so weit. Leander wollte soeben die Hände für den Einsatz heben, als eine Unruhe und ein Gepolter im Hintergrund der Fürstenloge entstand. Verärgert wandte der Herzog sich um. Es war der Erste Geheime Kabinettsekretär mit mehreren Bewaffneten im Gefolge. Ohne Rücksicht auf die Etikette drängte der Kabinettsekretär herein, tuschelte aufgeregt mit dem Herzog und zeigte dabei immer wieder auf Leander. Da runzelte Seine Durchlaucht die Stirn und wies den Herrn zurecht.

»Aber doch nicht jetzt! Später, mein Lieber, später! Das kann warten! Er läuft ihm ja nicht weg! Und jetzt sage Er seinen Männern, sie mögen endlich Ruhe halten. Meinetwegen sollen sie die Vorstellung

mit anhören. Alles Weitere hat Zeit. Nach dem letzten Vorhang mag Er dann in Gottes Namen seine Pflicht tun.« Darauf wandte er sich wieder an Leander und lächelte, als wäre nichts gewesen: »So, mein lieber Lautenschläger. Jetzt wird Ihn niemand mehr stören. Nun mag Er also endlich beginnen und uns Sein Werk zu Gehör bringen!«

Auf einmal war es totenstill im Saal. Dreitausend Menschen hielten den Atem an; sogar die Feuersbrunst schien zu zögern. Jedermann spürte, dass dies keine Aufführung wie die anderen war. In wenigen Sekunden würde etwas Außergewöhnliches geschehen. Ein wahrhaft erstaunliches Ereignis stand unmittelbar bevor, eine Sensation, von der die Welt noch lange reden sollte.

Das Orchester straffte sich und wartete gespannt auf Leanders Zeichen. Hinter den F-Löchern der Celli glühte es golden, im Messing der Trompeten spiegelte sich das lodernde Rot, und über dem Cembalo flirrte die Hitze. Die heißen Gesichter der Musiker sprühten vor Ehrgeiz und Vorfreude. Da suchte Leander Herthas Augen, tauchte ein in ihr Feuer und gab den Einsatz.

57. Kanonische Veränderungen

Ein Sommergewitter war dröhnend über der Stadt niedergegangen und hatte mit seinen Hagelschauern die spielenden Kinder in die Häuser gejagt. Der Junge saß mit seiner Mutter in der Stube, sein durchnässtes Hemd und die Hose hatte er ausgezogen und über dem Ofen zum Trocknen aufgehängt. »Komm sofort rein, wenn's blitzt und donnert!«, hatte sie ihm eingeschärft. »Ich mag nicht, wenn du bei Gewitter draußen bist.« Jetzt nahm die Mutter ein Tuch und rubbelte ihrem Sohn die Locken trocken. Jedes Mal, wenn Hertha ihren Jungen ansah, verblüffte die Ähnlichkeit mit seinem Vater sie aufs Neue. Manchmal machte die

Erinnerung an Leander sie traurig, doch meistens überwog die Freude. Heute waren beide fröhlich und lachten. Als ihr Sohn sie ansah, wusste Hertha schon, was kommen würde.

»Mama, singen wir gleich noch ein bisschen? Ich schenk dir auch einen neuen Kanon. Einen blauen, der nach Zimt schmeckt. Du magst doch Zimt, nicht wahr? Bitte, bitte, Mama!«

Aufgeregt hüpfte der Junge auf und ab und wäre am liebsten sofort zum Hammerflügel gelaufen, der nebenan in der Dachkammer stand.

»Du wirst noch ein rechter Virtuos mit der Kehle werden, mein Sohn«, lachte Hertha. »Der Hofcompositeur meint auch, dass ihm die Stücke wohl gefallen, die du schreibst, und dass du sicher bald den Chor wirst leiten können, wenn es mit dir so weitergeht. Aber wolltest du heute Monsieur Eisenmann nicht bei seiner Maschine helfen? Wie nennt er sie noch? Sono ...?«

»Sonocouleur, Mama.«

»Wie weit seid ihr denn damit? Geht es voran?«

»Ach, immer diese Fummeleien! Wenn der Eisenmann mit seinen großen Fingern nicht weiterkommt, muss ich das immer machen. Heut hab ich keine Lust dazu, Mama. Lass uns Musik machen, ja? Komm! Das macht doch viel mehr Spaß!«

Ohne Hemd und Hose sprang ihr Sohn davon und lief in den Nebenraum, wo das Klavier stand. Sekunden später hörte sie ihn schon spielen. Seufzend stand Hertha auf und folgte ihm. Als sie durch die Tür kam, lachte der Junge sie an und hämmerte zur Begrüßung eine Kadenz in die Tasten. Natürlich kam er sofort wieder auf sein Lieblingsthema zu sprechen:

»Es steckt so viel drin in den Tönen, Mama. Das hier zum Beispiel ...« Mit flinken Fingern arpeggierte er einen A-Dur-Akkord hinauf und hinunter. »Das ist blau und riecht nach frischen Stoppelfeldern. Und das ...« – jetzt spielte er ein kleines Menuett in E-Dur – »das schmeckt wie dein Pflaumenkompott, Mama.« Flugs beugte ihr Sohn sich über das Instrument und tat so, als ob er Kompott von den Tasten schleckte. Da mussten beide lachen. Liebevoll sah Hertha ihren Jungen an, und wieder galt ein Teil ihrer Liebe dem Mann, den sie in seinen Gesichtszügen wiedererkannte.

»Also gut, mein Junge. Du weißt wirklich, wie du mich rumkriegst. Dann spiel mir in Gottes Namen einen Kanon, der nach Zimt schmeckt. Aber danach gehst du noch rüber zum Schloss und hilfst Monsieur van Eisenmann! Versprochen?«

»Wenn es denn sein muss ... na gut.«

»Ja, es muss sein, mein Junge! Du solltest die Freundlichkeit des alten Herrn nicht zu sehr ausnutzen, wo er dir doch ein Vorspiel beim Herzog vermitteln will. Also sei immer recht zuvorkommend und hilf ihm, wo du kannst. Bist doch schon so vernünftig!«

»Ja, ja, wo ich's doch sag, Mama! Ich geh gleich noch rüber ins Schloss. Kannst ganz beruhigt sein.«

Da setzte Hertha sich neben ihren Sohn ans Klavier und hörte zu, wie er seinen Kanon spielte. Für sie war es einfach nur eine wunderschöne melancholische Melodie in gis-Moll. Für ihren Sohn aber war sie blau und schmeckte nach Zimt.